武当山 诗歌辑录

宋晶 编

中国社会科学出版社

图书在版编目（CIP）数据

大岳流韵：武当山诗歌辑录/宋晶编 . —北京：
中国社会科学出版社，2019.6
ISBN 978 - 7 - 5203 - 4392 - 3

Ⅰ.①大…　Ⅱ.①宋…　Ⅲ.①诗歌研究—中国
Ⅳ.①I207.22

中国版本图书馆 CIP 数据核字（2019）第 088694 号

出 版 人	赵剑英
责任编辑	郭晓鸿
特约编辑	许洪亮
责任校对	韩海超
责任印制	戴　宽

出　　版	中国社会科学出版社
社　　址	北京鼓楼西大街甲 158 号
邮　　编	100720
网　　址	http://www.csspw.cn
发 行 部	010 - 84083685
门 市 部	010 - 84029450
经　　销	新华书店及其他书店

印　　刷	北京明恒达印务有限公司
装　　订	廊坊市广阳区广增装订厂
版　　次	2019 年 6 月第 1 版
印　　次	2019 年 6 月第 1 次印刷

开　　本	710 × 1000　1/16
印　　张	49.75
插　　页	2
字　　数	766 千字
定　　价	198.00 元

凡购买中国社会科学出版社图书，如有质量问题请与本社营销中心联系调换
电话：010 - 84083683

谨以此书献给武当山道教

目　　录

序　言

　　诗歌是用高度凝练的语言抒情言志的一种文学体裁。如果这种艺术创造以武当山为摹本，歌咏吟唱，音韵和谐，其结晶就是武当山诗歌。武当山是中国诗人艺术生涯中必然攀登的圣山，因为与这座道教圣地的相遇，诗人们把中国的汉字化成珠玑，凝成精华，历经传承，珍藏于中华文化的宝库之中。武当山诗歌源远流长，经久不衰，它以清新脱俗的诗风描绘绮丽的仙境，以高远的意境赋予山水诗意与灵性，其鲜明的艺术品格和独特的艺术魅力别具一格，物我交融，浑然天成。随着时代的发展，武当山诗歌还被赋予了新的思想内涵和文化使命。武当山文化，包罗万象，无论是回溯武当山道教的形成与沿革，还是探索武当山道教人物的隐逸与逍遥，或是研究武当山道教建筑的规制与布局以及兴盛与衰落等，都需要回到武当山诗歌原典上加以考察。未来武当山文化的发展，更需要武当山诗歌这一文化积淀和源头活水。

　　然而，武当山诗歌的整理与挖掘至今仍不尽如人意。由于有的诗歌出自宗室、士大夫、布衣等人之手，或见存作者的专集，或见著他人汇编的合集，或收录在历代山志、地方志的艺文志中。在浩如烟海的古籍文库中，不仅查寻困难，而且由于收录传写既久，残缺益甚，难免发生诗同题异、诗同名异、错讹笔误等问题，厘正校对难度很大。有的诗歌出自道士、僧人、居士、香客等闲云野鹤之笔，由于作者迥异于世俗的人生态度和认识事物的特殊视角，使其作品显示出立意独特，风格奇异，遣词隐晦的特点，造成了鉴别的困难。有的诗歌作者不详，或为佚名，或为缺名，他们隐遁山林，不问世事，其作品丰富的思想性和独特的美学意味，可能因时间的久远、地域的荒僻而被忽略。有的诗歌则镌刻于人迹罕至的悬岩石壁或萋萋荒草中倒伏的石碑上，寻找难度极大。即使有幸发现，也因岁月的磨蚀、字迹的漫漶不清，难于识读，直至剥蚀湮没。还有的诗歌刻写于木匾、金属器物之上，或见于绘画、书法、游记作品及道人的法器、信士的手抄经卷之中，或仅存于口口相传，实难寻觅。尤其是对于武当山内涵的认识尚存局限性，直接影响了辑录者的视野。种种原因，不一而足。所以，着手收集和整理武当山诗歌，编撰一部内容全面翔实，能够准确反映武当山历史与现状全貌的诗歌集，将这一文化精品原汁原味地展示出来，是一项价值极高但也极具挑战性的工作。

在遍搜武当山诗歌的基础上，存其精粹，芟其杂芜，得诗 2079 首，上迄周代，下至中华人民共和国时期。下文以武当山诗歌研究为题，从武当山的内涵、武当山的其他命名、武当山诗歌类型三个方面探讨武当山诗歌。

武当山诗歌研究

诗歌在中国源远流长，绵延数千年。最早的诗歌总集《诗经》和《楚辞》产生于先秦时代，发展至今早已不胜枚举。那么，哪些诗歌属于武当山诗歌呢？只有明确什么才是真正意义上的武当山，才能准确地把握武当山诗歌的基本内涵，从而界定其辑录范围。

一 武当山的内涵

在中国，被称为"武当山"的山共有七处，它们分别是：湖北省十堰丹江口市的武当山；河北省武安市的古武当山；江西省龙南县的小武当山；湖北省英山县的南武当山；甘肃省金昌市的武当山；河北省邢台市的北武当山；福建省泉州市的武当山。历史最悠久、名声最卓著者，当属被列为世界文化遗产的湖北省十堰丹江口市的武当山。

查阅史料可知，东晋陶渊明的《搜神后记》载："谢允从武当山还，在桓宣武座，有言及左元放为曹公致鲈鱼者，允便云'此可得尔'。求大瓮盛水，朱书符投水中，俄有一鲤鱼鼓鬐水中。"虽然该书为变怪之谈，多言神仙，有伪托或后人增益之嫌，却是目前发现最早将"武当山"作为山名的一部典籍。东汉史学家、文学家班固在《汉书》中记载的"武当"，是沿用秦制仍置的"武当县"，为南阳郡下辖 36 县之一。南北朝范晔《后汉书》中注："属南阳郡，有武当山。今均州县也"，肯定了县名乃因山而起。三国时期，魏国思想家、诗人、隐士、"竹林七贤"之一的阮籍作《无题》诗："携伴古松下，遥听瀑布泉。君家从我进，世外有桃园。赏心不知餍，开怀那顾闲。因恋武当景，尘事付淡然。"显然，"武当"是"武当山"约定俗成的简化使用。所以，"武当山"的命名应在先秦。

古人对"武当山"命名进行释义，其代表性的观点有如下两种。

第一，元至元二十八年（1291），武当高道刘道明著《武当福地总真集》（以下简称《总真集》）载："传记云，武当山……应翼、轸、角、亢分野，在均州之南。……乾兑发源，盘亘万里，回旋若地轴、天关之象，地势雄伟，非玄武不足以当，因之名曰'武当'。"

第二，清乾隆九年（1744），王概等纂修《大岳太和山纪略》载："夫山之奉元武者多矣，此何独以武当名？意者荆南火方也，楚王祝融火神也；武当度分在翼，翼于南方七宿为翼火蛇，又天之火宿也；于九星为廉贞，于五星为独火，于天机为燥火。考山图也，孤峰烟起，群峭攒空，象亦火也，惟奉北宫真武之水精以镇之，乃有水火既济之功。武当之名，太和之义，或寓于此。"

上述解释均围绕风水学意义而展开，反映了中国传统文化的堪舆之术在武当山命名上的影响力。

堪舆即风水。风水堪舆学是涉及地理学、地质学、星象学、生态学等多学科综合一体的自然科学。具体而言，"堪"即天道，是古人仰观天象时，运用哲学宇宙观的范畴，把握天地关系的外化。《周易·贲卦·象传》曰："观乎天文，以察时变。"古代占星家用天象变化占卜人间吉凶祸福，将天上的星空区域与天神居所、地上国州相互对应，从而产生了"分野"的概念。中国古人这种思维范式，在历代武当山志书中都有体现。然而，观察星宿的分野视角各有特点，如第一则资料中的"翼"，指二十八宿中南方朱雀七宿（井水犴、鬼金羊、柳土獐、星日马、张月鹿、翼火蛇、轸水蚓）之一的"翼火蛇"，它上对天界的太安皇崖、显定极风二天；而第二则资料是概括宇宙万象的另一些视角。其中，"廉贞星"由北斗七星又配二星组成，古人对其星体特别熟悉，因见其尖峰卓立如红旗，又飞扬如枪纵横有威力，象征着高高的火焰，故称曜气；"五星"即金、木、水、火、土五星，火星是最引人注目的一颗火红色之星，由于其亮度时暗时明，荧荧如火，似乎位置不断移动令人迷惑，故而得名"荧惑"，武当山的火神庙旧时称"荧惑宫"；天机指天之机窍、自然之钥匙。唐邱延瀚的《天机素书》曾言燥火为戈矛之象，五行属火。可见，即使都言星宿之说、自然崇拜，却有四神与五行的差异。

"舆"即地道，是古人俯察地理时，运用风水理论与相地之术来把握山水关系的表现，如"回旋若地轴天关之象，地势雄伟，非玄武不足以当"之句。天关、地轴是风水学的专用术语，"天关"亦称玄关，是水流入的地方，以通畅开阔为吉；"地轴"亦称地户，是水流出的地方，以多山关拦为吉。天关、地轴均称为"水口"。因此，描述地轴、天关之象也就是强调识水、辨山，宏观把握山与水的关系，认识大地龙脉与大地血脉对立统一的趋势和状态。

（一）识水：武当山关拦的汉江

中国第一部区域地理著作《尚书·禹贡》，记载了汉江的渊源及流向："嶓冢导漾，东流为汉；又东为沧浪之水；过三澨，至于大别，南入于江。"作为长江支流，汉江发源于华夏神山嶓冢，即秦岭南麓陕西省汉中市宁强县大安镇的汉王山。南北朝郦道元《水经注》云："嶓冢以东水皆东流，嶓冢以西水皆西流，故以嶓冢为分水岭。"东流的汉江又因不同的江段而各取其名，如北源沮水、中源漾水、南源玉带河，三大源头之水汇流经过沔县（今陕西勉县）时称沔水；东流至汉中始称汉水；自安康至丹江口段古称沧浪水；襄阳以下别名襄江、襄水。中途汇入众多支流，如发源于秦岭南坡的北岸支流褒河、湑水河等，发源于大巴山北坡的南岸支流漾家河、冷水河等，与发源于陕西商洛西北部秦岭南麓的丹江（别称丹水、均水），汇合于湖北丹江口境，包括武当山的溪涧河流都汇入汉江，形成了与武当山周密缠护又浩渺无垠的辽阔之势，由此向东南浩荡奔去，汇入长江。其中，丹江流经陕、豫、鄂三省，是汉江最长的支流，丹江口（古称均口）就是汉江的水口。风水理论认为，"吉地前必须要有水……理想的水道迂回曲行，好像正欲从与山脉走向垂直的角度来拥抱吉地"。武当山地形地势等地貌，对汉江的流域、流向、流速、水量等影响很大，使之完全符合吉地对水的一切要求，因而西周时代的汉江流域就出现一批追随周武王伐纣的"牧誓"小国，有了人口的聚居和文明的进步。

（二）辨山：武当山自然天成的山势与山形

山脉构成了中国地理的骨架。昆仑山是众山之源，凡与之相连的山脉均称为"龙脉"。

1. 从中国山脉大格局上看武当山的山势

武当山发端于祖山昆仑山，少祖山为昆仑山支脉大巴山脉，回望来龙节节高耸宏大。其东为汉江平原，地势开阔，东北有南阳盆地。砂山对峙夹照，青龙砂为西北部秦岭山脉支脉，重峦叠嶂；白虎砂为西南部大巴山脉东端主峰大神农架，巍峨雄伟。它们左辅右弼，护卫侍奉着武当山。向北眺望，千里汉江，碧波荡漾；向南遥望，万里长江，浩浩荡荡。向东远望，以大别山、武夷山为望山。民国时期，襄阳道尹熊宾督修、赵夔总纂的《续修大岳太和山志》，宏观地概括了武当山优越的地理位置："太和居荆与梁（今陕南、四川、云贵一带）、豫之交，下蟠地轴，上贯天枢，左夹岷山（大巴山），长江南绕；右分蟠冢（秦岭西段），汉水北回。其层峰叠壑，标奇蕴秀，作镇西南，礼诚尊矣。"古代堪舆家在法天象地时，俯察地理大势，把握天关、地轴，他们发现矗立在汉江水口的武当山地势雄伟，可谓一座当之无愧的镇山——玄武之山。"舆"之关键是强调山与水的贯通，以及二者连接之点的水口。武当山与汉江相互依存，汉水如裙带环绕着武当山，武当山为汉江的水口山，巍然矗立。《水经注》提到武当县的曾水注入口有摩崖石刻"武当"等18个字，"武当"二字已刻脱，预示着水口山一夫当关的气势。武当山如此吉祥之地，经后世的演绎成就了"天下第一仙山"的美名，形成了武当山道教的玄天上帝信仰。"十方香火，赍诚朝礼。"文人墨客为之慨叹："千章锦绣诗难尽，一幅丹青画了么。"同理，长江与汉江的交汇水口也矗立着龟山、蛇山，前者蹲伏如龟，后者蜿蜒如蛇，隔江而立，明代也更名着意于合成一座玄武之山，可它们又怎能与武当山相提并论呢?!

2. 从山峰造型看武当山的山形

天柱峰一柱擎天，其他山峰"七十二峰朝大顶"，景象奇妙。"考山图也，孤峰烟起，群峭攒空，象亦火也"，古人在无数次的攀爬中发现山形酷似熊熊燃烧的火焰。"何独以武当名之?"清代王概提出这一问题后，从"祝融火神—翼火蛇、火宿—火星、独火、燥火—山形似火"四个层面进行了联想，把握其内在联系，看到了每一层面无不与"火"有关，把对"火"的认知推向了极致，抽象为原始的宗教崇拜，即"神灵崇拜—星宿崇拜—天象崇拜—

山岳崇拜"，代表了中国古人对武当山神韵的深刻诠释。可见，古人将武当山火焰状的山形视为"火蛇"，即"圣蛇"，把天柱峰与三天门附近的一座山峰（山名待定）合体为"神龟"，于是，武当山的整体山形就是"玄武"造型。它卓然而立，自然天成，因而古人才说："惟奉北宫真武之水精以镇之，乃有水火既济之功。""北宫真武之水精"单指"神龟"，只有当"神龟"与"圣蛇"融为一体构成"玄武"之时，才能自我完满地达致以水克火、水火既济、阴阳和谐的理想地理空间的景观格局，否则谈不上"水火既济之功"。元泰定二年（1325）十二月，皇帝连发两封圣旨曰："惟尔火神，原于道家之说，或著天关之名。……二气良能（阴阳二气的自然力），以志诚而有感；面神受职，宜定功以行封，可封：'灵耀将军'"、"惟尔水神，原于道家之说，于昭地轴之名。……靡神不举，用追迹于先王，依人而行，尚眷怀于下土，可封：'灵济将军'。"正如《总真集》卷下吕师顺的"跋"所言："七十二峰擅其奇，三十六岩专其秀，涧溪潭洞之清幽，草木禽兽之珍异，殊庭仙迹綮然，靡所不载，盖名山中之雄伟杰特者。由是观之，微此山不足以称玄帝之居，微玄帝不能以彰此山之胜，以武当易太和，盖取诸此。"作者敏锐地意识到武当之名与玄武的直接联系，并为道教玄天上帝信仰张目。

综上所述，通过对山水、水火、龟蛇、天关地轴等关系范畴的考察，透过自然现象反映出来的武当山的本质，即玄武之山。面对中国其他的山川大岳，不论是山水态势上的自然天成，还是山形本身的自然造化，武当山山水地理磅礴之势无出其右者，唯有"玄武"才配担当这座神山的大名。"玄武"就是武当山区别于其他山岳的规定性，有些同名的山不过是慕名的模仿。鉴于此，这座神山之名非"玄武"莫属，"玄武"才是武当山的内涵。如果不用"非玄武不足以当"认识这些宏大的自然天成，又有什么更好的解释呢？如果在武当山的绝顶之上不敬玄武神，岂不辜负了它的神功圣德！因此，理解武当山之名，核心在于对"非玄武不足以当"的认知。明代赵弼重刊《武当嘉庆图·序》中写道："武当为天下名山。龙汉之始，初名太和。自玄帝由净乐国修炼于此，又有太岳仙室之名。及帝飞升之后，自谓山之灵秀清绝，非玄武不足以当，故更名曰'武当'。"这正是武当山地位尊崇，虽偏处十三朝古都洛阳西南，远离中华最早的黄河文明，却能够受到隆重祭祀的根本所在。

同时，先秦时代也具备了一定的认识基础。一方面，把玄武作为二十八宿中北方七宿的总称。周代吕望的《六韬》从音律上识别玄武；战国时期的《楚辞·远游》有"召玄武而奔属"，玄武观念更加牢固；汉代的"北宫玄武，虚、危"，玄武被视为玄武神，为北方之神；元代时玄武神进一步被升格为玄天上帝，加以祭祀崇拜。同时，道教产生后，对舆地之道的地轴、天关还给予了宗教式的认知，认为"地轴水精神龟，天关火精圣蛇"。《总真集》记载了虚宿天卿星君、危宿天钱星君，"二星君皆天一之象，龟蛇水火之形，玄帝之所统理"。元代武当道士、地理学家朱思本登上武当绝顶，从天关、地轴的角度描述了武当山大貌："四望豁然，汉水环均若衣带，其余数百里间山川城郭仿佛可辨。俯视群山，尽鳞比在山足，千态万状，如赴如抱，如听命侍役焉者"，都为武当山"非玄武不足以当"做了极妙的注解。另一方面，中华文化讲究辩证思维方式。《周易·系辞》有："是故易有太极，是生两仪。"玄武作为龟蛇合体，关系到阴阳、水火等辩证范畴、水克火等五行学说。

二 武当山的其他命名

在历史的发展过程中，武当山还被加诸许多别称与封号，这种情况在中国山岳命名中并不鲜见。别称是与武当山常用名称同样正式使用的其他名称，饱含着中华文化的深厚底蕴；封号是帝王赐予武当山的称号，御封之后的武当山更获得了至高无上的地位，以至于超越于五岳之上，一跃而为天下第一仙山。笔者依据为武当山所独享的别称与封号，按照命名的主要影响因子进行分类梳理，有以下五种。

(一) 因思想而名——太和山

南朝道士陶弘景的《玉匮记》云："太和山形，南北长高，大有神灵，栖凭之者甚多。太和山虽在南阳界，而去洛阳甚近。"北朝诗人庾信诗《仙山》（二首）夹注："《神仙传》：尹轨，字公度，能销铅为银，销锡为金。后到太和山中仙去。"据南北朝郦道元《水经注》记载："水导源县南武当山，一曰太和山，亦曰参上山，山形特秀。"从这些早期使用"太和山"一词的文本推知，该命名出现于南北朝以前。另据《总真集》卷下记载"后改太和之名，曰武当山"，可知太和山之名更早。从古代武当山诗歌来看，唐宋还普遍使用"太和山"；元代则极少使用；明清时"太和山"常与其他山名混用，不分伯仲。之所以命名为"太和山"，主要理由有如下两点。

第一，中国古人崇尚至高至极的和谐。

和谐是中国传统文化内在的、一以贯之的基本精神之一，也是一种理想的社会形态。古人用"太和"概括了最高的、普遍的和谐，如《周易·乾卦·彖传》："乾道变化，各正性命，保合太和，乃利贞。"孔颖达注疏："纯阳刚暴，若无和顺，则物不得利，又失其正，以能保安合会太和之道，乃能利贞万物。"周代卜商的《易传》云："太极生两仪，两仪生四象，而万物兴焉。"把统一物分成两个对立面，以阴阳二元论的思想认识事物的运动变化，最终形成统一的宇宙观，即"太和"，是太和山命名的哲学基础。山依偎着水、水环绕着山，大自然保持着静静的和谐，神龟与圣蛇自然天成，七十二峰、三十六岩、二十四涧这些奇偶交换组合乘积产生的神秘数字，都表明"太和"是解读这座大山神秘色彩的密码。

第二，武当山道教崇拜宇宙生成的太和之气。

作为哲学概念的"气"，指构成天地万物的始基物质，是在抽象、概括、最一般意义上的概念。最早是先秦道家用语，如《道德经》第四十二章云："道生一，一生二，二生三，三生万物。万物负阴而抱阳，冲气以为和。"老子从本原的角度提出"气"的概念，认为"道"是绝对无偶的，用数来表示为"一"，"道"的统一体又包含着对立的两个方面，所谓"一阴一阳之谓道"。阴阳是相反相成的两个范畴，二者交感相合形成一种适匀的状态，"和气"产生万物。陈鼓应先生注释为："万物背阴而向阳，阴阳两气互相激荡而成新的和谐体。"《管子》云"有气则生，无气则死，生者以其气"，以"气"为生命存在的根据、条件，有本体的意谓。汉代哲学家常将这种"气"称为元气，如王充《论衡》云："万物之生，皆禀元气。"《太平经》又云："夫物，始于元气""元气恍惚自然，共凝成天，名为一也；分而生阴而成地，名为二也；因为上天下地，阴阳相合施生人，名为三也。"天、地、人本是同一元气，后分为三体。元气混沌无形，但变化后能产生阴阳二气，形成冲和之气而化育万物。

　　东汉顺帝年间（126—144），张道陵创立道教，推崇《道德经》的"道"概念。"道"具有超越性，是老子哲学的最高范畴，也是道教最为根本的信仰。道教以黄老道家思想为其理论依据，吸取了先秦诸子的气论和汉代流行的古典元气学说，形成了特有的元气生成论，亦即气本论，认为"气"生成万物，且又存在于一切事物之中，成为万物共有的本质。在道教看来，"气"一方面是有形质的真实存在。如《云笈七签》云："形者，气之聚也。"气是构成有形之物的基本材料，可以感知。另一方面，无形之物也可由气转化而成。如道经讲："夫人本生混沌之气，气生精，精生神，神生明。本于阴阳之气，气转为精，精转为神，神转为明。"以气言神，表明"气"是构成精神的基本材料，精神从本质上说也跟"气"一样是一种实在的物质，气本体具有实在性的特点。"气之绝累即是神。"如果"气"作为万物的起始，就意味着尚未剖判的混沌之气，是世界的本原和创造者，一般的气无非是它的衍生品而已。

　　《总真集》卷下"宋封圣号"记载了宋皇室给玄武神加封圣号以及静乐国太子的修真事迹。太子念道专一，感无极紫气元君，授之上道。"元君指太和山而告之曰：'此山自乾兑起脉，盘旋五万里，水出震宫，上应翼、轸二宿，显定极风、太安皇崖二天，汝可居之，当契太和，飞升复位。'""当契太和"含义丰富，既包含中华文化的和谐精神，又包括阴阳交替是宇宙的根本规律这一理念，还包括山势和山形符合阴阳交感和合，即禀赋阴阳冲和之气的伟力造化，"自有太极，便生是山"。更包括大林丘山，蕴含着太和之气，有利于天人合一，修炼大道。太子来此和谐之境修道，便契合太和之气。据宋代乐史《太平寰宇记》载：天柱峰"望之秀绝，出于云表。清朗之日，然后见峰，一月之中，不过四五。清霄盖其上，白云带其前，日必西行，夕而东返，则惟其常谓之'朝山'，盖以重朝揖之主也"。古人关注了山中朦胧氤氲的山气，这里峰岩峻秀，溪涧清幽，草木葱郁，云雾蒸腾。冉冉薄雾如曼妙的轻纱，袅袅然似香炉生紫烟，浮云在群山之间飘忽变幻，山峰在云层中若隐若现，仿佛"神仙窟宅"。永乐十六年（1418）十二月初三日颁敕的《御制大岳太和山道宫之碑》云："山川冲和之气融结于斯，与神相为表里。神之陟降往来，飘飘挥霍，顾瞻奋游，岂不徘徊于斯者乎！"山川冲和之气乃太和之气，是化育自然的元始祖气，本质上就是"道"，它"浮游混茫，变化无方，此感彼应，无往不之"。明代武当高道任自垣的《大岳太和山志》（以下简称《任志》）卷三《玄帝圣纪》引述《仙传》云："天一之象，应兆虚、危，是为玄武，其名则一，其形则二，见象玄龟、赤蛇。其精气所变，曰雨露，曰江、湖、河、海。"任自垣解释了天地间应感变化、孕育着无限生机的太和之气。"朝山"一说，充分表明武当山道教对太和之气的敬畏和崇拜。因此，"太和山"的命名是道教执守太和思想的集中体现。

（二）因山势而名——嵾上山、嵾山、仙室山

《水经注》云："武当山，一曰'太和山'，亦曰'嵾上山'，山形特秀。""嵾上"指俯瞰山峰高低不齐，"嵾上山"侧重描绘峰群错落之态，体现出武当山山形秀丽壮美，气韵非凡。

《水经注》云："东北历嵾山下，而北径堵阳县，南北流注于汉，谓之堵口：汉水。"唐李吉甫撰《元和郡县志》载："武当山，一名嵾山，一名太和山，在县南八十里。""嵾"反映了武当七十二峰的参差不齐，故以"嵾山"名之。另外，"嵾岭"则特指望之秀绝，出于云表的天柱峰，极少用作山名。清代厉荃撰《事物异名录》载："《丹铅录》：武当山，一名嵾岭。"

武当山犹如仙人的居所，形貌秀美超乎其他山岳，故而也名之仙室山。《水经注》云："武当山……又曰仙室。《荆州图副记》曰：山形特秀，异于众岳。"《水经注集释订讹》载"《明一统志》：太和山，在均州南一百二十里，山有七十二峰、三十六岩、二十四涧……初名仙室山"。

（三）因道士而名——谢罗山

武当山道教在东汉末年悄然兴起，至南北朝时期，清静不仕、隐遁修炼者纷至沓来，络绎不绝，如高僧释慧元、仙人郭子华、张季连、赵叔达、"太和真人"山世远等。东汉明帝末年，将军戴孟也进入武当山，"隐其名字，藏其所生之时，故易姓为戴，托官于武帝耳"。宋代宰相、文学家李昉《太平御览》记载："汉武帝遣殿上将军戴生之此山采仙药，遂得道不返。"他接受了裴君传授的《玉佩金铛经》、石精金光符，复持《太微黄书》轻身健行，遍历名山，成为著名的养生者。东晋咸和（326—334）中，历阳（今安徽和县）人谢允，舍弃罗邑宰之位，与同郡人赵康盛到武当山隐遁，拜道士戴孟

为师修炼外丹。戴孟"赐（谢允）以神药三丸，服之，便不饥渴，无所思欲。先生亦无常处，时有祥云紫气荫其上，或闻芳香之气彻于山谷"。武当山因谢允而声名大噪，时人称为"谢罗山"。《水经注》载此山名："峰首状博山香炉，亭亭远出，药食延年者萃焉。晋咸和中，历阳谢允舍罗邑宰，隐遁斯山，故亦曰谢罗山焉。"

（四）因地位而名——太岳、大岳、玄岳

太岳、大岳、玄岳，此三岳命名并非为武当山所独有，先秦时代许多山岳都使用它们，且一般不用于武当山。如"太岳"可能会指霍山、壶口山或冀州山等某一座山；"大岳"多形容望之气象雄杰，包蓄玄妙、普施雷雨的高山；"玄岳"最初指北岳恒山，后为道教山岳所使用。北宋"苏门六君子"之一的李方叔，于元符三年（1100）创作的《武当山赋并序》中记载了"太岳"之名："予观此山，去天咫尺，名曰太岳，必以峻极。"南宋王象之（1163—1230）的《舆地纪胜》特别注明了"太岳"是指武当山："图经云：武当山一名。"《总真集》则明确了"大岳"之名特指武当山："传记云：武当山，一名太和，一名大岳，一名仙室，中岳佐命之山。"明嘉靖三十五年（1556）王佐等编纂的《大岳太和山志》也记载了"大岳"之名：嘉靖皇帝敕建的武当山"治世玄岳"牌坊："丹青夺目，工巧绝伦。沟渠倍疏浚之功，道路加修砌之力，撤方士之敝构，表玄岳之新坊。"因五岳之冠的显赫地位，三岳命名自此才都特指武当山了。

以王佐等编纂的《大岳太和山志》为例，从嘉靖时所颁圣旨看，重修宫观前多称为"玄帝太和山""玄帝山""大岳太和山"。不过，嘉靖三十二年（1553）十月，"又该钦差提督工程工部右侍郎臣陆杰谨题，为恭报玄岳修理工完事"，"玄岳"为嘉靖皇帝重修武当、鼎建石坊命赐的坊额，亲赐武当山新的封号，以确立其神山的地位。明代李贤等纂修的《大明一统志》卷二十一还记载了"元岳"的名称。清厉荃《事物异名录》卷三"坤舆部"载："谢罗山，元岳，《荆州图记》：谢允舍罗邑宰，隐遁于武当山，故亦名谢罗山。《副记》：明嘉靖赐名'元岳'"，概因"元"古同"玄"，故而代之。

（五）因叠加而名——大岳太和山等

大岳太和山：据《任志》记载，在隆平侯张信同翰林院学士兼右春坊右庶子杨荣等人的奏议下，永乐十五年（1417）二月初六日，永乐皇帝朱棣颁布圣旨："武当山，古名太和山，又名大岳。今名为大岳太和山。"故"大岳太和山"是帝王御赐武当山的封号，为叠加命名之重。

太岳太和山：明陈建《皇明通纪法传全录》载："十二月，敕修武当山宫观，成，赐名曰'太岳太和之山'。""太"古作"大"讲，表明太和山在中国山岳中的崇高地位。

玄岳太和山：明代著名文学家王世贞主要生活于明嘉靖年间（1522—1566），他将当时嘉靖赐予的封号与最古老的名字叠加，创作了《玄岳太和山赋》，于是有此山名。

太和太岳山：清李西月《张三丰先生全集》："永乐中，成祖遣给事中胡濙，偕内侍朱祥赍玺书香币往访，遍历荒徼，积数年不遇。乃命工部侍郎郭琎、隆平侯张信等，督丁夫三十余万人，大营武当宫观，费以百万计。既成，赐名太和太岳山。"

元岳太和山：清代李西月《张三丰先生全集》："丰仙书仙偈闲寻诗，欹落玉皇道丈，太和子书。按，张仙曾隐元岳太和山，故自号为太和子，俗称陈希夷笔瞋，非也。"

名称叠加目的在于进一步拔高、提升，可以最大化其内涵，更全面地表达和强调意义，以保持其地位的尊贵和特指的纯粹性，反映命名者对武当山的推崇和热爱之情。

此外，还有一些演变或派生的山名，也表达了对武当山的敬仰。例如民间香客信士尊称为老爷山、玄帝山；按方位确立的名称，如均州山（宋代陈造《寄程安抚》）、南顶山、西顶山；按照价值地位的而产生的命名，如中岳佐命之山、华岳地肺、肺山福地（因武当山有石阶山，名"地肺"，产救穷草，冬夏不枯，月食三寸可辟谷）、第九福地、武当福地。还有对山岳地位更大的赞誉夸饰，如北宋李方叔《武当山赋并序》载："兹山曰参，设险自古。或曰天中，气之所阻。或曰仙室，以真灵之攸处"，有"天中山"的说法。明代郑汝璧的《送葛道人游太岳》云："高秋送尔游莲岳，后夜何人叩竹扉"，称武当山为"莲岳"。明代岭南诗家之最区大相在《太和山铭并序》中写道"明后有作，是称灵岳。上帝攸居，天柱是度"，高度赞美武当山为"灵岳"。

明永乐年间颁布的《黄榜》有"武当天下名山，是北极真武玄天上帝修真得道显化去处"，并永乐十三年（1415）七月二十五日圣旨敕为"武当山天下第一名山"，还命礼部铸印差送武当，使命名与封号达到了登峰造极。除天中山、莲岳、灵岳、天下第一名山外，武当山还有天下第一仙山、第一山、神岳、仙岳、灵山、神山等名称。

晚明文学家冯时可的《太和山游记》认为，武当山不能仅以地域广阔、堂皇华丽或祭祀隆盛来简单理解，而要从"天成圣作，神谋鬼工"上分析其"山赢水诎，厥观未僃"，以大风水堪舆观来认识山岳呼应与户泽气通。所以，真正的武当山不是狭隘的几座山峰岩阿、几条溪涧的组合，也不是随意而为的名称代码，而是广义的大武当，是天与地、山与水、自然与人文的高度统一。

三　武当山诗歌的类型

武当山诗歌具有悠久的历史和丰富的遗产。经过爬梳剔抉，整理收录如下：周代1首；三国时期3首；南北朝时期1首；隋朝1首；唐朝19首；宋82首；元朝317首；明朝1167首；清朝396首；中华民国时期39首；中华人民共和国时期60首。武当山诗歌的主体由诗与歌所组成，总称诗歌，但在类型分析上统称为诗。另外，个别的铭、赋、赞等文体，因内容重要且有诗的特征，也一并收入。武当山诗歌数量如此可观，自然出现并流行起独具特色的体裁格式，其种类和样式颇为复杂。以下由部分代表性诗文类总结出共通点，概括武当山诗歌的13种主要类型。

（一）景观诗

用诗歌的形式，描绘、讴歌、赞美武当山的自然景观和人文景观，从而形成了山水诗、建筑诗，统称为景观诗。它们或短小精悍、清新绮丽、意境隽永，或大气磅礴、气贯长虹、立意深邃，其蕴含的内容往往多元而灵动，以景带诗、以诗绘景，使景观诗意化。景观诗又分为以下两种。

第一，山水诗：指描写大武当山水等自然景物为主体的诗歌，抒发出诗人对大自然奇妙造化的惊叹，以及行旅出游所触发的心灵感受，反映人与自然的沟通与和谐，标志着新的自然审美观念和审美趣味的产生。同一首山水诗并非山和水必然同时出现，但山水作为独立的审美客体，无论水光还是山色，都未经过人的知性介入或人化干扰，是超然于人化自然的自在自然。如周代的《孺子歌》，仅以水为题，是武当山诗歌的开山之作。这首歌为先秦时期流传于汉北、武当山一带的民谣。《孟子·离娄》称为《孺子歌》，武当山春秋时代碑刻此歌题为"沧浪歌"，北魏郦道元《水经注·沔水》又称《渔父歌》。虽然语言质朴，但思想含蓄。孔子至楚，歌听孺子后说："小子听之，清斯濯缨，浊斯濯足矣。自取之也。"这个"自取"可解读为人要有适应自然、天人合一的思想，恰如《汉书新注》"君子处世，遇治则仕，遇乱则隐"的人生态度。武当山脚下和均州城沧浪亭前石壁有摩崖石刻"孺子歌处"。屈原流放汉北时作《渔父》曾引此歌，然而他喜好修洁，"举世混浊而我独清，众人皆醉而我独醒"。王国维在《人间词话》中评价这首歌"开楚辞体格"，肯定了它对武当山、汉江沧浪水、均州城山水交织、天人互映的大武当格局所起的奠基作用。

唐末著名道士吕洞宾，少以才称，举士不第，后归隐山林，是道教全真派祖师，为武当道教神仙信仰崇拜的"八仙"人物，旧志称其曾游武当。吕祖作《题太和山》一诗，后由元代高道张守清（亦称"体玄妙应太和真人"）于南岩两仪殿外刻碑记载。该诗以传神的笔力，描绘了武当山南岩清净幽丽的景致。这里"当阳虚寂，上倚云霄，下临虎涧，高明豁敞，石精玉莹"，被武当山道教认为是玄帝炼真之地，为武当三十六岩之最。诗人抓住了最可表征景物的清幽之美，先间接地写生成极早，再直接写岩体高耸，超尘拔俗。接着，以天柱峰的壮美反衬南岩的秀奇，用想象和比喻的手法生动形象地表现灵动与清秀的自然之美，然后以山泉与松桧突出三面环水、郁郁苍苍的景致，以声衬静，"雨滴琼珠敲石栈，风吹玉笛响松间"来突出景色的清幽，再以角鸡、丹鹤的自由和鸣，仙禽、神兽的呼友唤朋，烘托景致的幽邃清奇。最后，诗人发出"个中自是乾坤别，就里原来日月闲。此是高真成道处，故留踪迹在人间"的感叹，以"古今多少神仙侣，为爱名山去复还"，表达了对武当山心驰神往之情。吕洞宾这首描写武当南岩的诗作非常珍贵，惜《全唐诗》并未辑录。清顺治十七年（1660），诗人阎尔梅来到均州道教圣地武当山（时属湖广襄阳管辖），他写下了《题太和天柱峰》。通过玉柱的孤与尊、山首状似博山香炉、地下的金银山石、天上的斗勺状如宝剑、众峰与天柱峰君臣关系、地肺山的植被（救穷草）几个角度，描写出武当天柱峰的风貌。

山水诗的数量所占比重很大，且名家云集，如唐代"诗仙"李白的《金陵望汉江》，写出了汉江澎湃浩大的声势；岑参的《渔父》"世人哪得识深意，此翁取适不取鱼"，写出了垂钓渔翁扁舟沧浪，鼓枻乘流的闲适。明代驸马都尉沐昕"资兼文武，志乐书诗"，永乐十年（1412）奉明成祖敕命指挥营建宫观。由于长期驻守武当山，他创作了礼赞武当之作《大岳太和山八景》，观察细腻，准确地描绘出武当山峰高、岩秀、水碧、洞深等自然图景，刻画了山峦环拱、碧溪晴岚的玉虚宫，玉立峻嶒、灵湫幽邃的五龙宫，既捕捉到每一胜景的特点，于凝练中见出山水之美，又将"雷帅"邓天君在雷神洞兴雷布电、玄帝于琼台升真受册等典故融入于诗，不失为山水诗之妙品。

第二，建筑诗：指以武当山道教建筑艺术为题材的诗歌，主要关注点在于道教建筑，如宫、观、殿、庙、堂、院、祠、洞、庵及关联的桥、井、亭、台等。例如，宋代许览的《舜子井》，虽偏处闾巷，却勾起诗人对尧、舜时代的怀念，诗人写出了"登眺时来醒醉眼，也胜他物在园林"，视角独特，武当之美溢于言表。明万历年间（1573—1620），武当山下均州浪河的尧祖铺，建有舜庙、舜井，"井"这种建筑元素入诗也很有韵味。又如，罗霆震的《玄帝正殿》："宫阙威严肃洞天，群峰环翠立群仙。巍巍黼座端辰极，亿兆神人拜御前。"土木之物经过匠师的雕琢，成为巍峨壮观的建筑，而建筑形象的诗情之美却需要经过诗人精心独运、生花妙笔来展示。再如，王世贞的《宿玉虚宫》："坐对群峰虚玉屏，回龙山势转初平。上方钟磬凌风下，满院香灯伴月明。散饭厨空虫网合，放鱼池涸燕泥生。丹邱何必寻方外，烟火千家似化城。"先写玉虚宫的山峦风水格局，再写斋堂悬蛛网、鱼池落燕泥，点出玉虚宫夜晚的寂静，而后陡转笔锋抒发出作者的情感"丹邱何必寻方外，烟火千家似化城"，玉虚宫周围的烟火一时有幻化的城郭之感：这里正是神仙居所，何必异域他地找寻呢？在工整的对偶和确切、形象的语言运用中，一波三折，采用了佛教比喻小乘境界的"化城"，古气盎然，玉虚犹在。明万历二年（1574），文学家、史学家、中国文坛"后七子"领袖人物的王世贞，以都察院右副都御史抚治郧阳，提督军务。公务之余他饱览武当山自然山水和人文景观，以纯熟的笔力为武当山留下了不少精美的诗篇。小到亭、台、井、桥，大到宫、观、殿宇等，都因为诗人的悟性才气而被赋予了永久的灵魂和艺术生命。

（二）养生诗

西晋道士葛洪在《抱朴子·内篇》中系统地阐述了长生成仙之说，认为神仙并不是虚无缥缈的，神仙境界是人人可以达致，充分肯定了人在养护生命、长寿长生方面的主观能动性，坚信人能够通过自身的努力延年益寿，乃至长生不死。道教养生之术很多，如外丹、内丹、武术及服气、胎息、服饵、辟谷、吐纳、导引之术在内的一系列道教"功夫"。养生是道教信徒追求得道成仙的主要手段，是道教浩如烟海、博大精深的思想体系中的核心内容。在武当山道教的文学艺苑中，养生诗占据着重要位置，其所囊括的内容非常广泛。养生诗分以下三种。

第一，炼丹诗：以武当山炼丹为内容的诗歌，包括外丹和内丹两方面。南北朝时期的诗人庾信擅长"徐庾体"，其《仙山》（二首）中有"石软如香饭，铅消似熟银"一句，注释尹轨的修炼过程，以炉鼎烧炼金石，再配制成药饵，渴望炼出长生不死的金丹，诗风绮艳，注重辞藻。隋朝太真夫人的《赠马明生诗》（二首）写道："炼形保自然，俯仰食太和。朝朝九天王，夕馆还西华。流精可飞腾，吐纳养青芽。至药非金石，风生自然歌。"东汉前，外丹修道者马明生曾隐居武当山五龙宫自然庵，描写了制炼外丹的黄白之术。

五代末至宋初是炼丹术渐次衰弱时期。以服食为目的的外丹术已很少有人问津，内丹兴起，陈抟是这一时期武当山道教的代表人物。他曾画墨竹图，题画诗"莫贪枝叶已成龙，要悟从头到底空"，以诗言志，流露了归隐修道的内心世界。据《宋史·陈抟传》载："自言尝遇孙君仿、麞皮居士。二人者，高尚之士，语抟曰：'武当山九室岩，可以隐居。'"陈抟九室岩创作了《隐武当山诗》："万事若在手，百年聊称情。他年南面去，记得此岩名。"所谓"南面"指君人南面，古代以坐北朝南为尊位，他还将自己的名字取为"图南"，展示出王天下的抱负。遗憾的是，他没有图南之力。于是义无反顾地选择了修仙之道，以避尘嚣。《任志》记载了陈抟伏居于五龙宫西自然庵，诵读《易经》，感五炁龙君，得睡法之妙，为武当山留下了大量诗篇，如《蛰龙法诀》《喜睡歌》《睡功图》等。其"五龙睡法",即蛰龙法,涵盖了道与器、体与用等哲学范畴和道教内丹学、易学的光辉思想,对宋明理学产生了广泛而深刻的影响。他提出"睡"是"人间第一玄",在武当山服气辟谷,修习内丹睡功法 20 余年,享年 118 岁。

北宋隐仙派宗师贾得升,号称火龙真人,上承五代宋初陈抟,下传元明之际张三丰,其《张三丰承留》一诗,保存了武当山道教内丹修炼的传承谱系。诗中有:"天地既乾坤,伏羲为人祖。画卦道有名,尧舜十六母。微危允厥中,精一及孔孟。神化性命功,七二乃文武。授之至予来,字著宣平许。延年药在身,元善从复始。虚灵能德明,理令气形具。"表达了对内丹修炼本质的再认识,指出思想上应三教合一,最终统一于太极。

作为明代武当山道教发展史上最有影响力的高道,张三丰是一位承上启下的关键人物。"张三丰对'玄'可谓情有独钟,故而诗词首出'玄要',这就是道玄、丹玄、法玄。"

道乃天地之根。如张三丰的《金丹诗三十六首》,处处涉及"道"这一统摄宇宙的最高本体。其"养道叛真"诗云"信道形神堪入妙,方知性命要全修",阐明了道教哲学的形神观,属于道教哲学本体论在人身上的进一步展开。形、神两大要素天然地与"道"的范畴有关联。《大道论》认为:"神不离形,形不离神,神形相守,长生仙行成矣,保生之道遂矣。"故道教强调性命双修,使形神合一,在自身中找到能够与"道"沟通并得到彻底解脱的途径。《离尘旧隐》诗云:"一片闲心绝世尘,寰中寂静养元神。"《扫境修心》诗云"六根清净无些障,五蕴虚空绝点暇",都意在把佛教关于人体身心的构成要素(识神)转化为道教修炼的最高境界(元神),融合两教来了悟"道"。《了道度人》诗云"曾将物外无为事,付在毫端不尽传",写出了高道应有的人生境界,通过炼精化气、炼气化神、炼神还虚的内丹修炼,将对"道"的思辨用诗文的方式传达出去,济度群生。这种修养功夫不是寻找神或者人,而是寻找神性的终极概念——"道",是逐步提升对"道"即无为、虚等概念的理解,从而超越对生老病死、贫富穷通的恐慌,实现人自身生命内部的和谐;超越人与自然的对立,实现人与自然的和谐。

丹乃真性真情。张三丰继承陈抟老祖的内丹思想和蛰龙睡法,并有所发展，提出的"真铅"概念是一种修炼真道的结晶。他说："真铅即真知之真情，乃真灵之发现，以其真知外阳内阴，外黑内白，故谓真铅……惟以真知，内含先天真一之始气，乃阴阳之本，五行之根，仙佛之种，圣贤之脉，为修道者之正祖宗。"真铅是先天一气，来自虚无。虽是认取真铅真知，修道者还需要先能炼己，否则真知来亦不留，故有"欲向西方擒白虎，先往东家伏了龙"。真情即白虎，属西方金；真性即青龙，属东方木，二者本来一家，因其交于后天，真中杂假，性情不和，如龙西虎东。若欲复真，必先去假。真功内炼，才能返本归根，复还先天无极之道。牵回白虎，与青龙配合，既生动形象，又反映大丹性状，在许多诗中都有表达，如《打坐歌》"龙又叫，虎又欢，仙乐齐鸣非等闲"；《炼己下手》"拿住龙头收紫雾，凿开虎尾露金光。真铅一点吞归腹，万物生辉寿命长"；《颠倒妙用》"青龙锁住离交坎，白虎牵回兑入乾"；《无根树道情二十四首》"无根树，花正双，龙虎登坛战一场。铅投汞，阴配阳，法象玄珠无价偿。此是家园真种子，返老还童寿命长"等，真种子就是真铅、大丹，它深藏道性，是修道之根基。

法乃内丹功法。张三丰描写内丹功法、行气养性的诗颇多，也沿袭着前人使用的内丹功法术语，如"玄窍""火候""真胎元""玄关""铅汞""先天""姹女"等，大量使用隐喻，暗示内丹修炼法诀。主要功法有以下四种。

第一种，清修，如《打坐歌》诗云"闭目观心守本命，清静无为是根源"；《离尘旧隐》诗云："一片闲心绝世尘，寰中寂静养元神"等；

第二种，补亏，如《无根树道情二十四首》诗云："无根树，花正微，树老将新接嫩枝。桃寄柳，桑接梨，传与修真作样儿。自古神仙栽接法，人老原来有药医。访明师，问方儿，下手速修犹太迟。"张三丰认为，只有先将精气神补足，才可以进行内丹修炼；

第三种，双修，如《直指真铅》诗云："雌里怀雄成至宝，黑中取白见灵芽。金多水少方为贵，阴盛阳衰末足夸。"《九转大还》"兑虎震龙才混合，坎男离女更和同"等；

第四种，睡功，如《蛰龙吟》诗云"学就了真卧禅，养成了真胎元，卧龙一起便升天"，这种睡功就是《宋史·陈抟传》的"蛰龙法"。《金丹诗三十六首》之《力敌睡魔》诗云："气昏嗜卧害非轻，才到初更困倦生。必有事焉常恐恐，只教心要强惺惺。纵当意思形如醉，打起精神坐到明。"张三丰在此诗中提出了自己对"蜇龙法"的独到见解，即坐功，不必高卧而眠，只要盘腿打坐，凝神静气，达到"静观龙虎战场战，暗把阴阳颠倒颠。人言我是朦胧汉，我却眠兮眠未眠"，才是真正的睡功。

总之，张三丰的诗，将道、丹、法三者融会贯通，自如地使用各种功法术语，在艺术表征上与内丹理论融合，诗句凝练，特点鲜明，为武当山留下了宝贵的精神财富。

第二，武术诗：末代皇帝溥仪的同父异母弟溥儇（金子弢）为武术大师，曾于1929年入武当山跟随武当山李合林道长学习武当拳七个月，是武当太乙五行拳传人。1981年6月6日，在武当山紫霄宫大殿前溥儇作诗《重登玄岳紫霄宫》："重登云岳紫霄宫，回忆往事如朦胧。五十二年沧桑泪，今日已成残朽翁。太乙五行归贡献，后承有人继于宗。重振武当健身术，胜似黄山不老松"。太乙五行拳，原名"五行擒扑二十三式"，是武当山传统拳术之一。以五行生克之理为依据，以养气健身、制敌自卫为旨归，讲究尚意不尚力，贵化劲而不硬抗，辨位于分寸毫厘，制敌于擒扑封闭，动静自如，心息相依，水流云绕，莫测端倪。武当山三丰派第十四代大弟子、武当武术嫡系传人钟云龙诗文提及登武当习武问道、修习太极养生和武当内家拳的内容，如"安身立命无为事，怀抱八极握阴阳"，"出自书香第，幼少习练拳。精研文武道，未遂保家园"，"二九登太和，修行武当山。练就玄门剑，当断世俗缘"等，弘扬了武当武术。

第三，仙方诗：把药方以诗的形式写出来，朗朗上口，便于记忆，易于四处流传，为武当山道教养生诗的重点。如丁柔克的《治目疾方》。谓之"服此神怡精气爽，神光如闪目如漆"。道医根据人体特点用药，符合生克规律，能收到意想不到的神奇疗效。武当山道教医方中有署以"何仙姑仙方"之名的一批仙方诗，这批仙方细分为：男科18首、妇科10首、幼科8首，计36首。既有用药名称及剂量之方，又有伦理及精神之方，医道兼通，相互渗透。这批仙方用"八仙"之一的何仙姑来命名，反映了道众对武当道教神仙信仰的神奇灵验深信不疑的心理特点。

（三）咒语诗

道士做道场时，不仅要施行法术，还要念诵驱魔降妖神将的咒语。早期的咒语本是一种祝告之词，有致善去恶的双重功用，分为散文体和诗体。道教产生之际，发誓、诅咒、抑恶的功能更加突出，祝词逐渐演变为咒语，由道士在道教法事中宣读，以向神灵表达驱鬼召神、治病求道等愿望。北宋时期产生的玄天上帝经典《太上说玄天大圣真武本传神咒妙经》，内含三首"神咒"均为四言体诗。它们运用诗的表达手法，渲染了真武神赫赫威仪的场面，颂扬了真武作为"雷部神帅"率领着执掌五雷的部将行神驱除妖氛，扬善惩恶，消灾降福，从而使道气常臻，令妖魔鬼怪肝胆尽摧。咒语诗语句浓缩精练，句式匀称，具有强烈的节奏感和音韵美。尤其结尾那句"急急如律令敕"，言辞激烈，带有明显的命令口吻，加强了法术效力。又如，武当道教科仪传承的《武当韵——众念八神咒》等，都是武当科仪程序中的"武当韵"。在"道"的造化下，其音乐风格呈现出比较显著的南北混融色彩。

（四）灵签诗

灵签诗是一种近体格律诗式的卜辞，是武当山宫观或寺庙里用于卜问吉凶的灵签上标注的文字，已发现的有以下三大类。

第一类，武当山玄天上帝感应灵签诗，计49首。是以武当道教主神——玄天上帝等神明为"号召"的签，取自《道藏》中的《玄天上帝百字圣号》，作者不详。每签有编码，分不同等次注有签名。具体内容按占卜事宜分为8个类别：圣意、谋望、家宅、婚姻、失物、官事、行人、占病，每类为七言四句，且诗首有标题，如第十五签章头为"一轮明月"。每签后附"解曰"释文诗一则，对上述8个内容进行总体评价，供卜问者解疑。在道教信徒看来，武当山的玄天上帝灵签特别神验，可以帮助解决生活中遇到的各种疑难困惑。武当山金顶签房中的玄天上帝灵签求者众多，也表明了玄天上帝作为武当山镇山主神的巨大影响力。

第二类，武当山朝天观灵签诗，计57首。如第六阡（同"签"，下同）："口念弥陀心藏刀，假装模样不尝肴。持斋吃素修成狗，再世翻身作扁毛。"第十一阡："朝神无纸又少香，心不诚兮意又慌。休咎直言来判断，叩酬许愿保安康。"第四十四阡："为人原要存心田，多存心田答上天。天眼恢恢毫不漏，神钦鬼伏福无边。"诗文告诫香客信士为人不可作恶害人，平日应多行善事、种福田，时刻提醒自己"举头三尺有神明"，反映了"形为神舍"的道教形神观，表明武当山道教作为宗教所具有的敬神修道、劝善积福的教化作用和追求真、善、美，鞭挞假、恶、丑的积极意义。诗文中运用俗语，通俗易懂，朗朗上口，为平民大众所喜闻乐见，具有宗教学和民俗学意义。

第三类，分武当灵签诗，计2首。签文的章头为"分武当"，每签编号并有占验吉凶标注，签解中提到讼病、财利、行人、婚姻等社会人心最关切的事情。签词借用了诗歌整齐的语言形式，虽不十分押韵，也没有诗人富于个性情绪的独特表达，甚至艺术性并不高，但在内容上上升到了哲学层面，思想性很强，如"相当人物垂高下，得意休论富与贫"，涉及人生价值的评价标准问题。再如，第七十四签："崔巍崔巍复崔巍，履险如夷去复来。身似菩提心似镜，长安一道放春回。"山路虽然险峻，因为心平气和，气定神闲，所以履险如夷，能顺利归来。身心如同菩提和明镜一样明朗，等到春暖花开，一切回归。该诗出自神秀大师的偈语："身是菩提树，心是明镜台"，涉及心灵境界的开悟、心能转境的问题。菩提的无相无形、心的无形无相，本来万法皆是幻，并无一物是实有。占验吉凶结果为上吉。跟武当山玄天上帝感应灵签诗不同，从宗教学和民俗学上看反映了佛教禅宗的思想，可能是武当山"九宫八观"等道教宫观之外佛教寺庙使用的签文。诗文中"风"字中间为"云"，符合1935年国民政府颁布的简体字，初步判断"分武当"木刻签版为1935年前后所制，鉴于签文之间多有历史传承的特点，或许形成更早。上海白云观灵签第七十四与此灵签诗相同，解曰更详："讼与病，险而平。名与利，迟则亨。婚先难，后必成。行人至，福自臻。"占验吉凶结果为中吉。

武当山大小神庙均设有签筒和供来访香客信士解惑的制式诗文。这些灵签诗刻写于竹制签牌，储放于金顶签房或宫观寺庙的签筒内，由卜问者抽取，而后据诗意附会人事吉凶。灵签诗的抽取祈求方式一般有五个步骤，即叩拜、抽圣签、掷爻确定、取签诗、解签。当信徒为某件事情的吉凶祸福难下判断，或感到疑惑时，就会前往神庙请求神灵的指示，求签活动作为神明与信徒的对话，是朝山进香的内容之一，从抽签、解签的程序中，宗教思想得到了潜移默化的传播。

（五）派谱诗

派谱诗指以武当山为祖庭，以武当山道教为纽带，尊崇同一祖师并世代延承的道派系谱诗文。武当山是道教十方丛林，曾聚集了众多的派别，综合历史上道教的重要人物和道门划分至少有 12 个道派，归结为全真与正一两大道派，在武当山有"天下道士半全真，天下全真数龙门"的说法。相应的派谱诗表现出武当山道教一定的弘法思想、复杂的分派标准、清晰的法字门派位阶、严格的道教秩序、郑重的师承关系，各宗派之间互相尊重配合，共同弘扬武当道教等特征。其派谱既可核查前来游方挂单的道士，考核其宗派源流、信仰、辈分顺序，又可严格师徒传承，以其宗旨和思想启迪后继者，成为道教各个宗派相互建立联系的纽带和桥梁。

（六）降笔诗

降笔，亦称扶乩、扶箕、抬箕、扶鸾等，是中国道教的一种占卜方法。在扶乩中，鸾生或乩身扮演神明附身，运用乩笔在沙盘上写出一些字迹，并通过唱生依字迹唱出来，再由记录生抄录成为诗文，代表神明的指示。信徒认为，通过这种方式可以了解到神灵的想法，达到天（神）和人之间的感应和沟通。例如，《湖海新闻夷坚续志》载有二首武当真武降笔诗。其一，《神光满室》，通过"黑光相荡"象征着北方水神真武降笔，借真武之名说出："此天命也。以黄袍加身，武当山真武灵应真君降笔曰：吾奏事于天，适见上帝批判，天下并合，归大宋为一统。"为陈桥驿兵变在思想上做好了准备。其二，《威镇金虏》，以巨蛇象征真武显灵。赵方到武当山朝圣，以真武降笔的方式，树立了真武信仰的神圣地位，故战神附体、镇守关隘有如天助，使金人望而生畏。又如，武当道士创作于 1276 年的《武当山真武降笔》，遍贴于壁，传达出武当山真武训言。文中提到的《西江月》是宋词词牌，六字、七字一句不等，全首八句，说明南宋末期战乱频仍，武当山道观中可能有人想利用扶乩度众，以神明的名义谕示民众到武当山避难。时人张端义《贵耳集》载："均州武当山，真武上升之地，其地灵应如响。均州未变之前，辄至，圣降笔曰：'北方黑煞来，吾当避之。'继而，真武在大松顶现三日，民皆见之。"佐证了真武降笔的灵验。推测附录的二首《西江月》，反映了这一降笔在不同时间的变化，成化年间（1465—1487）的大学士程敏政，把元取代宋改成了明取代元，降笔诗成了元亡之兆。而经由姚广孝作序改编后的降笔诗，显示出玄帝降乩有指示气运的功能，在靖难之役中发挥了道教信仰的重要作用。此外也有其他神的降笔，如《武当降笔辛天君》等。

（七）配图诗

武当山历史上曾出现各类绘画，画中配诗、诗中有画，相得益彰，其审美观念和审美趣味别具一格。主要分为以下三类。

第一类，功法类配图诗：如陈抟的《睡功图》，配诗于左、右睡功图，浓缩了"蛰龙法"之精要；《武当山十方丛林炼性修真全图》，配诗《阴阳女儿车》，或另一版本称为《阴阳玄牝车》，注解了"河车"这一经络部位。其他的如罗洪先的《题陈抟睡图》等。

第二类，画像类配图诗：如元代诗人虞集的《玄帝画像赞》，是作者为上清羽士方壶子所绘吴兴赵公梦见的玄帝尊荣配诗。玄帝披发跣足，玄衣宝剑，坐临崖谷的特征以及对玄帝的信仰，诗文有更为精妙的揭示。元大德年间（1297—1307），五龙宫提点李明良的《浩然子自赞画像诗》云："假合身躯用墨图，晶晶一点纸难摹。上天之载无声臭，此个清光何处无？"作为修道之人，以老庄思想领悟生命的了无来去，自赞变成了赞"道"，从而提升了该诗的境界，反映了武当道人入道、修道、了道的人生理想。其他的如蜀惠王朱申鉴的《题三丰仙像赞》、张来仪的《丘太卿画像赞》等。

第三类，景观类配图诗：如北宋大文豪苏轼的《武当山赋》，被用作民国年间武当山道士化缘使用的《湖北武当山风景全图》，属于道教法器。诗句"误识九霄神仙府，却原陆地一洞天。欲得风光足我愿，生生世世武当山"，以道人的口吻宣传武当山乃第九福地洞天。以诗配画，用点睛之笔体现高山苍苍、江水茫茫的精深微妙，使读者在获得直接的审美感受之外更深入地领会自然山水风物的奥义。其他的如沈冠的《题太和山图二十韵》、傅若金的《汉江衔山图》、王洪的《题沧浪晚趣图》、乐醒的《酬墨隐李仲飞以太和图见赠》、张来仪的《丘大卿天柱峰图》、周凯的《武当纪游二十四图》等。

尤其值得称道的是《武当嘉庆图》的"八赞"，是明代史学家兼小说家雪航道人赵弼的一组赞诗，为刘四真所著《启圣嘉庆记图》而作。他仅选取从真武太子皇宫诞降到辞亲慕道的一段事迹，却赞颂盛大，刻画细腻。"八赞"指："净乐仙国"的丹彩辉耀，"金阙化身"的高腾圣光，"王宫诞圣"的先天圣质，"经书默会"的造化灵性，"辞亲慕道"的"榔梅"圣路，"元君受道"的玄妙亲传,"天帝赐剑"的灵异神功,"涧阻群臣"的天性至情。将神异昭灵、吉祥嘉瑞,视作道化的妙用、神灵的垂像,间接地为嘉靖皇帝重修武当宫观唱了赞歌。信仰道教的人,为修长生久视之道,常心存善念,把一笔笔地绘出神仙画像,再配以诗文礼赞看作修道,是对大道的皈依。

(八) 招隐诗

招隐诗是通过描写隐士的生活环境或山水景致,表达作者隐逸观的诗歌。张嵘的《崇山图七贤诗》两首,作者站在汉江的襄江段岸边看到了"负郭幽崖面武当,襄江前占水云长"山水的深闳阔大,还能远观"芳洲兰杜飞白鹭,沧浪渔艇牵钩丝"的流畅放达,虽然景趣无穷,但他提出"俱向公家静隐堂",表达了遗世高蹈的隐逸情怀,沿袭了魏晋招隐诗的风格。又如,何白的《寄太和隐者》:"姑射仙人冰雪容,廿年不下紫霄峰。身疑槁木轻于鹤,手种长松半作龙。石上灵苗和露被,床头真霞倩云封。风尘忽作游仙梦,信佛犹闻洞口钟。"另外,唐仙人吕岩的《游白云岩》、戴叔伦的《题武当逸禅师兰若》、陈抟的《归隐》等,都具有招隐诗的特征。

(九) 道士诗

武当山诗歌中很大一部分是人物诗,各宫庙的道人就是诗里的主人公。如隋代太真夫人的《赠马明生诗二首》;唐代戴叔伦的《题武当逸禅师兰若》、吕纯阳的《赠陈抟》;宋代宋太宗赵光义的《赐陈抟》《复诏陈抟》、徐积的《希夷仙》、陈造的《赠安道士》等;元代揭傒斯的《赠许道士》、危伯明的《过紫霄宫怀王尊师》等;明代张三丰的《陈希夷传》、史谨的《赠渊静施提点》、瞿度的《赠卢秋云》等;清代查礼的《宿蒲圻龙门书院赠武当山杨致虚道士》、周凯的《自在庵赠道士郭焕章》等;中华民国时期傅剑秋的《七绝四首赠徐道总》等。

以明代武当山五龙宫住持丘玄清(1327—1393)为例,为他而创作的诗文就不少。明太祖朱元璋对祭祀天地祖宗这类事情非常重视,掌管祭祀礼乐的太常司卿要求是品行端庄、清静稳重、戒行端严之人。丘玄清是一位清修苦行的武当山高道,为人宽襟大度,撑拓武当教门达十年之久,展现了持重有守、宽怀大度的才干,因而受到朱元璋的重视。每年祭祀天地时,朱元璋都会问丘玄清"晴雨之事",而他对天气变化的情况也能准确预测,深得明太祖信任，成为当时朝廷中的佳话。洪武十三年（1380），丘玄清被有司以贤才荐于朝，除授江西道监察御史，还超擢太常司卿，成为武当山官职最高的全真派道士。《丘玄清传》云："平昔公余，《黄庭》《道德》不辍于口。"他体貌详静，持重有守，有较高的道学修养，熟悉《道德经》《庄子》《黄庭经》等道教的经典。洪武十八年（1385），雅善诗文书画的第四十三代天师张宇初，以丘玄清庵号"云谷"为题作《云谷图》和《云谷诗》，赠予丘玄清，两人相交甚厚。丘玄清升为太常寺卿，张宇初为丘玄清"写《云谷图》并篆二大字"并作《云谷诗赠丘太卿》："其一：白云岩谷结茅庐，种树看山乐有余。梅柳旧传遗迹在，不烦松月话清虚。其二：入汉青峰玉削成，霏霏林梢白云生。高人雅有沧州趣，柱笏看山万里情。"一时间翰林名儒多有诗文赠送丘玄清，如天台山人何适的《题山水图为玄清作》等。道人诗注重道人形象的刻画，通过外貌的描写，细节的委婉，鲜明生动地塑造了无求、慕道、观秘宝、转步虚、炼内丹、须发飘萧、萝衣逍遥的武当道人形象。

（十）赞颂诗

以赞美颂扬为内容的诗，在我国广泛存在，如《诗经》的颂诗、基督教的赞美诗、佛教的偈颂诗等，道教更是保存了《正统道藏洞真部赞颂类》的大量经文，常用于科仪。颂诗与赞诗，统称为赞颂诗。

颂诗侧重于颂扬。武当山唯一保存完整的一首颂诗，出自明代武当山一位修行有素的高道李德渊之《颂》："八十余年光阴，不染不着毫分。大笑呵呵归去，一轮明月当天。"李德渊（生卒年不详），号古岩，金台（今四川金堂）人。出家于陕西重阳万寿宫，后移居武当山元和观，在紫霄宫礼拜高道曾仁智为师，得清微雷法。洪武二十三年（1390），湘王朱柏朝谒武当，嘉许其修炼之功，赐住荆州府长春观。一日，以《颂》示门人，端坐羽化，还葬于元和观之东。由道士在羽化前亲口颂出后端坐安然而命终者，在中国道教发展史上都少之又少。唐道士司马承祯在《太上升玄消灾护命妙经》云"玄言莫畅，圣道难彰。纵有修行，徒多读诵。朝闻夕死，未见其人，不揆斐然，辄为颂云"，是对道士修行到精神与肉身分离，能随意控制自己选择姿势的地步，来去自在，坐脱立亡的高境界的诠释。该颂诗抒发了作者的自豪情怀，同时以不言之教勉励门人也要了脱生死，具有韵律、节拍和诗节，洋溢着洒脱的气势。这类诗数量极少，却不乏精品之作。

赞诗侧重于赞美。武当山这类诗不少，如《太上说玄天大圣真武本传神咒妙经》中的《启请赞》，虞集（1272—1348）的《玄帝画像赞》，蜀惠王朱申鉴（1459—1493）的《题三丰仙像赞》，以及《武当韵》中的"中堂赞""大赞""小赞""三宝赞""三尊赞"等，都是赞诗。值得一提的是，在武当山碑刻诗中发现了一首北宋皇帝仁宗赵桢（1010—1063）的《赞真武》四言诗，韵律整齐，节奏明快，五句独立成章。诗中围绕武当山信奉的主神真武大帝大加盛赞：先写道经中"镇天真武灵应佑圣帝君"的称谓，再从司命之神、治世福神、大道之神、监察众神之神、太和之神等方面写神性职司，最后写真武香火兴旺，信仰真武可带来长寿、富贵、康宁、好德、善终五福，语言具有强烈深厚的艺术魅力，颇具变化之美。

（十一）劝善诗

武当山此类诗歌明显的特征是假托玄帝名义制作成"垂训文"，利用道教神灵观劝人去恶从善、积善获福、诚心修道，提倡忠孝友悌、矜孤恤寡、敬老爱幼等伦理思想，宣扬善恶报应，使道教思想以诗文的形式面世，从而教化人心。如彭殿辉的《武当山玄天上帝垂训文》共 128 句，分成两部分垂示教训世人。前一部分阐述了玄天上帝拥有的"治世福神""镇北天大将军"的名号，说明其神职在于扶助护佑天下苍生；后一部分引用佛教《悲华经》的"五浊恶世"（劫浊、众生浊、命浊、烦恼浊、见浊，形容众生受苦遭辛），告知斗降之日，玄帝会随玉皇大帝降临世间，检查、记录、较量人间善恶。玄帝作为道德的创造者、道德规范的制定者，以"道德神启说"奉劝世人敬信训示和神的叮咛就有了说服力。这首诗将惩恶和劝善有机地结合，强调善恶自有果报，使信众明白要各依戒律，诸恶莫做，众善奉行。另外，元代张守清等编刊的道书《玄天上帝启圣录》卷之一录有《玄天上帝圣训》，通过玄天上帝之口示谕武当山是修道圣山。

一些道士自己编写劝善书，以诗歌的形式向世人宣扬果报思想，或口耳传唱，或刻印流通。例如，题名武当紫阳观道士所作《无题》诗有"今世福因前世积，来生功过此身修"字样，劝人积福修身，认为人有前世、今生和来世，前后相因，功过、祸福因果循环报应不爽。诗中点醒世上痴迷之人

"富无仁义""贵不公廉",还寄语来山者要"踢破尘关速转头"。高鹤年著《名山游访记》有"紫柏山往崆峒经兰州过汉中朝武当嵩山"一文,采录了五首《香客唱修道歌》,都是典型的劝善诗,为朝武当香客所唱诵。诗中劝诫人们要认清世态的无常和人生如梦幻泡影一般的虚幻性,要努力摆脱世俗名利的束缚,还提出了"空"的概念("修道人,心要空,劳劳碌碌苦无穷"),与佛教的色空观念一致。尤其是第五首,特别指出在"妄心""习气""愤怒""嗜欲"遮蔽了真心时,要努力保持忍耐和自我克制。"其嗜欲深,其天机浅",《庄子》早已向人们明示了其中的哲理。

劝善诗或短小精悍,言简意赅,或循循善诱,不厌其烦。一些诗人作长诗或干脆以歌行体来表达这种劝导意图,使读者在不知不觉的阅读过程中从内心服膺并欣然接受行善去恶的警世观念。例如周凯《武当歌》,属歌杂言行体,句式参差错落,体现出自然潇洒的美感。诗中盛赞武当壮美的山水,写众多士女香客在"三月三"来山朝拜,目的在于祈福祈寿、求子求财。但周凯也在诗的结尾明确告诉人们,要实现所求心愿,必须首先在老君庙焚香拜祭,要敢于接受灵官之鞭的拷问,实际上是对道德和灵魂的拷问:"吁嗟乎!问心独怕灵官鞭?曷不归?循尔分,耕尔田,酒食跪进父母前。"教人要趁早回去,做好自己的本职之事,勤恳劳作,孝顺父母,自然能够福泽深厚。

(十二)游仙诗

"游仙,即在意识和观念中虔信仙界的存在和仙人之无虚,在日常生活和行动中努力超越生命极限,达到永生永恒,就是古代中国人渴望突破有生,进入无限的一个极好的例证。"游仙诗把人类对于人生极乐境界的向往和追求发挥到想象的极致,是最具抒情特色的一类诗歌。如果说养生诗是道教精神得以在现实生活层面实现,则游仙文化极其丰富的想象,更体现了道教作为中国土生土长宗教的超越性。道教哲学思想为游仙诗提供了精神家园和理论依据。游仙诗起源很早,远古时期的先民生命崇拜已蕴含着"游仙"观念的先机。秦汉之前,以老庄、屈原为代表的楚文化已经关注游仙,以文学的辞藻描绘仙人长生不老、飘摇轻举的想象图景。武当山位于荆楚大地,很好地继承了楚文化中的游仙传统,道教游仙诗将一些古老的仙话传说以诗歌的形式表现出来,通过对"游仙"的描写来表现道教理想世界的逍遥自在。例如,题为佚名的《玄天上帝圣训》曰："吾山不及诸山富，诸山不及吾山清。吾山冬寒而不寒，夏热而不热。三世为人，方到吾山。五世为人，方住吾地。七世为人，方葬吾境。"古人以30年为一世，归葬时寿岁二百余是长寿的象征。道家道教想象中的长寿真人都具有对外界环境极强的适应能力，已经达到冬不觉寒冷、夏不觉炎热的状态，正与《庄子》想象的"古之真人"相类似。"五世为人，方住吾地"，150岁已经是高寿，又在山中隐居修炼数十年方羽化登仙，是武当山道教游仙诗以想象的手法来解释历代诸多高道真仙在武当山修炼的现象。

游仙诗多描绘想象中的世界，因此常以"梦""幻"等字样为代表，如陈抟的《赠金励》"至人本无梦，其梦本游仙。真人亦无梦，其梦浮云烟"，确乎可以达到"其寝无梦，其觉无忧"的理想状态。因陈抟擅长蛰龙睡法，在睡眠中修炼丹道，"游仙"就是最大的梦想，而睡梦里则是"人间第一玄"的境界。吴子孝的《登太和山》诗句——"赤霄望望登仙去，似忆承明有旧庐""神栖真境清无梦，夜半仙人来问庐"，都是表现出游仙观念的游仙诗，恰为武当山道教文化增添了一种空灵神秘的色彩。

游仙诗的典型代表作是明嘉靖年间云南白族诗人、文学家李元阳所作题为"游仙"的五言诗，其诗曰："将以救年颓，行藏成偃蹇。啸傲遗世罗，纵情行不返。手顿羲和辔，身登翠霞幰。滇渤犹蹄涔，昆仑蚁蛩坂。"体现了游仙文化的特点，即能够长寿和自在飞举。人类生来由于形体的缺陷和束缚，非常渴望延长寿命，更渴望能够腾云驾雾，一日千里，这也是关于仙人的想象中非常重要的两个方面。《庄子》的"逍遥游"，从某种意义上说就是关于游仙的想象。虽然小大之辩想要告诉大家"小年"和"大年""小鸟"和"大鹏"都有一定的局限性，但这是哲学意义上的思辨，在实际中几百上千年的"大年"和能够"绝云气，负青天，腾跃而上九万里"的大鹏鸟仍是修真之人希望达致的最佳状态。例如《昔人游仙诗"有手版横腰，道寡人"之句指淮南王安言》一诗，有"莫道刘安夸富贵，腰横手版驾云辂"句，谢炳朴借西汉淮南王刘安笃好神仙黄白之术，"一人得道，鸡犬升天"的典故，想象自己仿佛神仙一样乘着由风驾驭的云车遨游。

道士王休休是世外高道，相貌清奇，古道热肠，丰姿仪清。"拂袖御云气，翩翩来南荆。风物老秋色，湘江波静荆山横……君衣绿霓羽，我着紫霞璎。君咏步虚曲，我吹青玉笙。"明永乐年间（1403—1424），湘王朱柏的《赐洞观微妙上照炼师王休休游武当》，诗句丰腴清丽，飘飘然有出尘之想，更像是游仙诗。现实生活中的苦闷无法排解，朱柏就来到亦幻亦仙的世界，他想象与王道长结伴修仙，忘掉了忧虑和机心而形神俱安。

（十三）玄言诗

玄言诗为东晋的诗歌流派，其特点是以玄学理论入诗，以阐释老庄和道教哲理为主要内容。它约起于西晋之末，盛行于东晋，因其所述为玄之又玄的道家道教理论，严重脱离社会生活，艺术上难脱淡乎寡味之窠臼，但在抒情写景中对深奥玄理加以阐发，仍耐人寻味。

武当山诗歌以玄言著称的篇目不多，但有所体现。如唐代大诗人骆宾王《夏日游目聊作》诗云："暂屏嚣尘累，言寻物外情。致逸心逾默，神幽体自轻。"体现了道教一贯秉承的静心远俗的修道方式，微言蕴含大义，言近但又旨远。远离世俗而来山中修道，身既隐逸，精神也能幽静清闲。武当山山明水秀，汉江和沧浪水澄澈明净，总能给诗人带来许多灵感。道教重"水"之德，《道德经》有言："上善若水。水善利万物而不争，处众人之所恶，故几于道。"唐代边塞诗人岑参《渔父》曰："竿头钓丝长丈余，鼓枻乘流无定居。世人哪得识深意，此翁取适不取鱼。"渔翁之意不在钓，"此翁取适不取鱼"，写出了只求闲适的道教清修理想，富于玄意。明代邹守益的《天柱峰》也是典型的哲理玄言诗。诗曰："区区宠辱间，不异冷与热。冷热各有时，怨尤只自惑……此道本平平，奇功在不息"，以冷热喻宠辱，点醒世间之人一切怨尤都只是人心自惑，修道也不能凭空希求神功伟绩，只能通过不懈的努力达致。

武当山是道教名山，古今在山修行的高道真人一方面研习道教经典著作如《道德真经》《南华真经》等；另一方面修炼道教内丹、外丹之术，把长期的研读感受和体悟思考通过诗歌的形式抒发出来，对道教理论的继承和发展有极大的意义。陈抟《指玄篇》云："若得心空若便无，有何生死有何拘。一朝脱下胎州袄，作个逍遥大丈夫。"告诉人们生死不应该成为精神的拘束，体悟"空""无"妙道，才能真正逍遥无碍。他喜睡功修炼，在睡梦之中悟出了很多深奥的玄理，其《喜睡歌》："宇宙茫茫总是空，人生大抵皆如醉。劳劳碌碌为谁忙，不若高堂一夕寐。争名争利满长安，到头劳攘有何味？世人不识梦醒关，黄粱觉时真是愧。"相对于长篇大论的说理，陈抟的"蛰龙睡法"更愿意引导人们像他一样睡去，做到"其寝不梦，其息深深"。

以上13种诗歌类型，概括了武当山诗歌的总体大貌，道教诗歌的特征十分突出。诗歌与武当山、道教相携而行，正因为心中充满着对武当山水的感悟、对神仙圣尊的赞颂、对长生久视的渴求、对死亡终极问题的深入思考、对内心痛苦感到必须抒发时，才产生了武当山诗歌这一数量浩大又弥足珍贵的文化精品，其风格、表情达意的方式乃至哲理情趣，无不体现出武当山道教诗歌独特的美学风格。鉴赏这些诗歌的意境、情感、理趣，感悟其既广且远的意义辐射，探究象外之境、境外之景、弦外之音，让人在咏歌的同时能够神游于九天之外。贯穿其间的灵魂，则是以玄天上帝信仰为核心的武当山道教精神，这也是道教提供给人类的永恒价值和财富。

宋　晶
谨识于 2017 年冬

周　代

佚　名

1　孺子歌

沧浪之水清兮，可以濯吾缨。沧浪之水浊兮，可以濯吾足。

佚名，生平事迹不详。

三国时期

阮 籍

2 无题

携伴古松下，遥听瀑布泉。君家从我进，世外有桃园。

赏心不知餍，开怀那顾闲。因恋武当景，尘事付淡然。

阮籍（210—263），字嗣宗。陈留（今河南开封）尉氏人。官至步兵校尉。三国时期魏国思想家、诗人、隐士。竹林七贤之一。著作收录于《阮籍集》。

嵇 康

3 幽愤诗

嗟余薄祜，少遭不造，哀茕靡识，越在襁褓；母兄鞠育，有慈无威，恃爱肆姐，不训不师。爰及冠带，冯宠自放，抗心希古，任其所尚。托好老庄，贱物贵身，志在守朴，养素全真。曰余不敏，好善暗人，子玉之败，屡增惟尘。大人含弘，藏垢怀耻，民之多僻，政不由己，惟此褊心，显明臧否。感悟思愆，怛若疮痍。欲寡其过，谤议沸腾，性不伤物，频致怨憎。昔惭柳惠，今愧孙登，内负宿心，外恧良朋。仰慕严郑，乐道闲居，与世无营，神气晏如。咨予不淑，婴累多虞，匪降自天，实由顽疏。理弊患结，卒致囹圄，对答鄙讯，絷此幽阻，实耻讼免，时不我与，虽曰义直，神辱志沮，澡身沧浪，岂云能补。嗷嗷鸣雁，奋翼北游，顺时而动，得意忘忧。嗟我愤叹，曾莫能俦，事与愿违，遘兹淹留，穷达有命，亦又何求。古人有言："善莫近名。"奉时恭默，咎悔不生。万石周慎，安亲保荣。世务纷纭，祇搅予情，安乐必诫，乃终利贞。煌煌灵芝，一年三秀，予独何为，有志不就，惩难思复，心焉内疚，庶勖将来，无馨无臭；采薇山阿，散发岩岫，永啸长吟，颐性养寿。

嵇康（223—263），字叔夜。谯国铚县（今安徽濉溪）人。三国时魏末思想家、文学家、音乐家，魏晋玄学代表人物之一，"竹林七贤"之一。善于

音律，创作《长清》《短清》《长侧》《短侧》，合称"嵇氏四弄"，留下"广
陵绝响"典故。散文《声无哀乐论》《与山巨源绝交书》等千秋相传。明人
刻有《嵇中散集》，鲁迅辑校《嵇康集》。

4 答二郭诗三首（节录）

其二

昔蒙父兄祚。少得离负荷。因疏遂成懒。寝迹北山阿。但愿养性命。终
己靡有他。良辰不我期。当年值纷华。坎凛趣世教。常恐婴网罗。羲农邈已
远。拊膺独咨嗟。朔戒贵尚容。渔父好扬波。虽逸亦已难。非余心所嘉。岂
若翔区外。餐琼漱朝霞。遗物弃鄙累。逍遥游太和。结友集灵岳。弹琴登清
歌。有能从我者。古人何足多。

南北朝时期

庾 信

5 仙山二首

金灶新和药，银台旧聚神。相看但莫怅，先师应识人。

石软如香饭，铅销似熟银（《神仙传》：尹轨，字公度，能销铅为银，销锡为金。后到太和山中仙去）。蓬莱暂近别，海水遂成尘。

庾信（513—581），字子山，小字兰成，河南南阳新野人。累官骠骑大将军、开府仪同三司，封临清县子。南北朝时期文学家、诗人，文学风格被誉为"徐庾体"。著有《庾子山集》。

隋　代

太真夫人

6 赠马明生诗二首

其一

暂舍墉城内,命驾岱山阿。仰瞻太清阙,云楼郁嵯峨。虚中有真人,来往河纷葩。炼形保自然,俯仰食太和。朝朝九天王,夕馆还西华。流精可飞腾,吐纳养青芽。至药非金石,风生自然歌。上下凌景霄,羽衣何婆娑。五岳非妾室,玄都是我家。下看荣竞子,笃似蛙与蟆。顾盼尘浊中,忧患自相罗。苟未悟妙旨,安事于琢磨。祸凑由道泄,密慎福臻多。

其二

昔往昆陵宫,共讲天年延。金液虽可遏,示若太和仙。仰登冥灵台,虚仙咏灵人。忽遇扶桑王,九老仙都真。驾骖紫虬辇,灵颜一何鲜。启我寻长途,邀我自然津。告以鸿飞术,授以玉胎篇。琼膏凝玄气,素女为我陈。俯挹琳凤腴,仰止飘三天。云纲立尔步,五岳可暂还。玄都安足远,蓬莱山脚间。传授相亲爱,结友为天人。替即游形对,祸必无愚贤。秘则享无倾,泄则躯身颠。

太真夫人,生平事迹不详。马明生为先秦时期武当山修道者,武当山五龙宫炼丹池、自然庵即其隐处。

唐　代

骆宾王

7　夏日游目聊作

> 暂屏嚣尘累，言寻物外情。致逸心逾默，神幽体自轻。
> 浦夏荷香满，田秋麦气清。讵假沧浪上，将濯楚臣缨。

骆宾王（638—684），字观光，别称骆观光、骆临海。婺州义乌（今属浙江）人。信仰道教，高宗永徽中为道王李元庆府属，官任长安县主簿。唐代诗人，"初唐四杰"之一。著有《骆临海集》。

宋之问

8　游陆浑南山（自歇马岭到枫香林），以诗代书答李舍人适

> 晨登歇马岭，遥望伏牛山。孤出群峰首，熊熊元气间。太和亦崔嵬，石扇横闪倏。细岑互攒倚，浮巘竞奔蹙。白云遥入怀，青霭近可掬。徒寻灵异迹，周顾惬心目。晨拂鸟路行，暮投人烟宿。粳稻远弥秀，栗芋秋新熟。石髓非一岩，药苗乃万族。间关踏云雨，缭绕缘水木。西见商山芝，南到楚乡竹。楚竹幽且深，半杂枫香林。浩歌清潭曲，寄尔桃源心。

宋之问（约656—712），字延清，名少连。汾州隰城（今山西汾阳）人。累官至洛阳参军。初唐诗人。

李　白

9　金陵望汉江

> 汉江回万里，派作九龙盘。横溃豁中国，崔嵬飞迅湍。六帝沦亡后，三吴不足观。我君混区宇，垂拱众流安。今日任公子，沧浪罢钓竿。

李白（701—762），字太白，号青莲居士。中国最伟大的浪漫主义诗人，誉称"谪仙人""诗仙"。著《李太白集》三十卷。

10　桂殿秋

仙女下，董双成，汉殿夜凉吹玉笙。曲终却从仙宫去，万户千门唯月明。河汉女，玉练颜，云轷往往在人间。九霄有路去无迹，袅袅香风生佩环。

李太白词也，有得于石刻而无其腔。刘无言自倚其声，歌之音极清雅（《东皋杂录。又以为范德孺谪均州，偶游武当石室极深处，有题此曲崖上，未知孰是。》）

附：李德裕武当山桂花曲

仙女侍，董双成，桂殿夜凉吹玉笙，曲终却从仙官去，万户千门空月明。河汉女，玉练颜，云轷往往到人间。九霄有路去无际，袅袅天风吹佩环。

此曲《许彦周诗话》，谓是李卫公所作《湘江诗话》，谓是均州武当山石壁上刻之，云神仙作，未知孰是（《苕溪渔隐丛话》）。

李德裕（787—850），字文饶，河北赞皇县人。唐武宗时宰相，政治家、诗人，封国公。

岑　参

11　渔父

扁舟沧浪叟，心与沧浪清。不自道乡里，无人知姓名。朝从滩上饭，暮向芦中宿。歌竟还复歌，手持一竿竹。竿头钓丝长丈余，鼓枻乘流无定居。世人哪得识深意，此翁取适不取鱼。

岑参（715—770），河南南阳人。天宝进士，官至嘉州刺史，誉为"岑嘉州"。著有《岑嘉州诗集》。

皇甫冉

12　渡汝水向太和山

> 落日事襄陟，西南投一峰。诚知秋水浅，但怯无人踪。

皇甫冉（717—770），字茂政，润州丹阳（今江苏镇江）人。天宝进士，累官右补阙，奉使江表。唐代诗人。

戴叔伦

13　建中癸亥岁奉天除夜宿武当山北茅平村

> 岁除日又暮，山险路仍新。驱传迷深谷，瞻星记北辰。
> 古亭聊假寐，中夜忽逢人。相问皆呜咽，伤心不待春。

戴叔伦（732—789），字幼公，润州金坛（今属江苏）人。贞元进士，累官容管政略使。自请为道士。唐代诗人。

14　题武当逸禅师兰若

我身本似远行客，况是乱时多病身。经山涉水向何处，羞见竹林禅定人。

韦应物

15　龙潭

石敞悬流雪满湾，五龙潜处野云闲。暂收雷电九峰下，且饮溪潭一水间。浪引浮槎依北岸，波分晓日浸东山。回瞻四面如看画，垂信游人不欲还。

韦应物（737—792），长安（今陕西西安）人。官至苏州刺史，世称"韦苏州"。唐代诗人。著有《韦江州集》《韦苏州诗集》。

权德舆

16　和职方殷郎中留滞江汉初至南宫，呈诸公并见寄

十载别文昌，藩符寄武当。师贞上介辟，恩擢正员郎。藻思烟霞丽，归轩印绶光。还希驻辇问，莫自叹冯唐。

权德舆（759—818），字载之，略阳（今甘肃秦安）人，后徙润州丹阳（今江苏镇江），累官至礼部尚书、宰相。

刘禹锡

17　顺阳歌

朝舞官宁驿，前理顺阳路。野永葛荒坟，狱虫镂宣树。曹闹天宝来，胡马西南鹊。城守鲁时军，拔城缨此去。

刘禹锡（772—842），字梦得，彭城（今江苏徐州）人。官任监察御史。唐代中晚期文学家、哲学家、诗人，誉为"诗豪"。

吕纯阳

18　题太和山

混沌初分有此岩，此岩高耸太和山。面朝大顶峰千丈，背涌甘泉水一湾。石缕状咸飞凤势，龛纹给就碧螺鬟。灵源仙涧三方绕，古桧苍松四面环。雨滴琼珠敲石栈，风吹玉笛响松关。角鸡报晓东方曙，晚鹤归来月半湾。谷口仙禽常唤语，山巅神兽任跻攀。个中自是乾坤别，就里原来日月闲。此是高真成道处，故留踪迹在人间。古今多少神仙侣，为爱名山去复还。

吕纯阳（798—？），名岩，字洞宾，道号纯阳子，自称回道人。河东蒲州（今山西芮城）人，道教全真派祖师，道教八仙之一。

19　赠陈抟

青霄一路少人行，休叹兴亡事不成。金榜因何无姓字，玉都必是有仙名。
云归大海龙千岁，月满长空鹤一声。深感宋朝圣明主，屡颁丹诏诏先生。

20　内经图诗

一①

我家自种自家田，内有灵苗千万年。花似黄金色不异，籽如玉粒果皆圆。
栽培皆赖中宫土，灌溉皆凭上谷泉。功课一朝成大道，逍遥陆地水蓬仙。

二②

铁牛耕地种金钱，刻石童儿把贯穿。一粒粟中藏世界，半升铛内煮山川。
白头老子眉垂地，碧眼胡僧手指天。若向此中玄会得，此玄玄外更无玄。

三③

复复连连步步周，机关拨转水东流。万丈深渊应见底，甘泉涌起南山头。

吕　岩④

21　游白云岩

古木丛林号白云，高岩更去谒观音。路逢青嶂上头上，寺隐白云深处深。
法鼓震开天地眼，飞轮推出圣凡心。时人到此如中悟，何必南岩海上寻。

22　七言（节录）

其一〇四

倾侧华阳醉再三，骑龙遇晚下南岩。眉因拍剑留星电，衣为眠云惹碧岚。
金液变来成雨露，玉都归去老松杉。曾将铁镜照神鬼，霹雳搜寻火满潭。

吕岩，生平事迹不详，疑即吕洞宾。

---

① 编者注：诗位于心前，说明内丹的修炼过程。
② 编者注：诗位于肚脐生门部位。
③ 编者注：诗位于小腹，说明修炼者持之以恒，志在拨转机关而达至长生。
④ 吕岩：疑为吕洞宾。

顾非熊

23　酬均州郑使君见送归茅山

饯行诗意厚，惜别独筵重。解缆城边柳，还舟海上峰。饮猿当濑见，浴鸟带槎逢。吏隐应难逐，为霖是蛰龙。

顾非熊（836 年前后在世），姑苏（今江苏苏州）人。唐武宗追榜放令及第，官盱眙尉，后弃官隐茅山。著有《新唐书·艺文志》。

秦韬玉

24　仙掌

万仞连峰积翠新，灵踪依旧印轮巡。何如捧日安皇道，莫把回山示世人。已擘峻流穿太岳，长扶王气拥强秦。为余势负天工背，索取风云际会身。

秦韬玉（生卒年不详），字中明，京兆长安或云邠阳（今陕西西安或合阳）人。中和二年（882）特赐进士，官至工部侍郎，人称"巧宦"。唐末诗人。

梁　洽

25　观汉水

发源自嶓冢，东注经襄阳。一道入溟渤，别流为沧浪。求思咏游女，投吊悲昭王。水滨不可问，日暮空汤汤。

梁洽，生平事迹不详。

宋　代

陈 抟

26　题画

莫贪枝叶已成龙，要悟从头到底空。已遇神仙施笔力，风霜不可戟磨砻。

陈抟（871—989），字图南，号扶摇子，亳州真源（今河南鹿邑）或普州崇龛（今四川资阳）人。五代宋初道士、道教学者、易学大师。被道教尊称为陈抟老祖、希夷祖师、睡仙。宋太宗赐号希夷先生。

27　归隐

宋魏庆之诗序：陈抟，字图南，隐居武当山后，徙华山云台观。周世宗召至京师，赐号白云先生。太宗朝再召，赐号希夷先生。抟负经纶之才，历五季离乱，每闻一朝革命，颦蹙数日。一日，方乘驴游华阴市，闻太祖登极大笑曰："天下自此定矣。"尝有诗云：

十年踪迹走红尘，回首青山入梦频。紫陌纵荣争及睡，朱门虽贵不如贫。愁闻剑戟扶危主，闷见笙歌聒醉人。携取旧书归旧隐，野花啼鸟一般春。

28　题落帽峰

我爱武当好，将军曾得道。升举入云霄，高岭名落帽。

附：陈抟《落帽峰》

我爱武当好，将军曾得道。蜕举入云霄，高岑名落帽。

29　隐武当山诗

万事若在手，百年聊称情。他年南岳去，记得此岩名。

30　赠金励二首

一

常人无所重，唯睡乃为重。举世皆为息，魂离神不动。觉来无所知，贪求心愈浓。堪笑尘中人，不知梦是梦。

二

至人本无梦，其梦本游仙。真人亦无梦，睡则浮云烟。炉中近为药，壶中别有天。欲知睡梦里，人间第一玄。

31　蛰龙法诀

龙归元海，阳潜于阴。人曰蛰龙，我却蛰心。默藏其用，息之深深。白云高卧，世无知音。

32　《指玄篇》诗（节录）

一

滋涅精津气血液，七者原来尽属阴。若将此物为仙质，怎得飞神贯玉京。

二

若得心空若便无，有何生死有何拘。一朝脱下胎州袄，作个逍遥大丈夫。

三

访师求友学炼丹，精选朱砂作大还。将谓外丹化内药，元来金石不相关。

33　还虚境界

童光晃朗似明蟾，云去云来体不缠。扫尽葛藤心自莹，存胎胎就圣功圆。

34　对御歌并序（节录）

先生名抟，字图南。亳州贞源人。幼岁戏涡水（一作涡水），一青衣媪抱置怀中，乳之曰："令汝更无嗜欲，聪悟过人。"青衣媪者，疑辰星之精。及长，习举业，后唐长兴中试进士不第，隐居武当山九室岩，辟谷炼气二十余年。或传夜静焚香读《易》，有五老人至，庞眉皓发，容貌古怪，常来听诵。居日久，抟问之，老人对曰："吾侪即兹山日月池龙也。此间玄武据临之地。华山是先生栖隐之所也。"异日，希夷默坐，五龙忽诣，令先生闭目，凌空驭风终宵至华山，置坐于盘石之上。开目视之，不见五老人去向。或云睡法，即龙教也。龙善睡，故云。

臣爱睡，臣爱睡。不卧库毡，不盖被。片石枕头，蓑衣铺地。震雷掣电鬼神惊，臣当其时正酣睡。闲思张良，闷想范蠡，说甚孟德，休言刘备。三四君子只是争些闲气，争如臣向青山顶头。白云堆里，展开眉头，解放肚皮，但一觉睡。管什玉兔东升，红轮西坠。

附1：睡歌

臣爱睡，臣爱睡，不卧毡，不盖被。片石枕头，蓑衣覆地。南北任眠，东西随睡。轰雷掣电泰山摧，万丈海水空里坠，骊龙叫喊鬼神惊，臣当恁时正酣睡。闲想张良，闷思范蠡，说甚曹操，休言刘备。两三个君子，只争些小闲气。争似臣向清风岭头，白云堆里，展放眉头，解开肚皮，打一觉睡。更管甚玉兔东升，红轮西坠。

附2：潘紫岩题《陈图南鼾睡图》

甲马营中紫气高，属猪人已着黄袍。此回天下都无事，可是山中睡得牢。

35 喜睡歌

我生性拙惟喜睡，呼吸之外无一累。宇宙茫茫总是空，人生大抵皆如醉，劳劳碌碌为谁忙，不若高堂一夕寐。争名争利满长安，到头劳攘有何味？世人不识梦醒关，黄粱觉时真是愧。君不见，陈抟探得此中诀，鼎炉药物枕上备。又不见，痴人说梦更认真，所以一生长愦愦。睡中真乐我独领，日上三竿犹未醒。

36 睡功图

左睡功图

调和真气五朝元，心息相依念不偏。二物长居于戊己，虎龙盘结大丹圆。

右睡功图

肺气长居于坎位，肝气却向到离宫。脾气呼来中位合，五气朝元入太空。

37 答人问姓

一气淘今古，阴阳造化奇。问余名与姓，睡汉老希夷。

38　题石水涧

银河洒落翠光冷，一派回环淡晚晖。几恨欲为顽石碍，琉璃滑处玉花飞。

39　修心

浑浑沦沦始气中，山河日月正西东。一碗大米由滋湛，贯初玄台悟性功。

40　药方歌一首

猪牙皂角及生姜，西瓜升麻熟地黄。木律旱莲槐角子，细心荷蒂要相当。青盐等分同烧煅，研细将来使最良。揩齿牢牙髭鬓黑，谁知世上有仙方。

41　无题

一

平生不作皱眉事，天下应无切齿人。断送落花安用雨，装添旧物岂须春。幸逢尧舜为真主，且放巢由作外臣。六十病夫宜揣分，监司无用苦开陈。

二

问君世上何事好，无过晓起睡当早。庵前乱草结成衣，饥餐松柏常令饱。因玩山石脚绊倒，不能起得睡到晓。时人尽道臣憨痴，臣自憨痴无烦恼。

42　采药

窍冥才露一端倪，恍惚未曾分彼此。中间主宰这些儿，便是世人真种子。

43　无题

雪为肌体玉为腮，深谢君王送得来。处士不生巫峡梦，空烦云雨下阳台。

赵光义

44　赐陈抟

曾向前朝号白云，后来消息杳无闻。如今若肯随征召，总把三峰乞与君。

赵光义（939—997），字廷宜，本名赵匡义，避宋太祖名讳改赵光义，即皇位后改名赵炅。庙号太宗，谥号至仁应道神功圣德文武睿烈大明广孝皇帝。

45　复诏陈抟

三度宣卿不赴朝，关河千里莫辞劳。凿山选玉终须得，点铁成金未见烧。紫袍绰绰宜披体，金印累累可挂腰。朕赖先生相佐辅，何忧万姓辍歌谣。

王禹偁

46　携稚子东园刈菜因书触目兼寄均州宋四阁长

大燕引新雏，小鸦哺老乌。青青树木间，禽鸟声欢娱。我携二稚子，东园撷春蔬。可以奉晨羞，采采供贫厨。非肉诚不饱，割身实无余。缅怀宋阁老，同日出京都。谪宦不携家，留妻事老姑。块然武当下，此乐固亦无。

王禹偁（954—1001），字元之。济州巨野（今山东巨野）人。太平兴国进士，官至右拾遗、翰林学士。北宋白体诗人、散文家、史学家。

47　五老峰

蠹蠹拂星榆，峥嵘与众殊。精灵奔昂宿，神异载河图。捧日光先及，参天礼不趋。绿萝供组绶，清籁献笙竽。泄雨遥沾华，堆岚下照蒲。僧窗分未足，郡阁占应俱。漠漠云交袂，霏霏雪映须。巨灵羞用壮，玉女愿为奴。磊落工难画，参差德不孤。儿孙溪石小，几杖涧松枯。洞鄙三茅隐，山嫌四皓迂。分形皆自立，倒影要谁扶。将数惭同汉，臣名合赞虞。嵩峰真树党，天柱太无徒。安得随人意，移将近帝都。吾君南面处，万岁一齐呼。

张士逊

48　隐武当山

万事若在手，百年聊称情。他时南岳去，记得此岩名。藓壁题诗志何大，可怜今老华图南。

张士逊（964—1049），字顺之。京西南路（今湖北老河口、均州郧乡一带）人。淳化三年（992）进士，官历均州郧乡县主簿、刑部尚书、集贤殿大学士、宰相，封邓国公。谥文懿。北宋政治家、诗人。

49　均中道中

星轺秋夏走山中，枫叶经霜树树红。犹恐民情知米得，亭骖到处访村翁。

高本宗

50　天柱峰歌

祥风自天来，吹我游紫清。高高着天起，巍然一柱连天撑。崖有三十六，涧有二十四，隐映七十二朵芙蓉青。丹梯贯铁锁，十二楼五城。压穿鲸鳌背，幻出龙凤形。鸾鹤亦驯扰，猿猱不能经。於菟式长啸，我来一时鸣。古来仙人居其上，往往白日皆飞升。我来适清和，云朗天亦晴。初望一天门，碧涧水落冰冷冷。再登二天门，瑶草葳蕤杂敷容。三登三天门，云雾翁焰飘金茎。须臾望绝顶，身在空中行。西望昆仑，黄河一线天瓢倾。东望蓬岛，半勺绿水浮沧溟。手捻日月弹丸子，足踏震霆崖下惊。夫人若果住天上，附耳若可低低声。华嵩恒泰，左右先后若朋辈。诸山培塿，在下何伶仃。八表望不极，因之望神京。神京遥遥几千里，双目掣电心悬旌。神君端居面东瀛，黄金铸屋玉作楹。赤蛇鼓鬣，黑龟效灵。旌旗招摇，森然列星。敬将一瓣香，上诉神君听。

高本宗，生平事迹不详。

宇　昭

51　寄题武当郡守吏隐亭

郡亭传吏隐，闭自使君心。卷幕知来客，悬灯见宿禽。茶烟逢石断，棋响入花深。会逐南帆便，乘秋寄此吟。

宇昭，（975年前后在世），出生在今江苏南部。为北宋初期江南诗僧，常与剑南释希昼等九位诗僧交往唱酬。

范仲淹

52 和太傅邓公归游武当见寄

三提相印代天工，邓国归来耀本封。此日神仙丁令鹤，几年霖雨武侯龙。酬恩定得祠黄石，谈道须期会赤松。莫虑故乡陵谷变，武当依旧碧重重。

范仲淹（989—1052），字希文。苏州吴县（今苏州吴中区）人。北宋政治家、文学家。

53 渔父

月色满沧波，吾生乐事多。何人独醒者，试听濯缨歌。

佚 名

54 《太上说玄天大圣真武本传神咒妙经》启请赞诗并神咒一首(节录)

启请赞诗

仰启玄天大圣者，北方壬癸至灵神。金阙真尊应化身，无上将军号真武。威容赫奕太阴君，列宿虚危分秀气。双睛掣电伏群魔，万骑如云威九地。紫袍金带按神锋，苍龟巨蛇捧圣足。六丁六甲左右随，八煞将军前后卫。消灾降福不思议，皈命一心今奉礼。

神咒一

北方玄天，杳杳神君。亿千变化，玄武灵真。腾天倒地，驱雷奔云。队仗千万，扫荡妖氛。雷公侍从，玉女将军。鬼神降伏，龙虎潜奔。威镇五岳，万灵咸遵。鸣钟击鼓，游行乾坤。收捕逆鬼，摧斩魔群。除邪辅正，道气常臻。急急如元始上帝律令敕。

55　武当韵·众念八神咒

净心神咒

太上台星，应变无停。驱邪缚魅，保命护身。智慧明净，心神安宁。三魂永久，魄无丧倾。

净口神咒

丹朱口神，吐秽除氛。舌神正伦，通命养神。罗千齿神，祛邪卫真。喉神虎贲，气神引津。心神丹元，令我通真。思神练液，道气常存。

净身神咒

灵宝天尊，安慰身形。弟子魂魄，五脏玄冥。青龙白虎，队仗纷纭。朱雀玄武，侍卫我真。

安土地咒

元始安镇，普告万灵。岳渎真官，土地祇灵。左社右稷，不得妄惊。回向正道，内外澄清。各安方位，备守坛（帝、家）庭。太上有命，搜捕邪精。护法神王，保卫诵经。皈依大道，元亨利贞。

净天地神咒

天地自然，秽气分散。洞中玄虚，晃朗太元。八方威神，使我自然。灵宝符命，普告九天。乾罗怛那，洞罡太玄。斩妖缚邪，杀鬼万千。中山神咒，元始玉文。持诵一遍，祛病延年。按行五岳，八海知闻。魔王束首，侍卫我轩。凶秽消散，道气常存。

祝香咒

道由心学，心假香传。香焚玉炉，心存帝前。真灵下盼，仙旌临轩。今臣关告，径达九（六、三）天。

金光神咒

天地玄宗，万气本根。广修亿劫，证我神通。三界内外，惟道独尊。体有金光，覆映吾身。视之不见，听之不闻。包罗天地，养育群生。诵持万遍，身有光明。三界侍卫，五帝司迎。万神朝礼，役使雷霆。鬼妖丧胆，精怪忘形。内有霹雳，雷神隐名。洞慧交彻，五气腾腾。金光速现，覆护真人。

玄蕴咒

云篆太虚，浩劫之初。乍退乍迍，或沉或浮。五方徘徊，一丈之余。天真皇人，按笔乃书。以演洞章，次会灵符。元始下降，真文诞敷。昭昭其有，冥冥其无。沉疴能自痊，尘劳溺可扶。幽冥将有赖，由是升仙都。

56 武当韵·其他九咒语诗

威灵咒

元始虚皇，集气居中。三境洞香，肇生穷隆。七转九虚，混合回风。变化万种，天地开通。吉日行道，万魔敬从。晨昏朗照，默运玄功。执节降魔，散花太空。臣等皈命，舆道合真。

南河水帝，太白龙王。神咒流行，普扫不祥。洪水飞灾，止蛟召龙。开除水境，千道万通。敢有干扰，摄送火宫。赤书所告，莫有不存。

天地临位，司命龟君。女人恭敬，福禄咸臻。祛除灾难，疫症潜奔。仰依海示，普得安存。臣等皈命，与道合真。

中山神咒

醮筵众等，人各恭敬。恭叩帝前，开坛如法。中山神咒，元始玉文。持诵一遍，祛病延年。按行五岳，八海知闻。魔王束首，侍卫我轩。凶秽消散，道气常存。

土地咒

志心皈命礼。经坛土地，神之最灵。上天达地，出幽入冥。为吾关奏，不得留停。

仰启咒

仰启碧云大教主，一元无上萨仙翁。先天雷部大尚书，亲授铁师传妙旨。手执五明降鬼扇，身被百衲伏魔衣。常将铁罐时加持，普济寒林皆得度。咒枣书符皆有验，代天宣化总无私。一十二年观过错，千百万种绩功勋。治病回生如返掌，圆光附体显威灵。云游天下至龙兴，铁面将军潭底现。妄把誓盟朝上帝，普令三界悉皈依。弟子启请望来临，伏望师恩加拥护。

提纲

今辰启建法筵开，迎请高真降驾来。云拥旌幢离御坐，凤吹仙旌下瑶阶。

金炉信香结珠烟，瑞气浮空遍大千。三岛神仙临法会，十洲诸真降人间。

武当山上棚梅开，玄天上帝亲手栽。四十二年功行满，五龙捧圣上天台。

一炷真香本自然，黄庭炉内起祥烟。空中结就浮云篆，上祝高真寿万年。

祝寿壶中不夜天，蟠桃熟时庆长年。百千万劫朱颜在，永做蓬莱洞中仙。

吊挂

真武玄天上帝同，当年修道悟正宗。净乐宫中辞父母，武当山上去修行。

插梅骑棚仙踪在，铁梁磨针上游宗。四十二年功果满，五龙捧圣上天宫。

道香德香无为香，无为清静自然香。宝香焚在金炉内，香烟缭绕达上苍。

步虚

圣德流下土，星旗荡妖氛。剑光照日月，万载永沾恩。

龙德司灵化，神威镇坎元。朝宗归海内，利益及无边。

宝座临金殿，霞光照玉轩。万真朝帝所，飞鸟摄云端。

三炷香

稽首先天一炷香，香烟缭绕遍十方。此香径达青华府，奏请寻声救苦尊。

洁净

清净之水，日月华盖，中藏北斗，内隐三台。神水一洁，厌秽速开，净水洁过，祸去福来。

宋　庠

57 谷城主簿王崇者，少得养生禅寂之道，中年弃官，入汉阴武当之间，邈与世绝。又有吴人山者，自远携母与王同隐。时余方贫病，慨然慕之。因为诗代书，以寄二子，且托王寻耕钓之地，相与迹者并以叙怀云

余本丘壑人，失计蹈尘网。轩冕忽缰锁，风波若流荡。高羽颠宏罗。奔骎偾归鞅。众伪缘境滋，千忧共身长。进乏汗马劳，居畏濡鹈赏。力命频遭迍，幽忧思独往。闻君集汉阴，遁世久忘象。因溜为鸣琴，凭岩作烟幌。复有延陵季，亦善南越养。筑宇近亲仁，耕田或歌壤。且言挂瓢处，一径扪萝上。杳若御风游，萧萧骨毛爽。艺术纷异苗，礴䃜结幽响。老木森千寻，丹藤垂百丈。洞谷答啸歌，云霞代邻党。咨予倦游者，缅邈期真赏。之子幸我

怜，试烦蓊幽莽。傥获蜗牛居，即谢海禽繮。时从渔父鱼，聊植仙人杖。渐脱区中缘，永托无生奖。

宋庠（996—1066），字伯庠，字公序，别称宋郊，封爵莒国公、郑国公。谥号元献。安州（今湖北安陆）人，后迁开封府雍丘（今河南商丘民权）。官至兵部尚书。北宋文学家、宰相。著有《宋元宪集》。

58 过曹氏坟庵（在瀀皖间，蜀僧修静自天柱退居于此）

山郭屏仆从，取径问樵牧。短松新被冈，青嶂远遮屋。鸡犬无四邻，日月自两毂。阿师厌机缘，脱迹谢尘俗。是心大圆明，一室了具足。汲泉烹细芽，支铛炊脱粟。默坐契从三，诸方付藏六。我来同友生，得饱径眠熟。稍为微风醒，已欢畏景促。买山知几时，所惜负松菊。

宋 祁

59 次韵宫师相公南游还旧山及阁下二首

丙御萧萧上翠微，故林泉石共光辉。晓猿夜鹤知无怨，得见山中宰相归。武当宴席挥金罢，郑圃联章驿雾成。莫独名山藏秘本，别须留副在华京。

宋祁（998—1061），字子京，小字选郎。安州（今湖北安陆）人，宋庠之弟。官至工部尚书。北宋史学家、文学家、词人。

梅尧臣

60 送季康伯赴武当都监

城下汉江流，沧波照鬓秋。山川包楚塞，风物似荆州。试听清砧发，何如画角愁。遥知绝戎事，水味别槎头。

梅尧臣（1002—1060），字圣俞，世称宛陵先生，宣州宣城（今属安徽）人。皇祐三年（1051），宋仁宗召试为太常博士，欧阳修推荐国子监直讲，累迁尚书都官员外郎。北宋现实主义诗人，宋诗开山祖师。著有《宛陵先生集》

《毛诗小传》。

赵　桢

61　赞真武

镇天真武，长生福神。万物之祖，盛德可委。精贯玄天，灵光有炜。兴益之宗，保合大同，香火瞻敬，五福攸从。

宋嘉祐二年二月旦日

赵桢（1010—1063），北宋皇帝，庙号仁宗（1023—1063 年在位）。

韩　维

62　谢到水仙二本

此花黄白中，黄茎干虚通如葱，本生武当山谷中，土人谓之天葱。

黄中秀外干虚通，乃喜佳名近帝聪。密叶暗传深夜露，残花犹及早春风。拒霜已失芙蓉艳，出水难留菡萏红。多谢使君怜寂寞，许教绰约伴仙翁。

韩维（1017—1098），字持国，雍丘（今河南杞县）人。以父（乾亿）荫为官，父逝后闭门不仕。欧阳修荐知太常礼院，出通判泾州。著有《南阳集》。

司马光

63　渔父

楚岸橘花香，扁舟泛渺茫。短蓑冲密雨，素发净秋霜。烟外鸣根远，波间掷线长。无人识名姓，击楫入沧浪。

司马光（1019—1086），字君实，号迂叟，陕州（今山西夏县）人。宝元元年（1038）进士，累进龙图阁直学士。世称"涑水先生"。北宋政治家、史学家、文学家。编纂《资治通鉴》，著有《温国文正司马公文集》。

徐 积

64　希夷仙

白云夫子好希夷，碧玉窗中下绛帷。皓首勤成书万帙，病鸢窥见鹤偷知。红尘旧学今虽废，紫府新书近已齐。三十六仙俱不见，玉函金锁印龙泥。

徐积（1028—1103），字仲车，自号南郭翁，楚州山阳（今江苏淮安）人。谥节孝处士。治平四年（1067）进士。官至扬州司户参军。北宋聋人教官。著有《节孝集》。

苏 轼

65　观思在于夺，不敢不借，以此诗先之

　　仆所藏仇池石，稀代之宝也。王晋卿以小诗借观，意在于夺。仆不敢不借，然以此诗先之。

海石来珠宫，秀色如鹅绿。坡陀尺寸间，宛转陵峦足。连娟二华顶，空洞三茅腹。初疑仇池化，又恐瀛州蹙。殷勤峤南使，馈饷淮东牧（仆在扬州，程德孺自岭南解官，以此石见遗）。得之喜无寐，与汝交不渎。盛以高丽盆，藉以文登玉。

　　仆以高丽所饷大铜盆储之，又以登州海石如碎玉者附其足。

幽光先五夜，冷气压三伏。老人生如寄，茅久未卜。一夫幸可致，千里常相逐。风流贵公子，窜谪武当谷。见山应已厌，何事夺所欲。欲留嗟赵弱，宁许负秦曲。传观慎勿许，间道归应速。

苏轼（1037—1101），字子瞻，又字和仲，号铁冠道人、东坡居士。眉州（今四川眉山）人。嘉祐二年（1057）进士，官任礼部尚书。谥号"文忠"。"唐宋八大家""宋四家"之一，北宋文学家、书法家、画家。著有《东坡七集》。

66　武当赋

慕渴名胜与山川，美景历遍未尽欢。偶览史书典记悟，拨马飞腾白云间。误识九霄神仙府，却原陆地一洞天。欲得风光足我愿，生生世世武当山。

彭汝砺

67　六月自西城归（节录）

驾言将西征，呼仆问行李。吾行无所苟，虽远亲则喜。痴儿不知事，饮血泪如水。忆昨唐许边，遁逃聚蜂蚁。巅崖寄巢穴，绝险不可迤。扑灭无先几，捕督误诏旨。是时寡妻病，吾计或可止。君曰无妾私，促装勉行矣。妾病虽云危，姑慈有足恃。是身如浮云，永诀或此始。一马才登途，渠魁头挂市。犹虞未宁归，走讣忽在耳。羁栖二十年，粱肉饱有几。单车行四方，岁月几万里。私居乃如寄，方此还之彼。爱君能知分，嗜苦同甘旨。誓欲相厥成，完百无一毁。中流即我弃，我恨无涯涘。家贫未能去，顾惜尚壮齿。含愁复于行，嗜禄只自鄙。悠悠涉清汉，欲往辕更梔。沧浪照颜面，不与旧相似。蓬鬓生雪霜，龟胸点泥滓。骄阳恰中伏，旱魃方哆哆。山川惜阴雨，我稼病未起。高堂蔽重帘，捉扇衣屡褫。乃兹趋长途，登降遍峛崺。简书况有限，暮晚未担弛。山名初"外朝"，岌嶪超众峗。晴天出万象，扰扰谁经记。（自均州入金州，山名自外朝始，其略可记曰：外朝、大夷、干平、大小鸡鸣、马息、八迭、土门、悔来、方城、罗巅、长遥、端起、霍山、蚌岑、龙泉、燕子、勾平、磊石、女娲、狗脊、马鞍、留停、越巅、凤凰。而女娲最为高且远，其他不可胜数。）滥觞一拳多，结构五丸累。蛟龙跨鸿蒙，殿阁耸碨磊。或植如剑戟，或覆如釜锜。或视而错愕，或行而迤逦。或大而无当，或立而不倚。干平七峰老，秀拔匪众比。

　　彭汝砺（1041—1095），字器资，江西饶州人。宋英宗治平二年（1065）乙巳科状元，历任保信军推官、武安军掌书记等职，为宋朝一代直谏名臣。著有《易义》《诗义》《鄱阳集》等。

黄庭坚

68 因六祖举太和山语而成颂，贵此话大行

峨眉山中老，千颂自成集。持问太和山，鹘臭当风立。

黄庭坚（1045—1105），字鲁直，号山谷道人，晚号涪翁。洪州分宁（今江西修水）人。官至秘书丞，兼国史编修官，北宋文学家、书法家，江西诗派开山之祖。

邹 浩

69 将到均州

武当孤垒插天西，一见都忘渴与饥。倦客惟贪早休歇，不知匏系未成归。

邹浩（1060—1111），字志完，晋陵（今江苏常州）人。元丰进士，累官迁至吏部侍郎。

70 椹涧马铺壁间有黄元明，诗因次其韵

武当在何许，漠漠西南天。雷电正多事，道余如去年。参差挥尘约，妨废把书眠。破我征鞍恨，清诗犹灿然。

71 早行

朝来由气锐，前程入马蹄。天形随月见，斗柄傍人低。路转才絷白，沙平岂辨泥。露零欺鬓发，犬吠隔蒿藜。恍惚南柯梦，参差逢氏迷。比经十里堠，始报一声鸡。似脱关中日，如趋坦下蹊。修真空有术，习懒信无梯。行李几时北，武当犹在西。谁知贵公子，角枕正清闺。

葛胜仲

72　张周韩侍御迁居北市示诗次韵

神羊厌峨冠，铜虎出分土。一区久未卜，薄遽归无所。寓居得爽垲，众口粗安堵。委怀荣槁外，长歌乐韶武。自言倦霜台，笔端有萧斧。毋宁乞小憩，松菊问衡宇。未看武当山，聊踏南梁鼓。浮生皆寄耳，莫作飘流苦。要津况虚位，掀腾在仰俯。政恐尺一来，均人隔绥抚。

葛胜仲（1072—1144），字鲁卿，丹阳（今属江苏）人。谥文康。绍圣四年（1097）进士，累官至文华阁待制。宋代词人。著有《丹阳词》。

周紫芝

73　送冯均州二首

其一

闻说京西道，均房虎更多。定须叹来暮，政欲饮无何。过客虚厨传，饥氓费抚摩。君看归谏议，为郡拙催科。

其二

从事持三尺，将军控万弦。庙堂应记忆，江汉久流传。又复分新垒，归来更几年。他时休怪我，今日自华颠。

周紫芝（1082—1155），字少隐，号竹坡居士，宣州宣城（今属安徽）人。绍兴十二年（1142）进士，任枢密院编修官等，后隐庐山，南宋文学家。著有《太仓稊米集》《竹坡诗话》。

陈与义

74　欲离均阳而雨不止，书八句寄何子应

江城八月枫叶凋，城头哦诗江动摇。秋雨留人意恋恋，水光泛树风萧萧。

纶巾老子无远策，长作东西南北客。不知何逊在扬州，坐待梅花映妆额。

陈与义（1090—1138），字去非，号简斋，名陈师道，河南洛阳人。为江西诗派三宗之一，别称"诗俊"。南宋初诗人，著有《简斋集》。

75　均阳舟中夜赋

游子不能寐，船头语轻波。开窗望两津，烟树何其多。晴江涵万象，夜半光荡摩。客愁弥世路，秋气入天河。汝洛尘未销，几人不负戈。长吟宇宙内，激烈悲蹉跎。

晁谦之

76　南岩

南岩夫何为，山作天倚盖。山南溪山复，飞顶压其外。当空横广额，架屋喉舌内。尝聆释氏说，仰覆各世界。千间未可著，五亩良不隘。清冷气射人，热恼从此溃。崖奔木疏瘦，谷远鸟幽怪。揭予与二子，高兴偶相戒。松舟下清江，毛发数虾蟹。篮舆上峻岭，幢节望杉桧。李侯勋门胄，文采山作绘。赵君儒林孙，娿美兰结佩。不为城府游，继此日于迈。宁知老逾拙，意在精力退。得居溪南山，食饮与山对。夔魖入奥突，云雨出绅襘。顾此诚未逢，欣然与心会。彭湖两崖蹙，泉作一线霈。禅月古台空，灵境自明晦。平生所驱使，诗酒俱好在。天涯得吾侣，物外从所快。便欲登赤城，一观天宇大。

晁谦之（1090—1154），字恭祖，澶州人（今河南濮阳），居信州（今江西上饶）。累官右司员外郎。

张　嵲

77　崇山图七贤诗（一）

其一

短壑长松经始余，次山无往不从吾。便应扫尽陈踪迹，摹作三溪少隐图。

其二

岘首登临事已非，风流千古载丰碑。凿空寻出崇山景，又作襄阳一段奇。

其三

居士胸中有丘壑，买山占得水云宽。七峰环合三溪碧，尽付骚人一倚栏。

其四

负郭幽崖面武当，襄江前占水云长。四时景趣无穷尽，俱向公家静隐堂。

其五

两山列影作眉愁，尽付襄江一鉴收。问讯风光应更好，赋诗谁与共清流。

其六

山容浑似关南见，水曲初疑岘首看。闻说新堂多胜概，待飞一叶上云端。

张嵲（1096—1148），字巨山，襄阳（今属湖北）人。官至房州司法参军。

78　崇山图七贤诗（二）

题舆意匠崇崖图，鲁侯为赋溪隐诗。长松短壑历可数，坐使妙境移于斯。地灵神秀天所秘，豺噑虓伏鬼莫窥。芝蓬扶舁快登览，若有异物阴相之。嵌岩巀页临汉浒，左拱右揖如追随。七峰远峙攒剑直，三溪旁缭萦带垂。芳洲兰杜飞白鹭，沧浪渔艇牵钩丝。烟霏露融水鉴净，一声孤笛横云霓。淑气亭亭扫般若，昂精灿灿栖明祠。幽寻眼力觑大巧，卜筑得此林峦奇。堂如连舰岸若玦，呀成空谷洼为池。妙观观尽见觉性，静隐隐德腾光辉。信美谁谓非云土，致爽自足和天倪。邓公之孙特不凡，渥洼绣鞯黄金羁。胸中万顷九云梦，江湖宽旷贞以期。

贾得升

79　张三丰承留

天地既乾坤，伏羲为人祖。画卦道有名，尧舜十六母。微危允厥中，精一及孔孟。神化性命功，七二乃文武。授之至予来，字著宣平许。延年药在身，元善从复始。虚灵能德明，理令气形具。万载永长春，心兮诚真迹。三教原两家，统言皆太极。洁然塞而冲，方正千年立。继往圣永绵，开来学常续。水火济既焉，愿至戊毕字。

贾得升（生卒年不详），称火龙真人、火龙先生。北宋隐仙派宗师，上承五代陈抟，下传元明之际武当真人张三丰，有"终南隐士"之称。

喻良能

80　紫霄宫

间关穿木杪，诘屈转山腰。自昔形清梦，于今到紫霄。容仪粲冰雪，环佩响琼瑶。安得顾吴手，凭渠图素绡。

喻良能（1120—1205），字叔奇，号锦园，被称为香山先生，婺州义乌（今属浙江）人。累官工部郎员。南宋诗人。

杨万里

81　跋韩魏与尹师鲁帖

侍中尺棰挞羌酋，更得河南共运筹。到得降书来北阙，河南骑马去均州。

杨万里（1127—1206），字廷秀，号诚斋，吉州（今江西吉水）人。绍兴二十四年（1154）进士，累官宝谟阁直学士。谥号文节。南宋文学家、诗人，"南宋四大家"之一。著有《诚斋集》。

陈　造

82　再次韵

是日得程帅诗筒

归担乍弛谁洗泥，使君载酒携歌儿。小家卷褥当酒负，醉倒一笑眠虎皮。平生自审枯槁甚，高情顾肯振拂之。均州从事六辈来，欢喜如官浴凤池。诗简偕拜府公赐，格律高古语崛奇。头风失去肺渴减，病夫虽病容枝持。南山侧望洁斋久，知我日诵无生诗。

陈造（1133—1203），字唐卿，自号江湖长翁，高邮（今江苏金湖）人。淳熙二年（1175）进士，官至浙西路安抚司参议。被誉为"淮南夫子"。著有《芹宫讲古》。

83　赠安道士

道士能琴亦吟诗

吴置传世皆妙语，善升乃近崔遵度。丝桐造妙诗疑神，古来多属方外人。羡君矫矫云山客，子墨桐君生莫逆。此人此艺吾了然，锦囊杰句多时贤。月斧云斤且游戏，缠声鹿鸣莫经意。古人进艺道与俱，如君不应古与殊。谒帝行如稷邱子，莫谩□芋噬侯喜。

84　寄程安抚

离襄阳始冒雨，中途大雪，间关凄楚已甚，然奇观亦良快人。车中读程诗卷，作古诗纪行，且寄之。

归袖翩翩去谁御，篝灯荧荧翳复吐。取道言从草市西，问津更访修竹坞。残梦欻过均州山，杀更尚数襄阳鼓。盎盎屯云连远袖，剪剪北风斜细雨。袖手缩颈寒可胜，羡杀昨宵宿僧宇。伏龙一炊随分饱，小市居民无醓脯。孔明栖遁此其地，有庙才余十里所。侧望缚足欠一往，不得持杯吊忠甫。鹿门三岘率如此，何者不为积阴阻。行行野香间幽艳，晤对未用嗟无侣。栎林森疏陂渌净，江梅水仙争媚妩。殿秋迎腊太早计，花神今岁良夸诩。黄堂交笔为尔吟，题品再三犹记不。天涯骤作悬麻势，但听人家拥炉语。寂寂关门唤不应，青钱可能沽重糈。夺炀争席吾敢校，定知楚俗轻羁旅。土风人情管头好，不比阳阿辄相遭。馈浆亦有白首翁，束缊乃得青裙女。推枕每被荒鸡催，捉鞭动与寒雁伍。东村西里无干地，上山下山泥溅股。隶厮任辇起复僵，登顿连朝吾愧汝。空荒颇怪人迹绝，撩乱俄惊雪花舞。搅絮铺盐疑变幻，寒鏊漫山太荧侮。弥漫六幕眩明灭，梦乘两间迷仰俯。山川映带巧装镂，林薮斓斑几篆组。麋鹿决骤鸟乌骇，颉颃猎夫布置罜。脚毛胃羽不遗力，割鲜倒瓶供快茹。人间壮观今创见，城市蔽亏无此睹。跨驴索句信能事，还忆词坛有盟主。风云月露溢缃素，膏馥芳鲜存肺腑。大笔轩轩轧时杰，新篇衮衮流乐府。击节长哦风为传，吮漱天籁含宫羽。雪神风师底颜面，解渠严冷聊夸与。雾扫天开一弹指，烛龙扬辉上琼圃。劳勤惬快初不意，倏忽起灭嗟如许。及兹追悔前两日，浪喑萍蓬悲兕虎。谷城重到昔所安，令君存旧犹比数。黄昏剥啄门为启，盘卧肥羊榼佳醑。他时回首追陈迹，可无甲子记毫楮。岁乘赤蛇月就盈，中浣之后厥壬午。

85　均州赠应守沈倅

闻道均阳郡，平时百万家。客行休访古，世异定兴嗟。逐逐才为市，通通亦惨挝。仅成新聚落，那复旧豪奢。属者歌箫地，连畦蔓瓠瓜。今来冠盖侣，荐箸欠鱼虾

连日买汉江鱼无所得。

狭路几沙碛，颓垣剩土花。街尘坌鸟雀，屋影暗桑麻。恐有如鸮鹏，仍惊攫肉鸦。遗基满空阔，面势踞谽谺。一水纤龙脊，群峰簇犬牙。封疆界梁楚，形胜引黔巴。郡计稽图牒，农功富秉秅。吏庸常报最，帝泽向来赊。劫火延中夏，髦头震四遐。风声离夷裔，俗习堕奇衺。谷蓄宁关虑，山荒久废畬。腰间尚牛犊，篱脚漫猣犰。久矣皇恩洽，悠哉户籍加。帅车初楩轨，倅戍未归槎。厚本还千载，移风待两衙。抚摩端不苟，恺悌信无华。巳日知胥悦，为生渐有涯。耕耘捐末务，惰窳弃前瑕。条教须源委，浮淫计蘖芽。要能潴郑白，不必漕褒斜。号召人投袂，污邪岁满车。腾陵倾献替，陆续拜亨嘉。绩效烦银笔，人才况绛纱。翰藩仍庶富，余付史臣夸。

86　次韵张司户（节录）

其一

雁汊解后，张有诗见惠。

橘颂精灵杂远游，如君信是古诗流。吴门肯问鲈鱼鲙，东武当营燕子楼。

有底挥毫挟风雨，定知储腹尽阳秋。即看珥笔鸳鸾右，莫漫江城诧狎鸥。

楼 钥

87 赠凌一源道人

知君曾住武当山，更解寻幽瀤皖间。老矣无缘穷胜处，但思归去卧乡关。

楼钥（1137—1213），字大防，鄞县（今浙江宁波）人。隆兴元年（1163）进士，累官参知政事。南宋文学家。

赵 蕃

88 寄刘叔骥兼索远斋、伯瑞、仲文、叔鱼、叔骥和叔太和送行诗

苕溪往来非不欸，何山道场况非远。如何着脚竟无缘，孤我平生看山眼。刘郎生长在溪山，吸光饮绿岁月闲。不惟人作晋宋样，更觉诗参简远间。向来稍得相酬唱，别后阙然难屡枉。况今结束事西浮，那可无诗道遐想。远斋视我犹其子，伯仲视我乃其季。傥能俱寄绝妙辞，更约髯参并表弟。

赵蕃（1143—1229），字昌父，号章泉，河南郑州人。南宋中期诗人，被誉为"上饶二泉"，江西诗派代表。

89 送赵一叔江西漕赴召，代成父作（二首）

忆昨公持使节西，迎公鲁渡石田溪。今公复因召节至，送公亦渡石田水。公今西来又东去，送迎车马纷无数。我虽唯悴不如人，倚赖故情靳一顾。

阿兄今得太和官，买舟同载初不难。公持使节豫章郡，靳以过公道窘寒。公今召节趋日旁，我虽失望犹欣然。西江恩波千万里，活此枯鱼当易尔。

90 曾耆英自太和携所录谢民师观妙诗文，副以长句见惠，次韵酬答

别时黄落问山风，见日清霜鸣哑钟。二谢有诗皆可诵，七言兼与见传宗。举幡故异司隶救，右袒徒闻吕氏从。君独凄凉能过我，逢迎敢作谬为恭

耆英尝从观妙学诗太和，近有攻令之变，皆士子所为云。

91 寄太和旧迁

李暗桃春未是晚，可怜孤负海棠天。故应陶写皆诗内，安得淋漓到酒边。已办经营求散吏，便思潇洒泛江船。相思异日题请句，远屋扶疏陶令篇。

92 次韵杨廷秀太和万安道中所寄七首（节录）

其二

爱竹知人忆故山，食贫过午尚悬箪。长篇乞与小诗并，要似韩豪东野寒。

曹彦约

93 送萧季然倅均州

持家远与立朝同，善继何人似乃翁。国史但书萧傅直，乡评更仰伯夷风。只今边备艰难际，自古官箴谨饬中。四秩亲朋今健者，尚看褒诏诧江东。

曹彦约（1157—1228），字简甫，号昌谷，南康军都昌（今江西九江）人。淳熙八年（1181）进士。累官华文阁学士。谥"文简"。南宋大臣。

释居简

94 送夔州何道士

夔峡希声洞杳微，赏音犹笑武当迟。灵蛇束破玄龟壳，应恨从前骨裹皮。

释居简（1164—1246），字敬叟，号北涧，潼川（今四川三台）人。依邑之广福院圆澄得度，访诸祖遗迹，晚居天台山。著有《北磵诗集》。

陈 宓

95 寿崇清陈侍郎

卫武当年解赋诗，若挥椽笔定应疲。先生名德都相似，余事才能更过之。

云岫图书供宴坐，沧浪风月足追随。久闲精力天教健，更看三为帝者师。

陈宓（1171—1226），字师复，兴化（今福建蒲田）人，丞相陈俊卿之子。曾任安溪知县，著有《论语注义问答》。

刘克庄

96　神君歌十首（节录）

武当并灌口，闻说毁于兵。独有东南远，人神尚太平。

刘克庄（1187—1269），字潜夫，号后村，别称刘灼，福建莆田人。累官龙图阁学士等。南宋豪放派诗人、词人、诗论家，属江湖诗派。著有《后村先生大全集》。

杨宏道

97　武当山张真人

张公披发下山来，欲为神州救旱灾。感召上天垂雨露，指挥平地起风雷。槁苗再发还堪刈，枯木重荣不假栽。受诏即思归旧隐，琼楼玉殿绕崔嵬。

杨宏道（1189—1272），字叔能，号素庵，淄川（今山东淄博）人。官任襄阳府学教谕，授唐州司户。金末元初诗人。著有《小亨集》。

98　寄武当山人张真人

山走西南气势尊，大神遗迹至今存。冰横涧下千年冻，云起岩前万里昏。既有威严彰赫赫，讵无厚福护元元。真人制行通天地，日月飞仙降殿门。

白玉蟾

99　赠玉隆王直岁游武当山

西山猿啼啼不已，千岩万壑绿烟起。杖头挑月过潇湘，去饮清阳涧下水。

清阳涧上五龙池，池边落叶不敢飞。太玄真人去未归，七十二峰空斜晖。峰头有人名欻火，洞泉飘出松花老。他年君自武当回，惠我数枝石灯草。

白玉蟾（1194—?），原名葛长庚，字白叟、如晦，号海琼子、海蟾。广东琼州（今海南）人。南宋道士。

100 赠张知堂

清河知堂武当来，左日右月双眼开。高卧云堂留梦醒，笑骑白鹤归蓬莱。

佚 名

101 武当真武"降笔"（节录）

"神光满室"四

一日，黑光相荡，谓太祖亲吏曰："此天命也。"是夕，次陈桥驿，军士议曰："主上幼，我辈出死力破贼，谁则知之？不如先立点检为天子。"黎明，诸将直叩寝门，曰："诸将无主，愿立太尉为天子！"以黄袍加身。太祖拒之，不从，遂受恭帝禅，即皇帝位，国号曰宋。初，武当山真武灵应真君降笔曰："吾奏事于天，适见上帝批判：天下并合，归大宋为一统。"

处士陈搏，学际天人，有先知之明。五代之际，闻一朝革命则为之蹙。蹙数日，尝有诗云："愁闻剑戟扶危主，闷见笙歌聒醉人。"

"威镇金虏"五十一

赵端明南仲，嘉定年间为淮阃，威望表耸。金人相戒不敢犯，边皆以"赵爷爷"呼之。貌古怪，两眼高低，一眼观天，一眼观地，人皆望而畏之，不敢仰视。一日豁汤，伏事低窥，见一巨蛇盘于桶中，皆不敢漏泄。一夕三鼓不鸣，诘朝申举，当更军人自分必死。及执覆，有谓巨蛇盘于鼓，故不敢近。以故皆谓蛇之精，镇边数年，一尘不惊。两子六直阁、七直阁随侍往淮北。人有"大只角""七只角"之呼，其威名已远扬矣。南仲后为淮东制帅，后拜枢密使。以暴年在淮不曾持服。淳祐辛丑乞追服，归私第，后召入相，累召不拜，深得明哲保身之道。后欲上武当山烧香，上真降笔曰：

"襄阳赵方，欲上武当。酆都小卒，不请烧香。"

刘辰翁

102　铜像铭

天地先，水虫铅。范合坚，凌风烟。生青蓬，剑蜿蟺。按大千，龟蛇缠。劫运迁，飞乾乾。玄玄天，万万年。

刘辰翁（1231—1294），字会孟，庐陵（今江西吉安）人。景定进士。南宋爱国词人。子刘将孙汇编有《须溪先生全集》。

许　览

103　舜子井

一千二百余年外，万火消磨不可寻。舜子井泉有谁记，随人间巷只如今。隶书字杂科蚪体，民爵名存乐石阴。登眺时来醒醉眼，也胜他物在园林。

许览（生卒年不详），宋代名士、诗人。

俞德邻

104　赠雷岩赵相士

雷填填，雨冥冥，千岩万壑白昼暝。真人宴坐神不惊，一瞬百怪无留形。风休电止天宇净，顶笠执包谈性命。龙铅虎汞世莫知，更说荣枯动人听。壶子久不作，季咸亦已矣。杜德衡气无二机，靡靡波流宁底止。矧伊浮世上，旋转如飞蓬。死生梦蝶成蝶梦，祸福得马失马翁。羊裘垂钓或谏议，不龟手药忽取封。相形相不尽，相心心莫穷。雷岩雷岩，不如归卧岩之下，吾亦柴桑税吾驾。明月投人戒暗投，美玉匮藏须待贾。

俞德邻（1232—1293），字宗大，自号太玉山人，浙江平阳人。咸淳九年（1273）浙江转运司解试第一。入元累受辟荐不应。宋末元初文学家。著有《佩韦斋文集》。

105　赠武当山孙道士二首

其一

云龙风虎正经纶，长啸归山作道人。千古武当丘壑在，纷纷商住几全身。

其二

汉祚虽开四百基，韩彭诸将意何之？谁如四皓商山志，明月一天餐紫芝。

胡叔阳子

106　夜题诗于壁

知君色欲未能除，好把精神契太初。从今发誓休贪欲，我保教君入太虚。
奉崇香火若君难，莫把经文作戏言。儿女损休都管尽，明春速入武当山。

胡叔阳子，生平事迹不详。

佚　名

107　沧浪

沧浪到处得名多，莫题曾经孺子歌。我欲濯缨缨爱浊，歌人其如濯人何。
清浊随水东流去，独清众浊惹风波。曷若浮萍不识他，□□□□□□□。

佚名，生平事迹不详。

元 代

郝 经

108　武当道士歌

武当道士数十百，乱兵驱来不动色。就中一人尤瑰奇，两颊红润须发白。怪目深涵汉江水，仙骨迥立秋山石。肘后高悬绿玉符，簪头倒挂丹砂笔。傍人为说不记年，上圣亲传官斗极。掌上曾教起风雨，袖中倾下生霹雳。玉肥燕瘦身体轻，居无匕箸不火食。深岩绾缚龙几潭，远岫逍遥鹤一只。爇香重与扣玄关，为说天道方在北。敛藏形气更不语，我亦无言两廖阒。

郝经（1223—1275），字伯常，许州临颖（今河南许昌）人。元代名儒、政治家。

宋 衜

109　己巳春往均州

武当却立翠屏新，碧玉溶溶汉水奔。如画江山千古在，城阃几度战尘昏。

宋衜（？—1286），字弘道，潞州长子（今山西长治）人。官至太常少卿。著有《矩山集》。

王 恽

110　大元故怀远大将军万户唐公死事碑铭（节录）

武当西来万马骧，汉水东注为沧浪。凤溪之里穀伯邦，盘盘沃野开荆襄。丙山衣冠唐所藏，维兹唐侯百夫防。佩服义烈南方强，三世崛起参戎行。幢牙茸纛金节煌，王常铁石我所将。维南有交伐用张，一军来戍心靡遑。万甲夜卷趋敌场，桓桓不惮天戈攘。誓此一去批其亢，春陵宴诀何琅琅。山溪失势臣分当，鲛鳄肆毒纷蜂螳。落落铜柱鹰孤扬，海雾翻瘴霾三江。奄奄战鼓声则镗，一偾不捄千夫僵。蛟匦零乱剑有光，臣维有賷甘自戕。一日之短百世长，恨以鳞介易我裳。义存义亡臣节昌，胜负况复兵家常。羁典昭报恩泽土霧，嗣侯孝思示不忘。葬而从祖缯有堂，巫阳下招为悲伤。羁栖胡为滞此荒，魂兮归来安故乡。牲牷肥腯罗酒浆，部曲俨侍备两厢。鼖鼓铙铎声铿锵，子孙岁时供蒸尝。银钩翠琰勒我章，忠传孝继沨大泱。陵迁谷变事叵量，英声载世永不亡。

王恽（1227—1304），字仲谋，号秋涧，卫州路汲县（今河南卫辉）人。忽必烈、真金、铁穆耳三代谏臣。元朝政治家、学者、诗人。著有《秋涧先生全集》。

刘　因

111　武当野老歌

南阳武当天下稀，峰峦巧辟山自迷。青天飞鸟不可度，但见万壑空烟霏。山不知人从太石，白云飞来天作主。旌旗明灭汉阳津，几阅东西互夷虏。老人住此今百年，自言三世绝人烟。往事不闻宣政后，初心欲返羲皇前。脯鹿为粮豹为席，竹树苍苍岁寒园。天分地坼保无忧，怪见北风山鬼泣。一声白雁已成擒，回望丹梯泪满襟。传语桃源休避世，武陵不似武当深。

刘因（1249—1293），字梦吉，号静修，雄州容城（今河北徐水县）人。元代理学家、诗人。

程钜夫

112　均州武当山万寿宫碑（节录）

翼轸之墟均房间，百云峨峨武当山。根盘千里阻且艰，七十二峰罗烟鬟。帝遣元武驱神奸，被发长剑衣曬曬。穿龟修蛇猛且闲，乘云而来驭风还。跂予望之杳莫攀，真人学道镌坚顽。飞上千仞诛榛菅，斡旋天枢启天关。琼楼珠宫翠回环，霞帔雾映黄金镮。湛恩大号帝所颁，神来居之佩珊珊。寒松箫飕水潺湲，飞香满空馥黄兰。愿神永永哀民艰，迅扫秽浊抚恫瘝。我皇万岁御九寰，兴圣怡愉长朱颜。

程钜夫（1249—1318），初名文海，号雪楼、远斋，建昌（今江西南城）人。累官集贤直学士、大江南湖北道肃政廉访使。追赠大司徒、柱国，追封楚国公，谥文宪。元代诗人、文学家。著有《雪楼集》。

113　送武当张真人赴召祈雨南归

圣主忧凶岁，真人下碧岭。云辞武当黑，雨人蓟门深。独抱回天力，常存济物心。两宫宣赐罢，归鹤杳沉沉。

吴　澄

114　延祐三年丙辰十有一月甲子，诗赠武当山月梅道士二首

显德年间旧丙辰，武当旧隐有高人。高人一去睡来觉，丁巳重来第七春。

又

武当道士能风鉴，定是希夷身后身。阅遍王门厮役了，尘中还见出尘人。

吴澄（1249—1333），字幼清、伯清，号草庐，抚州崇仁（今江西崇仁）人。官至同修国史。与许衡并称"北许南吴"。元代理学家、经学家、教育家。著有《吴文正公全集》。

115　戏笔依韵奉答武当皮道士

十分光满十分神，一度花开一度新。黑暗里头明不灭，冱寒时节暖先春。

又

光清花白虽然好，非月非梅更可人。处子嫦娥冰雪质，武当山外藐姑神。

佚　名

116　均州·玄天上帝圣垂训

吾山不及诸山富，诸山不及吾山清。吾山冬寒而不寒，夏热而不热。三

世为人，方到吾山。五世为人，方住吾地。七世为人，方葬吾境。吾山寂寂草萋萋，只闻钟鼓不闻鸡。汝若有缘住此地，吾令六甲斩三尸。七十二峰接天青，二十四涧水长鸣。三十六岩多隐士，葬在吾山骨也清。

佚名，生平事迹不详。

佚 名

117　赞飞升台

南有降魔北金锁，胆必惊兮登必阻。劫终劫始剪妖精，留得佳名垂万古。

佚名，生平事迹不详。

附：大顶天柱峰——记曰

刻刻不离大顶，无一时不在南岩。三世为人方上吾山，七世为人方住吾地。

彭殿辉

118　武当山玄天上帝垂训文

吾号治世福神，镇北天大将军。游巡诸天诸地，掌握世界乾坤。扶助太平天道，护佑国王大臣。不忍五浊恶世，众生受苦遭辛。旱涝饥馑疾疫，水火劫盗刀兵。天下江南江北，朝病暮死七分。吾向三元八节，三会五腊生辰。斗降七斋三七，本命甲子庚申。腊月二十五日，亲随玉帝降临。统率千真万圣，检察下界人民。纪录作善作福，较量罪福重轻。轻则减死一半，重则死绝灭门。善者得见天日，恶者不见太平。信者得度末劫，不信丧命亡魂。检举不忠不孝，抄录无义无仁。穷不安分守己，富不念老怜贫。轻重长短秤尺，大小斛斗方升。买卖欺瞒良善，交关举用不平。使尽机关肠肚，恶心害众欺群。两舌恶口斗乱，教唆州县乡村。恣意悭贪嫉妒，是非人我争嗔。不识善恶因果，不畏天地神明。强梁不得老死，结冤促寿除龄。故遣天将抄录，疥癣痲痘灾瘟。肚痛赤眼泻痢，恶疮脓血淋漓。咽喉急风唾毒，寒热咳嗽呻吟。打算未尽劫数，十磨九难未轻。天遣帝王治世，灭除恶党纷纷。似吾当初学道，直磨铁杵成针。治尽不平等辈。方始大地成金。奉劝世人敬信，听吾指说叮咛。不可听闻邈邈，各依戒律谆谆。方见太平年到，上元甲子当旬。自此风调雨顺，田蚕五谷丰登。天下太平乐业，人民歌咏欢欣。到此人身难得，各宜修省思寻。更有泰山东岳，速报立报司存。莫道造恶不报，直待恶贯满盈。莫道修善无应，直待善果圆成。若有人间私语，天上听若雷霆。不可欺心暗室，神目如电光荧。阴阳误伤人命，修犯地曜天星。医药误伤人命，方脉指下不明。僧道师人积罪，贪求世利食荤。似此诵经有罪，差讹字句不真。溺死儿女有罪，千生万劫冤亲。切莫杀食物命，放火烧害山林。积累无边罪业，冤冤报屈难伸。切莫杀食牛犬，免堕万劫沉沦。告报行法弟子，天条不可不遵。爱惜一切字纸，遇诸水火漂焚。帝德好生恶杀，簿书日夜具呈。阳有阳间罪业，阴有阴司典刑。请看冥司录载，《太上感应篇》云。造作善善恶恶，报应如影随形。一劝敬重天地，心香一炷晨昏。二劝孝养父母，堂前活佛二尊。三劝皈依三宝，儒释道教同伦。四劝修斋布施，报答四重深恩。五劝善男信女，持斋念佛看经。六劝州县官吏，治民如水之清。七劝救济孤滞，四生六道苦轮。八劝富家布施，架桥砌路修因。九劝九流技艺，三六九字同伦。十劝广行阴德，福及子子孙孙。但存方寸心地，留与后代耕耘。所作总依本分，与人方便朴淳。若以递相传写，吾当护汝于阴。家有一本供养，全家老幼安宁。身有一本佩带，免遭一切灾迍。若写五本奉劝，寿增半纪余龄。若写十本奉劝，一纪寿算增新。印刷百千万本，名同佑圣真君。当境城隍里社，欢喜保举奏闻。三界四府列祠，吾同保奏天庭。北府消除罪籍，南宫注上生名。现存获福无量，九玄七祖超升。上号金科玉律，下曰劝世戒文。更有能行正直，不昧阴空鬼神。不以祭享加福，不以不祭生迍。有福休夸俊丽，无福休怨鬼神。欲知前世因果，今生受者之身。欲知后世因果，今生作者之心。人能知时速改，切莫更待因循。吾乃敕示戒语，留传往古来今。

吾受玉帝敕命，长生治世福神。佛中即无量寿，道乃金阙化身。统辖天神天将，天上天下游巡。纠察神人功过，一月一度奏呈。所作有功必录，所作有过必惩。赏罚定依天律，分毫不顺私情。神若有功保奏，名依玉格擢陞。

人若有功录用，即与仙籍标名。神过罚为下鬼，鬼过灭迹分形。人过各依轻重，水火瘟疫官司。若有十分重罪，虚空霹雳一声。不以奉吾私庇，不以不奉生嗔。吾欲世人普度，今特诲语谆谆。案着国王水土，终身不得忘恩。有此发肤身体，须当孝养双亲。和顺内亲外族，爱惜手足弟兄。大者提携年幼，小者侍奉年尊。但遇三元五腊，荐拔上祖亡魂。凡处乡党邻里，往来礼乐恂恂。不可自称富贵，富贵难保长存。不可轻忽贫贱，贫者未必是贫。诸门多生饿莩，白屋每出公卿。修仙学道之士，当依经教殷勤。切莫反行邪道，一时误了前程。识字为儒为吏，切莫弄法侮文。为医审证用药，为术依经讲明。经商为求利息，须要本分平心。莫用两般秤尺，休使大斗小升。财余之用守己，色非己者休淫。粗衣蔽身足矣，淡饭一饱为荣。诸物贪生畏死，莫为口腹杀生。五谷须要爱惜，牛犬食之招瘟。柔软卫身之宝，刚强惹事之因。天下奉真者众，谁能积得功勋。吾欲选用贤者，万中一二观寻。此遇圣明治世，四海之内太平。作善延生享福，后代光耀门庭。作恶自身促龄，更无折子废孙。人若敬信吾语，多多抄写劝人。若能传写千本，胜看一藏真经。吾遣天丁拥护，自然百福来臻。人若毁谤吾语，城隍社令申闻。雷部瘟部火部，听吾号令施行。

彭殿辉，生平事迹不详。

佚　名

119　武当降笔辛天君

玉皇传宣，搜求仙子，六百余员。仙官仙位，补阙大罗天。敕下诸神采访，随方所选觅高贤。三元日，书人功行，飞奏御炉前。全真门弟子，修功积行，专要心坚。猛降龙伏虎，炼汞烹铅。一旦天书选举，云霄路快着仙鞭。朝金阙，三清殿下，作个状元仙。

佚名，生平事迹不详。

120　山肴野簌

山田粟米饭，野菜淡黄韭。个中滋味别，只许自家知。

佚名，生平事迹不详。

蒲道源

121 蔡相士过武当山

与山为友十年余，终日相看不忍疏。久静胸中自生白，阅人何异鉴磨初。

蒲道源（1260—1336），字得之，四川青神人。元代散曲家、诗人。

赵世延

122 赠张洞囿祈雨

京师大旱连三年，地蒸热气如云烟。林林佳木尽槁死，毋论黍稷生秋田。武当真人张洞囿，为道有心如铁坚。食粗衣恶夜不眠，两眸奕奕光射天。天子有诏承相宣，诏君祷雨纾烦煎。君不默不语，奏达虚皇前。将吏驱蛟龙，雷电相后先。垂垂雨脚昼夜喧，平地涌水如通川。稚禾出吐芃芃然，小草大草争芳妍。都人士女喜欢颠，谓君有道真神仙。我今为赋喜雨篇，勒之金石传千年。

赵世延（1260—1336），字子敬，雍古族人，今四川成都人，累官光禄大夫、同知枢密院事等职。

刘清真

123 均州福地武当修真观颂（节录）

观号修真，深含素志。猗欤师祖，心与道契。自南而北，越数千里。肇开斯基，创兴殿宇。经之营之，浸成纶绪。随置田亩，用充常住。接待十方，朝山士庶。尘缘既毕，宛然蝉蜕。徒孙住持，甲乙相继。寅奉香火，永远无替。姑抚其实，勒碑作记。上祝一人，圣寿万岁。

刘清真（生卒年不详），襄阳路都提点。

王士熙

124　送唐宗师祀武昌

龙衮分香下绛霄，羽衣承诏出清朝。星临翼轸南陲阔，神降虚危北极遥。金殿压云开紫翠，玉台和月合笙箫。蕃禧更为吾皇祝，下界时丰雨露饶。

王士熙（1265—1343），字继学，山东东平人。官任中书参政等。追封赵国公。元朝书法家、元曲家。著有《江亭集》。

袁　桷

125　武当张道士京师祷雨回山中

古有岩居子，抱朴尸玄冥。被发空洞游，苍莽穷帝青。手执九九文，蜿蜒合扬灵。维斗司其纽，习坎鞭流霆。良畴已怀新，燥露滋明星。涤涤原野焰，回风转尘腥。无哗夜下令，瞬息不得停。兹人秘元化，长跪耳默聆。昆仑挟潢汉，紫霄嘘青萍。玄鹤潎以凄，百谷奔零零。浮侈不足慕，趣使归岩扃。天地古橐籥，炼一清且庭。诡幻岁已暮，愿言养修龄。

袁桷（1266—1327），字伯长，号清容居士，浙江鄞县（今宁波）人。元代学官、书院山长、文学家。著有《清容居士集》。

126　送祝丹阳使武当山

夙昔山水郡，浮身宅冰霜。回首楚望深，乘车升武当。上有天一池，夹日红荧煌。玄云起丹甲，群螭恣腾骧。攀崖灵寿杖，坐石芙蓉床。琳琅彻回鸾，俨立承天香。麻衣采芝叟，百岁须眉苍。授子以易知，永视元运长。摩娑古金人，镠镣日月光。中台古嶵崒，天风振层冈。挥手谢来者，下土何遑遑。

127　送汤道士降香武当山

紫衣山人眼如月，朝捧天香辞凤阙。柳丝轻拂桃花骢，屈曲层峦过俊鹘。涧中黄银如仆姑，清浅闪烁随菖蒲。水流东南天转北，橐钥妙化谁为图。沈沈玄帝道渊默，手握神机合无极。密调六气佐璇玑，魑魅潜藏百神职。暮春之初传降灵，阅世已久难稽评。龙虎之章端莫测，龟蛇之光杳无迹。

128　送李希白降香武当山

绝壁通灵籁，天香蔟宝华。重明应龙马，习坎伏龟蛇。度岭金盘日，穿云玉佩霞。道逢采苓叟，应与论南华。

129　送华道士降香武当山

神君寿与玉皇同，岁岁香传第一峰。龙虎使来红日拥，龟蛇灵在碧苔封。万年松子天风奏，九节蒲根涧水春。博士文工成故事，石床为采玉芙蓉。

130　白云闲斋

武当灵峰通廓廖，下有白云护山腰。朝入寝扉结翠被，暮宿丹井腾金瓢。神君握机不盈寸，顷刻倒影旌幢飘。道人夙昔惯所见，更上岩峣抉斗杓。

柳　贯

131　送道士祝丹阳祠武当山

双童白鹤导锋车，上到天池楚望舒。崇祀第从方士法，宝慈元有道家书。山形巀嶪知函负，剑气峥嵘应欱嘘。上帝居歆亲锡羡，归来犹及荐釐初。

柳贯（1270—1342），字道传，号乌蜀山人，婺州浦江（今浙江兰溪）人。元代文学家、诗人、哲学家、教育家、书画家。

132　送唐可升法师奉香祠武当山

黄帕封香御手题，荧光一道紫云随。神山额额千灵会，天子明明万寿宜。

金马碧鸡春动彩，钩陈玄武暮张旗。甘泉画法元非诞，太乙祠方固自奇。

范德机

133　送张炼师归武当山

张君瀛洲人，来作武当客。始来武当时，只着谢公屐。弟子百数辈，稍稍来服役。诛茅立万柱，空中现金碧。辛苦三十年，夜卧不侧席。以之律鬼神，故亦如短墨。元年逾冬旱，朱火烧四国。野谷方焦熬，六月畿甸赤。朝廷亦不爱，牺牲与圭壁。僵巫暨愚史，歌舞无消息。君时待诏来，公卿初不识。一朝传天语，问以济旱策。君云臣鄙愚，造化非所测。阳阴有开闭，此实智者责。公卿复致辞，物生今孔棘。已敕京兆尹，取足输粟帛。此如解倒悬，祀事惟所择。君闻犹固让，心实内忧惕。飞章白玉阙，沥胆殚悃愊。臣实才浅鲜，臣实学迮塞。臣有一寸心，愿辅后皇德。后皇本爱民，民今旱为厄。或者罪有由，皇亦重开释。祈谢各有方，咒禁各有式。上堂荐明水，下堂考金石。夜分请命既，昧爽大施设。为坛东市门，经纪法灵册。庭中玄武旗，飘飘墨黍黑。君临一挥手，怒发上霄直。指挥东方龙，卷水东海侧。指挥西方龙，卷水略西极。北南暨中央，各以方率职。某日某甲子，漏下五十刻。我在坛上伺，不得忤区画。丰隆与飞廉，列缺与霹雳。汝将汝风驰，汝遣汝雷击。汝云冯勿漓，汝雨必三尺。汝不从誓言，不畏上帝敕。至期果响答，动荡十日泽。常时人所难，君若不以力。公卿奏天子，是必有褒锡。可以宠号名，可以蕃服裼。君曰天子圣，卿从诚所格。臣敢贪天功，况在归计迫。昨得山中书，至自青溪宅。向来百弟子，迟归在朝夕。暾时冬序半，霜下木叶积。明当课斩伐，结构西岩壁。山田晚报热，艺术及采摘。狝猿长如人，夜夜盗柿栗。堤防苟不豫，六气尽蟊贼。公家事既已，私事容弃掷。方知用世士，遗世等糠粃。所过如虚空，焉知去留迹？我持一瓢酒，欲以赠远色。岁暮不见君，怅望空中翮。

范德机（1272—1330），字亨父，一字德机，人称文白先生，名梈，清江（今江西樟树）人。累官福建闽海道知事。元代诗人、文学家，"元诗四大家"之一。撰有《范德机诗集》。

虞　集

134　玄帝画像赞

玄帝像，吴兴赵公了昂，写其梦中所见者，而上清羽士方壶子之所临也。青城山樵者虞集述赞之曰：

吴兴赵公，前代公族。神明气清，静处贞独。乃梦天人，被发跣足。玄衣宝剑，坐临崖谷。再拜稽首，仰视退伏。念昔敬事，存思庄肃。敢意接对，光耀心目。如闻教言，知子诚笃。而善绘事，追步顾陆，凡吾真仪，子善记录。审而传子，与世瞻瞩。傍有介士，玉板金篆。曰帝告汝，锡尔荣禄。冉冉而升，梦亦遂觉。明月在户，香彩遍屋。取火亟写，神运掌握。毫分无失，三十其幅。丹青既成，斋戒韫椟。有当受授，先事穆卜。而其秘梦，初不以告。晚有相师，泄其玄躅。人始得传，锦标钿轴。方壶仙人，洁以熏沐。临池拟容，识以玄玉。有得之者，昭事毋渎。上帝临女，介尔景福。

虞集（1272—1348），字伯生，号道园，人称邵庵先生。祖籍仁寿（今四川仁寿）人，生于湖南衡阳，后迁居江西崇仁。元代学者、诗人。

朱思本

135　武当之歌（节录）

蓬瀛虽异辽海隔兮，昆仑虽大邈西极兮。未若兹山峙中国兮，敛福锡民昭圣德兮。繄神之都于皇赫兮，祚我皇元千万亿兮。

朱思本（1273—?），字本初，号贞一，临川（今江西抚州）人。元代道士、诗人、地理学家。

揭傒斯

136　大元敕赐武当山大五龙灵应万寿宫碑（节录）

虚危之精玄武君，上临玄天贵且尊。穿龟贯屃腾蛇蜿，手指北斗酌乾坤。

武当之山号太和，神君居之降万魔。五龙守卫严不诃，沴气自少元气多。神君生在天地先，谷神自养天地根。二十四炁如玩旋，七十二候无颇偏。四十二载升玄天，玄天之乐不可言。身着玄衣坐紫府，苍龙在左右白虎。朱芳翼翼朱鸟举，腾精躔景我为主。百灵守之谁敢侮，或按长剑坐黄庭。吐呐日月含风霆，五龙冉冉随降升。倏而去之若流星，忽而来兮雨冥冥。鬼车九头匝火屋，山鬼倚树惟一足。飞蝗蔽天食百谷，长蛟鼓浪沉平陆。神君一顾赤尔族。神君自居武当山，人能学之尽得仙。前有殷房后马田，陈抟尹轨相攀援。新开大殿凌紫烟，璇题藻牛相钩连。神君居之乐无边，保我圣历亿万年。

揭傒斯（1274—1344），字曼硕，号贞文，龙兴富州（今江西丰城）人。元代文学家、书法家、史学家。

137　五龙宫灵应万寿宫瑞应碑（节录）

圣人作兮百神依，水德集兮应虚危。指灵山兮祝皇釐，玉虹施兮紫电飞。笙磬合兮斗柄垂，冠七星兮九霞衣。进有秩兮退有仪，绿章腾兮启天扉。风萧萧兮云披披，永帝寿兮亿万期。赤蛇宛兮绕绿龟，外不惊兮内不疑。来莫知所从兮去，何之神皇皇兮瞻忘归。玄旗扬兮剑陆离，嘉祥见兮大庆随。吾皇永兮继皇义，如世祖兮御九围。神降祥兮无已时。

138　送唐尊师祀武当

龙衮分香下绛霄，羽衣承诏出清朝。星临翼轸南垂阔，神降虚危北极遥。金殿压云开紫气，玉台和月合笙箫。蕃厘更为吾皇祝，下国时丰雨露饶。

139　送华尊师以天寿节奉诏祀武当

灵时严汉祠，神峰标楚甸。羽人丹丘伯，承诏驰嘉荐。华渚曜玉虹，条风舞玄燕。长淮雨中泻，乔岳云间献。涉甸历峻阯，梯空答弘愿。授简香始升，揭虔帝如眷。天清翼轸动，地肃玄武见。飞响迥更闻，奇祥静逾绚。是中有真侣，畚接诸方授。胼胝负畚锸，凿翠蓄雷电。金芝产斋房，乔云冠岩殿。祈禠无岁年，会节方纷衍。既协时君降，又乐明祀遍。圣历齐堪舆，丰泽周宇县。还归报天子，独往奚所羡。

真侣谓张真人有道行。

140　题太子岩

太子岩吞狮子峰，洞深雷响半虚空。黑龙去作人间雨，白鹤来栖涧上松。日吐金芒朝五老，烟横玉带绕三公。七星旗展飙轮降，时有天香下九重。

141　十一月七日吴特进初度

特进神仙府，丹台日月边。阳和随道长，符印与心传。星象通南极，天光彻上玄。床头白羽扇，曾作渡江船。

142　赠许道士

庐山道士许自然，二十武当学飞仙。白云□□不可见，天际时闻清啸传。虎将乳子共游戏，龙化老人同食眠。无求始悟身非患，有道方知世可捐。忽闻卖药入都市，便欲乘风凌紫烟。紫烟之中旷邈邈，下视人世真堪怜。尔曾龌龊尘埃下，何日南山归种田。

武当道士

143　武当山"真武降笔"

至元十三年（1276），江南初内附，民间盛传武当山真武降笔，书长短句曰《西江月》者，镂刻于梓，黄纸模印，贴壁间。其词云：

九九乾坤已定，清明节后开花。米田天下乱如麻，古月一阵还家。直待龙蛇继走马，依旧中华福地。当初指望作生涯，死在西江月下。

武当道士（生卒年不详）。

附1：武当道士西江月一首

九九乾坤已定，清明节后开花。米田人马乱如麻，只待龙蛇走明马。西天佛子归去，古月对对还家。当初指望瓮生涯，后有西江月下。

附2：武当道士西江月词

九九乾坤已定，清明节后开花。米田天下乱如麻，直待龙蛇继马。依旧中华福地，古月一阵还家。当初指望瓮生涯，死在西江月下。

张守清

144　元代武当山新武当派字辈宗谱

守道明仁德，全真复太和。志诚宣玉典，忠正演金科。冲汉通玄韫，高宏鼎大罗。三山扬妙法，四海涌洪波。

张守清（1254—1346），名洞渊，号月峡叟，峡州宜都（今湖北宜昌）人。武当山天乙真庆宫提点，以清微道法为主，博采各派之长创立新武当派。编著《玄天上帝启圣录》《启圣嘉庆图》等。

145　元代武当清微派字辈宗谱

守道明仁德，全真复太和。志诚宣玉典，忠正演金科。冲汉通圆满，高宗居大罗。武当兴法派，福海起洪波。

张洪任

146　三山滴血法派字辈宗谱①

守道明仁德，全真复太和。至诚宣玉典，忠正演金科。冲汉通元蕴，高宏鼎大罗。三山裕兴振，福海启洪波。穹窿扬妙法，寰宇证仙都。

张洪任（？—1660），字汉基。好道术，精通文典秘笈，为正一派第五十三代天师。

---

①　编者注：此派乃第30代天师虚靖真君授予正一派萨祖师。

武当道人

147 武当山全真龙门派字辈宗谱①

道德通玄静，真常守太清。一阳来复本，合教永圆明。至理宗诚信，崇高嗣法兴。世景荣惟懋，希微衍自宁。住修正仁义，超生云会登。大妙中黄贵，圣体全用功。虚空乾坤秀，金木姓相逢。山海龙虎交，莲开现宝新。行满丹书诏，月盈祥光生。万古续仙号，三界都是亲。

佚名，生平事迹不详。

148 武当正一派字辈宗谱②

守道明仁德，全真复太和。至诚宣玉典，忠正演金科。冲汉通元蕴，高宏鼎大罗。武当与兴振，福海启洪波。穹窿扬妙法，寰宇证仙都。

武当道人，生平事迹不详。

149 明代初期张三丰创宗派八支字辈宗谱

一 自然派字辈宗谱

玄云通曲静，清虚色自经。月圆皈命礼，抱意管丹诚。元玄明至本，大详理幽微。参透无中有，方可达希夷。

武当道人，生平事迹不详。

二 三丰祖师自然派字辈宗谱

惟道然之宗，若守可以隆。功德归盛泰，万世礼仙真。本静从玄教，福寿永长兴。合清仁志点，秉义复元登。

---

① 编者注：丘处机创建该派，元代武当山已有传承。康熙二年（1663 年），全真龙门派"中兴之祖"王常月率徒从北京南下传道，在武当山玉虚宫立坛授戒，成为武当道教的主体。

② 编者注：道教符箓各派统称正一道。由东汉末张陵所创五斗米道，即天师道。南北天师道与上清、灵宝等道派唐宋后合流。元成宗大德八年（1304 年）封张陵第 38 代后嗣张与材为"正一教主"，总领三山符箓，汉末传入武当山，为明代武当山主要道派。亦称"天师张真人正乙派"。

三　三丰派字辈宗谱

道德杓宏容，真正守长清。万强工夫首，宗来教方春。星月皎天汉，守静默行动。一德无量念，玄理至仁忠。

四　三丰派字辈宗谱

大道英勇德，真正守常存。万疆共福寿，宗脉教芳春。

五　武当三丰派字辈宗谱

玄云通道居端静，白鹤乘虚各目清。师资月圆皈志礼，身中抱一管丹诚。太上渊微入妙元，凌元星朗储壶天。功候到日方许就，始悟其言信可传。

六　三丰祖师日新派字辈宗谱

大道应永得，守教志常真。一阳来复本，同静德玄风。

七　日新派续字辈宗谱①

冲和天根定，涵养易书深。宝元得正体，归吉万年身。

八　三丰祖师蓬莱派字辈宗谱

圆通智敏用，是清修觅真。丹体蓬莱会，保定炼成金。

武当道人，生平事迹不详。

150　棚梅派字辈宗谱②

碧山传日月，守道众自然。性理通玄德，清微古太元。真静长悠久，宗教福寿长。庆云冲霄汉，永达大吉昌。

武当道人，生平事迹不详。

151　郝祖岔派字辈宗谱③

道铃治明惠，建贞一亨嘉。莫哗纯翠景，兆裔永流传。至虚无尚理，澄清定宁基。冲和德正本，仁义礼智信。

---

① 编者注：不是独立一派。清光绪八年（1882）七月二十日续20字。
② 编者注：亦称本山派。为正一支派，以奉祀玄帝为主。明永乐十年（1412），孙碧云为武当山南岩宫住持开创此派，誉称"碧云祖师"。
③ 编者注：道士郝大通所创。其明代在武当山开基。

武当道人，生平事迹不详

152　老华山派字辈宗谱①

须度玄明月，朗然雷随风。蓬莱真清静，道德中可东。性定发祥泰，阴阳妙法通。龙虎交变化，乾坤惟满充。金水还本体，往来运全功。

武当道人，生平事迹不详

153　武当派字辈宗谱②

宣渊一道志，求德振常存。照应通玄理，微希太景成。武当兴法派，惟仙尊之宗。大岳气自然，五龙呈祥烟。玉虚宏图展，三丰丹技传。南岩捧圣真，紫霄永吉昌。

武当道人，生平事迹不详

154　武当混元派字辈宗谱③

一永通玄宗，道高本常清。德祥恭敬泰，义久复圆明。混元三教主，天地君亲师。日月星斗真，金木水火土。

武当道人，生平事迹不详

武当山道教协会

155　武当玄武派字辈宗谱④

宣渊一道志，求德振常存。呼应通玄理，微希太景成。武当兴法派，惟

---

①　编者注：道士陈抟所创。

②　编者注：孙碧云（1345—1417），号虚玄子，冯翊（今陕西大荔）人。是钦差营建武当山工程主要负责人，明代武当山古建筑群的总设计师。著有《诸真宗派总簿》。该派字辈字谱前两句，亦为真武玄武派字辈宗谱。

③　编者注：以修炼内丹为主，神霄雷法济世度人为辅。

④　编者注：1989 年，武当山道教协会以此派与明代的"真武玄武派"称号意义重复，会同公议，改称"武当玄武派"，并于太和宫、紫霄宫举行传派典礼。

仙尊之宗。大岳气自然，五龙呈祥烟。玉虚雄图展，三丰丹技传。南岩捧圣真，紫霄永吉昌。

杜　本

156　武当山张真人奉诏祷雨有应

祁禳致风雨，传说自古先。

京师大旱连二年，地蒸热气如云烟。林林嘉木尽槁死，毋论黍稷生秋田。武当真人张洞渊，为道有心如铁坚。粗衣恶食夜不眠，两眸奕奕光射天。天子有敕承相宣，诏君祷雨纾忧煎。君坐默不语，奏达虚皇前。将吏驱蛟龙，雷电相后先。童童雨脚昼夜悬，平地涌水如通川。稚禾出土芃芃然，小草大木争芳妍。都人士女喜欲颠，谓君直是真神仙。我今为作喜雨篇，勒诸崖石传千年。

杜本（1276—1350），字伯原，清江（今江西樟树）人。元代名士。

胡　助

157　送徐中孚祠武当归桃源

白日飞光急景催，秦人避世古岩隈。霓旌绛节穿云去，春水桃花出洞来。朝罢玉晨吹风管，读残黄老坐莓苔。长松树下逢真逸，笑说求仙海上回。

胡助（1278—1355），字履信，一字古愚，自号纯白老人。浙江婺州东阳人。元代学者、诗人。

158　送祝丹阳炼师祠武当山三首

仙宫通籍奉天香，万寿贞符应武当。绛节玄旗春婀娜，木精山鬼夜潜藏。按行福地两凫轻，瑶岛琼枝入眼明。欲觅还丹延短景，道人指掌授长生。断崖苍树水洄洄，鹤迹年年印古苔。玉磬风微清醮罢，天池日静碧桃开。

159 送李景福游武当

均州武当巴峡东,径去已复岁将终。鹿皮为衣不怕雪,艇子行江能咒风。铁绳直垂斗崖上,神阙望拜五云中。玉窦流舫可采饭,归来验子碧方瞳。

马祖常

160 祝丹阳祠武当

东窥禹穴西龙门,搏虎豹兮观鱼龙。中有武当神所官,扪摩光景凭云风。磅礴频入厚地裂,环视百镇真丛丛。丹阳道人绀发古,走马北来致天语。延佑天子圣明主,万岁千秋作风雨。

马祖常（1279—1338），字伯庸，光州（今河南潢川）人。元代色目人。累官御史中丞。

161 张元杰祠龙虎武当

岌嶪芙蓉阙,葳蕤翡翠幢。祠官天北下,仙属日南降。香雨沾春陇,灵风鼓夜江。神来乘马四,使至戴旗双。宣室还因鬼,箕畴却为邦。玄君明月佩,玉女白云窗。淑气非烟缕,祥光岂烛缸。两山通地脉,万窦响泉淙。有树皆生酒,无苗不口口。龟蛇龙虎地,蟛蛛好为矼。

162 送可升法师祠武当山

华芝三曲盖,灵驭九龙车。登昔仙官至,谁云帝阙赊。山神驱黑虎,真侣耀朱蛇。石发松膏雾,天衣雨织霞。涧青春舞藻,岩紫昼垂花。醮席罗星斗,宾筵竞鼓笳。乘槎过博望,喫酒问栾巴。竭泽无鱼罟,施途有兔置。熙熙归化域,迟汝报重笔。

163 武当山道士赠行

幽居凿石楹,仙路接青城。印字苔行鹤,梭金树度莺。飞光无短景,上寿有长生。星斗何曾暗,玄坛夜夜明。

李明良

164　浩然子自赞画像诗

假合身躯用墨图，晶晶一点纸难摹。上天之载无声臭，此个清光何处无？
至正五年乙酉岁季夏浩然子自赞　本宫王明高刊

李明良（1286—？），道号浩然子。安城县阳溪（今河南汝南县）人。生
于望族之家。元大德年间（1297—1307）入武当山，拜全真道林道富龙岩子
为师，后任五龙宫提点。

许有壬

165　武当宫

绛节摇山引翠幢，谁开琳宇对清江。云霄路近在丹灶，松桧影寒空碧窗。
方外洞天今有几，人间国士自无双。蓬莱弱水知何处，且继昌黎赋下泷。

许有壬（1286—1364），字可用，河南彰德汤阴人。延祐（1314—1320）
进士，官至集贤殿大学士。元代文学家。

166　雪后登南楼

徙倚危栏俯钓船，空明金碧迓钧天。寒收江影澄拖练，晴动山光湿带烟。
万里青云孤鹤去，一竿沧海六鳌连。惟应听罢南飞雁，才信人间有醉眠。

167　沙武口望武昌

烟树苍苍不见城，水禽惊起背人鸣。舟摇迭嶂高还下，鸦闪残阳灭又明。
关塞梦寒愁远道，江山诗瘦苦多情。好将身外无穷事，都付沧浪欸乃声。

168　送张囦亮炼师并序

予养疴乡庐，简出入，独谒阡不免。阡距城西北余十里道，北郭实南北

孔道，每为驿使识，陪留多事，故出入必以星。至正己丑三月二十一日，谒
阡归过洹桥，数骑追及。天已星，犹惧其或我识，侧帽缓辔，道左以俟其过。
前驱已前，俄闻扬言："此中丞邪？巫来见。"乃囷亮张君炼师代祠武当，驰
驿而道此也。明日，过予，出京师钱章，诘曰："出京时念必过相一见，虚前
纸请言，幸勿斳。"予交闲闲，大宗师与其徒多善。囷亮主京师东岳祠，园杏
千株，人境俱胜。送客东门，若自公有暇即造焉。囷亮，修洁能诗，见必觞
咏忘返，别一年矣。当予避客时，毂击肩摩，中天复已暝，乃邂逅相遇，岂
偶然哉！遂不忍以疾辞，赠之诗曰：

杏园陈迹梦暄妍，马上相逢岂偶然。每忆可人如隔世，不闻新句又经年。
花迎驿路飞红雨，香到朝山散紫烟。王事游方归有日，迟君洹水白鸥前。

张 翥

169　梅雪斋为紫霄宫杨逢宾题

雪树生香满佩巾，紫霄最上集仙真。苔荒鹤迹浑无路，花暗笙声不见人。
瑶圃月寒通白晓，丹台云暖驻长春。莫教流水山前去，恐似桃源客问津。

张翥（1287—1368），字仲举，晋宁（今山西临汾）人。官至翰林学士承
旨。元代诗人。著有《蜕庵诗集》。

陈 旅

170　送张真人代祠武当龙虎两山

桂馆祠官持羽节，名山两地蹑丹梯。共夸曼倩来金马，大胜王褒祀碧鸡。
杵涧暝痕销雨石，杼岩秋影动星溪。蕙肴椒醑登瑶席，定有神光起畤畦。

陈旅（1288—1343），字众仲，福建莆田人。官任国子监丞。元代文
学家。

宋　褧

171　复回下外朝山，行白浪道中二首

惴惴均房道，重来又数程。步溪愁石坎，苦雨畏云行。履险神魂散，忘私性命轻。回车从小憩，呼酒贺更生。

径路纡余出，沙湾宛转流。群山中不合，万竹翠相缪。稼圃何粗鄙，桃源岂谬悠。境奇诗句拙，摹写愧林丘。

宋褧（1294—1346），字显夫。大都宛平（今北京丰台）人。泰定元年（1324）进士，历监察御史，累拜翰林待制，迁国子司业，修宋、辽、金三史。谥文清。著有《燕石集》。

172　过马嘶山留题寺中

鸡鸣山接马嘶山，万壑晴云井底看。湍涧萦纡五十度，石梯荦确百千盘。光华固有周原重，险阻其如蜀道难。题罢新诗动高兴，五湖何处水云宽。

（四十八度脚不干，行人才到马嘶山，均房山中人语。）

173　山中漫赋题□平官舍

绣衣不为吟哦出，诗料纵横簇眼前。岩鸟杂鸣诸部乐，石苔乱布五铢钱。焚香乞水痴求雨，刻木通泉巧溉田。尸位空言无所补，寓情托物亦犹贤。

174　均州顺流之光化县舟中作

岸阔渐无山，波平顿少滩。鱼来晨艇集，谷熟夜庐看。野处民生遂，江行旅思欢。仍闻囹圄静，尤觉老怀宽。

175　山中逢武当冯尹景仲入京，以诗送之

卓午山头树影高，岂期多幸此相遭。久嗟寒雁迷书向，共讶秋霜点秋毛。张绪犹如少年柳，刘郎重看旧时桃。故人侍直金銮密，应向明时诵拔茅。

176　自谷城将往山中

路入均房千里余，人传山径大崎岖。□崍叱驭真男子，何必屏间看地图。

177　山行值雨

山雨随云往返飞，行时沾湿避时稀。须臾驰过前冈去，满马斜阳就晒衣。

178　过均州界山宿道院

楚邮燕驿饱经过，尘土风涛败兴多。涧水绕阶云绕屋，可人今夜好行窝。

朱德润

179　和虞先生题武当山张真人别业

岚雨初晴绿树新，松萝夹屋净无尘。洞花幽鸟时时别，野鹤孤云日日亲。红雾半窗丹火候，青山万古百年人。从君更兑□乎宅，玄武门前作近邻。

朱德润（1294—1365），字泽民，号睢阳山人、岢杰，睢阳（今河南商丘）人。元代画家、诗人。著有《存复斋集》。

杨维桢

180　送祝丹阳赴武当

武当之山上参天，上有天帝居其颠。阴阳蔽兮藏日月，草树荟蔚含云烟。六丁开山凿空翠，万神扶栋飞修椽。金门耽耽守龙虎，玉佩缅缅罗神仙。人间尘俗不易到，我常梦想思攀缘。嗟君此行非偶然，冷风吹至虚皇前。手持御香谒帝所，口漱琼液哦灵篇。苍龟巨蛇出神怪，朱凤白鹤相后先。帝命青童授宝诀，谷神不死真玄牝。却披羽衣谢仙友，笑视浮世三千年。

杨维桢（1296—1370），字廉夫，号东维子，浙江诸暨人。泰定进士，官至建德路总管府推官。文学家、书法家。

181　新省呈右相及藩参诸公

大省新开方岳重，人间第二紫微垣。丹池凤浴江湖浅，温室花开雨露繁。天柱星辰高北极，海门日月远东藩。相君大业凭谁赋，白发词臣诏立言。

杜清碧

182　祝丹阳祠武当

太和峰顶接岷峨，上有金银观阙多。溪谷幽深龙虎狎，岩扉僻隩鬼神诃。九重每遣天香至，万里今看驲骑过。只待祠官传好语，圣皇垂拱镇山河。

杜清碧（生卒年不详），清江（今江西樟树）人。1341 年（至正元年）著《敖氏伤寒金镜录》，为我国第一部舌诊专著。

傅若金

183　玉溪真人题折梅寄棚

高真学道隐山时，亲折梅枝寄棚枝。行满功成应冲举，花开子结识先知。仙翁护境百邪远，圣果标名万古垂。服饵延龄除痼疾，至诚拜受福相随。

傅若金（1303—1342），字与砺，初字汝砺，改字兴砺，新喻（今江西新余）人。著有《傅兴砺诗文集》。

184　汉江衔山图

两来一水浮襄汉，上有群峰截杳冥。层构适临沙渚白，乱帆斜映石林青。地雄缥缈连嶓嵝，天险微茫带洞庭。咫尺风烟应万里，无心一上岘山亭。

185　登岳（节录）

万壑千峰次第开，祝融最上气崔嵬。九江水尽荆扬去，百粤山连翼轸来。入树恐侵玄帝宅，牵萝思上赤灵台。明年更拟寻春兴，应及潇湘雁北回。

郭 翼

186 送道士游武当

武当诸峰何壮哉，大朵小朵青莲开。玄圣中居天地户，赤日下照金银台。神龟六眼电光走，山鬼一脚云头来。道人再拜望北极，应带满身星斗回。

郭翼（1305—1364），字羲仲，号东郭生、野翁，姑苏昆山人。元代诗人。

稚 贤

187 南城咏古十六首（节录）

一十六、玉虚宫

大道教以供薪水之劳为其张。本宫主张真人，其貌甚清古。

楼观回深巷，松枝夹路低。拾薪供早爨，抱瓮灌春畦。经向琅函读，诗从古鼎题。白须张道士，送客过桃溪。

稚贤（1309—1368），也称纳新、乃贤，汉姓马，字易之，号河朔外史。合鲁（葛逻禄）部人，鄞县（今浙江宁波）人。国史院编修。元代文学家、诗人。著有《金台集》。

188 赠空谷山人徐君归武当

五更钟鸣天未曙，六街马蹄声似雨。露华满屦霜满衣，束带争趋丞相府。千钟之禄万户侯，几人空负平生愁。镜中绿发渐垂素，窗间白日如奔流。谁念幽人在空谷，瘿木为冠草为服。小瓮春风紫术香，长镵落日黄精熟。行歌偶到黄金台，坐看世事如浮埃。长衢甲第换新主，旧时燕子愁归来。忽忆紫霄峰下路，倒跨青鸾独归去。松花酿酒一千石，结庐招我南山住。

邵亨贞

189 题徐中孚高士代祀武当桃源中朝诸公诗卷

羽衣使者持金节，分得天香下玉墀。四海山川归望秩，九重雨露及虚危。桃花洞暖琼田在，华盖峰高铁锁垂。紫府仙官来校籍，想应曾采玉堂诗。

邵亨贞（1309—1401），字复孺，号清溪，云间（今上海松江）人。松江训导。元代文学家。著有《野处集》《蚁术诗选》。

刘三吾

190 云谷诗有序

云出山川，雨太虚受，而藏之者谷。故善卷舒莫如云，善容受莫如谷。惟无心妙卷舒，惟中虚妙容受之，二者相须，为体用之义也。太常司卿丘玄清，静者，以云谷自号，好事者，既仪图之天师无为子，又从而品题之，征言于仆。遄诺以文，不无讦徼也，载益诗其后。

盖玄清学道始于武当之五龙宫。其地多深林穹谷，嵯岩珑玲，有夹其洞，潆湾曲折，触激而声，锵鸣佩环；燕坐之余，角巾鹿裘。登是谷顶，但见身在世上，白云在下，一色海涛，平铺无际。樵歌互答，心领神会，时则令人有郑子真重瞳。

古来贤君皆不得，惟皇圣敬能贻格。四海欢声共沸腾，颂歌并作光前烈。小臣葵藿朝太阳，幸逢治世歌虞唐。但愿帝心常简在，皇图巩固与天长。

刘三吾（1313—1400），初名昆，后以字行，自号坦坦翁，湖南茶陵人。仕元为广西静江路副提举。洪武十八年（1385）以茹瑺荐授左赞善，累迁翰林学士。明惠帝朱允炆登基后，被征召还京复原职，主修《春秋大成》。著有《沅湘耆旧集》，后人刊其遗著《坦斋集》。

王 沂

191 送道士徐中孚之武当

桃花流水绝尘嚣，绛节霓旌到沇瀛。天姥峰高先见日，龙池波动暗通潮。芝田自全仙人种，琪树那容野客樵。后会皇帝祝釐事，为君骑鹤过山椒。

王沂（1317—1383），字子与，泰和（今江西吉安）人。1315年进士，官至福建盐运司副使。元代诗人。著有《伊滨集》。

王 逢

192 送吴伯颢游武当山得试心石命题

紫霄之岩千仞高，上有一石悬根牢。剑客无地露肝胆，肉身昔年生羽毛。北极虚危夜气肃，中州豫雍风物豪。送君此去揽神秀，应鄙望夫双眼劳。

王逢（1319—1388），字原吉，号最闲园丁、梧溪子，江苏江阴人。元末诗人。著有《梧溪集》。

钱惟善

193 八月十五夜风雨后见月有怀

天柱峰头月华碧，自古人间风雨隔。飘然砍探蟾窟游，万里阴霾妒良夕。玄云忽开黄道明，顾兔涵秋抱冰魄。嫦娥偷药常少年，桂子芟霏羽衣湿。飞仙挟我凌太清，万丈寒光湛虚白。美人不来空夜凉，白纻歌阑露花积。

钱惟善（？—1369），字思复，自号心白道人、武夷山樵者。钱塘（今浙江杭州）人。至正元年（1341）以乡荐官至儒学副提举。元代诗人。著有《江月松风集》。

194 十月朔旦，钱良贵来访。已而，袁鹏举亦至，遂同登三茅观，
　　过清远堂，然后归

被发真君来武当，凛然生气坐高堂。一池雨浸青铜色，半壁云销宝篆香。
落叶空林人往返，古松流水鹤回翔。著书若许依丹灶，鸡犬相从岁月长。

危伯明

195　过紫霄宫怀王尊师

仙翁八十发飘萧，凫舄翩然上紫霄。东观云深鸿宝秘，西清月转步虚遥。
尚凝龙虎蟠金鼎，谁驾鸾凰按玉箫。宿客重来春又暮，碧桃花下雨潇潇。

危伯明（生卒年不详），名进，金溪（今江西抚州）人。元代书法家。

王明常

196　《九渡涧天津桥记碑》诗

伟哉灵迹，终古攸存。涧名九渡，桥曰天津。洁我尘俗，临流濯缨。玄
勋广被，度者几人。免以厉揭，径入无垠。乘空步虚，上朝玄真。于穆丕显，
福佑斯民。

王明常（生卒年不详），武当道士，张守清嗣孙。

陶宗仪

197　送道士叶道心游武当

均阳雄镇武当山，金阙宏开缥缈间。龙虎风云环紫极，龟蛇水火闳玄关。
杖藜远道秋行役，幢节层坛晓缀班。此地逍遥酬凤愿，丹成九转未知还。

陶宗仪（1329—1412），字九成，号南村，浙江黄岩（今清陶乡）人。因
避元末兵乱出游，工诗文，善书画。元末明初文学家、史学家。著有《南村
辍耕录》《南村诗集》。

丁鹤年

198　复渊

武当高士郭复渊氏，读书学道，研覃性命之懿。西域鹤年为作《复渊铭》以勉之曰：

沈沈止水，如大圆镜。一波不生，万象交映。彼美外史，知止有定。观水之渊，复我之性。湛然虚明，犹水之莹。寂然不动，犹水之静。众理具存，四端随应。操之者仙，念之者圣。至道不烦，主一持敬。

丁鹤年（1335—1424），名永庚，色目人。元代明初回族诗人、养生家。京城老字号"鹤年堂"创始人，孝子。著有《丁鹤年集》。

199　假馆武当宫承舒庵赠诗次韵奉谢二首

一归琳馆即逍遥，无复驱驰混市嚣。载酒每承文士过，斗茶频赴羽人邀。三清风露从天下，五色云霞匝地飘。匡坐不眠神益王，静听笙鹤度中宵。

去天尺五去人遥，地位清高隔世嚣。秘阁校书多考索，初筵设醴重招邀。每看赋雪才无敌，便觉凌云气欲飘。枉骑敢烦临暑夕，拿舟或可候寒宵（公约来就宿时，六月也）。

胡　布

200　武当练山人谓余隐居有仙气，征诗因感四首

其一

草树青连野，溪潭白映空。林风琴自韵，轩月酒谁同。北海襟怀里，东山气宇中。飞飞寥廓意，心事诧冥鸿。

其二

投闲唯养浩，观化欲凌虚。许侍中仙骨，陶山相隐居。匡维虚碧落，中正奠黄舆。试坐苑斋里，春风席晏如。

其三

六着黄眉老，三参碧眼师。分风缩地脉，炼石补天维。夕弄紫泥海，朝餐金干芝。凤麟洲上路，邀我折璠枝。

其四

朱鸟三秋见，冰蚕九夏凉。文犀裁卧簟，紫锦织奚囊。秉简陈安世，传言郭密香。五千言外意，应不在文章。

胡布（生卒年不详），字子申、建民，浙江盯江人。元代文人、书法家。编著《书史会要》。

黄　溍

201　送王尊师祀武当

二月春光画不如，绿杨荫里度云车。独持使节辞金殿，远上天坛礼玉虚。候吏传呼开洞府，羽人指点望霞裾。仙家近去蓬莱境，归及皇舆北狩初。

黄溍（1277—1357），字晋卿，婺州义乌（今浙江金华）人。延祐二年（1315）进士，历任诸暨州判官，累擢侍讲学士。追封江夏郡公，谥文献。元代"儒林四杰"之一。著有《日损斋笔记》。

202　送祝炼师祠武当山

春风驭骑过流星，西指神山百丈青。白道蜿蜒通使节，玄关颔颔护祠庭。按行石树多千岁，叱咤云雷有万灵。想到天池却回首，笑看日月两浮萍。

张仲深

203　游武当别峰次姜可玉韵

夜深忽梦双鹤来，梦回但见山容开。侵山故故入山去，雪埋老树深莓苔。倚花问鹤鹤无语，劈琴刲鹤和花煮。定知一食生羽翰，飞去蓬莱听风雨。

张仲深（生卒年不详），字子渊。庆远路（今浙江宁波）人。

邓青阳

204 述怀

道人不作槐根梦，一片虚顽太古心。无雪可催苍桧老，有家无住白云深。山头月落虎长啸，海底风生龙自吟。世上几人明此理，野花啼鸟却知音。

邓青阳（生卒年不详），名羽，自号松石道人，亦称邓青羊，光绪版《襄阳府志》载其为襄阳人。广东南海人。明初任青阳县令，后为武当道士，永乐年间不知所在。

205 畅情

羽，南海人，国初青阳县令，后为道士，常居武林，后隐武当山之南岩，永乐中不知所往，人以为仙去。有《观物吟》一卷。自言忘情消白日，高卧看青山，动落花流水之机，适闲云幽鸟之趣，遂成意外不期然而然之句。

花无长在树，人无长在世。有花须当赏，有酒须当醉。秋霜上鬓来，春风吹不去。

206 随所寓

人生天地如寄客，何独乡关定是家。争似区区随所寓，年年处处看梅花。

张道贵

207 观物吟

忘情消白日，高卧看青山。动落花流水之机，适闲云幽鸟之趣，遂成意外，不期然而然。

张道贵（生卒年不详），讳云岩，号雷翁，湖南长沙人。幼隶名选。至元年间（1264—1294）出家武当为道，从师汪真常，得全真道法。兼从黄洞囦真人，得先天大道，精清微妙法、武当内家拳法，得其奥旨者张守清。卒于五龙宫自然庵。

黄　玠

208　送钱若虚游武当

北方龟与蛇，列舍应天星。阴中有伏阳，在地为水灵。祠宫嵩岳西，高露何亭亭。析褫走万里，香火不得宁。阿师亟欲去，江柳犹未青。赠子诗五言，持用叩神扃。

黄玠（生卒年不详），字孟成。元代隐士。

209　送黄少监晋卿还金华

惟我宗人兄，早登南宫试。当时太极赋，可使纸价贵。文章有余勇，一鼓作士气。旋收成均誉，遂发兰台秘。迎亲来远游，禄仕见初志。悬车不及晚，重是爱日意。桓楹树阡表，彝鼎铭祭器。哀荣两无忝，子道兹盖备。昔往弗可追，今归复何亟。江皋冠盖集，潮水舟楫驶。能无英琼瑰，持用答嘉遗。回首望金华，草树亦增贲。

李子羽

210　寄寿张炼师

绛阙珠宫天上开，丹梯石磴日边回。九芝照夜通云户，八桂传秋近露台。鹤驾邀将王母至，凤笙迎得上元来。仙家别有长生术，不用金茎注玉杯。

仙人骑鹤五云边，来往芙蓉访九仙。翠壁丹崖常近日，朱楼画阁半侵天。香风吹动千崖树，甘雨流成百道泉。但得飞行凌倒景，便从辟谷学长年。

李子羽，生平事迹不详。

江胡瑞

211　《玉虚岩功缘记》（节录）

维昔斯岩，帝所修真。今焉大始，殿宇成陈。卯金氏子，心乐布施。圣像岩然，道参天地。果孰岩前，德垂后裔。天禄青藜，光腾奕世。简在帝心，俾昌而炽。

江胡瑞，生平事迹不详。

隐 者

212 宝珠峰

沧海神珠照夜明，仙人佩向紫霄行。归时遗落桥东道，化作春山一点青。

隐者，生平事迹不详。

213 玉虚岩题壁

玉虚岩下去，佳景逼人新。泉漱溪中玉，花明谷口春。香藤堪作杖，文石璨如银。莫笑徘徊久，争知兴味真。

隐者，生平事迹不详。

佚 名

214 濯足图为吴良材作

灵均沧浪清，杜老八荒意。千古有奇怀，滔滔东流水。长风鼓松籁，盘石净如洗。望眼际寥天，南图息千里。

佚名，生平事迹不详。

215 野老

野老无余事，陶瓶有宿粮。花开篱下赏，酒熟瓮边尝。覆屋黄茅暖，摇风绿树凉。鱼羹饱饭后，濯足望沧浪。

佚名，生平事迹不详。

罗霆震

216 樵歌首章

采樵远到太和山，山在神仙洞府间。风露九霄丹阙近，乾坤万古白云间。

吟情月胁边消遣，步武天心处往还。乐地更多天更阔，不知身外有尘寰。

罗霆震（生卒年不详），自号云麓樵翁、云麓仙人，龙兴（今江西临川）人。元代中期江西龙兴路临川云山隐士，武当山采樵道人、清修道士，诗人。著有《武当纪胜集》。

217　次章

洞天福地满寰区，拱北来朝北帝居。赫赫武当联艮岳，巍巍大顶压坤舆。无边圣化身金阙，最上神霄相玉虚。嘉会风云依日月，祝香班幸列霞倨。

218　界山

天上人间跬步殊，到均阳境入云衢。飘飘自有神仙气，踊跃东风咏舞雩。

219　浪河

涓滴流成海样多，雨余万壑总鲸波。杖藜稳代商川楫，拜赐晴天过险坡。

220　梅溪

壬癸储精毓圣神，坎中阳露发生仁。仁根遍地南枝暖，帝造充为天下春。

221　观庄

沆瀣餐英天上仙，也储天廪富天田。山中火枣交梨外，腐积囷仓介寿年。

222　城子里

匝绿堆红锦四围，天然图画此山溪。循环一罅通门径，松竹岩前桃杏蹊。

223　蒿口

一边萧艾一芝兰，利欲关头道义关。凡圣两歧争转脚，五云多处是蓬山。

224　天下武当

入圣超玄第一关，均阳福地甲人寰。际天所覆宗辰极，万古乾坤共此山。

225　接待庵

薄海擎香献寿烟，谁能辟谷挟飞仙。驿亭饷饱青精饭，着力登山即九天。

226　茅坡土地

贡岩缩酒荐芬芬，外护灵山效职勤。若是有功当上赏，也同封土赐元勋。

227　山神堂

不假丹青亦阐灵，祠庭气力地精英，道心泯作人心者，霹雳无声也震惊。

228　外朝峰

草木通灵感圣恩，山山随众谒金门。遥岭回首招仙侣，接引同班觐至尊。

229　黑虎祠

变豹初头未炳文，文章不露已超群。玄天约束巡廊了，爪距深藏铁色云。

230　浩劫之家

鳌极初来直至今，户庭岁月几何深，羲农以上人如在，幼子童孙太古心。

231　瘗剑埃

有谁出岫片云孤，花月为妖媚半途。雷斧暗藏黄壤酒，邪精褫魄死丰都。

232　磨针涧

淬砺功多粗者精，圣师邀请上天京。我心匪石坚于石，小器成时大道成。

233　羊河江

地不居延苏子卿，水非羝乳始何名。源头却是灵泉脉，到海门边流也清。

234　磨剑涧

帝真合是镇玄天，奉敕镕金冶紫烟。三尺展开横海岳，肃清宇宙一龙泉。

235　隐仙岩

炉鼎消磨日月多，山中衮绣一青簑。白云也不知仙迹，今在何天鸣玉珂。

236　山门

洞天深夐万峰青，乾户弘开夜不扃。步步此关参得透，一条仙径上青冥。

237　朝帝峰

上圣天临驻晓銮，龙翔凤舞万山盘。前峰宰执峨冠冕，望阙嵩呼祝寿安。

238　诵经台

仙梵声扬感万灵，灵坛字字响天庭。当时听讲龙君座，依旧连珠列五星。

239　望仙亭

大顶今为启圣乡，十洲三岛在均阳。众真想像归旌旆，朝跨苍龙夕彩凰。

240　会仙坡

蓬莱十四圣天人，聚太和山谒帝真。说透微危精一外，一般尧舜禹心神。

241　会仙桥

渊泉浩浩驾星河，普济诸天谒太和。几度好风明月夜，锵鸾跃凤响鸣珂。

242　日月池

天德辉华炯帝前，地无两曜地非天。山中光景天为一，昼夜雷鸣两洞泉。

243　五龙宫

金阙巍煌逼紫微，纯阳气数发光辉。三峰示现真头角，护驾冲升夹日飞。

244　聚仙岩

近五龙宫拟会朝，帝家玉帛万诸侯。山头整肃班联处，依约五城十二楼。

245　圣诞朝贺

一万诚心万圣真，祝香何地不亲身。年年春月如朝市，海角天涯也有人。

246　天宫

宝山悬隔世尘嚣，高九层霄又九霄。楼阁五云新彩结，三清三境共逍遥。

247　上升朝贺

武当如布满乾坤，冲举皆亲见帝尊。大顶根头高第一，登高雷拜谒天阎。

248　三清殿

太上宫庭本自然，瑶空梵冘有无边，垂光移下三真境，别个人间天上天。

249　玉皇殿

重明丽正俨端门，金阙人天两至尊，宗主万方臣六合，显幽一样宰乾坤。

250　玄帝正殿

宫阙威严肃洞天，群峰环翠立群仙，巍巍黼座端辰极，亿兆神人拜御前。

251　明真殿

元始初来几化身，再投父母造乾坤，天宫内展家庭礼，上界双亲帝后尊。

252　蓬真殿

三天十四圣联班，勋德巍煌宇宙间。金阙化身关帝座，风云庆会武当山。

253　七皇阁

一一胚浑太极先，玉清而次至玄天。在天尧舜汤文武，作者均如古圣贤。

254　桂籍殿

联职上相主文昌，积行名贤席宠光。到此即登蟾阙内，高枝攀动九天香。

255　元皇殿

三清宰辅判玄元，义重金兰两圣贤，七曲分灵同阐化，摩夷天亦太和天。

256　三茅真君殿

赤城戏罢跨龙来，兄弟相联自衮台。荣甚西班增焜耀，主人金阙依天开。

257　五龙阁

夹日迎将帝驾升，赏功知得便飞腾。彰施采色金鳞甲，同上凌烟最上层。

258　雷堂

洞渊帝帅宅神霄，霹雳声雄諴万妖。收敛神功归掌握，威而不猛肃班朝。

259　雷司赵帅堂

前身丰狱鬼中王，制阃京西镇古襄。风雨摄归玄帝部，更教天上总关张。

260　雷司孟帅堂

当年壮志在中原，破蔡亡金正为元。天恐雷霆无纠察，三天借重溥天恩。

261　五龙井

兴汉元年聚处星，涌泉成坎匝祠庭。渊潜一一飞天去，地脉香甘万古灵。

262　五百灵官祠

神人万亿戴玄天，列职分司者半千。两序枢趋风夹动，皋夔稷契舜群贤。

263　钟楼

擎天立柱驾梁虹，发越鲸音气量洪。如法大鸣应大和，金声玉振九霄中。

264　步云楼

非雾非烟最上头，九霞光里露岩峣。朝元第一层高处，玉笋班联碧玉霄。

265 功德司

录善天官有职存，末将香火当奇勋。其间行满三千者，卷卷金书玉册文。

266 海山堂

洞府中间洞府开，普天共作一蓬莱，烟飘雨笠风云会，不是神仙不到来。

267 提举知宫位

规模上界统群仙，小样钧衡领众贤。坐定老君高玉局，主持天下洞中天。

268 知副宫位

为保为师道体同，圣真均赖亮天工。心心协济周公事，此是灵坛一召公。

269 真官堂

辅正除邪禁不祥，职严主宰镇祠场，诱吾松桂欺云壑，袖有弹文奏帝傍。

270 斋堂

味饱云厨养气元，烟飘露钵起龙蟠。丹田更有黄金粟，粒粒神仙不老丹。

271 紫云道域

化身开化到人间，元是天真天上班。再造武当三洞府，方蓬瀛列海三山。

272 祖堂

道派相传奕叶光，仙魂多在白云乡，孝思缥缈炉烟袅，通地通天一瓣香。

273 宣慰祠堂

泰山后裔旧臣邻，身是仙山会上人，硬铁脊梁功德主，此心道老在高真。

274 尊宿堂

饱唐日月香山老，傲汉乾坤芝岭仙，嘉会风云环四座，逍遥今古静中天。

275　官厅

煌煌晓日驻骖鸾，指准联班祝寿安。阊阖一开天北阙，嵩呼雷动俨衣冠。

276　清心堂

稳泊虚舟安乐窝，山林那解有风波。一泓止水澄方寸，纳得无云泰宇多。

277　尘劳道侣

野马尘埃扰俗缘，贱中剩有贵神仙。香泉万斛云千顷，昼日耕云晚汲泉。

278　真常遗烈

开辟灵坛棘刺林，空拳做出屋黄金。万年香火炎炎盛，一片中兴铁石心。

279　承应仙游

几捧天书雨露香，风霆握在掌中央。剑函蜕了仙魂往，尚想鞭鸾入帝乡。

280　冲虚庵

融融幽雅冰和气，洞洞庄生室大空。玄教宗儒天地阔，无边风月草庭中。

281　月庵

八窗一样玉玲珑，放大光明此性中。皎皎万山天不夜，全家住在桂华宫。

282　白雪庵

长年境界住瑶华，鹤氅交辉六出葩。清夜更添香满屋，四周锄月种梅花。

283　云山书院

治平大学大勋庸，寓在明明德性中，出岫略施肤寸用，饱藏时雨待东风。

284　讲师函丈

再抽关钥启颛蒙，学漆园翁河上公。洞府藏身人不见，藏心更在六经中。

285　五龙顶

宝盖擎空节节抛，飞楼涌殿碧云坳。分明烟雾中头角，一派星峰乾一爻。

286　天池

绝顶峰高几万寻，银潢注水庆源深。早为四海苍生计，火日如焚便作霖。

287　上龙池

第一泉高际碧穹，中藏神物养威雄。时来帝命苏霖雨，先下天边海若宫。

288　黑龙潭

渊底潜鳞且蛰纵，坎宫纯水养神功。恩波满注高峰顶，四海风云在此中。

289　炼丹池

先天祖气久胚浑，炉鼎阴阳更生根。滴滴金膏仙造化，半泓泉罅有天门。

290　金鼎峰

耳铉规模三足形，俨然九牧铸初成。帝家重器传千古，柱地承天镇八纮。

291　金锁峰

妖魔牢锢铁丰都，更炼精刚禁逆徒。雾绕烟围添馆钥，两间清肃一邪元。

292　龙庙

一身造化挟风霆，受用炉烟杳气形。听候九天符命到，八荒霖雨卷沧溟。

293　六甲峰

天驷万亿众威灵，奉敕分曹翊帝庭。显现震东阳木位，将军戈甲立真形。

294　六丁峰

炎炎阴火赫真精，爻列云端耀日明。几橄八公山草木，号风吼雨震天声。

295 叠字峰

仓颉神通造化灵，云章风篆切生成。层层又似摩崖颂，摸写中天日月明。

296 三公岩

云头一品列崇冈，气象尊严坐庙堂。开阖风雷神变化，经邦论道理阴阳。

297 九卿岩

两间气数属阴晴，轩豁云房琐闼青。大小诸峰端笏坐，宛然面棘位王庭。

298 中笏峰

格样桓圭立正班，群仙霞佩列回环。分明人在朝元殿，面挹天光近圣颜。

299 大笔峰

撑天柱地管城君，脱颖缄封五色云。一纸青霄供翰墨，星辰日月炳乾文。

300 中笔峰

第二中山派姓毛，子孙收拾总英豪。大书德行安银管，揭在云头甲第高。

301 读书岩

六经未作用先存，玄教仍从此入门。中有玉虚师相位，赞襄天上帝王尊。

302 千丈峰

五倍参天蜀柏高，乔松磈砢怒风号。撑擎宇宙西南盖，一柱巍巍奠极鳌。

303 五总山

天上连珠列宿精，人间政府位朝廷。常真现出神龟象，宇宙中间统气形。

304 小笔峰

谁制纤豪顿碧云，王家无用草书人，仙翁拟写笺天表，翰染浮香达紫宸。

305　狮子峰

山顶岩巍耸具瞻，兽中王者势尊严。秋风草木金毫动，万怪嘷狐总伏潜。

306　中鼻峰

相尽群山面目妍，当心大贵准隆然。抬头两孔撩天坐，透顶薰香玉陛前。

307　香炉峰

岭头日暖瑞生烟，金兽浓薰介寿年。帝造无私公四海，寿家寿国寿人天。

308　竹筱峰

稚笋行鞭出草茸，岭高丛矮蘸烟浓。长房选取为仙仗，投葛陂中也化龙。

309　桃溪道域

渔郎今度访云关，仿佛仙源在此间。人向玉京天上去，蜕函空镇剑文班。

310　桃源洞

天香泛作武陵春，山自多仙岂为秦？圣代子孙均介寿，衣冠那更是秦人。

311　紫盖峰

山光闪烁暮烟凝，高罩舻棱最上层。帝辇在天闲彩仗，凌霄想见旧飞腾。

312　大莲峰

君子亭亭样一般，根株阔远万山盘。花开十丈如船藕，泰华峰头至小看。

313　小莲峰

玉井移来藕子孙，那资雨露发生春。他时借与菩提座，结束西方一圣人。

314　奈子坡

地产英华剩土芬，山灵萃作果中珍。秋风颗颗金丹熟，待与蟠桃寿帝君。

315　落帽峰

挂却尘冠住岭云，一头改变旧精神。天风也卷乌纱去，端冕趋朝拜紫宸。

316　紫芥云峰

仙家法雨起蓬莱，肤寸悠然遍九垓。天下山川之所出，一时庆会此中来。

317　三斗岩

鼎分石窍枕崔嵬，对月何人共一杯。莫是汝阳酣醉日，朝天留下酒壶来。

318　藏云岩

从龙虽好且潜踪，五色光韬绣谷中。纵是有心休出岫，一天时雨待春风。

319　大明山

圣境纯阳粹毓乾，祥光焕发四无边。匪朝匪夕乾坤别，常是中街正午天。

320　槎牙峰

突如古木枕嵯峨，春到生生意亦多。砍取一枝雷吏斧，也同仙客上天河。

321　聚云峰

瑞气浮空以类从，帝真乘驾是神龙。异香蓊郁灵山顶，万圣来朝天九重。

322　朱砂岩

造化炉丹炼逼真，养成火树艳精神。仙家碎入黄金碾，宇宙回阳物物春。

323　眉棱峰

古之吏隐可廉顽，芝宇分明元鲁山。参见元规尘满面，撑开双眼看人间。

324　伏魔峰

咫尺天门已化鱼，以潜为跃且舒徐。隆中不必求丞相，诸葛今来此地居。

325　俞公岩

山翁爱杀碧山栖，郡是河间派紫芝。背负河图神易去，想从上古访包羲。

326　鸡鸣峰

凡羽成仙住碧云，占高地步越超群，洞天之晓先天下，器大声宏举世闻。

327　常春岩

满谷仙花锦绣庄，四时不断九天香。帝真充拓生生造，一粒丹回宇宙阳。

328　独阳岩

分晓先天已画图，山山艮象易规模。畜之火者其天大，骨力纯阳别个无。

329　灶门山

买桂供薪到岭尖，烟楼可撞耸群瞻。汉王到此衣曾燎，热起中天火德炎。

330　手爬山

水浅蓬莱云路遥，群仙来此驾天桥，同时高展麻姑爪，攀到峰头是碧霄。

331　尹喜岩

道之所隐即仙灵，心印函关道德经。不待邛州乘鹤去，此山仙已是天庭。

332　健人峰

竖亥雄奔步九州，向前开辟几千秋。断鳌怒见共工触，顶住天西北角头。

333　卧云岩

出山失脚偶从龙，施雨归来睡思浓。且放希夷伸四体，不愁梦不到商宗。

334　云雾岩

隐豹藏龙瑞气蒸，真仙同比宅真灵。飙车来往无形表，想有楼台混杳冥。

335 滴水岩

密敲金锁溜星河，好在垂银一线多。不是为霖牢闭钥，砯崖转石起风波。

336 大青羊涧

水脉应连洛洞中，满溪怪石是痴龙。地仙九馆知非远，掇境来朝天九重。

337 小青羊涧

洞庭放牧怨终身，龙女虽神未入神。洁己驱来求证果，片心刚化石粼粼。

338 歇仙岩

御气乘风遍万天，众真日夕走云軿。暂停珂佩瑶华洞，列坐飞觞玳瑁筵。

339 皂纛峰

玄天镇古肃天威，绝顶高张黑杀旗。不假大神双臂力，风云四面永撑持。

340 希夷岩

仙家妙法得心传，梦饱烟霞伴脚眠。推枕起观天下事，和云移榻华山巅。

341 乱石峰

初平深入碧烟霞，遗下羊群几岁华，本体若经仙点化，漫山光焰总丹砂。

342 仙侣岩

烟霞老友友烟霞，弄月吟风共一家。大顶顶头天路近，往来同驾五云车。

343 玉仙岩

金鼎从教龙虎蟠，仙方松柏是心丹。洞门一旦云开钥，万里飞吟宇宙宽。

344 伏魔峰

峭壁青高石剑攒，帝真敕命镇灵坛。龙泉锁向金莲匣，不耀光芒鬼胆寒。

345　阳和峰

一树灵芽顿紫烟，土膏日暖盎蓝田。道人元气春生里，满坞白云耕午天。

346　云霞观

几道金光间色鲜，颉颃飞佩万神仙。五龙无着班联处，别创寥阳一洞天。

347　龙池

半泓停蓄禹门涛，地位安排庆会遭。待得九霄雷霹雳，一头直上碧云高。

348　雷洞

保育先天复地阳，天君跨定玉龙藏。其中运动乾坤轴，一勺灵泉雨八荒。

349　南岩改天乙真庆万寿宫

开启天藏拓圣疆，纯阳仙占地纯阳。云霞五彩非人世，照满寰区炎炎光。

350　洞渊丈室

手握风霆立教门，神人混合策奇勋。擎空楼阁身撑挂，现世冲升藏岭云。

351　甘露泉

玉井渊深浸碧漪，帝真元日炼丹池。水香万古皆天酒，愿脱沉疴饮一卮。

352　天桥

悬崖飞瀑到峰腰，初入修真已九霄。人亦架空联阁道，瞻前跬步万程遥。

353　南岩三殿

圣帝西班圣友东，圣尊父母位居中，左盘右绕香云翁，天乙紫微真庆宫。

354　南岩真官祠

大顶当前耸具瞻，溪山怀翠面峰尖。武当奇绝中奇绝，起眼天真在屋檐。

355　又前真官祠

万壑千崖萃秀英，庄严元不待仪形。莫言真有神明在，土木无灵也炳灵。

356　南岩海汇

钟鼎何如水火炉，贵人喜舍入玄都。祖师约会传心印，各付升仙受命符。

357　住持仙隐

金渊玉海涨文涛，八月天风驾海高。豪气收藏云壑里，只从仙岛跨金鳌。

358　试心石

天下人情自险巇，神全境界定平夷。坦然履道虚岩小，万丈高深不足危。

359　飞升台

陟降精神久帝前，有形未是道真玄。层岩抛却尘躯体，六合周行宰万天。

360　谢天地岩

惭感穹祇不脱声，悬崖根底达天庭。稳藏蜕骨方轻举，自在神游侍玉清。

361　万户谷

仙屋纵横满翠蓬，岭云深锁碧重重。洞中天地无来阔，封邑人家尽可容。

362　牛漕涧

老君昔日度函关，青犊曾骑过此间。今次出图龙马现，道人玩易弄潺湲。

363　青羊涧

千载吟香说谢池，西堂一句梦中诗。托根萍藻来供祭，超入王风古盛时。

364　皇崖峰

地拨重坤易静专，道言上应大安天，觚棱金爵盘金阙，非有非无广漠边。

365　显定峰

不教大噫撼乾枢，泰宇光生静境虚。直下流形标艮岳，极风天上五云居。

366　下天门峰

三境逍遥大顶头，高高引眄五云浮。鸿开第一层初上，如到玉京十二楼。

367　天门峰

下瞰洪崖上碧苍，心无巇崄乃康庄。九天间阖当头近，一转身来侍玉皇。

368　中天门峰

第一关疑帝者居，烟霞缥缈翼琼琚。登蚪踞虎攀巢鹘，挟得飞仙步碧虚。

369　钻天五里

攀几层崖上翠翘，只消半垓可逍遥。抬头穿透虚岩窍，一饷时间到碧霄。

370　飞升台

宝山绝顶有天宫，炉鼎层成小华嵩，四十二年梯级到，唱鸾啸凤彩云中。

371　上天门

最上关头又进程，第三重在九霄行。身高日月低云雾，更有何天是玉清。

372　大顶

天柱巍巍大武当，千崖万壑众尊王，千天圣道尤高峻，独帝玄天相玉皇。

373　大顶圣坛

孤峰绝处凛威严，四海抬头耸舆瞻，十万里光神目电，真灵萃在五云尖。

374　王母宫

斗布乔松翁翠寒，瑶池宴后驾青鸾，蟠桃换骨蟠仙阙，就便年年祝万安。

375　系马峰

待诏金门陟翠微，玉骢停驻踏朝晖。划然云路牵骐骥，得意朝天去似飞。

376　望州峰

帝先天地宅均阳，启圣乡如父母乡。每一上心登绝顶，万年燕寝护凝香。

377　紫霄峰

翼轸摩肩石耸楼，俯观平地五云浮。烟霞窟宅如开凿，荡荡玄天在里头。

378　紫霄岩

高倚璇霄枕斗魁，栖真乐地绣苍苔。仙家唤作天宫阙，那见人间风日来。

379　太清岩

大赤天居杳霭中，地仙那得过刚风。奠形别向云山顶，幻出朝元道德宫。

380　紫霄仁圣宫

圣师指引宅穹高，四合云峰涌翠涛。乾位当阳端黼座，方瀛海上跨金鳌。

381　风雷秘府

祖师心印阁青冥，震巽威行走万灵。登紫霄峰亲领受，此身天界一枢庭。

382　灵虚岩

扃牖玲珑日月双，谁笼杳霭下洪庞。人心方寸神明含，天上玉堂云雾窗。

383　紫虚宫

建楚灵坛阐化初，祠庭想见大规模。空中楼阁空遗迹，安得如天复圣图。

384　紫虚岩

乾兑当阳最上峰，盘旋五万里来龙。天开第一修真宅，丈席中间帝九重。

385　太和岩

万壑千崖孕秀奇，此中依旧古雍熙。一区老氏春台地，长在唐虞盛际时。

386　太子岩

崖壑阴阴地杳冥，皇储弃得学仙灵。冲升万古玄天帝，昔代君王几寿龄。

387　望云峰

出岫无心亦有之，乾坤普施八方维。岩岩壑壑油然意，绝顶焚香坐看时。

388　翠云岩

世态纷纷变诈同，白衣苍狗顷时中。青青一气浮千古，依约慈仁东极宫。

389　延长宫

金鼎丹空龙虎寒，虬松虚老冷仙坛。何时再敞蓬莱殿，望五云东祝寿安。

390　望顶峰

人品参差紫翠巅，众尊此地士希贤。前峰第一贤希圣，却没山齐只有天。

391　复朝峰

满袖天香出禁门，喜同王母宴西崑。依然恋阙丹心在，连趁班朝面至尊。

392　太常府

献纳司存日月边，夷夔礼乐舜班联。白云官守白云洞，地在名山职在天。

393　佑圣府

掌天北极职天枢，北极枢庭职亦如。奔走雷霆神号令，几多三界密文书。

394　元和迁校府

两间万类一均陶，列籍真仙合宠褒。时若帝朝群考绩，玉京天上总夔皋。

395　天乙真庆宫

帝居坎上紫微垣，四海分灵万派源。一脉太初生气水，万年雨露溥天恩。

396　威烈王庙

生世精严志慕玄，叨恩准敕护灵山。寂无形响杳冥际，雷电风霆目睫间。

397　云窟庵

养晦灵山第几重，草庐牢闭又藏踪。阴霾窝底深盘泊，约莫前身是五龙。

398　紫霄灵泉

半泓石下小山湫，海纵扬尘不绝流。涓滴饱供千万众，神功普化几潭湫。

399　九渡涧

鹤驾遥遥去不还，储君仙向白云山。溪流岂隔慈闱路，待到天宫面圣颜。

400　九渡雾

瑶华悬隔碧溪湾，几次垂光此水间。一掬酿泉千日醉，新丰老客也童颜。

401　展旗峰

七岩星布耸瞻依，大纛高牙拥六飞。一掘散之弥六合，举风偃雨赫天威。

402　千年艾

山有神灵草亦灵，一丸气力几参苓。枝枝叶叶人司命，天在根头永寿龄。

403　万年松

天英地粹混蓬蒿，岂在掀昂耸汉高。枯槁顷时回造化，风霜不老寿根牢。

404　金星石

气数纯刚妙合凝，西方太白瑞光腾。流辉散得乾坤满，华岳其山宝藏兴。

405　银星石

曩同球镂贡梁州，留镇灵山最上头，粒粒丹砂天下宝，祥光彻夜烛天浮。

406　松萝

万缕垂丝挂碧烟，几千年久尚翩跹。十分换得朝衣阔，金阙全身遍万天。

407　不空禽

道宗庄老学虚无，为善孳孳亦舜徒。相彼鸟分言外意，三千功行实工夫。

408　乌鸦

来柏台中效骏奔，纪官如风职宾门。朝天有客群呼报，领袖鹓班觐圣尊。

409　半部乐

太清雅奏世希音，非竹非丝五色禽。韶舞平分群祝庆，来仪灵凤一般心。

410　我师禽

道无不在性存存，蠢动含灵必有尊，职教之功同覆载，此身谁可外乾坤。

411　白雉鸡

羽衣纯碧益州神，东向灵山护圣真，化作翔庭巢阁凤，翼扶帝辇上天津。

412　灵寿杖

乔松老骨谷神耆，太乙真精古杖藜。免得孔光奸手污，住山岁数与天齐。

413　骞林树

七宝林中上界奇，枝枝翡翠叶琉璃。若非大顶居天上，安得灵根独有之。

414　定心松

苍官天挺挟人豪，片石无根万丈高，倚作泰山窥斗绝，擎空翠盖铁身牢。

415　云竹杖

全身赐紫晦林泉，当国持危是大贤。世道康庄天步稳，葛翁礼请伴神仙。

416　天灯

阴崖绝壑溜淙淙，暮夜玲珑八面窗。恍见九霄神变化，几枝光焰炯银缸。

417　石灯心

寸寸刚肠道体全，无穷光焰照无边。兰膏不断烧难尽，万古人间是晓天。

418　黄精

苗带纯阳伴鹿眠，根头充实几经年。夜炉和月烹金液，饭不青精亦可仙。

419　苍术煎

贱同草芥贵金瑰，换骨成仙火是媒。造化鼎中熬炼到，长生药不在蓬莱。

420　黑虎丹

威风萧萧赛熊躯，野壁山墙暮夜余。七剂中间牙爪奋，养疴疾痛是黔驴。

421　川芎饼

疾攻头目苦虚疼，攻疾仙家药力弘。片片雪花魁蜀产，不须灌顶说三乘。

422　艾煎元

荆榛丛里有参苓，帝造钟英地又灵。任是七年真病久，永炉勋业炳丹青。

423　甜茶

修真苦淡味仙灵，自种云腴摘玉英。亘古与人甘齿颊，春风百万亿苍生。

424　武当图本（外二首）

步九层霄阅太和，盘旋八百里山河。千章锦绣诗难尽，一副丹青画了么。

风月好怀时更别，烟云变态处如何。看图看透图之外，方见山间景趣多。

明　代

张三丰

425 蜇龙吟

睡神仙，睡神仙，石根高卧忘其年，三光沉沦性自圆。气气归玄窍，息息任自然。莫散乱，须安恬，温养得贡性而圆，等待他铅花儿现。无走失，有防闲，真火候，运中间。行七返，不艰难，练九还，何嗟叹？静观龙虎战场战，暗把阴阳颠倒颠。人言我是朦胧汉，我却眠兮眠未眠。学就了真卧禅，养成了真胎元，卧龙一起便升天。此蜇法，是谁传？曲肱而枕自尼山，乐在其中无人谙。五龙飞跃出深潭，天将此法传图南。图南一派俦能继？邈遇道人张丰仙。

张三丰，（1247—?），约元延祐（1314—1320）年间到明永乐十五年（1417）在世，名全一、君宝，字君实，号玄子、邈遇，道号三丰子。辽东懿州（今辽宁彰武西南或阜新蒙古族自治县）人。道教武当派开山祖师，道家内丹祖师、道家拳术祖师。元末明初武当山道人，中国道教史上一位传奇式的人物。

426 打坐歌

初打坐，学参禅，这个消息在玄关。秘秘绵绵调呼吸，一阴一阳鼎内煎。性要悟，命要传，休将火候当等闲。闭目观心守本命，清静无为是根源。百日内，见应验，坎中一点往上翻。黄婆其间为媒妁，婴儿姹女两团圆。美不尽，对谁言，浑身上下气冲天。这个消息谁知道，哑子做梦不能言。急下手，采先天，灵药一点透三关。丹田直上泥丸顶，降下重楼入中元。水火既济真铅汞，若非戊己不成丹。心要死，命要坚，神光照耀遍三千。无影树下金鸡叫，半夜三更现红莲。冬至一阳来复始，霹雳一声震动天。龙又叫，虎又欢，仙乐齐鸣非等闲。恍恍惚惚存有无，无穷造化在其间。玄中妙，妙中玄，河车搬运过三关。天地交泰万物生，日饮甘露胜蜜甜。仙是佛，佛是仙，一性圆明不二般。三教原来是一家，饥则吃饭困则眠。假烧香，拜参禅，岂知大道在目前？昏迷吃斋错过了，一失人身万劫难。愚迷妄想西天路，瞎汉夜走入深山。玄机妙，非等闲，泄露天机罪如山。四正理，着意参，打破玄关妙通玄。子午卯酉不断夜，早拜明师结成丹。有人识得真铅汞，便是长生不老仙。行一日，一日坚，莫把修行眼下观。三年九载功成就，炼成一粒紫金丹。要知此歌何人作，清虚道人三丰仙。

427　金丹诗三十六首（节录）

养道皈真

落魄江湖数十秋，逢师咬破铁馒头。十分佳味谁调蜜？半夜残灯可着油！信道形神堪入妙，方知性命要全修。自从会得些儿后，忘却人间万斛愁。

离尘旧隐

一片闲心绝世尘，寰中寂静养元神。素琴弹落天边月，玄酒倾残瓮底春。正恁朝元随日长，三花聚顶逐时新。炼成大药超凡去，仔细题诗警后人。

扫境修心

纷纷内外景如麻，有地驰驱事可夸。撒手不迷真捷径，回头返照即吾家。六根清净无些障，五蕴虚空绝点瑕。了了忘忘方寸寂，一轮明月照南华。

力敌睡魔

气昏嗜卧害非轻，才到初更困倦生。必有事焉常恐恐，只教心要强惺惺。纵当意思形如醉，打起精神坐到明。着此一鞭须猛省，做何事业不能成！

一求玄关

一孔玄关要路头，非心非肾最深幽。膀胱谷道空劳索，脾胃泥丸莫漫搜。神恁根基常恍惚，虚无窟里细探求。原来只是灵明处，养就还丹跨鹤游。

428　金丹诗二十四首

一

采取先天炼后天，循环二恁共根源。欲知有象原无象，须知初弦与下弦。杳杳乾坤将判处，冥冥父母未生前。服之混沌犹如梦，变化婴儿寿万年。

二

月本无光借日光，每从晦朔定阴阳。蟾乌交媾合真质，牛女相期入杳茫。自是魂灵应魄圣，从他地久与天长。学人解得玄中妙，紫府高悬姓字香。

三

七日阳来下鹊桥，上桥夫妇任逍遥。逆回海水流天谷，倒转风帆运斗杓。
手握乾坤分造化，时凭年月步周遭。神仙手段常如此，那与庸夫斗舌苗。

四

橐龠吹嘘藉巽风，搬来坤火自鸿濛。徐徐摄上昆仑顶，渐渐吞回土釜宫。
铅汞相投成至宝，精神凝合变婴童。将来跳出乾坤外，不属璇玑造化中。

五

安炉立鼎炼金丹，水怕干兮火怕寒。既未煅时常守护，屯蒙行处要勤看。
抽铅添汞须加紧，虑险防危莫放宽。毫发差殊功不就，半途而废复行难。

六

龙升虎降转河车，赤火擒来制白砂。二炁凝胎铅自减，三花聚顶汞还加。
开炉漫搅成钟乳，起鼎应知是马牙。两物齐拿休纵放，放之失却美金花。

七

采回坤地水金多，种在乾家入爱河。阳火阴符依进退，铅龙汞虎自调和。
浆收东位成甘露，酒饮西方醉绮罗。但要至诚勤爱护，胎圆十月化青娥。

八

夺得乾坤一点精，阴阳交媾自然成。夫妻会合攒三姓，戊己交加簇五行。
朔望屯蒙鸡兔跃，晦弦既未龙虎争。地天收在玄关内，运转河车霹雳声。

九

身中水火即阴阳，二气相孚化紫光。日日醍醐延命酒，时时吞咽返魂浆。
玄机不许庸人识，大药须令志士尝。九转功完还太始，坤柔炼尽变乾刚。

十

火性炎炎水性流，河车搬运自然周。昆仑片玉原无价，沧海明珠竟暗投。
三昧初从离下发，一符始从坎中浮。自家消息谁能会？莫向人前插话头。

十一

修仙须要修天仙，金液神丹仔细看。添在离宫抽在坎，寄于兑位种于乾。
死生了当非神气，性命功夫在汞铅。世上纷纷谈道者，几人于此达真诠？

十二

炼己寻真固不难，先擒兔髓配乌肝。牵龙就虎归根窍，制汞投铅复命关。

金气往来通夹脊，河车搬运上泥丸。夫妻共入黄婆舍，火候调停自结丹。

十三

阖辟乾坤橐龠形，屯蒙呼吸坎离精。鼎和四象真铅降，炉备三才妙汞生。一有两无同变化，两无一有共相成。时人要识玄中妙，配合青娥仔细论。

十四

中宫戊己自知音，二物媒来共一心。姹女用吹无孔笛，金公为抱没弦琴。深深密密谁能测？杳杳冥冥孰解寻？指日还丹成就后，总教大地尽黄金。

十五

温温铅鼎透帘帏，认定人身活子时。虎啸一声忙采取，龙吟初欶急施为。守城野战天翻地，入室防危坎复离。夺得团团龟凤髓，请君服食入瑶池。

十六

入室虚心炼大丹，神功妙用不为难。能窥天巧参元气，解饮刀圭夺紫丸。朔望符来三姓合，晦弦火退五行攒。羿妃纵会奔蟾窟，争似青娥驾彩鸾。

十七

木中砂汞水中金，漫向离宫坎位寻。只就乾坤分主客，还依龙虎定浮沉。故能金木成三姓，遂使夫妻共一心。庭院归来相聚会，黄婆媒妁是知音。

十八

真炉真鼎发真机，采药须凭亥尽时。铅母氤氲光欲动，金胎跳跃火临期。休忘气候调真息，但守虚无运坎离。临阵莫教轻纵敌，兢兢业业更防危。

十九

十月功完造化坚，若加火候必伤丹。仙房气血浑忘却，宝鼎金炉不用看。面壁九年形脱壳，身超三界体生翰。只缘黍米吞归腹，行满功成跨凤鸾。

二十

上吞下唉两弦弦，逐节堤防入玉田。往往来来宾返主，夫夫妇妇倒和颠。结丹已喜婴儿兆，出壳皆凭圣母全。远近遨游看四正，东西南北任周旋。

二十一

韬光晦迹隐红尘，有作谁知妙更真。伏虎降龙须混俗，超凡入圣乃惊人。深深秘秘修丹道，白白明明显至神。药境玄机俱泄尽，古今由此达天津。

二十二

《金碧》《参同》及《指玄》，《翠虚》性命与思仙。《阴符》宝字逾三百，《道德》灵文贯五千。《入药境》中推橐龠，《悟真篇》内究谛筌。金丹切近叮咛语，总论前弦与后弦。

二十三

火候功夫本自然，能通此妙即神仙。五行攒簇盗天地，八卦循环作圣贤。造化炉中烹日月，乾坤鼎内产金莲。有人识得玄微理，随我飞升朝帝前。

二十四

虔诚稽首拜星君，顶礼星辰护本身。二十八宿齐朗曜，三百六度尽分陈。上圣能攒年月日，中宫保合气精神。照临应许增退寿，掩映还同二曜新。

429　太和山道成口占二绝

太和山上白云窝，面壁功深似达摩。今日道成谈道妙，说来不及做来多。

九年无事亦无诗，默默昏昏不自知。天下有人能似我，愿拈丹诀尽传之。

430　题武当山

七十二峰苍翠间，武当山色似衡山。明朝飞过湖南去，八九峰头自往还。

431　赠完璞子见访武当

如吾子者仙豪也，跨龙虎兮壮士哉！天下往还扶日月，剑端游戏喝云雷。战场三夺高煦气，谈笑两羞广孝才。今日劝君归洞府，婴儿还要产婴孩。

432　大丹诗八首书武当道室示诸弟子

学道修真出尘世，遨游云水乐天真。身中灵药非金石，腹内神砂岂水银？采炼功夫依日月，烹煎火候配庚辛。黄婆媒娉三家合，饮酒观花遍地春。

采取他家一味铅，捉精炼气补先天。前弦八两后弦八，内药还时外药还。紫府玄宫垂宝露，黄芽白雪化金蟾。神仙妙用常如此，火里能栽九节莲。

初关中关与后关，下田中田与上田。层次原来分井井，火功须要法乾乾。室窗透亮三更到，昼夜通红九鼎全。文武阴阳勤转炼，劈开万窍好朝天。

身内功夫我自知，天机玄妙许谁窥。初寻龙虎来争战，又见龟蛇喜唱随。天地颠倒观否泰，火符起止在虚危。南辰北斗映前后，日月乌蟾来往飞。

修真大道乾坤祖，采取阴阳造化功。要制天魂生白虎，须擒地魄产青龙。运回至宝归中舍，变化阳神入上宫。一炁凝成丹一粒，人得吞服貌如童。

道法旁门有万千，不知火候总徒然。先穷妙理将真悟，后拜明师把诀传。欲使三家情意合，只凭一点道心坚。朝朝锻炼精神炁，结成真神上九天。

寻真要识虚无窍，功夫只在意所到。往来顺逆炼阴阳，升降坎离在颠倒。恍恍惚惚太极生，杳杳冥冥婴儿兆。出玄入牝由自然，若忘或存守坛灶。

知先达后炼金丹，火冷火干做不全。上德无为成至圣，下功有作在周天。一阳动处窥天地，二品合时生佛仙。月里栽花无片晌，蟾光现出照西川。

433　回文诗

桥边院对柳塘湾，夜月明时半户关。遥驾鹤来归洞晚，静弹琴坐伴云闲。烧丹觅火无空灶，采药寻仙有好山。瓢挂树高人隐久，嚣尘绝水响潺潺。

434　七绝

真心浩浩无穷极，无限神仙从里出。世人耽着小形骸，一颗玄珠人不识。

又

佛印指出虚而觉，丹阳诀破无中有。捉住元初那点真，万古千秋身不朽。

又

溯流一直上蓬莱，散布甘泉润九垓。从此丹田沾润泽，黄芽遍地一齐开。

又

年月日时空有着，卦爻斤两亦支离。若曾会得绵绵意，正是勿忘勿助时。

又

大药无多只一丸，须求同类两相欢。世人欲问长生诀，先觅阴阳二品丹。

435　西江月

道在玄关一窍，窍包元气元精。元精元气养元神，神满自然动静。动静三回九转，周流变化乾坤。乾坤颠倒种仙根，根发西江月正。

436　自题无根树词二首

鹧鸪天

道法流传有正邪，入邪背正遍天涯。飞腾罕见穿云凤，陷溺多成落井蛙。难与辨，乱纷哗，都将赤土作丹砂。要知端的通玄路，细玩无根树下花。

卖花声

无根树下说真常，六道含灵共一光。会得威音前后事，本无来去貌堂堂。

437　无根树道情二十四首（节录）

无根树，花正幽，贪恋红尘谁肯修？浮生事，苦海舟，荡去飘来不自由。无边无岸难泊系，长在鱼龙险处游。肯回首，是岸头，莫待风波坏了舟。

又

无根树，花正微，树老将新接嫩枝。桃寄柳，桑接梨，传与修真作样儿。自古神仙栽接法，人老原来有药医。访明师，问方儿，下手速修犹太迟。

又

无根树，花正青，花酒神仙古到今。烟花寨，酒肉林，不犯腥荤不犯淫。犯淫丧失长生宝，酒肉穿肠道在心。打开门，说与君，无酒无花道不成。

438　答永乐皇帝（一）

天机不肯轻轻泄，犹恐当今欠猛烈。千磨万难费辛勤，吾今传于天地脉。皇帝寻我问金丹，祖师留下长生诀。长生之诀诀如何？道充德盛即良图。节欲澄心澹神虑，神仙那有异功夫！

439　叹出家道情七首

其一

叹出家，到也奇，看破了世路云泥。一心不染红尘事，任凭他浮名美利，任凭他爱子娇妻。劳形不如归山去，俺怎肯终日奔驰？俺怎肯终日寻思？修行当发冲天志，做一个慷慨男子。打破了生死机关，无烦无恼无忧虑。

又

叹出家，到也幽，断却了妄念忧愁。人生哪得无尘垢，俺怎肯图利贪求？俺怎肯空自罢休？断然不落无常手，发洪誓去把师求，发洪誓时把真修。自然有日丹成就，任凭我跨鹤乘舟，任凭我散步优游，真玄道妙谁参透？

又

叹出家，到也深，学些儿借假修真。行住坐卧把真心定，爱的是养气提神，喜的是木降金升。灵光现出圆如镜，顷刻间窍窍通灵。黄庭水运转昆仑，自然认得真玄牝。

又

叹出家，到也玄，看破了打坐参禅。主人现出是何物件？玄中理默默无言，动静处添汞抽铅。如痴如醉神不倦，进火时文武相煎，温养时子后午前，水火既煎同烹炼。

又

叹出家，到也精，准备着猛将强兵。提防六贼来搬运，任凭他驾雾腾云，任凭他惯战争能，全凭妙用将他胜。举慧眼万骑齐奔，提慧剑斩断魔情。三尸束手魔王顺，现出了赤胆忠心。自然见富国安民，一战功成皆宁静。

又

叹出家，到出高，学了些散淡逍遥，顺逆颠倒通玄妙。一瓢饭能吃多少？三杯酒面像仙桃。花街柳巷呵呵笑，小葫芦常挂在腰。万灵丹带上几包，到处与人行方便。遇缘时美酒佳肴，淡薄时饮水箪瓢。富贵穷通由天造，任凭他身挂紫袍，任凭他骏马金貂。转眼难免无常到，三寸气顷刻缥缈，一家人哭哭叫叫，那管你子贤孙孝？算将来修道为高，延年寿病减灾消，无忧无虑无烦恼。等时来到步云霄，会八仙去上仙桥，那时方显玄中妙。

又

叹出家，到也真，洗心源必要清净。玄中理方可见明，修真养性谁来问？俺也曾过了些崎山峻岭，走了些州县府城，大都尘市和光混。有一等不犯腥、不犯淫，有一等宽怀忍气，财分明，西南国上把朋来敬。昔日里醉似昏昏，醒眼看四海苍生，红尘滚滚金花嫩。天边月谁人认真？世上事那件分明？人人抱着个修仙兴，五十二句玄中语，明明白白说与君。拜明师要访高人，殷勤了才得长生赠。

440 却聘吟

流水行云不自收，朝廷何必苦征求。从今更要藏名姓，山北山南任我游。

洪武十八年

441 天门引二首

隐步天门笑眼开，黄金为殿玉为台。凡人莫望仙车引，自驾云梯许上来。
欲问仙梯何处通？云梯即在汝身中。若知炼气还丹砂，平地飞升上碧空。

442 陈希夷抟

浩浩希夷，守正怀奇。不夸丹道，不露元机。不令人测，只求己知。华山高卧，吾师之师。

443 隐居吟武当南岩中作

三丰隐者谁能寻，九室云岩深更深。漠漠松烟无墨画，淙淙涧水没弦琴。玄猿伴我消尘虑，白鹤依人稳道心。笑披黄冠趋富贵，并无一个是知音。

444 答永乐皇帝（二）

皇帝陛下，福德无疆。臣本野夫，于时无益。何蒙宸翰，屡下太和，车马数驰，猿鹤相讶。伏愿陛下澄心治理，屏欲崇德，民福主福，民寿主寿；方士金石，勿信为佳。恭进一诗，乞赐一览。外附口歌三章，皆系山人祛欲修身之道，毋视为异术，则臣幸甚。

天地交泰化功成，朝野咸安治道亨。皇极殿中龙虎静，武当云外鼓钟清。臣居草莽原无用，帝问刍荛苦有情。敢把微言劳圣听，澄心寡欲是长生。

史 谨

445 武当八景

天柱凌云

诸峰罗立翠莲开，天柱当中冠五台。势插银河逾万仞，顶摩黄鹄倚三台。丹光夜向琳宫出，云气朝从华岳来。我忆凭高望乡国，一杯沧海隔蓬莱。

玉虚环翠

宝殿珠宫护六丁，一尘不染昼冥冥。树环松桧千层碧，山立芙蓉四面青。落日风声随虎豹，虚檐云气走雷霆。道人不管人间事，自拂烟霞采茯苓。

五龙披雾

万壑千崖晓雾消，琳宫弘敞映仙桃。路通绝顶青冥阔，凤哕朝阳紫殿高。林下每看羊化石，松间时见鹤归巢。我今欲借登山屐，来访安期不惮劳。

九渡鸣泉

深谷藏源远近通，下连诸涧尽朝宗。飞空自响钧天乐，震地偏惊启蛰龙。阔处倒涵山岳影，渡边多见鹿麋踪。几番过雨扶筇听，仿佛涛声起万松。

南岩削壁

岩前流水带龙腥，石上灵芝到处生。绝壁倚空非禹凿，高萝悬幄自天成。岚飞翠雨林梢滴，鹤载瑶笙月下鸣。知有仙宫烟雾里，樵歌长答步虚声。

紫霄层峦

山绕琳宫列画图，天然形势一仙都。翠岚窗户藏丁甲，白昼风云忽有无。羽客夜归骑一虎，仙禽晓过引双雏。何时得造烟萝径，石上同寻九节蒲。

雷洞发春

古洞深沉万木遮，洞中初转阿香车。已知太乙行时令，不觉春光动物华。甘雨顿青原上草，仙桃渐吐日边花。明朝拟欲寻芳去，先向新宫觅少霞。

琼台霁晓

层台屹立楚天西，曙色遥分石径危。玉兔已沉千仞壁，金乌飞上万年枝。露凝仙掌云犹湿，花覆天坛影渐移。中有长生餐玉者，往来不许世人知。

史谨（1367 年前后在世），字公瑾，太仓（今江苏昆山）人。洪武初年谪居云南，荐授应天府推官，迁升湘阴县丞。著有《独醉亭集》三卷。

446　赠渊静施提点

鹤发萝衣晓渡江，江边柳色半青黄。近承湛露辞仙阙，远住名山到武当。石上吹箫鸾凤下，池边咒剑鬼神藏。云深定遇安期叟，火枣高梨取次尝。

袁　华

447　送季景福炼师游武当

武当之山天与齐，子往访道穷扳跻。石乳春流飞肉鼠，日轮夜转闻天鸡。身试水崖松下石，手援铁絚云中梯。归途倘遇白骡叟，为我问讯君毋稽。

袁华（1316—？），字子英，南直隶昆山（今属江苏）人。洪武初年为苏州府学训导，无罪被迫害而亡。明代诗人。著有《耕学斋诗集》。

张来仪

448　丘太卿画像赞

神涵华岳之秀，气钟瀍浐之英。侣王乔赤松子，将永存乎长生。俄鹤书之入谷，遂脱离乎岩扃。释羽衣而膺斧绣，由徒众而位列卿。司神仙之官府，被雨露之恩荣。方将见步武之旗，而迢遥乎玉京也。

张来仪（1333—1385），名张羽，字来仪，更字附凤，号静居，浔阳（今江西九江）人。元末避居吴兴蜀山安定书院，为"吴中四杰""北郭十才子"之一。洪武初授太常司丞，朱元璋亲述郭子兴事实时命写庙碑。受谪自沉。著有《静居集》。

449　丘太卿天柱峰图

昔闻安期生，飘摇入秦京。上书三月初报罢，拂袖去作蓬莱行。却笑叔孙通，俯仰咸阳城。长生亦何补，身后留空名。何似长安少年客，天柱峰头煮白石。朝辞猿鹤下云中，暮逐夔龙侍君侧。绣衣乘骢马，蹀躞台城下。爱道心不忘，归来坐清夜。太平天子亲斋祭，新擢祠官捧圭币。紫坛醮火晓如星，独着衮衣朝上帝。翻思旧隐地，石室生青苔。来时壁上苍龙剑，七星剥落空尘埃。丹砂不复化，萝衣谁更裁。人生穷达会有命，何须千岁如婴孩。草衣木食苦复苦，王乔偓佺安在哉！寄语空山旧泉石，不须为我生悲哀。功名倘遂乞身愿，万里青天骑鹤来。

高得旸

450　武当山道士进榠梅，恭缉贺语六十韵

河清符世治，物育验时康。昭代膺多福，明廷集众祥。仁敷春坱圠，吉叶岁丰穰。嘉果来仙客，微芹献圣皇。圣皇珍调供，上用玉食奉。初尝东旭晴，楼曙南薰午。殿凉谛观争，叹羡称贺共。趋跄载籍询，文彦图经记。武当灵源循，汉上奥壤在。均阳佐谷岳，诸峰秀朝宗。水长盐华凝，碧沼渔唱出。沧浪王子怀，冲举童真志。激扬忘怀勤，内炼钦迹拟。深藏栖息投，林下遮邀阻。涧旁清泉饮，如醴白石煮。为粮渊默存，丹府希夷养。洞房五龙朝，拥座一虎夜。巡廊磨杵知，勤励虚襟起。肃庄霓旌吹，爽气斗剑耀。寒芒相彼檀，栾棚生如羽。葆桑长林徒，蓊郁高节独。轩昂盆盎古，曡洗鸟群孤。凤凰本心如，可表生意不。相妨誓愿萌，中素精虔格。上苍榆星元，着象梅雪敢。同光持北琼，瑶质置之冰。炭肠一枝分，瘦影数朵折。幽芳藉地资，瑶草凌霄倚。翠篁奇芬散，兰麝清馥袭。冠裳腊艳还，呈露春妍孰。颉颃托根先，得所结实更。为良音润烟，如沐肥雨似。妆细纹微带，紫赪类半传。黄啄雀迁邻，木攀猿度别。冈甘酸饱风，露辛苦历星。霜蕊馆严承，继萝垣谨护。防长陪幢盖，立永谢斧斤。戕儒典题虽，略元书纪至。详等开花满，眼容易子成。行不有升平，兆应无应彰。九重开泰运，万乘揽干纲。内难清南纪，中兴肇朔方。威宣元武宅，道洽太和乡。粲粲方舒玉，累累若缀珰。筠笼下参岭，桂掉过潇湘。筐后菁茅入，包先橘抽将。荐新歆太室，致敬进明堂。宝鼎和羹美，金盘渍蛮香。频婆殊少韵，椰子漫多浆。枣怪安期诞，桃怜曼倩狂。瑶池云缥缈，蓬岛雾微茫。望远嗟何及，求原或未遑。荆

州才咫尺，禹服乃封疆。入贡诚非异，罗生亦是常。后凋尼父楷，遗爱召公棠。景晚觊臻嘉，庆灵祇妙赞。襄史书黄阁，老赋着紫薇。述德侔轩昊，论功迈汉唐。尚资神化永，益辅帝图昌。纪事忘愚陋，摅诚效颂章。

高得旸（生卒年不详），官至宗人府经历，参修《永乐大典》。

管时敏

451　石镜亭

武当祠下仙人镜，纤尘不染绝晶荧。看来终夜似明月，知向何年曾陨星。天上孤鸾还舞影，山中百怪敢逃形。偶因登览坐良久，清光照人如梦醒。

管时敏（1337—1416），名管讷，字时敏，号竹间，华亭（今上海松江）人。洪武九年（1376）征拜楚王府纪善，为楚王朱桢幕下谋臣，文学家。著有《还乡纪事》《蚓窍集》。

朱　朴

452　谢王雨舟灵寿杖

武当山高几万丈，中有千年灵寿杖。金光玉芝秀所钟，生在青霞石岩上。雨舟先生道者流，赠我一枝东海头。琅玕润滑铁坚瘦，昂首屈项苍精虬。老夫病足如跛鳖，藉此扶持少颠蹶。朝出横拖石壁云，暮归倒挂溪桥月。乘舟着篙马着鞭，凌高步下无不便。为寻短句谢远意，绕径啄碎青苔钱。不愁化龙忽飞去，不愿提携朝玉陛。但使长挑沽酒钱，日日登堂共君醉。

朱朴（1339—1381）。字元素，号西村，浙江海盐人。诗人。著《西邨诗集》。

平　显

453　呈谢驸马大人

百道仙符下武当，电光随绕读书堂。诗魔惧挟文穷遁，酒圣灵驱疟鬼藏。

墨汁润分瑶草色，篆文清带棚花香。壁琴自此如神助，长觉风霆响洞房。

平显（1367 年前后在世），字仲微，钱塘（今浙江余杭）人。官至广西藤知县，谪戍云南沐黔国。

454　五月三日奉驸马大人

仙山六月无炎暑，长似人间旦气清。日饭五鸦闲炼药，云飞双鹤坐闻笙。棚梅熟可调金鼎，芝草餐宜掇翠茎。报主寸诚惟恋阙，祝香时对蕊珠经。

455　寄呈驸马大人时董工武当山

天柱风清扫劫尘，焕然金碧耸嶙峋。嵌岩凿翠开宫室，飞阁流丹瞰鬼神。钟磬六时严圣祝，碑铭千古纪华勋。悬知挥尘谭元处，长有琼箫响绿云。

456　寄题武当八景

天柱凌云

绝巘凭虚蠹紫冥，屹然孤倚翠峥嵘。下临里沔通三蜀，北削岩崖挂七星。驻鹤人闻天上语，骖鸾仙隔雾中行。飞岑挺辖思超越，未得相从快一登。

玉虚环翠

宝衢云术阆清寒，沓嶂迥崖拥郁盘。四面绀屏岚气合，万章琪树绿阴团。曜灵俄景晡先暝，沆瀣华滋昼不干。闻道我公长弭节，有诗题偏碧琅玕。

五龙披雾

鹤寝犀阶榜五龙，丹梯直上蕊珠宫。桂花香沁清坛月，棚树吟生爽籁风。碉畔磨针勤力妇，山中饵药秀眉翁。有时叱咤鞭行雨，井底飞涛激半空。

九渡鸣泉

石濑溅溅漱碧沙，冰弦写操水仙家。酌来玉醴甘于蜜，流出丹砂色胜霞。汲井底须沉橘叶，寻源何处觅桃花。悬知智者耽清趣，破竹分符为煮茶。

南岩削壁

青崖峻削几千仞，万古白云天地根。脱挂紫巾宜露顶，响敲铁杖或开门。神仙熟视丹方刻，画史偷传斧凿痕。我欲攀缘求碧水，高巅疑有洗头盆。

紫霄层峦

帐望仙山鹤一程，梦中曾写紫阳铭。宝珠烂结琅玕树，金镳重扃翡翠屏。
曲蜜房窥朱鸟牖，丛霄声度彩鸾笙。觉来鼻观香如许，记得黄庭石案经。

雷洞发春

地底洪钧转辘轳，一声惊起玉于菟。经纶时雨群萌折，鼓动春风万蛰苏。
容止不烦先奋析，嗢噱因见笑投壶。潜蛟可是池中物，肯待仙诏墨篆符。

琼台霁晓

三足踆乌刷羽毛，瀛堧海镜见秋毫。去天一握璇玑近，拔地千寻玉局高。
火鼎煎烹皆白石，飙轮来往自洪涛。有神眄蠁垂昭报，万古灵功翊圣朝。

457　奉谢驸马大人松雨二字

铁画银钩势欲骞，鬼神诃护到庭轩。润浮琳馆松花雨，香带仙山楠树烟。
峭壁遥分雷斧劈，骇龙惊抱月珠圆。一书岂啻千金直，长有恩光照简编。

458　次韵答朱学录

一自横经校石渠，夜灯长得共残书。秋风吹断离群雁，明月芦花久索居。
别梦相牵正忆渠，天风忽堕武当书。还乡未结青春伴，徒对桃花问起居。
一炉风雪过穷年，着冻瑶琴折几弦。闻道台州老司户，只应留得广文毡。

459　寄袜朱雪舟

高徽逸响广陵散，定在松风石上弹。好裹踏云双足暖，青鞋历遍武当山。

王佐理

460　题《云谷图》并序

太常司太卿丘玄清，端洁士也。尝隐居武当山，从黄冠游，自图其所居
曰"云谷"，盖乐其有清虚闲适之趣。朝廷高其行，征拜监察御史，寻擢是
官。眷遇之隆至矣。无为张真人述其旧游之美，因书"云谷"二大字以畀之，
盖所以号之也。玄清遂为卷轴，冠二字于端，诣京之大夫士求诗歌，焜煌而

绚耀之，亦盛事也。时适遇玄清初度之辰，余赋为古诗一首，以寓祝颂之意云耳：

白云道人昔何处，野鹤相随憩岩宇。天风吹上凤凰台，五色云中觐明主。从兹不事九转丹，拖金纡紫趋朝班。惟清惟寅职祀典，光映鹓鸾辉羽翰。日持黄检奏封秘，似向天宫朝上帝。仙阶耿与三台通，始知天上即人世。青鸟不来仙路遥，梦魂无复武当招。谷云化为传岩雨，时苏四海资清朝。君不见，玉堂学士典文字，许尔大书际遇事。今朝正是降申日，祝寿姑容献佳什。

王佐理（生卒年不详）。与张来仪同时代的翰林名人。

曹希鸣

461 云谷诗

云中之谷大无外，谷中之云常五彩。上盘大顶极风天，下接神州大瀛海。中有仙人阆宜都，燕坐不闻浮世改。大明日月丽中天，鹤书入启搜遗贤。仙人欤然应诏起，首峨獬豸乌台前。帝眷仙人澹而漠，曰太常卿宜尔作。手绾金章日有辉，赐来内马蹄新凿。国家祀典贵精诚，力赞太和调雅乐。三祀南郊大礼成，上帝居歆天子乐。掉头不愿尘世荣，志守清虚但如何。输忠竭孝报君亲，方朔金门同隐身。他日承恩挂冠去，还向谷中寻白云。呼鸾召鹤历蓬峤，会揽群仙一长笑。

曹希鸣（？—1397），名大镛，以字行，赐号光岳先生。龙虎山仙隐院道士。洪武十五年（1382）充道录司，后任武当山朝天宫住持。著有《太上混元实录》。

艾 晖

462 游武当

武当形胜天下奇，琼台翠壁何崔嵬。瑶池尺五凤凰琯，上邀嬴女泠风吹。碧峰倚天三十六，二十四涧鸣苍玉。鸡犬无声万壑幽，灵乌树杪啼晴旭。宫中仙人美丈夫，被发跣足提湛卢。玄功千载之莫测，下土实赖神明扶。我行欲藉云胥手，真拟天津援北斗。雾合凌虚览八荒，俯视群山皆岣嵝。

艾晖，生平事迹不详。

佚 名

463 云谷诗

吾闻王官谷，隐者司空图。又闻武当山，隐者神仙徒。太上太卿丘玄清，夙有仙骨世华腴。前身莫是七祖之真人，戒杀一念阴德之所符。不然长春五龙两琳宇，非有道者谁能得此居？地直星虚，秀钟扶舆，谷则深峻，云所依于。上摩云霄之高迥，下盘溪涧之萦纡。当其云来时，正是雨晴初。但见触石而起，肤寸而合，顷刻谷口满。如绵之开，如练之抹，一色雪白铺。树林参差迷远近，人家隐映疑有无。我方歌停云，我方歌白驹。胡然贲束帛，趣尔来公车。黄鹂百啭，欲留苦无计。玄猿群出，相视为惊呼。山人去矣，旧隐何如？谷子仍在，云子与俱。一变而立霄汉，上五色之绣衣；再变而临郊坛，覆百宝之皇舆。云兮云兮，会有还山之日。谷中之灵，慎无移文。以我玄清，为遁客之逋。

杨 琇

464 游太和

入山心自远，眺阁眼偏宽。台径云蒙险，松杉雨湿寒。故人怜未见，谏议幸相扳。去住随春意，悠悠坐水潺。

杨琇（生卒年不详），洪武二十三年（1390）解元，湖阳知县。

天台山人

465 题《山水图》为玄清作

均山高处展旗峰，林下仙家翠雾重。身向九霄鸣佩玉，何时归去看云松。

何适（生卒年不详），字达生，号天游、白石道人、天台山人，湖广布政使何真（？—1388）之后，广东东莞人，后居常熟，工画兰竹。

任自垣

466　赵提点月夜见访

窗前纸帐月见白，一榻照我如银盘。梦游似吃姜巴韭，想像重簪许掾冠。山根涩住万籁吹，木叶落尽三更寒。独有知微最相得，此时天柱亦盘桓。

任自垣（约1350—1431），名一愚，号蟾宇。南直隶（今属江苏）丹阳人。明代道士，三茅山元符宫出家，后提督太和山，为上清派第53代宗师。著有《太岳太和山志》15卷。

467　过李幽岩尊师墓

三年不吊李谪仙，梦里如今思恫然。十里桃源藏暖峪，半湾花雾隔晴川。豢龙花雨空遗井，跨鹤乘风不着鞭。记得虚堂聪挥尘，五千先说谷神篇。

瞿　度

468　云谷诗

紫霄峰下好闲云，满谷雨散犹氤氲。每藏丹室虎龙气，或接青冥鸾鹄群。往来自信分三素，舒卷忽看生五文。飞入蓬莱宫阙里，朝朝春彩拥明君。

瞿度（生平事迹不详），山西高平人。与明代武当山南岩卢秋云同时代人。

469　赠卢秋云

武当道士来访我，一双秃鬓花三朵。问之只有鹤相随，倏尔东西无不可。

邓 雅

470 题罗宗瑞法师《祷雨感应卷》

南州大旱禾黍枯，赤日照地如红炉。老龙卧稳鞭不动，无乃上帝封江湖。道人早岁曾学道，能以精诚事祈祷。绿章奏罢起风雷，三日为霖救枯槁。吁嗟妙道不可言，安得共究玄中玄。君不闻，武当昔有张洞渊，道成掷笔还升天。洞渊成道之日，作颂曰："行年八十一，幻缘今已出。掷笔归去来，太虚无踪迹。"

邓雅（洪武十五年前后在世）。字伯言，号玉笥。新淦（今江西新干）人。工诗，元末隐居未仕。洪武十五年（1382）赴京朝见明太祖，因命赋钟山诗而受惊，称病还乡，讲学于石门山。著有《玉笥集》。

张宇初

471 题武当太和

太和磅礴结高峰，北极灵飙望拜中。翠壁暖云丹臼稳，琼台疏树剑光洪。涧西梅棚分苔径，天外旌旄护蕊宫。阙下多君蒙圣眷，故山遥对画图工。

张宇初（1359—1410），字子旋，别号耆山。明代正一派天师，被誉为"道门硕儒"。洪武十年（1377年）嗣教为第43代天师。洪武十三年（1380年）敕授"正一嗣教道合无为阐祖光范大真人"，总领天下道教事。

472 宿武当别峰

一宿琳宫最上峰，折旋石磴杳扪空。六鳌洲渚浮金粟，万马峰峦带玉虹。玄武旌旗黄道北，紫微台阁绿华中。仙姿喜有庞眉叟，月下期招鹤背风。

473 云谷诗赠丘太卿

白云岩谷结茅庐，种树看山乐有余。梅柳旧传遗迹在，不烦松月话清虚。入汉青峰玉削成，霏霏林杉白云生。高人雅有沧洲趣，柱笏看山万里情。

474　碧云像赞

碧云散尽见青天，万劫光明到处全。会得自家真面目，无言无象正玄玄。

475　希夷真人像赞

华山白云，惟意所适。旷谢浮荣，默守玄极。至人无梦，乃踵真息。控驾扶摇，象存太易。

李仲训

476　游武当

嗜酒高阳十七年，一身轻似散神仙。夜来拾得南岩月，挂向松稍照客眠。
雪满头颅霜满眉，残年正是学仙时。金精石与银精石，煮作香糜也当饥。
大顶嵯峨望且登，丹霞踏碎几千层。三天门下无炎暑，六月松阴尺五冰。
武当山上觅生涯，坐对闲云日未斜。七十二峰都是翠，生锄一片种梅花。

李仲训（生卒年不详），号岘山。江西南昌人。洪武年间任襄阳教授，后任吏科给事中。"江南十才子"之一。

477　武当歌送廖氏兄弟

武当山，何崇崇，细看颗颗骊珠色。下瞰乎荆豫之境，当乎秦关之冲。行人过客千里外，杳渺望见七十二朵朵青峰。或拱而西，或揖而东，或北而背，或南而胸。中央高平者大顶，重压厚土摩苍穹。乃知玄圣昔日飞升处，上有宫观知几重？鸾凤起舞，龟蛇现踪。闪闪旗纛，玲玲磬钟。檐牙驰列缺，殿角腾丰隆。早闻天鸡啼，晚见月兔春。玉涧流水响，丹崖太霞封。金银石精照白日，松柏偃塞成虬龙。灵苗异蕊莫尽记，仙老隐士长相逢。世人会登罕能到，天下兹地斯为雄。廖家兄弟好风骨，素愿谒拜中诚通。去年二月兄独往，今年三月弟更从。二人矫矫良可羡，飘然乘着鹤背风。归时好摘棚梅实，惠我狂吟霜鬓翁。解此久渴怀，慰此衰谢容。明年倘遂生羽翼，亦欲与子凌虚空。

廖时升

478 寄太和山人

西川几度披松雪，丹受黄书去复来。应见广休推德性，却从元阜定仙才。霞餐五色脑中补，春插三花顶上开。听得终南有亲老，重倾沆瀣捧瑶杯。

廖时升，生平事迹不详。

金 实

479 留宿武当别峰

倦游负轻策，迢递陟崇丘。仰高穷碧落，俯晖回沧州。西□翔威鸾，东巘媚幽虬。连冈延翠色，昏旦异朔永。维时属西序，金气播杪秋。象空内景静，机息物霆休。□久万籁寂，华月空中流。穿檐坠瑶露，锵然应琳球。安得偓佺期，霁心契冥搜。飘飘驾黄鹤，去作太清游。

金实（生卒年不详），字用诚，开化（浙江衢州）人。永乐初上书言治道，除翰林典籍，官至卫府左长史。修纂《太祖实录》《永乐大典》，主撰《明太祖实录》，著有《先正格言》。

朱 棣

480 诗赐虚玄子孙碧云

太华山高九千仞，幽人学道巢其巅。云边一卧知几年，悬崖铁锁常攀缘。世间万物无所累，饥食琼芝渴乳泉。炼就还丹握化权，三关透切玄中玄。高奔日月呼紫烟，绛宫瑶阙长周旋。五华灵芽植丹田，明珠一点方寸圆。左挹神宫右白元，夜间明堂相与言。窈冥恍惚合自然，飘飘直上大罗天。时人欲见不可德，三峰下俯飞鸿翼，丹丘羽人常往还，洪崖赤松旧相识。只今邂逅契心期，青瞳绿鬓烟霞姿。福地洞天游欲遍，逍遥下上骖虬螭。若遇真仙张有道，为言伫俟长相思。

朱棣（1360—1424），生于应天府（今南京），明太祖朱元璋第四子，曾封燕王。1402 年登基为明第三位皇帝，年号永乐。开创永乐盛世。谥号文皇帝。

481　《御制真武庙碑》诗

先天始气五灵君，玄老太阴实化成。察微知远生神灵，修真内炼心忐宁。潜契太虚感玉清，功满道备乘龙行。归根复位以显名，天地悠久日月笄。神昭功德翊我明，手握化机佐运兴。武当毓秀何峥嵘，琳宫仙馆敞瑶琼。用报神贶表孝情，神敷嘉锡备休征。翼翼寝庙建北京，人侥贶兮神蒙帡。晨钟暮鼓声铿鍧，神之来兮风泠泠。驾飞龙兮驱流星，飘翠盖兮翳霓旌。八鸾九凤先后迎，倏而来兮忽而升。剑光吐纳阴阳精，焱为电兮击为霆。陶铸万汇无留停，祥风甘雨宣和平。高宜黍兮下宜杭，祛祆荡札民物亨。清酤进兮肴核馨，报万祀兮毖一诚。

余士吉

482　寄玉虚方丈

蓬莱海上任公子，玄武宫中太一卿。学得钓鳌双手捷，炼成骑鹤一身轻。能诗自倚仙风逸，见帖人知道骨清。我亦旧邻徐市宅，君宁无念葛洪情。

余士吉（生卒年不详），浙江象山人。明代官吏，随船出访过日本、朝鲜等地。与任自垣道谊甚厚。

483　汉江鸭绿

落日行大堤，爱此春江绿。谁云可染衣，华我襄民服。谁云可作醅，取我襄民足。临流不敢唾，聊以鉴眉目。轻风生微澜，胡能照心曲。无端双白鸥，飞来镜中浴。试问沧浪翁，借尔槎头宿。飞梦绕天河，弗顾鳊鱼熟。

佚 名

484 武当四十九灵签（节录第十五签）

第十五签上上·一轮明月

圣意：月满今宵离海边，时人感应丽青天。青光烁出群星散，君子营谋便得官。

谋望：此去相逢贵客邀，莫嗟天外路迢遥。平地任汝营求意，云有天梯渡水桥。

家宅：保得身安莫问钱，好香焚炷谢苍天。田蚕六畜多兴旺，管取今年胜旧年。

婚姻：前生注定是姻缘，女貌郎才并少年。要肯坚心答天地，管教夫妇共团圆。

失物：失物踪由过北厢，如今休要乱胡详。来朝自有旁人见，便靠神明保吉祥。

官事：汝本聪明特达人，偶逢淹滞损精神。云收雨散中霄静，现出蟾光四海明。

行人：去时曾约便相逢，今日音书又不通。阻滞潦留三五日，管教财阜乐时丰。

占病：中心有事意难为，如若为之君子知。自是善财难割舍，舍之祸去福来随。

解曰：占家宅平稳，占身大吉。失物不失，病者不妨。作福保吉，求财遂意。行人立至，官事有理。求官必达，六甲生男。婚姻就成，田蚕六畜兴旺，凡事大吉。

佚名：生卒年不详。

485 武当山朝天观签（节录）

一签

福禄骈臻喜气新，光辉满室一堂春。家门清泰财源茂，万事从心意志伸。

二签

任君南北走西东，处处良朋道路通。财喜双全皆遂意，家庭幸福乐无穷。

三签

南北经商大吉昌，东西任意不须防。金鞭不用催肥马，步步平安到乐阳。

四签

若问婚姻大吉昌，凤凰琴瑟启家祥。异香满室非常喜，寿命天高地久长。

五签

乌鸦□叫报君知，任外在家要见机。万事从今宜莫管，回心向善得便宜。

六签

口念弥陀心藏刀，假装模样不尝肴。持斋吃素修成狗，再世翻身作扁毛。

七签

火云赫赫灿黄金，银汗云遮阴暗生。一旦扫开云与雾，长空朗朗普光明。

八签

人财兴旺吉神扶，动作施为力有余。慷慨出头行善事，诸神庇佑护龙珠。

佚名：生卒年不详。

486　分武当签

第七十四签

崔巍崔巍复崔巍，履险如夷去复来。身似菩提心似镜，长安一道放春回。

第七十五签

生前结得好姻缘，一笑相逢情口亲。相当人物垂高下，得意休论富与贫。

佚名：生卒年不详。

胡　渊

487　赠武当提点

云阳有高士，寄迹于玄门。弱龄服师训，颖悟殊绝伦。道书悉研究，儒典复讨论。出言动成章，落笔如有神。清修而苦节，潜德乃升闻。一命授玄义，轩鹤超鸡群。奉旨谒名山，随处访仙真。复命行在所，上意嘉其廛。维时玉虚宫，轮奂方一新。像设焕金碧，觚棱切星辰。坛席虚已久，敕命张真人。为朕举高道，管领兹山云。一愚与其选，羽流尽欢欣。兹行将莅职，高举凌风尘。寒子忝道契，惜别把离尊。赠言固匪谀，勉旃当自珍。导气以引年，崇德以润身。譬如鸣阳凤，又似纵壑鳞。武当增光华，流誉扬清芬。晨昏考钟鼓，祝禧答皇恩。

胡渊（生平事迹不详），亦名胡囡，南直隶京口（今江苏镇江）人。

王　价

488　寄赠太和羽人

一片孤蟾照古今，空悬常见道人心。千江影落鱼龙喜，八极光涵海宇深。银阙秋高云淡淡，丹台夜永悃沉沉。几回花底吹笙处，毛骨生寒露满襟。

王价（生卒年不详），翛江人。与任自垣道谊情深。

胡　俨

489　蟾宇歌有序

大岳玄天玉虚宫提点任一愚，自少修真于茅山，以蟾宇自号，岂况然者？盖昔学仙之徒，若刘葛二师，一号海蟾，一号玉蟾，其有由来矣。然常闻内景之说，有日魂月魄之喻，不可以偏废也。苟滞于一则，所谓蓬莱又隔几尘矣。然刘葛二师必有其旨。盖蟾食气之物也，气固则形全，形全则精复。庄生曰："形全精复，与天为一。"二师之意，或者在此乎？一愚亦慕二师而名者耶？既述其所以，复为之歌曰：

八荒荡荡天宇清，银汉星稀孤月明。茶烟消尽鹤初睡，云窗洞达虚白生。道人宴坐收金经，鼻端有白心无营。招摇此指红日升，绛宫丹魄蟾光凝。回风混合归黄庭，天门夜开飞爽灵。广寒宫阙当晴昊，霓裳曲度春光早。嫦娥有药不须尝，桂树青青后天老。阴火流金出大渊，莫笑五行颠倒颠。玄谷虚名神不死，夜夜蟾光清彻天。

胡俨（1361—1443），字若思，号颐庵。江西南昌人。洪武举人，永乐间以翰林检讨直文渊阁，迁侍讲，官至国子监祭酒、重修《明太祖实录》《永乐大典》总裁官。教育家、文学家，著有《颐庵集》。

王　绂

490　寄赠任给事中

时在武当山中。君本霄汉客，降谪留人间。人间不可住，又复游名山。彩霞绚春衣，瑶草腴朝餐。高风邈难及，恨恨心所攀。

王绂（1362—1416），字孟端，号九龙山人。南直隶（今属江苏）无锡人。隐居九龙山。受累充戍卒十余年。山水画家，墨竹为"明朝第一"。永乐元年（1403年）参编《永乐大典》。著有《燕京八景图》《王舍人诗集》。

491　赠孙碧云还武当

绕朝金阙便言还，自是高风动圣颜。身作地仙逢盛世，面承天语住名山。重重台殿空青上，六六峰峦紫翠间。料得尘缘无一点，此心应只伴云闲。

492　逢武当道士李幽岩（用王修撰韵）

暂携笙鹤远朝天，尽道丹成骨已仙。岩构往来驯虎豹，荷衣着破带云烟。岁周甲子何曾记，夜遇庚申便不眠。回首故山归兴好，啸歌风月浩无边。

赵　弼

493　《武当嘉庆图》赞八首并序

重刊武当嘉庆图·序

武当为天下名山。龙汉之始，初名太和。自玄帝由净乐国修炼于此，又有太岳仙室之名。及帝飞升之后，自谓山之灵秀清绝，非玄武不足以当，故更名曰"武当"。

历代以来，栖真练行之士、志烟霞而乐泉石者，构琳宇以崇奉之。我朝太宗皇帝德侔天地，治冠唐虞，尊礼百神，崇兴正教，惟以玄天上帝福佑生民，功垂永世，特敕大臣鼎新宫观。由是，殿阁楼台巍然一新；金碧丹漆，绚耀山谷。累感上真显化，神异昭灵，桢祥嘉瑞之应，不可殚举。自两仪开辟以来，福地之盛未有如今日者也。

真成道人徐永道，自念际遇圣明雍熙之世，黄冠鹤氅，得逍遥于仙境中，无以补玄门之万一。乃求董、张、唐、刘四真师所著《启圣嘉庆记图》，首载国朝兴修之盛典，与夫圣真灵异昭应之迹，募缘绣梓，以寿其传。俾览者知古今道化神功之妙，如目亲睹，其用心亦至矣。梓成，征余序其末。余惟大道无形，至真罔象，非图籍所能形容也。若夫高岩深谷之间，神真变现之迹，祯祥嘉瑞之应，是皆道化之妙用，神真之垂象也。苟非借图文以著明之，远方之人，安知灵异如是哉？

永道重刊是记，其存心之善有三焉：彰圣朝功德于千万斯年，祝国祚兴与山岳同其悠久，一也；演真科于文明之日，播玄元清净之风，二也；俾四海之人观斯图者，咸兴向善之心，皈大道慈悲之化，三也。永道三善之美，其于玄元之教，实非小补云。他日功行有成，俾交黎火枣生于胸中，长生久视于名山中矣，是为序。

宣德七年（1432）岁在壬子正月上吉日

南平后学赵㧑辅之　序书

赵㧑（1364—1450），字辅之，号雪航道人、碧泉道人。四川南平（今重庆巴县）人南永乐中任新繁学谕，转资中学谕，终汉阳学谕。史学家兼小说家，著有《效颦集》。

《净乐仙国》赞

净乐仙邦何处是，海天邃潜白云深。玉楼金殿辉丹彩，珠树琼林结翠阴。云散奇花随凤翥，风鸣露岭杂龙吟。阳光托赞开真瑞，圣化巍巍振古今。

《金阙化身》赞

玉虚金阙在何方，世游时迁不可详。梵度奎娄终是谬，均阳翼轸正相当。乐都明有先王兆，大岳高腾圣帝光。亭后紫云真净乐，何须海外觅仙邦。

《王宫诞圣》赞

雪航道人　赵弼

阳光午夜孕仙胎，天地储祥景象开。一自开皇生圣质，万年功行冠蓬莱。

《经书默会》赞

七岁经书以贯通，包含万像在胸中。当时一点灵台性，夺建乾坤造化功。

《辞亲慕道》赞

□□辞位粉修真，紫□壑□□□□。雪洞云岩先得踏，玉京金阙已通神。三台宝剑从师□，八景颐论入圣路。欲问仙踪何处是，棚梅足于万年春。

《元君受道》赞

玉清圣祖紫元君，玄妙亲传万古闻。一自太平升举后，仙岩日日现祥云。

《天帝赐剑》赞

佩剑寻幽入洞天，武当福地蹬仙缘。危峰削翠连霄汉，飞添穿云泻涧泉。千古松华长衍茂，四时花草自芳川。神功赫喧昭灵异，补我皇明亿万年。

《涧阻群臣》赞

修真太岳隐云岭，圣父怀思意莫禁。天性至情非易舍，宰臣奉命杳难寻。千章古树烟萝幽，九渡风涛雪涧深。五百仙官知愿力，一时开悟尽愿心。

杨士奇

494　送陈景祺之襄阳

汉水带襄城，沧浪旧有名。分符来五马，如练照双旌。济涉思为楫，听歌想濯缨。须令郡人悦，堪比使君清。

杨士奇（1366—1444），名寓，字士奇，号东里。江西泰和（今吉安）人。官至华盖殿大学士兼兵部尚书、内阁辅臣、首辅。谥文贞。学者。任《明太祖实录》等书总裁，编有《三朝圣谕录》。

朱 彤

495　赠渊静施提点

生冠霞帔出长安，飙驭凌空不可攀。云影渐移京口树，雁声徐度海门关。远离帝阙三千里，真箓仙官第一班。寄语玉虚任炼士，乞将大药驻朱颜。

朱彤，生平事迹不详。湖广蕲阳（今湖北蕲春）人。

黄圭中

496　赠勾曲隐者入武当

望水寻山路五千，独携瓢笠上云烟。榴梅折得琼林实，为报人间大有年。皎皎冰轮玉宇澄，道人丹室政虚明。坐来三素凝秋碧，绝胜林轩诵洞经。

黄圭中，生平事迹不详，豫章（江西南昌）人。

粹一庵

497　寄东吴杨道冲上武当

苦厌腥膻役我神，苍山远近不藏身。束书愿卜西南地，结屋无求上下邻。术煎浅缸留过腊，药苗小圃待逢春。鳌仙自有黄民札，奔玩仪璘候太宾。

粹一庵，生平事迹不详，天竺（今印度）人。

廖 琏

498　寄东吴杨道冲上武当

太和仙山几千仞，迹起乾兑水流震。龙池凤沼上帝宫，被发仗剑受朝觐。中蟠三十六洞天，七十二峰左右旋。骞林瑶草护岩谷，二十四涧流潺湲。巍巍天柱云中见，天帝赐以黄金殿。神光烛地降龟蛇，呼吸阴阳走雷电。玉虚环翠开烟霞，五龙捧出云中花。紫霄福地层峦耸，南岩削出神仙家。泉鸣九渡挂晴蛛，日丽琼台仙掌动。下界年丰百谷登，雷洞发春时雨送。青山入梦留无因，棚梅折赠一枝新。蓬莱仙境写相赠，岭猿啼送三山春。遇真水暖流松雪，净乐宫前送行客。殷勤剑化葛陂头，铁笛一声秋月白。

廖琏，生平事迹不详。

499　太和送别为王思信赋

大岳神仙府，玄都帝子家。碧攒天柱玉，红露棚梅葩。石洞丹流雪，岩坡虹吐霞。骞林巡夜虎，琪树散晨鸦。赤殿香风细，仙关紫气斜。桃开千岁实，松落半岩花。已喜瞻天像，无由访使槎。他年校仙籍，来此问丹砂。

金　渊

500　步虚词

太和之山青插天，七十二峰螺髻妍。阳崖晃朗旋日月，阴壑暗霭霏云烟。倚岩古木瘦蛟卧，落涧飞瀑银河悬。森沈桧柏翳深洞，松风飒飒铿鸣弦。一从开关两仪立，灵气蕴结知何年。坎宫之神帝玄武，降质远自羲黄前。飞龘变化已辽邈，尚有遗迹层崔巅。鬼神守护禁魔孽，青龙白虎相周旋。皇朝泰运复隆古，祥风甘雨覃八埏。神明协赞叠祥瑞，灵应煊赫遐迩宣。琳宫瑶殿重营建，轮奂金碧光华鲜。南岩峨峨紫霄上，观阁矗起星辰边。金芝朱草偏庭苑，日有羽客来云轺。我师宿昔禀灵骨，颜童貌古婴姹全。一朝奉命典清秩，骖鸾控鹤风冷然。步虚声起彻金关，琳琅合奏来群仙。尘凡仰望隔烟雾，振袂欲往嗟无缘。他年阆苑倘相忆，因风寄我青瑶篇。

金渊，生平事迹不详。

沈道本

501　赠范东阳施东震登天柱峰

二子联翩习羽衣，早辞吴水望云梯。三层楼上寻弘景，太一山前问少微。

酒热黄精人已醉，饭炊白石鹤初饥。明朝天柱凌虚步，月窟天根不放归。

沈道本，生平事迹不详。

胡 广

502 七月四日赐榔梅

武当仙果非凡实，人见开花结子难。入瓮进来多万颗，玉除分赐遍千官。祯祥已作丰年兆，海宇同沾帝德宽。蒙惠小臣深感激，却怜方朔未曾看。

胡广（1370—1418），名靖，字光大，号晃庵，江西吉水人。建文二年（1400）状元，永乐五至十六年（1407—1418）任内阁首辅。谥文穆，仁宗加赠太子少师。文学家。著有《胡文穆公杂著》《题画竹赠别李孟昭》。

李孟昭

503 步虚词五首

一

玄黄肇两仪，清易旋九霄。金网渺穹昊，大梵郁岧峣。泥丸三境列，绛都万真朝。骖鸾啸九凤，整驾凌刚飙。一闻长生诀，后天不能凋。稽首虚皇尊，此道诚逍遥。

二

浩浩无色祖，渺渺劫仞阿。帝青凝皇梵，碧落浮空歌。萧台郁中峙，万气森弥罗。九阳结萎蕤，三秀粲繁葩。灵风散氛霭，品汇蒸太和。神光朗寰宇，永世伐险魔。

三

句芒执东矩，蓐收司颢英。朱华耀南离，天一位坎方。中宫峙紫极，列舍随低昂。璇杓酌元气，四序自流行。瑶坛奠明水，琅玕和洞章。散花殷勤礼，我寿齐三光。

四

龙汉开先天，三洞垂赤文。六角耀芒采，万劫为道根。纪之青瑶册，封以玉检温。深藏丹元府，冲华蕴灵芬。一朝启神秘，悟入众妙门。超然谢凡鞅，皈命玄中尊。

五

翘首望太清，廓落虚无宗。飞神溯浩气，盼响精诚通。天扉启间阖，神光煜瞳眬。六眸执前驱，流铃司八冲。灵幡导羽盖，啸咪声嗢嗢。居歆降景福，六合同皇风。

李孟昭（生卒年不详），与胡广同时代人。

朱　柏

504　赐五龙李孤云

烟山苍苍烟树紫，行来日斜逢真士。逢真士，石为餐，碧莎鹤唳清光寒。

朱柏（1371—1399），尝自号紫虚子。濠州钟离（今安徽凤阳东）人。善道家言。明太祖朱元璋第十二子。洪武十一年（1378）受封湘王，就藩荆州。建文元年因恐告发谋反而自焚。谥号湘献王。

505　太和山寻张三丰故居

张玄玄，灵神仙，朝饮九渡之清泉，暮宿南岩之紫烟。好山浩劫知几度，不与景物同推迁。我来不见徒凄然！孤庐高出古松巅，第有老猿接臂相攀缘。张玄玄，灵神仙。遥仰乘飙游极表，茅龙乔鹤上青天。

506　赞张真仙诗

张玄玄，爱神仙。朝饮九渡之清流，暮宿南岩之紫烟。好山劫来知几载，不与景物同推迁。我向空山半不见，徒凄然！孤庐空寂大松里，独有老狝松下眠。张玄玄，爱神仙。匪仰乘飙游极表，茅龙想驭游青天。

507　赞玄坛赵元帅

胚晖梵气，挺性自然。禀金精乎，孕秀正水。德以通玄，枢机造化。威震八埏，寻声赴感。如意慈怜，恩沾品汇，灵变三天。振宗风于永劫，阐教法于万年。

508　赞朗灵关元帅

猗惟寿亭，鼎分汉室。剑气凌云，精忠贯日。千载英灵，永焉迪吉。祐我邦家，鸿我嘉绩。

509　赞玄天上帝

皇皇上帝，一气分形。虚危钟秀，坎离孕精。功高众圣，德辅九清。小臣凡昧，罔敢为名。

510　赐洞观微妙上照炼师王休休游武当

我生夙好方外之高情，遐追子晋怀沧瀛。三山辽邈不可及，亘古仙者传其名。金银台观烟霄外，琪花珠树森交晶。红霞白日春长在，巨鳌不动天风升。炼师自是三山客，貌奇心古丰仪清。拂袖御云气，翩翩来南荆。风物老秋色，湘江波静荆山横。玉蟾吐白满空阙，手携北斗酌我湛。醁倾沧溟，琅笈琼文。核玄秘掌中，金策何铿铿。君衣绿霓羽，我着紫霞璎。君咏步玄曲，我吹青玉笙。我笙吹星星历落，君曲遏云云不行。杖化银樏不足数，吴中鲈鲙为君轻。肘后寒光破晴碧，壶中丹气凌青冥。兴来醉舞招白鹤，跨向五城之玉京。翛然啸傲忘甲子，一身汗漫遗死生。五岳撮土，八海一泓。滔滔昔人付一笑，悠悠终古惟高瞪。先天独存子，后天不老。吞吐造物含元精，白沤兮白沤，与君共结沧州盟。

附：朱柏赐洞观微妙上照炼师王休休游武当

我生夙好方外之高情，遐追子晋怀沧瀛。三山辽邈不可及，亘古仙者传其名。金银上帝云。杏花飞，春雨急。陌上行人草作裈，燕子衔泥乌衣湿。

乌衣湿可晞，高原尽下隰。杲杲初从东海升，阿杳隐隐咨呼吸。四野八荒晓复明，农夫田父嗟相及。去年麦禾苦岁功，今岁无秋老稚泣。天心仁爱下民咨，岁哉民与非邪吾。吾今祷神请自罚，咎在其躬民其苏。慎毋更见襄江水，如昔乘骢拥玺符。煤灼熏天无寸□，白河商羊前后驱。勺水蹄涔皆奔注，须臾城郭变江湖。苍生鱼鳖从昏垫，灶沉偏蛙虾区。予时彷徨城头走，恨无利剑斩长溇。万姓环予号且哭，竟日无烟口无粥。莩人枕籍水中流，尽是人生骨与肉。闻言三令且五申，死与禅傍饥与熟。穷乡下邑分如来，大开仓廪赈之谷。洪水渐消民渐安，文昌奊武多惭恧。予闻封内庶神祇，雨旸时若神之福。岳岳太和帝所栖，奕奕琳宫金为题。宝殿连云三十六，彷台烟霞外，琪花珠树森交晶。红霞白日春常在，巨鳌不动天风中。炼师自是三山客，貌奇心古丰仪清。拂袖御云气，翩翩来南荆。风物老秋色，湘江波静荆山横。玉蟾吐白满空阙，手携北斗酌我湛。醾倾沧溟，琅笈琼文。核玄秘掌中，金策何铿铿。君衣绿霓羽，我着紫霞璎。君咏步虚曲，我吹青玉笙。我笙吹星星历落，君曲遏云云不行。杖化银槎不足数，吴中鲈鲙为君轻。肘后寒光破晴碧，壶中丹气凌青冥。兴来醉舞招白鹤，跨向五城之玉京。翛然啸傲忘甲子，一生汗漫遗死生。五岳撮土，八海一泓。滔滔昔人付一笑，悠悠终古惟高瞪。先天独存兮后天不老，吞吐造物含元精。白沤兮白沤，与君共结沧州盟。

511　赠李德渊

尔本无生，何期云殁。拂袖三山，金宫银阙。咦！今日大地光明，万里秋天明月。

朱　椿

512　赠张三丰先生

忆昔蓬莱阆苑春，欢声未尽海扬尘。恢宏事业无多子，零落亲朋有几人。失马塞翁知是福，牧牛仙子慕全真。吾师深得留侯术，善养丹田保谷神。

朱椿（1371—1423），明太祖第十一子（齿序第十子）。洪武十一年（1378）受封蜀王，驻凤阳。二十三年（1390）就藩成都。谥号蜀献王。著有

《献园集》。

513　送张三丰遨游

昔观太极图，阴阳有反覆。元气止于坤，天心义来复。我皇振戎衣，群真佐命出。画桶周颠仙，吹笙冷协律。张氏尤多才，各负英灵骨。临山有铁冠，平阳产金箔。先生与之三，高风更卓卓。众人皆有为，老翁竟无欲。唐虞今在兹，巢由独快乐。何我治心方，得公延命药。海天万里游，因缘容后续。

张宇清

514　蟾宇诗

勾曲之仙人，乃是钓鳌客。辞家早从虚白师，蟾宇寓名卿自适。琼楼玉宇高处寒，清虚只在方寸间。长生岂觉顾兔乐，中扃内守成返还。欻起乘风云，那容侣麋鹿。一命佐道枢，实搜访仙真。飙为车子霓为盖，洞天海岳应无外。归来金阙绘图阵，领袖太和蒙帝赏。太和之山高岩峣，金银楼阁中天遥。虹光荡漾真宰降，云气香霭山灵朝。磨针涧畔漱清泚，棚梅林下寻芳芷。蕊笈朝彼钟磬清，石坛夜礼星辰迤。载飞王乔舄，寅恭觐彤廷。同予启玉箓，琳宫醮真灵。衣裁绛霞佩苍玉，乐奏琅琥度仙曲。鸾翔鹤舞瑞感臻，敕赐黄麻奖吾属。校书天禄偕玄曹，青藜夜照宫锦袍。交欢应信日已久，意气相倾山岳高。手持蟾宇卷，索我蟾宇诗。而我才力簿，葩藻何由奇。西风八月白露溥，桂花吹香落广寒。蟾光射室尘不杂，冰壶湛湛天地宽。斯时燕坐万虑彻，惟有云台同皎洁。篆烟细细炉火温，刀圭入口醒醐别。翊赞至道永恩荣，明时愿祝台阶平。他年会见功行著，骑取蟾蜍凌太清。

张宇清（？—1427），字彦玑，别号西壁。张宇初弟，永乐八年（1410）嗣教。受命治浙江潮患，以铁符投水而止。宣宗赐封号"崇谦守静洞玄大真人"。道教正一派第44代天师。著有《西壁文集》。

515　送吴继祖五龙宫提点

武当钟秀自鸿蒙，喜际皇明振教风。殿耸层霄丹碧焕，山盘大地古今雄。

楠梅应感高真降，圆像昭回圣德隆。此去琳宫无以报，祝厘千载效华嵩。

516　晓起乘风登大岳

永乐廿二年（1424），奉使大岳。八月十有二日竣事，谒紫霄、大顶，成近律二首以记感遇。

晓起乘风登大岳，此身端凝步瀛洲。桥横九涧新流急，云敛千峰宿雨收。灵虎尚传留涧谷，仙人何事隐丹丘。予生喜独承恩眷，两见琼台碧树秋。

太和峰高几千仞，神光隐见白云深。黄金殿通玄旗驻，碧玉台高骞树阴。月窟知微留客待，石函文始着予寻。万年盛业尊名岳，天上人间感圣心。

517　寄金胡二卿相并怀郭少宰

大贤并列春宫赏，笑我偏耽物外情。三老巍峰天咫尺，五龙高殿路回萦。渴来思得安期枣，坐久疑闻子晋笙。惆怅郭仙华盖远，云中不下步虚声。

518　中秋偶兴奉寄任邵二公次日别还

北斗西横惊节候，天分秋半到仙家。微云淡月金波景，疏菊新芳挹露华。鳌背喜知沾雨露，瓜田今见护烟霞。飞觞好画珠玑滴，明日清风到古槎。

519　墨竹写环翠楼中

碧蟾弄影玉宇净，浩浩大地皆金波。道人宴坐心似镜，独对此君清兴多。

李德渊

520　颂

八十余年光阴，不染不着毫分。大笑呵呵归去，一轮明月当天。

李德渊（生卒年不详），号古岩。浙江金台，或四川金堂人。明代武当山道士。出家于陕西重阳万寿宫，后移居武当山元和观，拜紫霄宫曾仁智为师，得清微雷法。洪武二十三年（1390），湘王朱柏谒武当，嘉其修炼之功，赐住荆州府长春观。坐化于武当山元和观之东。

胡 濙

521 宝珠岩

岩前几树枯荣，岩下泉常滴沥。宝珠亘古光明，谁识个中消息。

胡濙（1375—1463），字源洁，号洁庵。南直隶（今属江苏）武进人。建文二年（1400）进士，授兵科给事中。永乐成祖遣濙访仙人张三丰，十四年（1416）乃还朝，任礼部尚书达16年。赠太保，谥忠安。文学家、医学家。

522 太子岩

圣功既成，圣德惟溥。岩像巍巍，超越万古。

523 圆光洞

圆光洞里胜蓬莱，面对飞升元始台。自是真仙幽隐处，等闲那有世人来。

524 次韵并引

永乐甲辰（1424）正旦，余与户部主事王公同登大顶，恭拜祖师，告天祝寿。于初五日至玄天玉虚宫，蟾宇道兄居圜堵，使人欣羡不胜。及闻迹者，收掩朽骨三百六千余具，复为炼度，阴功厚德，孰有加焉？上不负朝廷超擢之恩，下克济幽冥之苦，内功外行，表里兼全，仙道可期，玄风大振。吾侪亦与有光。今蒙寄诗一章，足见静中清趣，敬赓严韵二首，投进圜中，以俟动时笑览。

圣朝文物盛虞唐，制作规模事事强。兴建太和稀世绩，功垂万古永难忘。
钟吕超凡显汉唐，后贤追躅奋坚强。坎离交媾真消息，一得原来永不忘。

525 次蟾宇圜中一十六首

日逐尘劳辊，区区夜气滋。十寒绕一曝，宁得似初时。
独羡金门客，归山道愈滋。闭关忘世虑，玄德动当时。

功成名赫奕，行满道凝滋。众妙能兼美，飞腾谅有时。
堪怜原野草，春至自潜滋。造化真元妙，循还靡息时。
一声雷雨作，万物悉荣滋。动植飞潜性，生生各有时。
人身小天地，血脉贯通滋。会得归根穷，须臾一复时。
酝酿醍醐倏，黄芽日渐滋。这般清意味，不比等闲时。
坎位阳初复，离宫汲水滋。虎龙交会处，片饷结丹时。
还丹汲玉液，灌溉道芽滋。姹女婴儿会，阳来坤复时。
阴阳颠倒术，修炼日滋滋。恍惚无中有，黄庭交姤时。
五行俱籍土，亦赖水源滋。金木相交并，无违进火时。
河车运真水，三十六宫滋。顷刻周流遍，从头达足时。
十二重楼上，甘泉滴滴滋。五行攒簇处，四相合和时。
火枣交梨美，金浆玉醴滋。满腔春意足，便是泰来时。
神凝万虑泯，气聚百骸滋。胎息如龟伏，潜心正道时。
道备心安泰，丹成体润滋。碧潭秋月皎，浑似未生时。

526　祥符寺访张三丰先生不遇

交情久已念离群，独向山中礼白云。龙送雨来留客住，鹿衔花至与僧分。疏星出竹昏时见，流水鸣渠静夜闻。却忆故人从此隐，题诗谁似鲍参军。

朱　模

527　赐任蟾宇海岳幽寻诗并引

包天地之外一气尔，浮元气之中莫过于海，镇元气之内莫过于岳。海也，岳也，元气之一物耳。海岳之间，得其至秀者为人。返本还元，归根复命，至道之士识之。尔来以"海""岳""幽寻"为号，深得玄微之旨，可谓不负所学矣。用陈鄙语以副所望，诗曰：

元气包含宇宙中，五方神岳奠诸峰。幽寻隐显人难测，执劂精微道可穷。理性贯通全至学，机圆命固保丹衷。黄冠本是无心客，总挈纲维振教宗。

朱楧（1376—1420）。生于濠州钟离（今安徽凤阳东）。明代朱元璋第十四子，封肃王。就藩甘州（今甘肃张掖），后移兰州。

528　赐虚玄子像赞

大哉真仙，无极自然。含三为一，玄之又玄。

王　英

529　逢武当道士李幽岩

十五辞家入洞天，白头今作地行仙。手持竹杖青如玉，身着荷衣翠似烟。海上云涛闲处看，壶中楼阁醉时眠。相逢欲问还山路，笑指桃花绿水边。

王英（1376—1449），字时彦，号泉坡。江西金溪人。官至礼部尚书。诗人、书法家。著有《泉坡集》。

谢　晋

530　送施炼师阔静佐武当五龙宫

仙袂远辞双凤阙，天书召赴五龙宫。承来雨露清虚外，步入烟霞缥缈中。环佩珊珊摇曙月，仪旄冉冉度春风。伫看静扫金坛夜，端简澄心祀碧空。

谢晋：生卒年不详。字孔昭。吴县（今江苏苏州）人。山水诗画家，自称"谢叠山"。著有《兰庭集》。

朱高炽

531　御制蟾宇歌

太初灏灏气杳冥，混沌肇判分清宁。轻清悬像浊成形，二仪块轧万汇生。孰纲维是道乃经，二五之精妙合凝。参为三才人至灵，个中孰能尤粹精。潇然物外离尘缨，若人赋禀淑且清。早岁学道栖岩洞，葆和修真久乃成。虚室生白斯其征，皓如蟾魄涵晶明。放之六合弥光莹，敛之方寸何亏盈。抗志云霞岂慕名，和光时俗匪耽荣。道积厥躬声乃宏，奉祠大岳昭虔诚。祝釐祚国召嘉祯，景星煌煌泰阶平。醴泉泠泠甘露馨，有时飞舄来瑶京。校雠玄文司权衡，淋漓金薤昭日星。献纳承恩道誉增，玄门光显扬休声。愿言功行如月恒，伫看蹑云登蓬瀛。

朱高炽（1378—1425），明朝第四位皇帝，明成祖朱棣长子。在位仅十个月，为政开明，与民休息。年号洪熙，庙号仁宗，谥号敬天体道纯诚至德弘文钦武章圣达孝昭皇帝，葬于十三陵献陵。

朱　权

532　太和隐士歌怀丰仙

太和隐士张三丰，诏征不至真潜龙。老而得道玄之宗，长生久视若乔松。自古神仙吾靡从，惟君能继扶摇踪。不见高人世外容，令渠心性若尘封。匡庐之山云蒙蒙，烟霞终日荡心胸。先生其来教我侬，愿随铁杖入瑶峰。噫嘻乎！所思不见，弱水蓬山路万重。

朱权（1378—1448），号涵虚子、丹丘先生、臞仙。金陵（今江苏南京）人。朱元璋第十六子，封宁王，封地宁国（今内蒙古宁城），永乐二年移居南昌。博学好古，旁通释老。谥号宁献王。

王　洪

533　题沧浪晚趣图

日落山水静，荡舟清溪阴。凉风振乔木，清音满前林。回首见远山，迢迢碧云深。佳人殊未来，怅然起长吟。

王洪（1380—1420），字希范，浙江钱塘仁和人。洪武三十年（1397）进士，授翰林院检讨等职，为永乐大典副总裁，"闽中十才子"之一。文学家。著有《毅斋诗文集》《四库总目》。

534　舟中杂咏（节录）

春浦晓鸣榔，烟销江水长。佳人爱绿水，渔父咏沧浪。远雁云边下，芳荪露里香。舟行意自豁，谁说是他乡。

535　武当山瑞应祥光

武当灵山自古闻，七十二峰郁嶙峋。磅礴厚土出雨云，中有至人古圣神。先天道合太始真，宰制万灵握玄钧。阴阳阖辟造化根，赤虬蜿蜒龟伏蹲。二气姤醇郁氤氲，手提三尺时下巡。披发坐乘玉麒麟，宣帝正命福下民。玄功阴翊我圣君，奋张天威振吾军。霆春飙击雷鼓震，电车闪烁朱两轮。玄纛下指缨缤纷，荡除群邪廓昏氛。圣心乾乾笃灵勋，眷彼玄构久乃湮。大而新之敕贡臣，上酬考妣冈拯恩。下祈民康岁丰殷，群工讴歌挥斧斤。万姓骏奔夕与昕，嘉禾杉桧梗柟椿。

代山閟云凿翠珉，珠楼绀宫煜然新。璇题丹甍薄苍旻，夜半下见扶桑暾。人心允和神悦欣，天祥地桢聿来臻。圆光煌煌口轮囷，瑞彩五色分成文。玉虹盘旋间赤璘，通明天开手可扪。黍珠忽见云中身，大袍修裾俨垂绅。二仙后从帔霞纹，四仙旁侍肃有伦。节旄幡幢杂玄纁，大旗错落罗北辰。灵辉四垂烛九垠，万象晰耀熙阳春。下民具瞻咸所亲，抃舞颂呼维至尊。孝恭祖宗肃明烟，升中享帝恪以寅。神降之福志愈勤，从兹庆禧益蕃纯。日星顺轨雨露均，来牟溢野粟满囷。率宇宙为唐虞人，上帝永观德是敦。亿万斯年镇乾坤。

536　御赐武当山榔梅

仙果遥从福地来，宝函初向御筵开。捧盘中贵传宣赐，当殿群臣拜舞回。身对天颜沾雨露，袖携香气出蓬莱。金穰永协丰年瑞，万岁千秋贡玉台。

朱　楹

537　赐任蟾宇诗

上无复色下无渊，个粒光明已洞宣。火候更周超大冶，混融太极一轮圆。

朱楹（1383—1417），明太祖朱元璋第二十二子。洪武二十四年（1391）封安王，永乐六年（1408）就藩平凉（今属甘肃）。

王汝玉

538 送唐太守

初赞霜台宪，旋迁粉署郎。趋朝常秉礼，入幕每持纲。重沐君王宠，新悬刺史章。均州江水右，梦渚楚山阳。秋岸丹枫落，凉洲白芷香。别来何以赠，先世有遗芳。

王汝玉（生卒年不详），名璲，以字行。南直隶长洲（今江苏苏州）人。年十七举于乡，永乐初擢翰林五经博士，历迁右春坊右赞善等，预修《永乐大典》。受累瘐死，洪熙初赠太子宾客，谥文靖。

任守礼

539 元日太和山中

玉虚元日拜枫宸，遥拜枫宸望北辰。六合无云星斗现，万民有福帝尧仁。武当聿见仙风盛，永乐恒垂雨露新。久使烟霞每盘簿，岂愁两鬓已如银。

任守礼（生卒年不详），浙江上虞县人。永乐癸巳（1413）官给事中，坐累谪乡。

540 谢羽人送菜

生平淡薄意恒存，美味谁知有菜根。若使厨中与人别，情亲故摘送黄门。

曹 义

541 寄武当邵郎中书来欲寄物难将故戏之

其一

折破浥缄喜欲颠，故人何事意悬悬。仙山土物如相寄，陆路难将附□便。

其二

忆昔曾同禁苑游，花前风月几赓酬。别来云树分南北，一度相看一度愁。

曹义（1385—1461），字子宜，号默庵。南直隶句容（今属江苏）人。永乐十三年（1415年）进士，官至南京吏部尚书，后罢官归里。著有《默庵集》。

沐 昕

542 大岳太和山八景

天柱凌云

黛色参天玉削成，断鳌谁识太初形。庆云缭绕玄都近，石磴参差黄道平。夜半风雷山下起，秋清星斗树梢横。只今昭代超前代，徽号穹碑万古荣。

玉虚环翠

琳宫环拱万山齐，欲滴晴岚映碧溪。玄鹤远归香雾合，青鸾高舞瑞云低。寻真羽袂迎风湿，种玉仙畦去路迷。多少道傍名利客，谁能林下问刀圭。

五龙披雾

玉立崚嶒翠玉流，五龙潜处景偏幽。烟消远峤猿声断，日射灵湫蜃气收。捧圣神回山寂寂，插梅人去水悠悠。应期莫负生民望，四海长令岁有秋。

九渡鸣泉

越壑穿岩势转分，长年流碧净沄沄。三千环佩联翩下，一派萧韶远近闻。鸥鹭浴时飞急雪，虬龙蟠处漱寒云。好教直上青冥去，遍作甘霖翊圣君。

南岩削壁

秀拔中天载巨鳌，瀑声直下鬼神号。气吞泰华银河近，势压岷峨玉垒高。日上群峰鸣琐闼，风回万壑涌秋涛。红尘一点飞难到，跨鹤人来醉碧桃。

紫霄层峦

紫盖重重列上台，根盘百里势萦回。丹崖翠壑参差见，琳馆珠宫次第开。灿灿祥光环太乙，飘飘仙佩下蓬莱。客来莫问当年事，且倚雕栏看槲梅。

雷洞发春

岩扃寂寂草芊芊，谁识中藏造化权。百里震声初出地，三阳气象已无边。芝生石室连云秀，槲发琼林带雨鲜。海内生民沾德泽，欣然鼓舞颂尧年。

琼台霁晓

玉作层台气象巍，宛然图画映朝晖。扶桑弄影云将敛，瑶草呈香露未晞。虚室光浮青鸟去，洞箫声彻彩鸾飞。登临绝顶微风起，吹得天花点客衣。

沐昕（1386—1453），字文英。南直隶定远（今属安徽）人。黔宁王沐英第四子。永乐元年（1403）尚常宁公主，封驸马都尉。1412—1420年，奉圣旨把总提调武当山宫殿群营造工程，并留下"南岩""太子坡"等书法。

林复真

543　赠良常倪性霁登太和山

道人不买小航船，自有飙车驾亦便。便欲南游数千里，只凭北谷两三篇。烟霞护送纶巾湿，星斗礼拜萝服躔。别去人间问王质，蓬莱水茂几多年。

林复真（生卒年不详），湖广（今湖南）平江人。永乐初道士。

唐　玙

544　武当五龙宫

五龙居处有仙宫，一径苍苔万壑松。风飔飐帘摇翡翠，云开绝壁灿芙蓉。忽闻鸡犬知何处，尚隔烟岚有几重。昨夜道人行雨遍，满庭凉月露华浓。

唐玙（生卒年不详），字宗鲁，郡人。宣德年间的太医吏目，画家。

高　谷

545　沧浪亭

沧浪亭子枕幽溪，来往行人入望谜。钓艇昼依青草岸，酒帘高控绿杨堤。尘缨只许当年濯，胜迹重烦此日题。风景满前看不足，沙鸥荡漾水禽啼。

高谷（1391—1460），字世用，南直隶兴化（今属江苏）人。正德十年

（1515）进士，官至工部尚书、谨身殿大学士，被誉为"五朝元老"。著有《育斋文集》《诗集》。

黄仲芳

546 游南岩

三十六岩何势雄，南岩高出摩苍穹。天低蓬岛星辰近，水接仙源道路通。琼馆云深鸿宝秘，药炉丹服碧坛空。登临总喜瀛洲客，漫咏新诗兴不穷。

黄仲芳（生卒年不详），字时茂。瓯宁（今建福建瓯）人。永乐十三年（1415）进士，官至湖广右参议。著有《澹庵集》。

沈 庆

547 游武当山

泰华西来第一峰，琳宫隐隐案重重。半空徐听仙韶奏，大顶随瞻瑞蔼笼。鹤驾云骈连缥缈，玉楼金殿见玲珑。清时幸得观风便，喜到天坛礼上穹。

沈庆（生卒年不详），南直隶华亭（今上海）人，诗人。进士，永乐十二年（1414）任儒林郎翰林院修撰，天顺三年（1459）任湖南提刑按察司。

袁正安

548 律诗一首寄同寅

神岳排霄当翼轸，圣朝重构著灵多。九天瑞气开圆景，万国欢声颂太和。金碧楼台延日观，云霞都邑界银河。群仙领袖推贤最，好祝皇图亿载过。

质似乔松气似兰，一从别后会期难。山中来往多相问，尽说先生不等闲。

袁正安（生卒年不详），江西鄱阳人。宣德元年（1426）任太常寺丞，致祭武当山北极真武之神。

于　谦

549　送黄郎中顺升湖广参议提点太和宫

旌旆翩翩拂彩霞，承恩清晓出京华。锦衣天上神仙客，华屋山中宰相家。芝草九茎同毓秀，棚梅千树正开花。此行便与尘凡隔，何用秋乘八月楂。

于谦（1398—1457），字廷益，号节庵，杭州府钱塘县（今杭州上城区）人。永乐十九年（1421）进士，累官兵部尚书。受诬被杀，谥肃愍，后改谥忠肃。与岳飞、张煌言并称"西湖三杰"。明朝名臣、民族英雄。著有《于忠肃集》。

王汝霖

550　彰德城北遇先朝杨内监

安阳河口松结棚，振襟端坐黄面僧。逢人便说吃茶去，威仪中有局脊情。此僧昔日中常侍，给事烈皇居要地。内宫奉使朝武当，回时恰值京师弃。西山三百四十庵，无处能容旧盖簪。披缁且破烦恼相，焚修报主依瞿昙。伤心不是不肯死，死不成忠亦可已。苟且偷生三十年，念佛施茶聊尔尔。王安与我称同年，一曹后辈高随肩。只今谁在谁不在，外廷亦有愚与贤。嗟哉！老僧泊如雨皮裹，春秋不多语为他。一呷志淡衷记取。

王汝霖（生卒年不详），号云石，江西湖口人。永乐二年（1404）进士，通判。

徐有贞

551　送张逸人还武当山

水云踪迹独悠悠，来往无拘只自由。谈论每称方外乐，别离不带世间忧。闲吹玉笛千峰夜，静抚瑶琴万壑秋。他日相逢还可语，未应终效楚狂游。

徐有贞（1407—1472），初名珵，字元玉、元武，晚号天全翁。南直隶吴县（今江苏苏州）人。宣德八年（1433）进士，官至内阁首辅，策划夺门之变，拥戴明英宗复辟，拜为华盖殿大学士、兵部尚书。封爵武功伯，世称"徐武功"。后流徒。著有《武功集》。

吴 节

552 原公政绩

惟天降命，惟皇建极。惟臣靖共，斯奠疆域。邈彼汝汉，雍粱房均。西连关陕，南接衡荆。大山长阜，绵亘巉嵝，流通四趋，于焉假息。皇曰噫嘻，朕式九围。胡介中寓，而容趑趄。乃命元臣，驾彼轮毂。按行千里，周爰咨度。逷曰天启，寸嚎可伸。愿托图籍，永为良民。生被华风，当安止分。懂赋惟徭，敢不祗敬。公曰尔民，衣食所资。由狭徒宽，优典盍施。乃籍姓名，乃主堡伍。俾事耕耘，各安尔所。相视古郧，水碧山苍。可筑郡城，更号郧阳。百堵登登，十旬而集。崇高为堂，深邃为室。三衢五室，六门洞开。坛通江汉，商帆去来。晨星荧荧，登堂戒候。隶士骏奔，疏附先后。守握政章，列邑承之。以安兆庶，以隆化枢。统以行司，翼以卫所。安不忘危，振扬威武。武以警顽，文以兴贤。山行水宿，罔不晏然。昔者兹境，阻山为势；今为乐邦，遵王之义。昔者斯民，恃险为朋。今安仁里，王道平平。凡此经纶，悉由都宪。驰报天子，曰惟民便。欢传疆里，辞若隐雷。山川风景，豁焉以开。惟昔羊杜，以仁以绩。制事虽殊，安民则一。峨峨太岳，泛泛汉江，永言不替，万古永邦。

吴节（？—1481），字兴俭，号竹坡，安福（今属江西）人。宣德五年（1430）进士。官至太常寺卿，兼侍读学士。著有《吴竹坡文集》五卷。

张用瀚

553 《张三丰遗迹记》诗

赐宣德八年癸丑曹鼐榜进士，陕西参知政事，前嘉议大夫、吏部右侍郎南阳张瀚识

赐正统十年乙丑商辂榜进士翰林院修撰，陈仓刘俊篆额，宝鸡县儒学教谕罗山张谦书丹，凤翔宝鸡县县丞郓县马良立石

予幼稚时，闻先父均州知州、赠吏部侍郎公语人曰："真仙，陕西宝鸡人。大元中，于吾河南开封府鹿邑太清宫出家。吾先世开封之柘城县人。柘城与鹿邑近，犬牙相往，吾家离宫仅十五里。真仙与吾高祖荣相识，常往来于家，托为施主，最亲密，亦爱重吾父叔廉公勤学。元末，吾父避兵来郏邑，占籍为是邑人。真仙洪武中亦来邑之西关玉阳观，与道士李白云老先生交甚厚，旅寓数月。时吾年方十三，在观读书。真仙问曰：'汝谁家子也？'吾答曰：'故父柘城张叔廉，因避兵徙家于此。'真仙曰：'我乃张玄玄，昔在柘城时，多扰汝家。有张荣者，汝几世祖也？'吾答曰：'荣，高祖也。'真仙曰：'我曾见其始生也。汝可勉力读书，后当官至五品。'越月，真仙北行。吾同白云先生送至邑之北关外。别后，见真仙之行，足不履地，时人已异之。永乐初，太宗文皇帝入正大统，遣礼科都给事中胡公濙斋香书，遍历天下名山访求之。时吾以儒官荐升詹事府主簿，与公备言少时曾识真仙之由，公遂荐吾同往寻之。至武当山均州，久之弗遇，公回京复奏。上仍遣公往，必欲得真仙出而一见，特升吾务均州守，命伺鹤驭。朝夕来临，历数十年终不果愿。"

予时虽幼稚，闻斯言常记之于心。兹适分巡宝鸡，公暇乃游真仙旧时修真洞。因成俚语一首，复跋于后云：

一自飞升近百春，陵原仙洞已生尘。烟消丹室空存鼎，花满桃园不见人。金阙几回朝望气，蓬莱何处夜修真。家君出守因相识，久俟云车谒紫宸。

张用瀚（生卒年不详），亦作张用瀚，字立本。河南南阳府郏县人。宣德癸丑（1433）进士，累官吏部右侍郎，后谪陕西右参议，任参政。成化间赈抚山东大饥。

朱友垓

554　题玄天观忆丰仙

福地喜重来，登临亦快哉。蓬壶连海岛，云洞隔尘埃。羽客乘鸾去，仙

人驾凤回。谈玄闲坐久，欲去且徘徊。

朱友垙（1420—1463）。蜀献王椿孙，明第五代蜀王。天顺七年（1463）袭封蜀王。好学循理，工诗赋、善草书。著有《定园集》，谥曰定。

蒋主忠

555　送徐侍讲元玉代祀武当

远持使节过江皋，旧德应知属望劳。词苑昔尝陪顾问，灵山今喜快游邀。中天观阙依星斗，上界风雷拥节旄。愿祝蕃禧归圣主，汉庭宁独羡王褒。

蒋主忠（1413 年前后生），字存恕，又字慎斋。南直隶（今江苏镇江）人。明代医者、诗人。著有《续貂小稿》《慎斋稿》等。

戴天锡

556　天马岩高

叠嶂高悬万仞崖，何年天马此中来。石门尚见留神字，洞口特闻响地雷。势压汉江偏崒嵂，气凌太华更崔嵬。何当借我排风翼，直向层巅叩上台。

戴天锡（生于 1420 年前后）。字维寿。福建长乐人。正统十二年（1447）举人，官至襄王府伴读、纪善，川沙把总，后革职。著有《群珠摘粹诗集》。

557　仙客遗像

麻衣昔过华山游，故事相传几百秋。来自武当乘白鹤，去如函谷度青牛。仙踪不遣时人识，遗像还从此地留。欲起希夷同问秘，急流勇退许予不。

刘　溥

558　送吴文刚之武当山

契合情难别，愁深酒易醺。船窗明夕照，汀草际春云。路入荆门转，江从汉口分。到山母久住，有客念离群。

刘溥（1436 年前后在世）。字原博、元博，号草窗。南直隶长洲（今江苏苏州）人。太医，工诗，与汤胤绩同称"吟豪"，"景泰十才子"之一。

559　送施道常道士住持武当山五龙宫

廿载玄门振祖风，一朝选棹拜恩隆。晓辞帝阙乘孤鹤，夕向仙山住五龙。桂影游小骑棚梅，香里度疏钟遥知。后夜相思处礼斗，台高月正中□□。

周　清

560　白云岩和洞宾韵

万古仙踪此白云，清风明月几知音？山前人去烟霞在，石上题留岁月深。枯柳独逢三醉客，黄粱顿悟百年心。何当此石飙轮渺，云海茫茫无处寻。

周清（生卒年不详），湖广（今湖北）竹溪人。正统十三年（1448 年）进士，任浙江处州推官，晚年回乡于元和观讲学。

张　锦

561　抚治刘公十月祝圣寿于太和宫随侍早朝二首

玄岳摩霄汉，清晨礼石坛。云门仙吹响，柱史法冠寒。精意通金阙，祥光绕壁栏。恍闻天际语，圣寿乐无疆。

又

星斗光寒欲曙天，官僚鹄立拱群仙。会看豸服霜威重，遥望龙舆日影旋。玄极即今凝圣道（今建玄极宝殿，故云），清微从古仰真铨。宪臣报国丹心切，太岳齐呼万寿年。

张锦（生卒年不详），字尚絧。南直隶句容（今属江苏）人。正统十三年（1448）进士，官至刑部左侍郎、嘉议大夫。

赵　辅

562　次吕纯阳韵

使节逸临大岳岩，祥云瑞霭遍群山。秋深灵籁鸣丹壑，岁久苍虬枕碧湾。水漾空青天一色，峰横远黛晓千鬟。晴风面面芙蓉出，烟树重重翡翠环。四廊天风来羽驾，二仪佳气绕仙关。仰瞻金殿穿二境，俯瞰银河渺一弯。大顶碧桃和露摘，悬崖棚树带云攀。神霄雨济龙吟歌，珞草风微虎啸闲。恍若身心超物外，飘然襟度出人间。圣皇醮彻群仙散，铁笛声高鹤背还。

赵辅（？—1476），字良佐。南直隶凤阳（今属安徽）人。官任征夷将军，进封武靖侯。追赠容国公，谥号"恭肃"。明朝将领、勋臣。

刘　珝

563　赠梅亚参自武当致辞仕归

酌酒送君君莫推，同年落落晓星稀。道宵有路行应倦，白璧无瑕抽得归。老眼不妨看世态，闲乃只是着深衣。而今豪俊知多少，只到竿头始见机。

刘珝（1426—1490），字叔温，号古直，山东寿光人。正统十三年（1448）进士，官至吏部尚书、文渊阁大学士，宪宗称"东刘先生"。谥号文和。编《文华大训》，著有《古直文集》《青宫讲义》。

徐　溥

564　送尹正言父还太和

清朝有子侍彤闱，禄养如君古亦稀。仙液浮香供夜宴，宫罗剪翠作春衣。谩论人世如浮梗，还忆家山好采薇。万事不干真吏隐，野鸥从此共忘机。

徐溥（1428—1499），字时用，号谦斋。南直隶洑溪（今江苏宜兴）人。景泰五年（1454）进士，官至华盖殿大学士、首辅。谥文靖。著有《谦斋文录》。

沈　钟

565　舍身崖

宫殿巍巍福上台，伫闻仙乐九重来。舍身崖畔祥云起，疑是当年捧圣回。

沈钟（1436—1518），字仲律，晚号休斋，人称休翁先生。应天府上元（今江苏南京）人。天顺四年（1460）进士，官至南京兵部主事。明代诗人、书法家。著有《休斋集》。

566　登大顶

千峰并让一峰尊，鸟道垂萝手费扪。壁立半空鹤缥缈，根盘万里自昆仑。上真台殿金银结，下界烟霞紫翠屯。宇宙大观奇怪甚，不知五岳可同伦。

567　初入武当诗

遵崖一线路盘桓，忽复山开境自宽。茆舍百家村隐隐，仕峰万个雾漫漫。偶惊羽客宫前迓，暂放轺车树底安。横架石梁溪水面，一尘不得上栏杆。

568　过仙关

松萝径路石拦桥，仙境沿洄不惮遥。麋鹿好游争涧壑，峰峦贪卧枕烟霞。适逢天气三春媚，顿洗胸尘万斛消。更见羽流迎道左，翩跹双袂信风飘。

569　遇真宫

寻真直到遇真宫，地隔尘寰自不同。翠壁丹崖悬暮景，琪花瑶草领春风。云房寂寞烧丹灶，鹤发飘萧避世翁。灵境相传非一日，元来开创自鸿濛。

戴　珊

570　谒太和山诗二首

其一

雨霁远登高，乘闲不见劳。阴凉分路柳，湿翠引田毛。独立雄天柱，群仙散海涛。庙堂穷北望，云气拂霜髦。

其二

多年知仰止，此日慰跻攀。秀异钟千态，神灵妙两间。仙凡心了了，花树两斑斑。祠祀隆褒典，文皇岂浪颁。

戴珊（1437—1505），字廷珍，号松崖，浮梁（今属江西）人。天顺八年（1464）进士，官至南京刑部尚书、左都御史。赠太子太保，谥恭简。

571　闻内召

百里谒名山，时光足笑颜。麦莛黄熟处，松竹翠凝间。楼观明云锦，风泉杂佩环。每怀天日近，停棹暂寻间。

沈　晖

572　谢玉虚宫

全家涉险幸无虞，聊为焚香谢玉虚。天上遥瞻丹凤阙，霄中或下赤虬车。斩妖敢仗双飞剑，将敬惟凭一枣乌。虮虱贱臣居下土，昊天欲拜意何如。

沈晖（1439—1518），字时旸，号豫轩。南直隶宜兴（今属江苏）人。天顺四年（1460）进士，官至南京工部侍郎。

573　遇真宫

缥缈珠宫映翠微，灵风长日满龙旂。函关伊昔青牛去，华表何年白鹤归。花落石坛春不扫，露零仙峰晓还晞。楼船海外无消息，山上闲云万古飞。

574　天马岩（外一首）

房星落域化为石，秀峭苍岩千万尺。长风吹散楚天云，突兀秋空耸清碧。神骏何年此地游，至今隐字石间留。仙骈一去无消息，山下苍江空自流。

吾闻行地须良马，古来不惜千金价。吁嗟骐骥世不常，愁见驽骀满中野。安得龙驹下紫虚，风雷白昼腾天衢。出随大将平狂寇，人为君王驾路车。

韩　文

575　玉虚宫

金殿朝回到玉虚，个中仙境自然殊。烟霞气爽精神健，沧海尘生梦寐苏。琳馆倚云飞画栋，碧桃和露满玄都。圣朝祀典名山重，嵩岳还朝万岁呼。

韩文（1441—1526），字贯道，山西洪洞人。成化二年（1466）进士，官至吏部尚书。谥忠定。

洪　钟

576　南岩宫

南岩宫殿枕山头，平寇归来此一游。阁顶云从岩上渡，石根泉向竹边流。岗岚叠叠群峰小，紫翠重重万水稠。独倚栏干时远望，无边光景入吟眸。

洪钟（1443—1523），字宣之，号两峰居士，浙江钱塘（今杭州）人。成化十一年（1475）进士，官至刑部尚书。谥襄惠。

朱诚澜

577　赐任蟾宇诗

星河耿耿湛晴空，顷刻水轮出海中。一任广寒风露冷，此时清兴许谁同。

朱诚澜（1445—1507），秦府永兴荣惠王朱公鉐嫡长子，弘治四年（1491）袭封永兴王，在位17年。

高溁亭

578　游太和山过界山道中感述四首

女夷驻芳景，条风振前楹。四垂穆以愉，黄鸟鸣嘤嘤。我行界山道，踌蹰念浮生。昨日枯杨枝，今日青已盈。云胡镜中面，老去不复颀。所以陶阮流，微辞寓深情。感悟增叹息，勉旃怀素贞。

素贞守丘壑，孰与天为徒。青郊促羽节，逡巡悲故吾。岂不爱光景，所志万里途。云龙杳难合，山川郁以纡。远怀鹿门子，千载称幸夫。愿言培松苓，终当还旧都。

旧都鱼凫墟，乃在天一涯。吾家青城下，松桂翳茅茨。朝看鹿豕群，暮见烟霭奇。门无九州辙，焉知路多歧。竭来人寰游，寤寐多所思。轩辕故留躅，予将赴心期。

心期在玄古，顿辔无何乡。嗒然见纯白，焉识青与黄。云胡大朴散，莽昧俱亡羊。至训逾万言，翻认蔽天光。感慨发情素，默默嗤予狂。

579 道中望太和山

闻道神山三楚尊，乘春吾欲上天门。却看翠壁收残雾，漫折瑶枝度远村。隐隐仙源俱殿阁，萧萧民屋自鸡豚。攀萝明日岸头路，莫遣浮云白昼昏。

580 入山漫兴诗三首

灵境绝尘今始到，翛然双屐历莓苔。沿崖门殿春烟合，绕径松杉野鹤哀。白犬自牵真自得，青羊相遇莫相猜。栖霞有约需捐佩，石洞篱门恣往来。

青山无伴独迟迟，喜人芳年物色宜。硬柳缲丝临短峰，寒鸠将妇坐深夜。尘途客子聊孤兴，石室仙翁空漫思。忽而云生迷去路，欲骑白鹿采新芝。

春桥行遇送寒梅，斜日东风忽递催。访胜予沿青嶂入，乞灵人佩紫檀来。翩翩鹤氅逢仙侣，宛宛樵歌动野怀。历遍灵岩三十六，不知何处是丹台。

581 龙头杖

人在三天门外还，手持龙杖过青山。何如掷向葛坡下，化去为霖海岳间。

582 万年松

新叶茸茸三寸青，灵根郁郁万年馨。殷勤欲寄陶弘景，此独无声何处听。

583　九仙子

神葩自开三楚地，山苗亦得九仙名。细看颗颗骊珠色，疑是丹霞漫结成。

584　棚梅

仙轺已别人间路，福地犹余棚上梅。却怪我来春尚早，寒花不放一枝开。

585　红豆

树头结豆亦离离，不救人间寒士饥。野客采来红满把，却能妆点漫游诗。

程敏政

586　送元真观徐本道士游武当

屡到元君观里行，僻居潇洒爱徐生。花当户外朱英烂，瓜出墙头紫蔓萦。晓露研朱看篆字，午风敲玉认棋声。无端又逐衡阳雁，丹灶归时几转成。

程敏政（1446—1499），字克勤、程信子，南直隶休宁（今安徽休宁）人。成化年间进士，官至礼部右侍郎，因主持会试考题外泄而下狱。

587　送范武选太和出知滨州

几年郎署振芳声，一日都门促去程。霈泽已随除目下，清时宁遣谤书行。马蹄雨足山东路，鳌背云收海上城。公道赐环应有待，且将苏息慰民生。

588　与宣溪联句别振之，酒半有武当之约，故诗及之

黄冈泾口夜停船，草草行厨当别筵。吴苑已离三舍外，阊门犹在一杯前。离人意逐江亭远，好事诗随海舶传。明岁期君南入楚，溪山同足赏心缘。

589　次佩之汝彝登齐云岩联句诗韵

倚天青屏颜，万古一幻化。斗参将可扪，雷雨或在下。龙潭深叵测，虬木怪相亚。两崖神斧断，危壑鬼工驾。峰笋拔地出，石髓枭空泻。名争武当

胜，德可祝融亚。剑锋秋发铏，宝气夕腾价。真祠故起宋，禹迹漏书夏。帝游双凤骖，仙来五羊跨。心悭孙绰赋，目窘李成画。

云深鸡戒晨，风急虎司夜。磅礴奠兹土，阴晴悯予稼。延生丹几熟，保境旗载祃。凭虚疑蜕骨，逃暑如拜赦。舆论小吴粤，谁诗敌衡华。我病惭二疏，君才薄三谢。共此乐溪山，陋彼事田舍。争席从雅俗，掉鞅笑茶蔗。文斾惊忽淹，朝簪久同卸。登陟吾屡尝，厌饫子今乍。倚徙诚多奇，应接恐难暇。守洞沙鹿嬉，献果野猿迓。便当随所之，那复俟休假。醉招独鹤俱，吟遣六丁诧。作铭镌薤书，削壁补苔罅。千里渺双瞩，万窍同一咤。留宿分雾幌，归袖揖风榭。喜有黄庭坚，鸡坛正堪藉。

李东阳

590　送韩贯道湖广参议提督武当宫观

神仙宫府意何如，亲见分符上紫虚。山拥帝宫三十六，地屯兵卫五千余。人言才大难为用，我爱官闲好读书。临别与君堪一博，肯将青绂换绯鱼。

李东阳（1447—1516），字宾之，号西涯。湖广茶陵（今属湖南）人。天顺八年（1464）进士，累官吏部尚书、华盖殿大学士。茶陵诗派代表人物。赠太师，谥文正。著有《怀麓堂前后集》。

591　与王世赏重游朝天宫，是日病卧，待诸公不至

石径苔深步屡空，菊花开遍去年丛。重游误落秋风后，旧事都消夜雨中。已觉地偏非世界，却怜身病是樊笼。诸公只隔瀛洲路，未遣丹丘鹤梦通。

592　灵寿杖歌

吾闻武当之山四万二千丈，半在云根半天上。不知三十六宫何处称绝奇，产出灵株非一状。蛟螭蟠挐露头角，熊经树颠虎山脚。根盘错结相纠缠，含风饱雪经炎寒。九年洪水之水浸不杀，十日之日暴烈何时干。梯悬磴接跬步不可上，谁采青壁红琅玕。见之羡者不容口，锡以嘉名曰灵寿。爪之不入行有声，金可同坚石同久。吾家此物旧所有，神与相扶鬼为守。自从病足跛曳

不得前，已觉山林落吾手。一病经旬不出门，手中此杖嗟犹存。下床敧足立不定，此时托子以为命。不顾四体无微疴，但愿谢病归山阿。左扶右策夹以二童子，下可涉园径，上可凌坡陀。愿栽万木截万杖，穷崖阴谷生森罗。灵兮！寿兮！此物傥可致，直遣四海赤子头双皤。

邓 庠

593 谒太和山奉和戴司寇诗三首

崔嵬石磴高，心赏岂知劳。瑞鹤巢岩顶，幽兰绕涧毛。云中闻玉磬，天外度松涛。千古真仙境，题诗愧俊髦。

武当怀宝地，公暇试追攀。天柱青云上，琼台翠壁间。榔梅花树古，针石藓苔班。历代多崇祀，重承紫诏颁。

平生酷爱山，此地一开颜。旋斗阶千级，栖之屋数间。桃花深洞出，螺髻远峰环。未极君恩重，空怜隐士闲。

邓庠（1447—1524），字宗周，自号东溪，宜章县（今湖南郴州）人。成化八年（1472）进士，官至南京户部尚书。著有《东溪稿》。

陈 喜

594 武当神光（记禅光层观迭出）

峨峨武当，玄帝攸宫。报祀有典，盛始太宗。于皇肃穆，缵承大统。象帝于宫，益隆崇奉。日帝有神，享于克诚。洋洋如在，瑞光迭呈。惟兹臣庶，于焉快睹。穆手嵩呼，纷其屡舞。余曰于皇，一德格天。有感则应，效斯昭然。臣时被命，抚临胜境。只谓椒庭，躬逢其盛。嗟惟中贵，克广皇仁。民康物阜，帝悦神歆。勒词贞珉，庸纪其事。睹者鉴焉，或识予意。

陈喜（生卒年不详），太监。成化九年（1473）十一月初一日，敕谕差遣管送真武圣像二堂安奉于太和宫、玉虚宫。

戴 义

595 无题

功成行满几千秋,早向乾坤物外游。魂杳不知何处去,教人空倚夕阳楼。

戴义(生卒年不详),号竹楼。宪宗时任司礼监太监。精于琴,善楷书。

林 塈

596 登泰岳太和山

紫霄台观隔尘寰,坐爱蒲团一榻闲。石涧雨余龙出跃,松林烟暝鹤飞还。洞中有火烧丹灶,云里何人响佩环。七十二峰观不尽,那知仙境在人间。

林塈(生卒年不详)。字世调,别号双松,福建闽县(今闽侯)人。成化壬辰(1472)进士,官任广西右布政使。著有《秋江夜泛集》《蘧蘧集》。

汪舜民

597 抚治郧阳还京游大岳太和山有作

碌碌功名两鬓斑,山游三日亦舒颜。龟蛇有像千峰顶,鸡犬无声百里间。岂我乞□同俗客,怜渠绝胜出尘寰。禁行林塈皆皇泽,成就仙家一段闲。

汪舜民(生卒年不详),字从仁。南直隶婺源(今属江西)人。成化十四年(1478)进士,官任河南左、右布政使,正德二年(1507)以右副都御史抚治郧阳,后改莅南京都察院。

598 又登天柱峰顶谒金殿有作

万仞峰尖欲到天,范金为殿独巍然。白云绕麓施甘雨,红日当炉谒瑞烟。松尽倒生龙转爪,石皆润透虎垂涎。不知四顾宽多少,楚蜀秦齐举目前。

杨一清

599　送淮安杨太守归均州

圣世清淮岁月新，郡侯还复借台应。都将苦蘗寒永意，散作和风化日春。邦本帝资虞牧重，吏才君比汉廷循。似闻守相多迁擢，早晚天书下紫宸。

杨一清（1454—1530），字应宁，号邃庵，别号石淙，谥号文襄，南直隶镇江府（今江苏丹徒）人。成化八年（1472）进士，历任陕西按察副使兼督学、督理陕西马政、三边总制、内阁首辅、左柱国、华盖殿大学士等，号称"出将入相，文德武功"。著有《杨文襄公集》《关中奏议》《石淙诗稿》。

朱申鉴

600　题三丰仙像赞

若有人今，出世匪常。曩自中土，移居朔方。奇骨森立，美髯朝张。距重阳兮未远，步虚靖之遗芳。飘飘乎神仙之气，皎皎乎冰雪之肠。爰寻师而问道，岁月亦云其遑遑。既受诀于散圣，复续派于瓜王。全一真之妙理，契未判之纯阳。南游闽楚，东略扶桑。历诸天之洞府，参化人而翱翔。曰儒曰释，曰老曰庄，皆潜通其奥旨，乃怀玉而中藏。长绦短褐，至于吾邦。吾不知其甲子之几何，但见其毛发之苍苍。盖久从赤松之徒，而类夫圯上之子房。

朱申鉴（1459—1493）。四川成都人。蜀献王椿曾孙，蜀定王朱友垓庶三子。成化七年（1471）封通江王，次年进封蜀王。谥号惠王。著有《惠园集》。

刘　炳

601　登大顶

翠倚晴空石磴斜，一层高更一层加。山从云上应生路，人向天头却作家。径滑浓飘千种叶，崖香常带四时花。礼余玉帛经行处，在在仙宫护彩霞。

刘炳（？—1518），字文焕，安福（今属江西）人，政治家。成化二十三年（1487）进士，官至都御史。

徐 威

602 舟次均州

浪里牵舟面面山，虔州十八是平滩。征鸿不逐随阳伴，万里孤鸣月夜寒。

徐威（生卒年不详），字广威，江西泰和人，举人，弘治六年（1493）任郧西教谕。

邵 宝

603 赠赵羽人

两地名山一羽衣（两山谓武当与茅山也），十年踪迹鹤同飞。丸中日月旋游度，坛上风雷泄化机。仰视三垣何朗历，傍观五岳亦依稀。老夫久有游仙兴，何处春风共采薇。

邵宝（1460—1527），字国贤，号泉斋、二泉。南直隶无锡（今属江苏）人。成化二十年（1484）进士，官至江西提学副使，修白鹿书院学舍。藏书家。著有《简端二余》《慧山记》。

王 缜

604 观沧浪亭在均州北五里许

惯听孺子歌，喜观沧浪水。清浊乃自召，祸福岂无自。

王缜（1462—1523），字文哲，广东东莞人。弘治六年（1493年）进士，选庶吉士，授兵科给事中，转礼科右给事中。出使安南，国王设毡为拜具而不受，保持清正。

吴廷举

605　祭真武

与造物游，必其视天下如敝屣者也。亨万世祀，必其出斯民于水火者也。惟神弃王位而不居，试诸难而不变，戮群妖而不惧，度世教而不迷。功满道成，天行云卧。受天明命，坐镇名山。衮冕圭璋，不生不灭。星辰雷电，欻显欻藏。相我太宗，功烈尤伟。紫霄天柱崇高，逾五岳之尊；金殿琳宫华丽，极百王之奉。永惟翼轸之下，地属荆湖。是以桑梓之邦，仰如父母。水旱必祷，疾痛必呼。趋者如川，应之如响。迩来连岁，洪潦为殃。谷麦失收，室家飘荡。廷举钦承上命，赈济一方。谓府库有限，钱粮仅续饥民之命。悯青黄不接时月，岂胜饿殍之多。群心所欲者，五日一风，十日一雨；众情所忧者，夏月大水，秋月亢阳。廷举跽进瓣香，为民祈祷。伏愿体天行化，旋乾转坤，使四时和而品汇亨，五谷熟而万民足。非但廷举免瘝官惰事之罚，而神亦丕显忧民助国之灵。若今岁再遭水旱虫蝗，而楚人必为鱼鳖鬼蜮。谅非神所忍见，抑岂廷举之所忍言哉？

吴廷举（1462—1527），字献臣，号东湖，广西梧州人，祖籍湖广嘉鱼（今湖北嘉鱼）。成化二十三年（1487）进士，官任松江知府等职。

贾　咏

606　游净乐宫

净乐宫幽远市朝，诞真福地紫云饶。南瞻大岳凌霄汉，北望神州近斗杓。物外乾坤容我到，坛前风雪自天飘。果然乞得长生嗣，为礼仙官不惮遥。

贾咏（1464—1547），字鸣和，号南坞，河南临颍人。官至大学士。

余 祜

607 玉虚宫

规画恢宏羡玉虚，琳宫无数总难如。惟凭帝力才堪创，只恐仙灵未肯居。大道当时人服食，淳风今日孰吹嘘。我来瞻眺应多感，追忆羲农始结庐。

余祜（1465—1528），字子积，号认斋，鄱阳（今属江西）人。官至布政使。

扶 安

608 登太和山

神仙峭拔近星天，殿阁坚高霭碧烟。风静老猿攀柏啸，日明仙鹤傍人旋。文皇创建崇优礼，历代颙祈国祚延。奉命南来跻福地，幸踏云梯谒圣贤。

扶安（生卒年不详），御用监太监。弘治七年（1494）八月初九日，曾奉敕到武当山来"钦降像器"。

范应祥

609 无题

壑雨初收天气晴，南岩诸境极分明。人间果有蓬莱岛，疆界绝无鸡犬声。远近奇峰浓且淡，高低老干直还横。数篆处处王维笔，谁说诸山不到庭。

范应祥（生卒年不详），曾任州判。

应 钦

610 和张侍御

大岳根盘汉水南，群峰罗列似停骖。千年鹤舞千年树，百丈桥横百丈潭。

自古上真开福地，至今羽客结灵龛。胜游到处皆诗景，聊剪青红问蔚蓝。

应钦，生平事迹不详。

王时中

611　汉水澄清

自从嶓冢源头远，流入沧浪彻底清。仿佛舟从天上泛，依稀人似镜中行。三秋水面拖蓝翠，半夜波心濯斗星。欲问昭王无处觅，徒将兰楫几虚停。

王时中（生卒年不详），字道夫，黄县（今山东龙口）人。弘治三年（1490）进士。授鄢陵知县，升御史大夫，督察畿辅马政，嘉靖七年任兵部尚书。

恽　巍

612　停骖亭乐泉轩

谁构山眍治，天教山出泉。珠玑跳禹穴，膏泽下饶田。酌酒羞玄帝，烹茶款列仙。当年赖蒙养，会得性中天。

恽巍（1473—1528），字功甫，号东麓，南直隶武进（今江苏常州）人。弘治十五年（1502）授户部主事，官至湖广巡抚。著有《黄山集》。

黄　衷

613　《金箓大醮碑》诗（节录）

于维大岳，盘均路房。吐灵纳异，万神之藏。群峰矗矗，以翼天门。孰奠厥位，高乾厚坤。于惟上帝，妙斡道机。辟阳阖阴，昭假匪私。千岩万谷，有宫有庭。云旂来止，丹户朱楹。于穆圣王，神明厥德。普照为春，霞烛为日。大道斯同，乃究玄懿。惠不谬施，沛泽为川。缛仪维腆，曰维神宗。眷兹福地，转歉而穰。化沴而禧，雨雨旸旸。若金若绘，匪制崇典。孰视精诚，骏奔有位。登视鉴歆，承华世世。百灵既职，九育既育。作此颂诗，以永真玉。

黄衷（1474—1553），字子和，别号矩洲病叟、铁桥。广东南海人。弘治九年（1496）进士，官至云南布政使，改湖广右副都御使。著有《海语》《矩洲集》。

614　龙头竹杖歌

龙头之竹托根深，太和福地苍崖阴。五风十雨足喷薄，妙乃百节全坚心。南岩大仙雅秘惜，一赠便觉无□□。□云金箓记尺度，晦冥出入群邪辟。怖邪迂癖□□□，时参几格如嘉傧。私怀每计示崇奖，镂铭愿□□工韵。君不见太乙真人夜下世，青藜柱到传经地。又不见涪翁筇竹枝，驱虎穷山独行路，眼底赤虬须鬣具。嗟乎！变化吾不知其处。

615　灵寿杖

大岳先霜古，须弥后劫登。鸠形镂绿玉，龙挂引红藤。习懒吾成性，扶危尔效能。罗浮门户浅，携得上崚嶒。

616　草店

迢遥周道净轻尘，此去荒州始号均。几户衡茅犹带雪，两行官柳欲回春。儿童惯识朝山客，租赋全轻化国人。颇觉楚封真不迩，南雍乡土即西秦。

617　太和山

万壑珠宫照下方，百年经始戴文皇。横林谁认前朝碣，绝顶时飘异国香。功行几尘符道契，精神何地挹灵光。圣恩许放宫祠例，愿乞南岩一草堂。

喻茂坚

618　无题

几年梦寐太和山，此日瞻依上帝颜。翠积青霄擎碧柱，芒生金剑镇瑶寰。

玄机诀化三千界，瑞气浮悬百二关。不是紫微星拱极，安来赤绂日登扳。

喻茂坚（1474—1566），字月梧。四川荣昌（今属重庆）人。正德六年（1511）进士，官至刑部尚书。法学家、廉吏。编有《问刑条例》，著有《梧冈文集》。

朱　节

619　至岩居轩

天上有灵岩，人间无此处。忽过梦觉关，尘寰不可住。

朱节（1475—1523），字守中，号白浦，山阴（今浙江绍兴）人。正德九年（1514）进士，历官湖广省黄州府推官、山东巡按道监察御史。赠光禄寺少卿。

620　又至南岩西轩

石室天琢成，启扃有灵迹。何当辞尘缨，来此共栖息。

康　海

621　送虞北山伯俊公甫二首（节录）

太岳山人访我来，西岩石室酒初开。身骑黄鹤欲归去，阆海蓬壶何处哉？

康海（1475—1540），字德涵，号对山、沜东渔父，陕西武功人。弘治十五年（1502）状元，任翰林院修撰，因名列刘瑾党而免官。明代文学家，"前七子"之一，著有《对山集》《中山狼》。

陈洪谟

622　和陆佥宪举之《春日武当宫》

阳回大地春光满，路入丹台眼界宽。千里湖山初弭节，百年心迹一凭栏。

云开石殿星辰迥，雨过江门草树寒。莫讶登临诗笔健，清才元是禁林官。

陈洪谟（1476—1555），字宗禹，自号高吾子。湖广武陵（今湖南常德）人。弘治九年（1496）进士，官至云南按察使，迁兵部侍郎。著有《静芳亭摘稿》。

顾 璘

623 界山

山巘隔尘氛，入山皆碧云。清涧饮猿父，白石起羊群。物华暄寒异，世界人天分。将邀东方子，同会上元君。

顾璘（1476—1545），字华玉，号东桥居士。南直隶长洲（今江苏苏州）人。弘治九年（1496）进士，仕至南京刑部尚书、湖广巡抚。明代文学家、诗人。著有《浮湘集》《山中集》《息园诗文稿》等。

624 十一月二日自襄阳赴谷城将游太岳

晓出襄阳郭，暮投谷城微。地势益高衍，山形稍奔峭。风霁云雾豁，残阳露微照。天乎借良辰，人也谐宿好。明登峷崒间，千里骋遐眺。

625 登天柱峰次路北村院长旧韵

天柱峰高白日晴，华嵩相对最分明。扶桑倒射东溟影，银汉平留上界声。空里金宫陈帝座，云边铁锁度人行。不缘旌节巡方岳，孤负尘埃过此生。

626 入山

万山西来高武当，灵区物物非寻常。溪边石黛转争碧，霜后草花犹自黄。栖岩人共鸟鼠穴，行空马逐鹓鸿行。不知王烈在何许，明朝可逢石髓尝。

627 山行绝句十三首

开户霜如雪，登车日胜春。举目见千里，独慰游山人。

天空碧玉版，群山各写形。高空无障翳，龙凤互骞腾。

青山八百里，蟠结千蛟龙。头角忽耸起，秀出云间峰。

高低度岭频，清浅涉涧屡。恐已入天宫，山空无人语。

涧口架飞梁，山腰束微路。悬崖有茆屋，尽是赍粮户。

开山种云子，汲涧探乳泉。可羡岩穴民，得养龟鹤年。

山风一披拂，千林舞寒叶。恍如艳阳时，花丛闹狂蝶。

苍崖切云高，深涧万丈下。低头听泉声，风雨号静夜。

径踏云边石，衣飘树杪风。绣鞍行一马，玉管引双童。

胡然掠云起，忽尔落涧行。幽从不见底，潏潏闻水声。

涧道苍杉林，云寒白日阴。石壁相映起，肃穆愁人心。

槎枒半折树，倾欹欲堕石。行人如飞仙，渺渺下青壁。

魂砢万石底，滴沥泉一泓。裹茗欲煮尝，未有龙头铛。

628　遇真宫

唐皇礼果老，汉帝延河公。金门一遗步，步圃渺烟鸿。冥冥三佳子，轩圣慕其风。使䡞穷沧海，灵岳虚瑶宫。青鸟竟不去，鼎湖恨何穷。

629　南岩雷神洞

雷神栖何所，岩洞深杳冥。幽林蔽日影，寒涧余龙腥。经年尚流雪，当午仍见星。石奇出变相，境胜通神灵。谲怪山海事，流传信前经。

630　紫霄太子岩

王子炼神鼎，乃逃高层居。金银结真气，天人传玉书。磨针悟志苦，插梅知化殊。千乘虽云贵，九霄乐有余。长令电露子，怅望龙鸾车。

631　玉虚岩

九渡越清涧，七盘转层崖。高树落余雪，阴壑青夏苔。云凭举步险，风穴流音哀。方隅问屡眩，昏旦候莫谐。路近益岑寂，俗驾何因来。

632 题玉虚岩四句

苍云抉肤,碧玉琢肋。真宰运斤,成此仙宅。

633 五龙宫

日出雪仍积,林深路不分。行过千涧道,来谒五龙君。仙人余故宅,玉简空灵文。对此烟雾窟,突然惭垢氛。

634 进士蒋君养孚会余天柱峰下授宗伯公移

仙山高出幸逢君,缥缈宫袍五色云。身到峰头金殿里,手持天上紫泥文。诗成似有神灵助,境胜休传俗客闻。好取姓名深篆刻,长令岩壑借清芬。

635 五龙隐仙岩

寻真极玄览,访古穷荒遐。载凌清虚界,邀扣洪崖家。往古列仙人,悉此炼丹砂。经台照白日,石洞空桃花。何时遂辟谷,漱齿来餐霞。

636 郧州晓发时已膺司寇之命二首

解缆郧州雾,开窗汉水清。乱山舒野望,急浪快归程。摇落岁华晚,驰驱使绩成。东风何日至,弭棹石头城。

天青江雾重,霜白石林疏。官满抛公事,情闲悦道书。试论麟节贵,何似鹿门居。再过襄阳去,羞逢庞老锄。

637 郧江张帆

两崖倚列嶂,一水中逶迤。挂帆沿流行,日影互迁移。石濑扬飞湍,风潭蘸文漪。瞬息逾百里,长年岂知疲。导舸角鸣乐,悠悠转朱旗。游目恬野趣,浩荡忘前期。

638　上下诸峰间作六首

其一

紫盖峰头弄白云，朱陵洞口谒玄君。湘妃竹点苍梧泪，神禹碑传玉蘸文。未遂著书藏石室，空嗟提剑傍人群。中林散发何由得，徙倚西岩到日曛。

其二

蓝舆晓御八风轻，重迭青山接续迎。画壁倚空看石势，玉琴喧涧得泉声。人疑天上重开地，峰向云中自现名。试傍紫霄瞻绛阙，崔巍如见九重城。

其三

岩松挺挺大夫身，石涧泠泠静者神。云盖不迷韩刺史，书堂曾隐李山人。英贤旧迹风俱逝，旌节初游雪正新。唤取邹阳吹暖律，愿教寒谷转阳春。

其四

丹山碧水傲仙真，绝涧荒途隔世尘。道学共尊胡父子，衣冠能避晋君臣。长镵采药知何日，白发游峰有夙因。肯许移家分一壑，为君当面解朝绅。

其五

南岩元居大火功，霜寒松桂自青苍。穿林马踏烟霞色，煮涧茶分药草香。天畔星缠窥翼轸，雪余风景忆朱张。衰残万事皆慵懒，独有登临兴尚狂。

其六

玉书金箓纪先贤，野老都无一二传。石上剜苔寻古刻，岩阴开雪引灵泉。销沈盛事堪长叹，料理闲情只自怜。问讯邺侯三万轴，不知埋向若峰前。

潘　旦

639　游武当两首

一

入遇真来境便幽，仙关此日不虚游。晴峰过雨云犹湿，石鼎无香烟自浮。

二

绝峤旌旗摇树色，紫霄泉溜滴龙湫。清风两袖升天柱，却怪新凉近暮秋。

潘旦（1476—1549），字希周，号石泉，南直隶婺源（今属江西）人。弘治十八（1505）进士，官至右副都御史，抚治郧阳等。

640 遇雨用汪东峰游白岳韵

云压南岩不放晴，奇峰天外自分明。谩疑境异多仙迹，却怪山深无鸟声。林谷空传钟远近，石栏巧护路斜横。双飞白鹤不知处，松径竹房风满庭。

王尚纲

641 答龙湫使者

空作河南使，同游异武当。风涛搏虎豹，兵火靖狼烟。别意花萦恨，啼情鸟断肠。班荆能对晤，随地可联床。

王尚纲（1478—1531），字锦夫，号苍谷，河南郏县人。弘治十五年（1502年）进士，官至浙江右布政使。著有《苍谷集》。

642 太和山和吕纯阳韵

游云澶漫浮沙海，突兀中天见此山。宝鉴两轮开地轴，明珠几点落星湾。虹桥直跨金鳌背，甸阁斜簪紫凤鬟。巧出孤峰文作篆，细分流水玉生环。岩前帝子垂青盖，洞里仙人闭竹关。绝壁杉松浑欲到，悬梯铁锁动成弯。丹回不用灵芝采，岁卜时将槲树攀。黑虎夜巡金甲异，珍禽幽唤我师闲。录传翼轸乘龙渺，剑绕虚危桂树间。飞杵磨铁千古在，谁逢老姥便知还。

徐祯卿

643 楚中春思

遵义门前暮柳斜，武当城里欲栖鸦。行人独立宫墙外，又见空园落杏花。

徐祯卿（1479—1511），字昌谷，一字昌国，南直隶吴县（今江苏苏州）人。弘治十八年（1505）进士，授大理左寺副。信道教，习养生。文学家，誉为"吴中诗冠"，"前七子"之一。著有《迪功集》。

章　拯

644　再登大岳以诗纪异

鹫岭沦异域，蓬山堕苍茫。如何虚危宰，坐镇翼轸疆。天柱尤卓越，金殿何煌煌。竭能披层云，亭午欣明阳。横川九折坂，直上千仞岗。下视人间世，宛在天一方。祖师亦欣然，为我发灵光。五云方暗蔼，六花欻呈祥。万状纷怪诡，群峰互低昂。平揖飞仙语，新餐沆瀣香。道流诧文曲，昨夜照武当。

戊癸既妙合，龟蛇非混茫。玄元本无始，神化讵有疆。异言徒喧豗，香火剧荧煌。踏月上大顶，出海寅东阳。须臾白云起，变幻群玉冈。夏峰未足奇，雪岭那可方。丽日忽五色，紫气有余光。烈风亦不卷，造物若为祥。仙家足幽致，上界何轩昂。更酌天池水，一试骞林香。兹游信奇绝，险语未易当。

章拯（1479—1548），字以道，号朴庵，浙江兰溪人。弘治十五年（1502）进士，授工部主事，谪抚州通判，擢南京都御史。赠太子少保，谥恭惠。著有《朴庵文集》。

645　无题

展旗兀向半空紫，赐剑虚传万古玄。自是龟蛇藏妙用，准从龙虎得真铨。人间福地信有此，海上仙山恐未然。天柱归来三叹息，月墀重酌一泓泉。

崔　桐

646　同章朴庵司空登太和山大顶观云生

冥登天柱峰，迹远隔下上。新旭气澄清，万象历历数。白云悠然生，树暖意欲雨。皑皑浮琼台，飘飘零玉羽。网曰朱凤翔，翻松白鹤舞。俄从足下升，傍栏手可取。凉洒湿紫衣，袖拂纷缕缕。回首群冈隈，怪状四面吐。属蟠缠蛟龙，危踞雄兕虎。直起市烟腾，横流洞缺补。或凝壑底平，翌峦围半堵。高团冠崖额，低颓笺麓户。移时郁颎洞，势已失寰宇。层阴万山吞，缥缈荡银潢。炉烟混瑶坛，烛影昏玄圃。压殿阖天门，霾磴迷霄路。吾心转昭旷，况与达人伍。兹观壮平生，徘徊味独古。亭午发丰霖，枯槁得恃怙。霁景薄暮悬，俯仰忽如剖。（香炉峰、蜡烛峰）

崔桐（1479—?），字来凤，号东州。南直隶通州（今江苏海门）人。正德十三年（1518）进士，因直言进谏而降为湖广布政司右参议，提调武当山。诗人。著有《东州集》。

647 游太和山归均州公寓有感

鹪鹩悦卑啄，鳅鲋善于潜。气机有真感，物理良自便。嗟予本拙薄，谬附风云骞。冥心亦九万，濩落才莫先。日月逝不处，偃蹇华其颠。纡涂惧后辙，循念盈前愆。兹邦有灵宅，郁与瀛岛连。世喧莽吾迫，殊未辞所牵。日来聊暇豫，况执长者鞭。追随漫登顿，攀云互周旋。仰探凌贝阙，俯睇穷珠渊。携手羡门子，拍肩偕彭佺。江河倾绪论，溪涧开中天。乐事岂多取，仍逐寰中缘。回与各渺邈，意阻安复妍。烟霞存想象，寤寐余翩跹。驷马带倾覆，独鹤何悠然。终焉拨往累，怡顺以求全。

648 游太和晚至玉虚宫，恨短律不能尽述，复赋此以统发其趣

罢游憩玉虚，幽境宛在想。出门山坡陀，树拥路如掌。遇真宫门外，山合仙关榜。入关渐瑰诡，岬坑千万丈。百里凿天根，迭磴造云壤。溪直旋倏纡，崖夹出俄敞。灵崖逐云摧，轻舆阻险嶂。逶迤镇日行，历历荫杉橡。万松深壑底，翠杪覆人上。呈奇高下交，随意纵横长。鸿蒙障景光，碧气洒虚爽。一岛鸣清溪，万谷答幽响。仙宫三十六，纷列绝凡块。冉冉下笙凤，飘飘迓鹤氅。灵峰七十二，境岐岂周赏。选秀跌崔嵬，寻奇探嵘峻。天柱标玄枢，神灵□盼蛮。瑶梯踏未半，江汉俯沉漭。三门悬赤霄，缥缈惊赫晄。十步九欲颠，健足力犹强。直观顶合翠，横转秀分两。危升剑莲垂，下月弟玉笋。埙峰不记名，葱苍蔚中向。远势飞层峦，瀛海涨瀁泱。繁云弄阴晴，缥色异形象。方丈抱楼台，巧砌围璧塎。啜芳紫芝泉，餐珍班菌饷。侧径入紫霄，霏微帝居广。旗峰俨飞扬，星树恍辉朗。俄升绝巘亭，下瞰复渺茫。鳞

鳞仙人阁，松底琳琅荡。阁道下北楼，萝木阴月莽。鸦司金火摇，虎观神光爣。龙泉冗滴乳，梅雾气流沆。南岩地崆峒，百灵互来往。塞窒绣卉罗，对涧练屏晃。五龙肃玄气，重林霾丛篠。渊崖积烟古，白昼啼魍魉。蟠蜓碧嶂登，窈窕琼墙广。双池天地分，五井阴阳放。冥搜诵经台，尺径刺草莽。舍舆步青绿，深入意转怆。回翔背冈巅，迹绝愁螳蟒。半岭憩茂木，天际霞光□。玉虚会仙楼，冥升独昭旷。琼桥跨金水，池亭转回柱。仙桃尚遗宫，三丰驻龙鞅。吾欲借其衣，乘风谢区网。

649　入仙关至紫霄宫二首

西山园合杳，凿翠敞天关。龙磴丸丸上，鳌峰滚滚攀。□披碧树杪，忽到紫霄间。五月全无暑，仙风有静□。

此中真福□，不与众宫群。杉宿光连斗，峰旗翠掣云。风回金锁路，龙吐玉泉纹。未尽登临兴，徘徊问少君。（山有七星杉、展旗峰）

650　紫霄宫道中

山行失炎暑，风磴发萧萧。鸦观丹崖覆，梅祠碧气飘。问仙知古迹，采药识新苗。不断松杉路，阴阴转石桥。（棚梅祠、乌鸦观）

651　雨宿朝天宫山房

风树蛟龙斗，天宫云雨垂。层阴吹不散，午景霁仍亏。榻借神仙窟，檐依鹳鹤枝。愁迷归去路，消息问南箕。

652　雨后夜坐南岩山台

雨霁清霄坐，更长月转桥。凉生松湿洒，光满窒烟销。峰拥天枢隔，楼虚地轴摇。忽闻笙鹤度，冉冉列仙朝。

653　五龙宫道中

塞窒奇松拥，呼人怪鸟翔。庙岩题黑虎，石涧转青羊。响苔闻樵语，香飘迓羽裳。停舆问前路，山夹紫云长。（黑虎庙、青羊涧）

654 登五龙山

盘旋千仞路，此地亦为尊。日久涧长晦，云低山欲吞。冥搜随鸟道，小憩借松根。爱啜仙源水，还筑玉女盆。

655 诵经台山房

仙子翻经处，幽崖住有人。径泥深虎迹，松瓦盖龙鳞。石座留宾古，茶蔬剪药新。问渠谁是侣，惟与白云亲。

656 赠朴庵尚书

偶陪仙侣去，七十二峰遥。阁道攀天壁，池泉吸斗杓。徘徊丹灶窟，唱和紫芝谣。已悟长生术，朱颜定不凋。

657 赴玉虚山行

是处瑶宫敞，随山羽客栖。云根百里路，木杪万重梯。人语鸣虚壑，鸡声隔远溪。桃源知不远，欲往路仍迷。

658 至玉虚宫

已出桃源径，回镳更玉虚。地宏疑月窟，气肃象天居。龟负蓬巅石，龙缠殿额书。灵官五百辈，吹笛下云裾。

659 张仙留衣亭

仙去留亭榭，松杉绕径长。凤舆何处所，蝉虫尚衣棠。余泽涵金笥，清氛凝桂梁。时应星斗夜，飞动彩霞光。

660 再至玉虚访朴庵同登会仙楼

避暑入云去，言登仙子楼。山遮半林日，风洒万松秋。俯瞰深层殿，雄谈到十洲。回舆下瑶磴，看水更淹留。

661　闻清微宫之胜道侧不能至

传闻天柱下，幽胜更清微。峰合天长隔，溪寒云不飞。花崖悬乳石，竹坞对琼扉。未有凌云翼，空成怅望归。

662　闻玉虚岩之胜道僻不暇至

宫殿藏岩里，阴阴千尺深。只容云雾入，不受雨旸侵。树影涵金锁，钟声带碧浔。渐非谢公兴，双屐倦登临。

663　郧阳道中

烟尘落日均阳道，峻岭深溪百里余。已怯紫苔能滑马，独怜奇石解迎子。江涛矶转奔雷去，野燕风斜掠水虚。来往自惭前度客，东皇应识旧图书。

664　初至太和山麓，羽士导登三天门，飘然有仙举之意

危峰渐近擎空柱，草树深霾玉洞春。云路霏微浮殿阁，天门虚敞缀星辰。碧箫度曲翻双凤，绛节朝元下列真。何待来朝凌绝顶，此身今已渺飞神。

665　登太和绝顶谒金殿

凌晓朝元山欲秋，登登曲磴到峰头。灵池云捧龙眠稳，碧柱天衔鸟过愁。琼草光摇金像殿，翠松寒压玉城楼。凭栏楚望层峦外，缥缈烟霞瀚海浮。

666　太和五龙宫

缘萝披竹入仙城，漠漠层阴万壑生。玉像云霾涵宝气，珠林风撼带龙声。池分清浊流天地，岩改阴晴屡晦明。布袜角巾凌绝顶，俯看颓日泛沧瀛。（天池、地池）

667　再登均州沧浪亭

旧游曾此醉深杯，再入春云一上台。陕洛关河连楚越，郧襄风气抱蓬莱。沙鸥孺子歌边起，莲塔仙人掌上闻。坐爱山灵还识主，洞花流出故流回。

668　郧阳晓发回均州喜雨霁

宿雨愁行险道中，薄阴新霁晓城东。谷云度水仍含湿，柳絮沾泥不受风。倦仆屡惊苔滑滑，去旌遥指日曈曈。太和瑞色迎予碧，渐觉蓬莱路可通。

669　晚登朝天宫东麓亭

气色皇都春满楼，亭分小景亦清幽。已开曲径回旋入，更踏虚崖缥缈浮。地僻只容孤月影，竹深斜占半林秋。隔溪隐隐闻笙磬，别有仙踪不易求。

670　再登朝天宫东楼

楼倚东林紫翠间，冥冥长抱五云闲。危栏俯见城中市，虚牖遥含鸟外山。万竹摇光珠露滴，双崖流彩玉芝斑。登临俗想真堪洗，未厌频频叠叩关。

671　游武当四首

一

七十二仙城，琉璃千万宫。隔随青鸟去，半月紫霞中。

二

遥瞻金碧坛，巃嵸云雾里。入林憩峰巅，峻阁忽松底。

三

嘉木拥虚壑，绿霏绕瑶台。贪看坐不移，烦襟洞然开。

四

冥登天柱峰，恍如生羽翮。俯见汉江流，影影一丝白。

672　太和山万松亭

攀崖蹑磴入仙门，仰见瑶宫紫霭屯。更上虚擅最高处，转惊楼阁万松根。

673　郧山晚行赋所见

野人麋鹿自同群，闭户山虚长白云。菜妇渔翁归路别，竹西啼鸟落残曛。

674　均州晓行

长风吹晓客寒生，片细星稀帝子城。汉水流烟半明灭，马前深草竹鸝声。

675　南岩亭小坐

古木悬孤嶂，虚崖缀百灵。亭阴侵座爽，林影上衣青。地寂年为日，云屯昼欲暝。何方回白首，于此问参苓。

676　游南岩

鬖敝松如铁，山奇岩欲颓。练云栏下起，锦障涧南开。烛影摇双玉，炉烟散满台。景物看不尽，约侣拟重来。

胡缵宗

677　赠陆少参之湖广偶成

武当高逼天，洞庭阔到海。黄鹤时往来，春风动□□。

胡缵宗（1480—1560），字孝思，字世甫，号可泉，别号鸟鼠山人，巩昌府秦州（今甘肃秦安）人。正德三年（1508）进士，官至河南巡抚。书法家。著有《鸟鼠山人集》《安庆府志》。

严　嵩

678　赐骞林茶、黄精、笋尖，皆武当山中所产（节录）

嵩荷蒙圣眷，便殿召对。西苑宿直，偕勋辅五臣。其果茗酒馔，天厨日给金币、器物、尚方珍赐，不可胜纪。间纪数事，得近体诗二十九首。

绿茗黄精玉笋罂，远从湘水贡王庭。沾尝一一皆仙品，露乳烟姿孕岳灵。

严嵩（1480—1567），字惟中，号勉庵、介溪等，江西分宜人，弘治十八年（1505）进士，累进吏部尚书，专擅国政。工书法，擅青词。著有《钤山堂集》《钤山诗选》。

679　赐笋尖

武当山中产，形如指尖，甚奇。上命中官特赍赐一包。

解箨龙孙露玉尖，分明生就指纤纤。灵山异产天家赐，肉食那知此味兼。

曹大显

680　无题

真仙炼养借斯岩，岩穴孤高托此山。觌面峰峦千垒翠，挂瓢溪壑几回湾。悬空石磴滴清音，绕树烟藤结黛鬟。泉涌三支源一派，涧分九渡远相还。垂手寻常探月窟，洗心兀自透玄关。巽风起处阳来复，地脉朝时路转弯。五百灵官高壁立，一条龙首易缘攀。红尘地远非难到，丹灶春深许自闲。尘世多疑仙术幻，蓬莱谁信个中闲。我来不作而游戏，也欲依岩炼九还。

曹大显，生卒年不详。正德三年（1508）任礼科给事中、佥事。

丁致祥

681　太和山诗三首

一

回龙观前雨脚收，松风瑟瑟鬓萧飗。遥望天门渺何许，碧峰人指出云头。

二

玄帝名称即是天，本来无后亦无先。效颦释于黄冠谬，也道初生太子年。

三

仙坛阒寰覆长松，磴级梯云百数重。文字五千函石室，氤氲紫气展旗峰。

丁致祥（生卒年不详），字原德，号草仓，南直隶武进（今属江苏）人。正德三年（1508）进士，巡视广东盐法户部郎中，钦差汉中等处抚民，官至参政，授户部主事，为安康史上首位捐款助学者。

杨本仁

682　阳在太和山不与

走马春城十七年，无端萍聚楚江边。清朝总重衣冠会，浮世深凭金石缘。薄劣奚堪问鼎国，须眉翻愧看花天。欢然一醑更相问，惆怅东南万里船。（项入贺柯赴闽，俱拟宴之，明日行）

杨本仁（1481—？），名荣，蕲州（今湖北蕲春）人。嘉靖八年（1529）进士，官至按察使。

方　豪

683　游飞升台

飞升台下紫云流，天一池边杉桧秋。大顶归来神已倦，不禁高兴倚危楼。

方豪（1482—1530），字思道，浙江开化人。正德三年（1508）进士，历任湖广提刑按察司佥事等，45 岁时乞归，寄情山水。

684　仙侣岩

仙侣岩前访列仙，仙人不见见流泉。就中或有胡麻屑，分付先驱少伫延。

685　滴水岩

北天门下松径幽，岩头滴水响琳璆。因怀石涧闲行地，睡到斜阳不肯休。

686　五龙宫

风雨连朝日出初，钻天岭上壮怀舒。五龙莫漫兴云雾，不独游人厌湿沮。

687　玉像殿

金身玉像宝珠宫，二代君王敬奉同。犹胜西方迎佛子，舳舻向接汉江中。

688 青羊涧

青羊一去杳无踪，乱石如羊饮碧淙。太上若还重下世，即投簪绂以相从。

689 隐仙岩

仙人隐此是何年，石涧犹开水洞天。野客停车试相问，断云落木自萧然。

690 老姥祠

老姥祠前涧水喧，传闻磨杵石犹存。分明赞就飞升业，不说淮阴漂母恩。

691 元和观

才入仙关便不同，元和校府茂林中。此山滋味甘如蔗，尽笑馋人口易充。

692 回龙观

山势如龙口吐泷，玄天上帝手中降。道人已自夸奇绝，便欲题诗向碧窗。

693 关王庙

独跨青骡度远冈，还从古庙谒关王。平生不尽英雄气，犹为游人遁虎狼。

694 老君殿

岩下长松高拂云，岩端天语若堪闻。群峰回抱黄金阙，此地真宜奉老君。

695 复真观

高木清泉太子坡，当年习道被松萝。至今泪滴池中水，左肋深恩奈尔何。

696 龙泉观

九渡涧中龙喷泉，琼宫青倚石桥边。玉栏金水神工巧，恍讶朝回尺五天。

697 黑虎庙

猛志探玄虎不惊，山巡谷守更多情。春来见说纵横甚，皂纛何缘一扫清。

698　威烈观

闻道均阳威烈王，血诚祈雨五龙将。名山古庙从民愿，犹胜金宫事缈茫。

699　紫霄宫

禹迹桥边步渐危，后旗前灶两峰宜。忽闻仙乐云中起，人在紫霄浑未知。

700　五老峰

曾拜庐山五白头，紫霄复见尔来游。何时日出收烟雾，短杖方巾一览周。

701　龙头杖

竹根蟠屈似龙头，人手风雷逐我游。莫向葛陂轻解放，年来雄物正相求。

702　松萝衣

闻尔无根生雾云，曾为野服被真君。誓将换我银鱼佩，归伴山中麋鹿群。

703　望新提督陆元望

司马仙舟何尔迟，紫霄劳我雨中思。春风不尽登临兴，天柱峰头共采芝。

704　忆旧提督林德绪

西曹相送约兹游，今我能来君已休。秋雨紫霄谁作伴，三山何处有回头。

705　楚游歌赠刘侍御时秀（节录）

赏心更有武当山，天柱真浮霄汉间。昔日松岩容傲吏（予游山中自号"松花岩傲吏"），因君为我访仙关。

黄宗明

706　题太和山兼赠王生颙入楚歌（节录）

有客有客中州来，□谈玄景烟生颊。自言芒鞋蹑飞峤，从麓至顶俱周回。

武当山高百廿里，嵬奇幽怪罗织如丝缳。岚霞出没荡元气，丘垤远近堆古垒。均州城中邃殿阁，紫云亭前丽花木。出城渐远势渐高，树木夹道翳日，隆隆如覆屋。遇真仙去不知处，遗像俨设空丹棂。淳淳龙井注神源，环碧桥边起灵□。太子坡前人马喧阗，九渡之涧可濯可沿。万松时海啸，七杉与斗连。雷公岩上訇霹雳，豁石开山惊白日。静虚台畔乱笙箫，彻夜穷年不可极。紫霄蓬莱缥缈间，白鹿来游时一只。石栏铁锁接天门，亭亭天柱流琼液。夜有鹤背箫声，空中竹影，下流千岩之虹气。昼闻玄牝，枯槎迎风，长号万古之天声。哀猿鸟更无休，异卉奇葩那可识？二十年前求剑心，刻舟犹向沙头寻。一从落迹风尘内，回头隔步皆商参。驷马高车真桎梏，眼前纵步何由得。闻道玉虚岩最高，得将与尔登岩侧，手握芙蓉倚石壁。

黄宗明（？—1536），字诚甫，鄞县（今浙江宁波）人。正德九年（1514）进士，官至兵部左侍郎。

毛伯温

707　无题

武当天下奇，梦想已多时。高耸云依半，清虚仙所嬉。峰峦迷眼望，烟雨负佳期。早发龙山迥，孤城鼓角悲。

毛伯温（1482—1545），字汝厉，号东塘，江西吉水人。正德三年（1508）进士，官至御史、兵部尚书。谥襄懋。著有《毛襄懋集》。

708　停骖亭·乐泉轩

山头营旧池，山下涌新泉。静影含秋月，余波润黍田。研朱点周易，煮茗夜通仙。但得吾心乐，焚香可告天。

夏　言

709　送邝子元少参提督太岳太和宫

五月南风吹北船，汉江巴水渺风烟。青春远道那能别，白日高歌空自怜。

十载杏园如梦里，一尊萧寺负灯前。紫霄宫畔堪云卧，明日相思隔洞天。

夏言（1482—1548），字公谨，江西贵溪人。正德十二年（1517）进士，累官少师、特进光禄大夫、上柱国。后遭严嵩诬陷，卒谥"文愍"。政治家、文学家。著有《桂洲集》《南宫奏稿》。

路　迎

710　无题

奇游恰得片时晴，万壑千岩眼界明。天上神仙合有宅，云中鸡犬故无声。虚疑天近扪星过，实恐崖高碍日行。堪叹路入空碌碌，谁知此地可长生。（汶上北村，嘉靖戊戌孟夏）

路迎（1483—1562），字宾旸，山东汶上人。正德三年（1508）进士，官至兵部尚书。为政清廉，有"善政之中第一人"之称。

张邦奇

711　咏怀

昨登武当峰，超然并箕斗。因之得大观，藩篱忽而剖。吾生本无涯，所贵心不疚。局蹐只自劳，纷华竟何有。风生越练纹，雨空明镜垢。已矣归去来，毋使心常哀。

张邦奇（1484—1544），字常甫，号甬川，别号兀涯，邓县（今河南邓州）人，一说鄞县（今浙江宁波）人。弘治十八年（1505）进士，官至南京兵部尚书，与侄张时彻同为南京尚书，有"叔侄尚书"之谓。卒赠太子太保，谥文定。著有《学庸传》《兀涯两汉书议》。

712　停骖亭·乐泉轩

神功应有待，凿石迸幽泉。一日开灵秘，千秋膏瘠田。炉香时洗浴，松径或逢仙。化作金茎露，恩波下九天。

713 己卯夏四月，与同寅恽功甫、汪荣之二宪副，黄文之少参同至襄阳，予先发约，竣事还

游武当

故人应醉白铜鞮，独坐轺车下水西。顾盼不遑山百转，呕吟无地鸟群啼。烟中树色寒疏雨，竹外华枝映浅溪。红日下春春寂寂，共谁携手蹋沙堤。

714 宿玉真宫遇雨次日早晴登武当二首

夜宿仙宫忽雨声，晓看清旭满轩楹。青荧草树添山色，淡泊风烟显地灵。身入太微餐玉露，步穷天柱俯金星。长空月白不归去，却忆尘中梦未醒。

何处烟林起洞箫，夜来凉雨洗炎歊。危梯绝顶悬金索，碧树小溪横石桥。仙去棚梅犹岁荐，丹成铁杵始全销。黄昏暂向朝天宿，更访南岩下紫霄。

715 玉虚宫

探遍金真下玉虚，熏风相引步蟾蜍。峰峦远近层台下，天地圆方再举余。自有青精堪旅食，却怜渔父失仙居。几年湖海尘埋甚，且向层霄一振裾。

716 又次守岩韵二首

仙客元居碧落宫，跻扳今日许相通。风烟渺渺红尘隔，溪壑重重淡月笼。地傍龟蛇应有兆，火成文武即无终。清游莫怪淹留甚，案牍明朝复在公。

石级云梯重复重，御风飞度肯留踪。云端日影明双报，树里烟光俯万峰。独饭青精凌绝顶，谁呼白鹤下晴松。玄都仙府分明到，岂是华胥梦里逢。

717 雨后发舟郧溪将登武当

时以己卯春正月出巡，黄梅四月终西至郧阳，乃复东行，往返三余里。

昨过黄梅梅未黄，黄梅时节下郧阳。羊肠不断客心苦，鸟迹以来人事忙。风卷山岚迎远斾，雨添溪水送轻航。麇城喜有战友约，共振征衣万仞冈。

718　游武当山

均州东驰四十里，指点天际青夫容。白云隐见日欲晚，森沉崖树环真宫。真宫夜半忽鸣雨，思扣天关祈玉女。胜地三巡缠一游，跻攀更喜山灵许。兹山奇秀高插天，形势乃与嵩岳联。曜耿北极镇玄武，往往征应人间传。揽衣晨起天如洗，碧树琼花纷旖旎。同游群公皆色喜，万仞丹梯轻尺只。上山莫迟下莫疾，一年几度如今日。风日清和雾霭澄，左顾右盼皆仙室。穿竹扪萝寻紫霄，碧桥迢迢横石桥。博山道院香飘飘，道士接引吹笙箫。山纡水曲行复行，第一天门闻玉声。高真祠下棚梅熟，太子坡前针涧鸣。石磴层层悬绝巘，却立望之心瞑眩。始扪金锁猿鹤惊，未尽烟梯贲育喘。太和之宫何眇绵，天风衣袂吹翩翩。千峰万峰尽培塿，南海北海惟云烟。历遍三天瞻五龙，群仙恍惚来趋风。笑而不语情自通，飒淅寒气吹孤峰。更下南岩诧奇迹，两崖倚空峭如壁。俯窥幽谷深无极，赤松王乔皆辟易。回瞻绝顶凌杳渺，金殿晴晖腾木杪。龙头孤瞰势若崩，帝敕悬岩迹如倒。东天皎皎明蟾蜍，飘摇乘风来玉虚。崇台广谢临长衢，庐敖下界惭不如。香榻高眠梦初醒，起汲沆瀣烹仙茗。秦人空秘武陵原，长房却陋壶中景。共上瑶坛开检玉，七十二君无此箓。崇恩大典振古稀，合有休祥符岁祝。芒鞋箨冠日暮归，风伯洒洒迎前旗。回首云霄复有期，矢心弗受缁尘欺。

郑善夫

719　天宁寺送林德绪赴武当

襄阳使君今欲东，优钵花下行相逢。西山爽气只自好，秣陵羽书犹未通。征伐乱传车驾出，沅湘亦在风尘中。冯良乘马如可弃，傍尔南州桂树丛。

郑善夫（1485—1523），字继之，号少谷，又号少谷子、少谷山人，闽县（今福建闽侯）人。弘治进士，授户部主事、南京吏部郎中等。明代官员、儒学家。著有《郑少谷集》《经世要谈》。

徐 咸

720　嘉靖甲申午日偕江将军勋登沧浪亭观龙舟

系缆沧浪曲，风烟惨客魂。濯缨人不见，竞度俗犹存。白鸟回征斾，青山落酒樽。感时还抚景，徒倚到林昏。

徐咸（生卒年不详），字子正，号东滨，海盐（今浙江嘉兴）人。正德六年（1511）进士，嘉靖四年（1525）任襄阳知府。著有《西园杂记》《东滨先生诗集》。

杨守礼

721　山行寄兴诗二首

一曰
白鹤迎人下紫霄，乘风仙子任飘飘。山头雨洗黄金殿，槛外莲围白玉桥。虎伏灵龛迷涧水，鸾随明月下笙箫。红尘不到仙家处，回首繁华一梦消。

二曰
未入真仙境，先登太子坡。白云笼殿宇，清磬出烟萝。涧远万松响，山空一鸟过。悠然清兴极，击节坐萝莎。

杨守礼（？—1555），字秉节，蒲州（今山西永济）人。正德六年（1511）进士，历任湖广佥事、宁夏巡抚等职，主修《嘉靖宁夏新志》。

杨 慎

722　送道士何端阳往武当

篸岭之峰丹翠合，金膏水碧孕重岩。磨蚁游人陡风磴，骖鸾仙侣坐冰嵌。三霄宝月悬青榈，千岁玄霜下紫衫。此去暂离应万里，鹤书何日寄遥缄。

杨慎（1488—1559），字用修，四川新都人，文学家。

薛　蕙

723　太岳诗三章赠陆元望少参之武当

其一

荆楚富名峤，太岳气雄哉。云杪擢珠林，天中悬玉台。遥遥人境绝，肃肃神君来。

其二

神君集福地，文祖树灵宫。金银列城阙，早绘摇烟缸。萧然仙局吏，坐啸青山中。

其三

青山好栖遁，朱门倦淹薄。空握五芝图，坐恐三花落。傥传招迎曲，愿附南来鹤。

薛蕙（1489—1539），字君采，号西原，南直隶亳州（今属安徽）人。正德九年（1514）进士，授刑部主事，嘉靖年间官封员外郎，考功司郎中，时称“薛考功”。追封太常少卿。著有《考功集》十卷。

魏良辅

724　无题

道人昼炼明窗尘，金丹得手培胎神。翠房梯石我同叩，犹记梅花雪后春。

又

金顶烟花昼相虚，展旗峰对两如如。寻真遥蹑飞凫影，骢马声传道士庐。

又

山色蒸云日旋生，香风清引上方笙。法筵礼罢回廊寂，一卷黄庭勘注明。

又

冻梅偷暖着枯丫，石径云封第几家。雪色风香尤会意，青鸾衔出过墙花。

魏良辅（1489—1566），字尚泉，豫章（今江西南昌）人。官任参议。戏曲音乐家，创立昆腔。著有《曲律》。

龚 辇

725 无题

雾锁仙关昼夜开，入关疑我在蓬莱。白云走上青山去，绿水流将黄叶来。
未得醉时心已乐，欲求玄处道难猜。老松影瘦灵堪服，不用赍粮坐石苔。

龚辇（生卒年不详），字中道，江西南昌人。明孝宗弘治十一年（1498）
为武当山太监。

吕 宪

726 无题

乘风初上望仙台，四面奇峰乱戟排。白虎岭头香雾散，青龙山外紫云开。
琳宫桂放三秋影，浴室池无半点埃。试看凤凰生鸑鷟，祥光飞下九天来。

吕宪（生卒年不详），河南信阳人。正德八年（1513）进士，曾任提督
大岳太和山宫观内官监太监。

刘 勋

727 游武当诗二首

一

仙关今日慰瞻驰，太子坡头路转危。万里拜呼环老幼，百年礼祀达崇卑。
名山岂是神灵异，真境将非木石奇。独上太和峰顶立，徘徊金殿有余思。

二

罗浮东忆空惭负，衡岳南瞻亦惘然。此日武当开道眼，九天玄帝惠嘉缘。
浓阴披扫登临快，淑景光辉眺览便。信宿南岩又西路，不堪扰扰俗尘牵。

刘勋（生卒年不详），正德九年（1514）进士，累官刑部主事、宁夏巡抚。

任维贤

728　无题

闻道南岩景绝奇，我来正值暮春时。画图原自天分设，诗料何须客构思。风雨龙吟千丈壑，烟霞鹤寄万年枝。青香漫引山林兴，欲报君恩未有涯。

任维贤（生卒年不详），字宗程，四川阆中人。正德九年（1514）进士，官至河南布政使、延绥巡抚、都察院右副都御史等。

林　豫

729　游武当

武当旧谒登临兴，今日风吹历万峰。自入蓬莱尘世隔，直从天柱石梯通。灶炉山展画图巧，龙虎丹分造化工，更喜紫霄贤羽客，为余指点化尘踪。

林豫（生卒年不详），福建莆田人。正德九年（1514）进士，历官四川布政使司右参议、河南右参政、广东左布政使。

730　天柱峰

万峰俯仰祖孙如，到此名山信不虚。殿宇廓清氛浸远，英灵昭假瓣香余。欲从仙子开丹鼎，尚尔微官缚簿书。石刻摩挲太宰笔，篆文芸蚀鲁鱼。

黄省曾

731　送惠生之太和一首

春色饶江舸，仙山觅太和。翠台孤日动，金殿五云多。汉水桃花泛，襄城燕子过。习家池尚在，为我寄清歌。

黄省曾（1490—1540），字勉之，号五岳山人。南直隶吴县（今江苏苏州）人。嘉靖十年（1531）中举，工诗词、绘画，学者。著有《拟诗外传》

《五岳山人集》。

王 镕

732 仙关

太乙漓元气，中原独此山。神功移阆苑，帝力壮仙寰。嶂合茅堂杳，林回野色闲。烟霞酬夙志，解组扣松关。

王镕（？—1556），字时化，浙江慈溪人。正德十二年（1517）进士，授刑部主事、云南兵备副使，平倭战死。

733 紫霄道院

福地临仙馆，旗峰列芝宫。剑台双树直，丹井百泉通。卧云霄衣薄，天清斗柄横。坐观时复暇，疏奏理丝桐。

734 天柱峰

峻极封山岳，凌空响佩珧。云开金阙回，磴转玉台遥。紫翠群峰抱，香灯万国朝。星辰疑可摘，羽翼上烟霄。

735 南岩

采芝凌绝巘，对弈坐虚亭。洞古雷神秘，潭沉龙气腥。紫霄仍下界，青鸟自东溟。已觉非人世，应无俗虑婴。

736 玉虚宫

隐隐仙岩度，冥冥雾霭收。云汀朱雁落，春草赤麟游。贝阙诸宫亚，真源九曲流。羽人衣舄在，天乐下西楼。

737 五龙宫

削壁尘区隔，丛林过客迷。泉池分日月，台榭引虹霓。候驾青羊出，当关黑虎啼。折梅曾寄棚，于此问希夷。

许宗鲁

738　步虚词二首

一曰

空山秋夜月华明，独上瑶台望玉京。三十六宫河汉杪，云璈仙磬步虚声。

二曰

猎猎玄风吹羽衣，紫坛瑶草露华肥。道人无限清虚乐，高唱云谣入翠微。

许宗鲁（1490—1559），字东侯，号少华。陕西咸宁（今西安市长安区）人。正德十二年（1517）进士，累官右佥都御史抚保定。著有《许少华集》。

739　南岩亭子绝句（二首）

一曰

驾鹤双亭子，飞空俯太虚。风来势欲动，疑是指南车。

二曰

鋻断栏干护，岩倾栋宇飞。寻真来此地，落日坐忘归。

740　紫霄仙兴歌

披蔼蹑石磴，凌虚趋壁坛。路崎足力蹇，气涌衣裳单。袅袅御风遇，翛翛拂烟还。幽光荐瑶草，远风结崇栏。激涧淙哀玉，悬松漱鸣湍。日借暮山紫，霜变秋林丹。珠宫隐半壁，贝阙飞霞端。云君杳难即，仙子遥相攀。采芝慰饥渴，濯溜清心颜。宛转入翠微，飘飘步高寒。展尔谢尘壒，翩然生羽翰。霞径遂长往，服食青琅玕。

741　遇真宫

灵境负夙约，真宫欣始游。虚无上烟霞，杳蔼亲霞楼。赫赫珠殿舞，箫箫琪树秋。云轺岭表度，仙乐空中流。入门览众妙，啜水离群忧。仙人倘可遇，携手凌昆丘。

742 憩遇真道院

留观苍玉阙，蒸坐白云居。竹雾通檐敞，松声落涧虚。解衣眠碧簟，隐几读丹书。尘土浮生梦，移时已破除。

743 仙关

南望仙关烟雾深，玉霄宫阙拥虚岑。灵淙似有青羊渡，物色时看紫气临。夹路云松寒翡翠，悬崖风筱振球琳。相逢尹喜无多说，柱史遗文好共寻。

744 野酌

野酌倾崖密，山厨蔫渚兰。藉云衣袂湿，浮翠酒杯寒。醉舞携玄鹤，仙谣奏紫鸾。翛然思羽翼，长啸振岩峦。

745 山中得庐青崖书寄答诗

青崖居士名山主，来访名山不遇君。落叶满林秋索寞，晴霞半岭昼氤氲。跻攀独转松杉径，幽寂惟亲麋鹿群。赖有素书遥问讯，开缄岩岫起烟云。

746 太子坡

太子何年去，名坡万古传。羊肠云外险，蜃市海中鲜。委巷通群帝，飞岩接九天。羽人栖碧落，清馨下泠然。

747 投宿紫霄宫途中作

鸣林萧瑟高风冷，照野荒凉落日斜。云雾渐通山鸟道，楼台投宿羽人家。寒芳湿露闻瑶草，瑞彩浮空结紫霞。谈道有人开玉笈，养真从此炼金沙。

748 宿紫霄道院

夜榻栖玄境，秋空近紫霄。窗虚云气湿，天静斗星摇。逸相怀鸾鹤，浮生等韭蕉。前山王子晋，清唱坐相邀。

749 月夜同李道士登福地听童子吹箫

岭雾流琼宇，杉风引石台。扪萝高曲折，倚树独徘徊。福地青霄近，诸天紫气开。仙人乘月色，飞奏玉笙来。

750 山中晓起

睡足松门启，钟鸣竹漏添。云光通野霁，风色助秋岩。静爱山居逸，情依道侣甜。起看岩壑晓，空翠满虚檐。

751 赠朱道士

道人家住南岩畔，十二楼台紫翠间。窗外留云怡野性，炉中还东驻童颜。采芝夜宿青羊涧，种玉春耕黑虎山。双腋几时生羽翼，烟霄高举谢尘寰。

752 月夜过朱炼师道院

童子吹笙步月华，夜深闲过羽人家。洞门长日人来少，石髓栏杆长玉芽。

753 过南岩宫

重梯复磴霄汉行，羽客翩翩来远迎。碧落笙箫云里奏，紫皇宫阙空中横。穷幽我亦好奇者，访道实有栖真情。安得仙人携手去，彩鸾白鹤朝三清。

754 南岩

坐爱南岩好，群山滴翠来。棚梅春不谢，芝草秀无埃。鸟度空青嶂，杉扶白玉台。羽人知客到，骑鹤海东回。

755 题郭道士空翠居

道士乐虚静，栖读空中楼。卷帘对南山，岚气襟怀浮。十年不下榻，双目青光流。手持太古《易》，默玩春复秋。

756 宿南岩道院

朝登大岳顶，暮宿南岩宫。石榻助清梦，崖松招远风。焚香夜色静，卷幔秋烟浓。览胜幸将遍，赏心谁与同。

757　月下听童子吹笙

君持紫霞酒，侑以白玉笙。举觞望高月，四山起松声。松声清且哀，月影复徘徊。仙人劝我酌，一饮三百杯。酒杯不足辞，后会安可期。狂来发大叫，欲吸明月池。沉醉非吾事，所重在相知。天晓下山别，烟霞空尔思。

邹守益

758　太和山

太和虽云高，有足皆可陟。所患畏巉崖，出门苦不力。区区宠辱间，不异冷与热。热冷各有时，怨尤只自感。闲户为颜悯，缨冠则禹稷。此道本平平，奇功在不息。

邹守益（1491—1562），字谦之，号东廓，安福（今属江西）人。正德六年（1511）进士，官至南京国子监祭酒。追谥文庄。王守仁高徒，哲学家、理学家、教育家。著有《东廓邹先生遗稿》。

欧阳必进

759　无题

三门遥入太和宫，霄汉谁知有路通。柱岭天连真作极，烛峰云起欲然空。阶栏白玉红尘断，殿阁黄金紫雾笼。福泽八埏昭主宰，英灵长镇楚江东。

又

万丈丹梯倚帝宫，纷纷求福往来通。我来访古五峰下，到此令人百虑空。回首千岩赤日丽，举头一柱白云笼。修真苦行当年事，欲问频催玉兔东。

欧阳必进（1491—1567），字任夫，安福（今属江西）人。正德九年（1514）进士，累官浙江布政使、郧阳巡抚、两京都御史及刑部、吏部、工部尚书。政治家、科学家。

左　泾

760　大岳山韵

予界山驿久矢心默念，洁身谒圣。口占此律成稿。次日清晨，云雾四塞。厥明起马，天晴日朗，珠露垂枝，若神灵感应可降，故作下律以识其事。

其一

鸿蒙初判气陶蒸，钟出神人苦炼成。妙应迄今速似响，威灵振古凛如生。护持国□天长远，涤荡妖氛世谧宁。敬造绝巅瞻圣迹，肯传秘诀答虔诚。

其二

云散天开玉露倾，金玉滴滴映枝明。岳神储秀因人泄，地气发祥感物生。瑞波沾唇魂魄定，天浆入和肺肝清。默思神力难酬谢，用敕坚珉表圣灵。

其三

天地浑荡造此山，此山高处绝尘寰。须扶日月光天下，气吐风雷震世间。识德诩诩遭腰曲，树虎龙蹲岭护仙。关神功大难穷述，霖雨苍生只等闲。

其四

隐迹岭林志可怜，坚心炼养几多年。手搏日月功夫大，袖统乾坤胆气全。铁树开花金果熟，祥烟卷地玉书宣。人间富贵轻如踪，醉入白云天际眠。

左泾（生卒年不详），耀州（今陕西铜川）人。进士，奉政大夫湖广等处提刑按察司分巡下荆南道金事。

萧一中

761　无题

绀殿凌霄回，辉光望日妍。山虚自千古，香火已多年。纵眺穷三楚，开襟望九天。忽看绛节下，缥缈望群仙。

又

云汉双无回，乾坤一望中。钧天闻绝响，太乙自生风。海色摇空碧，蓬莱映日红。桃源知不远，无地觅仙踪。

萧一中（生卒年不详），字执夫，湖广华容（今属湖南）人。正德十二年（1517）进士，官至监察御史、参政。

中 谷

762　无题

仙关开洞府，玉树接银城。风日行人度，笙箫道子迎。天花还自散，岩鸟莫相惊。仿佛清虚处，飞仙落佩声。

又

夜宿斗牛渚，晨行日月宫。梅花青嶂下，衣舄白云中。绝壁啼猿鸟，深林卧虎龙。还从明笛处，遥问采芝翁。

中谷，生平事迹不详。

旸 溥

763　无题

天开玉柱照神州，端合封圻亿万秋。轶五帙修金石耿，函三灵聚凤麟游。风雷时作回山鬼，草木春华定海筹。安得翱翔仗乔履，仰惟呼祝翊皇猷。

旸溥，生平事迹不详。

朱 篪

764　无题

一岳撑空碧，凭栏俯岫云。尧天孤立柱，楚甸一江分。远壑生灵籁，香烟吐瑞氛。黄冠来问诀，愧我尚无闻。

又

石磴依山转，肩舆日渐深。梅台凭绝碉，烟雾暗前林。仙子终丹鏊，孤怀亦翠岑。玄天千仞上，还去访知音。

朱麓（1493—1546），字守谐，号思斋，山阴（今浙江绍兴）人。正德十五年（1520）进士，累官兵部尚书兼都察院右都御史。

李　默

765　惠岩顾公奉使太和山展祀便道还吴赠别

祝帛辉煌下九天，兹行端拟谒金仙。星坛想见彤云合，贝阙遥应紫气缠。秘殿传宣催去驿，晴江物色媚新年。还家细数君恩重，又报嵩呼向日边（公拟秋仲还朝）。

李默（1494—1556），字时言，一字古冲。建安（今福建建瓯）人。正德十六年（1521）进士，官至吏部尚书。谥文愍。著有《群玉楼集》。

戴时宗

766　无题

始入南天路，还知别有天。仙宫悬石壁，道室插云颠。丹壑闻青籁，青松记昔年。飞升台尚在，欲结愧无缘。

戴时宗（1494—1558），字宗道，长泰（今福建漳州）人，正德九年（1514）进士，累官左佥都御史，曾代替皇帝效祀，被称为"一日天子"。著有《朽庵存稿》。

佚　名

767　玉虚岩题壁诗

明正德十四年（1519）己卯冬。玉虚名崖古今留，骚客从来最爱游。峭壁生成空一穴，荒山谁使几层楼。倚栏远眺平时趣，闭户深藏乱世□。仙境果真无限景，门前更有剑河流。

陆 釴

768 武当宫

仙宫积翠凌空起，飞磴盘梯上界宽。五岳云霞朝绛节，三天星斗傍朱栏。琅函日静蕴烟绕，石宝春生玉髓寒。尘士十年思羽翼，洞霄何日乞祠官。

陆釴（1495—1534），字举之，号少石子，浙江鄞县（今宁波）人。正德十六年（1521）进士，授翰林编修。

吴子孝

769 登太和山

花发空山见使车，春残风雨乍晴余。云中笙磬迎珠盖，岩下星辰俯碧虚。岂料豸冠初倚玉，却怜鸾翮早传书。赤霄望望登仙去，似忆承明有旧庐。

长愿龙门一御车，山中相见落花余。千峰碧树留黄鸟，五色春云满玉虚。香袅瑶坛纷舞鹤，草封峰洞有藏书。神栖真境清无梦，夜半仙人来问庐。

吴子孝（1495—1563），字纯叔，号海峰，晚号龙峰，南直隶长洲（今江苏苏州）人。嘉靖八年（1529）进士，官至湖广布政司参议。著有《玉涵堂集》。

谢 榛

770 寄武当山张隐君二首

一

辞官身寄楚天涯，石屋烧丹别是家。七十二峰春雪里，杖藜随意看梅花。

二

云岩深处独逍遥，海鹤传书昨见招。月下定逢王子晋，玉笙吹下摘星桥。

谢榛（1495—1575），字茂秦，号四溟山人、脱屣山人，山东临清人。文学家、布衣诗人，以布衣为"后七子"领袖。著有《四溟集》《四溟诗话》。

771　送武稚川使太和山

使星清晓发征鞍，不禅冰霜行路难。三楚胜游当岁暮，万山深入正春寒。中天气动青霞馆，北斗光摇紫极坛。祝罢还应觅瑶草，归来好献主人看。

772　送别杨中贵使武当

登览君何处，云霞满太和。身轻鸟外转，心定虎边过。紫极飘钟磬，丹梯上薜萝。采芝献帝子，灵秀得来多。

773　寄太和君何隐君二首

其一

弃官依白岳，岁月此栖迟。道侣频相过，丹经久自如。心闲虎啸处，步缓鹤随时。依仗看晴色，前峰又采芝。

其二

太乙坛前客，桃花十度红。幽栖片石定，元气四时通。古树邻苍壑，闲云澹碧空。能谈非静者，真意几人同。

张周田

774　登太和（二首）

天柱峻嶒帝下都，高标回日碍江湖。人间五岳堪今古，海上三山竟有无。试剑石分双电曳，展旗峰回七星扶。匡庐只在藤萝外，已见香炉涌座隅。

薜荔春深覆鹖冠，千峰雨色向人残。露分金掌秦关细，云接苍梧楚塞宽。滚滚悬流天井坠，阴阴灌木昼生寒。凭高仿佛长安近，徙倚星辰直北看。

张周田（生卒年不详），河南信阳人。

冯　岳

775　无题

历历奇峰余七十，总有画工描不及。物外端的有仙家，等闲不许凡人入。

香飘玉露草木寒，鼎结金丹神鬼泣。早上三公礼玉清，半空珠顶鹤飞急。

冯岳（1495—1581），字望之，浙江慈溪人。嘉靖五年（1526）进士，累官至南京刑部尚书。著有《恤刑稿》。

廖道南

776　无题

大岳盘千嶂，仙关隔五云。虹桥通洞远，石径入林分。飞阁悬丹极，虚堂寻紫氛。翛然起遐想，天乐坐中闻。

又

天柱丹梯上，皇崖紫气深。银河浮碧落，玉宇隔瑶林。露湿仙人掌，云分弟子岑。词臣多逸兴，春赋有余音。

廖道南（？—1547），字鸣吾，湖广蒲圻（今属湖北）人。正德十六年（1521）进士，改庶吉士，授翰林院编修，累官侍讲学士。纂修《明伦大典》，著有《楚纪》《殿阁词林记》。

777　遇真之歌

丁酉憩遇真宫，其左为望仙台，右为黑虎洞，南为元和观，东为修真观，其山为凤凰峰，为鸦鹄岭，回绕奇特，溪水随之，乃撰《遇真之歌》。

遵仙关兮蜿蜒，蹑仙台兮连蜷。珍木翳兮荟蔚，瑶草茂兮葱芊。凤凰起兮翱翔，鸦鹄集兮翩跹。讯灵修兮偃蹇，慨真境兮延绵。驭黑虎兮霆驱，策青羊兮云辂。缅予怀兮窈窕，授至道兮倔佺。

778　紫霄之歌

是日，入仙关，过回龙观、关王庙、老君殿、太玄观、八仙观、太子坡、复真观、龙泉观，涉九渡涧、玉虚源、威烈观，乃宿紫霄宫。其后为太子岩，为七星岩，为三清岩，为欻火岩，为炼丹岩，其前为禹迹池，为临清亭，为万松亭，为赐剑台，为福地岩，其山为紫霄峰，为展旗峰，为三公峰，为五老峰，为香炉峰，为蜡烛峰，为福地峰，为宝珠峰，为灶门峰，其水为上善泉，为真一泉，为七星池，为月池，为丹井，幽踪奇事，日夕罔极，乃撰《紫霄之歌》。

緊紫霄兮九玄，覆玄极兮八埏。载旗峰兮岌嶪，漱丹井兮沦涟。宝珠贯兮联星，香炉峙兮含烟。列三公兮左右，森五老兮后先。春将莫兮玉林，月欲上兮瑶天。涉九渡兮独往，攀万松兮孤搴。

779　太和之歌

四月戊戌朔，发紫霄宫，至乌鸦庙、黑虎庙、榔梅祠、朝天宫、清微观，入天门，皆悬铁索，攀石栏以跻。又入朝圣门，次太和宫。更衣上天柱峰，谒玄真于绝顶。其山为显定峰，为皇崖峰，为中笏峰，为明峰，为大夷峰，为仙人峰，为隐士峰，为丹灶峰，为白云峰，为聚云峰，为竹筱峰，为槎牙峰，为手扒峰，为中鼻峰，为伏魔峰，为鸡鸣峰，为大莲小莲峰，为大笔小笔峰。其水为金鸡涧，为鬼谷涧，绝壁危壑，不可悉穷，乃撰《太和之歌》。

惟天柱兮崔嵬，倚皇崖兮崎嶬。仰翼轸兮紫垣，俯郧邓兮丹涯。攒玉笋兮轮囷，炫琼台兮陆离。金宫峨兮瑶台，云冠屹兮霞衣。焚椒兰兮九霄，列幢节兮千祇。拜稽首兮陈词，效嵩祝兮延禧。

780　南岩之歌

是日，天宇澄霁，云物昭朗，钧乐既扬，岳灵咸格。乃宿于南岩宫，其左为圆光殿、为飞身台，为志心台，右为崇福岩，为试心岩，为舍身岩，其侧为云雾岩，为万岁岩，为独阳岩，为礼斗台，为双清亭，其山为金鼎峰，为迓字峰，为健人峰。其水为甘露井，为天一池，为太一池，悬岩崎嵌，奇石硠磤，不可名状，乃撰《南岩之歌》。

彼南岩兮仙宫，斟北斗兮云中。举金鼎兮万钧，披被帷兮九重。丹丘扬兮威凤，玉泉喷兮应龙。感太一兮赫曦，邀神君兮丰隆。考石钟兮巉岩，击岩磬兮玲珑。诧虚窒兮海涛，凌倒景兮天风。

781　五龙之歌

己亥，发南岩，经滴水岩、仙侣岩，涉青羊涧，度隐仙岩，入五龙宫。其左为玉像殿，为棚梅台，右为启圣台，为凌虚岩，后为自然庵。为灵应岩，为长生岩，其山为紫盖峰，为松萝峰，为桃源峰，为阳鹤峰，为复朝峰，为金锁峰，为青羊峰，为七星峰，为系马峰，为会仙峰，为茅阜峰。其水为日池、月池、为白龙潭，为万虎涧，不可殚述，乃撰《五龙之歌》。

羌五龙兮蚴蟉，奔万虎兮枭然。饮青羊兮绝涧，骑阳鹤兮悬骜。灵之来兮何以，候为雨兮下土。蒸膏壤兮沃若，敛神功兮奚有。眷云车兮既升，骖风驭兮无垠。天门开兮阊阖，玉笙缤兮泰清。

782　玉虚之歌

是日，雨作复霁。由桃源洞出仙桃观，涉磨针涧、老姥祠至行宫，宿玉虚宫。其山为太上岩，为玉虚岩，其水为一泓泉，为灵石泉，为蒿谷涧，其中为望仙楼，为仙衣亭，为雪洞，为圣水池，为神泉井，自展旗峰至此，山益坦而若抱，水益清而若注，乃撰《玉虚之歌》。

瞻玉虚兮冲寥，群仙集兮来朝。濯长缨兮香泉，驻翘节兮层霄。纷如云兮岩户，贲若华兮琳宇。缀绮疏兮霞萼，袅飞裾兮烟树。怅云路兮阻修，仍仙真兮舟丘。采兰茗兮容与，歌桂枝兮淹留。

徐　庆

783　赠潘判院感神现光

明赫神人自交感，至诚金石动非玄。卿云郁郁三辰外，大岳巍巍万仞巅。许国事功应捧日，孝亲精白可回天。祯祥原不生虚幻，为兆萱闱畴八千。

徐庆，生平事迹不详。

敖 英

784　太岳游记

偶来云卧紫霄宫，露洗瑶台月浸空。夜半星官朝北斗，步虚声在万花中。

敖英（生卒年不详），字子发，号东谷。湖广清江（今属湖北）人。正德庚辰（1520 年）进士，官至四川右布政。著有《绿雪亭》《心远堂诗文》。

童承叙

785　太岳游览十首

其一

灵峰标奥区，周览振遐迹。眷兹平生怀，结我同心客。理摄济洪川，驱毂遵广陌。丰林散葱茜，叠嶂排屴崱。幽禽出谷遥，秋华傍岩寂。修曋开清妍，丽景照颜色。相将惬胜游，况乃谐良观。明当揽藤萝，一啸楚云碧。

其二

曰余敦夙尚，颇负山水癖。自婴簪绂牵，烟峦阻攀陟。江汉侈秀灵，大岳擅奇绝。日承瀚沐恩，少憩沱潜国。命驾事薄游，升高览玄极。振衣蹑丹梯，挥毫拂清壁。讵云探幽遐，聊以酬夙昔。凭虚俯尘寰，万里徒逼侧。

其三

岩峣望灵岫，逶迤度仙关。松萝自亏蔽，涧壑相潺湲。石径迷复通，出入苍翠间。鸾鹄时翱翔，杳霭非人寰。云霞回雯色，群花何斑斑。山祇豁朗照，为我开心颜。

其四

仙关入窈窕，玄宇森琳琅。羽客披霞裾，清梵鸣相将。邀我坐璇室，开筵饭青精。真仙不可遇，遗物颁尚方。感之三叹息，白发何由苍。笋与去登陟，歘忽起鸿茫。

其五

文皇昔缔构，玉虚本经始。岩阿倏开张，栋宇忽中起。瑶坛簇云松，绀殿结霞绮。紫峰既崚嶒，玄谷复迤逦。陟降转萦纡，徒御聊税止。金碧何炜煌，蓬壶无乃是。载登望仙楼，言念巢居子。何时振修翰，从兹当脱屣。

其六

琼宇忽璀璨，结秀在攒峰。棱棱紫霄闲，渺渺元圃中。玉栏递参差，瑶台凌九重。鸡犬喧上界，钟磬鸣层空。云窗连雾牖，曲曲藤萝封。桃川岂不邃，兹境仍巃嵷。安得随御寇，清泠驾长风。

其七

灵区富烟景，峭拔雄南岩。上提天柱崇，下临云壑悬。鬼斧讵可鉴，鸟道穷攀缘。飞观架林杪，丹房辟崖巅。我来重寄玩，徘徊蔚蓝天。曲槛拥层台，指点云升仙。羽人去不返，无由一参玄。斜晖淡林薄，揽衣复言旋。伫眄望青碧，闪烁如秋莲。

其八

天门何郁盘，石级悬万丈。跻攀转觳觫，憭栗不可上。摄衣既逡巡，蹀屧复踉跄。俯视培塿亲，江河类杯盎。岂惟云荡胸，日月宛相向。凌兢非所辞，庶用览昭旷。陟险思乘危，慎矣履高亢。太岳标琼峰，天柱拥金股。

其九

香炉烟霏微，玉笋气璀璨。巉岏七十二，俯伏周八面。盘旋万里余，一一罗簪弁。中天荡云霞，下界激雷电。仰瞻玄极尊，仿佛灵光绚。列宿翼轸分，元精虚危焕。时惟霁色新，森爽秋毫辨。西挹太华高，南顾衡峰见。干维接翼都，坤轴开楚甸。望秩往代严，丹垩今独冠。渺余切冲襟，追游踏层巘。夜卧翠微巅，不寐迟清旦。展礼乘初暾，环睇逼清汉。寥沉疑驭风，飘摇讶生翰。太和藉凝虚，灵禧丐垂眷。敷衽陈孤衷，宗社愿终奠。

其十

弱龄志孤迥，薄游事挥霍。揽结匡庐秀，采掇九华萼。至今江湖闲，仿佛空翠落。祝融与泰岱，经行盼云崿。山祇似相招，梦寐见鸾鹤。褐来道襄樊，结侣登太岳。灵境谐夙心，玄览申曩约。宫殿郁觚棱，坛宇互联络。玉虚浮金银，紫霄凌峉崿。五龙盘烟峦，南岩架林壑。晶莹太和宫，天柱倚碧落。蚴蟉螭龙骞，的皪芙蓉削。万里结英精，千崖照絭臛。茫茫化人宗，煌煌文祖略。洞天诚有无，兹山信焜煜。白日驭赤虹，青旻正寥廓。

童承叙（生卒年不详），字汉臣、士畴。湖广沔城（今湖北仙桃）人。正德十五年（1520）进士，官进左庶子兼翰林院侍讲（嘉靖帝师），与茶陵张治、蒲圻廖道南号称"楚三才"。史学家、文学家。著有《沔阳志》《内方集》。

杨　言

786　游太和

毅陟瞻仙帝，清高坐紫霄。天晴金殿闪，径昃玉台遥。石洞生瑶草，松萝起凤箫。棚梅花正发，白鹤远相招。

杨言（生卒年不详），号惟仁，浙江鄞县（今宁波）人。正德十六年（1521）进士，官至夷陵知州。

叶　杲

787　迎恩宫

侧影绿山径，迎恩借羽栖。风轻花气淑，雨足麦苗齐。惭与人寰远，还堪景迷象。一尘浑不染，人在石桥西。

叶杲（生卒年不详），字廷辉。贡生，任扬州府知府时集资督修风潮损坏的大堤。

788　复真观

六欲物归性，如如复我真。阴阳一合璧，天地满腔春。变化怜吾道，潜修忆若人。只应邻净土，孤月照嶙峋。

789　风月双清亭

寂境人稀到，虚岩有路通。石秤松障月，铁笛鹤楼风。猿捷时能见，樵归恐未逢。小桃初落瓣，流出涧边红。

皇甫涍

790 送吴子新游武当山

名岳峻嶒近紫霄，松门烟雾郁迢遥。寻山自喜乘春日，去国偏怜听落潮。千里芳洲看渐远，九江寒雪已全消。楼台缥缈超鸾驾，独理玄旗度石桥。

皇甫涍（1497—1546），字子安，号少玄，南直隶长洲（今江苏苏州）人。嘉靖十一年（1532年）进士，历任南京刑部主事、浙江佥事等。著有《春秋书法纪原》。

程文德

791 喜重会师观今母八旬因以为寿

昔年共对苍梧月，今宵同听青筠雨。虚堂明烛坐感叹，酒酣呼剑欲起舞。羡尔归来自武当，刻石峰头寿阿母。南山长日在高堂，珠履纷纷何足数。

程文德（1497—1559），字舜敷，号松溪，浙江永康人。嘉靖八年（1529年）进士，授翰林编修，因忤旨改任南京工部右侍郎后削职为民，归乡讲学，被誉为"宿学"。谥文恭，赠礼部尚书。著有《松溪集》《程文恭遗稿》。

王 问

792 杨山人寻仙歌

鬓发尽白雪垂肩，玉颜桃花如少年。人言世事了不对，坐中往往爱逃禅。一朝寻仙游五岳，踏穿芒鞋不停脚。朝登快阁挹流霞，暮宿云房捣灵药。会言曾见裴庆父，弃妻走入真人府。卧处草深三尺余，每入空山骑饥虎。陌上忽逢铜鼓张，一片青毡单掩阳。暝归岩洞抱龙宿，腥涎满身闻异香。大岳人传大造化，夜走深山及奔马。人问真言一字无，只把圆圈手中画。后来作者张雪樵，雪山枯坐影萧萧。自云参透元宫事，已见三花顶上飘。龙宫主人杨伯雨，崧精炼形如处女。百尺梯桥万丈潭，携至希夷讲经处。七星岩下张光明，施药归来眼倍青。怪松无枝洞底黑，日日鞭龙上太清。大聂小聂见最晚，气爽神清意诞散。半榻山云千卷书，相过一饱黄精饭。归来招予早避名，人间寂寞道初成。盘陀石上跏趺坐，固守虚无专养婴。

王问（1497—1576），字子裕，号仲山，南直隶无锡（今属江苏）人。嘉靖进士，历官车驾郎中，擢广东按察佥事，未赴任。书法、诗文自成一体。

李元阳

793　游仙

飘飘五岳游，采药岁年晚。青城美熟芝，太岳胡麻饭。玉液思大还，琅函穷七返。将以救年颓，行藏成偃蹇。啸傲遗世罗，纵情行不返。手顿羲和辔，身登翠霞巘。溟渤犹蹄涔，昆仑蚁蛭坂。长谢区中人，迢迢说刘阮。

李元阳（1497—1580），字仁甫，号中溪，别号逸民，大理府太和（今云南宾川）人。嘉靖五年（1526）进士，官至监察御史，后贬荆州知府，弃官隐居。云南文学家、理学家，有"史上白族第一文人"之誉。编纂嘉靖《大理府志》、万历《云南通志》，著有《艳雪台诗》。

794　太岳绝顶口号

千盘青磴直摩空，海日东悬夜半红。晓看下方雷雨黑，始知身在碧霄中。

795　玄真香火会同高太仆李侍御、苏内史登山

三月三日沧江浔，仙人集会多华簪。真君一去空鸾鹤，浮世于今说杵针。翠巘丹梯含晚照，海火林影弄春阴。中年好道今衰白，怅望云霞愧夙心。

796　仙山圣泉

岩头一掬水，芳冽迸石骨。不汲亦不盈，数汲亦不竭。终古常湛然，可以鉴毛发。惜不当四衢，悠悠奈道喝。一锸吾已归，虚映空山月。

797　登大岳南岩

尝蓄名山意，寻仙悭夙心。岭回台殿露，磴转槛栏深。花欲然青嶂，云还没碧岭。坂长行雨暗，山衍断霞侵。众族纷难尽，缅瞻似不任。物华敷晚秀，时序属春阴。方士扃岩卧，游人秉简吟。棚梅存化树，杉桧总闲林。入火非多术，履冰无自沉。高深堪结屋，早晚得投簪。

附：登太岳

尝蓄名山意，寻山悭夙心。岭回台殿露，磴转槛栏深。花欲然青嶂，云还没近岑。坂长行雨暗，溪衍断霞侵。方士扃岩卧，游人秉简吟。物华敷晓秀，时序属春阴。众族纷难画，缅瞻似不任。棚梅存化树，杉桧总闲林。入火非多术，履冰无自沉。高深堪结屋，早晚得投簪。

798　紫霄遇曹炼师

灵岳秉夙钦，独策事幽讨。在物感至口，口逢汉阴老。得无口口口，沃然颜色好。长跪谒玄言，登床为吾道。黜智信有诀，长生良可保。凿石耕玉田，清风飘盈抱。把袖归去来，世人徒草草。

799　扪月庵记

扪月庵，在大岳太子岩前，紫霄宫后，曹炼师居之。师，山西阳城人。初去家，住渔阳之盘山，寻住京口金山，移住口，移三茅山，皆远喧。惟茅山住颇久，晚乃入太和山，岩峦幽胜，甲于五岳，遂不能去。山之羽人天目子识之，因永托焉，作一庵题曰：扪月。一瓢一榻，偃仰其中，剞然长啸，山鸣谷应。客有叩关而问者，师不之答。但歌曰：

庵之中何所有，月一轮身畔走。云来不畏口，取得不用剖。闲时捧出碧峰头，海底蛟龙尽朝斗。

嘉靖己亥春三月吉

赐进士监察御史前翰林院庶吉士

大理榆泽李元阳仁父拜手书

皇甫汸

800 次韵送张允清游武当二首

一

归卧东山聊引年，始知傲吏已成仙。乘槎若遇浮丘子，定好相携蹑紫烟。

二

看君已过古稀年，犹欲名山访列仙。可是向平婚嫁毕，不愁歧路有风烟。

801 寄赠吴纯叔藩使督祀太和

玄宫胜地迥尘寰，先帝崇祠敕楚山。仙吏拜从香案后，衙斋寄在玉清间。瑶篇久秘逢谁识，桂树丛生好自攀。更道襄阳风日近，乘闲一醉习池还。

皇甫汸（1497—1582），字子循。南直隶长洲（今江苏苏州）人。嘉靖八年（1529）进士，以吏部郎中迁大名通判。与皇甫冲、皇甫涍、皇甫濂兄弟合称"皇甫四杰"。诗人。著有《皇甫司勋集》，辑录《玉涵堂诗选》。

王渐逵

802 送王一山还湖湘五首（节录）

其五

与一山相期一游。太和山顶肃清真，七十二峰高压云。天门晞发同翘首，九点齐州混世尘。

王渐逵（1498—1559），字用仪，号青萝子、大隐山人，广东番禺（今广州）人。正德十二年（1517）进士，官刑部主事。以养母请告家居十余年，复荐入京，乞归。著有《青萝文集》《四库总目》。

王从善

803　宿迎恩宫

微雨值秋高，寻幽未惮劳。栖斋对明烛，烹秫劚深毛。山险猿啼昼，松寒鹤听涛。平生爱岩谷，吾欲避时髦。

王从善（生卒年不详），字承吉，号凤林。湖广襄阳（今属湖北）人。嘉靖二年（1523）进士，任官吏部考功司主事。著有《王凤林文集》。

杨　铨

804　夜泊均阳

落碇休轻舫，江城二杀更。抛书存烛本，阁梦桡滩声。月向龙宫吐，风从虎谷生。忽听鸡钥动，擎棹舞空明。

杨铨（生卒年不详），江西丰城人。嘉靖二年（1523）进士。

方　升

805　无题

平桥通九渡，仙迹想群贤。旆动云烟外，兵连草水间。宁辞将命辱，共得入仙便。因忆田横客，空思向海边。

又

万劫紫霄古，诸龛翠柏扶。残山分断石，流水落高梧。五老行相引，三公势可呼。桥边还倚杖，独立弄双珠。

又

尽日经神院，南岩坐客亭。井围甘露碧，峰出小莲青。殿势参差起，钟声晓夜停。试心台下石，无语合惺惺。

又

渐向天门去，艰虞生百忧。侧身猿鸟道，破胆虎狼秋。落日犹三舍，他山更一楼。焉能添羽翰，遍作九天游。

方升（生卒年不详），字世猷，号定庵，南直隶婺源（今江西婺源）人。嘉靖二年（1523）进士，累官福建副使、武当山提调官。嘉靖十五年（1536）任分守下荆南道湖广布政司右参议，次年去职仕闽，编纂《大岳志略》，著有《亦愚集》等。

陆　铨

806　游武当诗二首

一

中天绛节往来通，海上蓬莱未许同。地轴横空悬北斗，山根千里接中嵩。九霄日月横金殿，万仞云霞白玉宫。神教先皇安社稷，天长地久沐年丰。

二

天工人巧万山奇，箫管仙童到处随。月宇金门凌壑回，星桥铁锁傍云垂。满山瑞霭炉烟合，绕殿晴幡树影移。两度来游游不尽，肩舆临发又迟迟。

陆铨（1535 年前后在世），字选之，浙江鄞县（今宁波）人。嘉靖二年（1523）进士，累官广东布政使。

吴允禄

807　晓发谷城道中望武当诗二首

一曰

天际群峰果绝奇，丹青那复羡王维。参差玉笋高还下，错落晴云乱不欹。西望岂徒三楚胜，北来真慰十年思。应怜匹马冲寒久，愿借春阳几日晖。

二曰

西北雷声犹隐隐，东南日色渐曈曈。泥深马足时遭蹶，技养诗囊屡不空。

几处闾阎咨访外，一春花柳笑谈中。明朝问我游何处，踏遍层云最上峰。

吴允禄（生卒年不详），字天申。南京户部员外郎吴琏之子，一门四进士。南海（广东佛山市南海区）人。嘉靖二年（1523）进士，累官吏部验封郎中、湖广参政，转任按察使。

808 游武当诗二首

一曰

一到天门景绝佳，名山此外更无加。千寻鸟道悬丹壑，百尺龙宫枕紫霞。羽客乍鸣金殿乐，仙童时献玉岩花。由来真境非入世，无怪希夷薄宋麻。

二曰

万姓瞻依礼独勤，九重褒锡制犹新。古来异教非无谓，天下名山固有神。玉笋峰头云似锦，紫霄台畔月如银。凭栏不尽登临兴，暇与游人细指陈。

黄廷用

809 登武当

其一

平生性僻耽名岳，今日探玄有路通。绝磴千盘凌过鸟，危栏万丈锁飞虹。登天杳在烟霞里，谒圣翛然蓬岛中。安得芒鞋分半榻，寻源采药老春风。

其二

太和延袤八千里，天下何如此一山。金碧辉煌开帝殿，岩峦杳霭抱仙关。灵鸦万树犹朝暮，神虎千年自往还。独立龙泉桥上听，涧流九渡水潺潺。

黄廷用（1499—1556），字汝中，号少村，福建莆田人。嘉靖十四年（1535）进士，官至工部右侍郎。著有《少村漫稿》。

810 登武当

寻真久矣闻玄岳，今日遥临路始通。绝磴千层凌过鸟，危栏万丈锁飞虹。登天杳在烟霞里，谒圣悠然日月中。安得芒鞋分半榻，探源采药老春风。

又

太和延袤八千里，形胜堪当第一山。金碧辉煌开帝殿，岩峦香霭抱仙关。乌鸦万树犹朝暮，黑虎千年自往还。独立龙泉桥上听，涧流九渡水潺潺。

嘉靖岁丙辰夏六月赐进士司经局
太子洗马翰林院侍讲莆田少村黄廷用

马一龙

811　天柱峰留赠雷信庵侍御

今吾老矣奈何时，万里逢君一啸歌。瞬息百年成浩渺，振衣千仞立嵯峨。眼前世界只如此，头上青天高不多。可惜四方弧矢志，功名两字莫蹉跎。

马一龙（1499—1571），字负图，号孟河。南直隶溧阳（今属江苏）人。嘉靖二十六年（1547）进士，官至南京国子监司业，书法家。

王　佩

812　次朴庵韵

乾元开颢颢，坤极辟茫茫。习坎生天一，兼山蟠地疆。太和只如许，金碧何其煌。个里有真宰，虞渊翊太阳。天王报伟功，宫殿横高冈。闾阖重千仞，舟车足四方。中丞到上头，泰宇发天光。云绚千机锦，日呈五色祥。七星纷灿烂，五老若颙昂。环眼非人世，漫空皆异香。高寻问真源，德星聚武当。

王佩（生卒年不详），生平事迹不详，嘉靖三年（1524）官任副使。

屠大山

813　奉命勘修诸宫寄语四首

仙界高跻碧玉丛，云端亲谒紫金宫。欲寻胜处看皆好，稍豁幽襟力已穷。

万里山川收气脉，千秋台殿转尊崇。尘容俗状那来此，萝月松风尚许同。

手拊云雾谒玄真，欲学良生问路津。顾我为洁石号使，几年访如幸逢辰。春衔帝命添金碧，晓启仙阁涛风舞。符后上稍蘸蘸画，自浅烟露晓转物。

香客传呼春满山，玄旌明灭翠云寰。共言感应堪投命，不惜金银拟驻颜。宫殿巧随仙峤出，烟霞分向道场环。琼檐碧藓滋何日，修饬那烦内帑颁。

琳宫璇榭遍山川，阆苑蓬壶在眼前。道士虚沾清静域，使臣惊入杳冥天。雕镂已竭工师巧，凝结真疑造化偏。闻说松萝留旧服，莫因华丽厌回旋。

屠大山（1500—1579），字国望，号竹墟，鄞县（今浙江宁波）人。嘉靖二年（1523）进士，累官应天府巡抚。奉命修筑武当宫观工程指挥者之一。与范钦、张时彻合称"东海三司马"。著有《竹墟集》。

814　无题

重陟天柱峰，稽首谢玄帝。霞光表格思，云彩众咸觊。职司驰书章，皇命赫临赍。真官走传奉，内帑降香币。司空主祝釐，守臣厕陪位。宫殿郁葳蕤，恩数极隆异。顾兹感应祥，肇发昭明世。谁云神教虚，甘此民膏费。俗士苦猜疑，渊衷有贞契。巍巍镇阙维，显显穷天地。祀礼秩宋元，灵迹盈志记。恭惟永乐年，遂超往古制。迢迢播风徽，稍稍缺修治。神情妙感通，圣政弘述继。旧典既克新，瑞应亦时晰。玄交本自然，景耀匪虚政。一人畜虔诚，万国蒙利济。时月维菊辰，斋心宿岩际。箫管袅凤音，炉烟焕龙气。草木肃森沉，乾坤彻氛翳。胡星缩光芒，仙宇厂明丽。独觉真性融，顿令诸相废。瞀萧讫精禋，麾幢恍摇曳。保佑有恒征，休祯讵暂值。延首咏时康，陈诗愧末艺。申诵两臣章，万岁万万岁。

张文明

815　登太和山中遇刘见湖少参

坐夫荷笠来仙境，使节相逢憩九天。白画翩翩生羽翼，玄风缥缈散香烟。琪花瑶草人争献，石洞云梯我自攀。授罢金丹君肯秘，为延国祚寿尧年。

张文明（1500 年前后生），或为明代内阁首辅、改革家张居正之父。

816　望太岳阻雨宿朝天宫周炼师山房

晓雾蒙蒙画不开，万山风雨吼如雷。坐残薄席依丹龟，话落灯花送酒杯。遥望金城随燕雀，愿垂赤日照蒿莱。安能两腋生长膈，莫滞行车动客衰。

畲世亨

817　夜宿紫霄宫　紫霄武当首宫

欲从真境觅侣伴，暂借云窗卧野翁。今夜石床青蕙帐，十年云梦紫霄宫。帘枕影落松虬月，殿角寒吹铁马风。隐几吟余方就枕，棚梅花外几声钟。

畲世亨（1522 年前后在世），字始大，晚号随时老人，广东顺德人，卜居广州越秀山下。工诗文，好游名山。收藏家。著有《山人集》《纪游录》。

李　洛

818　无题

湖海名闻大岳宫，胜游今始慰闲衷。碧天有路层云隔，紫金无尘瑞气笼。蓬岛数疑银汉外，华胥一梦太微中。从今眼界超凡世，准拟还丹赛葛翁。

李洛（生卒年不详）。官至同知，医史学家李濂（1489—1569）之弟。

高叔嗣

819　送张子鱼太岳参议

妙有州丘建，虚无楚岳寒。五图配神异，七泽擅游观。云卧灵为友，天行帝与欢。知应逢石髓，留减待余餐。

高叔嗣（1501—1537），字子业，号苏门山人，祥符（今河南开封）人。

嘉靖二年（1523）进士，累官山西左参政、湖广按察使，卒于任。善断疑狱。诗人。著有《苏门集》。

何　迁

820　晓望诗二首

其一

野客游仙白玉台，紫霄空翠落秋怀。狂歌独倚东楼晓，七十二峰青欲来。

其二

仙人送我上天池，酌酒赋诗高阁秋。何处笙竽怜我醉，翠微云月浸灵湫。

何迁（1501—1574），字益之，号吉阳，湖广德安（今湖北安陆）人。嘉靖二十年（1541）进士，累官南京刑部侍郎。辟书院于吉阳山下，时人称"吉阳先生"。

821　三天门

我来太和峰，缥缈立天表。白云满衣裳，一览众山小。

822　朝圣门

复道迷残雪，重关不可开。长风随我至，万壑生秋哀。

823　南岩石室

南岩石室自秋风，万壑千峰烟霭中。长啸萝床成约爽，欲呼曛日下晴空。

824　紫霄道院

落日危楼上，孤清怅自留。雪明巴蜀迥，天净汉江流。榻外通云雾，樽前落斗牛。紫霄成福地，信作采真游。

825　无题

帝子九龙游海上，太和千古亦蓬壶。遥怜剑阁有巫峡，那复祝融雄楚都。

雪发松杉双屐近，风连河汉一筇孤。好寻大药清虚表，三十六岩今有无。

太和佳气来天地，我问寒峰卧碧霞。树里波涛开七泽，云中楼阁带三巴。苍崖古字留函谷，石洞香床隔太华（尹喜、希夷曾隐此）。怅望彩鸾何处所，人间闻亦有丹砂。

826　游太和六首

其一

溪山负凤癖，逍遥隘郊坰。静言抚八表，尘襟一何醒。扬舲吴越波，走马梁燕庭。永怀良未骋，寤寐昆仑灵。武当楚天极，使我神泂泂。发兴谢朋友，倜傥理宵征。玄冬服长途，陟降驱云䡾。霰清棘阳道，雨净襄樊汀。晨光苏短裘，佩剑行繁星。野人日成趣，殊土遥以亲。所期素心赏，宁念摇其形。翩翩去天路，悠悠采吾真。

其二

泼闷谷城夕，披欢石华楼。霜空蔼澄霁，丽日开芳陬。始至青微阳，遂与岩峤谋。仙关乃自兹，绝景迥非畴。高天净垢氛，喧吹疑清秋。蓝于行徙倚，石蹬危以侪。龙湫隐曲折，鸟道因沉浮。蜿蜒坐城郭，藻雾萦回留。前蛮起嵯峨，回瞻渺陵丘。泠泠飞泉鸣，倏忽地底流。万壑各有止，千峰米未休。感兹发孤啸，林莽纷夷犹。恍焉浮翠间，栖息蓬瀛洲。长揖谢百灵，使我离幽忧。

其三

回车度飞峤，遥见太和巅。群嶂出孤峰，流丽明中天。赤海腾龙蛇，虹霓饮大川。云霞舆上下，□类参□前。我来气候改，白雪生苍烟。始瞻心神悚，转玩怀婵娟。忽忽惊梦思，曩畴岂游倦。兹山杳然遇，奇遗良足怜。负此伤物情，谁哉开其先。林外洗孤清，大观非太玄。所志在今夕，颓风千古还。希夷隔天倪，尹令复蒙瀍。缅思不可见，遵养以为贤。

其四

五老下迎人，扶摇入崆峒。登逴望嵾岭，上舆河汉通。松杉倒景流，香雾瑶瑶封。岩峦发神理，殿阁回天工。焜煌散何许，幽奇渺来逢。巑峨矫南崖，埪峒栖五龙。玉虚接芝田，红泉洩融融。猿猱起玄云，虎豹吟悲风。萧森信所遇，纷彼交欢空。愿依风云翔，去之青苍中。周览不可极，虚无游八弦。壮哉万物表，永以觉吾衷。

其五

长风吹我衣，流云生我傍。飘飘临广都，总辔挹朝阳。天柱若为怜，炎宇腾朱光。峥嵘凌六虚，顾眺惟青苍。向来幽怯踪，罗列浮沧浪。太微启中居，河汉断西荒。双蜺左右出，渥露沾衣裳。慧星垂为带，北斗堕为璜。五岳当束脯，四海充一觞。纵横白蜃来，洪涛越扶桑。丹霞亲宓妃，若木传芬芳。幻华忽成佩，万里从徜徉。

其六

疎飙振玄幕，安期下徘徊。手把三皇书，揖予憩蓬莱。翩翩从之去，境闲心悠哉。展书发真诀，向子驱尘埃。婴物既非宝，逃真亦云摧。所以贵至命，变化爵以开。灏气原有门，元神诇无胎。孔专畿自然，众妙时往来。旷念道机熟，神明可长培。持此侈大言，采真夙所往。

桂 荣

827 无题

何人还是隆中居，走马却过庞公村。一剑风行六千里，飞身直上三天门。

又

山石离奇雪骨生，紫虚何处听鸾笙。孤云不锁玄关梦，卧看松枝扫月明。

又

雪山冰柱玉垂垂，直下悬崖百丈奇。我亦肝肠冰雪者，仰天一啸独支颐。

又

山外飞霞初日高，冰花满树晓痕抛。玉龙岂滞沧江晚，春色瑶阶漏碧桃。

桂荣（生卒年不详），字近庵，江西上饶人。嘉靖元年（1522）壬午乡试中举，后任御史。

倪组

828　游太和诗二首

一

白虎踞欲吼，赤躯招不来。静定涵元气，皓洁出尘埃。万里明威练，孤高列上台。庙廊如镇重，国势仗崔嵬。

二

云霄足下躐行踪，盘谷山中笔我容。洞府有天殊未别，林泉何日是归逢。东原逸屐非吾意，北海高风仰熟同。王事独扬多偃蹇，犹将真迹问玄踪。

倪组（生卒年不详），字维才，闽县（今福建闽侯）人。嘉靖五年（1526）进士。

张　枭

829　登望仙台

一入仙关紫气开，振衣初上望仙台。关中宫殿虚真像，可有三丰今又来。

张枭（生卒年不详），字正野，号百川，进贤（今属江西）人。嘉靖五年（1526）进士，官至兵部佑侍郎。

830　宿紫霄宫

紫霄暂驻游仙骑，兴在三天第一峰。明日摘花凌绝巘，高寻玄帝觅真踪。

831　登太和山

九日高登大岳巅，直从玄帝探真源。褰衣飞步三天外，吹帽惊扪北斗悬。混辟阴阳奔日月，苍茫尘土隔风烟。神功绵邈归明祚，长似文皇创造年。

刘日乾

832　无题

七十二峰高入云，贝宫珠殿绝尘氛。星河八月来天使，海岳千年祝圣君。玄鹤崆峒贻缥缈，紫烟函谷助氤氲。麦丘野老清霄下，独抱区区对夕曛。

刘日乾（生卒年不详），广西苍梧人，祖籍湖广南漳。嘉靖五年（1526）进士，官至通政参议。

王　格

833　谒太和初发郢中

沧江一卧几经秋，忽为名山赋远游。发变逢人从白眼，心玄到处即丹丘。朋徒共饭安期枣，道路咸惊老子牛。此去暂辞犹万里，家人不必问刀头。

王格（生卒年不详），字汝化。湖广京山（今属湖北）人。嘉靖五年（1526）进士，累官河南佥事。

834　过清微望太和

鸾骖凌晓度清微，遥望灵山紫雾霏。百里松杉漾上路，八宫台殿锁仙扉。春留雪色妆银阙，日引花枝映羽衣。三十余年慕真意，今来始得一皈依。

835　宿紫霄宫二首

山上清宫切紫霄，我来仙气捧云轺。白头自喜身能健，绛节应知路不遥。石磴斜盘千树合，金关晴启万灵朝。尚平何日无婚嫁，乞与中峰种玉苗。

真仙昔向此中依，百尺瑶阶启玉扉。福地树头曾挂剑，古岩石上尚藏衣。行人暂借天阍住，羽客疑于世界违。一宿云房孤梦醒，顿惊生事旧来非。

836　经自然庵

谒帝归来憩碧岭，双童指点入花林。仙衣试着形犹慢，真客相逢语遂深。

谷口鸟鸣春气媚，松间虎啸夕阳沉。明朝又觅襄东路，回首云峰几万寻。

837　憩玉虚宫

大岳诸宫雄楚州，又闻仙院独堪游。殿头日暖花明岫，槛外风轻柳覆沟。圣水未生须拜井，仙衣虽去可登楼。石鱼梁木传神异，尽日空堂语未休。

838　过遇真宫

玄岳门开响玉箫，崔嵬紫府控山椒。仙人架上闻金箓，游客溪边度石桥。已觉地维超俗劫，更闻天语慕逍遥。长廊肃揖瞻颜色，水碧何缘赐一瓢。

839　过净乐宫

玄帝清都汉水边，宫门净乐榜高悬。封疆传自神农日，香火今逢尧舜年。岁久石幢封绿薛，春来珠树散青烟。相将况是真仙集，凉雨疏灯滞暮筵。

840　登大岳顶二首

一

闲随桃水访玄风，殊喜仙阍与世通。铁锁千寻扶鸟道，金城一簇隐龙宫。瑶堂紫月天长朗，宝洞青霞地欲空。歌罢步虚山响答，似闻均乐九阳中。

二

太和峰顶逼清虚，金屋妆成上帝居。九涧东流清宛转，三门西上碧纡徐。云间道路鸟能指，山外豺狼虎为除。稽首玉阶何所祝，万年海寓混车书。

841　宿南岩宫

南北天开宝地分，洞门清霭碧氛氲。雷声潜送西山雨，龙首虚临下界云。金阁三阶瞻大帝，石楼一径礼元君。倦来羽客相迎笑，共采桃花啜紫芬。

842　宿五龙宫

武当楼阁郁嵸巃，佳丽相传更此峰。山半二池分日月，殿前五井卧蛟龙。瘦筇扶客才春服，小院烹茶正午钟。欲访张仙问真诀，草庵无那绿苔封。

江 汇

843　上太和山寻欧阳公乾德绩，即光化

一问山川人物，入城今昔非同。但推崟岭冠岳，宁独太和称宫。浮名立立潭上，佳气葱葱郭东。倏讶无端悉数，千年乾德文忠。

江汇（生卒年不详）。江西进贤人。嘉靖五年（1526）进士，官至河南右布政使。著有《游楚稿》。

844　无题

玉宇凌丹壑，琳宫近紫霄。悬崖通雾杳，飞磴人云遥。空翠浮天晓，天声下洞箫。谁知人世外，有路接松乔。

施 昱

845　无题

路入蓬莱境自宽，行看华表过仙关。石栏遥接云门迥，铁索高悬蛛影还。俯瞰南崖天咫尺，回瞻北极殿中间。我来千仞冈头立，倚栏临风笑整冠。

施昱（生卒年不详），字子贞，云南广南人。嘉靖五年（1526 年）进士，官任刑部郎中、光禄寺少卿，正五品。著有《礼经疑问》《举业要说》。

罗洪先

846　题陈抟睡图

当年曾买三峰住，丹诏犹闻下九霄。乌是逃名渐不早，未滇远避圣明朝。

罗洪先（1504—1564），字达夫，号念庵。江西吉水人。嘉靖八年（1529）状元，授翰林院修撰等。赠光禄少卿，谥文庄。学者、地理制图学家。考图观史绘成《广舆图》，著有《念庵集》。

朱隆禧

847　游武当山诗三首

其一

先皇开业南岩宫，复道迟迟贝阙通。一夕风云蒸绝壑，千年日月贲层峰。丛林鸟语浑来韵，山径梅花早自红。摇笔欲题奇绝景，分明指点画图中。

其二（题安福王颙沐观同感）

紫翠光华杨柳天，东风扶上太和巅。吟猿晓挂仙人掌，瀑布春泂玉女泉。伫听松声谐雅韵，乍看晴壑起苍烟。追游况得携摩诘，刻石相将记岁年。

其三

南岩山院古，春日雾云横。漠漠迷昏晓，妆妆混雨晴。金庭元玉宇，乌韵杂松声。胜地逢高逸，追倍爱此行。

朱隆禧（生卒年不详），昆山（今江苏苏州）人。嘉靖八年（1529）进士，历官顺天府丞、吏科右给事，官至太常寺卿。

汪大受

848　无题

寒流窈窕洞门深，列骑飞旌照晓林。境会桃源秦世界，宫开福時汉光阴。冕旒高拱瞻玄象，香火灵祠识圣心。祝釐幸逢宣室后，清斋空阁夜沉沉。

又

峭壁中天翠展旗，琼台叠叠紫红霓。金光殿阁明霞烂，瑞气峰峦远汉移。六月杉松深带雪，千年芝草净滇池。忽闻仙乐从空下，恍觉身游玉帝墀。

又

五老峰前岭路回，南天胜地倚崔嵬。百泉归壑秋初静，万木攒云昼未开。鳌负珠宫悬翠壁，龙蟠瑞雾隐丹台。仙棋岩畔青鸾化，留得神功度棚梅。

又

凌虚上界宿琳宫，历井相参几万重。日落千山回放昼，云深百里迟闻钟。

身依太乙黄金阙，梦绕玄都白玉龙。北极通天还有路，明朝更上最高峰。

又

倚天削翠领群峰，金阙高居俨圣容。宸象日悬星北斗，祥光时现玉芙蓉。风云缥缈威灵动，霄汉玄虚咫尺通。万代于今隆秩祀，故令瞻礼万方同。

汪大受（生卒年不详），字叔可。南直隶婺源（今属江西）人。嘉靖八年（1529）进士，累官右副都御史。

李汝楫

849 无题

烟霞灿灿草蓁蓁，此地何由得问津。猿鹤时开岩下月，笙箫总奏洞中春。眼前情景浑诗赋，笔底风云有鬼神。禹迹桥边闲眺处，恍然身世若逢真。

李汝楫（生卒年不详），字济川，河南洛阳人。嘉靖八年（1529）进士，嘉靖十二年（1533）知沂水县。

曹忭

850 无题

蓬山瀛馆待高车，羽盖翩翩春暮余。洞口留花瑶树色，云边迟月宝坛虚。玉台金阙朝玄帝，石室丹房问道书。并是天都游戏侣，霞舫好共泛西庐。

曹忭（生卒年不详），字子诚。湖广江陵（今属湖北）人。嘉靖八年（1529）进士，官任巡抚云南、赞理军务，都察院右副都御史等。著有《东涯文集叙》。

851 登天柱峰还至南岩宫歌

大人志廖廓，四海安足拘。飘飘凌风翰，常欲遨天都。仙童为我迎，玉女为我扶。上爇五名香，六草生烟芜。俯视尘寰内，龌龊如一区。众山何足道，累累尽丘隅。中逢费长房，日月收入壶。子乔乘云轺，邀我领清酤。即此升仙境，何物可等吾？从今金石躯，与帝合灵符。

852　晓发南岩穿青羊过五龙宫歌

驽节辞仙馆，升舆凌峻谷。爽气流昊苍，晨光散林木。前瞻山若连，还顾径已没。高翔入天云，俯涉穿地轴。恍惚屏嶂迁，俄倾金碧伏。登陟倍为艰，延揽景俞促。息驾未能休，尝心难具述。云岩石髓香，玉田瑶草绿。俯仰各殊观，应接咸快目。灵境既崖奇，华构更屼突。凭虚面岖嵌，历险坐超忽。探奇稀前踪，兹游果谁续。

吕　颙

853　无题

仙山喜在郡侯封，驻马瞻跻瑞应笼。风送棚梅含碧涧，云开杉木挂丹峰。双飞日月常回合，万转阴阳自铸镕。极目欲从天柱旧，九霞来护步虚踪。

又

芒屧登山日欲斜，暂携竹枕卧烟霞。瑶函昼启千年秘，宝烛春开五色华。云拥紫龙联桧叶，风来黄鸟落桃花。清霄有梦谁相约，冉冉红尘路转赊。

又

槛外丹霞倚翠峦，千峰如揖坐来看。骞林香动春初霁，鸦鸟群栖岁不寒。袅袅笛声云外转，悠悠琴韵月中弹。徘徊更笑棋枰处，多少输赢事不干。

吕颙（约 1506—1577 年），字幼诚，号芹谷。陕西宁州人。嘉靖十七年（1538）进士。授刑部主事、河南通判，迁庐州同知，升南京刑部郎中。嘉靖三十年（1551）转襄阳知府。著有《诸书释义》《芹谷集》。

陈绍儒

854　无题七首

其一

金殿瑶台碧落空，三门万仞转丹梯。云雷互变中峰出，河汉分流下界迷。

帝子严裡供宝篆，神人真诀秘刀圭。年来独觉尘根净，喜傍名山学品题。

其二

名区削琢碧玲珑，秀水奇峰不易逢。正忆玉书寥落后，每疑金决有无中。九天夜月滋华屋，万里风云射彩虹。步入育坪导青佩，风箫如缕满瑶空。

其三

为爱虹桥碧玉浮，更宜青嶂赤松游。林间雨气花如沐，柯里泉声叶似秋。八极为霖争响应，九霄兴圣尚名留。因思睡法非今坠，一枕希夷梦独幽。

其四

万气高攒劫仞阿，振衣无奈吏情何。徒闻佩玉参鸾辂，不见传书度鹤坡。石室刚飙阴霭断，绛霄晴日瑞云多。空蒙下瞰升真处，唯有桃红映碧波。

其五

驻马玄都路转危，奇峰横绝在云遥。林光岩霭辉相映，人语鸡声迥别居。杉树干奇犹占麓，棚悔根异亦开祠。游人到此多休沐，两两瑶台歌步虚。

其六

轩黄身后忆寥寥，纵说青羊讵易招。华岳西封分气象，蓬门东望驾烟霄。丹青想象红尘远，铜墨凄凉碧殿遥。犹自乘风问衣笠，始知方外落渔樵。

其七

云潜仙子乐蓬壶，脱屣今遗大岳图。水散沧浪环汉沔，山盘八百望荆吴。坛花醉蝶春风细，圃树栖鸾夜月孤。天路侧身如可到，王乔遥为倩飞凫。

陈绍儒（1506—1581），字师孔，号洛南，南海（今广东佛山）人。嘉靖十七年（1538）进士，累官南京工部尚书。诗文家。著有《大司空遗稿》。

范　钦

855　竹墟挽词八首（节录）

鹤驭嗟何适，冥冥不可求。古今俱逆旅，天地一虚舟。不作仙姑客，还从夫子游（公尝称会仙姑于澧州，夫子李于太和山）。向来飞动意，端不恋衾裯。

范钦（1506—1585），字尧卿，号东明，鄞县（今浙江宁波鄞州区）人。嘉靖十一年（1532）进士，官至兵部右侍郎。与张时彻、屠大山合称"东海三司马"。藏书家，藏书楼"天一阁"创始人。

许　谷

856　送人游武当山

楚徼何年开大岳，仙宫高拥翠岧峣。岩前神井流甘露，户外灵峰接紫霄。曲洞樋花春烂漫，古坛玄蘌昼飘摇。长游羡尔寻真去，云里应看绛节朝。

许谷（1506—?），字仲贻，号石城，湖广郧阳（今湖北十堰）人。嘉靖十四年（1535）进士，官至南京尚宝丞。归田继顾璘主持词坛。著有《省中稿》《二台稿》。

王维桢

857　赠吴纯叔分司太和山二首次韵

其一

真祖宫开襄汉间，百年灵迹寄深山。醮坛紫气晴常覆，仙路金扉夜不关。香火去看人断续，花源行探窟潺湲。幽寻若遇赤松子，莫学留侯竟不还。

其二

天门晓辟日临墀，法仗风高飐羽旗。侍帝忽为游楚客，到山宁忘入班时。官闲宝箓频开笈，世□仙翁每献芝。应有征书还省阁，向来才藉九重知。

王维桢（1507—1556），字允宁，号槐野，华州（今陕西渭南华州区）人。嘉靖十四年（1535）进士，官累南京国子监祭酒。续修《明会典》。著有《槐野先生存笥稿》《李律七言颇解》。

王忬

858 登太和山四首

倚马横瞻太岳颠，吏情此日倍超然。桃花封洞长迷路，野叟巢云不记年。
鹤驾久空缑氏迹，仙台新接大罗天。小臣敢自祈恩泽，敬为明皇献寿篇。

又

久传仙子轻黄屋，何意经生礼白云。数点神光斋后见，隔林天乐静中闻。
御风冷冷探金策，仗剑英英辨斗文。自叹亡羊犹未达，争如孤鹤解离尘。

又

何处箫声来竹房，玉虚岩畔月苍苍。八龙蜓蜿神君驾，五夜氤氲寿城香。
静坐几回探众妙，梦中漫欲赋灵光。由来白发终难变，俯视仙山气更扬。

又

手执芙蓉祝上皇，丹梯凌绝思茫茫。圣泉能解文园渴，石室长封宝枕方。
云护天门呈瑞色，风吹法从舞霓裳。今宵几欲从玄度，犹恨忧时念未忘。

王世懋注：吴都王忬，"嘉靖己酉，先大夫为御史按楚，登太和山作四首
诗。至万历丙子，世懋奉使关中，便道遇家兄于郧，携以登山，因进书四诗
于石。俯仰今昔，不胜泫然。江西布政使司左参议男世懋谨识，山人陈演
填讳。"

王忬（1507—1560），字民应。南直隶太仓（今属江苏）人。嘉靖二十年
（1541）进士，明代将领，曾任江西布政使司左参议。

曹亨

859 无题二首

一

阴云忽上列山湿，涧道斜列一线明。可是有缘清福地，五龙拖雨伴朝行。

又

万壑悬崖一小亭，坐来风雨变阴晴。迟回不见神仙侣，白发连愁日夜生。

曹亨（1507—1588），字伯贞，号贞奄。河南新蔡人。嘉靖十四年（1535）进士，官至南京工部尚书。嘉靖二十九年（1550）自筹资金铸孔子及学生铜像，奉于新蔡黉学大成殿。

佚 名

860 无题

家住东南西北中，游尽天下转山城。各州府县贤人少，嘉靖年间化青铜。化得青铜造佛像，祖师造下十三尊。青风黑云雷铮响，工成果满显光明。

佚名，生平事迹不详。

白 悦

861 题太和山

一

秦关初转汉江东，荇藻灵岩问楚风。蜿蜒玉梯跻上界，嵯峨金阙列遥空。重林蔽壑深藏豹，峻岭千云半落鸿。西掖华嵩迟远照，南襟巴陇伏长虹。

二

琼檐入夜星辰灿，见树含春岁序同。香拂彩霞龙女度，旗翻赤电鬼神通。岗峦交秘乾坤秀，鼎灶常烹日月红。定有天仙留逸驾，欲辞尘鞅入玄宫。飞凫历览万山小，盘礴今看此地雄。

白悦（1545年前后在世），字贞夫。南直隶武进（今江苏常州）人。嘉靖十一年（1532）进士，累官江西按察司佥事。著有《洛原遗稿》。

862 五龙宫

积雾经旬喜乍晴，珠宫贝阁四山明。岩前日动金幢影，云雾时闻玉磬声。

古洞阴霆玄虎伏，长桥流水素霓横。危栏静倚幽怀爽，万水潇潇下广庭。

863　太和宫

独蹑云空气陡寒，飘飘冠屦隔人寰。嵯峨一柱中天立，罗列诸峰百匝环。笑悟萍波仍浪迹，静疑蓬岛即兹山。凭谁共结金兰好，栖息岩阿学大还。

李延康

864　无题二首

洞口含烟碧，山腰倚阁虚。羽衣黄发老，灵境白云居。石髓通丹灶，松花落枕书。长生如可学，鲜组望霞裙。

又

一柱苍茫立，群峰紫翠围。玉霄开望气，金殿映朝晖。门彻三天晓，香飘万壑霏。尘凡有遐想，欲跨彩鸾飞。

李延康（生卒年不详），字充吉，山西长治人，嘉靖十一年（1532）进士，累官至湖广副使等。著有《黄崖集》《关中集》。

雷　贺

865　早谒太和

圣代褒崇盛，微臣礼拜虔。山疑海上岛，人是洞中仙。钟启千岩晓，香分万井烟。焚修应有格，国祚自年年。

福地方今胜，玄天自古神。乾坤尊庙貌，日月揭皇纶。云合朝还暮，天低楚接秦。寸心瞻望切，香炷袅明禋。

雷贺（1508—1562），字时雍，江西丰城人。嘉靖二十年（1541）进士，官至四川巡抚、右副都御史。

866　薄暮太和

玉削中天柱，青回万叠帏。云坛蒸碧溜，霞殿锁金辉。力倚危栏峻，回看下界微。山神如有意，为我放晴晖。

又

金屋倚天开，环阛洞九垓。夕阳初饯谷，萝月已临台。暝色依乌鸟，秋痕上棚梅。异人逢夜话，更觉洗心埃。

867　午过南岩

婉转璇房逐地斜，山南风景迥仙家。境于人静添秋色，日为岩高障午华。云霁玉台通欵火，天清琪树下灵鸦。芳亭坐对金峰近，万载休征仰瑞霞。

868　中秋五龙

灵应寒凝玉宇秋，中天月色借云流。轩当宝篆真幽赏，人在玄宫是胜游。缑岭笙箫闻下界，桃源烟火接高丘。荒台试问希夷迹，光浸松萝露未收。

869　紫霄漫兴

石磴笼青霭，丹梯逼紫霄。花香沾湿好，莺语倚山娇。风壑传仙磬，晴峦媚使轺。金峰入望近，鸟道尚迢遥。

峰展天旗秀，池开禹迹明。祈玄来万国，觅胜驻双旌。烛闪山间日，钟敲谷外声。奇观环入座，神与物俱清。

870　夜宿玉虚

戟嶂屏峦匝地围，夕阳台馆敛秋霏。侯门箫鼓轻轻调，入殿香烟袅袅飞。桃观花残犹植种，仙楼人去尚留衣。虚窗独夜清如玉，梦绕松头鹤未归。

871　九日太和

重九常年览兴幽，太和今日更奇游。丹烟缥缈三天暮，松雨苍茫万壑秋。自古龙舆跻圣界，何时鹤驭贲仙丘。轺尘未息征夫促，空使岩花负酒筹。

872　雪夜玉虚

玉洒寒霄净太虚，名山饴寝宦情余。仙源有路花相约，丹室无烟火自嘘。

伴鹤松风回素涧，转经萧鼓动瑶除。觉来闻寂轩窥白，恍看蓬莱别一庐。

873 登太和和韵

霜台入岭肃余寒，万叠晴开翠欲团。日助殿光悬具锦，云依山势拥波澜。兴幽羽客堪成伴，心静吾儒自有丹。喜向仙台追玉节，百年风景几衣冠。

象纬低空山欲撩，拟从人世陟青霄。丰占雪色群生庇，瑞启霞光万国饶。宝篆长封丹霭秘，彩幡高揭翠云翘。公忙喜得兼清眺，岂厌频过鸟道遥。

俞 宪

874 宿玉虚方丈

每怜迂癖重周游，览胜无如此地优。林壑景参宫阙丽，仙人宅与帝王侔。心怀神圣形如见，身住清虚梦亦幽。自是不能辞世网，何须海外觅蓬丘。

俞宪（1508—?），字汝成，号是堂，江苏无锡人。嘉靖十七年（1538）进士，历任绍兴同知等，二十七年（1548）谪官湖广按察使。编有《皇明进士登科录》，著有《是堂学诗》。

875 雪夜登太和宫

天留好景待游人，万壑千峰雪后新。已觉金庭增照耀，更怜银峤照嶙峋。灯前花叶繁珠树，榻上星河灿紫宸。浮世几回能到此，不防登顿及清晨。

郭希颜

876 无题

净乐王孙驾白虹，修真早岁却飞空。五云绝顶黄金殿，万古乾坤拜舞同。

郭希颜（1509—1560），陕西西安人。嘉靖十一年（1532）进士，官至礼部参赞、编修。1560 年因顶撞明世宗被斩首。

877 蜡烛峰

蜡烛山高照日明，太和晓辟五龙迎。猱猿石径行疑断，旗剑峰峦削不成。

李 学

878 咏武当

傍岩矮屋两三家，斫竹编篱便种花。断陇平堤迷雨脚，层崖叠嶂露云牙。星辰手摘扶霄汉，牛女机声织练纱。吾本远来天上使，宦游元不是栖霞。

李学（约1510年生），云南洱海人。嘉靖朝太监，嘉靖十二年（1533），任提督大岳太和山右少监，任职武当山六年。

王 栋

879 登天柱峰

天柱峰头雾霭收，天风吹鬓寒飕飕。凭西极目三巴外，渺渺孤云天际头。

王栋（1509—1581），字隆居，号一庵，姜堰（今江苏泰州）人。嘉靖三十七年（1558）由岁贡授星子、南城训导，师事王艮。为明代泰州学派学者、学官，任白鹿洞讲席。著有《王一庵集》。

张舜臣

880 游武当书太和山壁

一曰

灵峰瞻仰不胜情，尽日穷探兴转生。仄径曲披云雾入，峭岩危傍薜萝行。三山未必能双峙，五岳何由独占名。元老同游真胜事，龙头滩畔听泉声。

二曰

层山蹑尽见灵峰，壁立中天翠万重。白昼晴烟迷涧谷，青霄瑞气霭芙蓉。

霞宫隐映苍龙宅，璃树参差碧玉丛。圣祖神孙尊礼备，永祈万载奠皇封。

张舜臣（？—1562），字熙伯，号东沙，山东章丘人。嘉靖十四年（1535）进士，官至南京户部尚书、郧阳抚治、都御史。死后赠太子少保，隆庆皇帝颁布谕祭、亲撰谕葬文。

881　太和山中诗十二首

一曰

神宫高峙紫霄间，石磴峣嶤尽日攀。回首云烟迷万壑，翩翩独有鹤飞还。

二曰

名岳灵神奠此邦，雄观胜概世无双。菲才叨忝郧襄寄，愿保生民福禄降。

三曰

跻攀停午霭氤氲，万壑千峰望不分。金殿当头纷紫翠，神光隐见九霄文。

四曰

夜半空山暖气收，天风瑟瑟似高秋。疏松漫引笙簧奏，远水忽惊涧壑流。

五曰

丹崖眺罢未论归，直向西天送落晖。何处一声云外鹤，翩翩应共羽人飞。

六曰

天柱崔巍拂日辉，万山罗列迥相依。初疑地僻人游少，却信峰高鸟不飞。

七曰

一柱冲霄翠色浓，日华拂曙影先红。四方不见山何许，真是中华第一峰。

八曰

玄武山头宝殿新，崔巍直并紫霄邻。参神卓午从容望，缥缈祥云五色真。

九曰

安神来驻万峰前，槛外云生紫极边。隐隐夜深钟磬入，似闻仙乐落钧天。

十曰

晓日攀萝到上方，紫云祥雾各苍茫。奇游不解人间有，天柱峰头饮玉浆。

十一曰

层岩历尽诧登仙，开眼浑疑到九天。白日辉辉檐外度，红云袅袅座中鲜。

十二日

按迹曾闻福地名，紫霄宫畔玉泉清。松摇黛色千崖暗，霞霭晴光万壑明。

882　玉虚牡丹

此花却向此中开，春色无心亦上台。名姓已曾通帝阙，容姿况复占蓬莱。
自知富贵元非愿，谁信风流别有才。夜半仙壶折一朵，携香归去笑盈腮。

沈良才

883　登太和绝顶

万山西门入襄封，秀出中天太岳峰。绝顶峥嵘瞻玉几，层峦罗列拥芙蓉。
玄宫隐见云霞映，琪树葱眬紫翠重。丽藻百年荷圣洁，至久丰碣护苍龙。

嘉靖壬子年八月十八日

沈良才（1550 年前后在世），字凤冈。南直隶泰州（今属江苏）人。嘉
靖十四年（1535）进士，官至兵部右侍郎。嘉靖三十年（1551）以都察院右
副都御使抚治郧阳。著有《凤冈集》。

884　晚游南岩

路入南岩景更幽，凭虚高阁迥生愁。云浮石槛檐疑动，雨过松林碧欲流。
别涧泉声时细细，隔溪禽语晚啾啾。道人指点神仙迹，苔锁荒台满目秋。

靳学颜

885　舟中望武当山

汉江夜雨千丈澜，一叶飞下龙门滩。七十二峰杳何所，武当之山真□岏。
日月闪烁苍翠里，元气簸荡虚无闲。南岩可望而不可即，霞衣遥拜金宫仙。

靳学颜（生卒年不详），字子愚。山东济宁人。嘉靖十四年（1535）进
士，授南阳推官，以清廉著称。历官吉安知府、左布政使、太仆寺卿、吏部

左侍郎等。著有《两城集》20卷。

胡汝霖

886 游武当

特扶青杖叩灵山，万转瑶梯尽日攀。渐度星桥瞻帝座，始知天路有仙关。鸣鸡栈迥风烟别，巢鹤松高岁月闲。辨得谢公双屐在，长栖七十二峰间。

胡汝霖（生卒年不详）。绵州（今四川绵阳）人。嘉靖十四年（1535）进士，累官右佥都御使。

887 宿南岩宫题壁

昨日太和登绝顶，金槛宝台日流影。一水悠悠见汉江，万峰蠡蠡连秦岭。下脚南岩听暮钟，天声夜发呼虬松。朝来白雪迷笙鹤，人在青霄跨玉龙。

沈应龙

888 无题

信步南岩下，翛翛物外情。瑶坛青鸟落，玉洞紫芝明。龙去虚蛋井，仙归有石枰。何当谢尘鞅，于此学长生。

又

峻陟钻天岭，幽寻伏地菁。山空麋鹿扰，窗静斗星明。榻爱烟霞窟，清酣道侣情。五更谈睡法，好似五龙精。

沈应龙（生卒年不详），字翔卿，乌程（今浙江湖州）人。嘉靖十四年（1535）进士，累官右副都御史巡抚山东。著有《恤刑录》。

李 元

889 太和宫建醮祝圣寿

名雄宇宙太和山，三上天门天可攀。特叩瑶坛开寿域，忽闻钧乐出玄关。

才瞻金阙乾坤阔，暂过琳宫日月闲。亲见灵光昭圣瑞，嵩呼频效在云间。

李元（生卒年不详），曾任中书舍人。

890　玉虚岩

九渡溪头入洞天，森森万木护云烟。岩峣有径通蓬岛，寂寞无声隐浪仙。却笑桃源空自秘，还疑壶景未能先。虚岩独坐澄诸欲，惟听潺湲泻玉泉。

891　登太和途中即景

祝寿遥瞻圣阙，寻真步入仙关。巑岏峰峦鸟道，潺溪涧水龙湾。参天古树蔼蔼，耀日玉宇间间。满目世无奇景，欲题不得徒攀。

郑如阜

892　再游武当歌

炎蒸厌行役，放旷趋名山。忘我养虚白，逢人参文还。风枝剔老朽，雨叶回春颜。聚足陟危蹬，会心聆幽潺。老营敞玉局，大顶盘金关。紫霄最佳丽，五龙尤回环。南岩稍奇峭，也复雄其间。一览亦云辛，再游岂不艰。玄都宿有契，造物假与闲。藏帙难遍阅，繁言不可删。希夷去已远，刺达何由攀。

郑如阜（约为正德年间人），彰德府（河南汤阴县）人。曾任同知。

李　迁

893　无题

春山乘兴陟层巅，霞嶵星岩几洞天。万树风烟纷叠翠，九霄宫阙独栖玄。药炉丹火何年伏，阁道峰旗尽日悬（展旗峰名）。却笑劳生空白发，原从此地觅真诠。

平生丘壑多幽兴，春暮还登大岳巅。岂为尘缘贪出世，翻因吏事得寻仙。

瑶台露净衣裳泠，石坞花深锦绮鲜。落日洞门归路杳，坐烹薇蕨酌山泉。

李迁（1511—1582），字子安，号蟠峰，新建（江西南昌市湾里区）人。嘉靖二十年（1541）进士，官至南京刑部尚书。谥号"恭介"。

胡宗宪

894　无题

一入桃源路转艰，天风吹我渡仙关。千层楼阁空中起，万叠云山足下环。揽辔自知王命重，杖藜聊与道心闲。玄房寂寂春宵冷，月上疏帘手可攀。

又

仙人峰下听玄谈，万里春归一草庵。道眼看来浑是土，丹烟飞处总成岚。真机谁解无中有，至味元从苦后甘。顾我本游方内者，临风三叹下龙潭。

胡宗宪（1512—1565），字汝贞，号梅林，南直隶绩溪（今属安徽）人。嘉靖进士，累官浙江巡按御史、总督，抗倭名将。

俞允文

895　送纳言张公游武当山

丈人浪迹不可羁，云是汉时张子房。口内已辞珪组事，□中唯有烟霞香。尔来年已七十五，鬓发未白筋力强。昔游庐山意不足，今复南游登武当。武当之高拔地数千仞，势凌五岳掩八荒。回峦沓嶂春茫茫，群仙嬉游吹凤凰。烧金炼玉与世绝，别使天路通奇光。独有丈人能独往，问以长生不死之药方。呼龙驭鹤紫霄上，白日丹宫朝玉皇。何时归来为我起沉痼，授以云笈分霞浆。

俞允文（1512—1579），字仲蔚，南直隶昆山（今属江苏）人。著有《仲蔚先生集》《昆山杂咏》。

896　酬王中丞元美兼要写登武当之作

柏府弘开楚蜀偏，中丞西去绝烽烟。已知坐镇多雄略，复睹登高出大篇。

载记条条分委曲，丹青一一画山川。还须楷法成三绝，先损荆州五色笺。

张天复

897　《拟泰岳庙碑》（节录）

爰制文词用纪神烈，其词曰：

于穆玄真，橐钥灵化。专司帝功，陟降上下。有岩泰岳，爰发其灵。神来至止，驾风驱霆。繄昔我祖，继肇鸿运。维神翊扶，克昌厥闻。明明禧祉，惠我后人。眷言度思，昭德维新。有坛有宫，神师攸作。龟蹲蛇伏，百祇祗若。肆朕嗣基，景觌时亿。旋涔为祥，靡祷不格。元和蔚蒸，隆休丕集。氛浸四郊，威覃九貃。乃即秘苑，穆清斋居。乃新故宫，用光前谟。维此蒸民，以养以赋。厥惟神休，承享多祜。遐作万年，成功斯告。刻文颂功，爰有贞玉。

张天复（1513—1573），字复亨，号内山，山阴（今浙江绍兴）人。嘉靖二十六年（1547）进士，官至太仆寺卿。著有《皇舆考》《博山居印谱》。

898　玉虚岩纪事

夕阳半堕清溪暝，芒鞋独破苍苔班。遥入云烟度真境，忽闻钟磬鸣仙关。飞蛧断石对虎踞，悬萝绝壑依猿攀。夜深石房抱孤月，梦听弱水流潺漏。

899　九日登太和宫

绿萝百转露华轻，紫翠重重绕帝城。天上神宫金作屋，云间仙乐玉为笙。涧盘九渡三天净，峰叠群星一剑横。此日分萸瞻鹤驭，月明仿佛步虚声（是日玄真冲举之辰）。

陈　松

900　无题

芳草甜迂路，危岩倚太虚。石龙喷紫雾，林鸟话山居。台满求仙月，碑余宝篆书。会当挹妙指，跨鹤曳玄裾。

陈松（1513—?），字子乔，号左川，裕州（今河南方城）人。嘉靖二十年（1541）进士，官至湖广按察司佥事。著有《皇明诗统》《大岳太和山志》。

施尧臣

901　登太岳和张笔翁韵

翁曾同官铨曹。舍弟笃臣，亦曾和其韵于壁涧。

凭虚一望入燕齐，五岳真堪共品题。
叠嶂层峦开洞府，天梯石栈绝尘泥。神游十载良非幻，身到三天信不低。好景便须留作主，桃源再觅恐多迷。

又

千峰如戟复如林，台殿高低并数寻。今古空中悬倒影，晨昏地底见浮云。化工裁剪德何厚，列圣崇岩道亦深。江汉旬宣因谒此，万年稽首召臣心。

又

寻春十月兴尤赊，酌取灵泉漱齿牙。馨折瑶阶俨北阙，掀翻玉检读南华。长生自古原无诀，少病须知别有砂。闲处令人发深省，明朝空忆眼中花。

施尧臣（1514—1606），字庆甫，号华江，青阳（今属安徽）人。嘉靖二十九年（1550）进士，任萧山知县时抗倭，后官至顺天府尹。

潘　钶

902　无题

相传神降自轩辕，香火无如此地专。荐藻即今临绝峤，茹芝何处觅长年。路通上界非人世，云锁重关是洞天。不为耽诗销病骨，登高慢喜九秋便。

又

尘因役役负年华，路入天门晓望赊。石削芙蓉堪作画，水流沧汉可浮槎。

步虚未了三生诀，病渴先消几碗茶。会向羽衣寻鹤侣，笙箫沸处有仙家。

潘钺（生卒年不详），字希行，南直隶婺源（今属江西）人。嘉靖十七年（1538）进士，官至江西布政司右参政。

贾大亨

903　题太和山

己未三月，游太和，以雨止遇真宫宿。梦与诸友人赋诗，不知何许人。天明，因书于此。

山峪凌虚灏，神尊握化权。珠宫压鳌极，金象体星躔。树古元无纪，霞深却有仙。希夷丹气满，邂逅剑光妍。十载频飞梦，孤攀尚阻缘。信知俗士驾，难溯洞门天。图志酬真览，仙香寄远虔。玄庥绵圣寿，和气降丰年。

贾大亨（生卒年不详），嘉靖十七年（1538）进士，累官湖广监察御史。

李凌云

904　无题

览胜名山曰未斜，相将步履访仙家。高瞻绝顶依霄汉，细读遗编感岁华。倒影欲移云外石，翻飞犹响树头鸦。清尊共遣乐无际，醉卧东方发晓霞。

又

傍隐回岩绕径斜，幽寻无处不仙家。身经高阁薰兰气，座拂平台带露华。云拥碧林疑伏虎，香招玄鹤晚栖鸦。登临若欲被灵异，回首蓬莱五色霞。

又

联步层霄一望幽，千年胜概共豪游。群峰罗列高还下，万壑荒茫春亦秋。地接中嵩通远脉，天临北极擅名流。追陪共向山灵祝，金阙遥添海屋筹。

又

琳宫玉宇不春秋，涧涌碧霞向日流。诸殿遥从天外见，五龙恍若画中游。巢栖古柏余群鹤，壁入层霄耸数丘。似有神仙度绝嶂，烟云拱护散还收。

李凌云（生卒年不详），字子鹏，钧州（今河南阳翟）人。嘉靖十七年（1538 年）进士，官至湖广兵备副使、山西右参政等。工诗，著有《宦游稿》。

章 焕

905 太岳

太岳高居尺五天，寰中五岳似星躔。山河表里神都迥，玉帛玄黄秩祀虔。虎豹九关森羽卫，骖龙群帝俨回旋。空中仿佛闻天语，大道无言意已传。

章焕（生卒年不详），字懋宪，号石城，吴县（今江苏苏州）人。嘉靖十七年（1538）进士，历官都御史，嘉靖三十五年（1556）以右副都御史抚治郧阳及襄阳，累官光禄寺卿。重视教育。绘有《山风传书声响》。

906 大岳绝顶观日出

天门晓辟气瞳昽，万叠金波射碧空。海窟瑶光腾宝藏，苍龙含景吐珠宫。连山倒挂扶桑影，削壁晴摇五彩虹。为吐脑中奇绝意，并将奇景付天工。

907 天柱峰

岩峣天柱起天中，柱下千峰拜舞同。一气混茫开分野，三垂寥廓见峥嵘。乾坤独立风尘表，日月双瞻法界空。从此抟扶凭羽翰，还期天路得相逢。

908 天柱峰看月

天上初开白玉京，高秋华日满高城。光浮柱表兼天净，影入林端落涧清。冠帔晶荧珠斗色，冰壶澄澈紫箫声。遥空竟夕无纤翳，人在峰头看玉衡。

909 天柱峰二首

天柱峰头礼白云，云中杳霭见元君。黄金阙里光明相，宝篆香中五色氛。

又

天柱峰头高插天，下临无极上重玄。分明万古擎天盖，日月星辰次第悬。

910　入天门谒太和宫

天梯历遍见天门，始觉钧天帝座尊。玉几平临当露掌，瑶坛罗列尽云屯。阶符次第连辰极，华盖分明见紫垣。身在迷方今始觉，将因太上问真源。

911　太和斋宫作

大道通三极，明庭肃万灵。精禋扶日月，号令仗风霆。徼福缘民隐，斋心愧德馨。由来汉时异，光景若流星。

912　南岩宫

三十六岩何者奇，南岩岩壑多幽姿。飞空欲作翔鸾舞，跨涧真看渴虎垂。树杪回槛时隐见，云中栈阁故参差。归旌欲问来时路，洞口云深已不知。

913　入南岩岩下

误入南岩下，频疑别有天。深溪千仞落，飞阁一巢悬。鸣涧当窗急，长松拂障眠。此中能避世，端坐已忘年。

914　南岩下茅庵逢二叟兀坐鼓琴赋此

凌晨下岩麓，扪萝穷幽寻。中有浮丘翁，结茅明月岑。饮我白石脂，授我云和琴。携琴枕其膝，泠泠披素襟。一挥岩石裂，再奏岩壑沉。松风与泉韵，泻作弦中音。山花为我笑，山鸟为我吟。三弄有遗响，散入琼树林。拂弦抱琴坐，冥然生道心。相看寂不语，目送双飞禽。回首对南岩，兀兀忘岗深。

915　五龙宫

五龙楼观五云傍，遥见龙文五色光。一水中分涵日月，二仪吐纳辩圆方。青羊涧口青霞绕，紫盖峰头紫电长。霖雨欲来岩谷暝，犹疑神物在茫洋。

916　五龙宫看月

独宿仙坛夜未映，层阊深锁郁苍苍。五龙忽捧明珠出，百谷旋回向日光。

露下河庭沾贝阙，水中鲛室杂鳞堂。空言海上三山远，一夕随风到上方。

917　自然庵谒希夷像示诸生

希夷入道太华峰，睡法阳传自五龙。一蛰深功藏奥窍，仙关长日白云封。

918　南岩下待月示诸生

西来新月挂南岩，飞入南轩影半衔。爱汝清光能万里，愁看薄雾尚三缄。

919　滴水岩示诸生

飞来片石似云帆，暗吐神泉泻石函。莫言滴水涛澜小，一作商霖即传岩。

920　紫霄宫

行尽青山入紫霄，函关紫气郁岧峣。乍看云雾生巾舄，转觉檐楹隔降绡。
池上七星低可掬，峰前五老坐相邀。空中冉冉闻清乐，指引鸾骖路渐遥。

又

紫霄阙道表南颠，负扆高居俨法筵。旗展千峰疏舞队，屏开列嶂缀宫悬。
明星晓动梁愚影，舞鹤群摩宝鼎烟。曾侍玉皇香案吏，来游此地倍依然。

921　紫霄宫待月

渺渺丹台接上清，清霄今在紫霄行。凉飙拂路云为驭，朗鉴孤悬月并明。
手酌天瓢餐沆瀣，身随斗柄握玑衡。回看大地山河在，泡影光中万象生。

922　经仙桃观过玉虚

散步仙桃观，穿云过赤城。瑶光开净宇，疏影堕空明。涧底炉烟淡，松
间玉磬清。绡衣朝斗立，微听度虚声。

923　玉虚宫

缥缈丹丘上，清虚隐玉台。霓旌云外度，鸾鹤镜中回。林籁嘘还寂，明
霞扫不开。澄心元不染，对此一徘徊。

又

群玉山头百玉除，仙家结构总凭虚。灵光隐映时明灭，云物悠扬自卷舒。画里苍茫分岛屿，梦中想象见华胥。年来苦厌人间事，自喜青山不负予。

924　玉虚桥上步月

偶向池边问月明，不知身在月宫行。玉虚元是清虚府，永夜今开不夜城。姑射仙人真绰约，冰晶宫殿自轻盈。冰姿皓魄婵娟净，弄影相看浸碧泓。

925　玉虚岩

秋风吹度玉虚岩，洞口垂萝已隔凡。一入岩中人不见，隔溪惟见影巉巉。

926　凌虚岩对桃花洞

悬岩浮动欲凌虚，彩凤翩翩两翼舒。桃源洞口人相待，为寄青鸾海上书。

927　坐玉虚岩下示诸生

自笑山人意本虚，虚岩一坐意俱除。闲来玉宇浑无事，独听流泉过石渠（己未三月，游太和，以雨止遇真宫宿。梦与诸友人赋诗，不知何许人。天明，因书于此）。

黎民表

928　寓朝天宫道士馆作

昔在宣皇日，垂衣抱大庭。陪京开峻宇，划地限严扃。馆即薜霄敞，居惟百圣宁。雕檐行日月，绣闼驻风霆。海岳驱群象，金银役五丁。斋宫虔紫极，法驾导青冥。隐轸簪裾列，都卢粉黛馨。帝坛加检玉，天步振流铃。道自崆峒得，言从河上听。理玄穷恍惚，功大格生灵。黄竹谁西母，宫桃几岁星。庆霄犹暗霭，琪树不凋零。备享遵时序，追趋巫典刑。御香分宝盖，内酒赐银瓶。却老方能验，游仙梦讵醒。归依成晚屃，栖息感劳形。华表欢犹昨，玄都叹屡经。鼎分烧药火，案有读书萤。滞留应不惜，愿睹禅云亭。

黎民表（1515—1581），字惟敬，号瑶石、罗浮山樵、瑶石山人，广东从化人。嘉靖十三年（1534）举人，累官河南布政参议。工诗画，"南园后五子"之一。著有《瑶石山人稿》。

929 太岳仙宫七咏

太和

山势盘盘压厚坤，宸居奕奕位天门。龙蟠近接三秦胜，鳌负遥连五岳尊。丹磴参差悬铁锁，玉京璀璨涌金轮。乘麟散发游何处，直以升平报紫元。

五龙

紫盖峰前下鹤群，羽衣遥挹御炉熏。云呈瑞像双鬟玉，帝赐霞裾五色纹。星乱石枰当涧隐，风回金磬隔山闻。蛰龙一去无消息，怅望经台日又曛。

南岩

七十名区卫紫宫，南岩幽胜若为通。亭亭仙掌溥清露，叶叶灵衣御晓风。山下烟霞常覆鼎，壁间文字半垂虹。欹崖可卜无人买，洗钵焚香事远公。

紫霄

轸翼光芒夜夜垂，洞霄峰势入云危。窗间下辨金银气，地底潜通日月池。玄水当年非禹迹，赤松今日是尧师。只应上界无人到，输与祠官种紫芝。

玉虚

目断仙山岂易逢，紫岩回首有苔封。三株暗结黄金粟，九渡深盘白玉淙。蕙帐别来惊夜鹤，琅璈归去御时龙。茂陵自是秋风客，肠断青骡海上踪。

遇真

手把丹书侍玉宸，紫髯萧洒出风尘。青羊化后尤存石，白鹤归来尚幻身。药市当年曾隐姓，花源今日正迷津。可怜物色先朝事，应为苍生访隐沦。

净乐

绮寮珠缀冠丹丘，翳凤骖鸾在上头。窗外月明秦树迥，槛前风急楚江流。天门险涩疑无路，地籁凄清直似秋。不是文皇亲指画，湘樊安得翠华游。

930 朝天宫追和乔太宰诸名贤韵

竹官松栝画阴阴，时有鸾骖下翠岑。检玉旧传三殿秘，飞章遥向五云深。

仙都不与浮尘变，浩劫多愁短鬓侵。疑是上霄同谪客，几回清梦得披寻。

铺金积翠写神州，羽景还开洞壑幽。驰道屡经清跸过，侍臣常奉属车游。飞光直射蓬莱阙，霁月犹悬翡翠楼。自是丹丘人代里，却从东海说瀛洲。

931　同陈公载吴而待重游朝天宫

松栝阴阴禁御连，楼居高筑伫神仙。入门解识金银气，披荔还开日月天。白发飘零犹昨日，丹砂成就是何年。弱流自隔人间世，重到华胥亦可怜。

李　燧

932　回龙道中

遥向名山礼至尊，穿林度岭趁斜曛。千山隐隐云雷变，万木沉沉日月昏。

李燧（1515—1585），字晦夫，别号梅台。山东金乡人。嘉靖八年（1529）进士，累官都察院右佥都御史。

933　过紫霄宫

览胜来登天柱峰，探玄先过紫霄宫。展旗山上祥云护，授剑台前瑞雾浓。

934　南岩道院

高阁危楼汉外悬，仙人宅窟巧相连。何须瀚海访蓬岛，处处笙歌是洞天。

935　万丈峰

万丈峰高客到稀，抟风时有彩鸾飞。何当借我凌云翼，直上峰头一振衣。

936　度三天门

天门三度叩仙关，铁锁千寻尽日攀。帝座遥瞻天尺五，钟声隐隐落云间。

937　望天柱峰

一柱凌空翠万重，青天倒削玉芙蓉。群峰拱向多灵异，日观何由擅岱宗

（泰山之日观峰亦称峻极，而太岳佳丽过之，故云）。

938　登天柱峰

天柱峰高望欲迷，转攀金锁蹑丹梯。尘寰俯视方舆小，星斗平临霄汉低。

又

孤峰万仞插青霄，金碧辉煌宝殿遥。地远应无尘鞅到，夜深疑有鬼神朝。

939　飞升台

仙子飞升不记年，仙台留得至今传。我来不遇王乔侣，何处开山种玉田。

940　望五龙宫

五龙此去无多地，翠壁丹崖烟雾深。欲谒龙君传睡法，西山无奈夕阳沉。

941　太和道中

梦游太岳几多年，此日登临一爽然。仙乐依稀流汉外，具宫缥缈倚云巅。重峦叠嶂应无地，琪树琼花别有天。自笑尘根何日净，愿从此地学飞仙。

942　南岩宫

路转南岩景更幽，来游况复是清秋。红分林叶浓于染，翠叠山盘恰欲流。天上不缘扳鹤侣，人间谁识有丹丘。匆匆不尽登临兴，无那雷神雨未收（雷神，洞名。在本宫北）。

宋登春

943　初入山（宿乌鸦庙道士斋居）

胜地惊福地，浑忘磴路遥。古杉风物响，老桧雨常飘。伴岛栖山馆，随云度石桥。时闻有羽客，岩外结松巢。

宋登春（约1515—1586），字应元，号海翁、鹅池。直隶新河（今属河北）人。诗人、画家。著有《鹅池集》《燕石集》。

944　下山

小憩南岩宫作。

铁锁下松关，琳宫俯石栏。采芝临绝巘，投馆记前山。林外青牛卧，云中白鹿还。重来炼金骨，不复忆人间。

945　宿紫霄宫询蜡烛涧道者

阁道通霄汉，千山紫翠重。罄笙栖鸟外，杖履夕霞中。欲问茹芝客，先寻采药童。林深孤月上，历历数前峰。

946　宿紫霄宫月下（望蜡烛诸涧）

千尺峰头明月辉，松盘石磴紫烟飞。步虚声落不知处，采药山中道士归。

947　书南岩宫后岩

危石临松涧，悬岩启竹房。寻仙探玉洞，觅草得金光。林狖隐还见，山精啸复藏。惭无辟谷术，丘壑兴何长。

948　寻玉虚宫周炼师

水声悬木杪，犬吠隔花源。饮涧腾猿坠，争巢健□翻。开山逢石□，劚药到云根。静爱宜栖士，因窥不死门。

949　登太和山天柱峰

策杖陟峰顶，羽人启金扃。冥心观元化，仿佛见岳灵。历历指九区，苍苍辨四溟。陵谷若波涛，微茫讵可形。群动争飞奔，大运无留停。仰视浮云征，空虚安可升。眇焉此浮骸，何堪为列星。愿留不死乡，炼骨引熊经。

颜　鲸

950　登太和遇雨

石门危磴走松湍，四月悬崖雨雪寒。分付山林休作怪，早推日毂出云端。

颜鲸（1515—1589），字应雷，别号冲宇，慈溪（今属浙江）人。嘉靖三十五年（1556）进士，官至湖广提学副使。著有《易学义林》。

陈孟章

951 登太和山漫兴八首

一

遥看宫殿倚云巅，逐客扪萝此豁然。锡玦有恩仍禹迹，爇檀无所祝尧年。崖高误骇泉飞雨，树密频窥叶露天。纵步林泉遑应接，拟将诚展玉墀边。

二

何处高真是所栖，危危天柱更无齐。振衣万仞乾坤阔，回首诸峰日月低。欲向玉台朝帝阙，先攀金锁上丹梯。屏息阶墀端虎拜，不知身世入云霓。

三

忽入仙关扣紫宸，还须有分得寻真。楼台海上应无地，鸡犬空中觉有人。山拥诸峰朝上阙，水分玄液泽生民。乾坤自有真蓬岛，汉帝何须祭海滨。

四

几回梦与赤松游，清赏今逢玉露秋。宝殿玲珑回碧落，丹梯宛转入仙州。彤云冉冉檐楹动，远峤重重海浪浮。空里渐闻天乐近，函关应有跨青牛。

五

袖带飘飘入翠微，幽关真与世情违。花从削壁含香放，鸟向丛林得意飞。四面青峦攒画戟，半天祥霭罩罗帏。鼎湖信有乘龙侣，更喜岩头掩竹扉。

六

山色重重锁翠纹，深林小径趁斜曛。天因虚壑生灵籁，地向悬崖起淡云。香梵长途仍络绎，箫笙何处尽磞砏。新来觉得尘根净，笑对儦儦鹿豕群。

七

桧柏萧森噪晚鸦，洞中犹听读南华。云浮青嶂生玄雾，日闪金门烂紫霞。绝𪩘千盘通上界，悬崖几处有仙家。扶筇欲尽山林兴，争奈皇恩报未涯。

八

壮游最喜蹑玄踪，断壑疏林散晓钟。翘首洋洋金法象，凭栏朵朵玉芙蓉。风云缥缈三千界，日月回旋几树松。羽客携尊盟后会，桃花流水定相通。

陈孟章（生卒年不详），号静斋。嘉靖十九年（1540）举人，官至户部主事。

李宗木

952　登太和山次韵

七十二峰宿雨晴，诸宫罗列蕊珠明。乾坤新幻蓬壶影，霄汉时传钟鼓声。漱石泉从云里听，振衣身在斗边行。奇游到此翻成愧，坎壈浮名绊此生。

李宗木（生卒年不详），字继仁，号杏仙，河南内乡人。嘉靖十九年（1540）举人，任礼部侍郎。诗人，著有《杏山集》。

953　入仙关

云履缘青蹬，搴芳薜石隈。虎风寒白昼，龙气隐春雷。鸟向日边度，人从天上回。清宁属胜境，终古仰崔嵬。

954　武当道人咏四首

一

道人自爱碧山住，武当结屋云深处。屋后新添五粒松，门前旧有三花树。冬夏不思葛与裘，叶生叶落知春秋。大还已得神仙药，却笑世人空白头。

二

道人自爱碧山眠，白云迟度窗之前。石坛松影阴千尺，老鹤一声开松烟。起来手拣丹霞篆，魍魉潜归俱循散。天柱峰头清啸长，世人可闻不可见。

三

道人自爱碧山行，寒泉滴滴金石声。双耳无染不用洗，此音闻之清更清。溪边树色含青霭，洞中有花人不采。南岩石上一盘棋，世上流光已千载。

四

道人自爱碧山坐，山下吟诗山鸟和。琪花珠蕊笑欲来，峭壁悬崖牢不坠。
紫霄有客夜深归，天风吹月鹤双飞。起跨鹤背上天去，银汉误触织女机。

何仲徽

955 题桃花洞

闻说桃源可避秦，乾坤别是一般春。桃花洞水依然在，哪得当年问世人。
嘉靖八年岁次在己丑孟春吉日。太府幕宾碧霄道人李芳书，本宫提点何仲徽、
皮守禄同立。

何仲徽（生卒年不详）。明代文学家；李芳（生卒年不详），号碧霄道
人。嘉靖四十四年（1565）进士。明代道士。

956 题诵经台诗

诵经台上草芊芊，栖此希夷妙画前。图演方圆昭大极，封陈对待发先天。
野花啼鸟春常长，掣电轰雷睡不传。闻道先生蝉脱也，于金骨在华山巅。嘉
靖八年孟春，碧霄道人李芳书。

957 题自然庵诗

嘉靖八年孟春。

自然庵上自然修，道在吾身莫外求。取出坎男离内放，捉将离女坎中投。
天根树茂来青鸟，月窟潭澄起翠蚪。借问幽岩仙去后，于人谁伴白云游？碧
霄道人李芳书。

958 题五龙宫诗

嘉靖八年孟春。

龙宫披雾郁嵯峨，一上（山）钻天五里多。散步灵岩寻圣迹，留心曲洞
看针磨。棚梅累累垂青豆，桧柏森森挂碧萝。借问希夷何所在，五雷蛰法可
传么。碧霄道人李芳书。

欧大任

959　送吴虎臣游太岳二首

其一

天柱峰前百八盘，君行支策几回看。白云不散金银气，苍雪长飘桧柏寒。玉检何年封洞穴，琅玕中夜上星坛。乘麟可驭灵风急，应向南岩驻羽冠。

其二

紫霄宫殿俯飙台，织铁参差万壑哀。七泽晴云当槛起，三秦烟树八关来。新题玉笈仙容读，旧锁琼扉帝许开。方朔陆沉将欲去，青骡海上待君回。

欧大任（1516—1596），字桢伯，号仑山。广东顺德人。经八次乡试，于嘉靖四十二年（1563）才一鸣惊人，以岁贡生资格试于大廷，列第一。任南京工部虞衡郎中，别称"欧虞部"。"南园后五子"之一，著有《欧虞部诗文全集》。

960　葛阳舟中逢梁仲登，闻已擢守均州，喜而有赠

驿道传呼楚大夫，相逢犹为一停舻。法曹方奏均阳绩，圣主新分竹使符。亭表沧浪犹德水，畴封参上是清都。君行藩牧吾能待，四百峰头玉杖孤。

961　郭次甫往游玄岳过金陵见寄用韵遥答

片帆不住楚江舟，崟岭西寻最上头。金涧松杉千瀑下，玉霄台殿五云流。书成蘸叶僧能乞，杖借棚枝客共游。肯过茅君双白鹤，愿从人代访丹丘。

朱瑞登

962　无题

山行到处纵奇观，幸忆名山不尽看。天柱峰头香满径，仙衣亭畔日三竿。群峦罗立萝毫渺，四海浮空心自宽。始信俗缘浑不染，惟余玄鹤舞云端。

又

晓攀云磴礼高真，金殿重辉皂纛新。法界浑疑尘外象，玄机犹忆个中身。琼花纷舞迎仙侣，丹灶长封扣谷神。悟到铅关人不识，萍踪何日寄山邻。

又

自入山来分外清，吏情今日少尘婴。步虚耸处千峰隐，眼界宽时万象明。云锁琼宫真异世，香浮丹洞是蓬瀛。此中景兴原无尽，却笑征人又促程。

又

此日登山意转浓，欲跻玄岳祝华封。恍看仙乐从天降，最爱岩泉挂壁冲。游子无心寻胜地，道人何事离云踪。浮生暂寄真堪赏，喜向名山坐对松。

朱瑞登（生卒年不详），字禾仲，浙江海宁人。嘉靖二十年（1541）进士，官至按察副使。著有《真逸先生集》。

龚秉德

963 晓发遇真宫（由九渡涧历玉虚岩作）

扪石蹑重峦，凌虚俯幽谷。登陟尽险艰，蒙茸穿水竹。潭古潜蛟龙，林深走麋鹿。激涧泻潺湲，奇花吐郁馥。鬼斧伊谁连，凿此仙人窟。华构嵌岖嵌，飞檐悬突屼。恍披九华峰，疑入三天竺。石髓呈异香，瑶草抽新绿。忽闻凤箫声，云辂下广陆。南岩午钟余，西林暮景促。翩翩王子乔，邀我洞中宿。恋兹玄府寂，愿言谢微禄。

964 再登玄岳一首

万峰叠翠倚云间，盘礴真当虎豹关。天险西来连华岳，地形南下接荆蛮。桥横碧玉留仙迹，阙涌黄金储圣颜。独立清虚玄境阔，果看身世出尘寰。

965 宿南岩宫，次章邓山韵

云卧丹房敞玉扉，遥瞻帝座隔重围。乍惊羽客鸾箫度，虚拟仙人鹤驾归。抚景未题西涧竹，礼真先荐北山薇。夜深何处发清籁，绝壁泉声百道飞。

966　飞升台下访刘道人不遇因题其壁

蹊径通幽壑，言寻静者居。蒲团留敝衲，石壁挂丹书。岩鸟鸣还去，松花落未除。朝元何日返，延伫几踟蹰。

967　过五龙宫

万叠与千里，寻真过五龙。瑶台清霭散，丹井白云封。地僻猿栖树，林深虎卧峰。相逢多道侣，良夜话仙踪。

968　赠自然庵道士

问讯清虚客，修真尚此庵。玄宗应自悟，大道颇能谙。汲水龙旧钵，烧符虎入蓝。因君脱世网，吾意欲投簪。

969　游太和山次雷少郭韵二首（嘉靖岁在丙辰三月□日）

叠嶂层崖石径斜，虚空楼阁迥仙家。北来瀚海通云气，东望苍溟闪日华。乐奏瑶台疑度凤，香浮宝树漫栖鸦。遥瞻绝顶多灵异，几向峰头卧碧霞。

穿岩度壑路纡斜，言坐东林羽士家。星剑自知悬北斗，道径未许续南华。山桥雨过啼春鸲，石壁风生噪晚鸦。见说真人开宝笈，将从此地访丹霞。

龚秉德（生卒年不详），濮阳（今属河南）人。嘉靖二十年（1541）进士，官至湖广布政副使，万历年间为襄阳副使。

970　登天柱峰绝顶谒玄帝祠二首（嘉靖岁在丙辰三月□日）

千寻盘石磴，一径蹑云梯。渐觉诸天近，回看万岭低。金庭悬日月，仙掌接红霓。空外无人语，玄关报午鸡。

巍巍标上界，隐隐镇中原。香霭青冥散，烟霞白昼屯。帝灵金作阙，山险石为垣。缥缈红云里，虔心礼至尊。

971　宿紫霄宫躬阅醮事漫成八韵（嘉靖岁在丙辰三月□日）

钟鼓严仙署，灯辉隐道房。瑶坛供静水，石鼎爇名香。教演真元偈，筵开功德场。芝童调玉乳，羽客荐兰浆。剑咒驱魔远，符灵引觋长。经声杂笙磬，幡影动宫墙。历历星明殿，微微月转廊。坐观玄境秀，顿使世情忘。

972　山游杂咏六首（嘉靖岁在丙辰三月□日）

一

铁锁钩连上碧霄，万峰苍翠欝岧峣。夕阳何处动幽响，疑有仙人下洞箫。

二

仙乐遥传杳霭间，双披鹤氅尽朱颜。似因识得阿童面，金殿前头第一班。

三

黄龙洞口松花落，黑虎潭边蕙草萋。几向飞升台上望，白云深处锁丹梯。

四

宫入南岩景更嘉，台有礼斗护流霞。棚梅初结三春实，芝草还开五色花。

五

夜来云卧在蓬瀛，梦里分明谒太清。醒后忽闻萧鼓沸，依依犹是步虚声。

六

月转玄门景象宽，凌风鹤翅入云盘。道人多少清虚兴，夜夜吹笙上碧坛。

鄢懋卿

973　《苍龙岭雷坛神像记》诗

巍巍太和，万山嶙岣；金龙蟠蜿，有赫其神。于惟上帝，混一道真；斡旋元化，辟阳阖阴。咸秩之礼，世世相因；猗欤斯构，轮奂维新。门阙有翼，风雷聿兴；绣桷云楣，丹户朱楹。粹容永妥，瞻对如临；丕征叠见，景铄绍伸。翊我皇祚，庇我生灵；雨旸时若，万物阜成。匪崇禋典，熟视精诚；肃肃清献，明明鉴歆。惟神享德，福禄攸臻；勒碑纪绩，百千万龄。

鄢懋卿（生卒年不详），字景卿，江西丰城人。嘉靖二十年（1541）进士，官至刑部右侍郎，后总理两浙、两淮、长芦、河东四盐运司盐政。

徐中行

974　晓登玄岳天柱峰

振衣秋色散鸿濛，绝顶遥看万里空。不是三山飞海上，那能五岳聚天中。曜灵倒射黄金殿，元武高临赤帝官。细数岩峦三十六，朝来鳌极总相同。

帝居天上五云重，朝罢风清万壑钟。山拥百城皆翡翠，殿开千嶂尽芙蓉。阶前香蔼黄金鼎，槛外星悬玉女峰。总道登封天子意，每从雷雨见飞龙。

岩峣双阙郁相望，只尽钧天帝座旁。地势雄蟠吞七泽，霞标高揭俯三湘。苍茫日射中原尽，寥廓风吹万里长。七十二家封禅毕，仍留灵岳待明王。

万丈奇峰展翠屏，千寻飞阁俯明庭。金容日映扶桑赤，仙掌云开太华青。已见祠坛封玉检，堪从石室问丹经。尘中漫道无仙骨，不妄元曾署岁星。

徐中行（1517—1578），字子与、子舆，号龙湾，又称天目山人，长兴（今浙江湖州）人。嘉靖二十九年（1550）进士，官至江西布政使、参议。文学家、诗人，"后七子"之一。著有《静萝集》。

胡　直

975　京口逢继甫出示登太岳诗奉和一首

郢路何期得再逢，旌旄遥自太和宫。开襟已出云霄上，作赋还争岳渎雄。尘里停车分石髓，雪中移席傍花丛。追随欲踏岣嵝月，其奈明朝又转蓬。

胡直（1517—1585），字正甫，号庐山，吉安（今江西泰和）人。官至湖广佥事领湖北道、福建按察使等职。著有《胡子衡齐》，后人辑有《衡庐精舍藏稿》。

张守直

976　登太岳三首，时奉命督修

天上芙蓉贝阙齐，千岩功德爵标题。虔修到处通金顶，秘检封时化紫泥。

为忆灵檐云气湿，更攀危槛斗星低。仙源谁许人间到，流水桃花路不迷。

又

森罗仙径接珠林，尘世清都讵易寻。带露坛花常灼灼，栖鸾圃树自阴阴。山当八百荆吴壮，水落东南汉沔深。自是名寰招隐地，何人不动紫芝心？

又

上界三门路转赊，金城天柱势查牙。阴崖雪后留寒渍，霁日岩头放午华。九渡鸣泉思帝子，五龙潜景秘丹砂。翻怜去后神工在，度却南岩槲树花。

张守直（生卒年不详），字时举，号笔峰。嘉靖二十二年（1543）进士，累官浙江嘉定知县、兵部主事，直至户部尚书。

杨朋石

977　太和即事

环佩趋跄大乐调，叨陪列辟蹑层霄。炉烟渐拂仙坛润，龙节初飘海雾遥。上帝高居司北极，灵台符瑞胜清朝。三天拜罢分明见，冉冉红云护紫箫。

杨朋石（生卒年不详），与杨继盛、王世贞同时代人。次中丞。

吴百朋

978　无题

春日无心度物华，且寻幽事到仙家。卷帘却对道人坐，闲鼓棋枰看落花。

吴百朋（1519—1578），字惟锡，浙江义乌人。嘉靖二十六年（1547）进士，官至刑部尚书。

979　登太和山口占一绝句

乘兴直上天柱峰，半山云起低太空。分明听得天人语，万里乾坤在眼中。

成子学

980　游太和山四首

一

缥缈遥瞻江上山，忽从仙子度松关。金开洞宇笼朱旭，玉漱岩泉喷彩鸾。瑶圃丹凝云气冷，钧天乐奏鸟声环。凭虚未想桃源路，惆怅胡麻水一湾。

二

翠入蓬壶第一峰，开云种玉拟相从。参同有诀传丹箓，辟谷何年访赤松。黑虎当崖驱猛瘴，乌鸦绕树散晨钟。帝阍杳霭笙箫近，为辟玄关十二重。

三

览遍巉岩最上头，疏林月色浸寒流。松盘石磴千峰曙，泉涌溪桥九渡秋。宝剑悬崖龙欲吼，灵旗卷雾鬼应愁。王乔定有飞冲诀，不是寻芳汗漫游。

四

斜日乘风踏翠苔，笑援铁锁上高台。棚梅秀结三春雨，砧杵刚磨万劫灰。谩拟玄精涵太乙，却缘紫府觅蓬莱。会须脱屣尘寰事，直跨仙鸾海上回。

成子学（生卒年不详），字怀远，号井居，龙湖（今河南淮阳）人。嘉靖二十三年（1544）进士，官至苑马寺卿、监察御史。

章士元

981　玄岳道中二首（嘉靖戊午春）

一

千山翁郁万山苍，石磴迤逦接汉长。柱壁松杉常护险，避人麋鹿远衔芳。客舆隐见穿林霭，仙乐轻盈出院墙。历遍层岩方卓午，更从云际指前冈。

二

篮舆拂晓及山陲，更着芒鞋陟翠微。北瞰穹崖凌夜斗，东窥冥海荡朝晖。云凝芝草留仙室，风落松英点客衣。一度龙嵸一心爽，不须绝壑更凭危。

章士元（生卒年不详），姑苏（今江苏苏州）人，嘉靖二十三年（1544）进士。

982　宿南岩宫

朝元来扣紫云扉，百叠丹青绕四围。绛阙平依层汉起，石坛高迥列真归。晨搴萝壁抛簪笏，宵卧芸房煮蕨薇。忽听泉水聊倚阁，白虹无数正空飞。

983　天柱峰绝顶（嘉靖戊午春）

天柱峰高插云霄，众峰齐拱若群僚。千盘石磴摩空久，三辟金门礼圣遥。福地旧传灵迹异，真风应洗世缘消。凌虚欲问仙人馆，几处吹笙醉碧桃。

李万实

984　襄阳歌十首，赠雷少郭给舍擢参湖藩（节录）

一

太岳山前薇省开，旬宣须用济时材。襄阳耆旧应相慰，快睹留京谏议来。

二

沧浪之水清如斯，千古长歌孺子词。尘缨缚我解不去，安得从君一濯之。

三

三十六岩风月多，使君行处即云窝。金芝瑶草无人采，道骨仙风奈尔何。

四

棚树梅苍何太奇，春前雪际歆开时。太和峰顶如相忆，千里凭谁折一枝。

李万实（生卒年不详），字少虚，一作若虚，号诩庵，江西南丰人。嘉靖三十三年（1544）进士，授行人，历任刑科给事中、南户梦给事中、广东佥事、浙江按察司副使等。诗人，著有《崇质堂集》20卷。

朱曰藩

985　送人游太和山

青嶂插雕梁，送君游武当。骞林试茶味，棚树发梅香。天柱多仙室，真人授异方。金针磨得就，到处是鸳鸯。

朱曰藩（生卒年不详），字子价，号射陂。南直隶宝应（今属江苏）人。嘉靖二十三年（1544）进士，历官九江府知府。著有《山带阁集》。

徐学谟

986　过钧州作

名州信广深，遗封表净乐。帝子昔升真，神栖兹永托。仙室亘楚疆，天峰丽玄岳。灵光倏变现，功德布遐邈。玉岩肃阴森，金阙纷回薄。翼圣扫攘舍，乘时奋寥廓。以兹感众生，相携礼群壑。充途集士女，揽涕祈恩泽。修因故渺茫，证果亦玄漠。逐物谅有迁，在化畴能觉。庶幻讵足嗤，浮荣坐自缚。扰扰随劫尘，何时悟龙蠖？

徐学谟（1521—1593），字思重、叔明、子言，名学时，号太室山人。南直隶嘉定（今上海）人。嘉靖二十九年（1550）进士，官至礼部尚书。著有《世庙识余录》《万历湖广总志》。

987　自草店入岳，暂憩遇真宫感旧作

中岁罹疢艰，薄荣谢丹轸。被命再弹冠，草衣觐华袗。名山奠襄服，选期问修畛。婉娈获同心，招携八迁纼。遵途玄虎崖，结辔乌鸦嶙。坦坻信逶迤，回峦递勾引。桧障翳瑶林，虹梁列琼楯。漩澜泻琳琅，飞云秀芝菌。凝睇大罗遥，顿趾重关寠。昔人修道处，虚室留遗准。殿东廊有张三丰像。访古迹已冥，悼往事增惧。所觐匪夙徒，流光疾于瞬。仙家篋委代，那复问存殒。十载存故吾，残曦灼星鬓。空有遇真名，何由扣玄牝。

988　度仙关西下玉虚宫瞻礼恭述

饬徒始登闉，循轨俄乘闑。阨陜局玄都，丰立闭崇关。绵处依阻连，飞轩骤飙捷。迂迤复偻躬，俯瞰失巉嵲。绿英烂灵畴，瑶泌汲芳溁。缘皋袭兰馨，绣壁蔓萝缬。烟火烛化城，旌幢闪丹穴。干霄蠹霞居，亘地丽云松。入门俨

敷衽，升壝肃陈藝。紫府企玄修，璇题绎洪揭。爰从泱漭始，川陵未开洩。于赫天乙精，驱策幽方骏。神武扫搀枪，寰区收荡决。得一太宇澄，吹万群生悦。首构启睿谟，明烟绍徽烈。千秋秩祀庆，一德承鳌垤。五岳毕培嵝，巨灵表崇杰。颙顼绕龙车，高旻仰穹碣。

989　茅阜道中有述，晚登五龙宫，止宿方丈

振策迈西峤，延瞰华阳池。潏水震岭嶒，石梁郁参差。缅舆历茅阜，梯磴凌嵽嵲。迁迤腾绣隥，蹇步钦仁威。旁扃启修径，嘉卉蒙葳蕤。清阴结道周，驰曜朗隙垂。昼晦灵鸟集，林端驯兽窥。爰靓鸿濛始，顿陟龙宫归。云衢历九曲，层槛俯四维。紫盖盘松萝，金锁摄展旗。房栊隐苍坞，墀殿交清漪。五气数变梵，真源吐华滋。直从天河泻，下注神瀵奇。双池闪光怪，五井播流澌。欻忽作云雨，冯陵润寰区。仙鲦圣水涵，山魅霹雳移。以兹净空界，采岩复排埼。丹愧森窈窕，燕寝何差池。中夜发天籁，阴风飒凄其。反侧伤营魂，起视斗与箕。便当驾青羊，挥手招希夷。长揖授睡法，偃卧千日期。

990　青羊桥燕坐观泉

平泉托迂涧，相激成亢碐。大易涣至文，风行在水上。吾行兹山屡，眩径如象罔。不知索玄珠，秘彼幽遐壤。五龙注神瀵，弥巅恣漭沆。倾岬何所归，饮虹薄嵊嵐。群窫窴且深，清闻伏蘬莽。俄乘砯潏来，嶷沸开莽荡。驼石卧缤纷，蹄股互支攘。辟易万马奔，当关一夫仗。霱磕霹雳驰，裂符敛之掌。吾当击节歌，何似濠梁爽。迅湍绝游鳞，皎镜倒圆苍。被叹少渴津，澄沙无浊响。偶因嚣滓隔，遂惬清泠赏。沿流不可穷，临川共偃仰。兹境遨游踪，欣余今独往。

991　方憩南岩，飒然雨至，比霁出宫，遂历大顶

帝座俨南御，森燋万灵炳。云旗拂招摇，攒笏精诚秉。俄然掩赫曦，倏尔迷引领。坐见列缺驰，旋策丰隆猛。睇远失空苍，凌虚灭到景。溙溙初薄衣，浙浙渐浮裎。谁决太乙池，来沐飞升岭。昏沉魍魉行，飘瞥蛟龙逞。窘步无坦途，循崖已眩境。未论搜抉奇，恐诒太康警。晦书绝行踪，冥岩坐深

省。山灵展予叩，恍惚露毫颖。旋曦复迸空，回飙拂沉怲。属峰万峰来，嶙峋一柱耿。晦明飒沓移，恢淡云雷静。幻界随化迁，空身逐浮骋。睹兹还适然，薄焉亦云幸。转陟林薄开，延眄乾坤整。还仁听潺湲，尚知天路永。

992　天柱峰观日出作

夙龄慕日观，岱宗阻瞻眺。引瞩阊阖间，圆灵讵殊曜。何必朝阳区，可抉扶桑窍。兹山丽轸垣，沿碣眇蓬峤。褐来凌绝巅，天柱肃贞峭。息袂枕厜㕒，冯虚薄窈窕。窹闻天鸡鸣，起唤踆乌翻。促傧太元庭，循梯玉京璙。无端见海底，少迟发潜耀。稀宿奔飞流，明霞结缭绕。何人鞭赤丸，大地朗华照。进彻玉台氛，掩映金宫燎。旋荡霭霏征，绷缊启疏挑。千门迎丽旭，万影失残爝。真岩排玉笋，皇崖耸孤璙。翳屏下界清，光分列真颊。鲁阳不可挥，夸父徒为僄。人生苦栖卑，丰蔀只见诮。兹晨揽八埏，决眦遵众妙。芒荡衡巫吞，渺弥江汉噭。舒揽扶日轮，曾辉愿永邵。

993　下紫霄峰，邂逅箨冠道人，延至复真观叙旧，赠言

尚平怀五岳，息意迟昏嫁。潘令赋闲居，栖迹系官舍。逐日以避景，婴念徒为喑。夫君三十时，妻子即捐谢。解脱区中缘，迹驰方外驾。长啸出赵都，薄游遍寰夏。无书绝山公，有句凌小谢。晚卜罗含居，偶承景升迓。王粲赋登楼，樊迟晚学稼。谈剑梦泽余，走马章台下。世事一朝变，园陵长茂柘。宾客俱网罗，璠玙益声价。心轸下宫忧，义激聊城射。西游访名山，荷担止岩罅。胡然下天峰，相逆纷兰麝。有路逐阮郎，何期逢叔夜。携手入烟霞，问年几悲咤。吴州别已遥，楚客惊犹乍。吾老未遗荣，恐遭达生诧。君心与迹并，适性宁外假。无官亦无家，汗漫释顾藉。羡尔如飞云，乘飙咨休舍。忽乎将何适，紫府探元化。白鹿放青崖，韩众可同跨。

994　出山，柳常侍邀余赴沐浴堂开斋，余遂止宿焉，是夜醉中作

余本食肉人，言寻茹芝客。掉臂访名山，薄游览玄籍。服饵勖青精，休粮煮白石。引鹤澹逍遥，骖鸾恣飞翔。谓当从此去，抟扶旷云翮。讵信樊笼缘，尚阻枪榆阨。大紫匪我庐，天风倏飘掷。吹我下仙关，征徒宛相迫。挥

袂赤城居，旋辕武陵陌。何以枉嘉招，相携入火宅。薛封视履綦，霞绮生衣
铍。方谢瑶池觞，复接高阳席。浮卮泛黄流，灿几食白蜡。丰铋出天庖，缔
衣挂萝壁。复作醉乡逃，回睇仙源隔。滞境匪达观，随缘良莫逆。空同不在
远，嵋丘未云窄。一宿在蘧庐，生年长满百。但了出世心，吾当随所适。

995　登沧浪亭作（亭在均江北岸）

孔辙昔环楚，沧浪歌孺子。兹事已千秋，陵谷几迁徙。我来访空山，歌
声何处起。吊古意弥敦，宁复辩非是。隔岸千芙蓉，净界森对睨。日暮樵风
生，梵音忽盈耳。列籍解尘缨，凭栏看秋水。

996　天柱峰观月出歌

虹桥谁锁千尺铁，天梯云栈开巇巉。飞鸟回翔揉羽翰，轻身直上紫霞阙。
紫霞仙人白羽裳，绛节飘飘罗我旁。松涛飒飒卷烟雾，双童把赠明月光。东
林猿啼西虎啸，箕坐峰头欲狂叫。不知三界眇何许，俯视冥濛通一窍。千山
万山森戟排，小星大星当面回。光芒荡射天河倒，欲与浊世洗浮埃。太华如
奉汉江立，醉来翻觉天柱窄。振衣千仞歌者谁，南纪飘零老宾客。

997　飞升岩下访琴阳道人作

仙人鞭龙出氛炎，升真之石青如帘。混沌何人此凿剒，千松摩岩森戟髯。
白日冥冥杳堕崦，灌莽伏者虺与蚺。至灵不受浮埃渐，结庐道者来自黔。乾
坤泱漭罗四幨，风霆进击破网籤。驾言从之壑昼觇，钩衣刺足径相铦。洞门
飞出双玉蟾，紫衣按剑么麽奸。石床云蹬尽日淹，尘机一点鼎沸盐。车牵马
系坐自寻，礧空讵是神物潜。入山不深意未厌，丹崖汗漫何年詹。空中天鸡
声出嵩，脩然挥手眇云檐。归来独立山之尖，梦中天姥不可瞻。仙风贵骨那
能芜，委形大化皆醋甜。

998　钧州月夜偶逢司理牛君，因约游玄岳赋此

吾从燕北来，尔向荆南发。他乡遇故知，千里共明月。一春足兰半道途，
钧州城中呼酒徒。明朝拂袖寻山去，挥手天峰两共吾。

999　均州馆夜（一）

郊馆带平川，灵都地自偏。土风嘉净乐，宫府近神仙。夜榻云蒸湿，春城雨接连。斋心应寄此，趺坐佛灯前。

1000　雨宿清微馆作

故馆清秋暮，闲阶赤叶平。惊心一夜雨，侧耳十年声。已是愁无赖，宁堪滴到明。重来多难后，逆旅念残生。

1001　均州馆夜（二）

春城行部远，官舍念儿啼。镇日看玄岳，新花隔大堤。青山知宦拙，白首向人低。逆旅空相忆，盈盈汉水西。

1002　郧阳生日

仲冬惟六日，郧县复生辰。天地桑蓬远，山川鼓角新。阳来增岁屡，老至去乡频。仙室今逾迩，持怀有宿因。

1003　游大岳诗十首并序

自郧襄还荆，适谢参承之役，道经武当。忻兹胜赏，投马策筇，奄陟信宿，虽未穷览，亦称奇游。纪诗十首，奉贻同好，时辛酉元夕。

一　宿遇真宫

万丈虹桥度桧林，乱山回合翠微阴。虚崖未叩还真诀，雅岭先澄出世心。丹灶岁深销火伏，石床春冷觉云侵。玉除倚杖瞻银汉，天外卢敖何处寻。

二　仙关

仙关窈窕破烟萝，遥指高天是大罗。佛供入筵金磬杳，僧斋傍午木鱼多。布舆力尽回云蹬，蜡屐声微转雪坡。为借白龙龛一驻，坐来休拟病维摩。

三　天柱峰四首

其一

七十峰环拥翠旒，中峰一柱正当头。直穷丹级超三界，一上天门瞰九州。

空外山川驱混合，高悬日月恣沉浮。狂来更欲探奇绝，笑摘银河夜倒流。

其二

上真台殿削云根，峭壁孤撑万壑奔。横历虚无悬八极，自从开辟镇中原。松涛响落空林暮，雪瀑寒飞太始源。千岁巨灵扶社稷，文皇当日正乾坤。

其三

盘礴西南插楚都，远襟嵩华控巴吴。蓬壶亦在人间世，灵秘如探肘后符。龙虎雄瞻丹阙迥，烟霞秀莹玉城孤。南岩指点升真处，恍惚仙灵定有无。

其四

绛节云幢谒圣遥，诸天森拱列真朝。烟笼五色炉香袅，日射三台烛影摇。悟世未销金杵石，度人长锁玉虹桥。山中亦有迷方客，净扫明霞礼碧霄。（前列香炉、蜡烛三峰）

四　自天柱回宿紫霄宫

白日匿景天更清，红霞还向绡衣迎。旗峰不展三界静，珠宫普照千灯明。灵岩初卧身欲堕，天梯入梦魂犹惊。枕边何处云□下，浮世今霄在玉京。

五　太子岩观月

野烟初散伏龙冈，谁转金轮观佛光。千劫尘寰销混浊，三清楼观郁低昂。不知下界逢元夕，暂遣浮生寄上方。挥手千峰凌缥缈，玉笙吹断夜闻香。

六　出关

山灵遥赠万芙蓉，曲曲相依逐涧风。仙客已迥天姥梦，灵岩还秘太元宫。人归曙色苍烟外，鸟换春声杳霭中。应是世缘犹未解，桃花旧路更相逢。

七　出遇真宫口号

长日红尘揽鬓斑，西来何意访名山。聊因白石堪乘兴，讵谓黄金可驻颜。司马好游书未著，尚平垂老事方闲。天峰云壑如相忆，肯许他年问九还。

附：徐学谟　憩遇真宫

长苦红尘搅鬓斑，西来讵意访名山。聊因白石留心赏，敢乞黄金驻俗颜。司马好游书未著，向平何日事方间。天峰云壑如相忆，肯许他年问九还。

1004　游南岩宫听滇道人鼓琴

洞门杳杳云壑深，何来道人能鼓琴。中峰积翠插天柱，流水绕弦浮玉音。

驼石何年升法驾，龙湫肃日清尘襟。结庐未卜残生事，与君趄憩藤萝阴。

1005　宿玉虚宫

坐对群峰虚翠屏，回龙山转势初平。上方钟磬凌风下，满院香灯伴月明。
散饭厨空虫纲合，放鱼池涸燕泥生。丹丘何必寻方外，烟火千家似化城。

1006　夜泛小舠自郧江达均州

郧江纤夹万山稠，谁信山坳可放舟。一苇巧随崩石转，双桡齐动乱峰流。
喜无魑魅来相问，还有王孙是故游。休讶兹行非宦适，吏情何处不沧州。

1007　均州净乐宫恭贺长至书感

上真台殿郁蓬壶，子月乘阳在净都。化国日舒齐献祝，岳宫云绕忽闻呼。
诸天帝乐迎坛合，五夜仙幢俨陛趋。白发祠官江汉使，梦回清禁切虚无。

1008　大岳游还姚南阳适致天池新茶东谢

方在蓬山巅上行，清泉白石故萦情。他乡老去逢新摘，远道书来感旧盟。
钟鼎难分林下福，旗枪不负雨前名。从今肺病应消灭，却愧相如赋未成。

1009　王少参招饮均州南城楼

净界城高倚素空，楼阴横矗泰元宫。乍沾雨色三秋始，不画江流一线通。
天倒玉京垂睥睨，云开仙掌出空同。坐来闾阖应无暑，振袂谁当万里雄。

1010　送白光禄游武当归昆陵

逍遥吴榜任江湖，囊里新携大岳图。青削芙蓉天柱迥，翠微台殿玉虚孤。
高摩苍壁题诗云，横历丹梯却杖扶。壮日辞荣今未老，婆娑人世万缘无。

1011　孟冬日郧城阅视，遂登春雪楼，为前开府王公所题，并傍诗二律，借为吊嗣响，因致景忆之私（节录）

磴堞参差万岭扶，摩挲三界俯雄图。晴浮太岳丹梯迥，秋尽函关赤羽无。
欲拟雅歌休士马，漫凭清啸静萑苻。异时参佐风流在，指点瑶华晃玉壶。

1012　清微馆旧榻听泉六韵

霜后烧痕生，枯洲涨复平。萧疏三夜雨，断送九秋声。出谷沾云湿，排碕并籁鸣。欲成清夜听，故使乱流争。响杂春粱急，情随捣练并。相逢十载客，欹枕到天明。

1013　九月晦日太和道中咏枫树十三韵

春红点素秋，着叶便堪愁。已失芳菲候，谁将艳异求。地违温室树，天远未央沟。黄落心嗟悴，丹存晚见收。笼霞轻拂岫，濯锦滥盈流。瑟瑟回金勒，萧萧映绮楼。飒看浑是雨，欲去转凝眸。色借绀圆夕，沙明朱鹭洲。沾涂泥未辱，曳绖老宜投。寂寞文章著，悲凉鸿雁谋。过时非有竞，鸣夜讵应休。零泽留孤干，怀湘薄远游。年年行路客，此地拂吴钩。

1014　孟冬朔日均阳阻雪，酌王少参公署，咏赋十二韵

零雨几时歇，荒云复昼同。入山寒气早，引领客途穷。凌朔秦关合，旋霄净界空，素迷仙掌外，晶映玉壶中。始溧成冬令，其雾御北风。飘庐凄墨突，和胥润玄宫。白战辉森戟，斑消点驻骢。悬冰香砌积，引瀑水帘通。黄竹何嗟暮，残年或兆丰。杯将浇碨礧，剑欲拂玲珑。迟景欣相得，颓颜醉复雄。客行愁把滑，暂此息飘蓬。

1015　秋夜宿清微馆,追忆嘉靖庚申与汪襄阳夜话于此,感赋二绝句

方来俱是梦，过去莫频思。此是邯郸肆，卢生知不知。
忆昔卧筼房，中宵有客至。只道信宿间，宁知十年事。

1016　界山喜霁戏题一绝（要王少参同游太岳）

十度经过九度阴，忽看斜日逗高林。山灵亦解逢迎事，点检襄州使者临。

1017　得王少参书志喜

怜余犹在界山东，书去书来此夕同。千朵芙蓉看不尽，闻君先到玉虚宫。

1018　三月雪稍霁，行九里山绝顶，惕焉几堕，题十三韵

西去缘何事，山头斗险巇。空花迷六出，寒日蔽三危。只趾旋舆泞，分拳引鞬敧。心难随壑委，诚已失堂垂。历堑深无底，凌水薄自疑。羊肠还旧路，鸟道倦经时。封岳玄云冻，磨岩大块噫。天门通括矢，江栈驻悬丝。叠鼓乘夷发，前旌拄掉迟。适来何用慢，过去忽如遗。疲惜黄羊暮，昏知赤兔饥。有生俱是障，无险不成奇。太华当年客，胡然发大悲。

1019　王长卿文学访余郧台感赠十九韵

计程凡几月，行尽楚西头。顾我淹荒服，劳君赋远游。故人犹宿昔，清论转绸缪。一棹迁荆渚，双鞬逼雍州。古称糜子国，今上仲宣楼。马度连峰峻，猿啼夹峤幽。青山闲虎帐，朱夏换貂裘。蔡屣真堪倒，韩书莫漫投。总驱浮世累，暂作寓公留。欲解延徐榻，初停访戴舟。把杯如梦寐，脱佩且夷犹。自笑黄粱适，翻增白发羞。乡园空杳杳，日月但悠悠。地僻聊藏拙，郊清岂伐谋。广惭寒士厦，净拟羽人丘。媚苑花仍艳，欢宾酒自刍。风流差不减，歌味若为酬。独抱征南癖，终悬定远愁。相逢怀旧隐，谁策醉乡侯。

1020　郧志成，赠别周小史还襄藩，赋十八韵

贡士惟梁域，分疆目宪皇。军城雄四塞，史馆待三长。君故能张楚，臣今已重襄。百年开草创，独夜引藜光。识大推贤者，闻多益旧章。衮褒荣照日，镜戒皎临霜。摇笔辉金锡，坡图下凤皇。诸侯矜纸贵，二酉得书藏。寰宇征文献，精华注武当。真称倒屣客，不负校书郎。宦以无求拙，名因有述彰。黄金爵著作，白璧耻游扬。长揖欢随幕，清歌惨别觞。归途寒赤骥，乘月下沧浪。转盼朱门色，仍闻碧醴香。曳裾身自得，工瑟意难忘。便殿承筐筐，贫家问橐囊。不须将舌示，呼酒赴高阳。

1021　重阳后一日拟游玄岳，雨阻不果行，解嘲一首

往时三上太和巅，天柱晴攀故有缘。此日搴帷当节制，深秋行径独迍邅。无端风雨心先折，欲采芙蓉眼剧穿。悔却钻身误钟鼎，未应骑鹤访真诠。

卢仲佃

1022　登太和绝顶

天柱峰头帝作官，四门高辟太虚中。摩云一点嵩山小，浴日千波海水红。卓笔森森撑太宇，紫烟袅袅匝华封。一从堕落尘寰久，涤骨重来世已空。

卢仲佃（1521—1587），字汝田，后号怀莘，浙江东阳人。嘉靖三十五年（1556）进士，官至广东布政使。抗倭明将。著有《何莫轩集》。

郭谏臣

1023　十四夜太和舟中玩月

江月才几望，长空银浪生。一轮秋未满，万里夕同明。影散黄金粟，光摇白玉京。关山当此际，多少别离情。

郭谏臣（1524—1580），字子忠，号方泉、鲲溟，南直隶苏州府长洲（今江苏苏州）人。嘉靖四十一年（1562）进士，累官江西布政司参政，罢归。赴郧阳巡抚任，未至而卒。著有《郭鲲溟集》。

1024　太和舟中晚眺

坐深棋局散，落日已衔山。鸦散浮云外，蝉鸣深树间。客邀新月饮，渔趁暮涛还。醉后看襟袖，淋漓绿酒斑。

黄克晦

1025　梦游武当山怀郧阳江使君

祝融奠朱方，五岳有定目。胡不以参山，并列而为六。夜梦登其巅，游气承我足。千峰历险巇，如车走平陆。上为帝者居，星辰缠其麓。峥嵘羽人宫，参差遍岩谷。中有不死人，终岁茹草木。授我鸟迹书，奇文不可读。鸡鸣忽焉寤，惋叹泪相续。

黄克晦（1524—1590），字孔昭，号吾野，崇武（今福建泉州）人。布衣诗人。著有《金陵稿》《北游草》等，后人刊成《黄吾野先生诗集》。

吴国伦

1026　闻人谈养生漫成八首

其一

神龙解角，灵蛇弃鳞。超世蜕俗，是为至人。

其二

孰玄吾洲，孰丹吾丘。胞有重阆，心有天游。

其三

师旷枝策，匪以疲息。惠子据梧，匪以惛逸。

其四

使爽□索珠，使蚿驰河。一足非少，百足非多。

其五

食不尽味，乐不尽声。澹足明志，歌止适情。

其六

美疢滋毒，药石卫生。爱或可远，恶或可亲。

其七

冠山而游，鳌力鲜余。戴粒而趋，蚁亦自如。

其八

元化无朕，群生所都。形神不扰，乃笃其初。

吴国伦（1524—1593），字明卿，号川楼、惟楚山人、南岳山人。湖广兴国州（今湖北阳新）人。嘉靖二十九年（1550）进士。官至兵科给事中，后弃官回乡。文学家，"后七子"之一。著有《藏甲岩稿》《吴川楼集》。

1027　朝元诗四章赠仁甫

其一

玄衮袆袆，文缨细细。有驶其乘，载见天子。

其二

天门穆穆，庭燎煌煌。元正嘉会，钟鼓铿锵。

其三

五瑞既辑，百禄是脿。群牧让德，帝曰畴咨。

其四

鱼藻既升，筥莤斯陈。何以乐歌，天子嘉宾。

1028 谒文昌祠（祠在武当山二天门内）

仙源窈冥，陟岭逾冈。一壁斗卓，众峰俱翔。玄关洞辟，彩虹为梁。仰睇清都，混混茫茫。天墉绍缭，五色煌煌。息驾中宫，瞻礼文昌。太微伊迩，帝座之旁。群灵并毂，撰瑟游扬。我欲从之，过谒西皇。濯发汤谷，晞身九阳。岂其羽人，惟命是将。启我灵府，造彼周行。

1029 妙化岩二首

即清微宫。故二张仙人修炼处。

其一

岩路险巇，我行徐徐。冰雪未解，万树如珠。上盘清宫，下结玄庐。宛彼姑射，至人所居。

其二

至人何营，空谷何名。去家学道，药就身轻。吸必露液，餐必霞精。逍遥遐举，八龙来迎。

1030 玉虚宫六首

其一

闾阖四辟，辇道中驰。翳以嘉树，隐以金椎。三条经纬，百隧逶迤。乃瞻玄阙，上帝之居。

其二

帝居广漠，阁道缠绵。迷山跨谷，隐日齐天。金铺玉碣，甲观重轩。井干相望，卿云烂然。

其三

卿云郁葱，光覆琳宫。玉皇金母，陟降虚空。三岛在望，五城其中。列仙诸将，骖驾飞龙。

其四

飞龙何之，御兹灵上。太微上清，化身玄武。上彻三元，下屏九府。怀玄抱真，游息县圃。

其五

县圃非遥，于彼丛霄。瑶芝可糇，琪树可樵。蜺旌轩轾，鹤驭飘飘。焚兰张乐，百灵来朝。

其六

百灵洋洋，歆兹道场。考钟伐鼓，羽节高张。典礼既备，千官肃将。祝我天子，万寿无疆。

1031　遇真宫即事

结侣行采真，修途亘川陆。踉跄二千里，灵山始投足。仙关辟窅冥，驰道纡以复。列嶂图曾城，崇柯蔽玄谷。宫阙俨帝居，金光荡晴旭。黄冠奏笙璈，导我入云麓。飞蛛郁为梁，潺潺漱寒玉。此中有真气，万仪凛清穆。所以张异人，于斯悟仙箓。丹成羽翼生，冲举谢尘躅。不闻天子招，霞外信飞伏。遗像亦委蜕，谁能强结束。胜地追高风，我心净如浴。虽已逃世网，胡为混流俗。长当从此辞，餐芝驾白鹿。朝从猴氏游，暮托昆仑宿。

1032　谒太和宫

望望太和山，行行众峰杪。百折三天门，岩峣出云表。朱宫敞清虚，列室嵌幽窅。逶巡蹑飞霞，飘然纵遐眺。仰惊一柱绝，俯瞰九州岛。小雪嶂森琪，林星枢肃灵。八璈凄以清，空香陵缥缈。歆兹上元居，渊渊净诸嬲。

1033　谒五龙宫

涉涧遵飞桥，凌虚逾层岭。遥窥缥缈峰，渐蹑溟蒙境。龙蟠怪石根，鹤下危松顶。紫盖垂纷纶，丹梯郁藩屏。山缠九曲垣，泉沸五龙井。连蜷上帝宫，夭蟜神人鼎。复阁丛霄纤，羽室繁星炳。玉象含异灵，金轮转空影。圣代崇玄功，清游谐幻景。幢扬百礼登，钟发万方警。陟险身忘疲，凭高目争骋。瑶草秀可餐，珠华粲堪秉。依稀月佩还，想象云衣冷。因探无上诠，遂有太初省。息心抚元化，诸妄一时静。

1034　登天柱峰歌

玄帝之神天下闻，玄岳之山天下尊。灏灵盘礴八百里，寰中五岳都儿孙。左挟秦韩右梁楚，大观不复思昆仑。古柏阴阴夹驰道，万折千盘俨天造。石栏飞绕金银台，丹垣曲护神仙奥。泉奔绝涧鼓风雷，雾匝虚岩霾虎豹。参差殿阁表青林，峥□峰峦插太阴。玉阶斜引天门杳，贝阙高张紫极深。矫步才停九节杖，一峰忽起标山心。峰头造天不盈尺，何年飞蜕此遗迹。我来未遇紫元君，却信真人有真宅。云霞满袖星在掌，隐隐扶桑日初赤。回看五老与三公，已在山腰露草中。好将呼吸收元气，何用修为助化工。无上道从无上得，乾坤色相总玄空。

1035　南岩宫四首

其一

回看金碧色，隐约断岩中。树杪飞双阙，云间挂六宫。至人栖广漠，大道在崆峒。玉检先朝阆，祥光自郁葱。

其二

循崖俱斗折，度陇忽云蟠。石捧元君殿，霞封太乙坛。万杉苍霭合，千涧碧流寒。多少仙人迹，扶筇面面看。

其三

灵窍五丁凿，仙家六箬传。言寻度世迹，尚纪入山年。药就轩皇鼎，池分夏后泉。层崖一借榻，稳傍太微眠。

其四

薄暮山仍雪，凌晨景忽空。冻云迷虎涧，积蕊覆龙宫。景物行俱幻，玄真悟总同。何当此冲举，万里御天风。

1036　紫霄宫二首

其一

磴道欹岑碉道除，松杉缭绕步清虚。玄关迥逼中天象，紫府重扃上帝居。境自烟霄开福地，泉分日月泻金渠。仙童坐进龙根脯，静夜山堂手道书。

其二

云屏万仞欲遮天，五老诸峰插御前。紫气氤氲三殿合，朱旗缥缈百灵悬。经行阁道都霞外，入望岩柯半斗边。列室箫鸣鸾鹤举，无疑此地有飞仙。

1037　遇真宫逢张子茝太史（子茝，予故人，张提学复亨子也）

春山积翠拥玄都，雪后金光欻有无。绛节云渠天使至，青藜石径野人扶。相将跨鹤凌瑶岛，且复停骖醉玉壶。明日峰头看万境，应从匹练指三吴。

1038　净乐宫作

玄师合是轩辕裔，楚地仍遗净乐宫。万井经营山郡满，五城楼阁帝乡同。栖真宵蔼青林曲，望岳嶙峋紫气中。胜地相传灵异集，由来大道只虚空。

1039　上下武当道中咏所见五异（一首）

万树轮囷拥道周，苍鳞剥尽赤脂流。枯根圻地龙蛇奋，突顶摩空魑魅愁。倚涧忽崩三峡石，绕宫应护五城楼。秦松汉柏虚争长，拟并扶桑荫十洲。

1040　右老树

岭路崔嵬万石攒，攀缘辛苦亦奇观。群驱象马云心跃，倒曳虬龙树底蟠。赤甲磷磷参贝阙，苍棱齿齿夹琼栏。头颅似解生公法，莫作防风朽骨看。

1041　右怪石

望望青天挂玉龙，忽惊风雨暗芙蓉。悬泉缥缈明河落，急峡奔腾巨浪冲。终古雷声喧大壑，四时雪色洒高松。庐山瀑布曾涓滴，何似仙源处处逢。

1042　右瀑泉

虚岩万仞临无地，复阁千家入紫烟。栖宇飘摇云栈外，旌幢隐约帝阍前。笙璈晓奏凌三岛，环佩宵鸣过列仙。却恐乘风自飞去，便应鸡犬亦升天。

1043　右悬楼

断崖垂绝引飞梯，咫尺天门路忽迷。空际玉阶盘杳渺，雪中金锁助攀跻。侧身疑在连云栈，息踵愁临万仞溪。却喜晚年能济胜，好寻仙侣卜岩栖。

1044　风岩

如何一石穴，噫气群山鸣。万虎啸幽涧，划然山鬼惊。

1045　尹喜岩

问道青牛后，藏真紫气间。岩栖高万仞，那复恋函关。

1046　卧龙岩

岩间吐真气，下有老龙眠。起作元君驭，犹堪遍八埏。

1047　黑虎岩

黑帝驱黑虎，山行辟妖魔。至今岩谷里，时有猛风过。

1048　白龙岩

白龙行雨归，但与白云住。只怪此山中，鳞甲皆玉树。

1049　凌虚岩

绝涧不可渡，中有诵经台。岂应缘筏去，学得驾云来。

1050　妙华岩

天女散天华，山成九色霞。古来人迹少，只可住仙家。

1051　滴水岩

山中玉乳泉，细泻玉龙口。一歃清我心，六尘复何有。

1052　磨针涧

抱杵临涧滨，成针岂其易。非有金石心，畴知神女意。

1053　鬼谷涧

涧水落潺潺，因风振佩环。不知栖鬼谷，何似访神山。

1054　五老峰

曾为傲吏谪匡山，日日酣游五老间。何意重逢在天上，隔林苍翠杳难攀。

1055　青羊涧

白石化青羊，群眠绿涧傍。初平时一叱，太半起为梁。

1056　金鸡涧

老树坼危崖，悬泉响灵谷。上闻金鸡鸣，下有金鸡浴。

1057　过虎耳岩访不二和尚语次四首

其一

雪滑羊肠助险，云深虎耳名岩。一榻栖形土石，诸天幻迹松杉。

其二

闻有如三大愿，来参不二法门。星应西来高士，天假南无世尊。

其三

住世心同出世，闭关功在开关。烦恼或生天界，菩提反在人间。

其四

究竟有空即相，本来何妄非真。舍筏便超苦海，循途恐涉迷津。

1058　双笔峰

亭亭双管卓空虚，点染云霞侍帝居。若道玄冥无乌史，人间何自有天书。

1059　二莲峰

参差天外削晴峰，花萼扶疏紫翠重。七十二峦俱净土，宝光争射两芙蓉。

1060　七星峰

北斗杓悬黑帝宫，千山金碧曜灵通。峰头一扫浮云尽，九野苍茫指顾中。

1061　中笋峰

一片中峰帝座前，分明端笏起朝天。群山拱伏都鹓侣，玉笋班头是上仙。

1062　三公峰

虚皇宫阙九重开，突兀三公进璧来。合有天符传上界，常令真气出中台。

1063　香炉峰

何人望气指函关，却在三公五老间。只怪空香飘五色，谁知天帝远游还。

1064　玉笋峰

天削群峰大顶看，枝枝绿玉秀成竿。春风不解淇园箨，万点龙鳞白日寒。

1065　天马峰

不见长空天马来，咆哮风雨蹴云雷。自从玄武回灵驭，万岭盘为戏马台。

1066　展旗峰

黑帝当年护北征，陈前时跃九龙旌。只今龙影搴千丈，犹使妖魔日夜惊。

1067　丹灶峰

峰为金鼎石为丹，万古云烟火候看。人世九还俱浪说，由来天地一泥丸。

1068　紫盖峰

一盖浮空拥万灵，仙坛缥缈降云轺。老夫欲跨峰云去，便谒东皇上紫庭。

1069　舟发均阳江上即事二首

其一

沧浪水泛鸭头绿，石色沙光荡晴旭。不见当年鼓枻人，轻帆已落万山曲。

其二

麇子城南一水斜，望中天柱蠹明霞。朝来已破游仙梦，五岳五湖都是家。

1070　自然庵

木香故凡卉，素华皦璀璨。柯莱相缠绵，清阴结不散。抽梢架飞甍，垂条张翠幔。息影巢其中，无劳美轮奂。

1071　重登太和绝顶

向平悟损益，五岳愿乃酬。卢敖志遐举，逍遥陟昆丘。我生发渐短，胡为老菟裘。矫兹太和峰，迤在江汉陬。紫气排天阊，岧峣俯神州。宫阙万余仞，灵光闳六幽。岂爱千里劳，负此方外游。重携九节杖，直造仙人楼。四顾何荡荡，烟霏倏焉收。焚兰降元君，云轺为我留。授我无上秘，将与元化侔。良当绝世缘，从之遍十洲。

1072　太和峰示儿无伤

玄岳参高天，盘薄千余里。真气结万灵，群峰罗其趾。携儿远攀跻，天路何迤逦。县梯造无极，层崖迫相抵。文石诡难名，琪树森旖旎。空烟荡吾胸，泉籁洗吾耳。振鞋凌其颠，规中不盈咫。烨烨黄金宫，赫赫虚皇止。因之览八荒，八荒一何迩。闵兹世间人，营营日未已。惟有霞外士，高视彻元始。登泰小天下，其致亦尔尔。

1073　南康五里桥即事兼简田使君

五里山前启灵隩，蛇形起舞龟形伏。匡家兄弟不敢居，岩下老人甘露宿。

一朝辟作上帝宫，片地能延十方福。远近风闻帝力玄，千门万户齐斋沐。顶香束帛道家装，八路交驰楼相属。逡巡合掌颂仙经，不断慈声振山谷。私愿无端各自宣，七星旗下祷且哭。罢癃痹痤乞神膏，一勺美如珠万斛。岂借当年汉時灵，燔柴已熄光仍复。庐岳尊堪配武当，天池气欲无王屋。使君相地合有神，此中疑已闻三祝。

1074 太和道中杂咏八首

诗中同游客谓行甫仲美。

其一

怪是神仙窟，重来境忽迷。松杉隐驰道，云汉接飞梯。却忆同游客，曾当最胜题。只今成独往，犹复健攀跻。

其二

已蹑群峰过，行行路转赊。岩幽多积雪，树古半栖霞。屡迫山腰险，翻疑岳顶斜。前林香气郁，应驻五云车。

其三

天外流金碧，氤氲十二楼。云霞开紫府，鸾鹤舞玄洲。俨迓虚皇降，聊从羽士游。灵山看不厌，欹枕梦仍幽。

其四

灵游标复阁，绝磵跨行宫。座拥黄金像，泉悬白玉虹。岂缘仙骨异，常觉道心空。玄武留真诀，惭予老未通。

其五

径转峰如削，林开石竞飞。瑞烟通帝座，空翠湿仙衣。五岳晴堪俯，群星昼可挥。玄空一以悟，遂觉万缘非。

其六

累日疲登顿，朝来云几重。林巢千翡翠，阙拥万芙蓉。绝顶灵光矗，中天绛节从。当轩凭九野，便好驾飞龙。

其七

九土朝真客，斋心学道妆。骈肩入云栈，努力望天阊。口诵三元况，身怀异域香。叩坛摅所愿，清切遇虚皇。

其八

宫殿弥山谷，分门引万寮。祠官供祝圣，弟子叶鸣韶。杳蔼群灵集，超跄万姓朝。听经浑不寐，仿佛卧丛霄。

1075　访不二和尚

白衲西来后，端居虎耳岩。不知深岁月，惟见老松杉。顶佛开云窦，诠经闭石函。客来无一语，义手诵那含。

1076　还自太和答郑汝志见怀

汝志方卧病，颇以不得同游太和为憾，因赋长律见怀，意耽耽其也。依体赋答成十二韵。

与子二年别，况经千里游。春云淹伏枕，汉水滞归舟。谒帝玄宫杳，怀人白社幽。云霞披岳岭，风雨暗湖头。树隐浮丘室，香生聚窟洲。佩鸣群籁叶，幢闪众星流。鹤驾元君降，鸾辀玉女留。五城殊不远，七圣俨相求。高步无三岛，平临隘九州。从来身是幻，所过迹俱浮。何处神仙诀，能宽老大忧。新诗远持赠，珍重夜珠投。

1077　梁仲登使君招饮均州南城楼漫赋

麇城如斗众山罗，南拥飞楼接太和。树杪沧江三楚落，云间紫气八宫多。大夫新拟登高赋，渔父曾遗鼓枻歌（古沧浪在楼之东，山下即屈原逢渔父处）。只似庾公清啸处，一樽明月散藤萝。

1078　太和山下遇费国聘给事有感作

春风玄岳采真回，有客行吟汉上来。入梦山川千里合，避人怀抱一樽开。由来雅道能违俗，岂是清朝未爱才。忆自灵均骚赋出，江流今古不胜哀。

1079　将至太和，李孟诚中丞自郧镇两遣使来相招，赋此辞谢

驿使连翻幕府来，缄书持傍岳云开。三关坐控神仙界，群牧争推将相才。尚

忆往时操几杖，何辞高馆馨樽罍。只怜肮脏蒲衣子，恐使辕门客见猜。

1080　宿太和宫弄得李中丞见招书郄寄

登高已破万重云，广乐依稀静夜闻。参上八宫犹未遍，隆中三使亦何勤。披衣起绕琪林树，盥手重然石鼎熏。咫尺故人开府处，天关紫气隔氤氲。

1081　登均州沧浪亭二首

其一

潭水自清浊，山云无古今。荒亭万里目，一寄远游心。

其二

散步行吟去，春阴澹绿郊。总无憔悴色，渔父莫相嘲。

汪道昆

1082　神楚歌

列幽宗兮天闉，疏文石兮华堂。蹑瑶光兮当户，帅三公兮雁行。灵之来兮雍雍，乘喷玉兮云中。臣圣哲兮为役，黜口耳兮鸿蒙。履远游兮璆锵，升天衢兮张皇。导群贤兮先路，炽明德兮无疆。释余骖兮阆风，缓余佩兮离宫。觐昌晖兮当世，历千祀兮升中。

汪道昆（1525—1593），初字玉卿，改字伯玉。号高阳生，别署南溟、南明、太函氏等。南直隶歙县（今属安徽）人。嘉靖二十六年（1547）进士，历官义乌县令、襄阳知府、福建按察使、郧阳巡抚、湖广巡抚等职，仕至兵部左侍郎。明代戏曲家。著有《太函集》。

1083　太和山铭

赫赫成祖，张皇圣武，中外以宁。左右六师，元君陟降，抗我皇棱。大报神庥，敬修祠事，帝时用兴。疆理隩区，离官错起，灿若繁星。太和崔嵬，金城千仞，以象勾陈。厥有神皋，冠以黄屋，俯揽八纮。嵩少及肩，参居二华，雄视南衡。江汉分流，会于二别，神物有征。禔福邦家，鞬橐不试，民物孔殷。肇祀迄今，莫不祇敬，崇事明禋。亦越世宗，穆穆深德，通于神明。申命司空，有事吉土，百度维新。费出尚方，鸠工程物，勿以罢民。在宥寰区，四十有五，治定功成。皇帝承之，翼翼昭事，罔或不钦。三事大夫，咸有一德，夙夜惟寅。嗣服不忒，率由其旧，至治烝烝。百粤三苗，骈首伏质，境内皆平。威行海甸，名王稽颡，款寒称臣。厥凡有生，举首内向。天子之勋，介福宣威。保兹天子，维岳效灵。七十二家，登封有迹，犹存令名。煌煌我明，世修鸿业，振古莫京。不佞守臣，敬共方祀，三谒帝阍。微微文昌，用章美盛，播于无垠。

1084　岳顶

肃皇昔升中，玄晔兹诧始。袯祲薄太清，丹梯穷太紫。吾侪共攀跻，高坐探溟滓。特室双云门，名都三天子。南衡差及肩，东岱仅方趾。俯视曜灵生，冥慢混沌死。神游欲御风，天语时在耳。行乐澹念归，归来路或枳。

1085　城西望岳喜晴

宿雨连山敛，春阴隔岁深。提封依地主，望祀得天心。帝晔城头出，仙源树杪寻。岳莲开十丈，空翠欲沾襟。

1086　香炉峰对酌

峭插千寻石，香浮百和烟。振衣凌卓斗，倚杖听钧天。神鼎空中出，仙杯树杪传。布衣禁十日，归路判千年。

1087　五老峰头闻乐

地绝丹梯路，峰攒绿发翁。朝陟生雨后，天乐下云中。笙自王乔度，箫知嬴女工。霓裳初入破，借翼欲乘飞。

1088　天门

谁典天门客，还容石户农。巨灵无斧迹，关尹有云封。出入通青鸟，招邀坐赤松。宸居今咫尺，不用叩铜龙。

1089　仙源泛觞

清浅河源近，逶迤涧道微。波回金不断，觞下羽如飞。疏密从分席，浮沈任息机。渔舟如可入，从倚且忘归。

陈文烛

1090　将游太岳书怀二首

其一

弱龄赋采真，颇有山水癖。千仞神亦翔，群籁心若适。结束在金门，烟霞与之隔。每诵景纯诗，游仙慕凤昔。一麾乃江湖，杳杳宫云碧。飘飘入三湘，潦漭仍七泽。灵境可淹留，长往无足惜。奈何尚平生，徒为婚嫁迫。

其二

人生不满百，奄忽真寄居。欢娱及时为，九州安所如。夜梦羡门侣，要我于天衢。丹扉启阊阖，紫霞流琼车。排雾奋逸翮，指我太和隅。景云嵯峨起，好风与之俱。匪徒向神药，意欲合灵符。挥手谢尘世，明日凌太虚。

陈文烛（1525—1594），字玉叔，小名武当，号五岳山人。沔阳（今湖北仙桃）人，诗文家。嘉靖四十四年（1565）进士，累官福建按察使。

1091　天柱峰

灵境何郁盘，中有黄金殿。极力登天门，柱峰时□见。亭亭车盖云，四顾目欲眩。上可摘星辰，下忽走雷电。坛宇缔构工，文皇礼殿荐。赤缩与青莲，遥望罗簪弁。夜卧露气侵，芙蓉落回面。丹砂倘可成，玄发当不变。□□□□□，兹川亦可登。清泉出碧障，霜叶满高陵。乳窦既滴沥，崇岩相峻嶒。灌清可□□，□胸云欲凝。过此不亻立，绝险安可□。□草在何许，临流思不胜。逡巡既良久，□□若为崩。饮之顿忘暑，何须玉井水。

1092　虎耳岩

深□□亦寒，问岩为虎耳。万叠白云中，千□□溪里。交藤步果难，扪葛差可起。听鸟□□□，□□堕深水。云窦渺无穷，坚崿亦堪□。□□复探危，来访参禅子（时访不二禅师）。结□□□，赏心聊寓此。玄豹隐南山，从兹□□□。

1093　飞升岩

南岩山本奇，到此深且迥。怪石总磷磷，白日常冥冥。仙人驾云螭，丹炉空绝顶。长生药尚余，鸡犬亦舐鼎。金银气有之，四望多炯炯。天风荡清波，披襟谁独醒。思得壶公遇，而与安期等。岩头万丈松，飞去那能并。

1094　自然庵

方桥池可通，四围多甃石。昔有李素希，冥栖乃其宅。文皇召不来，殷勤赐束帛。至今玺书存，光芒动晨夕。披玩我重来，清风生两腋。闲寂虑欲空，坐久意堪适。十载苦风尘，今日还行役。何以驻我颜，流光真过客。

1095　宿太岳绝顶梦中成长短句

大岳之山何其高，长江一线飞洪涛。纤纤明月真可拾，浩歌一曲仍持鳌。吾家杖履挂云树，冉冉流光三十五（嘉靖丙申，家大人祷兹山一余）。疏薄谁言岳降神，今日重过频起舞。青童两两何处来，云鬟素手相徘徊。谓我玉皇香案吏，遗我一二流霞杯。希夷炼修有遗础，神女解佩如可语。飞扬不在宇宙间，十洲三岛非延伫。呼吸真如帝座通，高标浩荡摩长空。白云在下众山小，意气泠泠思御风。嗟余本有山川癖，遥向青冥拜奇石。林猿野鹤总堪题，独少仙才李太白。

1096　太和宫

孤枕傍巍峨，平台是太和。斗间星乱落，月下露偏多。忽听霓裳曲，谁同子夜歌。拥衾浑不寐，吾亦病维摩。

1097　紫霄宫

杖履来仙馆，苍茫路正遥。白云常在户，紫气欲凌霄。鸟语沉芳树，虹飞锁断桥。亦知天路近，明月坐相邀。

1098　玉虚宫

已觉樊笼累，寻幽此更舒。楼台金作阙，钟磬玉为虚。野色荒烟合，寒云古木疏。文皇当日幸，苍翠满銮舆。

1099　迎恩宫

睿藻题仙迹，须知是圣恩。残碑多鸟篆，坐久识禽言。树隐深盘径，泉回曲抱源。向来临险阻，回首亦销魂。

1100　净乐宫

城郭还如旧，关门望更新。亦知封净乐，何意竟修真。独鹤依然舞，神龙不可驯。至今余夜气，千载识金银。

1101　南岩宫

怪石从中起，岩扉百丈阴。摩空警过鸟，积雪在深林。到此真无暑，令人发朗吟。飞升如可托，肯复恋朝簪。

1102　五龙宫

仙子今何在，宫名尚五龙。山深时作雨，溪响不闻钟。独往无同伴，何缘觅去踪。诸峰罗列处，一一绣芙蓉。

1103　遇真宫

正有真人想，其如遇渺然。人言临福地，吾意在九天。岁月山中老，乾坤此际悬。偶来仍驻屐，笙鹤下翩翩。

1104　夜宿望岳忆陈仁甫、沈子静、翰林王敬美、杨宪功、仪部李惟寅、勋卫康裕卿、洪从周山人

月明长啸气翩翩，指点名山在目前。玄岳有灵应识我，胡麻何处可成仙。疏钟吹落云间寺，新雨飞来树杪泉。安得故人同绝顶，挥毫搔首问青天。

1105 宿太岳绝顶二首

振衣直上太和巅，天柱峰头更一眠。虎豹石蹲浑远雾，虬龙树色隐寒烟。丹梯益觉乾坤小，青霭常看日月悬。纵有谢公登览屐，夜深萝薜不知还。

自昔兹山多胜概，圣朝今日始登封。修真空说当年鼎，谒帝初闻上界钟。露湿背岩惊宿鸟，泉鸣幽涧走飞龙。凭轩亦有无生想，梦绕蓬莱路几重。

释雪江

1106 方棠陵托胡黄门惠寄龙竹杖

棠陵仙人南岳游，寄我武当龙竹杖。付托黄门情甚遥，千里相持岂能忘。直下荆楚过洞庭，鬼神欲夺蛟龙争。阳侯水底为呵护，扁舟风浪不敢生。老夫拄上石门去，猿猱跳啸魍魉惊。赖尔扶持老骨瘦，目断三湘歌月明。

释雪江（1525—1606），名宋旭、明秀，字初阳，号石门子、霞居士，法名祖玄。浙江嘉兴人。明代画家，为华亭派中自有创意者，善画巨幅大嶂。

于 业

1107 太和宫

玄阁天开□，登恤转万盘。风雷生足下，箫鼓起云端。睥睨星辰近，徜徉天地宽。尘缘都谢□，清梦即还丹。

于业（生卒年不详），字建公。南直隶金坛（今属江苏）人。于湛（嘉靖年任郧阳巡抚，修建郧山书院）之子。嘉靖二十六年（1547）进士，官任嘉善县令、提学御史。

1108 太和山道房晴眺

飞楼峻阁倚空开，回眺青天百尺台。晴日似从峰顶度，浮云反自地中来。苍苍草树连幽壑，隐隐笙箫接上台。极目绝无尘事扰，分明身世在蓬莱。

青山叠叠树苍苍，阅尽人间有底忙。岩壑尽余栖隐地，尘寰遍逐名利场。

峰头月挂诸天□，□□云封鸟道长。人世仙源隔如许，□芦高笠自徜徉。

陈 柏

1109 送程孟孺游太岳兼谒王元美中丞

七十二峰悬楚天，中间窟宅多神仙。我思黄鹤凌白日，尔驾苍虬腾紫烟。扪参历井亦胜事，吸露餐霞非俗缘。缑山倘遇王子晋，相逢且为探真诠。

陈柏（生卒年不详），字子坚、宪卿、苏山，湖广沔阳（今湖北）人。嘉靖二十九年（1550）进士，累官至兵部职方司主事。因不肯阿附严嵩，被贬辞归。著有《苏山集》。

1110 示堪孙游太岳

太岳争传古洞天，紫芝瑶草昼生烟。芒鞋曾踏层霄上，回首惊看四十年。

王 彩

1111 游沧浪

秋杪江门道，孤舟棹月明。天间一栏阔，波留万斛清。骄鲔已知驯，投竿空复情。倚舷歌赤壁，时有祠箫声。

王彩，生平事迹不详。

1112 舟中有感

渺渺江流百丈深，欲从清泠涤尘襟。长空孤鹤秋□下，缺月□桐夜有阴。勋业倘能垂宇宙，山川不负此登临。吾侪谁负斋文志，廊庙江湖矢素心。

王世贞

1113 送周子礼太岳玄帝宫

北极下明神，寄治参之峰。金宇薄太清，玄旗散灵风。皇王隆秩视，万姓皆朝宗。周郎江东彦，冥心事真空。胡为挟瓣香，竭蹶趋其宫。我闻天大将，九有托帡幪。焉知非冒索，现身于其中。蕞尔酰鸡士，窥管安得通？晞芘颛子思，归语将无同。

王世贞（1526—1590），字元美，号凤洲、弇州山人。南直隶太仓（今属江苏）人。嘉靖二十六年（1547）进士，官至广西右布政使。万历二年（1574），以都察院右副都御史抚治郧阳，提督军务。复起至南京刑部尚书。明代文学家、史学家。著有《弇州山人四部稿》《弇山堂别集》等。

1114　闫希言先生道成而游戏人间，任真自适，闻之久矣。今年来访弇园，谈笑无间，忽语余欲返武当故馆，一叩元帝。先生有故人不二头陀范丫髻，亦余旧识也，因歌以赠先生并寄声焉

足下不履头不巾，一衲寒暑长随身。有酒时过犊鼻子，得钱即散鹑衣人。马藏阴相任儿戏，熊经外道胡足论。是口那曾挂臧否，无心何处容贪嗔。访余东海近旬日，云往天柱朝元真。左玙之柳夙好事，为尔筑馆襄江滨。夜斗低徊挂檐栋，朝暾晃耀开金银。虎岩不二范丫髻，岁寒且共栖嶙峋。道余鼯鼠技已尽，薄有雕虫名亦沦。闲披缁衲礼禅客，或戴黄冠称道民。三尸上天鲜可诉，何苦役役防庚申。蓬莱宁复闭贤路，桃花亦自通迷津。只愁鹤背太清瘦，可载笨伯凌青旻（先生体过肥，故戏之）。

1115　今岁忽已知命。仲冬五日为悬弧之旦，不胜感怆，聊叙今昔，得六百字

薄游狎流光，五秩俄已至。今为悬弧旦，使我废朝食。窃拊有尽身，自拭终天泪。罢牙息众嚣，闭阁负余惴。离疏非冠日，通籍乃韶岁。为郎典方迕，业已三上计。比舍饶俊民，兴辞骛遥诣。虽匪大国香，岂为当门植。众媭方奏淫，如何独求退。栖迟三辅谳，屏营东秦寄。萑苻既如浣，萧斧永绝试。烈炎弥原来，玉石同进碎。龃龉缇萦书，艰危子坚祀。扣阍不睹天，洒血空坟地。岂无经渎念，处死殊以未。流哀悴松柏，余辱蒙萝薜。屯夷理垂极，鼎革时初际。皇瞩回复盆，谷灰起幽吹。徊徨深隐恻，踯躅窥慈意。南舟遍楚越，北辕镮晋魏。蓬心绝羝触，栎质惭鼯技。畴谓偏奇禀，谬中通人嗜。三台敢希历，九列无乃赘。牵马似有曹，攻驹岂吾艺。是时秋欲暮，天

子问郧帅。尔以中执法,其往司节制。寻叨玺书宠,仍拜宫壶赐。肃肃萃冠簪,悠悠度旌旆。如何渭桥色,已作天涯视。严霜逐飞盖,修路疲征驷。汉水擘峡来,崟峰蹈空置。褒斜绾单毂,井陉艰列骑。偶同王遵叱,无取子阳喟。片檄寝赤丸,尺棰走墨吏。捃拾虞军兴,纵舍伸主惠。窃窥宽大朝,因驿上封事。愚得或有一,斯狂岂可二。既采菲菲诚,复贷尸俎罪。虽尔竭涓浍,何由报恩施?芳已凋蕙兰,辛犹残姜桂。揶揄路鬼讥,婵媛女嫠詈。策足趣暮闉,长鸣顿其辔。甘为退飞鹢,不作骧首骥。松柏偶然乔,宁因青阳媚。誓墓今已乖,入宫频见忌。谬陪七子列,恐为颜延弃。虽谢三君后,未甘李膺易。数往已自疑,揣来人同愧。伊昔虞舜慕,五十犹不替。惟彼曼容秩,六百旋请致。而我独何为,心迹两成悖。鬈讶蒲柳零,身安匏瓜系。雕虫业久贱,小草名还细。服政政欲疲,知命命何冀。纵识去者非,焉睹来者是。昔人多无闻,今余焉足畏。秋叶旦暮零,亲知同飘坠。江水日夜流,富贵亦偕逝。驻颜问刀圭,多难损根器。皈诚悟正觉,庶矣超人世。

1116 由云峰取道锦涧历险至绝顶

改装问绣涧,徙屏披蹑云。亭名洞仄愁,陵缅云杂争。崩奔急湍令,玉危缓溜使。弦温稍息一,会心屡颇复。惊魂参差吐,锋距倏忽变。朝曛前径为雾,绝后呼若空闻。矫欱属大观,贾勇非离群。会已人世远,何由叩天阍。

1117 由武当之紫霄,历青羊桥,憩五龙,出仁威观有述

跻危意方倦,入幽良自适。岩峦非一态,云日饶奇色。活活伏流来,泠泠深崖滴。腾虬悟风树,渴猊知水石。拿攫令魂惊,蜿蜒觉根坼。俶诡青羊涧,窈窕五龙室。彼美如有待,余欣宁无获。改辙见平畴,蔼蔼禾黍夕。归虑中未搅,目境时有失。安得乘跷道,遥青庶可摘。

1118 由南岩寻北岩谒不二和尚

降陟虽疲迹,眺览用怡心。心怡体自调,支策探道林。是时春初暮,遥绿结屯阴。一幡扬空表,双树吐缘寻。初窥但绝壁,缓步得精蓝。开士久杜机,眒睐不能禁。延我坐芙蓉,啖我以林檎。清梵和流泉,噌吰海潮音。忽

睹西岫景，圆规已半侵。归来愧禽鱼，自得忘高深。

1119　朱象玄太史册封楚藩，云将取道南游太岳，诗以送之

于皇展亲睦，宗子介樊襄。玉圭黄金册，炜晔出尚方。伊余同门友，洵美清而扬。诏其辍史幄，尔往钦哉将。天都辟闾阖，九奏何锵锵。莲烛际宸晖，星裾搴御芳。前呼薄崇椒，后钱塞津桥。白茅仍拥节，班马重横镳。雪里蓟门树，花前汉江桡。汉江一千里，方城暮烟紫。鸣铙荡鱼龙，解缆采兰芷。荜路捧霓旌，从价蹑珠履。帝命尊若天，王封固于砥。此时雍堤柳，柔条尽抽绿。上客金马姿，小儿铜鞮曲。山问诸葛龙，门访庞公鹿。羊碑摩绝翠，鲛渚泛明玉。壮游重茫然，弭节太和巅。挥手弄日月，荡胸拂云烟。中有两仙童，跪捧琅函编。奇字不可识，秘之二千年。今遇蓬莱客，始宣至人传。归上紫皇寿，珥笔长周旋。

1120　赠不二和尚

苦无道民好，披缁礼远公。劳师破吾执，所破随亦空。饭罢了无语，趺坐苍山中。

1121　赠范丫髻

一瓢更一杖，此外都不闻。瓢还颍水月，杖付葛陂云。挥手参山顶，却笑洪崖君。

1122　癸酉冬，余迁岭右，阻大风江上，武陵梦玄子于信夫轻舟过访，剧谈三宿而别。甲戌冬，余领襄汉，节甫之镇而信夫书至矣。余且将有太和之登，信夫能修江上故事，蹑屩从我乎？歌以招之，且纪旧事

北风吹江浪黏天，岭南方伯夜不眠。床头啾啾泣龙渊，忽睹一叶凌苍烟。中有虬髯赪颐鲜，鹖冠鹿裘当风翩。人乎鬼欤非耶仙，武陵居士于梦玄。两为循吏嘉隆年，眼中不挂石二千。归来拍手桃花颠，自云百愿早已捐。唯不忍割龙门缘，剧谈三昼舌本穿。骊龙颔珠乱唾船，缓颊坐夺冯夷权。我自鼓柁吴淞边，君亦西归渡沅川。三方鹊印书生悬，此事岂足秦人传。芳洲兰芷若可

搴，青鸟衔送麋台巅。今我太岳寻真诠，倘有乘屐飞我前。虬髯赪颐人依然，把臂并驾双虹軿。毒龙脱衔饱老拳，叩阍且上天公笺。乞汝十顷耕芝田。

1123　武当五龙歌

昔时五龙化五公，口授睡法希夷翁。恬然一境天地外，晋汉周宋皆为空。君不见南阳卧龙卧隆中，鱼水万古君臣同。定军山头葬龙蜕，赤帝烬息龙何功。呜呼！五龙之睡睡亦浓，左耳忽割不可踪。龙潜龙跃各有会，即使终卧谁知龙。

1124　武当道上所见戏成短歌

盖其人皆进香玄帝而口诵佛也。

南阳少妇道人装，皂纱蒙髻白帕方。口诵弥陀数声佛，手斋玄帝一瓣香。有女求如南海相，生儿早作绣衣郎。堆箱越织重重锦，柱栋吴粳粒粒霜。孔雀缠枝双到老，芝兰长砌玉成行。是时玄帝征魔返，十方黑帜摩空翔。覆额难睎九阳发，徒跣长瘃修罗霜。人间福地有如此，明日幡然辞上苍。即劝弥陀亦还俗，毋烦接引向西方。

1125　武当歌

黑帝不卧玄冥宫，再佐真人燕蓟中。乾坤道尽出壬午，日月重朗开屯蒙。人间大小七十战，一胜业已归神功。久从北极受尊号，却向西方称寓公。武当万古郁未吐，得吐居然压华嵩。是时岂独疲荆襄，雍豫梁益皆为忙。少府如流下白撰，蜀江截云排豫章。太和绝顶化城似，玉虚仿佛秦阿房。南岩宏奇紫霞丽，甘泉九成差可当。十年二百万人力，一一舍置空山旁。呜呼！英雄御世故多术，卜鬼探符皆恍忽。不闻成祖帝王须，曾借玄天师相发。汉武空邀王母过，高真不显宋宣和。功名虽盛毋乃晚，混沌时来当奈何！

1126　偶成

其一

欲识君恩重，优闲到始知。空城聊假节，玄岳是真祠。酒病那从起，书淫不要治。未应千里外，片檝似风驰。

其二

一雨夜来足，添衣身转轻。浊醪生睡理，修竹韵书声。少事人方贵，无营意亦平。偶因贪化日，聊尔话长生。

其三

薄有澄清志，犹疑节制非。一城如斗大，三户似星稀。返照松筠妩，初晴笋蕨肥。春寒夜来急，无梦可成归。

其四

好作山僧拟，其如霜鬓鬇。升堂无法说，退院少机参。草色深趺坐，花阴静步檐。晚来饶吹发，应似礼伽蓝。

1127　太和即事四首

其一

名出登封晚，功存象帝先。路疑鞭石就，室似凿空悬。有壑难窥地，无峰不刺天。所游疑梦境，回首即茫然。

其二

天门挥手是，宛转尚千盘。但语中原小，那论行路难。夜分先得日，春去独留寒。不尽登临意，翛然思羽翰。

其三

脉借昆仑远，声欺太华卑。上分天一半，横跨地三垂。不尽松杉寿，毋妨鹳雀危。只怜来往客，未解治贪痴。

其四

童冠六七辈，银管杂瑶笙。一奏钧天乐，声声薄太清。风来时断续，云过复分明。似我仙才浅，犹然病骨轻。

1128　助甫约登太岳，候之不至

山色空相媚，吾眸未忍青。人从春雨隔，杯入暮云停。徙倚银河度，凄其玉漏听。难分使与客，只合候张星。

1129　回龙观

绛节春时憩，玄宫夜不扃。薜衣屏日月，松骨破雷霆。剥落群真像，凄凉上帝庭。蚁台留雉堞，蜗壁断丹青。王气千年合，銮舆一夕经。河山被容卫，草木吐精灵。谷忆三呼应，云疑五彩停。莫将荣辱理，来此叩桑溟。

1130　郧阳道中

蜀道难从昔，郧山不易哉。分峨云作戍，如滟雪成堆。忽类龙宫迫，俄惊鸟道开。旌旗从地涌，鼓吹薄岩回。无虎心时动，非猿响亦哀。胁肩峰崒嵂，蹑履浪喧豗。麋子甘从徙，郧公肯再来。俱言叱驭好，未有凿空才。

1131　净乐宫（在均州，所谓净乐国也）

神农昔抚世，净乐已名都。末法开金相，真王得宝符。天从百战顺，人役万灵趋。羽卫齐宸极，丹青出睿谟。神功随现有，至理入论无。莫泥群真位，遗编误老儒。

1132　玉虚宫（即真武所拜玉虚师相名也）

霞蠹黄金界，虹飞白玉桥。帝居开显赫，天路入岩峣。薜网云常挂，松珠露不消。步将尘世隔，境许俗心调。圣水流仍暖，仙衣静自摇。可知笙鹤度，特底引王乔。

1133　遇雨投紫霄宫宿

千山入窈冥，万壑助泠泠。鸟道春元合，龙宫夜不扃。摩云峰展纛，掷火帝流铃。倦引投枝易，寒惊洒面醒。更衣朝紫极，添篆读黄庭。却忆明朝路，峰峰洗更青。

1134　谒太和宫

一柱太和宫，千岩元气中。芙蓉寒不谢，仙掌近还空。地是钩盘上，桥从贯索通。日轮团俟火，天乐近晁风。麋氏为宗国，幽方反寓公。赤明无信史，吾欲证崆峒（将问之广成子也）。

1135　游武当山五龙宫

听雨过青羊涧，披云出紫盖峰。曲曲蜿蜒复道，层层历落怪松。嵌岩几点鞅鞨，拥殿千朵芙蓉。倦时但引三爵，睡法不输五龙。

1136　雪后朝天宫习仪

玄宫雪后净芳埃，环佩千门曙色来。仙仗不随青帝改，瑶城疑逐化人开。龙鳞映日层层合，凤甃惊风片片回。闻道汉祠先奏瑞，岂应梁苑复论才。

1137　回龙观

玄都飞阁倚崇墉，天子当年驻六龙。岸柳春娇宫女学，岩松秋忆大夫封。烟花万户垂宸极，云物诸陵拱帝峰。处处离宫俱望幸，不堪衰草入边容。

1138　过龙泉观冒雨行即景

峭风含雨自成凄，宛转襄城辙渐迷。岩电忽垂疑帝笑，江雷初上似儿啼。遥旌破壁看初没，杂树含烟晕却齐。怳忽淮南朝帝过，西岩喔喔午时鸡。

1139　由太和登绝顶二首

其一

千盘转尽见三门，七十二峰朝至尊。下插香炉胜庐岳，中悬天柱即昆仑。琅琊挟籁晴疑雨，金殿摇光夜不昏。欲指群方无可问，青山处处白云屯。

其二

绛节朱幡缥缈间，纵非天汉不尘寰。平超五岳王公位，肯数三峨伯仲山。千丈雾深银作海，九霄云净玉为关。空余沆瀣零仙掌，消渴相如可再攀。

1140　宿南岩宫

欲凭篮笋数嵬峨，刺眼翻愁胜地多。绝顶夜悬金观出，断崖晴挟火轮过。池从太乙真人卧，亭忆南薰帝子歌。莫话古来冲举事，一官双鬓已蹉跎。

1141　邀助甫迎恩宫作

三月花飞懒下堂，出游端自为薇郎。尊前小语青山近，城里玄宫白日长。
欲折松枝充麈尾，可辞华土拭干将。人间对有狂名在，不信相逢老不狂。

1142　见甫与余交久矣，忽以书币及诗来贽，请执门人礼，以此辞谢

军城烟柳暮苍然，忽堕孤鸿辈几边。今日子云仍问字，当时文举已忘年。
书来绣段难为报，家有青箱敢吝传。莫道郧江无柳折，也曾相系孝廉船。

1143　叔宝约游武当不至，欲按余诗作图，聊尔次答且寓嘲

虚传消息到襄州，济胜唯应踏虎丘。金作岑山空弄色，珠悬汉水不成投。
还凭摩诘诗中画，写作宗生卧后游。必待他年婚嫁毕，桃花烂却武陵舟。

1144　再用玉叔韵奉答

诗思江春下峡涛，元龙久已自人豪。能令岑岭云为壮，忽忆峨眉雪转高。
地远争传司马难，时清厌续左徒骚。怀中小草君应识，岂有幽芳答汉皋？

1145　移舟饯助甫分韵得牛字

麇子城南看放舟，鸣箫叠鼓不宽愁。过云石迥如人立，破壁江能学字流。
此际雄谭还白马，早时真气失青牛。亦知别后无他事，肯为岑峰暂少留。

1146　宗良王孙旧示严氏毁先公三密启，今复远辱新诗一章见贻，感而报谢

尺素银钩已再传，每惊朱邸有朱弦。重歌大泽骊珠句，忽忆先朝贝锦篇。
死孝愧心还此日，神交屈指定何年。知君未少龙渊气，自上岑峰望斗边。

1147　敬美尚宝使秦，有江藩之擢，取道郧阳，言别，聊而有赠

秦川杳蔼一星稀，奉使仍闻有赐绯。但喜银鱼新佩好，不论金马旧游非。
风回岑岭栖鸿独，云满襄江去鹢微。寄语高阳诸社友，醉翁何日不思归。

1148　与敬美少参登太和绝顶二首

其一

季夏朔日凉翛然，我携叔申朝上玄。双璧乍联堪代月，九阍初近莫谈天。青羊涧暖虹腰度，白马岩高练影悬。暂似五城鳌顶会，诘朝分手傍风烟。

其二

无妨蜡屐并登危，碧汉泓澄欲四垂。极北三尖疑华掌，天西一抹是峨眉。灵风暗送双成管，宿雾初收玄武旗。已是壮游殊未快，何如纳节领真祠。

1149　舍弟自均州城楼别后，道寄二诗，有感辄和

高楼一望思漫漫，两地江山酒未残。欲数对床俱梦境，向来携手是愁端。诗成玉体君其爱，书到银钩且自宽。若遇故人论世路，华阴虽险不为难。

1150　谷日登郧城东北门楼时，四山雪霁，因题曰"春雪楼"，而系以二律用示郡僚

其一

郧城东北似齐宫，四塞烟峦望望同。忽结楼台银海上，尽收天地玉壶中。从他柳絮能千点，笑杀梅花仅几丛。抚罢朱弦君自听，那能不让郢人工。

其二

雪后登楼思渺然，南为梁苑北秦天。微吟谢氏成珪句，忽忆阳生种玉田。报瑞青只装暂改，凌空白凤羽全捐。俱言此日初名谷，太史应书大有年。

1151　助甫携见甫过郧镇留饮喜赠

握手踟蹰惜鬓丝，且先呼酒后论诗。文章李益难终贱，兄弟岑参并好奇。佩玉享来元自蔡，额珠投罢即称随。青油幕下堪移日，玄武峰头合后期。折节客惊麋子地，跳梁人忆虎丘时。年光并得偏吾老，春色从公到汝迟。但是词人阳九过，无妨物态暮三疑。欲酬荃蕙须防化，莫遣东风道上吹。

1152　茅阜峰

茅君顾我笑，谁校从官多。欲语囊中秘，其如六耳何。

1153　健人峰

共工触不周，巨灵擘太华。何似此健人，立石天门下。

1154　系马峰

天马走长空，兹峰偶一系。万象欲现时，聊将系吾意。

1155　滴水岩

一滴一露珠，病渴犹恨少。倘借行雨翁，前村成浩渺。

1156　隐仙岩

真仙不住山，那有山中迹。同是谪仙人，相逢不相识。

1157　风岩

一决土囊口，居然万窍同。人应自寒暑，风不解雌雄。

1158　独阳岩

朔风寒不尽，惨淡结浮阴。念此闭关日，悠然天地心。

1159　凌虚岩（希夷诵经所）

诵经凌虚台，留骨希夷峡。何似学刘伶，未死先荷锸。

1160　棚梅岭

人言棚梅亭，真果已堪证。无奈老饕何，只爱苏家杏。

1161　青崖

断崖数千尺，隐然一辐䡩。即看摇落候，不改芙蓉青。

1162　琼台

当时受册地，今日琼台宫。阿母瑶池色，能如晚照红。

1163　渊默亭

兹亭字渊默，我憩亦何言。忽有天门辟，森然帝座尊。

1164　试心石

陡出千尺崖，下临千尺地。道人呼试心，无心可将试。

1165　试剑石

我有昆吾剑，不将持试石。白璧隐荆山，剖出长虹色。

1166　磨针涧

铁杵磨作针，白石化作金。还怜磨杵客，不胜化金心。

1167　蒿谷涧

野蒿长如人，菉葹亦不离。我欲构一区，为延张仲蔚。

1168　金鸡涧

遥望鸡鸣峰，神瀵涌如射。时听金鸡声，人间道天赦。

1169　摘星桥（即会仙桥）

夜半桥上星，如萤拂衣袂。为摘岁精来，欲验偷桃事。

1170　叠字峰

千尺霞笺灿烂，数行云篆横斜。莫惊此峰叠字，西去水亦成巴。

1171　金鼎峰

十年文火武火，一夕星飞雾飞，惆怅云台夜色，子春独自东归。

1172　云母岩

朵朵傲风云叶，层层薄日霜华。传得彭笺飧法，移来此地为家。

1173　黑虎岩

何事山君变服，弭首玄武行宫。不忧西华白帝，可怕东海黄公。

1174　白龙岩

朝来卯色初动，白云四驰不宁。疑是玉龙行雨，满山鳞甲峥嵘。

1175　朱砂岩

毋烦安期遗信，何用勾漏远寻。方寸不生凡火，大地尽作黄金。

1176　欻火岩

邓天君修真之所。五十余年清净，一念欻火缠纠。却似班生投笔，虎头燕颔封侯。

1177　皇后岩、太子岩

太子宛如悉达，皇后亦似摩耶。一卷西来勘罢，五斗无复生涯。

1178　妙花岩

六铢姹女天衣，贪散天花不归。我醉露眠岩侧，满身花雨霏微。

1179　万松亭

苏门山人坐啸，华阳隐君卧游。嘈然数部鼓吹，犹自传响山头。

1180　龙泉观

摩天群峭石骨，护壁万绿松鬐。过桥泉声忽怒，破宝风意时尖。

1181　乌鸦庙

不学淮南鸡犬，一时相随上天。试问丛祠受赛，何如江畔迎船。

1182　仙棋石

山中烂柯樵者，世上负局先生。最是圣凡难别，欲烦橘叟题评。

1183　双溪涧

一泓蠏眼吐沫，双涧燕尾分流。人道渭清泾浊，俱从天柱西头。

1184　飞云涧·瀑布涧

急淙瀑布千丈，飞云冒絮百重。更许餐霞煮石，山人衣食从容。

1185　天池

天上莫疑银汉，池底亦自青天。白云徐动玉皱，明月初起珠圆。

1186　江畔濯缨亭赠柳常侍

其一

一抹青山堕酒卮，濯缨人醉弄涟漪。莫惊常侍仍呼柳，曾赋沧波太液池（柳常侍恽有"太液沧波晚"句）。

其二

汉江堤畔草芊芊，蜡屐登山醉欲眠。天际香炉君自见，可能身染玉京烟（《荆州图记》云：武当山峰首状博山香炉）。

1187　闻敬美使秦中，要取道太和一晤

其一

怀中白璧月同圆，纵入秦庭莫浪传。可怪人间无合处，郧江虹色已经年。

其二

莲花朵朵扑函关，使者褰帷紫气间。分付锦囊收拾尽，与君移较太和山。

1188　太和绝顶赠敬美少参弟,时游自太华,新领部南康,为匡庐主人

其一

玄岳能玄太华青,到来词笔动山灵。莫言迁客恩波少,何似金门老岁星。

其二

太和宫阙写黄图,匡庐旧称天子都。共事玉皇香案吏,不妨南北领香炉。

其三

汝兄新赋未堪难,岳色撩人试自看。但使登高须授简,主恩新拜大夫官。

其四

鹅笙凤管写潺湲,豹尾熊幡簇满山。疑是茅君兄弟别,未分天上与人间。

1189　天柱峰

生平漆室意堪怜,见语中峰便跃然。盘到最高金顶上,依然无际蔚蓝天。

1190　显定峰

显际神光无处踪,定时贤劫不相逢。老夫拟向峰头住,自取犍槌撞晓钟。

1191　皇崖峰

雨脚霏霏暖不收,皇崖风起忽成秋。浮云半卷青天外,一线襄江抱日流。

1192　大小笔峰

七曜天文万古看,长余彩笔插空寒。欲书人鸟宫中事,龙汉年来罢史官。

1193　七星峰

天上白榆秋历历,人间翠岭昼亭亭。自从题壁新诗就,北斗行中见一星。

1194　中笏峰

手板三时朝紫宸,天符九锡下青旻。自能鹤禁辞五位,不向高真道寡人。

1195　千丈万丈二峰

高峰扫地一万丈，低峰突兀千丈余。三山琪树稍加汝，二华莲花恐不如。

1196　大小莲花峰

大莲花峰房欲披，小莲花发蕊离离。莫轻游子无仙骨，我解栽花发火池。

1197　落帽峰

戴仙掉头蹑白虹，有帽却堕罡风中。不忧天地为绝倒，何物人间老秃翁。

1198　白云峰

春来元气日氤氲，大岩小岩屯白云。山人自是陶弘景，纵有那应分赠君。

1199　大明峰

烛龙双炬破南荒，散作峰头万叠光。纵有天鸡君莫听，不烦红日起扶桑。

1200　五老峰

前年踏雪匡庐过，今年暮春游太和。五峰老人如旧识，不似当年白发多。

1201　三公峰

金顶炜煌帝座开，三峰那不号三台。雨后前山飞瀑过，共言天上白麻来。

1202　九卿峰

窈窕崔鬼面面逢，九霄青对九芙蓉。欲知身染烟霞色，香案前头第四峰。（子前为太仆，于九列为第四）

1203　仙人峰

瑶花琪草遍仙山，山色长依天地间。莫道丘通无一验，也能云雨向人间。

1204　狮子峰

调刁风过忽雄鸣，一窍能暗万籁声。雪后莫寻狐兔迹，只今黑虎不留行。

1205　紫霄峰

千崖过雨欲黄昏，钟鼓朝真未掩门。自是此峰饶紫气，不关曾著五千文。

1206　香炉峰

日气初浓两色孤，青烟片片起香炉，还将一瓣祈天帝，乞取真形五字符。

1207　展旗峰

猎猎峰旗空际磨，千山草木见还无。天策府中玄甲队，淮南节下黑云都。

1208　玉笋峰

初开噎气吐青苹，万木峰头自起皴。却似渭滨春雨后，箨龙无际欲张鳞。

1209　丹灶峰

缥缈仙踪未可非，至今犹说彩云飞。只愁天地终须尽，炼得丹成无处归。

1210　天马峰

氤氲灭没不可求，矫若长空腾紫骝。天上房星应不谬，人间此岭属房州。

（此峰独属房县）

1211　鸡鸣峰

喔喔天鸡三两声，招摇北指汉南倾。九关应似无豺虎，排比云辂觐玉京。

1212　九渡峰

曾穴长房谒汝翁，壶中天地尽堪容。只教三试还难过，九渡深溪九渡峰。

1213　伏魔峰

三尺青荧太乙波，铸成魔欲奈吾何。山深莫道多魔事，屈指人间事事魔。

1214　松萝峰

清泉古槲坐盘陀，览处无多会处多。土木时来俱绮绣，兹峰不改旧松萝。

1215　会仙峰

王母戴胜凌弱波，上元夫人特底过。双成拍手为余唱，少壮几时奈老何。

1216　眉棱峰

八字春山淡淡秋，微云如黛雨如油。自从名挂朝元籍，纵有眉棱不系愁。

1217　金锁峰

铁柱洪都压怪螭，龟山金笮系支祈。何如玄帝峰头锁，问着仙人总不知。

1218　阳鹤峰

老鹤巢杉殊顶圆，欲充仙骑上青天。何当羽客偏多肉，拳足寒云不记年。

1219　紫盖峰

飞符霹雳走逡巡，玉节珠幡总不真。若说古来蛇虎饭，不知何限谪仙人。

1220　大夷峰

大夷峰头天地宽，不似武夷山九盘。寄语浔阳江上客，游时莫作小姑看。

1221　玉虚岩

葛巾藤屦白蕉衫，偶带中台独坐衙。原是玉清宫里客，不教长住玉虚岩。

1222　常春岩

道人高卧蹇山崖，时挟青童酺紫霞。戴胜长鸣三月候，条风不断四时花。

1223　崇福岩

若论太上高真福，黄阁如云不要开。粗衣淡饭无他事，一岁看山一百回。

1224　尹喜岩

太上流沙去不还，犹余紫气在函关。不知元始真人位，玉局张卿第几班。

1225　飞升台

鹅笙凤管奏春风，玉节金麾满太空。今日广成成后进，不知何事恋崆峒。

1226　望仙台

汉兵南下未央灾，鱼服龙潜隧道开。世外老翁何所与，君王空筑望仙台。

1227　礼斗台

斗柄横斜河汉微，轻风欲袭五铢衣。钧天一派初收响，摘得金盘玉露归。

1228　紫云亭

日帝流光射后庭，紫云千古尚名亭。还应独饱阴符句，大赤天中一将星。

1229　自然庵

九转神丹九已成，如何依旧马明生。由来上界愁官府，散诞人间自在行。

1230　青羊涧

流沙西去失青牛，却坐青羊向益州。我效初平仍一叱，可能分作钓鱼裘。

1231　鬼谷涧

捭阖书同用不同，可甘王诩易仙宫。欲知幽谷原名鬼，六国游魂出此中。

1232　百花泉

密绿成帷红作茵，仙家日月号长春。不须流出千般色，一种桃花也殢人。

1233　甘泉

清澄绝胜汉甘泉，一酌心魂自爽然。应是武皇探未到，不教仙观表祈年。

1234　太乙池

浅碧弘淳一镜开，探瓢欲酌更迟回。孤峰倒插青莲影，疑是真人坐叶来。

1235　向侍御宗洛登玄岳奉赠得二绝句

其一

均阳秋色未成寒，天柱峰头雪欲残。君到浮云应不蔽，于今日出是长安。

其二

一笑君家向子平，辞官五岳问长生。何如柱史元仙骨，上到天门便玉京。

1236　赠别梁舍人鈇

其一

留君且作片时闲，红药清酤染客颜。莫笑帅厨无可供，案头长满太和山。

其二

名家旧业已三朝，零落犹余一凤毛。今日梁园谁让席，不如金马世堪逃（舍人以贫，欲乞作王官，故止之）。

1237　由郧江抵均州即事

其一

下江双橹鸣啾啾，上江橹声亦不柔。今春三月桃花水，不似常年竹箭流。

其二

龙涡瀺灂硿然鸣，小滩大滩势欲争。棹入前崖浑不见，还从阙口出歌声。

其三

大石奋攫狮王身，小石槎牙不可驯。若令水清能见底，更有眠虬愁杀人。

其四

落日未尽新蟾催，无那层崖黯不开。一线金波初欲动，错疑神女送珠来。

皮 成

1238　无题

卓越名山羡武当，西华恒岱孰能颃。凌云天柱悬星斗，环翠虚宫湛露霜。流玉五龙翻海岛，鸣泉九渡响笙簧。南岩削壁红尘绝，紫盖层峦太乙荒。谩看雷洞春先发，更有琼台晓霁光。草异花琪山竞秀，岚深霞重路苍茫。清微化育昭坤德，玄妙灵微瑞上邦。莫问天成肇何古，从来神应古明皇。

皮成：生卒年不详，曾任训导。

佚 名

1239　铁杵歌

武当屹立天柱峰，众山朵朵金芙蓉。超然大顶出天造，形气宛与霄汉通。粤从上古有玄帝，灼知此境非人世。辞亲静乐国中王，来即武当山下地。就中修道四十载，道未成时心欲怠。上天眷帝有玄功，默降神灵来与会。化为一姥貌龙钟，手持铁杵磨涧空。帝见问之何所用，姥言治此作针缝。帝曰杵坚不易造，答云在用功夫到。豁然慧性与天通，遂感神语还修道。不数年间道竟成，天垂法驾来相迎。飘然直上彩云去，骑龙白日升天行。升天有道大无息，荡涤邪魔位北极。惟留一杵在兹山，神物护遮迷形迹。我皇御极真天授，海宇靖宁感神祐。敕谕元勋贵戚来，旧时宫室今新构。元勋贵戚遵上旨，朝夕经纶勤不已。指挥工匠各输能，列观诸宫同日起。诸宫列观森开张，丹碧炫耀金辉煌。万壑储灵齐出色，千崖献秀蔚增色。大开金殿青霄里，壮观仙都从此始。帝降无时俨在兹，鉴观圣敬中心喜。□中心喜将若何，圆光屡应祥瑞多。万年神杵一朝见，六丁棒出山之阿。天生此物超凡质，形类非金亦非石。圆铁不改旧时容，奇异犹存太古色。贵戚从此是仙工，再三拜进登九重。圣主临轩垂一览，烁然清彩霁重瞳。古来贤君皆不得，惟皇圣敬能昭格。四海欢声共沸腾，颂歌并作光前烈。小臣葵藿朝太阳，幸逢治世歌虞唐。但愿帝心常简在，皇图巩固与天长。

佚名：生卒年不详。

刘　幅

1240　无题

清虚元不杂尘哗，曲涧回栏引峒岈。风籁半含霜叶下，云绡初挂月钩斜。乌鸦谷口双溪合，黑虎岩头一径赊。隐隐天门钟磬发，会仙桥上宿仙家。

刘幅（生卒年不详），曾任训导。

李孚佑

1241　无题

金顶空中夺日光，紫霄烟雾霭洪荒。五龙降雨南岩谷，一气生风净乐王。遇真迎恩谢神福，朝天祝圣太和场。行宫有路玉虚转，始识清微妙化堂。

李孚佑（生卒年不详），曾任陕西泾阳县观察推官、训导。

丘道充

1242　登太和山

名山久仰无由到，此际登临始识奇。护国庇民天地老，传玄入秘鬼神机。日光晴映金身动，云气阴连宝阁低。何计得缘尘事了，松亭营结傍幽栖。

丘道充（生卒年不详），曾任州判。

李循道

1243　无题

跃马缘山景色鲜，乘风直上太和巅。苍崖翠壁非凡境，琼草瑶花别有天。野鹤盘旋巢咫尺，祥光缭绕日初悬。登堂展拜无他祝，愿保皇图万万年。

李循道（生卒年不详），曾任州判。

钱一溥

1244　无题

玄武神居第一山，宫严净乐铸金殿。丈人独悟得仙诀，稚子能扶过鬼关。饵尽黄精生羽翰，磨消铁杵破冥顽。紫云常覆仙亭满，野鹤无心共往还。

钱一溥（生卒年不详），曾任浏阳县知县学政。

杜海亨

1245　无题

重叠山头一览空，人间天上许谁同。碧桃杨柳朝含雨，翠竹苍松夜吼风。钟磬音随香篆杳，修真人与道心通。红莲碧藕天遗种，玄妙原非斧凿工。

杜海亨，生平事迹不详。

1246　望仙楼

玉虚西上望仙楼，楼上双清风月酬。半点尘埃难着处，一天星斗正当头。藤萝石洞蟠龙窟，晓雾烟霞栖羽流。有兴望临观不尽，斜阳不肯为人留。

高　迁

1247　登太和山

仙宫遥在紫云边，仙乐曾闻白雪篇。莫怪武陵迷去路，可能天上住千年。

高迁，生平事迹不详。

卢大雅

1248　太和山歌

太和之山高插天，虚危堕地知何年。鲸鳌割断万丈壁，雾雨洗出千枝莲。仰看固信嵩华小，俯视岂独均房连。紫霄台殿北崦外，玄帝旌旗南斗前。薜荔为衣草为履，犁烟砍雾皆群仙。或驯猛虎笑嘻嘻，或翳紫凤来翩翩。柔兆摄提格子月，远承王命祠其巅。玄酒虽同涧苹荇，宝翰金砻苍壁镌。初寻龙湫历烟岛，稍纡鹤冢行芝田。白云浑旁晚萝弱，红叶绝类春花妍。欲杖青藜烛径洞，恐触虹气冲星躔。匏笙明日载黄鹄，浩歌写入凌云篇。

卢大雅（生卒年不详），江西贵溪人，龙虎山道士，工诗。

孙应鳌

1249　太和杂咏

一　显定峰

顶北岩峣显定峰，游人满眼绝行纵。云霞乱落芙蓉影，白日长施白玉龙。

二　笔峰

峰峦如笔笔如峰，五色花枝照眼浓。欲写步虚词万首，妊倾解渴酒千钟。

三　中笏峰

金顶崚嶒立绛霄，一峰中笏特相朝。忽闻仙乐空中度，缥缈鸾音十二箫。

四　落帽峰

飞升戴孟曾遗帽，不比人间说孟嘉。世远渐忘当日事，春来时发满山花。

五　白云峰

山高云兴多变态，如鹄如珠如车盖。森如树木垂如缨，四旋八转如飞带。

六　隐士峰

褰林霞彩泛山光，仙子峰前隐士房。欲访岩扉问册诀，莫将不语答云将。

七　大明峰

传道此山常不夜，曷来一坐发光明。琼珠岁岁垂千颗，天籁时时奏九成。

八 香炉峰

日照香炉生紫烟，匡庐巅亦太和巅。目前尽是金银气，象外谁为兜率天。

九 展旗峰

飘飘山影黑云移，仿佛神君一展旗。蜃气楼台直错落，鳌簪鸟屿更参差。

十 玉笋峰

百仞层峰苞紫篁，四时含雪复含霜。中霄满月穿林破，山影扶疏共我长。

十一 天马峰

山势凌空若天马，金房秦陇当其下。我歌黄鹄和者寡，歌者零乱落九野。

十二 鸡鸣峰

时日鸣鸡夜未央，沧波万里影扶桑。霏微显气龙三岛，倏忽灵飙耀九阳。

十三 玉虚岩

云尽长空天一色，寂然□□雅聪明。物华满眼能交乐，得喜年来住玉虚。

十四 梅溪涧

绕涧梅花三万树，更谁人世有冰霜。高歌白雪阳春调，散与灵山作洞章。

十五 下岳

何不同生寂寞郊，万云回首掩松巢。世途历尽谁知己，惟有青山是故交。

孙应鳌（1527—1586），字山甫，号淮海，谥文恭。清平卫（今贵州凯里）人。嘉靖三十二年（1553）进士，官至工部尚书。隆庆六年（1572）建清平山甫书院。

1250 天柱峰

中天缥缈开灵域，特地雄标山影直。晓日初临大顶东，万峰尽散黄金色。

1251 太和宫

天柱开金阙，虹梁缀玉堰。势雄中汉表，气浑太初时。日月低双壁，神灵肃万仪。名山游历遍，谁似此山奇（万仪，见古乐府）

1252 南岩

三十六岩盘福地，南岩景物更檀栾。满襟水月春常在，一笑乾坤梦已残。

日曝灵苗滋雨露，风回仙佩引琅玕。红颜羽翰当年事，坐对高松欲挂冠。

1253　紫霄岩

芳岩芳草暮，桂涧桂波凉。独立思君子，徘徊一断肠。

1254　武当涧

紫极孤岑斜入，黄崖众水同沉。天边微生岸影，涧里骤结浮阴。

1255　五龙峰

岸容初得雨，山势欲飞天。王母乘云至，斑龙九色鲜。

1256　玉虚岩

云尽长空天一色，寂然万籁眺明初。物华满眼能交乐，得喜年来住玉虚。

1257　紫云亭

焚香兀兀小亭前，柴立中央象帝先。缭绕紫云常不散，依稀玄岳降生年。

1258　尹喜岩

梦中鉴中天地，有用无用辐轮。远矣元帝老子，翛然文始真人。

1259　系马峰

怀仙空望远，系马不知年。石断疑天地，岩穷忽有天。

1260　灵虚宫

府仰虚空无语，代立岩巉有思。丹水依依可恋，白日扰扰何为。

1261　卧龙岩

岩下何年龙卧，深涧独抱明珠。我欲鞭龙四起，为霖遍洒寰区。

1262　沈仙岩

仙柱丛生绣石，灵芝焕发琼田。芒履策临木杪，万扉路出天边。

1263　朱砂岩

阴康赫胥身世，标枝野鹿襟期。笑指紫宫丹洞，金光草发含滋。

1264　杨仙岩

出岫水春云碓，掬泉风漾烟蓑。复峰斜阳返照，反径归樵浩歌。

1265　云母岩

泛泛桃花春水，萋萋灵草孤洲。烟断石岩欲裂，云飞万木俱浮。

1266　松萝峰

幕地翠宫满，松萝恰作衣。凭衿不尽兴，凝眺淡忘归。

1267　茅阜峰

冥心观太始，天岭气相交。真诀何由得，乘风访大茅。

1268　七星峰

云荡金城北，天回斗极东。解衣聊宴生，盘礴七星中。

张凤翼

1269　送沈道章礼太和山

逸兴乘春更出群，东风挂席礼玄君。神驰福地丹梯近，梦断钧天紫气分。猿鹤遥迎向长驾，山川应进马卿文。旧游回首仙凡隔，十二重楼何处云。

张凤翼（1527—1613），字伯起，号灵虚，别署灵墟先生、冷然居士。南直隶苏州府长洲（今南直隶苏州）人。与弟燕翼、献翼号称"三张"。嘉靖四十三年（1564）举人。著有《阳春集》，为《水浒传》作序。

1270　送张纳言允清游太和山

直北遥瞻紫气悬，片帆高挂汉阳川。非关白发耽新赏，自是青山有宿缘。
瑶草烟消开福地，洞门云暖奏钧天。从知绛节逢迎处，共道庞公采药还。

1271　送徐子本礼太和山

风正潮平锦席催，分明徐福访蓬莱。云从黄鹤楼前过，花看玄都观里开。
一缕心香酬宝座，半空身世逼瑶台。仙源不与人间隔，知尔能探大药回。

陈　省

1272　玉虚宫次中丞杨朋石韵

恭承帝命祀玄宫，绛节遥瞻在太虚。秩典幸同精白侣，致斋喜入紫霄墟。
明禋上契金仙秘，启祝无劳玉简书。赋就中丞真大雅，茂林遗草陋相如。

陈省（1529—1612），字孔震，初号约斋，更号幼溪，福建长乐人。嘉靖
三十八年（1559）进士，官至南京都察院佥都御史，巡抚陕西、湖广，提督
军务。隆庆年间（1567—1572）弹劾太和山守备宦官吕祥。万历年间
（1573—1619），任兵部尚书而受累罢官，筑室武夷山。著有《幼溪集》。

施笃臣

1273　登太岳和少司空张笔翁韵

岩峣天柱紫宸齐，帝子高居揭玉题。乡月重来通鸟道，使星遥望隔云泥。
飞桥斜度南宫近，虚阁平临北斗低。自是张骞仙骨共，乘槎天上出尘迷。
误来采药入仙林，仙去林空何处寻。石上黄芽春欲暖，洞前白雪昼常阴。
时时笙磬天门杳，历历楼台烟树深。岁暮山中无一事，抛书终日独观心。
步上天关望转赊，群峰隐见叠崇牙。烟峦八百连嵩岳，云洞三千接泰华。
龙虎何年藏迥谷，龟蛇依旧护灵砂。炼师寄语游玄圃，策杖同看珠树花。

施笃臣（1530—1574），字敦甫，号恒斋。南直隶青阳（今属安徽）人。嘉靖三十五年（1556）进士，官历湖广按察司副使、江西参政等。著有《江汉堤防考》《春堂文稿》。

王圻

1274　登太和山行

太和苞结迥灵异，名峰环耸七十二。泉潭岩涧事事幽，天柱峻嶒玉虚位。掀裾撰杖试跻攀，棚风翛然助羽翰。松岭屺岵开隙径，五丁剡凿非人刬。有时缘笋度绝巘，有时扪壁凌飞湍。飞湍喷激歆旭树，丹邱白石今如故。须臾云气腾山腰，惨淡接眼迷回顾。仙阐法宇重复重，一登一眺一悸怖。兜率且喜历紫霄，六天开朗晴空遥。混元廊落隔凡迹，丛林游鸟相喧嚣。载循铁锁上绝磴，十步百喘真岩峣。顶巅羽衣出石罅，手携箫管相迟迓。且行且说古道场，元君丹成此升化。路傍酌我奢林茶，引入精域就精舍。坐令沃盥具衣裳，相将追蹑礼上方。焚香九顿启元户，铸铜为殿金为装。惄然心畏貌增肃，灵威闪灼神徬徨。周遭纵步眼境豁，清都日观手堪掇。三公五老拱至尊，俯瞰浮甍接飞闶。飞闶浮甍倚坠岩，何异危巢诧木末。神基创劈古如兹，伫立踟蹰转切怛。道人请从下坛路，千宫万观斜阳暮。言旋解袂清冷斋，息机凝坐差成悟。夜寐形安神亦安，恍有真诠梦中遇。黄庭内外理分明，翩翩俗谛皆沉痼。重楼双阙自坦途，赤坡龙堆世争赴。阳乌西飞岂复东，古来荣悴等朝露。勉我长生久视方，我欲从之驾烟雾。哑喔天鸡云外啼，两声三声忽惊寤。起床披发仰太清，北斗横天天月吐。

王圻（1530—1615），字元翰，号洪洲，上海人。嘉靖四十四年（1565）进士，曾任陕西提学使等。文献学家、藏书家。著有《洪洲类稿》《续文献通考》。

屈大升

1275　同陈郡伯、何郡丞登天柱有作

□□□□□层空，万壑千岩一径通。象纬平□□□□，烟云长绕太和宫。

雪涛夏瀑三冬□，海日晴摇五夜红。七泽三湘俱在眼，与君俯仰意无穷。

屈大升（生卒年不详），陕西咸阳人。嘉靖举人，国子监博士，任教谕、通判、知州。著有《强学日记》《杂考日抄》。

王祖嫡

1276　仙关

十洲不可到，乘风入仙关。瑶草夹玉磴，幽绝非人间。不用访丹诀，一览回朱颜。恐已入天上，时时顾空山。

王祖嫡（1531—1592），字胤昌，号师竹，河南信阳人。出身军户武将之家。隆庆五年（1571年）进士，官至右春坊右庶子兼翰林院侍读等。重修《大明会典》纂修官，著有《师竹堂尺牍》。

1277　遇真宫（张三丰旧隐处也）

平沙植万松，重楼映霜晓。登临怀真仙，极目烟云杳。金门求遗踪，使轺遍海岛。鼎湖恨无穷，茫茫望青岛。

1278　太和绝顶

太和宫阙在云间，百丈冰梯尽日攀。树色微茫分汉水，岚光缥缈接巴山。何滇采药寻三岛，直欲乘风扣九关。徐福不来沧海变，长天孤鸟自飞还。

1279　宿紫霄宫

其一
鸾鹤迎仙仗，旌幢肃太清。瑶阶霜月下，时听步虚声。

其二
前岩雙灯明，耽耽吼猛虎。悲风激高松，山空月轮午。

其三
道人开夜宴，箫韶奏仙子。疑是九华堂，殷勤认朱李。

其四

愿借龙为杖。来餐□似瓜。紫霄一夜梦，俯首视烟霞。

陈 汲

1280 《敕建金箓大醮瑞应记》诗颂

维皇存神，体道忧勤。尧之丛丛，舜之兢兢。禹之时敏，汤之日新。文之勉敬，武之单明。范围天地，阖辟乾坤。太平有象，至治无形。治犹未治，圣不自圣。忧民艰食，祈用年成。忧狄穷发，祈息边尘。乃建大醮，以福群生。黍稷非馨，明德惟馨。罔恫罔怨，来格来歆。大呈奇异，以赫厥灵。圆光绕殿，瑞鹤舞庭。光闪而舒，有如旆旌。鹤翱而翔，有时和鸣。和气兆祥，百谷用登。民安物阜，海晏河清。载祝万寿，以生万民。万民以生，万祚无垠。

陈汲（生卒年不详），嘉靖三十五年（1556年）进士，曾任湖广襄阳府均州儒学训导。

1281 沧浪亭

沧浪亭上见沧浪，一脉名流万古芳。巨浸澄空照云影，洪源绕带下湖湘。濯缨信是灵湫净，赴少还因渊派长。乘兴漫来一游赏，西湖风景在均阳。

叶春及

1282 均州公署独酌

凉月将圆夜，秋风欲发时。一尊为客久，双鬓使人疑。篱菊他乡老，村梅故国思。那堪正萧瑟，乌鹊绕南枝。

叶春及（1532—1595），字化甫，号石洞，广东归善（今惠州惠城区）人。嘉靖三十一年（1552）举人，授福建惠安知县。万历十九年（1591），擢郧阳府（今湖北十堰）同知，升迁江西司郎中。著有《斋集》《石洞集》。

1283　登太和山南岩，雾雨连日，披而出游，赋十四韵

北极森群帝，南岩擅一宫。路从鹏翼过，门撼鹤巢通。金阙斜临壑，瑶台迥架空。摩天依翠壁，拔地逼苍穹。驰道缘崖转，雕栏跨磴雄。披图留汉时，鞭石笑秦功。玄圃昆仑外，神仙渤澥东。无心来楚望，有意访崆峒。雾隐千岩紫，岚遮万树红。栱云连藻井，檐雨湿帘栊。柳絮平铺雪，杨花不受风。槎疑银海上，人似玉壶中。仿佛清都近，飘摇倒影穷。始知游混沌，何必问鸿濛。

1284　雾雨至太和宫，俯视一气，咫尺不辨

五日阴云郁不开，千崖萧瑟气悲哉。只凭客子青藜杖，拄到仙人白玉台。万里风抟天柱动，百灵涛涌雪山来。俱言石洞堪龙卧，不遣荆南驾鹤回。

瑷瑷浮云满九关，帝宫只在紫微间。雨沾万国看龙变，雾匝千岩隐豹斑。骏骨已知轻郭隗，峨眉何复妒麋山。具茨咫尺襄城道，牧马宁虚七圣还。

1285　质明谒帝，期雨亦往，忽然晴朗，遂得遍游

天门初日照扶桑，雾卷千峰见八荒。遂使冲星朝玉帝，始知遇雨异秦皇。山连瀛海三神出，水划中原万里长。雾雪开云俱往事，丹梯南望迥苍苍。

1286　太和道士王思明从登紫霄峰，问其泉，对曰："上善，即老子若水者也。"字之"子静"，号以若水。丐诗，赠之

一蒲青草自年年，万叠苍山对夕烟。静后观心如止水，高高明月在中天。

1287　登太和山二首

其一

缥缈灵光信有无，秋高天柱倚踟蹰。云扶汉时藏仙录，天福燕京护帝符。宣室席前怜贾谊，茂陵书就愧相如。悲风落日增萧瑟，极目中原一雁孤。

其二

玉梯矗立碧天愁，金殿高悬万壑秋。坐拥龟蛇神北极，地分龙虎壮南州。衡庐半逐炎荒落，江汉双环太岳流。更有蓬莱云五色，瞧□长傍帝乡浮

1288　过虎岩访不二上人

一龛高傍虎岩栖，为访东林到虎溪。转后三车空贝叶，悟来双树失菩提。云间玉尘秋相对，镫映金轮夜不迷。天籁声中闻软语，依依凉月曲栏西。

1289　太和道士李理雄，余字之"守雌"。丐诗，赠以绝句

蚤向名山学息机，焚香长掩白云扉。雄心一片降应尽，肯逐杨花作雪飞。

1290　林均州招饮沧浪亭，席上口占同席王杨两孝廉，余门人东官黄于广

路迷江汉百愁生，亭入沧浪一棹轻。鼓枻偶闻渔父唱，濯缨宁比使君清。层崖雨过芙蓉湿，曲岸烟开翡翠明。尘满素衣归未得，石泉空负故山盟（余石洞有洗耳泉）。

何士林

1291　太和遇雪

其一
朝霭晴霞开万壑，暮看积雪舞千家。只因磨却针头铁，故作人间六出花。

其二
天柱峰联白玉京，夜来独宿听鸣鹦。洞边三弄胡床笛，疑是猴山子晋笙。

何士林（生卒年不详），金川（今属四川）人。嘉靖三十八年（1559年）进士。

熊养中

1292　登天柱，游南岩、五龙诸宫，时万历乙卯仲春也

宿五□□□□，觉夜气清明，□然有悟晓发□□。

春来一枕太和山，身到名山梦亦闲。仙人笑指游人路，一洞天深一洞天。

熊养中（1535—？），字中甫。湖广黄州（今湖北黄冈）人。嘉靖四十四年（1565）进士。

王稚登

1293　《虎丘山一丘和尚建造玄武殿疏》偈

玄武旌旗楚泽傍，千山万水一炉香。虎丘但有松间殿，从此无人说武当。

王稚登（1535—1612），字伯谷，号松坛道士。南直隶苏州（今属江苏）人。文学家、诗人、书法家。著有《吴社编》《弈史》《吴郡丹青志》。

王世懋

1294　下太和入舟与家兄别

信美山川不可留，前程还上仲宣楼。十年自悔参商迹，万里差强汗漫游。过眼参峰都入梦，关情汉水故生愁。归来大有菟裘计，苦向红亭送白头。

王世懋（1536—1588），字敬美，别号麟州，时称少美。南直隶太仓（今属江苏）人。嘉靖三十八年（1559）进士，累官至太常少卿。史学家王世贞之弟，文学家。著有《王仪部集》《艺圃撷余》《名山游记》。

1295　道友周君师，敬精进士也，有子童真，禅悟一门好道，有庞居士之风，兹为其乃考。偿愿躬诣太和山，礼谒真武，过余言别。为赋绝句三章送之。

其一

汉上□峰似赤城，□峰顶上接瑶京。坚心直溯长江去，自有神鸦护客行。

其二

黄金为殿玉为宫，身似扶摇上碧空。未办龟蛇生足下，且听鸡犬在云中。

其三

玉宇珠宫未是真，愿香一瓣为生身。不然岂少真如种，更觅诸天护法神。

裴应章

1296　宿五龙宫

洞门曲径入盘旋，山隐神宫郁窅然。古木图阴青嶂合，摇峰带暝翠云联。
泉深五井龙犹伏，人上三天鹤未还。览胜归来浑不寐，希夷何处授真诠。

裴应章（1536—1609），字元暗，号淡泉，福建三明人。隆庆二年（1568）进士，任吏部尚书。著有《编蒲蠡余》《庄子摘语》。

1297　由南岩过五龙宫

肩舆西眺兴偏长，路入松林景倍常。杨柳未阴蝉早躁，棚梅已谢树留香。
群峰宛转遇仙径，一水萦回抱石梁。泯灭弯桥千载事，行人犹指是裴航。

1298　太和宫四首（只录三首）

其一

乍入玄关绝顶门，分明别是一乾坤。胜疑东海三山徙，雄峙中原五岳吞。
秋耿银河悬瀑布，夜横斗柄挂云根。自从昭代禋封后，峰若增高名愈尊。

其二

崒崒奇峰北斗齐，等闲信步蹑丹梯。高春亭午云封洞，暮雨斜阳涧饮霓。
长啸一声天地应，远舒双眼华衡低。飘飘尘世身何似，六合苍茫眇粒稊。

其三

居然鳌极载蓬莱，金阙凌空次第开。云拥龟蛇浮帝座，月明鸾鹤度瑶台。
鸡鸣先得人间曙，龙起时闻山下雷。七十二君金检秘，千年直待圣皇来。

1299　古铜殿望月

皓魄浮波出海隅，寒光滉漾浸冰壶。鸾临玉女峰头镜，龙攫苍松顶上珠。
云破月开千壑溟，雨余清澈一尘无。因风讶听霓裳曲，便欲飞翰万里衢。

1300　玉虚宫

登临几日尽苕峣，独此平原更廓廖。一水横流环作带，三门背倚迥凌霄。

石鱼铜鼓悲前代，玉宇琼宫识圣朝。怅望古今成感慨，暮林风雨忽潇潇。

梁梦雷

1301　登太和绝顶

太和山，一名蓍岭。宋祀玄武于此，后更名武当。

磴道攀缘谒帝扉，脚跟斜傍五云飞。天临万仞开玄宅，地拥千灵护紫微。
幻梦始从三昧觉，青山今有几人归。骑羊东去罗浮近，独倚天门笑拂衣。

梁梦雷（生卒年不详），字明森。顺德香山（今广东中山）人。嘉靖四十年（1561）举人，后任荆州府通判。著有《荆州集》。

方九功

1302　次尧山吴公韵

辛未岁谒大岳回过遇真宫，胡羽士相邀，赋此以赠。

心慕名山几岁华，今来始得访仙家。道人邀我碧云馆，童子迎门扫落花。

方九功（1537—1589），河南南阳人。嘉靖四十四年（1565）进士，官至吏部员外郎。

1303　谒玄帝回过南岩宫

南岩峥嵘锁长空，岩干琼宫有径通。瀑水悬崖垂白练，山桥隔涧架飞虹。
龙泉九渡传神异，鸦路千溪谒帝同。还倚石栏回首望，辉煌金殿碧云中。

1304　宿五龙宫

数杯白酒罢残更，一榻萧然伴月明。访道何年逢辟谷，偷闲今日且辞荣。
寰中梦觉邯郸枕，方外风传子晋笙。扰扰红尘成底事，总来不似学长生。

1305　登天柱峰

绝顶抠衣礼北辰，俯看苍翠拾嶙峋。苏门啸振千山木，黍谷吹回大地春。

肩拍洪崖当作客，心游黄绮不称臣。笑呼向长淹婚嫁，犹愧当年五岳人。

1306　谒玄帝三首

攀缘石蹬陟危巅，始信人间有洞天。大岳中蟠雄楚塞，乱山西下接秦川。侧身直入青云里，举目平瞻赤日悬。帝子何年乘雾去，今来此地叩重玄。

太岳岩峣灵气钟，真人曾此驾飞龙。振衣曲引千寻炼，顿足回看万丈峰。钟磬高悬天上乐，云霞常护圣朝封。何当解脱风尘绊，还拟重来访赤松。

天柱峰头金殿开，焚香肃礼暂徘徊。俯临江汉深千尺，历览乾坤尽九垓。涧腾雾气常多雨，树隐泉声恍若雷。不必寻仙入海上，此身疑是到蓬莱。

1307　玄岳道中

山路崎岖不惮行，西风云断雨初晴。九天彩霞开金镜，万壑泉流听玉鸣。余润暗侵衫袖湿，夕阳斜持树梢明。登登咫尺临高顶，寻向真源问此生。

1308　出南岩望五龙宫

霞光掩映五龙宫，鸟道穿云数里程。落叶满林增客况，幽禽出谷向人鸣。焚香别殿依山稳，滴水寒岩到处清。薄雾安能翳白日，遥瞻北极转光明。

董　裕

1309　登岳道中

褰帷瞻太岳，缥缈驻云端。一柱苍穹倚，诸峰紫翠攒。日华浮狄掌，霞彩驾瑶鸾。洞有还元篆，人生拔宅翰。三山来海上，五岳集江干。真武何年宅，玄都此际看。深松排道出，危磴拥岚盘。骤雨龙泉跃，长风虎谷寒。感时怜赤子，浮世觅金丹。幽赞功殊渥，明禋礼自宽。天门刚咫尺，谒帝讵云难。

董裕（1537—1606），字惟益，号扩庵。江西乐安人。隆庆五年（1571）进士，官至刑部尚书。著有《司寇文集》《六和游草》。

1310　舟行达均阳将谒太和

一水巧回转，万山纷送迎。青莲排棹出，皎镜荡峰明。崖应冯夷鼓，波摇龙隼旌。云端见名岳，仿佛玉箫声。

1311　肩与入紫霄

歇马云林阻，肩舆石磴遥。仙宫悬碧嶂，阁道入丹霄。泉响千崖树，霞纤万壑飙。恍疑生羽翰，绛节朝紫宸。

1312　虎耳访不二上人

谭经倾虎耳，不二定禅心。小院函空翠，深林出梵音。金轮参上乘，莲社结东林。一饭分香积，诸天月色深。

1313　念卖药者住悬崖一小龛中，赠五龙吴道士

岂是韩康后，逃人入窈冥。扪壁穷千丈，巢云借五丁。现前皆白石，合下有黄庭。曾否探元理，因之脱秽醒。

1314　郧江登舟将谒太和宫

日射波明荡客舟，凌空一叶作仙游。汉津故与银潢接，玄岳疑从弱水浮。白雁影随沙鸟渡，丹枫寒傍石淙流。回看郧子城头树，十里烟岚澹素秋。

1315　宿紫霄宫

其一

高秋凉雨飒征舆，台殿参差切碧虚。嶂列屏星开帝座，峰攒积卒拥云旗。浮生荏苒风尘苦，上界清微岁月纤。一枕邯郸回晓梦，好寻玄洞读丹书（屏星积卒皆星名也）。

其二

雨洗晴岚秋更清，丹梯万丈接云平。崖头日借松萝色，空里风传猿鹤声。黑虎啸崖飞雪液，乌鸦控御入瑶京。道傍多少黄冠侣，谁共乘鸾吹玉笙（黑

虎、乌鸦皆崖庙名）。

1316　三天门

一入天门隔世喧，御风更入三天门。独披紫翠凌空槛，似拥扶摇起化鲲。五色云霞生阊阖，数声钟鼓出氤氲。振衣忽在尘寰外，玉佩珊珊朝至尊。

1317　登太和绝顶三首

其一

入尽天门摩碧空，太和直与太微通。百千万劫阎浮破，七十二峰培塿同。蜡烛光摇蓬海日，香炉清袅洞箫风。高擎玉柱标金阙，不数齐州五岳雄（蜡烛、香炉三峰在绝顶前）。

其二

峰头金殿郁嵯峨，直指神京接太和。江汉朝宗南纪阔，星河环拱北宸多。龙堆风染关山月，鲸海氛瑶碣石波。欲向元君借神武，辉煌三尺洗兵戈。

其三

徙倚璚栏眺十洲，天低云尽敞深秋。东吞滮渤浮杯勺，西蹴昆仑眇垤邱。玄鹤欲携仙袂舞，寒星偏傍掌珠浮。虚疑一览乾坤小，真共华胥汗漫游。

1318　南岩

天辟南岩景最奇，天清楼阁映松姿。阶悬螭首当金殿，槛俯云梯出棚祠。五老傍檐看礼斗，三秋落木应弹棋。谁披玉洞寻瑶草，指点仙源路已疑。

1319　饮望仙楼

玉虚巨丽幻神州，上帝真疑此地游。贝阙势描三殿起，灵源曲肖九河流。襟裾并染烟霞气，星斗寒依杯斝□。仿佛天鸡催漏箭，还瞻紫极倚琼楼。

1320　巡历南阳回至均州，袁少参邀饮沧浪亭

豫南凋敝不胜秋，回首均阳遇旧游。同泛沧浪穷洞壑，远邀玄岳其觥筹。高天急吹哀鸿雁，峭壁深松挂斗牛。慷慨尊前说时事，君山涕泪共江流。

1321　太和十五绝

万丈峰 （在天柱东）

万丈岩峣出翠微，东看蓬海浴朝晞。若朝绛节三天外，犹是沧溟一钓矶。

千丈峰 （旧传峰顶有仙李）

玉笋高悬天柱西，西临阆阖与天低。峰头仙李如神枣，飞鸟还登万尺梯。

十八盘

□下萦回十八盘，双牵百丈碧云间。纵横陟降浑无着，仙袂飘摇空翠寒。

五老峰

天留五老镇南邦，突兀还惊表汉江。自入太和苍鬓古，白云一抹见眉庞。

三公山

三公元丽紫微垣，柱石悬瞻尺玉天。不用宣麻来日下，真成坐论入重玄。

九卿峰 （有道人宿崖下，半夜闻钟磬声）

玉笋联班侍紫穹，峥嵘何必让三公。空山半夜闻钟磬，犹似声传长乐风。

五雷洞

丹洞阴森藏五雷，松涛法鼓竞喧豗。云行雨施弥三极，元自天根九地回。

五龙宫 （《志》言五龙授陈图南以睡法）

五龙浮彩覆灵泉，睡法曾将授羽仙。遮莫寒湫嘘玉砌，何时夹日共飞天。

九渡涧 （上有九渡峰）

九渡峰前九涧迴，琪花瑶草共徘徊。寻源好共还丹转，万玉珊珊仙佩来。

八仙洞

群仙当日会仙桥，瀛海翩翩此驻镳。萝薜四垂丹龟冷，月明空外听云韶。

百花泉

韶英错绣镜中看，濯锦曾如紫翠攒。吸露漱流香沁骨，太和深处不知寒。

万松冈

归去孤吟处士高，登科谁数大夫豪。十千竞作蛟龙舞，风起苍髯驾海涛。

一泓亭 （亭在关壮缪王祠前）

一泓寒碧抱崖流，上有荒祠汉故侯。万壑阴风喧铁马，双眉犹锁蜀天愁。

双溪涧

清溪双控爱吾庐，移入仙都澹碧虚。泾渭不淆花鸟净，中留一席媚轻裾。

九里岗

九折悬舆九里岗，倒看红口浴沧浪。问余何事还登陟，许国王生志未降。

1322　登岳遇雨，次日晴，回均州大雨，时久旱志喜

扳岳沾微润，回镳雨气重。乾封怀汉检，驻跸忆秦松。洒道清炎徼，为霖起卧龙。千崖悬乱水，四野失群峰。夜响喧焦叶，寒声翳晓钟。祈年宣一德，大有慰三龙。不惜褕袘暗，忻回草树容。无惭朝帝阙，帝锡湛恩农。

1323　登太和绝顶

其一

千盘万折到虚空，尺五青天似可通。可怜汉武夸封禅，玉检何曾向此中。

其二

鲁佐真人出蓟中，戎衣一着见神功。车书万古应无改，一瓣名香礼寓公。

其三

历井扪参意未休，蕊珠宫外绀云稠。挟来葱倩峰峰秀，徜恍华胥是梦游。

莫　止

1324　送人游武当

武当之山天下奇，我独未到空怀思。君今一日先我往，为寄此意山灵知。天梯云磴几千折，笑看舆人曳绳铁。盘桓历览神转强，胸中自有登山诀。

莫止，生平事迹不详。

曹子登

1325　送宋金斋使君再补郧阳

往，不佞守郧阳，移之东昌。君先为东昌守，复补郧阳。吾二人者先后

两郡，若遘天缘，亦奇矣哉！郧中有亭，有鹤，不佞所遗，因漫及之。

自古称五马，谁能赋两都。独怜沧海使，重剖玉麟符。鼓瑟谁先后，登楼事冇无。聊城惟尔最，江汉总吾徒。歌发阳春调，云披太岳图。风尘双鹤在，天地一亭孤。旭日山河丽，春风草木苏。良哉二千石，到处附双珠。

曹子登（生卒年不详），号如川，北直隶三河（今属河北）人。嘉靖四十一年（1562）进士，官至右副都御史。

艾　杞

1326　登太岳奉和少司空张笔翁韵

琼宫上与碧霄齐，曾入仙人旧品题。谷口桐花翻白雪，洞门石髓护青泥。龙幢一去乾坤老，法座常悬日月低。自是阳春难属和，登高极目五云迷。

又

笙箫隐隐出高林，使节乘春兴易寻。曲槛飞虹悬壑稳，层崖积雪上方阴。五城瑶草烟霞近，万叠灵岩花木深。却笑刘郎缘底事，仙源忽动故园心。

又

天门如柱转纤赊，回首群峰似列牙。高阁御风瞻北极，故乡落日望西华。花当三月明金殿，仙去千年秘玉砂。尽日看云归岫晚，香炉石上数株花。

艾杞（生卒年不详），陕西米脂人。嘉靖四十一年（1562）进士，曾任工部主事等职。

温　纯

1327　浮光八咏戈山（节录）

浮光在信阳之东，予尝历其地。

其六　五龙宫

风俗存三户，零祭寄五龙。有年书太史，无事忆干封。

温纯（1539—1607），字景文，一字叔文，号一斋，三原（今陕西咸阳）人。嘉靖四十四年（1565）进士，授寿光知县，官至左都御史、工部尚书。卒谥恭毅，著有《温恭毅公集》。

1328　游太和宫

一落尘寰四十年，朝来始见太初前。烟蒸身□□无地，云散峰头忽有天。虎豹关开容我往，棚梅花发忆仙传。不闻亥子真丹诀，独立苍茫思杳然。

1329　同陈郡伯、何郡丞望太和山

危楼缥缈倚云成，西望名山势若平。太液扬波晴亦雨，天门返照夜还明。相逢李杜饶新句，几遇金兰感旧盟。安得乘风凌绝顶，紫霄长听步虚声。

1330　登太岳

高薄层霄礼上玄，徘徊回首笑尘缘。烟生万壑疑无地，云散孤峰忽有天。虎豹关开风送入，丹铅灶冷火迷传。棚梅似是真消息，独立苍茫思渺然。

周绍稷

1331　南岩宫

灵枢开阜自何年，洞外芙蓉万雉连。上界箫韶凝碧落，下方鸡犬隔苍烟。云深石洞疑无地，旭射崩台忽有天。便欲乘风吹铁笛，遥空黄鹤舞翩翩。

周绍稷（生卒年不详），云南人。万历年间为襄阳知府，万历六年（1578）参与纂修《郧阳府志》。

胡尚礼

1332　万历八年冬十月受命知均州事，登谒玄帝，作此以识胜概云

力学当年慕此山，而今何幸得跻攀。眼前飞涧投岩急，步底流云绕殿闲。百代神功留上国，千秋帝宠壮天关。胜游料应非虚值，会看咸和遍宇寰。

胡尚礼（生卒年不详），字景初，山西山阴人。世代医家，举人，万历八年（1580）冬十月受命知均州，后任扬州府清军同知。

李　荫

1333　裴公镇郧歌十首（节录）

其七

谩将长剑倚昆吾，控制要荒亦壮图。天马峰高干气象，裴家元自有神驹（裴骏宇也）

李荫（生卒年不详），字于美，号岈客，河南内乡人。嘉靖四十三年（1564）举人，曾任主事。著有《比部集》。

1334　玉虚宫访周小颠

在昔闻高蹈，相逢惬此心。片云丹灶冷，飞雨翠岩深。接隐非无意，怀仙时有吟。枯桐空自搏，犹未遇知音。

1335　送法光游武当

道人元不住，逸迹任天涯。此去看元岳，翱翔帝子家。题诗当涧竹，沦茗对岩花。应共吹箫侣，三天弄紫霞。

1336　送吴海簑归武当

萍合萍分未足吁，云来云去本无拘。仙人谩说乘黄鹤，空谷今看有白驹。好向地中寻琥珀，想于石上种菖蒲。他时倘遇文园客，药里还期振槁枯。

1337　回龙观至玉虚宫

十年尘土客京华，此日名山蹑此霞。谷鸟欲停将倦翼，溪桃犹放未残花。镜能照胆浑无恙，鼎是悬胎剩有砂。蟗蟗云房千上界，却疑人世等仙家。

1338　从颜老师登武当绝顶

脱却红尘驾紫烟，振衣雄视太和巅。深山四月还飞雪，野客孤筇可柱天。咫尺直堪朝上帝，遨游何翅挟飞仙。太虚寥廓无纤翳，长啸琅风共洒然。

樊学曾

1339　登太和山

谁道天门无路通，崔嵬一径接长空。八宫络绎藤萝外，万里苍茫指顾中。暝树疏烟寒日白，危岩幽壑野花红。登临楚客情无已，回首烟霞意不穷。

樊学曾（生卒年不详），明万历间人，著有《箖竹轩草》二卷。

1340　宿紫霄宫李羽士楼

危楼百尺倚崆峒，面面雕栏面面风。迭嶂岩峣朱箔外，飞檐缥缈白云中。朝朝清馨玄门掩，夜夜疏钟别院同。底事寒崖耽寂寞，生平不识有穷通。

王仲□词

1341　太和山心歌

芙蓉锦城何茫茫？天姥梦里真荒唐。太和之气□□舆，拱此大岳于中央。削出玉柱撑碧□，五域□□□楼阁。丹梯飞下流寰宇，七十二峰森错锷。□□□□鸿苍漫，峨眉西来联晓黛。□楼鹩□□□□，□□□号云龙虎。豹雾赐虹千万惹，丹井□□茂□□。□湖喑流付东海，冯虚驭暇胜映溁。轩辕□□□□□，黄金头晶蠹白日。光隆龙连峰玉笋，□□□□□□工。鬼斧安能为足踏，东西口身上紫霄。□□□□□阖而，陈辞头丰年之穰。让不识六合镇□，□□□□冠山拱。北极群方约约玺玺，皆效职太和振古。此天柱高抚于万亿。嘉靖己亥岁菊月吉日，赐进士工部员外郎汝易中泉季汝揖书，生员王仲□词。

王仲□，生平事迹不详。

李日强

1342　太和宫

玄宫何缥缈，峰崿浮苍旻。上吸烟霞近，下瞻江汉真。蓬莱栖羽士，岩穴遁幽人。无计寻丹口，逍遥养谷神。

李日强（生卒年不详），嘉靖四十四年（1565）进士，曾任参议。

李德阳

1343　太和山

岩峣山势雄三楚，不数真人五岳图。万笏尽看朝北极，青天如洗出玄都。崇宫直拟金仙界，远岫齐飞碧玉鳧。圣代斋心虔祀处，白云堆里似嵩呼。

李德阳（生卒年不详），南直隶广德（今属安徽）人。嘉靖四十四年（1565）进士，官至巡抚湖广都御史。曾纂修《广德州志》。

邓希稷

1344　出嵾

恍是游天海，嵾云沾我衣。仙凡如隔世，安得便忘归。

邓希稷（生卒年不详），湖广衡州（今湖南衡阳）人。嘉靖四十四年（1565）进士，曾任朝鲜册封使副使。

陈思育

1345　春日登太和山二首

玄殿嵬峨倚上方，凭虚岚色远苍苍。清都二楚钟灵旧，昭代千秋报杞长。云绕法坛通御气，日薰瑞草灿金光。群方指点无从识，到处青山尽渺茫。晓日瞳昽射紫坛，振衣名岳几回看。只疑元气鸿蒙合，未论中原宇高宽。琳阁千重征夜色，银涛七泽起春寒。招邀倘有松乔侣，便拟凌风纵羽翰。

陈思育（生卒年不详），嘉靖四十四年（1565）进士，官至吏部左侍郎。

李言恭

1346　送盛泰甫游太岳

送君西游太岳巅，丹梯芒蹑苍烟溪。□□流出胡麻饭，门外常垂瀑布泉。忽有风雷生足下，岂无笙鹤过尊前。醉来搔首一长啸，满地白云遥接天。

李言恭（1541—1599），字惟寅，号青莲居士，南直隶凤阳府盱眙（今南直隶盱眙）人。明开国功臣李文忠八世孙，万历三年（1575）袭爵临淮侯，守备南京，官至太保、总督京营戎政。著有《贝叶斋稿》《青莲阁集》。

陈　第

1347　四忆诗四首（节录）

忆武当

忆昔在武当，山中多道侣。冒雪陟危峰，携筇凌险阻。别来已五年，飘飘一羁旅。登高望汉水，潇湘迷楚墅。欲赠以金丹，叹息独延伫。

陈第（1541—1617），字季立，号一斋，晚号温麻山农，福建连江人，官至游击将军。音韵学家、旅游家、藏书家。著有《毛诗古音考》《一斋诗集》。

1348　襄阳舟子行

舟子自襄阳，渡我上均州。登岸买酒肉，自餐仍素羞。借问酒肉与何人，谓欲将归遗二亲。二亲斑白渐衰老，贱子商渔长苦贫。明日过家省膝下，薄献微物聊自伸。我闻叹息乐陶陶，何身卑贱陈义高。人言孝弟动天地，当有神明佑尔曹。均州连亘多峻滩，中有石门度独难。汉江倾泻水缥缈，悬崖千仞石崩乱。此舟履险幸不危，及抵安流牵缆断。若教缆断值滩前，舟楫破碎骨糜烂。彼固万死不一生，我亦何由生羽翰。寻思此事亦颇奇，天道分明倏可知。独叹世情转偷薄，不念父母念妻儿。

1349　汉江阻雪

停舟已四日，雪甚复难行。初点篷窗乱，徐飞柳絮轻。急流崩野岸，寒雾失江城。莺鸟窥鱼下，饥鸦集树鸣。授衣增重絮，炽炭映波明。只为寻山兴，何曾计水程。

1350　登太和山绝顶

太和山在湖广均县，即武当山别名，又名仙室。

琼台金殿玉炉烟，秀拥芙蓉望渺然。数点青丘分五岳，三门紫气即诸天。云雷乍动岩崖下，雨雪常悬日月边。圣世肇礼仪独盛，古来函检更无前。

1351　咏武当龙竹杖

当年竹杖化为龙，龙角于今在竹杖。暂入老夫掌握中，万仞天梯能强上。

钱　岱

1352　自天柱下游南岩

天柱孤撑万壑奔，南岩雄绝境平分。飞泉倒泻半空雨，怪石危悬千障云。风递梵钟虚谷静，香飘龙鼎洞门春。惭余底事浮名系，归路匆匆日已曛。

钱岱（1541—1622），字汝瞻，号秀峰。南直隶常熟（今属江苏）人。隆庆五年（1571）进士，授广州府推官，升侍御史。后告假归里，优游终老。

1353　登天柱峰

曾闻泰岳号天齐，此地攀跻境益奇。名畴漫令夸往代，巨灵偏许属清时。根连紫极千峰合，界逼青冥万象低。我意直探无上阙，尘缘终自隔丹梯。

苏 浚

1354 紫霄宫

藜杖探仙域，峰峦映客星。云横三楚紫，烟接五龙青。翡翠依丹府，芙蓉削彩屏。祥光时缥缈，大道总玄冥。宝箓轩辕纪，清流禹迹亭。寒松清倚涧，疏磬静翻经。悟到忘筌处，潜鳞入夜听。

苏浚（1542—1599），字君禹，号紫溪，又名苏濬，福建晋南人。万历五年（1577）进士，官至广西按察使。明代后期理学家，著有《紫溪集》《易经儿说》。

1355 南岩宫

古洞结层阴，乃在山之曲。仰盼天柱巅，浮云自相属。俯睇层阴间，扶桑森以绿。穆如元圃丘，粲若珠玑落。徙倚飞升台，阊风振陵谷。更有羽人居，巢栖不盈掬。相照嗒然空，一醉万事足。

1356 五龙宫

上山凌云门，下山翳荒林。元冥司北陆，龙宫窈且深。阳光濯中流，重轮洗层阴。游鳞戏其下，万窍自悲吟。羽人持卮酒，邀我溪之浔。锦瑟无朱玄，激石有余音。虚舟不可极，遗珠讵可寻。且尽杯中物，余生任陆沉。

1357 宿太和绝顶

飘然双舄出云门，一柱孤高帝者尊。巴楚诸流环叠峰，燕秦千里荐芳荪。经翻海藏龟龙出，剑指招摇虎豹蹲。七十二峰俱侍侧，便堪倚仗看儿孙。

叶九金

1358 雪天同林君梅窗登太和

一入桃源路不赊，万峰楼阁倚云斜。天遗帝坐开玄岳，人度仙关拂紫霞。

槛外玉箫鸣别涧，空中琼树乱飞花。烟萝深处远堪赏，晚色遥看接太华。

又

缓步寻真上九霄，壮游何会得联招。东山不愧谢安石，叶令犹惭王子乔。叠嶂晴云铺锦绣，悬崖坠雪桂琼瑶。浮生恍惚知何处，云汉谁云万里遥。

又

灵岩信宿思悠哉，起望千峰曙色开。袅袅炉烟浮八极，晶晶烛影射三台。斗间紫气留神剑，石上残棋尚故台。更有林逋多逸兴，穿云入磴共徘徊。

又

直上天门景更幽，金城台殿甲中州。丹梯万丈云霞杳，白浪千层雪雾收。点点秦山横地出，悠悠汉水接天流。银河夜色清如许，蓬岛何须海上求。

叶九金（生卒年不详），字廷相，叶士宾之侄，兴化（今福建莆田）人。嘉靖四十一年（1562）进士，历任江西佥事、均州知府。

蔡文范

1359　太和宫

疆域连秦塞，星辰入楚都。英灵天地启，宫阙古今无。禅草诸儒逊，元功万国趋。祠前瞻皂囊，曾说赞文谟。

蔡文范（生卒年不详），字伯华，新昌（今江西南昌）人。隆庆二年（1568）进士，除刑部主事，出为湖广学使，升广东参议。著有《缙云斋稿》《甘露堂集》。

李长春

1360　登太和宫

冥冥氛雨失千峰，绝顶未闻湿后钟。树老巉岩□□□，涛飞暝壑有蛟龙。祇期跌荡□□□，□觉碰砑石径重。不为前林笙管□，□□何处觅仙踪。

李长春（生卒年不详），四川人。隆庆二年（1568）进士，翰林侍讲。

1361　宿紫霄宫

□□太崚嶒，行行不可登。虬蟠危蹬外，鸟度□云层。碧殿钟声杳，青林暮霭蒸。天阌元此处，清梦白飞腾。

1362　□岩□还承陈寅斋大参，召饮沧浪亭

嶙峋片碣倚青冥，谁凿云根构草亭。江上潋□□□，峰头黛色落霞明。凌空欲跨□□□，□□还将画鹢停。杯酒笑歌欢此□，□□□□□双星。

1363　送陈寅斋分守太岳二首

绛节遥从玄岳开，祠宫初下凤城隈。层霄星斗扪岩入，子夜琅璈谒帝来。林外篆烟浮彩袖，松间露珠湛仙怀。玉京此地如回首，应上飞虹百尺台。

□蹬岩峣涧壑重，半生宗炳卧游中。登临□□□□，徙倚怜君独御风。济胜总因□□□，探奇转见彩毫雄。峰头莫为便高□，□□能令帝座通。

屠　隆

1364　登白岳八首，呈丁元父使君、汪伯玉司马（节录）

玉田金井上真家，绛阙窑台天路赊。龟下有时驯猛虎，殿头不敢集神鸦。泉通曲径人栽药，春满香岩女献花。何必青羊踏崟岭，吾将此地老烟霞。

屠隆（1544—1605），字长卿、纬真，号赤水、由拳山人、一衲道人、蓬莱仙客、鸿苞居士，浙江鄞县（今宁波）人。万历五年（1577）进士，任礼部主事。文学家、戏曲家。著有《安罗馆清室》。

1365　恭送昙阳大师十九首（节录）

王母行宫列宿分，九微灯艳紫元君。玉楼金阙非人世，空水茫茫载白云。

梁　岳

1366　同吴明卿登望岳楼

剩有三天兴，同登百尺楼。地缘崭岭胜，城带汉江流。纵酒谈偏剧，凭高思转幽。多才怜季重，延赏恣赓酬。

1367　夜宿玉虚方丈

日暮千林散夕晖，上方寥寂锁玄扉。岩头月色连青嶂，树杪钟声出翠微。华表云深犹驻鹤，荒台仙去尚留衣。夜阑一枕烟萝畔，清梦时随绛节飞。

郑汝璧

1368　送葛道人游太岳

三叠琴心属和稀，天风吹动六铢衣。高秋送尔游莲岳，后夜何人叩竹扉。好去寻真窥秘籍，重来炼药入清微。临岐不作多情别，一片闲云伴鹤飞。

郑汝璧（1546—1607），字邦章，号昆岩、愚公，缙云（今浙江丽水）人。隆庆二年（1568 年）进士，累迁南京太常寺少卿等职，总督宣大山西等地军务。著有《五经旁训》《功臣封爵考》。

朱安㳦

1369　游太和山道经南阳谒武侯祠

览胜春深过草庐，瞻依遗像重踯躅。三分割据规模远，千古英雄感慨余。山水岂能忘故国，风云犹自护郊墟。出师二表孤忠在，江汉茫茫恨未除。大梁宗室小山南阳方廷永。

朱安㳦（生卒年不详），号小山，明太祖朱元璋第五子周定王朱橚四世孙，镇国将军。一岁丧母，事其父以孝闻，刲臂为汤饮父。年七十，追念母不逮养而服衰庐墓三年，诏旌其门。

朱器封

1370　均州乐二首

其一

真人宫对青楼起，面面青楼俯江水。楼上箜篌楼下船，大堤花暖汉江烟。汉江估客青楼妾，十五蛾眉娇可怜。白铜小唱《黄金缕》，对客还成可怜语。垆头客醉不留行，明道崟峰望云雨。

其二

临江贾人黄篾船，浼浼青油篙刺天。下船上岸买鱼酒，二八当垆夸数钱。烟萦罗幌春将晚，白日衔山不思返。珠帘红袖影偓佺，楼上明妆楼下波。沙棠树上娇春鸟，月出平江齐唱歌。

朱器封（生卒年不详），字子厚，号硕燃子。文采名列"四十子"，唐藩辅国中尉。明代河南宗藩诗人。著有《巢园集》。

1371　游崟山二首

其一

万丈披鸿蒙，远势断太古。赤山表东关，山峰建翠羽。轻霄无驻景，群鹤有常侣。海气浮丹毛，盈盈栖复举。下有窈窕岩，隐隐仅可睹。几横三玉书，粲粲黄金镂。竹花开五色，苔叶垂千缕。饮泉仰天浆，茹芝饱春露。娇娇升天龙，斤斤日中兔。关尘日暮黄，岂辨秦楚路。片云停不飞，下覆昭王墓。

其二

灵峰七十二，一一相为通。峰下结竹龙，云中响楠虫。相接梁柱飞，各显班倕工。触首入云清，下界犹丹空。木难饰阶砌，璠玙雕房栊。阿阁栖凤凰，仙阙标芙蓉。金蕙落萧萧，石梁翼飞虹。珍木集丹地，扶疏罗修桐。修桐碧玉柯，春阳发萌茸。紫茎光陆离，绿叶纷青葱。爱此饮飧食，驻颜游无穷。

1372　鬼谷

鬼谷最深邃，千灵迷涧濑。高风响冰叶，山根暖余春。未敢别人界，桃花是谷神。

1373　暮抵玉虚宫

玉局千林日易斜，棚梅春落树头花。香绵三月晴飞雪，叠帽千峰晚带霞。紫气乍沉师相府，玄冥应号寓公家。灵岩东畔人间路，江水长停贯月槎。

李维桢

1374　太和杂题

文祖初封岳，经营十二年。景光如有见，议礼不相沿。畚臿三军举，泉刀九府捐。龙髯垂过膝，象帝发鬈然。

肃帝核玄玄，增封上配天。端居长礼门，秘祝总祈年。皂纛宫娥绣，青辞国史编。星冠南乡拜，鹤盖绕龙涎。

李维桢（1547—1626），字本宁，湖广京山（今属湖北）人。隆庆二年（1568）进士，官至礼部尚书。著有《大泌山房集》《史通评释》。

区大相

1375　太和山铭并序

太和，亦名嵾上。宋始祀玄武神，自文皇帝冠以太岳，肃皇帝又冠以玄岳，崇饰宫观，报祀独隆焉。于是天下香火，咸奔走太和，而五岳遂逡巡退舍矣。山本晚出，故事多附会。诸峰岩洞洞，或杂取他处名之，文不雅驯。辛丑岁，予以使事，取道谒岳。礼成，遂遍观于八宫。时值雨连日，所游止此而已。山既为国家香火地，二圣所经营，又其神甚显应，谓宜有所颂述，以扬威灵。故既为斯铭，每宫复各纪以诗，以出焚修，故述香火之事独多。所游止此，旧本作所由。

穹窿太和，上参冥莫。近接嵩华，远拔衡霍。明后有作，是称灵岳。上帝攸居，天柱是度。赫赫成后，玄戈再援。神之相之，用武以断。穆穆肃皇，中兴江汉。神之启之，守文以缵。巍巍天柱，前俯璚台。层城万仞，上应中台。地轴盘结，云汉昭回。灵踪久閟，真路乍开。爰饰云构，造于中天。冠峰被麓，舃奕墟躔。丹碧霞焕，栋宇星悬。势侔太一，巧极望仙。神之所妥，钩陈营卫。鞭风驾霆，出入云际。神之所临，征灵表异。康国阜民，克显于世。玄圃之峦，仁后所履。丹丘之圯，仙灵所倚。咸障大荒，曷窥元始。追茂至道，孰逾斯美。惟兹崇报，前掩禅封。在帝左右，罔或不共。四气顺序，万方景从。昭佑我明，受福无穷。

区大相（1549—1616），字用孺，号海目，广东高明（今属佛山市）人。万历十七年（1589）进士。初选庶吉士，累迁赞善、升左中允编修，掌制诰，官翰林检讨，同修国史。明代岭南诗家之最。著有《太史诗集》《图南集》《濠上集》。

1376　汉江舟中待胡襟寰中丞不至寄怀

中丞鹊印近登坛，白钺彤弓映豸冠。入掌中台专弹射，出兼四镇拥材官。周秦形势原交错，楚蜀山川更郁盘。千里封疆劳节制，万年江汉静波澜。缨歌似逐铙音发，鱼乐皆成阵势看。西上儿童舞盘木，南中父老望旌竿。秋高岘首游宜数，岁晏隆中卧莫安。沧浪月为牛渚月，租船何夜傍江干。

1377　游玉虚宫

披云步玉虚，营卫象宸居。万树罗深殿，千峰入广除。丹宫金凤管，紫府玉函书。壮丽观何已，高真意有余。

1378　至五龙宫

山暝昼闻猿，仙宫向水源。阴天龙护法，古洞鹤能言。树密林先暗，泉鸣溪乱喧。不辞登陟险，斗觉近天门。

1379　宿南岩

南岩果奇绝，石槛宛长霓。俯瞰千寻壑，回登万仞梯。云边孤磬寂，天外数峰低。信宿仙都近，平明试一跻。

1380　上南岩与杨宪长相遇

来探奇绝境，幸接烟霞颜。是日方披雾，逢君遂下山。将期采药去，便挟飞仙还。抗手揖云际，因声谢世间。

1381　雨中经仙女祠

寂寂幽宫闭，仙娥行雨归。晚篁风际碧，秋草洞中菲。松老沾逾翠，云轻湿不飞。珊珊仙步接，徒使世情违。

1382　冒雨趋紫霄宫

焚香游桂阃，解佩阅松寮。不觉霓裳湿，徒闻羽盖飘。烟霞年复岁，云雨暮将朝。未解烧丹灶，先来陟紫霄。

1383　再至遇真宫

真人不可遇，重入遇真宫。尘界何年隔，天门此路通。炉前丹火冷，斋后酒杯空。催取胡麻饭，衰颜即返童。

1384　入太和山游道院作（五首）

其一

云峰自送迎，涧道乱纵横。林木有千岁，山禽时一鸣。雨来岩岫失，风过石泉清。讵取丹砂志，将怡云壑情。

其二

秋山行不尽，望望意何穷。飞观疑无地，悬崖似挂空。人行碧雾里，鸟语青林中。多谢神仙侣，邀予芳桂丛。

其三

凌晨石路开，披礓陟丹台。素女焚香去，青童捧药来。岚飞时作雨，涧响忽成雷。今日关门吏，重瞻紫气回（关令尹隐蔡上山）。

其四

谷转迷丹洞，山分出石关。人疑骑鹤至，客似御风还。天乐行相引，琪花坐可攀。松间拜真老，从此谢尘寰。

其五

怀仙复问玄，倚岫且听泉。深谷时穿地，长林共隐天。鸾书裁一纸，鹤语已千年。惆怅观棋客，胡为牵世缘。

1385 共题李仲贞隐居

满园花共竹，即是洞仙家。门对沧浪水，林开蔡上霞。有官寻白社，未老学丹砂。更拟淮南曲，知君心赏赊。

门闭碧溪头，山光映水流。竹间书屋小，桥畔草亭幽。静爱林中卧，闲寻物外游。自嫌黄绶俗，情为白云留。

1386 晚投遇真宫，行二十里松柏林下

新甫千年柏，西湖九里松。共阴白石路，来接紫霞峰。风韵笙簧杂，岚光衣袖重。金膏遥可饵，时为制颓容。

1387 均州王守招游沧浪亭

混混复磷磷，孤亭水石滨。浊时因潦汩，清处见天真。旅望凭高尽，渔歌入兴新。只疑浴波鸟，犹是濯缨人。

1388 出均州赴太和行驰道上

百里天街石路平，游人指点近瑶京。芳林隔水闻花气，虚谷含风有鸟声。衣上岚光千片落，帷前山色数峰晴。逢迎道左多真侣，未入云门觉思清。

1389 登太和顶谒玄帝宫

皇家香火此开宫，上帝由来有寓公。雷电曾驱太一阵，楼台真殚鬼神工。

霓旌拂雾斜连汉，宝盖浮烟晚御风。为问古来封禅代，参差独向海云东。

万峰蹲踏向天门，仪卫森严黑帝尊。士女焚香杂环佩，真官拜表领幢幡。心归净乐生身地，口诵降魔度世言。独以无为参圣道，更从无始问玄元。

金阙若峣天柱安，瑶阶千折上危栏。妙香不断朝天路，真气时逢礼斗坛。羽客尽擎青羽盖，云仙皆著紫云冠。先朝数遣祠官出，探得真函进御香。

1390　月下泛沧浪江

碧空云尽水无烟，孺子沧波正渺然。惆怅濯缨人不见，月明歌送钓鱼船。

洞庭西望水云乡，秋半兼葭未有霜。一曲沧浪歌不歇，又随明月下潇湘。

1391　太和宫杂曲

其一

百寻铁锁系雕栏，千折瑶阶莲步难。露洗玉颜溅霓服，风吹雾鬓拂星冠。

其二

青鸟书归度海霞，班龙车引上真家。棷梅树下多成实，仙李峰头解作花。

其三

瑶阶步步整金莲，密语低声诉上天。罗帕捧来酬醮礼，金钗施尽当香钱。

其四

琼台金阙郁重重，上界常教雷雨封。一片仙云凝不散，夜来还过二茅龙。

其五

小童学炼白朱砂，轮向天坛扫落花。玉管金炉解迎客，碧云遥指太清家。

1392　望七星岩

仙山对城郭，累累七星石。中有太古文，世人了不识。

1393　游七星岩

磴道纡回碧雾盘，玉虚宫阙上巉岏。何来灵气真人御，不尽长风大壑寒。洞口秋阴连薜荔，岩前空翠湿琅玕。丹梯袅袅非尘世，鸿雁冥冥愧羽翰。

1394 入净乐宫

秦祠称五畤，汉祀表三乾。岳外岂无岳，天中信有天。神灵前代著，统系后人传。北帝元君北，玄冥本号玄。麇城开旧国，楚史读遗编。犹记神农世，何遗净乐篇。真人昔内靖，紫极映南躔。助顺龟蛇应，扬威风雨旋。鸿濛功始显，冥漠理能宣。仪卫宸居设，丹青圣虑全。幡幢悬碧落，楼阁下秋烟。弱水通襄汉，昆丘隔市廛。嗟余曹大道，来此叩真诠。

孙　健

1395 登太和宫

太和之山上插空，盘旋起伏如苍龙。何年养就精灵气，至今鳞甲生秋风。秋风起兮山四雾，苍龙耸角如天柱。扬鬐势欲吞天池，横海妖鲸泣无寓。我来岂是凌虚人，翩翩疑于太清邻。安得乘龙行上界，睥睨六合之纷纶。尘氛竞相起江河，东下何时已太清。中含一点灵神与，名山至今俱不死。

孙健（生卒年不详），万历二年（1574）进士。

杏　山

1396 登望仙楼

从容携酒步琼楼，我与仙人两共酬。堤柳春风吹面上，虹桥松影荫溪头。日烘梅蕊红将绽，雪化山崖翠欲流。几度观回真可羡，身心那惜此淹留。

杏山，生平事迹不详。

孙继皋

1397 同沈明府、顾文学、冯茂才诸君泛莲蓉湖，看香船灯时与锡山塔灯相望，因赋

朝玄朝侣集艨艟，灯火春明乱水蓉。宝蜡薰天香袅袅，星桥连岸影重重。

遥光闪塔欺灵鹫，沸焰波影骇烛龙。钲鼓雷鸣人吁斗，大江西望是篸峰。

孙继皋（1550—1610），字以德，号柏潭，常州府无锡（今属江苏）人。万历二年（1574）状元，任翰林院修撰、礼部转吏部左侍郎等，论救诸谴谪官，无所避讳。死后获赠礼部尚书。著有《孙宗伯集》《柏潭集》。

1398　天柱峰谒玄帝

霏烟侵晓辟天门，绛节随风谒帝阍。观日黄金晴自捧，坛星白昼静堪扪。梯悬绝壑千盘细，岭入中峰一柱尊。解说琼芝宜献寿，将因玉笈叩真源。

1399　宿太和宫

斋宫清切帝天居，独沥玄心契道初。沆瀣暗零岩漏永，星辰低宿石檐虚。千峰月静闻璇奏，半榻宵深检玉书。坐待晨光临欲发，灵风先引紫霞裾。

1400　下太和

天阙长风吹佩环，乍离玄钥即人间。鸾皇自跨真仙驾，虎豹深扃上帝阊。讵有飞翰生白日，谁将灵药驻红颜。重来不负名山约，乞得峰头沆瀣还。

胡应麟

1401　题管建初山人《游玄岳卷》

龙峤千盘雾色开，中天何处蹑崔嵬。遥峰恍入飞仙户，列岫高悬上帝台。倚杖祝融云自起，题诗天柱月频来。风前绛节如相问，为拾瑶华寄草莱。

胡应麟（1551—1602），字元瑞，号少室山人、石羊生，浙江兰溪人。万历四年（1576）乡试中举，会试不第，布衣一生。学者、诗人、文艺批评家。著有《诗薮》《少室山房集》。

方应选

1402　望滴水岩，雨阻不得一登，漫赋四绝

其一

峨峨玉柱插天孤，仙露高垂万斛珠。可奈茂陵消渴后，尘心一片托冰壶。

其二

百丈悬崖泻玉浆，蛾眉春雪半空妆。洞门咫尺仙凡隔，空使桃花笑我忙。

其三

虚鸣二窍列群真，漱玉鳌头枕石麟。滴水恍疑天上泛，留云空忆洞中春。

其四

萧疏古壁挂琵琶，宋宋无弦趣自嘉。步月垂莲空我待，水中寒玉镜中花。

方应选（1551—1604），字莱甫，别号明斋，华亭（今属上海）人。万历十一年（1583）进士。官至卢龙兵备副使。著有《亲甫集》。

费尚伊

1403　登天柱峰（一）

千峰壁立插青霄，绝顶烟霞迥自超；遂有神明趋黯淡，岂无人物护岩峣。垂檐北斗真堪摘，俯槛东皇乍可招；旧识仙人王子晋，天边鸾鹤坐相邀。

高岩晴色隐危栏，曾说垂天八百盘；紫气半从峰顶出，红云低傍殿头看。振衣人境摩黄鹄，岸帻天门跨紫鸾。欲按霓裳歌一曲，恐惊星斗落栏杆。

费尚伊（生卒年不详），字国聘。湖广沔阳（今湖北仙桃）人，万历五年（1577年）进士，官至陕西按察使金事、翰林学士。参修《沔阳州志》，著有《市隐园集》。

1404　登天柱峰（二）

篮舆清晓度高秋，域内名山此壮游。翡翠平铺金作阙，芙蓉四起玉为楼。包

罗五岳真拳石，襟带长江只细流。便欲鞭龙从此逝，居然入世一丹邱。

郭正域

1405　张三丰真人像

有真人诰轴并在太和山。先皇遗诏到仙山，为访高真问大还。肯以龙章天上去，空余铜笠在人间。似怜黄绮称臣晚，独伴玄冥尽日闲。鸾鹤不来云路杳，羽流犹自说仙班。

郭正域（1554—1612），字美命，湖广江夏（今属湖北）人。万历十一年（1583年）进士，官至礼部侍郎，遭弹劾。与沈鲤、吕坤同被誉为万历年间"三大贤"。著有《批点考工记》。

1406　登天柱峰（二首）

一

千岩万壑费攀缘，蹑尽丹梯礼至尊。似驾群龙朝绛阙，真看九豹守关门。诸天此去高多少，北斗原来近可扪。混沌乾坤只一气，云车风马满中原。

二

铁锁横骞七十峰，高峰独起插鸿蒙。平瞻帝座黄金屋，俯拾仙桥白玉虹。只见风雷环下界，不闻鸡犬过云中。一声礼佛林峦震，恍惚玄君或可从。

1407　雨宿玉真宫祷晴

乘风泠泠朝虚皇，一夜大雨寒苍凉。才过斋宫焚宝篆，俄有红景腾扶桑。白雾欲敛山背出，灵旗一展海天长。徙倚最高峰顶上，垂垂星斗满衣裳。

邓原岳

1408　登太和绝顶四首

其一

千山罗列拥天门，环卫真如侍至尊。仗外星回依北极，崖前雾敞瞰中原。

飞峦叠嶂群龙会，绝壑奔流万马喧。天为圣明开大岳，秦封汉畤不须论。

其二

云里飘摇天柱峰，紫霄撑出玉芙蓉。宸居已自夸双阙，帝座依然隔九重。雨气迷空埋虎豹，日光破暝射龟龙。分明指引朝元路，辟谷何劳问赤松。

其三

十年寤寐礼灵山，金阙遥阶梦里还。闪电光芒翻碧落，流霞掩映锁玄关。千层楼阁青冥上，一片笙箫紫汉间。闻道诸真能谒帝，不知若个领仙班。

其四

文皇一旅出燕都，帝遣神兵护壮图。处处名山频创观，年年内帑罢征租。璇题碧瓦晴飞动，紫气金光夜有无。七尺自怜知委蜕，欲从天将乞真符。

邓原岳（约1555—1604），字汝高，号翠屏。闽县（今福建闽侯）人。万历二十年（1592）进士，官至湖广按察司副使，未到任而病卒。著有《西楼集》《闽诗正声文选注》。

1409　均阳署中寿朱水部

开遍蟠桃春未阑，仙人飞佩玉珊栅。太和山主无供奉，乞得玄君九转丹。

1410　三月晦日襄阳道中

一夕春归柳暗催，天涯游客自徘徊，大堤飞絮纷如雪，并逐东风去不回。

1411　遇真宫

真仙羽化去人间，铁杖金衣色尚斑。丹灶不留天乐杳，更余遗迹在空山。

1412　棚梅祠

棚梅花老树凋残，曾耐东风几岁寒。自是瑶池天上种，奇葩那许世人看。

黄　辉

1413　滴水岩

晨雨洗秋碧，千峰寒古苔。云盘小马入，河折大龙回。源水不知处，涧花相唤开。茫茫尘劫事，问取石林灰。

细雨不妨游，轻云散若流。马蹄时带水，虫语似争秋。续骑方萦树，前尊已入丘。虚疑山路远，半为古碑留。

黄辉（1555—1612），字平倩、昭素，号慎轩、铁庵居士、云水道人等，四川南充人。万历十七年（1589）进士，选翰林院庶吉士，为编修，迁右春坊右中允，与袁宗道等人结成"蒲桃社"。"公安派"作家、诗人，明代书法"四大家"之一。著有《铁庵集》。

1414　酌岩泉

石髓从君剖，何如玉乳香。额珠光直射，胆镜影横张。甘露霏龙沫，寒星散鹄浆。一杯和笑酌，分得道人粮。

邓启愚

1415　登天柱峰

凌空一柱销擎天，绾雾披云到大千。晴挟万峰花作雨，寒生五月日为年。露华浮动黄金殿，岩气蒸成碧玉泉。欲洗幻缘澄浩劫，手携银汉下风烟。

邓启愚（生卒年不详），卒年78岁，字良知。湖广溆浦人。万历八年（1580年）进士，官至云南布政使。编辑《宛疋》。

王嗣美

1416　紫霄宫

天作旗峰映翠微，丹岩空壑尚依依。树临紫气乘牛过，路入青霄看鸟飞。仙乐忽从天外传，岭云尽向洞中归。羡门久订餐霞约，直入玄关与世违。

王嗣美（生卒年不详），万历八年（1580）进士，万历朝曾任给事中。

范复庵

1417　一柱峰忆高漈亭

一柱峰头本共谋，风飙翻愧我先游。勾连直上三千丈，宛转须沿八百周。几为力疲中欲止，若教志触死难休。此间便是清虚境，待尔飞腾到上头。

范复庵，生平事迹不详。

1418　宿天柱峰诗

铁锁星桥直上来，五枢金屋九天开。千年华表归未得，一柱峰头眠几回。汞液待经炉里煅，棚梅须向雪中栽。昨霄偶检琼书笈，碎却玉鱼何尔才。

和　溪

1419　游南岩宫

南岩境界世称奇，真庆宫遗旧日基。怪石自然成半洞，甘泉常是满圆池。蓬莱端合神仙住，风月元非俗子知。仰见好生真帝德，焚香稽首读巍碑。

和溪，生平事迹不详。

梅国楼

1420　游太和

鳌极何年驾地灵，洞门寒雨书冥冥。云开菡萏三千里，天列芙蓉十二屏。玉柱半悬双关紫，金宫遥插万峰清。层霄咫尺瞻依近，指点仙槎问客星。

梅国楼（生卒年不详），字公岑，号琼宇，湖广麻城（今属湖北）人。万历十一年（1583）进士，累官给事中、遵义军民府参军巡检。与兄梅国桢、梅之焕并称"荆楚三梅"。

俞士章

1421　游玉虚岩

九渡溪头一径通，海棠花落水流红。琳宫不尽悬崖半，栈道孤浮绝壁中。王子笙歌青汉落，刘安鸡犬白云笼。入山何事非寻胜，独此幽奇自不同。

俞士章（生卒年不详），字汝诚，号养宏。南直隶宜兴（今江苏宜兴）人。万历癸未（1583）进士，任义乌县知县，后由精膳司升任主客司郎中湖广提学佥事，历参政。

1422　仙关道中

路入仙关别有香，轻绡不耐晓生凉。嵯峨翠岫雄三界，偃蹇乔枝老万霜。随地羽衣迎管籥，傍岩茅屋绝梯航。两溪玉液清于鉴，涤我尘襟未可量。

周复元

1423　漫兴

昔日张三峰，苦行住武当。朝餐松柏食，暮饮沆瀣浆。往来无滞碍，仙佩时锵锵。一夜朝元去，浊世空彷徨。家有世裔派，还今籍信阳。锦裤常示人，此事非虚茫。

周复元（生卒年不详），河南信阳人。万历十六年（1588）任知县，后任户部主事。

公　鼐

1424　均州渡汉津

薄暮渡沧浪，水渌波如镜。翠壁缘岸垂，亭榭闳深靓。松杉露罅隙，花竹细相映。布帆疾于驰，回首失幽胜。是时天中节，弥江笳鼓竞。因知行役久，温燠候更令。楚道浩无涯，衡湘渺难竟。缅怀渔父辞，低徊发高咏。

1425　均州观竞渡歌

均州城临汉江渚，中流倚棹沧浪浦。士女纵横两岸间，问俗方知是重五。小舟奔放若游龙，缯锦随波彩鹢舞。蒙公鼓枻势峥嵘，阳侯却步天吴惊。初开唭唭机杼响，远听辚辚雷霆轰。鱼鸟钩斜方阵出，螭虬蠖略转轮行。前驱舣岸已昏黑，新月半沉射江色。应接仓皇意惘然，转眼喧阗成寂寂。栖鸟城上集黄云，明日南舟送北客。

1426　长至朝天宫习仪

雪霁玄宫月半沉，转从天上觉寒深。云璈按节迎仙乐，琪树分行俨禁林。翠辇未闻升合殿，金闺何意列华簪。万邦嗫望亲郊礼，凫藻斋坛听玉音。

1427　顺阳岭遥望太和

终古名山阃楚都，谁从崟上辟榛芜。南离首逊玄冥位，北极新开赤帝符。撑挂二仪迷景气，朝宗五岳失真图。神功未测当时意，净乐何须问有无。

1428　至净乐宫

二纪垂衣四海清，更从南纪奠层城。混茫全剖苞符秘，望祀尤先岳镇名。琼珮联翩留鹤驾，云和婉转应鸾笙。纷纷羽客谈真迹，谁识玄宫翊盛明。

1429　紫霄宫高阁

自入仙关六翮生，况凭飞观御虚行。紫霄峰引前檐度，白日林开半隙明。绝嶂仰窥犹碧汉，诸宫俯视列蓬瀛。吾乡谩说三山近，迟却人间觅玉京。

1430　登太和绝顶

金阙连霄万仞余，通明天上启宸居。问环八极周瀛海，呼吸三清蹑太虚，靖难果资玄武力，报功亲见告成书。坐调玉烛千年外（宫前二峰如蜡烛），嵩岱升中总不如。

1431　四月十日次泰山趾谒岳祠，五月朔登太和，遂入楚境

暂达香案向人间，鹤驭逍遥未拟闲。一月两回朝上帝，九州八至仿名山。天空江汉随衣带，露冷星河湿佩环。莫待向平婚嫁毕，恐将尘事误追攀。

1432　登庐山宿上方寺（节录）

其二

紫烟重叠起岩阿，片片江云拥翠螺。入谷渐看莲社近，望山犹隔竹林多。东来衣带连扬子，左顾香炉失谢罗（太和亦有香炉峰）。我意欲随开士去，陶潜归计竟如何。

1433　太和山

南隅初建岳，北帝遂承乾。光纪开元始，真形象帝先。威灵震薄海，峻极彻重玄。向背千峰异，纡回九叠连。金城紫禁绕，玉烛碧霄悬。践墨行如瞑，缘椿却不前。结绳攀绝壁，架栈饮飞泉。仙籁时盈耳，星榆似及肩。幡幢连洞壑，台观出云烟。次第诸宫尽，周流浃日旋。校奇频屈指，纪胜遂连篇。莫问常融界，方知别有天。

1434　汉上沧浪亭

断壁孤亭俯汉津，丛篁如幕水潾潾。沧浪歌罢扁舟远，愧杀炎蒸马上人。

1435　均州静乐宫紫云亭

葳蕤华盖九霄悬，金削芙蓉幕紫烟。曾在甘泉宫里见，是谁移向汉江边？

1436　遇真宫观张三丰遗像

其一

辛苦十年未遇真，故宫何时有遗身。文安造膝承天语，信道真仙是此人。

其二

崟山峻绝俯房陵，金碧千山日日增。但说仙言与此地，来寻遗像问飞升。

1437　宿太子坡遇雨

海图絮被夜泠然，听雨寒生五月天。指点琳宫询旧迹，不知太子是何年。

阎继迪

1438　仙关

不籍江山险，人天一步分。入门俱法界，出路即尘氛。古树危骑石，仙衣旧挂云。何时谢簪绂，来就鹤猿群。

阎继迪（？—1637），字允修，云南保山人，诗人。万历十三年（1585）举人，任吏部司务。天性笃孝，家法严正，不喜阿谀。著有《羽岑园秋兴》《吴越吟草》。

1439　天柱峰绝顶

其一

巍峨天阙耸云根，万嶂回环一柱尊。座涌黄金翻日月，人从青汉认乾坤。岚光半落齐梁细，龙气遥将陇蜀吞。世界苍茫烟雾隔，不知何处有平原。

其二

谁将巨斧劈鸿蒙，削出云标万仞雄。人世画图应不到，道家方丈半悬空。琼花夜洒峨嵋雪，绛节朝回阆苑风。桥路哪须藜杖化，步虚人在广寒宫。

其三

天柱峰头向日寒，暂因谒帝一凭栏。光迷翠巘云成海，气绕金茎露在盘。自合五城回首近，料应三观比肩难。乘风顿起吹笙兴，不待缑山振羽翰。

1440　遇真宫逢崔登吾宪使

烟袅篮舆翠万重，碧云台殿散芙蓉。铜碑壁挂真人杖，玉检书探帝时封。身到洞天仙侣共，道经雨雪故人逢。桥头但说当年事，萍水青山总异踪。

1441　紫霄宫阻雪

洞天深锁白云遥，雨雪攀跻上紫霄。不见河山开锦绣，只看宫阙化琼瑶，路迷华表人归晚，望入吴门练影消。尽日孤亭频徙倚，愁将游目对萧条。

1442　禹迹池

磨成石镜照长空，古迹徒传治水功。此地若经神禹到，肯叫五岳独称雄。

1443　棚梅

老干孤根树里仙，道成消息破先天。不须细问花开落，剩有清香万古传。

彭凌霄

1444　宿太和宫道房即事

小窗空翠入沾裳，爽气凝秋枕簟凉。阊阖天边开蜃阁，芙蓉嶂梢插蜂房。疏星近宿依前殿，飞电回看落下方。身在此间难稳卧，惊心已到白云乡。

彭凌霄（1560—1628），字用沈，号参柱，河南淅川人。万历三十二年（1604）进士，选为庶吉士，入内阁，官至礼部侍郎。明思宗追赠为尚书。著有《苍省轩诗稿》《青松诗集》。

1445　登天柱峰

巉岏灵岳倚寒空，蜡屐霾云石磴通。地绝郧襄瞻帝腑，星连翼轸挟天风。金芝瑶草虚无里，见阙琳宫杳霭中。七十二峰清兴满，飘然身世出樊笼。

吴　楷

1446　望紫霄宫

紫霄宫阙倚云端，片片明霞近可餐。万丝松髯迎地翠，群青石骨摩天寒。泉飞远涧风逾急，露滴丹梯昼未干。眼底葛藤何日了，欲从此处觅长安。万历乙巳年

吴楷（生卒年不详），曹州（今山东菏泽）人。万历十四年（1586）进

士，后任湖广巡按御史。

1447　望太和宫

天鸡啼澈入天门，金阙琼台禅至尊。内抚群峰争献瑞，外朝独石晴消魂。平临晓日升疑落，俯看祥云吐复吞。忽遇真人传妙诀，嗟然得意已忘言。

万历乙巳年初□谷旦

陈鸣华

1448　宿遇真宫

缥缈琳宫驻节旄，霓裳五色奏云璈。珠涵雾拥神仙字，峭壁寒侵使者袍。一派古松当径下，半窗新月映峰高。至尊只此堪封禅，方士无须海上劳。

陈鸣华（生卒年不详），字诚甫，福建晋江人。万历十四年（1586）进士，官至湖广参政。

袁应文

1449　登太和宫

朝天归客当云游，策杖名山最上头。金碧辉煌瞻帝阙，烟云葱郁望神州。苍生涕泪瑶队落，羽客琼浆丈室浮。蹑遍丹梯寻去路，层空笙乐带星流。

袁应文（生卒年不详），广东岭南人。

郑学醇

1450　题张仙像

我闻仙人张三丰，修真时在紫霄峰。存虚御气凌太空，往来海上蓬莱宫。忆昔文皇乘六龙，缄书遣使访灵踪。嵯峨西距岷峨东，徘徊天路烟蒙蒙。琼宫绛阙十二重，仙惟可望不可逢。谁人貌此真仙容，美髯如戟颜如童。

潇潇桂树荣秋风，披图仿佛云霄中。仙乎仙乎如可从，吾将选胜巢云松。

郑学醇（生卒年不详），字漏草，广东顺德人。曾任知县。万历十四年（1586 年），纂修《武缘县志》。

吴正志

1451　送王我虚道人还武当

五月寒江江水长，吴云楚树遥相望。千里青山连去路，一帆明月照霓裳。惜君昔访华阳客，斗酒百篇聊自适。狂来辄欲摘星斗，醉后翻嫌天地窄。阳春本自和人稀，孤踪常傍白云飞。故乡灵境久相待，一朝跨鹤竟辞归。与君同是烟霞侣，探奇每指栖真处。居尘不异出尘心，忘情翻作离情语。望君仙裾不可攀，坐对名香日闭关。猴山何日吹笙至，携手云中共往还。

吴正志（生卒年不详），字子矩，南直隶宜兴（今属江苏）人。万历十七年（1589）进士，官至江西湖西道佥事。喜字画和茶壶，收藏《富春山居图》。著有《泉上语录》《云起楼诗文集》。

王在晋

1452　五龙宫

太虚高敞绝风烟，极乐逍遥最上天。圣井曲周占蛰气，灵源活泼吐龙涎。池临二耀分乌兔，色映三光混紫玄。一睡尽堪消世态，华山道士有真传。

王在晋（？—1643），字明初，号岵云，南直隶太仓（今江苏太仓）人。万历二十年（1592）进士，官至南京兵部尚书、刑部尚书。学者，著有《岵云集》《越镌》。

鲍应鳌

1453　送洪水部游太和山

洪时以差归。碧落苍云欲尽秋，星槎西望楚江流。正逢丛菊堪娱酒，恰是飞鸿又送舟。□绝紫霄悬夜月，殿闲金屋迥浮丘。清名久重神仙署，莫以探奇恋壮游。

鲍应鳌（生卒年不详），字山父。南直隶歙州（今安徽歙县）人。万历二十三年（1595年）进士，授礼部郎中、户部主事。著有《端芝山房集》《明臣谥汇考》。

汤宾尹

1454　陈志玄游武当

劈地跳天峰廿七，半空彩错疑镂出。甜盐漉草着池芳，熨斗裁云春瑟瑟。西行东返朝还夕，孝武秦皇曾不识。秘灵□为圣明开，借观亦岂凡夫得。看君清斋五十日，抱鸡牵犬游仙室。个里梅花不是梅，折取还依棚上栽。

汤宾尹（生卒年不详），字嘉宾，号睡庵，别号霍林。南直隶宣州（今安徽宣城）人。万历二十三年（1595）榜眼及第，授翰林院编修，后任南京国子监祭酒，为宣党首领，世称"汤宣城"。著有《睡庵文集》《宣城右集》。

何宇度

1455　太和山

贝阙琳宫倚日浮，牛车鹤驭两悠悠。风来古树青相压，雨过遥岑翠欲流。业已中原无五岳，亡论东海有三洲。他时倘结餐霞室，好在香炉涧水头。

何宇度（生卒年不详），字仁仲，湖广安陆（今属湖北）人。万历中官夔州府通判。学者，著有《益部谈资》。

1456　沐浴堂

一到名山意自长，四围春树郁苍苍。幽人心地原如洗，不向黄冠乞浴汤。

1457　遇真宫观张三丰所遗杖笠

仙人一去白云间，杖笠依然在旧山。月过石坛清籁起，只疑犹驾彩虹还。

1458　憩太玄观二首

其一

花逐巾车至，云随竹杖登。欣然如迓客，七十二峰青。

其二

飞鸟天际还，壶尊云畔至。醉倚白玉栏，片月当岩坠。

1459　遇真宫

玉女□□翠黛长，会仙桥上锦屏张。郓人独报阳春□，□入名山作涧章。

1460　登天柱峰绝顶

天柱峰擎落日孤，乾坤奇胜合谁俱。虹边□□横银练，烟外秦关控紫虚。灵迹依稀犹□指，咫尺可攀无长歌。记取诸峰去□□，□□□闻五岳图。

1461　甫登南崖，均阳邹使君壶榼继之，遂觞于云雾崖下

飞鸟□□壶尊云，畔至醉倚白玉栏。片青山□□□庭，除驰道修廊帝者。居曲诏清能□□，碧落层楼高可切。瑶虚自明小院幽，堪掬□□重林锦。何处玉笙中夜起，令□歌枕独踌躇。

1462　望楼

□□花已落，朝雨客初登。仙侣无由见，危栏□□□。□炉香烬灭，经榻石苔凝。翘首浮□□，□□忆羽翮。

何　白

1463　麇城道中作。时客冯元成大参郧阳署中，出游武当山

出郭睇层阿，断山何奕奕。依微草树稀，苍凉井烟碧。沙蒸暵气暄，炎氛浩方积。荆榛蔽高原，荒荒野田白。俗验民力艰，岁占风壤瘠。复磴极回旋，隐见空江色。灵波骇潜响，敧滩拥危石。虽乏幽旷观，翛然去羁靮。桐

林荡微飏，浏浏濯巾帻。辍鸾息人徒，繁阴翳将夕。心迹澹无营，中怀良已适。方将俶云装，行矣迟烟客。

何白（1562—1642），字无咎，自称丹邱生，晚年又号鹤溪老渔，浙江乐清人。19 岁坐馆授徒。永嘉县令陈景湖招至吴中，又赴榆林为郑昆岩幕僚，校辑《由庚堂集》，协修《榆林志》，荐官不受。明末文学家、布衣诗人，有"山中宰相"之称。著有《山雨阁诗》《汲古堂集》。

1464　玉虚岩

中峰沐朝暾，阴冈昧昏画。林露泫未收，岩云去仍逗。篮笋历翠微，繁阴浥襟袖。穷源事冥搜，幽奇似相售。荒途塞荆榛，往迹迷猿狖。林断眢难缘，旁通忽深透。循溪信可攀，泠然获灵靓。药丛媚清涟，寒潭泻丹溜。秀木映朝晖。苍烟吐荫窦，架壑开朱扃，崖倾动疑覆。石鳞驳霞雯，空冥象云构。灌莽扇神飙，渊渊叶金奏。箕坐遂忘□，□流旨堪漱。誓将蹑太霞，于焉采三秀。

1465　苦热，诗呈不二老禅

火正秉炉冶，南箕鼓其橐。朱鸟何冯陵，肥□代为虐。赤阪扬绛氛，炎洲故融爚。毒雾蒸幽潭，歊烟吐蓁薄。咄嗟下土民，日趣□与镬。卧簟若施袽，□绤如袭貉。渴吻费嘘呵，熏心困燋灼。宁似沸泉鳞，噞喁信沉跃。静胜岂无征，默朝良有托。眷彼功德也，四宝自严错。行树流祥飙，空音散楼阁。我愿乞医王，亟为瘳群癀。杨枝洒甘露，莲花生火宅。大地尽清凉，热恼恒无着。

1466　题五龙涧葛道人青雪楼

羽仙结楼五龙窟，天半经声下□沇。池喧南涧北涧泉，窗动千峰万峰雪。谁令此楼有此人，曰与山灵间清绝。薄暮高寒不可留，惆怅松间与君别。

1467　同郑昆岩中丞憩灵岩寺，周览平霞、展旗、天柱、玉女、双鸾、蟾蜍、龙鼻、天窗、石屏、小龙湫诸胜。中丞约予筑室上方，醉后放歌

□山黛色横高空，一磴潜与风云通。遡风蹑云穷窅窱，昆丘群玉抽玲珑。混沌初开元气裂，想见雕镂愁化工。双报瑶台辟紫府，芝盖佳于明翠羽。星海真源接雁湖，绛河练色低天柱。得障寒蒸太始霞，石屏晴喷灵湫雨。玉女烟青十二鬟，彩云欲驻双鸾舞。蟾蜍不敢薄阴精，残夜天囟日初吐。苍龙夭矫骄未醒，玉乳鼻端吹栩栩。郑夫子，丹丘生，谷口君，为子真。后琅函旧注安期名，手蓺绿芙蓉，飘摇遨紫清。我亦鞭龙出岩扃，天台委羽但咫尺。杯中一线摇沧溟，对博山隅行六箸。残棋石上窥明星，帝之弄臣玩人世。夕憩枣馆晨椒庭，安能随龌龊啄腐而吞腥？君言上方足灵气，揽结清晖还此地。看君姓氏早登晨，以我风神应度世。玉笥虚藏五岳图，名山坐抉千秋闷。金壶七返飞黄芽，琴心三叠朝东华。闲从琼畛种瑶草，醉向天坛眠落花。君不见青莲居士李太白，司马紫微相赏识。逍遥为赋大鹏篇，挥手青天游八极。

1468　郧中晓行，马上思家

长庚欲堕晨星稀，枯杨萧萧风裂肌。满地清霜马蹄响，半林淡口鸡声微。我今胡为此骑马，中风狂走尘埃下。对面青山不当归，忽忆南窗泪如泻。

1469　龙泉观·天津桥

桥为武当山最胜处。叠蹬千盘穷九渡，夏水丛云莽回互。四垂忽辟芙蓉城，一线潜通猿鸟路。黄冠肃客坐石桥，耳边飒沓鸣风涛。卧看飞鸿天影窄，峭峰日落争摩霄。石气淋漓寒漠漠，翠湿虚坛羽衣薄。排空似驭碧霞车，置身如坐青莲幕。玉龙蜕甲架苍烟，雄虹含雨吹阴壑。夜深月出闻吹笙，知有云君下黄鹤。

1470　见道傍醮碑偶作

一从混沌漏元气，名山不复藏灵闷。万国若狂男女来，百里传呼林壑沸。口念西方古佛名，身朝北极玄冥帝（往来朝礼者齐呼"无量寿佛"名号）。

朝罢依然下八宫，年年修醮昭神功。琳琢远近聒松柏，幡幢上下排烟空。醮毕磨碑题姓氏，道傍林林若鳞次。泥埋苔蚀纵复横，后人砻洗重镌字。泰氏之世若禽鸟，年不疵疠民不夭。吉凶顺逆天之道，帝本无心尔何祷。乃知末法行权教，鼓舞劳来此其效。林中奇石日渐稀，请看山后山前碑。

1471 冯元成大参分守瓯栝志喜，时余宿大参郧襄署中

忆昔行吟白门乡，首夏扁舟上樊口。使君高义薄云天，贱子虚凉复何有。衙斋三月无所为，饱饭即同乡梦期。脱略何如郝从事，幕中解咏娅隅诗。归计逢秋苦不速，异国重逢故园菊。宜城九酝复留人，风吹汉水葡萄绿。大堤月出树如烟，骑马还寻萧寺宿。往事仍留岘首碑，新声无复铜鞮曲。使君隼旗移栝苍，夜闻起舞真欲狂。未论百城望风采，且与万壑增辉光。楚人遮辙挽不住，越人引领歌来暮。郧塞云含远别心，鼎湖鹤引曾游路。仙都鼎湖公旧游处。紫霄暂下清微关，更向仙都朝绛节。平生作吏典名山，信是君身有仙骨。早晚孤帆下恶溪，石门瀑布吹晴霓。谢客题诗遗旧迹，迟君共蹑青云梯。

1472 舍身台（台在玉虚岩）

舍身台下髑髅语，生为愚人死愚鬼。狼藉膏涂野草青，模糊血迸颠崖紫。不知作俑何年月，遂令昧者神其说。相传有女思报亲，母病愿言代以身。身投千仞若飞鸟，仙鹤祥云倏围绕。金甲天神护送归，阿母沉疴寻亦好。又言心正无恐怖，帝临尔身能尔度。下品随生欲界天，上根不堕轮回趣。贪痴侥幸来乞灵，翻令爱死胜爱生。岂有金神为呵拥，不闻云鹤来将迎。妖祥扇惑固难破，年年白骨徒纵横。昨闻山东尼，五步一膜拜。撒手下龙头，一命等菅蒯（舍身台前，一石长丈余，横悬深壑上，斫成龙形，名舍身石）。尼乎尼乎何足惜，尔也无知自遗贼，更教帝惭好生德。我来闻此三叹息，暮倚栏杆泪沾臆。

1473 清微邮舍

暮山青满屋，邻树翳颓垣。烛暗飞虫乱，庭空齕马喧。心惊湘水客，梦

引越江魂。月黑闻吹角，於菟夜绕门。

1474　望仙楼

中天铃语细，云杪见飞□。窗岫层层碧，风泉泯泯清。星榆纷引瞩，珠树回含情。仙路何寥廓，红尘白发生。

1475　遇仙宫谒张三丰像

蓬壶窈难即，冀一遇真君。不返寥天鹤，空余崟岭云。型金传委蜕，芝检闷灵文。见说仙台月，琼箫静夜闻。

1476　早发紫霄

空林晨露湿，初日正苍凉。青汉挂松磴，紫岩开竹房。世应疑太始，境亦似寥阳。念此同怀客，幽心未可将。

1477　青羊涧

昔闻关尹子，石上觅青羊。曲涧迷仙迹，何人辨洞章。树光泉眼碧，云气岭头苍。鸟路虚烟夕，微钟动上方。

1478　万丈峰

方士从半壁结茅，虎皮张修道处。

虎皮曾羽化，半壁尚诛茅。涧饮随猿挂，风栖并鹤巢。险凭横木渡，阴借翠藤交。挥手徒为羡，尘心可易抛。

1479　口占赠憨道人

松根一片石，坐待孤云归。白鹿榠骖驾，玄熊时守扉。禹粮含露滑，尧韭冒烟肥。相对了不语，天风吹薜衣。

1480　寄武当憨憨道者

琼台南畔倚双峰，香药茸茸遍古林。紫峡泉声宫树湿，青天云气岳莲深。

聊因之子寄相忆，只恐幽人不易寻。石髓台馀那得致，月明似听我师禽（武当有禽名"我师"）。

1481　望仙台望太和绝顶

风泉松巅书泠泠，徙倚崇台思窅冥。云叶晚蒸西日紫，岳莲晴扑太霄青。帝居似见标双阙，峰势如看拥万灵。后夜石林明月满，卧听仙客蕊珠经。

1482　饮李炼师丹室戏赠

宝篆支床半已残，藤花不扫步虚坛。一林竹箭鸣秋早，半壑松涛搅梦寒。核酿青田沉琥珀，月生文辇湿琅玕。黄冠日住云霞里，管领名山不解看。

1483　晓发十八盘望玉虚宫

晶晶晨光翠荫圆，独乘篮笋思泠然。栈盘断壑曾驱石，树缀悬崖半隐天。霞起玉虚开䌽帐，云生珠殿散炉烟。渐君真气神皋近，半部咸池晓露蝉。

1484　紫霄宫

扈从千峰列羽仪，空中日月太常旗。七星离立成天象，五老如迎告帝期。凿翠香台分点缀，蹑云辇路锁逶迤。人从赐剑传遗事，碧草离离禹迹池（宫前有日月池、展旗峰、七星树、五老峰、赐剑台、禹迹池诸胜）。

1485　太和宫

三门中断转嶙峋，斐坛祥光拥玉晨。云栈盘空疑箭括，星炉垂象法钩陈。天低莲萼长销瘦，云暖林花始觉春。咫尺朝元犹窅眇，欲从羽客借轺轮。

1486　太和山天柱峰谒帝五首

五城帝峙回高悬，绝壑长松圻紫烟。落莺云生巴峡雨，齐肩天拥华峰莲。乾符乍启星占北，水德初兴色尚玄。恰喜九阍无虎豹，采芹亲献至尊前。

文皇握镜抚神州，瘗玉升中拟介丘。芝检金泥藏秘典，瑶函宝篆协玄谋。云根潜引昆仑脉，天路时邀灏气游。入夜六龙衔烛影，只应来往北山头。

浮云日下望长安，万里青葱正北看。天辟三门华表远，雨残千嶂翠涛寒。
丛霄清初招摇近，小有虚无沆瀣干。闻说先朝饶瑞应，登封曾纪汉祠官。

徒倚玄冥独杖藜，阳乌出海照层梯。赤珩曲几文绨锦，秘殿雕楥浴袅蹄。
夜作豹嗥青洞犬，晓疑鸾啸白云鸡。下窥银海人间世，不独襄城叱尺迷。

玄时祈灵走万方，朱摇翠节觐瑶光。金庭日畔瞻芝盖，铁锁云中接雁行。
历历繁星燃绛蜡，蒙蒙宿雾藉都梁。不才自合明时弃，且就生前乞醉乡。

1487　五龙宫坐月

空庭清闷晚萧萧，新月初疑睍未消。缥瓦寒辉生积雪，峭峰游霭拂轻霄。
云边石坼千霜桧，竹篁泉飞百尺桥。一自通津来俗驾，香台无复驻霞镶。

1488　寄太和隐者

姑射仙人冰雪容，廿年不下紫霄峰。身疑槁木轻于鹤，手种长松半作龙。
石上灵苗和露被，床头真霞倩云封，风尘忽作游仙梦，信佛犹闻洞口钟。

1489　净乐宫

净乐鸿荒国，犹传此降神。应时扶日月，弼教协天人。帝德昭灵贶，皇
居象紫宸。骏奔骈海宇，鸿携半城闉（宫宏丽轩敞，几割均城之半）禅主尊
宗长，明禋敕内臣。两宫穷土木，少府出金银。末法维儒术，颙蒙感胜因。
圣朝资治理，抚化御齐民。

1490　玉虚宫

宸居开北极，泰时丽中天。箓著鸿苞后，符开象帝先。神谟伡水德，睿
语焕琅编。日月虹梁近，云霞藻井鲜。穿窿规太紫，眇穷表重玄。树偃嵩阳
柏，峰欺华岳莲。平临佳气绕，低拂绛河悬。石髓真人洞，铜池圣水泉。蛟
龙盘赐额，鸾鹤下祥烟。独有波臣幸，频瞻玉几前。

1491　赠李本宁太史一百韵（时予入楚访太史于郢上，将有武当之游，并及之）

王风蔓草久荒芜，正始谁操两汉舻。岂乏颓波回砥柱，公从元化运冥枢。

九河沙汰称东鲁，万象微茫见大吴。俎豆雍容归下雉，玄黄黼黻羡新都。同林兰蕙芳元合，异本楩楠质每符。流水拂弦宁改听，奔霄歕玉更齐驱。岱宗不让群峰伏，渤澥由卑众壑趋。纹濯江霞开蜀锦，胎含海月媚秦珠。盛衰运每关王化，雅颂谁云匪令图。大夏谐音陈帝所，列星垂象丽天衢。绛河机杼丝初织，青帝朝华绮乍敷。垂露直疑仙掌滴，重轮仍倩矞云扶。葳蕤练实伤朱凤，历落晨星散白榆。堂上楚妃元独立，汉皋神女一何姝。采诗乍可征闻巷，作赋由来属大夫。指点迷津曾舍筏，力排邪说类投巫。藜□汉阁传中垒，草绿湘潭吊左徒。遮莫流言成积羽，偶当归兴托思鲈。闲依松菊开三径，醉狎烟波长五湖。野佩菲菲搴薜荔，钓竿袅袅拂珊瑚。簪缨那复关人事，丘壑元知不负吾。鄂渚楼中黄鹤驭，留侯山下赤松俱。大隄烟月扶筇近，南市枌榆辟馆迂。先德尚存新甫柏，永怀仍感旧台乌。清阴市地流文茕，黛色参天发故株。泽较种时柯转茂，泪滋攀处叶曾枯（太史先方伯公手植古柏犹存，太史茕台其下题曰：“甫□□诗，海内诂名家纪其事”）。长怀牛耳随鞭弭，拟谒龙门式楷模。已分形骸同土木，漫希姓氏出菰芦。违时偃仰穷桐下，散发行歌碧海隅。橘以渡淮羞作枳，兰因東楚化为刍。声华岂有称乡曲，踪迹犹惭溷市屠。仿佛六时参白法，全生一壑养朱愚。凭陵侠负千秋骨，肮脏贫余七尺躯。宁有借交传赋草，屡逢属和竞皇荂。哀歌慷慨时将晚，旅鬓刁骚岁欲徂。时见一班同管豹，立穷五技似溪鼯。瑶华曾荅衡峰雁，尺素初凭叶县凫。延伫疏麻时载折，浮沉远道渺难逾。踆踆奔走怜牛马，冉冉烟霜感蟪蛄。招隐驾言依桂树，远游有事托桑弧。三山晓色开残夜，万里春光犯畏途。好藉发蒙窥浩荡，岂辞重趼历崎岖。经时雷雨增波浪，上濑帆樯犊舳舻。菱曲忽惊闻楚调，榜歌渐已变吴歈。天□翠影看匡阜，镜里新妆出小姑。星过豫章分翼轸，江回嶓冢合巴俞。雪销丙穴来王鲔，花落黄陵听鹧鸪。云断岳莲盘紫盖，雨残湘竹带苍梧。入门望近真人气，剧语心将国士输。恍发秘函窥蔡帐，如饫珍脔入郇厨。襄阳耆旧谁目标，姑射神仙自雪肤。此日风期酬夙契，忘年礼数展交娱。华阴成市依宾从，棣萼连枝接友于。双璧乍联看骥子，五花欲就是龙驹。芙蓉初日涵秋水，涧壑清冰映玉壶。烨烨谢庭皆宾树，翩翩丹穴尽鹓雏。食鱼无复弹孤铗，悬权何烦具四铢。优渥剩遗仁祖米，过从寒解谢公縢。侯芭忝窃传奇字，南郭将无诮滥竽。尊挹璃波行缥酒，□翻云子食雕胡。树连睥睨山疑堕，幔卷星河月可呼。客子如窥蔡帐如，饮珍归忘逆旅道。流相对借屠苏夜，删宝篆分芝火朝。启瑶编漱玉腹，何草悟来非药树，是酥觉后尽醍醐。清冷乍吸神逾王，法雨频沾病欲苏。时予抱疴寓匡炼师丹房。似向浑沦藏意匠，不从牝牡得精粗。谈锋玄着群言海，经笥罙深众说郛。方外异书传琬琰，笈中古刻辨盘盂。怀贤岂拟浮湘作，董道将乘泛海桴。丹墀尚虚天上诏，清时犹贲握中瑜。丝纶近简鳌扉俊，选结重开虎观儒。自是一时尊秘典，更谁百代赞鸿谟。名山副本藏司马，良史何人擅董狐。斧衮不无严笔削，宪章何以盛陈铺。宏裁业已归元老，广听还应问八虞。日月并悬胡鲁莽，庙堂求旧废咨诹。时内阁议修史将荐公后不果。亡余郓质斤难运，绝后朱弦调转孤。濠上寂寥蒙叟叹，邺中代谢子桓吁。定知有赋悲邻笛，更识兴怀慨酒垆。夫子同时犹及见，群公异代枉相须。敢论后进堪传钵，差可前驱备执殳。葑菲未教遗下体，范型争拟跃洪炉。人归藻镜才方足，品入雌黄世莫渝。松柏不闻生峥嵘，莲花独许出泥涂。此乡信美非吾土，明德难忘拂湛虚。怨别抚时书苒苒，怀归望远路萦纡。梦惊巫女啼猿峡，愁结秦皇系马蒲。实以高标深企羡，兼之名岳重踟蹰。登台纵目神先迈，隔水褰裳足屡濡。帝集中天玄晲耸，星垂北斗众峰殊。金支绛节时明灭，羽驾烟装信有无。石髓曾闻王烈采，茅龙或遇子先呼。阳崖万仞桃皆碧，阴涧千年草尽朱。仙篆雷书留鸟豕，金箱璇钥守熊豜。献珠何代逢龙女，守灶前身悟鹤奴。闲扫天坛雪暗暧，静窥黼帐锦模糊。秩刊祀典仪尤重，灵着图经事岂诬。撷秀终期同揽结，临岐且复立须臾。玉函有待书成后，预向清都选一区。

1492　蜡烛峰戏赠范丫髻

蜡烛峰头一磴斜，只应天近羽人家。看君未蜕尘中骨，安用千年住紫霞。

1493　夜宿天柱峰，坐月山下，是夕大风雨

昨夜月明宿天柱，俯见峰腰云一缕。朝来下山溪水深，始知山下终宵雨。

1494　饮紫霄宫郭炼师蜜酒作

醉卧天坛松子家，百花凉酝酿流霞。石床不畏松风冷，一枕游仙日未斜。

1495　天津桥坐月（桥在参岭万峰中）

千峰绣作碧莲华，身在花房太上家。明月一规天似水，玉盘清露泛流霞。

1496　沧浪之歌

汉之广兮，岂挠而浊，谁为为之，匪扬匪漉。汉之广兮，岂汰而清，谁为为之，匪激匪澄。毋尘而缨也，毋泥而足也，大白若辱兮，又何之濯为！

1497　徐复初翁礼武当归，过访山中有赠二首

皇矣玉虚相，耀迹玄冥乡。爰启净乐境，朱陵郁相望。熙代崇礼秩，瘗玉照馨香。乃知圣所向，奔凑来万方。吾友肃斋法，灵文漱瑶芳。默朝已云久，方春理云装。紫烟冀轻舸，朱霞明素裳。但觉灵岳近，未论江路长。来归话殊胜，碎容和且光。愿托鹪鹩质，永随鸾鹤翔。

局夫守□丘，旷□□□九州。我昔谒师□，曾为参上游。□□耸飞观，珠碧被层□。金堂冠中顶，□□郁云浮。夜见海□涌，朝看灏气收。紫泥降天语，丹房栖羽流。八琅响三素，清乐钺琳□。尘境一挥手，星霜几环周。弱植寡所振，玄赏须良传。仙风倘相假，愿以方吾舟。

雷思霈

1498　太和绝顶

万峰参岭白云屯，昭代登封玄帝尊。若比昆仑真伯仲，只疑衡霍是儿孙。参差官阀悬金色，隐见松杉倒石根。便欲临风声羽翼，想因呼吸微天门。

又

金观峰头礼上玄，香炉三磴散晴烟。云生下界俄浮海。两茫层峦半插天。北枕常山萦似带，南窥大别小如线。仙才云气今应在，不比燕昭汉武年。

雷思霈（1565—1611），字何思，夷陵（今湖北宜昌）人。万历二十九年（1601）进士，官至翰林院检讨。公安派文学家，著有《百衲阁文集》《荆州方舆书》。

1499　七十二峰图

楚塞秋空白练赋，丹青画出峰峰翠。我欲南登南岳山，其峰亦是七十二。瀑布飞泉或让之，群峭摩空真绝异。他时为写两山图，有峰一百四十四。

阙　名

1500　万历庚寅仲秋，同□大□参□都阃燕集沧浪亭

振衣千仞一亭孤，眼底乾坤境界殊。北带寒江拖素练，西凌太岳别元都。沙鸥朝逐波深浅，渔笛声随风有无。故里瀛湾光景似，顿令张翰忆莼鲈。

阙名，生平事迹不详。

葛一龙

1501　送张伯子游武当山

五岳之外更有山，特立在天（上下垂一栈）通人间。今君直欲蹑高顶，云衣飘飘美悬景。春水春山春雪中，春灯爨雪梅花红。我醉君家送君去，神鸦飞出湘南树。

葛一龙（1567—1640），字震甫，南府吴县（今属江苏苏州）人。与四方名士结"秦淮诗社"，时人呼之"葛髯"。明代诗人。著有《修竹篇》《弄闲草》。

袁宏道

1502　南岩望绝顶及五龙诸宫有述

珠题嵌绝壁，人巧依天匠。峭绿叠颓岚，青天怯磨荡。蒙蒙太始云，旷劫相酝酿。一自辟玄宫，斧作仙家障。苍峦夹欹窦，高天入盆盎。终古客清虚，诸仙几回丧。真人将上升，先此规图样。十二楼五城，某天如某嶂。宫

城付黄冠，仙邮侈供帐。道装俗须眉，只此输天上。

袁宏道（1568—1610），字中郎、无学，号石公、六休，湖广公安（今湖北公安）人。万历二十年（1592）进士，历任吴县知县、国子博士等职。与兄袁宗道、弟袁中道并有才名，史称"公安三袁"，其文学流派世称"公安派"。著有《袁中郎全集》《袁中郎集笺校》。

1503　游玉虚岩

一壁绣烟霜，石老崎嵚露。蜕骨留空岩，青山也仙去。或纤削而清，或高古而怒。瘦过必成妍，喜极多由怖。咽者为奔泉，古者为杉树。种种出天成，幽奇互遭遇。翘首告仙真，此地好流寓。未必三神山，有此奇绝处。

1504　天柱峰谒帝

除却善法堂，人间无此丽。爰题铸黄金，玉版花纹地。羲和曳长轮，锐碧返龙辔。霞里台仙宫，飞断青溪翅。茫茫诸夏人，绡绮被山翠。号呼夹笙镛，醒却天娥睡。爝珠薪水沉，千里薰燎气。长髯老真人，晓畅天家事。逸典绝云亭，功高七十二。鞭山驾鼋鼍，一笑秦皇帝。

1505　虎耳岩逢不二和尚

幽岩幻出支公面，瘦壁玲珑点葱蒨。百年一室锁青烟，涧石霜松几回变。师言少日住西山，南内风光眼曾见。武皇七年四月时，搭衣曾上戒坛殿。白头等死入名山，四十三年若流电。棚梅插得大十围，又见曾孙头似霰。夜深屈指数朝贤，青山阅人如睡传。元美伯玉今在无，可惜聪明死编撰。

1506　侍家大人游太和，发郡城，偕游者僧宝方、冷云、尹生也

其一
戴将头发入禅关，长得闲时也畏闲。从此野人功课定，一年须下两番山。
其二
全家都爱踏云烟，过去青山香火缘。扶着白头拜真武，被人呼作地行仙。

其三

朝衣叠却系乌藤，白石青岩取次登。识符袁家装束别，红旌队里一骑僧。

1507　七星岩

红霞一抹雾千重，石骨如斑翠点浓。何事丹砂炊不转，诸仙长爇灶门峰。

1508　题紫霄太子岩

多少真官学太远，只将雪颜换赪颜。争如净饭真王子，巢顶穿芽大雪山。

1509　送寒灰入参上兼访陈遇卿（节录）

青峰只在两眉间，何事三回不驻颜。信是黄冠多俗品，不曾俗却谢罗山（寒灰三过武当，皆未入山）。

1510　入琼台观

洞路曲盘盘，闻香又隔滩。岩攲天古拙，石瘦月高寒。屡共云封事，曾闻鸟纪官。人间三万日，洞里不相干。

一帕覆长眉，深衣大带垂。天通名姓地，有驾鹄鸾时。为客烹乌药，教人悟白髭。声名与荣利，膏火露花儿。（万历八年冬十月，受命知均州）

1511　七真洞赠道者

云烟回合蔽仙关，万仞斜通一发山。事往已迷新甲子，洞深忘却旧人间。橘皮鹤下遗雏去，萼绿花来采药还。白日饵将三五斗，方瞳如水照丹颜。

1512　长生岩逢休粮道者

只将空榻伴嶙峋，踏遍桃花洞底春。一口也摒为长物，诸缘皆可作飞尘。施来白粲都饲鹤，种得黄精每寄人。留却石炉烟少许，深山遥夜礼高真。

余纫兰

1513　李天放玄师自武当来授予秘密酬赠

七日鸣箫下，翩跹鹄氅垂。骖停蔡氏馆，杖隐葛家陂。消息风花定，有无江月知。自惭非异骨，蚤已入炉锤。

余纫兰（1568—?），字猗叔，号广莫，奉新（今属江西）人。万历十五年（1587）时为诸生，锐意于古文辞，以隐逸累荐不就，晚年耽于玄理。与汤显祖为忘形友。著有《燕林藏稿》《楚风》。

袁中道

1514　山中晓行

秀壁牵人往，途崎步转轻。初曦千叶影，浩露一山声。颇厌桃花俗，偏怜石骨清。风柯与谷鸟，相对话无生。

袁中道（1570—1626），字小修，一作少修，湖广公安（今湖北公安）人。万历四十四年（1616）中进士，授徽州府教授、国子监博士，官至南京吏部郎中。文学家。著有《珂雪斋集》20卷、《游居柿录》。

1515　将往太和由草市发舟

枇杷开外足风尘，且办游袋学道民。好鸟异声如姹女，奇云作态似仙人。同居浊世非无事，得到青山别有因。清暑台边千丈水，楚王遗迹定谁真。

1516　武当

天柱居然龙凤姿，群峰屏息似追随。聚沙酒墨三千界，骇缘惊红十二时。春树不遮石骨瘦，夏云犹让壁纹奇。幽崖别有栖真地，皓首黄冠亦未知。

青岩何地不追攀，终隔仙凡未易班。隙外尚容千佛子，分来可作百名山。秦敦汉鼎存肤骨，瑶草琼枝作鬈鬈。谁道此山灵液少，雷奔雪沸水潺湲。

1517　太和山中杂咏

一

浪说三山与五城，而今亲自到蓬瀛。珠宫恰好针峰住，琪树偏从石窦荣。
贪看岭云缭壁色，喜听谷水堕潭声。芒鞋竹杖经行处，梨枣煌煌个里生。

二

霞外仙标绝品题，吴峰越峤隔云泥。琼楼宝阁伤心丽，复道危梁过眼迷。
树底浓阴清石径，岩头爽籁振山溪。好乘三五团栾月，天柱峰前一仗藜。

三

灵境经年入梦魂，不知何岳更称尊。山为函夏诸丘长，帝是轩辕有道孙。
楚泽泰州罗下界，日兄月姊伫天门。晴空万里尘坌净，一缕青云玉虚存。

四

向平何用苦栖栖，此地余生足隐栖。栎栗子分徂母饭，棚梅花发道人妻。
破云缓步千盘路，带月频听九渡溪。止恐搜寻终未遍，不愁无处问刀圭。

五

烟眠月夜渐沉酣，邃壑崇峰任意探。不碍翠花随点缀，有情污垢尽包含。
朝曦北岭生浓翠，细雨南岩发异蓝。七十二仙佛弟子，青山依旧隶瞿昙。

六

烟霞金碧雨氤氲，异草奇葩处处芳。仙梵一山泉外冷，静钟千院夜深闻。
树如大士胸前络，峰似天孙锦上云。日暮五龙南畔望，横披一副李将军。

七

九朝物力斗嶙峋，气象居然逼紫宸。金龟有祠空陋汉，宝鸡作畤转羞秦。
霭坛月馆萧清夜，秋殿深宫艳冶春。莫怪繁华异寂寞，由来天子作仙人。

八

弥天绝壁鸟难通，也有平畴万壑中。陆贾买来同好畤，胡宽营处似新丰。
割云入眼千年翠，照水销魂十里红。自是上真真隐地，安容降礼作三公。

1518　送须曰华游崂山

春风披拂楚江湄，夜夜烟岚入梦思。词客去时梅惜别，清郎行处鹤来随。

时署中偶有鹤至。亭台已浣渚宫俗，洞壑难忘参岭奇。蜡烛涧边千丈水，山灵应乞解嘲诗。

徐 燉

1519 武当山孔道人见访兼贻丹药喜赠

萧然云水客，来自武当山。道契虚无外，神游混沌间。九还烧黑汞，一窍觅玄关。他日相逢处，仙都第几班。

徐燉（1570—1642），字惟起，号兴公，闽县（今福建闽侯）人。其诗自成一家，被称为"兴公诗派"。著有《鳌峰集》《徐氏笔精》。

1520 渡沧浪水

当年渔父问灵均，千古沧浪水色新。南去北来多少客，不知谁是独醒人。

冯舜臣

1521 天柱峰

上下山间路，应如天未分。莫言混沌凿，古色尚氤氲。

冯舜臣（生卒年不详），字五余。湖广襄阳（今属湖北）人。贡生，官蒲城知县，著有《衣带集》。

1522 晚至玉虚宫

步入西天日色低，苍烟翠嶂拥丹梯。广轮错绣方千顷，危阁探玄许寸跻。蜃气化龙雕白玉，鬼工挝鼓卧青蜺。周原东去微茫里，回首仙台路欲迷。

洪翼圣

1523 武当山道中杂咏

五里一庵十里宫，丹墙翠瓦望玲珑。楼台隐映金银气，林岫回环画镜中。

门裂双岩容马度，天开一径许人通。当年丹灶传犹在，羽翮何由耸碧空。

洪翼圣（生卒年不详），南直隶歙县（今属安徽）人。万历二十六年（1598）进士，后任汝南参政。

胡维翰

1524　太和山

青山成画水成音，夹道连绵走绿阴。云气上依仙在眼，铎声振耳石寒心。度身峰顶悉飞去，回首人间似陆沉。忽竟武夷舟上兴，名山游宦每能寻。

胡维翰（生卒年不详），高安（今江西宜春）人，曾任湖广郧县知县。

龙起潜

1525　金花树

虬枝郁秀发仙葩，翠盖凌空羡彩霞。云隐石楼飞雪霭，灵芽四季吐金花。

龙起潜（生卒年不详），枣强（今属河北）人。曾任凤阳推官。

曹学佺

1526　遇叶循南欲游武当，挽其东下

送客去潇湘，仍留客在杭。讵将吟席冷，转觉酒杯长。暑月非游候，江风且纳凉。金陵征旧事，梦寐不能愈。

曹学佺（1574—1646），字能始，一字尊生，号雁泽、石仓居士、西峰居士。福建侯官（今闽侯）人。万历二十三年（1595）进士，官至太常寺卿，清兵入闽时自缢殉节。擅长度曲，为闽剧始祖。明代学者、诗人、藏书家，"闽中十子"之首。纂修《崇祯实录》，辑有《石仓十二代诗选》，著有《石仓诗文集》等。

1527　小武当山再送叶相公

秋来微雨作新凉，闲陟招提最上方。浴日补天功不小，登山临水兴何长。平沙渺渺横江渡，曲涧淙淙架壑梁。此别更深萝薜恋，何时对弈且飞觞。

贡修龄

1528　戏题张三丰立像

稻前一带大江流，万树茏葱境独幽。我欲乘风便飞去，借君箬笠作行头。前生老行脚，今世宰官身，一副行头，如是如是。

贡修龄（1574—1641），初名万程，字国祺，号二山，南直隶常州府（今南直隶江阴）人。万历四十七年（1619）进士，任浙江东阳县知县，复起江西少参，分守湖东。著有《匡山》《斗酒堂》。

费元禄

1529　武当山

天门积翠锁寒空，帝子旌旗杳霭中。古道香钱收内使，五云金阙俨神功。吹箫夜冷衡阳月，卷幔春融梦渚风。踏遍千岩经万壑，步虚声落翠微宫。

费元禄（1575—1640），字无学，一字学卿，别号无学，江西铅山人。鹅湖费氏第九代传人。构馆鼍采湖上，闲适游赏，为江南名士。促成一山两教即道教葛仙殿、佛教慈济寺的修筑。诗人，著有《甲秀园全集》《诗学别记》。

1530　送周使君谒武当

玄岳千峰拱帝灵，三天紫气昼冥冥。襄江带绕窗间白，华盖峰回镜里青。树拥油幢冲薄雾，花迎剑佩落残星。洞中亲检兰台篆，多少仙官乞勒铭。

蔡复一

1531　谒参岳七章

其一

天作高山，鸿蒙荒之。历祀百六，奕世昌之。岳灵燕鼎，臣民受福，一人康之。

其二

虚元道府，不如真武。太和有怒，仙室有虎。参山岳五，□足千古。

其三

是空是宫，惟丛惟峰。亿万斯年，杉橡柏松。树石岩壑，此隙彼充。莫知其故，鬼斧神工。费心目趾者，劳劳叹叹。自若之鸟虫，游元气中。

其四

何碑何字，其中无异。穆穆皇皇，神乃受备。岩三十六，涧二十四。五台五井，泉三潭二。灏灏乎浮苍苍者，下界功德不思议。

其五

四时皆春，不断吟呻。皇衷曰民，帝鉴曰人，非然者曷神？

其六

六时皆声，不遑问清。高听曰前，卑词曰情，非然者曷诚？

其七

中外奔赴，插空一柱。云为荇藻，风为瀑布。想其初生，奇光香雾。削成安隐，匪天匪获。受以缕缕，报以惧惧，无疆之体聚。

蔡复一（1577—1625），字敬夫，号元履，谥清献，福建同安人。万历二十三年（1595）进士，授刑部主事、右副都御史，抚治郧阳。著有《遁庵文集》《诗集》《楚愁录》。

马人龙

1532　登天柱峰十首

一

是太岳绝顶，东向朝瞰，金殿跨焉。曾闻太乙有丹台，为扫霞峰问鼎来。

一柱补天常五色，千盘转斗即三台。焉前海岳差池出，槛下星河次第开。回首人间奇未有，半生魂梦枉裴裹。

二

顶北三公、南九卿、前香炉、蜡烛诸峰，登之。戍夜小雷，风作雨，忽复飞雪。天门三上即鸿蒙，柱倚天根复帝宫。山作公卿皆拱极，峰连炉烛欲然空。叩阊呼吸成春雪，伐鼓风雷走玉枕。日出群方聊可辨，始知身在太玄中。

三

苍龙岭即绝顶也，玉笋峰在顶北。

青云踏尽见琼都，振快雄风播海隅。铁柱岧峣千嶂失，金天缥缈一茎孤。苍龙岭听银河泻，玉笋班连黑帝趋。今古至尊长立极，蓬莱山尽六鳌扶。

四

太岳七十二峰，峻不可至，皆绕天柱金殿岭焉。

无边峰色拥明堂，上帝端居是武当。星压泰华高倚剑，云生江汉远垂裳。玉珂万壑摇春籁，金屋谱天散夜光。大地朝宗皆水德，玄圭七十二成行。

五

文皇以数藩财力治武当，十有年成。为建中、使诸道官，领以藩臣领屡朝敕诰，赍予充牣八宫，天柱尤隆。

梯航万国海山疲，结构群宫绕岳垂。金以大三千界布，封于七十二家遗。圜丘祀典尊周礼，方岳祠官领汉仪。□诵王言思献赋，小臣才愧揆天奇。

六

楼镇城四隅栋宇尽石，双笔峰依顶东偏。

石楼春峙四城严，殿压中峰斗可拈。星绕琼栏垂铁锁，日扶海气上金檐。群方尽胜从谁选，叠嶂争奇各自尖。倩注丹经双笔秀，天青玉案翠相兼。

七

顶望有南岩，世传西北玄帝化升处。

尘缨却喜桂高萝，兴极悲生一放歌。婚嫁未成青鬓老，长安不见白云多。罡风卷地鱼肠冷，色界迷天鸟道过。莫指南岩奇羽化，高观身世总无何。

八

帝辞净乐王，学道玄岳，香火殷盛，以重译至。

金殿当头尺五天，下临不测是轻烟。人麒鱼海争朝帝，花簇鸾箫或见仙。
万口潮生嵩祝日，八宫霞护国初年。休言净乐何如此，为识山灵意尚玄。

九

岳色于人绕鬓浓，栖迟访古更扶筇。三巴云气愁司马，一线襄江吊卧龙。
日月黄尘消薄窟，神仙青眼失孤踪。丹丘片片春空是，采药他年何处蜂。

十

金殿绕栏，冶铜为之，予以春暮将自襄阳归武昌矣。

铜栏休倚出瑶京，绕径天花去住轻。丹诀未传辞帝早，青霞满袖带愁生。
看云二月还三月，立马襄城到鄂城。柱下译天成右史，他时紫气梦来迎。

马人龙（生卒年不详），万历三十二年（1604）进士。

朱之臣

1533　自南天门转南岩宫，入岩看元武诸迹

着雨岩上行，不知岩下佛。天门山之脊，园径滑侧谷。盘西俯松殿，松
辀入云腹。殿彩影压湿，痕隔步不入。目道人余前，曰南走石屋。悬石覆肺
然，元武迹其足。镜骨为之龙，昂昂不欲伏。左右向亭际，潇然而一局。垂
垂烟相逼，摩岩叩石族。语烟且开晴，南放金光出。

朱之臣（生卒年不详），字无易，四川内江人。万历三十二年（1604）
进士，累官德安知府、湖广副使、鸿胪寺卿。著有《梅龙集》。

张　维

1534　由太和入南岩

千丈峰前试一过，盘旋石磴锁烟萝。清泉绕涧环苍壁，翠筱吟风散玉珂。
树暗虎岩人语少，花香龙洞鸟语多。飞升台上看仙迹，为问长生事若何。

1535　老姥祠

使节天上下，崎岖不计程。野花微辨色，山鸟未知名。仙姥针犹在，真人诰已成。倚栏探旧迹，何处步虚声。

1536　瑶台霁望

天都五月雨，一夜洗层台。日上芙蓉吐，钟鸣楼殿开。石根云卷尽，松顶鹤飞来。看尽南岩景，筇篮讵忍回。

谢士章

1537　登武当谒玄帝

其一

一道玄关万仞通，霓旌杳霭碧云中。棚梅枝二翔玄鹤，针杵盘间绕玉虹。阊阖九天开法座，燔柴千载报玄功。遥看御简封禅迹，烨烨金文射日红。

其二

铁鞋踏磴行将破，金阙凌霄未可扪。钟磬半空疑佩鸟，香云上界绕幢幡。皇图永翊千年运，华岳齐推第一尊。呼吸似应通帝座，山开云起见天门。

谢士章（1581—1637），字含之、与苏，号石渠，江西宁都人。万历丙辰（1616）进士，历任知府、广东副使等。诗人、书画家。著有《谢石渠先生诗集》。

龚之伊

1538　郊行望岳

露瀼星还白，听莺度石泉。天清栽柳路，烟枭种花田。岳重夫客古，云轻庵画鲜。春衣挂芳杜，处处欲晋仙。

龚之伊（生卒年不详），字觉先，一字茹溪，湖广澧州（今湖南澧县）

人。万历三十八年（1610）进士，历知常山、钱塘县。史学家。

1539　过仙关

山回溪路怪，奇风尽相过。华馆扶葱蒨，红桥卧薜庄。天从榆底漏，石向柏中吡。几处来笙簸，悠然发浩歌。

1540　过九渡涧

梯栈闲风似，鞭虹瀛海疑。泉声谱石险，云影画山奇。洞冷春藏霹，林深午啸螭。扪参螺髻外，足欲二分垂。

1541　过南岩西岭

梁津黄竹外，阁道白榆边。松顶摩行脚，蒨根押羽仙。低云时架屐，欹石欲回鸢。俯视蒙蒙地，琅玢似有泉。

1542　南岩

石脚安无地，云根听有莺。松花平曲径。柏子落虚枰。烟墅遵浮小，空天创倚峥。鹃开红滴滴，只照羡门生。

1543　半部乐

宿世曾厕乾闼婆，霓裳旧曲未全鹖。西飞青雀颇来往，不及林间一放歌。蓬莱清浅几经过，人世难逢开口歌。寄语山南古帝子，声声啼血欲何如。

赐　衲

1544　自然庵与弟恭甫着希素仙人

一笑披衣学紫阳，衿裾不及袖郎当。非关鹤背仙人矮，自是金门隐吏长。

赐衲，生平事迹不详。

1545　天柱峰四眺

一笑青天失九关，上方春色玉隆颜。千寻影落铜仙掌，万道烟浮玉笋班。

涧底云生颓五岳，峰腰花雨溅三山。集灵台上闻天语，海鹤翩翩自往还。

谭元春

1546　恭谒七章（礼玄岳也）

其一

惟雷启蛰，先之以厥电；惟风动物，播之以扇。乃神暨人，乃主暨臣，风止电息，为天下春。

其二

水短山长，风物有乡，天柱斯光。

其三

为帝者师，为五岳长。以礼以时，德馨孔仰。天子宫止，诸王庵止。海隅日出，稽首龛止。

其四

眺彼泄云，与烟俱养。云杳在下，烟无所往。亭亭涧木，千章必响。众香同来，一香自奖。

其五

凡尔烝民，贸贸皇皇。所希纤微，号舆攀装。彼有寸缕，此有盂粥。彼有一钟粟，此有巢枝木，乃知山林哀此茕独。

其六

谁贻神羞，识潜者希，殃祥已应之以机。吉人坦坦，上帝剡剡，匪斋匪澣。

其七

世蒙顽宜莫如我，既善其摎，庶求其可。崖谷惟晴，水木惟阴，浩浩苍苍，以起我心。

谭元春（1586—1637），字友夏，号鹄湾，别号蓑翁，竟陵（今湖北天门）人。熹宗天启七年（1627）举人。与同里钟惺同为竟陵派创始人，文学家。著有《谭友夏合集》。

1547　观南岩一带奇岩歌

一岩两岩常经奇，南岩独以岩克之。上天下銐鬼所斧，中留一隙人所施。削与镵松与杉，风日萧萧如海帆，石以屋，龛以谷，左嗟右叹劳我目。遥指有人坐枯穴，欲往无路呼如铁。形惫口噪留不得，我对白云常面热。

1548　从涧上玉虚岩作

后上窥前上，如猿缀一溪。幽幽生物役，侧侧有神栖。水鸟飞明影，山花界远倪。竦然清听久，非夜亦难齐。

1549　上参顶

松过十围晓亦昏，万峰相次不相存。回看来路惊人险，渐了层峦见汝尊。蓝笋通天云入谷，香炉插涧石为门。苍然霁色鸦飞去，春气沉沉何可言。

1550　从顶下涧作

无杖无舆一野身，徐窥坦步自情亲。日星所照皆能晓，杉桧虽青不为春。在僻樵苏应见道，最高钟磬亦伤神。山禽弄羽精灵内，犹有人间学猎人。

1551　登太子岩晴望

上山如鹿骇，上岩如猿急。条里横与竖，仰资三光力。

1552　行参中绝句

山在黄虞犹未春，可知天地亦栖神。忍将光响私虫鸟，不放奇山见古人。

1553　将至仁威观复过观十余里作

群阴覆绝壁，身心绿离离。太古猿鸟声，白云何所为。

1554　衡参同异寄报蔡敬夫、朱无易二公

五峰木石身，沃之以方广。不踏参山泉，空作衡山想。太霄损山情，将

无失当悦恍。犹念祝融前，众云寒俯仰。中外奔一参，百祥无他往。古岳任其天，所以荆榛长。

1555　赴参示王明甫

何以耽山久，兹山反后登。去酬生半世，吟入岭千层。楚阔天增岳，春深花照僧。赖君淳朴甚，一杖易相凭。

1556　出参示王明甫

独往是如此，同君仍自由。能先岩下坐，肯在涧中留。礚礚松筠夕，营营虫鸟秋。深山春可恋，来者亦何求。

1557　桥上听青羊涧

此流流已大，不但是初生。红落涧花响，碧环山气晴。天人命了了，猿鸟性玎玎。太始有真意，钦哉非雨声。

1558　中琼台夕思

宫阙生人事，因来闲处眠。肉妻无一可，金碧亦徒然。群峭方围阁，诸松已暮天。道人知虎善，同在磬中烟。

1559　与舍弟谈山中事

各自有生事，难从吾所之。山归无失意，家语易相知。登顶不由道，坐泉常过时。记兹灵与秘，他日往非迟。

1560　自蜡烛以下诸涧趋九渡涧八韵

乃雪光何极，如松动有端。尽将去来路，付与涧中寒。一翠凝南北，诸松任狭宽。断崖时吐日，碍日又分湍。穿峡吹香混，冲禽出影难。淙淙声语隔，落落性灵安。必赖添幽响，方堪助远峦。途人香火事，各自遇悲欢。

1561　至辰州呈蔡敬夫使君

使者来时颜阖来，褰裳宁待复相催。四经苍雪山如闭，九过寒城门早开。

师友劳生无叹息，君民异数许徘徊。青鞋便欲寻参去，后往知能鉴不才（曾有"境内所当谒公兼参上山"之句）。

1562　岳路

冥然近远不知分，消尽闲游旧见闻。莺外松声有时默，鹿边花气自相熏。田高野路过苍水，岳露旁峰破白云。渐觉驱车人物外，世间亭午即斜曛。

石文器

1563　送傅吉甫往武当山求嗣

积雨连旬春浪高，扁舟一叶破湘涛。玉虚洞府谈玄牝，天柱危峰看碧桃。休恋故园陈阿堵，且偕清侣听吹箫。神丹妙有兰芽诀，挟取归来种握椒。

石文器（约为明末清初人），字伯重，又字玉完，江西抚州人。万历四十一年（1613）进士，任广东曲江县令、建宁县令等。著有《翠筠亭集》。

李云鸿

1564　咏跏趺石

席转层烟拂，鼋澄片月底。端居无个事，一任草平脐。

李云鸿（生卒年不详），内乡顺阳（今河南淅川）人。崇祯四年（1631）进士，后任山西阳曲县知县。

1565　咏黑甜石

觉来身世幻，暝处梦魂清。不用邯郸枕，将醋孤月明。

1566　咏垂缗石

与川逝者逝，与天游者游。彼哉不用命，方以入吾钩。

1567　咏泊棹石

片石浮波面，秋来水一篙。只停诗酒舫，不泊名利舠。

冒起宗

1568　自参还襄署

参山虔恭特谒，风雨已阻郧行。径随袖云飞渡，不传濯缨换清。叠叠新津杂出，荒荒昔驿空名。万潭舟横一叶，候吏报是初更。

冒起宗（1590—1650），字宗起。南直隶如皋（今属江苏）人。崇祯元年（1628）进士，官至山东按察司副使、湖广布政司参议。出身望族。喜诵《道德经》，为居士。

唐显悦

1569　参上山

武当山初不名岳，加之以玄失其朴。道元水经注为三，太和仙室又名参。如此名山宁易方，谓非真武未可当。我来品题山水间，定为一尊曰参山。参山知己识参少，泉瀑逊衡缺陷好。

唐显悦（1593—？），字子安，号梅臣、枚丞、泊庵。福建仙游人。天启二年（1622）进士，出知襄阳府，累官岭南巡道。明亡后从唐王，官至兵部尚书，后辞官隐居厦门云顶岩，自号云衲子。著有《浣纱碑记》《半樵山房记》。

郑　鄤

1570　病怀四首

其一

沈疴经半载，独有床席亲。坐月缘非偶，披云复几人。交游论往事，怳惚似前身。尚愧乡心在，三生石未陈。

其二

病况那堪久，且当忧患时。生涯无不可，俯仰有余思。天意成人厚，凡情到悔迟。心空殊未易，庞蕴是吾师。

其三

草草行藏事，皆因少读书。谋身真太拙，观世复何如。已是风霜后，将希渺沉初。沧浪有渔父，始觉屈原疏。

其四

不听至人教，果然婴网罗。时贤憎鬼朴，人道损天和。荒径怀残菊，清江老钓蓑。前途谁泊处，昨梦白云窝。

郑鄤（1594—1639），字谦止，号峚阳。南直隶常州（今属江苏）人。熹宗天启二年（1622）进士，因上疏弹劾阉党而降职，复起再遭诬陷，受凌迟而死。著有《峚阳草堂文集》《峚阳草堂诗集》。

1571 病思二首

其一

不经忧患剧，轻说古人非。我爱接舆子，狂歌与圣违。峨嵋千仞绝，江月其明辉。凤老人间世，遥空一鹤归。

其二

曾闻蜡烛涧在太和山，中有至人居。藤花抱幽壁，三界冥所如。寄言媚学子，空山无道书。我知世诸有，聪是道之余。

王 微

1572 天柱峰

太乙吹炉处，依然刻帝青。千峰抱须萼，五石炼置形。叩利移金時，神霄堕碧铃。仙衣如可拂，投杖出空冥。

王微（1600—1647），号草衣道人。

1573　仙家竹枝词二首（同李夫人登武当山作）

其一

幽踪谁识女郎身，银浦前头好问津。朝罢玉宸无一事，坛边愿作扫花人。

其二

不信仙家也不闲，白云春乱碧桃关。棋亭偶向茅君弈，一局未终花已残。

陆石溪

1574　武当山

高天绛节往来通，海上三山未许同。地轴半空县北斗，山根千里接中嵩。峰头蜡照黄金屋，炉内香浮白玉宫。神道自来堪设教，万年此地祝年丰。

陆石溪，生平事迹不详，与黄宗羲同时代人。

佚　名

1575　玄元一气

玄元一气，历化无形。勋昭北极，气贯太阴。经呈秘奥，注泄天文。虔诚礼通，福寿增荣。邦家永镇，海宇升平。福神默相，佑我大明。

佚名，生平事迹不详。

李云龙

1576　玉虚宫

丹台临绝壁，钟磬出云间。下视见飞鸟，平看无对山。僧徒跨石住，羽客采芝还。为问烟霞路，琪林尚许攀。

李云龙（生卒年不详），字烟客，番禺（今广东广州）人。曾客东莞袁崇焕所，后为僧，称"二严和尚"，明亡后不知所终。著有《雁水堂集》《啸楼前后集》。

阎尔梅

1577　题太和天柱峰

山顶中尊玉柱孤，童童首状博山炉。金银闪出神宫气，星斗悬为宝剑图。遥见群峰端笏冕，低闻下界响笙竽。人间最是穷难救，丹草风香采数株。

阎尔梅（1603—1662），字用卿，号古古、白耷山人、蹈东和尚，南直隶沛县（今属江苏）人。崇祯三年（1630）举人，明末清初著名文士、诗文家，与铜山万寿祺并称明末"徐州二遗民"。著有《白耷山人诗文集》。

1578　从紫霄入蜡烛涧上琼台

槲梅祠近紫霄峰，杉桧参天几万重。蜡涧樵穿铜殿哑，琼台客听玉岩淙。无心适见疯癫影，着意难寻邋遢踪。学道多年功不就，磨针姥亦笑龙钟。

彭而述

1579　自襄阳开舟沔水大涨

楼船又向楚江开，欸乃铙歌定几回。万里枯槎南郑下，兼天雪浪武当来。习池落日山公酒，郢上雄风宋玉才。何似龙骧飘木柿，石头芦荻锁烟煤。

彭而述（1605—1665），字子籛，号禹峰，河南邓州人。崇祯十三年（1640 年）进士，官至云南左布政使。明末清初学者，著有《归田记》《读史亭集》。

陈子升

1580　弹琴箕山秋月歌

张琴须张太古弦，七弦直溯五弦前。太和不远阴明代，飞遁长流洗耳泉。南河未避虞鳏晦，箕山明月斯人在。当年帝德总如春，独有秋光澹相对。琴音微微世莫闻，罢琴惆怅月纷纷。琴中不见箕山月，羞向他山麋鹿群。

陈子升（1614—1692），字乔生，号中洲，南海广东（今广州市白云区）人。善鼓琴，谱岭南琴曲《水东游》。授兵科给事中，后在广东九江起兵抗清，事败携母藏匿深山，晚年出家于庐山。著有《中洲草堂诗》《砚集》。

彭孙贻

1581　南岩宫

南岩烟雾里，萝径半空分。树影横青汉，滩声下白云。山家崖作屋，羽客鸟为群。人问餐霞诀，惭余尚未闻。

彭孙贻（1615—1673），字仲谋，一字羿仁，号茗斋，自称管葛山人，浙江海盐人。崇祯十五年（1642）乡试第一，因病报罢，次年以贡生首拔于两浙。卒后门人私谥为"孝介先生"。明末清初学者，著有《茗斋诗文集》。

聂　玠

1582　登望仙楼

昔传仙迹聚琼楼，浩劫经年此胜游。紫气凝霜天外碧，瑶台飞玉坐中幽。虬楼矗矗胜云雾，曲水盘盘见斗牛。尘俗脱然铉度寂，新蟾出桂万峰头。

聂玠（生卒年不详），平阳府蒲州（今山西永济）人。崇祯十六年（1643）进士，明亡后降清。顺治十二年（1655），始授江南南陵（今属安徽）知县，累官湖北试监察御史、湖广巡按御史、浙江道监察御史等。

高任重

1583　玉虚宫

其一

仙院高居峻坡，斯宫独占平原。缭绕宫墙数仞，参差道侣千门。

其二

环渠尚擎荷盖，客院初放菊花。圣井已无源水，口衣深锁烟霞。

高任重（生卒年不详），南中人。官至四川参议。

杨正芳

1584　表仙室不以谢罗得名

谢罗惊奇姓字，太和乔设山川。有巅专当帝祀，无室许住行仙。五岳铉能擅长，一柱峰可称天。元气上参如海，飞云下参若烟。

杨正芳（生卒年不详），湖广均州（今湖北丹江口）人。明代进士。

黄仁荣

1585　太和山

天柱高无极，谁云五岳尊？祀家七十二，虚此一乾坤。

黄仁荣（生卒年不详），曾任南京御史。

东渠居士

1586　沧浪亭

悬岸窥万户，碧水泛千洲。步步琼瑶上，蓬莱一小游。

东渠居士，生平事迹不详。

佚　名

1587　紫霄宫

烟霞洁洁草萋萋，此地何由得问津。猿鹤时闻岩下月，笙箫恋奏洞中春。

眼前情景浑诗赋，笔底风云有思神。禹迹桥边闲眺处，悦然身世若逢真。

佚名，生平事迹不详。

阙 名

1588 泊沧浪

沧浪濯缨仍濯足，我来启篷为濯心。高歌孺子不可作，远放灵均何处寻。断岸早霜千树景，孤村落月数家砧。中州未必无芳杜，谁采幽香慰苦吟。

阙名，生平事迹不详。

佚 名

1589 登天柱峰

自若□泰宗曰天离云，余东巡，一陟其巅。瞰扶桑睨云，称以为寰中观凹。

逾矣岁辛巳，余按部均阳，复得太和山艺焉。盖巍乎洞目□駇，心泰宗考且溟涬，称弟哉。余惟古之谭封禅者七十二家，夥矣。它不具，论如秦皇、汉武，其皎皎者，彼其呺山望丘，迹遍天下，至索之杳置，求所谓三神山者，庶几一遇，旨而不可得，何勤与然？兹山介在襄豫，密迩关陇，竟泯泯也。明兴列圣，襃庸显章，明裡锡啼，遂足冠冕五岳，凌绰千古。噫吁！秘灵宣曜，固有时哉！固有时哉！余低徊留云，不能去云，赋以志感：

曾冲东岳啼，天齐此也。跨境□奇名时，腾飞灵偏，你虒□□，清时根连，紫（下缺）

佚名，生平事迹不详。

1590 宿紫霄宫深院

紫霄宫殿倚嵯峨，五老峰前池水多。我与清风同化烟，翩翩直上帝天河。

佚名，生平事迹不详。

1591　汉水澄清

我增无术愧，如泛小蓬瀛。流尽英雄恨，听残今古声。云归苍岫出，练静玉蟾明。此即沧浪下，临之且濯缨。

佚名，生平事迹不详。

清　代

张廷弼

1592　题凭虚沧浪图

凭虚亭子凌嚣塔，俯听寒飙发天籁。崟岳千峰耸作屏，沧浪一水萦如带。水流山峙自年年，亭子荒凉锁苍烟。我欲凭虚游八极，题诗天半石应穿。

张廷弼（生卒年不详），临川（今江西抚州）人。曾任湖北光华知县，清代名臣。

张　濩

1593　斋宿均阳

环我均阳境，崟山据大半。置珰于其间，岳多发其叹。记袭贡为尊，恤忘冠不惮。今日万灵奔，声情入霄汉。天际想真人，触手成波澜。

张濩（生卒年不详），四川绵竹人。有隐德于乡同，赠朝散大夫。顺治时任湖广道监察御史，巡按顺天。顺治二年（1645），上疏获准确定清朝任职官员的考核办法（沿用至清末）。顺治八年（1651）纂修的《郧阳府志》有传。

魏裔介

1594　仆人王栋壬子春南游武当山

嗟尔犹知游太和，萧萧行李半肩多。传闻此地生灵药，安得移栽学橐驼。九点齐州同蚁垤，一炉金鼎镇云窝。归来好买春藤杖，拄遍名山问薜萝。

魏裔介（1616—1686），字石生，号贞庵、昆林，直隶柏乡（今河北邢台）人。顺治三年（1646）进士，官至吏部尚书、保和殿大学士、太子太傅等职，史称"乌头宰相"。谥文毅。著有《兼济堂文集》。

秦维正

1595　天柱峰醉吟

曾将此柱为吾杖，拄向青霄云雾上。踏破神州几点烟，偶遇祝融君一放。君不见，杞人去后几经秋，至今湖南湖北天无恙。吁嗟兮！世道催崩亦欲倾。安得如此柱者相支撑。辽阳屡岁连烽火，腐儒抱经犹琐琐。

秦维正（生卒年不详），字兆谷。顺治丙戌科（1646）副榜，充县掾吏，诗人。

1596　过香疏馆赠罗君实

日暮西风起，长歌出竹扉。远霞联水动，孤鸟伴烟飞。倩月随君转，将风送我归。明朝无俗事，共采北山薇。

蒋永修

1597　沧浪亭广《孺子歌》

昔年会过沧浪水，今日复来沧浪下。沧浪有水复有歌，我为倾耳听歌者。歌声杳杳不可名，还看水之浊与清。水清难禁濯之足，未有水浊濯之缨。人事翻覆有何常，凤鸾敛翼群鸥张。或有皎皎疑生谤，或有汶汶宠来章。或有蹶蹶终沦落，或有冉冉忽高翔。下士见俗不见道，纷纷舍道趋时好。苟从时好甘泥途，视我一身真草草。君子宝道守吾真，濯缨濯足听之人。渮之不浊凝于神，沧浪之水浩浩流无尘。

蒋永修（1661 年前后在世），字慎斋，号纪友，南直隶宜兴人。顺治四年（1647）进士，历至应山知县、督学、湖广提学副使。著有《慎斋遇集》。

张　盖

1598　与冀公冶约游太和山

太和峰嶂倚云开，万树杉松照古苔。尊拱元昊金殿回，香擎仙液玉童来。湘灵鼓瑟游鱼听，秦女吹箫彩凤回。早岁已传修炼法，会须一酌紫霞杯。

张盖（约1619年前生，卒于1659年后），一字命士，号箬庵、覆舆，直隶永年（今河北永年）人。清初河朔诗派作家，"畿南三才子"之一。入清后不仕，自闭土室，独酌狂号而死。著有《柿叶庵诗选》。

陈年谷

1599　沧浪

沧浪绿水曾濯缨，学馆青山读诗经。均州城郭枕春流，月夜更深濯吾心。

陈年谷（1625—1690），字丰之，号熟美。湖广均州（今湖北丹江口）关门岩村人。顺治八年（1651）举人，十二年（1655）进士，历官直隶饶阳知县，吏部主事、郎中、户部郎中、侍郎，为官清廉。康熙二十三年（1684）携妻秦馨莲告老还乡。

童国珍

1600　沧浪

红楼高耸江崖巅，孺子歌处石上镌。鸥飞水面翔如意，朗朗吟诗乐陶然。

童国珍，生平事迹不详。

卢维兹

1601　仙人峰

谁人卜得五城居，怪石山头曝素书。烟火隔林看不见，世间遥望白云庐。

卢维兹（生卒年不详），黄安（今湖北红安）人。顺治年间贡生。康熙二十年（1681），与王民皞纂修《大岳太和山志》。

1602　大小笔峰

两峰直立白云边，不画丹青不纪年。鸟篆龙章皆粉饰，惟余云汉作瑶篇。

1603　周府庵

笋舆云外访蓬瀛，洞口平虚谷自鸣。帘卷罘罳犹洛邑，风吹钟鼓是周京。青泥近水新芝长，白石当轩翠竹生。几幅画图丘壑里，留人多在白云情。

1604　天柱峰积雪

轻盈糁粉上崆峒，变幻虬龙荡碧空。万壑壁连藏翠霭，千枝珠琐缀玲珑。欣逢积素堆清禁，为祝飞花舞玉宫。何必汉家求绛雪，餐来琼屑与仙同。

郭嘉屏

1605　和张郡伯春登太岳山

拥帚推贤牧，明烟重北天。春高千树绿，山暖百花然。雨露随车润，灾祲计日迁。圣朝隆岳祀，纪胜白云边。

郭嘉屏（生卒年不详），字□山，均州（今湖北丹江口）人。明代诸生，诗以性灵胜浅而真清，至清代不应试，一生居僻壤。著有《嗣斯集》。

1606　秋夜浪河舟中

忽有临流兴，添衣上小船。凉风吹白月，野水泛青天。树里星辰度，岩边鸥鹭眠。乾坤同一静，幽渚几茫然。

1607　夜度老营庄

野路无更鼓，风敲落叶频。村烟迷晓树，山火照行人。短梦荒桥断，归鞭故里亲。松杉冬不管，霜下自为春。

1608　元旦朝阳洞黔史

携得春光试紫毫，登台一笑古今劳。陶唐无德及巢许，汤武有功愧节旄。海水何如杯酒阔，泰山不怪野云高。良辰几度新皆旧，懒看穰穰醉浊醪。

1609　紫霄宫

闲从物外一身超，杖底浮云见紫霄。虎吼寒源催落日，风吹孤鹤杂悲箫。佛客不为山川改，壁画谁怜风雨凋。怪杀悬岩杉万树，长流春色下浮桥。

1610　太和宫

到来真觉此山孤，缥缈凌虚入画图。百尺悬楼风里挂，一轮红日掌中驱。龟符坐奠乾坤位，剑气光浮造化炉。何用黄金留色相，擎天自有白云扶。

1611　同友人天柱峰俯雪

巉嶪高楼上，寻春几度留。云霞迷曲径，封禅误丹邱。雪占千岩树，风危百尺楼。山阴何用去，携手看沧州。

张维霖

1612　遇真宫

物外飘然任去来，烟光缭绕动徘徊。个中消息曾何待？静里分照岂用猜！欲觅仙源浮汉渺，将寻胜事卧龙堆。一时嘉会成千古，遥忆风流山水隈。

张维霖（生卒年不详），清代举人。

1613　太和宫

千寻绝壁叠琼楼，佳气空蟠拂斗牛。洞口炯光荡晓日，松门疏影照丹丘。声声凤管仙韶奏，色色金波香露浮。静里精莹何所似，飞霞匝翠缔瀛洲。

杨素蕴

1614　三丰衲

仙才无处觅三丰，破衲针须老母缝。巧妇鸳鸯空费手，何如瓢笠乱云封。

杨素蕴（1630—1689），字筠湄，一字退庵，陕西宜君人。顺治九年（1652）进士，除直隶东明知县，授御史。因疏劾吴三桂坐降调，后复官湖北巡抚。著有《见山楼诗文集》《抚皖治略》。

1615　七星树

移栽北斗应星文，犀甲龙鳞自出群。老干千年如溜雨，霜皮百丈欲干云。

1616　雷神洞

秋窗把酒读《离骚》，洞有雷神拥节旄。霹雳不行江南雨，蛟龙欲泛海天涛。

1617　太子泉

望亲有泪即甘泉，忠孝人间是洞天。谁为陈情通紫府，翻因思子下青烟。

1618　宿周府庵

亭亭门前柏，青青林中竹。灼灼涧底花，呦呦山下鹿。北地是幽栖，豁达开心目。近阁树乍明，远峰月渐伏。徙倚引芳柯，夜凉风出谷。更有桂八株，丛生香馥馥。明境如高人，作意在严肃。我来宿其中，尘襟资盥沐。弹棋香可分，挥琴茶正熟。安得素心人，共抱道经读。

蒋一桂

1619　登南城望岳

翠微缥缈岳光寒，尚忆登临纵大观。一柱宛从天上落，千峰如向掌中看。

年来豺豹转峰急，乱后风尘命屡难。拄杖西南还极目，空忔爽气散晴峦。

蒋一桂（1630—1703），号犀林，均州（今湖北丹江口）人。顺治年间贡生，新田训导。康熙年间参修《均州志》。

1620　题诵诗台

诵诗台上草芊芊，楼此希夷妙画前。图演方圆昭太极，卦阵对峙发先天。野花啼鸟春常在，掣电轰雷睡不传。闻道先生蝉脱也，于今骨在华山巅。

王重彦

1621　天柱峰看云

缕缕山云起，须臾万壑平。天难穷混沌，地不辨阴晴。白抱峰生浪，青浮树点苹。恍居尘世外，钟声但分明。

王重彦（生卒年不详），顺治贡生。

毛师柱

1622　均州旅泊

溪山行尽不逢人，一叶孤舟汉水滨。三十年前游楚客，武当重对碧嶙峋（武当山在均州，恰与小江口相对）。

毛师柱（生卒年不详），字亦史，号端峰，南直隶太仓人。诸生。工诗，著有《端峰诗选》6卷、《毛端峰诗》等。

党居易

1623　中秋诣玉虚宫行十祭礼

其一

秋吉人仙关，衣浸玉落斑。台临丹嶂外，殿出白云间。乐奏竹林曲，酒开松叶颜。尘埃无半点，圣境喜追攀。

其二

晨起叩天关，桂花点竹斑。钟鸣山静处，人到帝城间。游久云归袖，坐深鹤解颜。安得三丰在，寻真断宿攀。

党居易（1635—1705），字子庸，号仍姜，陕西宝鸡人。天启五年（1625）进士，历任四川巡按、户部尚书。入清后，顺治皇帝赠特进光禄大夫实支正一品俸。康熙十二年（1673），任湖广均州知州，后任广东南雄府知府、广东按察使副使，晚年从江南驿盐道升福建按察使。康熙十二年（1673）编修《均州志》。

1624　清微宫有引

余望太岳绝顶，躬睹太和宫为第一，而清微宫次之。盖合南岩、紫霄、五龙、玉虚、遇真、迎恩、净乐，而为九宫也。按道经，天上有九宫，昔人肇造帝宫以象天，其知道乎？今人但知有八宫而清微缺焉，殊失昔人法天之指，故特表而出之。

人间天上紫宫开，元气氤氲翠作堆。此日清微昭法象，玉枢长拥九宫台。

1625　壬子中秋登太和山

大岳崚嶒立汉东，虚皇正位太和宫。松间明月巢丹凤，天际真人御晓风。尊踞荆襄千嶂上，光连雍豫二州中。登峰此日秋思迥，寥廓金城帝座通。

1626　九月游沧浪亭

西来嶓冢自源泉，汉水东过又一川。槛外香菊飘绿酒，溪头鹤矗上青天。盈盈舜井偏邻岸，浩浩禹池喜在渊。可是沿咸清且永，何妨长啸到亭前。

1627　此日郊游为候勤

秋夜邀守府姚支哲、处士朱连壁，大学蒋禹生、文心朴同饮观音阁。

此日郊游为候勤，更兼校射细论文。共瞻紫气依山麓，一洗红尘踏水云。胜负棋中不计客，浅深怀内亦凭君。晚霞缭绕江天阔，歌啸归来带夕曛。

1628　罗公岩吟（有引）

此明状元罗念庵先生隐而修道此处也。其崖高出绝壁，屋七楹，望西南诸峰，尽在目前，亦太和山中一胜概也。古曰"山不在高，有仙则名"，况以名人而居名山乎？爰吟以志之。

茫茫今古兮惟道长存，三才以立兮玄牝之门。体用双彰兮动静为根，秉道而行兮虎啸熊翻。抱道而隐兮角里东园，罗公人杰兮学问渊源。南宫一人兮冠挂帝阍，太和佳气兮独会贞元。纫兰为佩兮煮石为飧，太羹元酒兮子半氤氲。赤霞冉冉兮亲见至尊，出入二曜兮上下三桓。天地悠久兮渊默无言，留此名崖兮终不可喧。我来仰止兮载欣载奔，七楹为屋兮巨石惟畋。倚此太岳兮如彼昆仑，上界楼台兮朝礼实繁，八极咸康兮庶物胥蕃。罗公其来兮早命鹤猿，我心则喜兮进履宛宛。

张大纯

1629　过真武殿叹香火之盛感赋

蓬跣天教镇北方，神言忽报徙江乡。云车鹤驾凭灵应，水剑星旗类武当。蜡焰烟凝游子袖，纸灰雪点美人妆。只须片晌阶前立，博得旃檀几日香。

张大纯（1637—1702），字文一，号松斋，江南长洲（今南直隶苏州）人。夙抱雅尚，素负文名，清初学者。著有《严居杂咏》等。

江　闿

1630　登武当山

文皇欺世世宗愚，靖难是非仙有无？直四三山六五岳，广辇黄金填清都。中官朝贵衔命至，紫府靡丽阿房俱。贱子无书请封禅，性耽岳塈探盘纡。天柱孤撑邈难匹，岸然不屈谁为扶？绝顶空阔宇宙窄，峨冠舞袖连衡巫。二华松叶疑可摘，钧天妙乐闻重湖。汉江如发细且甚，若木崦嵫排坐隅。潮声不作海势翻，大荒浩浩层云铺。天鸡未鸣海日吐，川原错缪阴晴殊。南岩嵌空包巨壑，深林杂树分笙竽。神工鬼斧辟台榭，胆骇魄慄心踟蹰。檐楹萧爽数中观，幽蹊兰麝饶清娱。斗觉泉绅挂飞玉，危崖中断悬冰壶。寒潭倒弄高楼影，岩转玉虚深崎岖。众峰嶙峋那胜纪？芙蓉过目生模糊。琳馆绮殿围山谷，不道何宫名蕊珠。向平莫待婚嫁毕，种粳种秫充田夫。惊说黄巾昔陆梁，均陵危蹙争斯须。千村万村烟火尽，只今四野犹榛芜。

江闿（生卒年不详），字辰六，江都（今南直隶扬州）或歙县（今安徽黄山）人。康熙癸卯（1663）举人，曾任山西解州知州，1685年任均州（时属湖北襄阳）知州署郧阳知府等职。著有《河汾集》。

骆士愤

1631　麦饭疏羹（节录）

公庭如水可张罗，退食从容咏素絁。珠米已无惟饭麦，米流仅有胜烹鹅。时难但念盘中苦，日费何须箸下多。莫笑阿侬甘淡泊，要留清节古麋歌。

骆士愤（生卒年不详），字子发，六安（今属安徽）人。举人。康熙初年任柳州知府。刊刻《柳侯祠祭田记》。

贾待聘

1632　题太和山

地幽生静悟，境旷涤尘烦。况复山灵古，能令大道存。汉江千里外，大岳百川吞。窅渺元天巧，辉煌接地闉。气真笼宇宙，高已并昆仑。涧水鱼龙伏，奇峰虎豹奔。松杉青郁郁，花药绿翻翻。曲院苔迷径，深房鸟叩门。过程疑幻影，前路踏云根。万念此俱寂，群音总不喧。低徊若见性，惝恍竟忘言。别是心明处，功名何是论。

贾待聘（生卒年不详），山西平阳府夏县人。康熙三年（1664）进士，后任湖北竹山知县。

胡思樊

1633　喜江夫子拜书亭落成

退食堂廉静，含毫翰墨淋。文通工制锦，单父爱调琴。太岳名何峻，沧浪水自深。北门司管钥，南面号书淫。冉冉供挥洒，潇潇足咏吟。文成霞散绮，赋掷地皆金。善政频倾耳，高谈每正襟。淫祠严滥祀，先圣妥居歆。屏马辉芹藻，翩鹗化泮林。农夫喜乐土，征妇罢寒砧。擘画垂经纬，搜罗遍古今。趋庭纷桂莒，受馆集苓参。直欲凌霄汉，真无愧影衾。仁心虫鸟格，幽独鬼神钦。白璧传青史，苍生惬素心。隆冬舒赵曝，炎署走商霖。莫讶鸾栖枳，相呼鹿共芩。剖毡无剩物，击钵有余音。豁达谁能似，尘埃孰敢侵。茱萸招眺览，苜蓿屡追寻。高足词霏玉，嘉宾句献琛。因依投瓦砾，冀幸博琅琳。倘许趋函丈，安辞溉釜鬵。栋梁权小试，柱础待全任。拭目瞻华衮，端居庆盍簪。望云歌陟岵，至性莫能禁。

胡思樊（生卒年不详），黄冈（今属湖北）人。康熙五年（1666）乡试榜解元。

洪 昇

1634　无题

《渔洋诗话》：陆讲山，晚年远游不归，或云在岭南为僧，名今龙；或云隐武当为道士，终莫得而详也。

君问西泠陆讲山，飘然一钵竟忘还。乘云或化高飞鹤，来往天台雁宕间。

洪昇（1645—1704），字昉思，号稗畦、稗村、南屏樵者，钱塘（今浙江杭州）人。康熙七年（1668）北京国子监肄业，科举不第，白衣终生。戏曲家，与孔尚任并称"南洪北孔"。著有《长生殿》《稗畦集》等，今人辑有《洪昇集》。

侯世忠

1635　太和山

汉江南岸结幽区，中有元君握道符。呼吸风雷通帝座，辉煌殿宇席灵都。奇岩叠嶂征神异，丹灶针峰醒钝愚。几欲登临思习静，凭虚清籁乐于于。

侯世忠（生卒年不详），曾任湖北郧县知县。康熙二十三年（1684）纂修《郧县志略》。

沈志礼

1636　题《太和山图》

其一

缥缈千变赫帝居，况看名胜甲坤舆。谢公雅有登山屐，汉史曾收封禅书。一柱迥悬天咫尺，五云长抱日扶疏。相期高勒韩陵石，春满文成五利卢。

其二

崟峰生面本幽妍，宫阙辉煌岂偶然。望岫息心穷象纬，凭高放眼失山川。多云真宰常居此，屡著神灵别有天。历数寰区谁伯仲，峡为云雨岳为莲。

沈志礼（生卒年不详），浙江绍兴人。受驸马都尉沈文奎补荫，曾任刑部郎中，升至广东按察使，康熙年间任湖广布政使。

唐士祯

1637　紫霄峰

上帝高居御斗杓，云旌展处万灵朝。于今化作盘陀石，紫气犹看彻碧霄。

唐士祯（生卒年不详），泾郡人。

1638 三公峰

造化缊总纲帝功，争言燮理有三公。山中宰相徒文具，犹窃千秋坐论风。

沈士京

1639 自天津桥至琼台观岩侧小憩

千峰牙距马蹄前，老树阴森欲障天。洞底流泉如戛玉，林中啼鸟胜鸣弦。诛茅好共幽人住，剐药遥通曲径悬。到此顿令尘虑绝，且支高石枕云眠。

沈士京（生卒年不详），均学庠生。

卢 晨

1640 紫霄夜宿

碧霄云里紫霄宫，古木森林一径通。劫火灰余金灿烂，残碑篆锁玉玲珑。香凝晓气烟笼阁，花覆悬岩翠滴空。留得神功传禹迹，一池宫殿月明中。

卢晨（生卒年不详），湖北黄安（今红安）县生员。

崔 瑶

1641 咏《太和山图》

不尽幽奇次第逢，谁云登陟仗枯筇。飞流直界千寻壁，怪石斜盘百尺松。饱我烟云留洞壑，移人情性幻声容。徘徊莫奈飞扬意，影落遥空翠万重。

崔瑶（生卒年不详），曾任湖北襄阳知县。

韩宗愈

1642 题《太和山图》

山容云势两参差，泼墨云山更献奇。翠色欲飞看历历，岚光如醉舞僛僛。

支颐漫挹王猷爽，搔首空携谢朓诗。咫尺薜萝寡末得，浪言五岳有遐思。

韩宗愈（生卒年不详），辽东人，曾任湖北光化知县。

孟洪范

1643　雨中登太和绝顶

嶕峣危磴阻攀跻，千嶂氤氲极望迷。哀壑怒风号古木，悬崖飞瀑泻寒溪。足惭济胜云中息，身若凌虚岛上栖。为语金庭三景客，仙家紫气坐堪携。

孟洪范（生卒年不详），延庆（今属北京）人，曾任湖北均州吏目。

唐　棣

1644　香炉峰

亭亭直上邈难攀，绝顶孤圆似博山。我欲置身香案侧，随君日觐至尊颜。

唐棣（生卒年不详），湖北郧阳人，庠生。

唐　榛

1645　大笔峰

濡毫染翰拥云烟，独峙词坛不记年。但得从君称大手，可知不复羡如椽。

唐榛（生卒年不详），湖北郧阳人，庠生。

仇得祥

1646　礼太和

参峦缥缈散轻烟，马首云生曲径悬。万仞壁中寻磴道，千峰窟内听流泉。霞移楼影旋收落，雾绕山光时断连。此日攀跻瞻帝阙，旷怀高结欲登仙。

仇得祥（生卒年不详），清代均州（今湖北丹江口）人，贡生。

杨元豹

1647 题天马峰

峰高万丈势参天，此马何人曾着鞭。追日却能先夸父，行空常自过飞仙。
霜啼不蹑人间路，贝齿长呵云外泉。偶驾玉皇行辇出，一声嘶彻斗牛缠。

杨元豹（生卒年不详），浙江鄞县（今宁波）人。

郭弘绪

1648 登天柱峰绝顶

攀岩直上碧云边，身近崆峒可问天。隐树楼台含宿雨，昂霄岩壑散轻烟。
仰探日月聊舒臂，堪破虚空解悟禅。伫立孤峰思浩渺，泠然风御已腾骞。

郭弘绪（生卒年不详），清代均州（今湖北丹江口）人，生员。

乐 醒

1649 登太和山

嵯峨众派独嵂崒，应是昆仑第一峰。四大名山皆拱极，五方仙岳共朝宗。
鸟啼隐隐闻天语，鹤影翩翩度晚钟。我正欲寻招隐地，桃源洞口白云封。

乐醒（生卒年不详），方外居士。

1650 酬墨隐李仲飞以《太和图》见赠

崟峰奇胜杳难寻，谁道深藏逸士心。摩诘辋川应得似，青莲天姥更堪吟。
眼前风景皆虚幻，笔底烟霞自古今。曾记昔年流览处，仙踪隐隐白云深。

朱 琪

1651 登太和绝顶

余阙森严比帝宫，飘摇仙仗插天空。气凌霄汉五城上，思眇寰区一粟中。涧底烟光浮陆海，岩前瀑影挂飞虹。翛然身世尘缘净，何用乘槎泛始通。

朱琪（生卒年不详），康熙贡生。

1652 雨宿太子坡

云密山谷敛，香消夜漏残。猿啼悲暮雨，鹤唳澈空湍。绝巘惊秋早，飞泉入梦寒。何由寻帝子，阆苑共骖鸾。

1653 天柱晓晴

太岳巍嶐映日东，遥添曙色几十重。此间莫谓蓬瀛远，人在碧天玉阙中。

1654 步太和即事韵

岧峣太岳顶，恒岱莫争先。飞阁连云构，琼楼疑画悬。松风飘橘乐，涧水滴壶天。此地堪寻悟，丹丘听自然。

1655 秋日游沧浪

几年欲抵沧江游，此日登临岁正秋。山色青葱连绿水，波光澄澈荡新楼。行舟远趁长风至，骚客频因好景留。孺子歌声犹在耳，濯缨濯足曷推求。

查慎行

1656 与朱悔人京口一别十二年矣，今春相见京师，读其《游匡庐》《武当》两集，喜而有作

丁卯桥西蒜山畔，江声怒走风帆战。两萍一散十二秋，流落燕中复相见。不怪年光逐飞电，不怪青袍尚贫贱。怪君颔下鬣鬣鬈，点漆黥乌经百炼。开

箱示我两卷诗，元气入笔何淋漓。始知巢父有仙骨，岂比岑参空好奇。吾今老矣百事错，局促人间何处着。髯兮肯赋归去来，随汝名山办芒屩。

查慎行（1650—1727），初名嗣琏，字夏重，号查田，又改名慎行，字悔余，号他山，被康熙帝赐号烟波钓徒，晚年居于初白庵，称查初白。浙江海宁人。康熙四十二年（1703）进士，授翰林院编修。诗人，"清初六家"之一。著有《敬业堂诗集》《人海记》。

朱日浚

1657　清江曲有序

州守江公，守均三年，政平化洽，民乐其业，一时关内外树帜交庆，题曰："江清无比。"《周官》廉吏以廉为首，吴幼清论守令"五善"亦首称廉。均人之于公也，可谓善颂者矣。于是作《清江曲》。

太和积气郁穹崇，汉水千里来淙淙。均房绮错如犬牙，草莱一望长平丛。使君未至何萧瑟，流冗纷纷复匆匆。春风风人春雨雨，麋鹿随车慰编蓬。大山小山多啸聚，刁斗不闻如发蒙。日色淡照官衙舍，照彻穷艳妇与翁。文章报国拟云汉，上林长杨撑青空。敛此大才舒小心，不薄淮阳克令终。真看国事如家事，三年雕敝已盈充。百里桑麻庆三农，万人举手歌民功。旗常日月忽生光，赤黄绛帛列帜张。关内关外何旆旆，几字何能尽公长。但写江流不写公，公亦如江不可方。翁归居东亦宜西，公才四达任堂皇。汉治三公尽循良，台垣比望明星昌。君不见杜当阳，自铭勋伐如圭璋，沈江更与名山藏。使君付与时人口，高山苍苍兮江水茫茫。

朱日浚（生卒年不详），湖北黄冈人。康熙二十五年（1686）任均州（今湖北丹江口）训导。

文锦绣

1658　上都伯党仍姜

金门岳岳望龙光，紫气荣临绾绶章。清白渊流家乘远，循良政绩御屏香。如公雄驯推三异，愧我鸡坛展一长。桃李漫夸能自植，阳春化雨润芬芳。

文锦绣（生卒年不详），字心朴，均州（今湖北丹江口）人。

潘宗洛

1659　武当歌（用王凤洲先生韵）

君不见，秦王伏甲争储宫，求取贝叶来华中。又不见，燕王渡江号靖难，遍访邈遏披茸蒙。英雄失德思忏悔，每假幻怪彰神功。古来典礼重牲币，五岳望祀如三公。黑社奋起践神极，参山胡不凌恒嵩？当时物力萃荆襄，赭肩流汗丁男忙。金顶一峰仿承露，玉虚千门规建章。层城极目见云海，阁道盘空缀洞房。秋风夜月猿鹤静，但闻铃语声丁当。时移物换几兴废，游人叹息林泉旁。呜呼！神君仗剑信有术，听我一言请无忽。方家十族铁家女，愿令世世生穷发。乌飞兔走岁月过，饥餐渴饮阴阳和。沧海桑田无改变，神君于意当云何。

潘宗洛（1657—1717），字书原，号巢云，别号垠谷，南直隶宜兴人。康熙二十七年（1688）进士，官至检讨、湖南巡抚，湖广学院提督学政。

龚克庸

1660　上下十八盘

磴道非自然，椎凿破山石。重以琢磨功，加之运转力。其巅细侵云，其半斜缘壁。疑或驱灵胡，岂徒人力役？惜此少陂陀，因山益敧侧。未知九折坂，较此孰险厄。此道虽盘纡，幸无蛇虎厄。且非名利区，剩可掇奇僻。云海渺茫茫，尘寰一朝隔。

龚克庸（生卒年不详），字叔度，江苏常熟人。康熙五十五年（1716）任竹溪知县，修建义学，后兼郧西知县。工诗善书。

鲁之裕

1661　武当篇

鸿蒙惨竭青黄力，削凿嵌岩簇鳌极。芙渠攒蠹厚坤心，王子磨针开道域。明皇奉教靡黄金，范像镕宫冠绝岑。斗垣峻级仞十万，磴道钩绳凌井参。足底云缨五辟阖，岳渎畿圻纷繂飒。太和元气郁氤氲，拱揖飞仙承问答。振衣一啸雷崩轰，冉冉梯霞达玉京。八宫二观遍游历，三十六庵群送迎。胜朝金碧贱于土，陂滋琳宫不胜数。武当美丽甲寰中，如林丰碣丛荒宇。从来不朽唯曰三，德功今属琪园龛。块间名业露晞日，布金匹士隆高谈。巇原陟降别有以，不向曹溪掬香水。质成虞芮尊片言，乃庙乃宣乃疆理。瞪目沧桑指一弹，铦锋待截情渊澜。松下鼋蛇轻绿骨，真人那在层霄巅。

鲁之裕（1665—1746），字亮侪，号尘花轩主人，湖北麻城人。康熙庚子五十九年（1720）举人，官至湖北安襄郧道、直隶清河道等。著有《式馨堂集》。

1662　过均州（城外即沧浪水）

舟过沧浪忆昔歌，问君缨足濯如何。水心清浊谁能识，终古汪汪万顷波。

1663　返棹沧浪即事三首

其一

勾当郧山出怒泷，沧浪水洁鹭双双。眼中顿觉青天阔，一路烟波盛碧幢。

其二

官名分守驻郧襄，终岁驰驱物土疆。赢得麇庸人尽识，别来蓬户泪沾裳。

其三

一掬沧浪似我清，十年犹是濯缨情。白鸥次第来相狎，知道予心不负盟。

1664　过襄府庵（太和山下）

黄金不惜布祇园，信道□修巩大藩。仙佛从来尘虑扫，沧桑不在意中存。

1665　舟泊鄀城阻雨

霏霏秋雨遏征程，滴碎愁心篷上声。薄雾远笼阴子国，乱云寒锁鄀侯城。传更鼓角音如咽，近枕虬螫语不明。此际沧浪垂钓客，烟波簑笠咏深清（西魏以光化为阴城，自均州而下名沧浪水。盖汉水随地而异名，孔子听《孺子之歌》，即此水也）。

1666　磨针井

真武修道太和山，未成，弃去。遇老姬磨柱于涧，曰："将以为针也。"真武诧之，姬曰："但得工夫深，铁柱磨成针。"真武感其言，返南岩面壁十年，飞升。后人铸大铜针井旁，且亭而标之。

石井铜针古迹标，片言警惰卒凌霄。男儿莫叹成功晚，奋步升仙自有桥。

徐京陛

1667　天柱晓晴

早起看山色，烟光荡晓暾。霞明千嶂丽，天纵一峰尊。突兀黄金殿，峥嵘黑帝阍。列风如可御，何处是昆仑（重九前一日，邀视学吴信之诸友登沧浪亭，归来既赋七律，更唱迭和。次夜无寐，复成五律）。

朱锦幖

1668　蜡烛峰

并峙岳山前，犹如两炟丛。既能辉帝阙，亦自映天宫。日月平分焰，烟云远护风。千年调玉烛，四海仰华嵩。

朱锦幖（生卒年不详），字连壁，号静山甫，湖北郧阳（今十堰）人，康熙年间均州贡生。

1669　香炉峰

炉呈太岳案，气达万山空。日月堪为炷，杉松可作幪。烟飞涧壑馥，风动泉林通。不用焚檀麝，千秋宝篆红。

1670　均州八景咏

均阳八景，咸以开州人之文运也，故特著之。

天柱晓晴
岩峣万仞列文峰，七十管城应日从。耀我才人心上锦，高悬彩笔助神龙。

沧浪绿水
澄清墨砚献文池，一派涟漪注素词。不事粉毕趋世艳，惟期精白对丹墀。

东楼望月
清光一出城之东，远映书楼恰似珑。月里禅娟分桂魄，先将一朵送江中。

龙山烟雨
高峰远挂榜头龙，彩映山巅柏与松。才见烟云照树色，及时霖雨应期钟。

黄峰晚翠
晚景随风点翠微，夕阳西耀曙光辉。山容远照山城晓，伫看天草映日飞。

槐阴古渡
汉江曲水傍槐流，色带奎光灿斗牛。昔日绿衣收染去，弘开文运步瀛洲。

莲池落雁
三秋月桂正飘栏，莲节争先事已全。雁塔题名天下晓，鸿飞应报渐逵盘。

方山晴雪
琼山玉屑积成堆，点点霞光倩素梅。万叠峰峦开锦绣，春城彩色庆元魁。

1671　游沧浪

胜地波光亦自仙，涟漪彻底映长天。风吹江面山生浪，云罩潭心树带烟。水上楼台堪坐啸，渊中鱼鸟可同旋。漫言孺子歌听取，愿把清流濯太铉。

1672　篸山晓晴

奇峰耸峙接云霄，湛湛清光万里飘。曙映杉松山现彩，霞飞崖壑涧生幖。龙乘晓日舒鳞早，凤舞和风翅羽遥。才到中天寒谷暖，紫芝了石共萧萧。

沈联镳

1673　篸山

筠翁杨宪台偕州牧王熙园年翁，谱成《太和图志》。余披阅良久，神与俱游，爰赋短章以志胜，兼订山灵约焉。

其一

未到蓬莱第一峰，披图已觉遇三丰。莲花朵朵天风下，仙掌亭亭晓露浓。金屋云中飞白鹤，玉虚洞里吼黄龙。关西夫子临川笔，几度摹成铁杆踪。

其二

山灵久与岱宗齐，呼吸衡庐烟树迷。悬象勾陈沧水曲，居馨元武楚江西。林峦面面招刘阮，帝力轻轻靖鼓鼙。千载流觞几醉客，夕阳归去鹧鸪啼。

其三

谁说桃源好避秦，却将隐谷号天津。紫霄神女时来往，丹洞仙霞孰故新？折屐词人多丽句，寿梨彩笔胜阳春。登高若眺房陵近，帝子可能几会真。

其四

宦途役役总沉浮，哪得金童引杖头。会览太和图半幅，却教大地目全牛。云亭封禅何年事，天柱嶙峋几个游。今日拟成山水约，扪萝次第步瀛洲。

沈联镳，生平事迹不详，浙江人。

顾文炜

1674　武当山

奇峰七十二，元气涵沦穆。中有得道人，当年早辟谷。灵风荡金宇，威名震北陆。我欲寻紫仙，峰峰多石屋。

顾文炜（生卒年不详），字盈来，号牧云，嘉禾（今属湖南）人。

王钦命

1675　嶐山九宫咏

一　净乐宫

嶐峰百里俯城东，琳宇瑶开帝制同。云隐碧霄丹阙壮，烟凝彤阁紫霞通。鸾笙声放千门月，鹤驭影回五夜风。共敛心魂肃拜舞，依稀长乐听呼嵩。

二　迎恩宫

危垣残宇策征轺，望阙迎恩事已遥。雨暗垂杨迷古道，沙回断岸锁荒桥。画栏空舞巢新燕，老衲闲归恋旧瓢。日暮天涯问往事，几声啼鸟杂悲箫。

三　遇真宫

杳霭深宫俯乱峰，遇真何处问真踪。晚钟叩月蝶归梦，古殿留云佛闭容。人去千秋遗箸笠，树浮紫气卧苍龙。闲来欲觅真消息，兀坐香清幸已逢。

四　玉虚宫

仙源景物尽空霏，缥缈琳宫隐翠微。镜过万峰吞远色，亭迎落照系晴晖。岭云含碧松花老，洞水流香石乳肥。此日闲游疑梦幻，身从碧落踏虚归。

五　紫霄宫

一杖凌虚探紫霄，石盘层折寻幽遥。松翻鹤影空巢月，溪泄云光忽放潮。万叠薜萝盘衲藤，终年冰雪卧寒樵。画桥流水悠然远，坐对青冥长莲杳。

六　南崖宫（祖师飞升于此）

万壑悬崖古洞天，低徊胜迹意翛然。石枰香炉千年局（传真武弈亭在岩下），丹灶苔封几点烟。涧草溪花留太古，岭云山风映芝田。何年得伴乘风侣，放鹤山头共往还？

七　五龙宫

巍巍宝阙龙宫名，颇怪此间岳麓成。柱下波涛连殿涌（宫内大殿下俱与四池相通），林端景物借烟生。晴空时杂蛟蜃气，午夜长闻风雨声。历遍层峰心目爽，还疑蜡屐泛沧瀛。

八　太和宫

绝巘凌虚混沌收，苍茫远色此中求。金甍光煜千峰动，玉柱尊凝五岳浮。断峡云平泛陆海，虬松月上涌琼楼。去来莫问沧桑事，铁笛横吹万古秋。

九　朝天宫

道装轻来到山阿，咫尺朝天顾已过。星散疏林曙色静，泉通迷涧漏声多。彤闱簪笔缁青轴，月殿裁云补禄裳。遥忆羽衣鹄立久，天风徐下动鸣珂。

王钦命（生卒年不详），字劼公，广济（今湖北武穴）人。举人，康熙间任湖北均州学正。雍正九年（1731），参修《保靖县志》。

1676　初过沧浪亭

亭距城二里许，屹立悬崖，俯瞰清流。为州人游玩、词客吟咏之所。予丙午秋经过，荒榛□途，仅存亭址，感赋。

秋落荒园余独行，断崖千尺野云平。潮依山翠空留碧，树借溪光自放晴。古渡沙昏催日暮，孤城灶减过烟轻。萧条满望堪惆怅，一曲渔歌剩旧声。

1677　己酉再过沧浪亭，已岿然复新，喜赋，用前韵

整屐登高问昔行，岿楼忽与此山平。松低画栋添新翠，鹤带遥天送远晴。暂借石床支梦稳，闲浮木叶渡江轻。倚栏敲句无余事，静听长歌孺子声。

1678　登观音阁

江干阁势倚虚翔，倒峡飞来入座当。石磴岚深樵径霭，洞龛苔满佛衣苍。鹤分禅偈眠云静，钟引松声送雨凉。咫尺蓬莱人自远，孤城遥对影茫茫。

罗天尺

1679　春日集语山堂论诗赠梁采山

前年志局逢鲁叟（太史曾煜），采山先生不离口。今岁京华遇诸公（太史诸锦），称公尊重恒山同。先生畸伟忆少年，吟诗止道开元前。宦海茫茫三十

载，依然炎炎少詹詹。语山堂前纵高论，赞我新诗杂嘲讽。谓予少作诗颇佳，近来驱使全优俳。面攻直胜妙蜾子，文妖不赦狂铁崖。东坡面孔宜干净，刘几轧苗元气乖。治中膏肓病魔走，□钱成屋我何有？自伤沉迷括帖中，结发药碗成衰翁。经史渔猎尝不旨，声律破碎安能工？况复考据难精实，百是不能救一失。赋才近推独漉公，食猴冤却金线狨。新城谓当作石掬，武当山下为狮雄（见《渔洋山人集》）。西山天下大师墓，翁山亦为建文赋。蒙古僧塔误寝陵，竹垞一辨（见《曝书亭集》）非无故。屈陈二公天下才，今时李杜王风开。征用未息后贤喙，吾曹敢自争喧豗。历下不道秦汉下，竟陵清迥一时霸。牧斋才大如江河，鱼龙百怪空中泻。明诗三变不能穷，与君聊共醉春风。

罗天尺（1686—?），字履先，世称"后石湖"。广东顺德人。17岁应试，日竟13艺，"惠门八子"之一。著有《瘿晕山房集》《五山志林》。

陈 浩

1680 过均州

淡烟城郭枕春流，水上桃花岸上楼。记取江滨时节好，轻帆二月过均州。

陈浩（1695—1772），字紫澜，号未斋，室名生香书屋，自称"生香老人"，直隶昌平（今属北京）人。雍正二年（1724）进士，官至少詹事。著有《生香书屋诗集》。

1681 滩行杂咏

其一

水迎山送路盘盘，锦石封苔映碧澜。画里有诗吟不得，鱼梁滩接石门滩。

其二

乱石滩头乱石多，浪花喷薄雪嵯峨。舟人作力客心喜，坐对云山听棹歌。

1682 望武当山

山赴均州万马奔，武当一柱接天门。积高应有神明宅，历劫方知位业尊。

雷火铸成金作顶，杆针磨到石无痕。我来不是登山路，细雨春帆宿水村。

1683　沧浪亭

翠微深处一茅亭，俯瞰沧浪澈底清。渔父自歌还自和，不劳过客濯尘缨。

刘大櫆

1684　均州道中

南客怀归梦欲阑，西风吹鬓雨初残。连峰对岭均州路，喷雪轰雷乱石滩。
鸥鸟引雏随浪转，人家结屋傍崖寒。沿村花柳争明媚，且拭征夫倦眼看。

　　刘大櫆（1698—1780），字才甫，一字耕南，号海峰。枞阳（今安徽铜
陵）人。雍正年间科考均落榜，后任黟县教谕。纂修《歙县志》，著有文集、
诗集。

1685　初见武当山

经年局促走荆关，驿路红尘忽破颜。碧玉一围襄漠水，青莲千尺武当山。
轻舟过去滩声转，野老行来帽影闲。乘兴欲登金顶上，少年谁与共跻攀？

1686　望武当次韵

碧涛天际倚天奔，天柱通天自有门。真武威名传去远，仙灵窟宅古来尊。
当时早悟磨针力。此日空寻盖殿痕。欲上层巅惭老蹇，夕阳飞鸟下遥村。

1687　均州晚泊

早岁漂流备险艰，即今行尽楚西关。路经水折山回处，人在飘风骤雨间。
万里勋名空夙愿，一时须鬓已俱斑。短蓬夜泊均州岸，烟火微茫古戍闲。

1688　过远河滩次徐我非韵

高天过雨碧溶溶，远近群山着色浓。乱石中流蹲马象，桃花三月起鱼龙。
波涛忠信平生杖，道路奔驰四海踪。愁绝酒家无处问，清明时节恰相逢。

1689　清明日龙滩阻雨次徐我非韵

远游不惮履频穿，怪石临流夜泊船。桃粥采香寒食后，纸灰吹泪墓门前。迎风堤柳多情袅，带雨山花作意妍。唯有羁人无藉在，萧条终日对新烟。

1690　晚入郧阳界

烟雾蒙蒙黯不开，扁舟风雨罅中来。窗间过眼林峦好，枕上惊心霹雳豗。前夕大雷雨雹。半世光阴成噩梦，百年勋业等浮埃。于今重作西征赋，愁对沧浪两鬓催。

1691　郧阳道中

三春风雨无休歇，一夕忧思两鬓霜。山水情耽庸子国，乾坤身老楚人乡。夭桃绿柳增新态，破帽青衫只旧装。搔首征途长叹息，那堪村舍日荒凉。

1692　兰花次韵

谁怜幽隐暗培栽，春暮穿林靸屐来。高士白云常在岭，无人空谷自苍苔。一时草茆寻常伴，九畹风微寂寞开。须信国香传播远，孙枝仍是不凡才。

1693　郧阳寄鲍步江用前韵

几年良友苦离群，难写心情一寄君。纵酒可无刘处士，称时长忆鲍参军。余醒稳卧三竿日，逸气终成五色云。我自独游糜子国，桃花春暮落纷纷。

1694　郧阳眺望

客程忽遽少登临，此日苍茫故里心。国到糜庸知地险，舟行沔漾觉山深。秦关树引西天碧，蜀道云凝万古阴。最是蛮荒残胜处，萧条极望一长吟。

1695　次均州

再到均州宿，依然旧路过。水声前日壮，山色暮春多。今古只如此，乾坤入浩歌。扁舟与短鬓，鸥鸟奈人何。

张开东

1696　典衣作武当之游

汉水淹三月，南风逾十朝。春深人意懒，日艳草心骄。应谢樊城酒，真轻季子貂。苍茫天一色，太岳未云遥。

张开东（1702—1781），字宾阳，别名白莼，号青梅居士、海岳游人、茅山张家人，蒲圻（今湖北赤壁）人。贡生。书画家、旅行家、文学家。著有《白莼诗集》《海岳文集》。

1697　滞雨

一叶襄江五日阑，连朝风雨不胜寒。乌鸦东望云烟窟，白马西来水石滩。舟子提壶频进酒，村娘烙饽每加餐。乾坤空笑归瓢笠，漫道名山会面难（乌鸦，武当庙名，即世传元武乌鸦引路处、白马洞在襄治西五十里）。

1698　雨中游净乐宫

净乐宫称帝子都，九重殿阁抱城郭。西天王母疑升降，东海蓬莱定有无。但望紫云横碧落，犹传丹诏列元符。春风细雨消尘劫，古柏苍苍似画图。

1699　雨宿迎恩宫

虹桥新涨暮潺湲，望见山门客似还。官道自行尘壒外，仙宫只在雨云间。霏霏炉篆人俱寂，隐隐钟声梦亦闲。四十里来才洗足，芒鞋更欲问前山。

1700　过遇真宫

桥头西望遇真宫，夹道林阴流水中。鹄岭自生春草翠，仙台时见落花红。徒传丹灶人何处，故剩铜碑像亦空（即张三丰修真之地，前明遣官遍访不得，后以铜碑铸其像）。伫立道童频指点，飘飘襟带有余风。

1701　草店道中

古柏重阴覆面青，悠悠驱马碧云亭。群游仙鹿寻常见，百啭春莺不断听。

剡水人行清似鉴，武陵花落翠为屏。何时一浩茅庵住，尽日幽林读道经。

1702　早起览玉虚诸殿亭有感

帝座天坛春草深（宫东南有祀真武坛），丹垣万叠隐幽林。松萝入殿云牵碧，龙象横阶日碎金。炯炯珉碑同拂镜，泠泠玉涧似鸣琴。华阳道士归何处，愁见芙蓉渌水沉。

1703　冒雨宿紫霄宫

元蘡峰前列紫霄（即展旗峰，石色黑），空蒙烟雨望迢迢。星池全注云中露，禹迹真成天上桥（宫内有日月、七星等池，前有禹迹池，为禹导山所经之处，桥因名）榻下雷轮穿涧底，衣间虹带落山腰。清吟一曲谁相和，时有仙人弄玉箫。

1704　朝雨观南岩宫

南岩风景本仙家，磴道盘虚未有涯。古殿云涵甘露水，春阶雨洒碧桃花（殿前有甘露井）。石堂高踞三清上，金剑空悬万仞斜（俗称石殿。岩上插剑，望之金色烂然）。我欲折梅寻旧迹，飞升台畔隔烟霞。

1705　过黄龙洞一带又雨

独爱登临兴自孤，朝朝弥漫问前途。千年洞锁烧丹灶，万丈绳悬卖药壶（昔修真者多居古峒，万仞上有卖药翁从岩悬绳，市者以钱投之）。出谷萧条传柱史，提篮烟雨忆麻姑。黄龙黑虎多幽险，此去朝天路有无。

1706　早行太和道中

万仞峰头天始光，空中树色晓苍苍。但闻众鸟春相语，不辨何花风自香。露浣林皋常淅沥，云牵衣带故翱翔。人生都在红尘下，浪说神仙事渺茫。

1707　太和宫

峭壁南岩入太和，遥瞻帝座自峨峨。因知天上星辰近，却见云中草木多。

金阙朝霞生碧海，琪花宵露濯银河。徘徊峰顶飘孤兴，每有仙群共啸歌。

1708　新楼

路转天池上碧空，九卿峰色翠葱葱。重楼卷幕迎朝旭，隔涧吹笙度晚风。彩服龙蟠瞻帝座，香幡凤舞引仙童。苍茫孤客生悲恻，似是昆仑白玉宫。

1709　新楼夜景

十二层楼得尽攀，清宵独自宿仙关。池光星划青铜镜，山影风摇碧玉鬟。谷涌松涛闻鹤唳，天悬莲炬照龙颜。为怜一榻无多处，已在云霄万仞间。

1710　过三滴水岩

滴水岩旁蹊径横，南岩西去更空清。乔松千尺无人憩，幽鸟群栖时一鸣。仁看林花云里色，行听涧水石中声。谁能车马长为客，不向深山起道情。

1711　四月初一日五龙宫牡丹盛放

参山（武当名参上山）烟雨度芳辰，四月名花照眼新。不计客途来几日，始知仙馆自长春。青龙池上初披露，玉女峰头一浣尘。停杖苍茫聊驻赏，桃源回首是迷津

1712　将游武当为观察张公笤椒圣治留掌教鹿门

自驾单车入紫霄（武当峰名），何期中路便相邀。唐廷并谱千秋鉴，汉殿曾传七叶貂。岁暮鹿门征聘促，天高仙洞梦归遥。芒鞋竹杖登坛席，努力文明翼圣朝。

曾　劭

1713　登天柱峰绝顶

天际真人想，于今可得言。东西悬日月，吴楚画乾坤。题壁飞鳌矫，攒岩伏虎尊。划然成一笑，翠石落惊猿。

振衣千仞处，徙倚得奇观。剑指浮云冷，鸦飞落照寒。附庸称小从，鼎立逼幽峦。为念韶光逝，山灵诵到难。

俯视壑前云，松涛足下闻。游人能拔俗，到者信超群。石窦留丹灶，金庭冈赤文。茫茫天寓近，仙众有谁分。

曾劢（生卒年不详），字翼堂。南城（今属江西）人。雍正七年（1729）举人。

查 礼

1714　宿蒲圻龙门书院，赠武当山杨致虚道士

借宿蒲圻客有缘，忻逢杨子快谈元。今宵一榻清无比，梦在名山月在天。

查礼（1716—1783），原名为礼，又名学礼，字恂叔，号俭堂，一号榕巢，又号铁桥，顺天宛平（今北京丰台）人。曾任户部主事、太平府知府。辑有《铜鼓书堂藏印》。

赵文明

1715　□□仲春小日携子埙登太岳有感

□□□□□胜游，何缘今日到山头。云空□□□峰晓，月满龙泉万壑秋。寻景无心引□□，叩玄有应事非浮。吾儿怀母因祈佑，□□熊黑且相收。

赵文明（生卒年不详），巴陵（今湖南岳阳）人。雍正五年（1727）任知县，户部司务。

吴省钦

1716　天马岩渡汉抵郧阳，读行署明人碑示诸子

其一

春山三百里，山断见渔矶。好上金鱼渡，言从白鹭飞。渚花人隐隐，城柳客依依。莫遣征人浣，临风理夹衣。

其二

汉水如罗碧，悠悠发孺歌。糜封看不泯，禹力想无多。燕寝遥森戟，乌台夙枕戈。一乡传孝妇，民俗美如何。

其三

我行襄蒙雨，原是武当云。雨歇憺无与，云归空复云。薜苔蒙往迹，鸠燕助微醺。宾馆论才子，纷吾张一军。

吴省钦（1729—1803），字冲之，号白华，江苏南汇（今属上海）人。乾隆二十八年（1763）进士，由编修累擢左都御史。著有《白华初稿》。

1717　均州望武当山

古来五岳衡，恒嵩华无定。名太岳非岳，影落均州城。太和块轧络雍豫，按图拍手今日归。维荆岩岩卅六岩，耽耽廿四洞，二十七峰谁最尊？一柱擎天紫霄靬，地肺叶叶堆玲珑。众皱乱插青莲蓬，横看侧看献千态。半空绡电照彻下界，千里万里烟濛濛。栝桧枫杉茅根簇，宝树琪枝灿盈目。药留不死赛神芝，草为救穷辟嘉谷。食凫人遁黄鹄翔，通幽鬼效斑龙伏。墨旗夜悄联七星，元龟曳尾丹蛇升。如来金栗惟□避，何论慧门愿打纷。㩛轰法驾亭童拥，鸾卫剑腊冲天发。委地正果谁能种，棚梅隐心岂待招。丛桂桂树产招摇，分明斗丽枓离爻。迎赤熛坎德奠元，枵何人好事传灵。净乐名邦逊储位，脱屣虽缘去国轻。建坛敢道求仙易，仙家炼形先炼精。行年六七功告成，天书一降议封禅。曷不一诣三潭五井锵銮声，我闻汉南阳属以武当县其时。二十八宿躔次分，苍龙有阙白虎观。元武殿后载礼经，朝谒俄看八纮遍。武当谓惟真武当，道书地志交狓猖。宋明左藏万千万，膏血四照悬壁珰。草坪之庵埽尘榻，铎语丁东梦萧飒。青精作饭从裹携，一径披云叩闾阖。

安依仁

1718　仲秋登太和山

其一

仙境何年辟草莱，遥从鸟道陟崔嵬。丹梯势侧层层转，金殿凌空面面开。虹自树边和雨挂，鹤从山半破云来。秋风馥郁香生处，桂露兰烟送客回。

其二

七十二峰云外立，宛然特地拥芙蓉。三门元岳垂千锁，一剑南崖镇五龙。隐向棚梅参道妙，显从针杵识仙踪。倒悬明月天低处，知在蓬瀛第几重。

安依仁（生卒年不详），字乐山，贵州思南人。乾隆元年（1736年）丙辰科进士，官湖北襄阳县知县。

佚 名

1719 塔铭诗

不忘真□灵先莹，朝夕虔诚礼貌恭。尽竭丁萦养垂志，三公孝德表铉风（塔存南岩龙虎殿左，朱真人墓右侧，乾隆四年四月天门县杨□□）。

佚名，生平事迹不详。

邓顽伯

1720 武当山

劈柴抡斧声波远，负重山夫脚步轻。花轿吱吱摇竹唱，武当岫谷有鸡鸣。

邓顽伯（1743—1805），单名邓琰，字石如，因避讳以字行，又字顽伯、号完白山人、游笈道人、顽道人等。安徽怀宁人，布衣。好篆刻，斋堂为铁砚山房，工四体书。

1721 武当仙气

蒙烟细雨浪藏珍，仙气银花万朵新。虚实有无天对地，阴阳说道化元真。

汪志伊

1722 登武当天柱峰谒真武之神有序

案山志：太和山在均州南百二十里，改号武当，谓非元武不足以当此山也。北宫七宿形成元武，元武即龟蛇，亦犹南朱雀、东青龙、西白虎也。然不谓之龟蛇，而谓之元武者，盖龟蛇色赤而黑，元也；体具鳞甲，武也。道家言，龙汉之年，虚危之精，降生为净乐国王太子，越海东游翼轸之下，择是山众峰之中，冲高紫霄之天柱峰居之，内修道成，归元坎位，是为元武之神。披发跣足，黑衣皂纛，仗剑履龟蛇，周行六合威摄万灵。儒者或疑此为道家附会之说，则《左氏传》曰：实沈参星也，台骀商星也，又如传说入于箕尾曼倩，还于岁星，岂皆不经欤？神道设教，未必无补于世道人心，似不必为之深辩。元武祠祀遍天下，始于宋真宗时，并因避真宗初讳，改元为真武。顾祀典莫盛于是山者，盖荆南，火方也，武当度分在翼，为翼火也。且孤峰炎起，群峭攒空，象亦火也。惟奉北宫元武之水精以镇之，乃有水火既济之功焉。然则元武殆亦借离南之火，炼坎北之水而后神耶？历代祷雨辄应，山力欤，神功欤，其合同而化者欤？

是山，古又曰"仙室"，其七十二峰之最高者曰"天柱"，次则曰"紫霄"、曰"三公"，曰"五老"，曰"七星"，其坡则有太子，其岩则有黑虎，其涧则有九渡，其天门则有三，其径则有上下十八盘。自第一天门起，至绝顶陡峭竖立，必须缘石磴、挽铁绠、面壁而上，转折处尤险。至于紫金城在天柱峰顶，元时置铜殿，明永乐以为弗称，改建之。背酉面卯，高丈五尺、横丈二尺、直九尺，内设真武像，傍侍天兵四及龟蛇，皆冶铜为质，沃以黄金一色，焜煌迥出五岳，珠宫绀殿上矣。予维名山大川，能出云雨，以泽万物，必有神焉主之，况兹山为真武所寓乎？

嘉庆丁卯春，因军政至均州，曾于城内净乐宫礼之，颇以未及登山为歉，今戊辰又奉命查阅营伍，是天假之缘也。九月初七日午后入山，住宿太子坡；初八日住天柱峰，下太和宫；初九日凌晨上绝顶展拜毕，徘徊久之。积雨经旬，四面青山皆为白云所封，非身历之境一无所见，而所见之峰峦庙宇已难殚述，姑述其至要者，以纪斯行，得七言排律一首：

太和山聚太和气，元武神来元武天。常履龟蛇资将力，能兴云雨润民田。州城净乐宫原巨，客岁苹蘩荐已虔。现奉温纶重阅伍，似于仙室有前缘。三公遥指乘黄鹤，五老相招驾紫烟。古柏交阴还夹道，苍松数抱已千年。霜经红叶酡颜醉，香放黄花晚节坚。太子昔曾游翼下，腐儒今亦到坡边。通霄静听帘织雨，平旦行看活泼泉。黑虎岩闻九渡响，紫霄峰映七星圆。千寻磴古如脂滑，十八盘纤作蚁旋。再宿方能臻绝境，重阳恰好陟高巅。仰观一柱撑银汉，俯视群峰衬碧莲。肃穆法宫开顶上，庄严妙相俨生前。铜为质地千钧重，金沃焜煌一色鲜。展拜崇墇增敬畏，追思灵贶倍缠绵。襟江带汉朝宗久，移坎居离济物全。参赞化工惟大德，炼修羽士岂真传。就中谁遣云为海，片刻难留我学仙。回首天门通径路，紫心安宅好归还。

汪志伊（1743—1818），字稼门，安徽桐城人。乾隆三十六年（1771）举人，充四库馆校对、议叙后授山西灵石知县，擢南直隶镇江知府、按察使，甘肃布政使等。

周锡溥

1723　望紫霄峰作

仙宫雾雨春冥冥，电影欲掣雷车轰。真武真人玉蕤缨，空中丹剑铿有声。手绾神图《太乙经》，摄御百怪祛三彭。空山枸杞夜吠鸣，不但河车之紫英。我来均口眺峥嵘，三十六岩青绕城。望不能至心叹惊，少时学道已粗成。偶然积梦通广庭，群官召草新宫铭。绮语未尽千劫更，忽忽一堕随飞星。试将尺宅理榛荆，伐毛一洗凡骨腥。问神何由息我黥，举酒一酹青山青。

周锡溥（1745—1804），字文渊，号麓樵、半帆、汇泉，湘阴（今湖南汨罗）人。乾隆四十年（1775）进士，曾任宁朔、武威知县。著有诗集和《安恩斋集》。

洪亮吉

1724　武当山久憩

道人侵晓初启关，一城花光浮上山。栏干影外春阴腻，香气依微塞空际。交鸣莺燕殊有情，三里路中飞不停。深红浅白看难足，叶底参差间新绿。看山百回眼转青，山殿开处祠元冥。殿旁一径天风堕，我借蒲团向风坐。此行访客拟夕阳，一骑忽复来山房。傍花南行衣袂湿，花里先闻响鸣镝（是日，彭军门廷栋约射鼓子）。

洪亮吉（1746—1809），初名莲，又名礼吉，字君直、稚存，号北江，晚号更生居士，阳湖（今南直隶常州）人。乾隆五十五年（1790）进士，任国史馆编纂官。清代经学家、文学家，近代中国人口学说先驱。

赵怀玉

1725　法源寺分咏二首（节录）

真武画像

跣足复披发，谁钬儿此颜。然疑文进笔，像无款识或。以为戴静庵，迹位业武当。山犹是蛇列，来依龙象间。春游一瞻礼，香火静禅关。

赵怀玉（1747—1823），字亿孙，号味辛，又字印川，晚号收庵，南直隶武进人。乾隆四十五年（1780）赐举人，曾任山东青州府海防同知、兖州知府等。文学家、藏书家。著有《亦有生斋文集》。

法式善

1726　吴信辰听琴句"秋风何处落明月"，忽然生马雪峤詹事极之，称余爱其《武当山》一首

玉虚宫殿锁烟霞，到此何须更忆家。拟买平畴三十亩，自鞭白鹿种梅花。

法式善（1752—1813），姓伍尧氏，原名运昌，字开文，别号时帆、梧门、陶庐、小西涯居士，蒙古正红旗人，生于京城。乾隆四十五年（1780）进士，官至侍读。乾隆皇帝盛赞其才并赐名"法式善"（奋勉有为）。编纂武英殿分校《四库全书》的蒙古族第一人。文学家，著有《存素堂集》《梧门诗话》。

爱新觉罗·永瑆

1727 秋咏

一叶带秋飞，莲舟赏已违。青莎候虫起，碧树晚蝉稀。怀袖初捐扇，边关欲寄衣。高楼宜望远，况此对明晖。

孤灯摇绿穗，小径合青莎。秋梦因蛩短，闲愁敌雨多，长年山木落，往事隙尘过。若问幽篁下，伊人带女萝。

野渡舟须稳，衰年路始难。泥行愁独漉，雨望厌荒寒。岂不驰驱惯，其如膂力殚。天东挂雌霓，云气又盘桓。

小桂生南海，移根海舶通。开花各早暮，日对验天工。香传四十里，遥忆武当宫。即此轩庭际，珍之片玉同。

爱新觉罗·永瑆（1752—1823），号少厂，一号镜泉，别号诒晋斋主人，清高宗爱新觉罗·弘历第十一子。谥哲，赠成哲亲王。书法家。著有《听雨屋集》《诒晋斋集》。

焦和生

1728 由均州游武当山即目

均州一路踏云行，太子坡边听水声。冠绝诗人风雅语，武当顶上过清明。
陡峻先经好汉坡，南岩仙迹古难磨。茫茫白气看云海，笑煞岷江锦水波。
黄龙黑虎已难登，五老仙桥力不胜。未到朝天双足怯，可能直上最高层。
腾身三度陟天门，万丈悬崖断客魂。赖有仆童扶掖好，几番推挽到黄昏。
路到天池日已料，形神疲惫眼生花。皇经堂畔登楼宿，牛斗窥窗月映纱。
清晨斋戒谒元宫，步上天枢第一峰。玉宝金身真万古，英灵赫濯压群宗。

摩挲仙迹几徘徊，上界何时得再来。峰转路弯山木合，回头云雾隐楼台。
归去应夸汗漫游，名山到处是仙洲。休称五岳声闻大，晚出应夸第一流。

焦和生（1756—1819），字绵初，号琴斋，又号怀坡山人，辽宁盖州人。
乾嘉年间辽东籍名宦、刘墉得意门生。乾隆四十九年（1784）进士，任刑部
主事、湖北兵备道道员等。著有《连云书屋存稿》。

1729　武当山云海歌

武当名胜齐岱嵩，磅礴元气涵鸿蒙。石磴盘回九千丈，突兀天柱何苍窿。
俯视浓云一片白，茫茫大海无西东。是云是水谁复辨，潮来潮去天河通。群
山倏出倏复没，仿佛银海翻鱼龙。须臾微露山一角，又似孤岛生涛中。舣枒
古木雾霭里，万樯林立凌苍穹。凝眸不觉云色变，落日返照穿层空。尘埃野
马迭隐现，蜃气楼台杂青红。千态万状罔不有，恍惚海市呈神工。腐儒拘虚
寡闻见，焉知天地形难穷。嗟余枯朽将耳顺，奔波虚掷年聪聪。壮岁岷华历
邮传，前年衡岳窥诸峰。北医巫闾南五指，匡庐恒霍空青瞳。如此大观岂易
得，讵料邂逅开心胸。敢言片诚动元岳，或是山鬼矜龙钟。平生一快万里志，
世罗手顿忘萍踪。山灵引我作知己，入笔相助诗清雄。人生所遇皆梦幻，佳
山佳水难频逢。飘蓬断梗共浪迹，浮云身世随天风。

1730　宿玉虚宫和王荔园同年壁上韵

我朝元岳归途中，冒雨来宿玉虚宫。石磴湿滑历奇险，回望山顶烟云蒙。
道士殷勤具茶果，为言神应纯天工。昭灵显赫重前代，不减汉武闻呼嵩。近
岁英威走贼盗，弥天黑气传老翁（南岩老道具说，白莲教滋扰时欲据山顶，
忽见黑气弥天，十步不见，惊惧而止）。群山四面渐平远，展旗背枕开奇峰。
题诗尘壁怜旧雨，感怀今昔难重逢（荔园观察诗，系癸丑冬赴武当经此所作，
今不胜人琴之感矣）。

1731　均州行（为捐赈绅士作）

游岳归来但酌酒，胸中垒块复何有。昨日冒雨辞仙峰，今日乘风别均口。
均口人士淳良多，人和自尔邀天和。风清俗美可立致，型仁讲让相观摩。忆

昨我到均州城，愁听鸿雁哀嗷声。称贷乞粮岂得已，卤莽未免太纷争。我睹此情心不忍，爰集绅民共汲引。金钱劝施五十千，人人踊跃各慨允。我爱此地人情好，患难扶持肯相保。从来厚德致休征，伫见麦丰稻熟早。远村士子亦健羡，闻风激励恤乡眷。莫谓陋邦化难行，民俗从兹一丕变。舟行念此心神怡，片帆安稳中流驰。人间善行岂可泯，浣笔襄水题新诗。

1732　舟中即事

岘首参差一望间，汉江萦带曲如环。海涛观罢难言水，岳顶游来不爱山（新自武当山归）。野树青青村舍映，虚舟泛泛客心闲。梗萍踪迹浮生梦，逐浪随波到处湾。众山罗列锦为屏，草色遥连麦浪青。来往云帆湖海客，高低烟树短长亭。卅年辛苦催蓬鬓，万里奔驰作使星。一事无成今老大，江风吹断梦魂醒。

1733　周达夫邀游张公祠、习家池，晚登九宫山醉后歌

周子邀谒张公祠，醉后还临习家池。谷隐寺中偶憩息，九宫山麓观铭词。山名九宫亦号龟，陟巘蹭蹬天风吹。绝顶望江源委见，城郭烟树罗参差。襄樊万户映沙屿，渔舟几点相追随。无边野景只一览，涤尽尘垢开襟期。忆昨我游武当顶，羔裘御寒雪染髭。山冰未消云作海，人间天上风光移。转眼节物变长夏，绨衣飘飘白羽麾。相去才隔七十日，炎凉世事非前时。人生对酒且尽欢，道士不厌群书痴。莫愁身作异乡客，入手且酌鹦鹉卮。酒酣耳热乐忘返，岘山落照江心垂。晚风催诗吹梦醒，灯前把笔成新词。

姚文田

1734　恭和御制上元灯词元韵

天官旧语溯开元（《七修类稿》云，元宵放灯起唐开元，谓是天官下降之日），绥远联情启禁园。百技纷陈中外判，雕栏三面列墙藩。吐雾兴云总不劳，婆罗休说幻人刀。即看文绮纷纶赐，肆武当筵显俊豪。眛禁兜离听自咙，缘知声教讫锻邦。明堂旧事传姬篆，不似西京侈娃樘。高楼西对碧崚层，放

眼祥辉处处凝。记取韩驹诗句好，水晶帘射百千灯。千门佳气转春阳，取次和风拂舜裳。瑞应已占前度雪，又看灯字报丰穰。律简刚报知时雨（是日雨水节），春殿先闻出地雷。百丈荣光能烛汉，暗尘阴雾一时开。恩溥宗潢逮远藩，匪耽游豫仰王言。浮圆珍果分尝饱，归路才看列宿繁。衢尊群饫泽如春，湑露还沾侍从臣。欲效王褒惭乐职，万方长此祝风淳。

姚文田（1758—1827），字秋农，号梅漪，归安（浙江吴兴）人。嘉庆四年（1799）状元，官至礼部尚书。

罗思举

1735　题吊钟台古钟

虔心重树古洪钟，国泰民安慰圣灵。大叩大鸣霄汉里，万声万福白云中。

罗思举（1764—1840），字天鹏，东乡（今四川宣汉）人。少有胆略，逾屋如飞。家贫为盗，结客报仇遭阨，自悔，充乡勇。道光元年（1821），擢贵州提督，历云南、湖北提督。赐太子太保，谥壮勇。

阮　元

1736　武当宫观

所遇遇真、玉虚宫及各茶庵，皆有古树，周庵老桂高出三层楼上。永乐、嘉靖玉虚宫四碑，皆高三四丈，道士依各山者以千计，皆佃民种山以为生计。时襄郧观察请减汰道流，予否之。

叅碑五百载，楼观犹堂堂。老桂缀青子，春松生古香。羽士无反侧，任尔耕武常。

阮元（1764—1849），字伯元，号芸台、雷塘庵主、怡性老人，南直隶仪征人。乾隆五十四年（1789）进士，曾任工部侍郎等，官至湖广总督、两广总督等职。谥文达。著作家、刊刻家、思想家，被尊为三朝阁老、九省疆臣，一代文宗。著有《耄年自述卷》。

郭遵琏

1737　自赞

斯为我乎，我何能容？期非我乎？宛在其中。也非黄石，也非赤松。比之铁瓮，差堪与同。名也何益，利也何庸？完璞一物，到底不空。我师我祖，上列重重。附我于旁，情意何浓。有人问我，我本痴翁。痴翁自在，自在无穷。

郭遵琏（1772—1827），字焕章，别号郭胡子，武当山自在庵道人。

邓显鹤

1738　武当山过周府报国庵

空劫昆明尽，毗邪鲁殿存。此中呵护力，畴昔灌培根。日月光难遍，松杉气尚温。劳劳勤接待，尘刹报何恩。

邓显鹤（1777—1851），字子立，一字湘皋，晚号南村老人，湖南新化人。嘉庆九年（1804）举人。点校刊刻船山之学，湖南后学尊为"楚南文献第一人"，梁启超称之"湘学复兴之导师"。

周　凯

1739　初过周府茶庵

此庵不解属吾家，门榜何因又署茶。丹桂尚留前代树，楠梅空忆上仙花。当阶松桧参天立，旁晚钟鱼向客哗。醉后题诗付老衲，使君有句漫笼纱。

周凯（1779—1837），字仲礼，号芸皋，别署富春江上捞虾翁。浙江富阳人。进士，入翰林院庶吉士，累官湖北襄阳知府、台湾兵备道职、按察使司衔兼提督学政。作《武当纪游二十四图》。

1740 得至周府庵，叶道人问梅以诗见和，叠韵答之

冰雪聪明属道家，诗成清味胜于茶。问君何处锄云药，邀我重来煮雪花。得句自怜人已瘦，谈经却爱语无哗。瞳瞳日影穿林出，寒翠空蒙上碧纱。

1741 三过周府茶庵，问梅复以诗见游。索观《游山》诸作，因书八大横幅以贻之，再累前韵为别

臭味居然似一家，蹋来餐得上方茶。仙山我算曾游客，好句君如顷刻花。醉墨淋漓横作草，村民观笑莫相哗。一鞭又逐红尘去，只为头颅尚帽纱。

周府茶庵：明汴藩建当山孔道，往来者皆寄宿焉。门临剑水，长松夹道，庭有丹桂四株大可合抱，桂子累累然。有道人问梅，能诗。

附：叶道人问梅作

小庵说建自宫家，懒道无能解煮茶。雨后荷锄寻药草，雪中邀客问梅花。青旗两度逢君过，丹桂千年绝世哗。莫笑吟成蔬笋气，瓣香早把墨笼纱。荒庵得见大方家，赐我新诗胜赐茶。许入笼中收作药，愿从笔底借生花。此行定卜奚囊富，有句应教座客哗。草帽不妨重信宿，一轮明月在窗纱。

道人年才十九，骨格珊珊，似不食人间烟火食者。而诗句清新，殆有天授。未有字，因摘诗中"问梅"二字以字之。别后时有书来问讯。因师戒出山，未尝一履城市。今不知其又何如矣。

1742 饭鸦台

一解

乌雅、乌鸦、乌雅来，客欲饭尔尔无猜。道人拍手，乌鸦徘徊。乌雅乌鸦来鸦台。

二解

飞鸣上下，联翼接翅，鸦不在天，饭不到地。乌雅，乌雅亦足异。

三解

台高百尺层楼巅，乱鸦争食鸦台前。鸦饱鸣噪自飞去，道人向索饲鸦钱。

附录：

我师禽：《荆南志太和山志》载："小乌褐衣金距，红足碧爪。清秋鸣孤峰深林中，彻夜呼'我师'不止。"筠廊华记及事物绀珠，或碧衣绀珠，或云褐衣金喙，青首红足，盖其状不一。云山中有小乌，日日呼"我师"，师在此山中，问君师是谁？

饭鸦台：在皇经堂侧，乌鸦千百飞翔，台前施之食，能翻空攫取云，见有红味者。诘暮则归栖南岩以下树上，避天风也。余时宿皇经堂，夜半闻笛声，月明鸦噪亦不尽然，见星宿下垂，如乳上若有柄。

1743　榔梅祠

老梅何年依路栽，榔梅祠畔几徘徊。舆人偏解寻仙意，指蜡梅花当榔梅（祠旁多黄蜡梅）。峻岭巉巉达接天，邪呼牵挽始能前。进只恰有烟霞气，（入山役民挽舆，余酬以钱，不爱，感而赋此）不受人间犒劳钱。

榔梅祠：古木三本，一似松，二似罗汉松，而本似桧，上干云霄，旁多蜡梅。祠甚小，殆祀树神者。明嗣教真人张守清进榔梅三十枚，不知何物。

1744　雷神洞

山中闻雷鸣，宛若婴儿啼。入洞复出洞，雷神来指迷。忽聚半空作斋语，赠我一丸青髓泥。老屋数椽嵌石洞，悬崖百尺挂金绳。现将丹龟烧残药，买得名驰天下称（诸洞皆悬绳卖药，榜曰："天下驰名"，诗以嘲之）。

雷神洞：亦卖药处，诸洞上下不能语，惟此略闻人声。盖两峰对立，山鸣谷应故也。

1745　老君殿

我从天柱峰头下，足座曾飞五龟云。谈道未达闻令尹，采芝强遇戴将军。青山一角留荒殿，丹龟千年祀老君。分得烟中一粒粟，饱看天地自氤氲。

1746　谢赠四药参

寻梅我见三株梅，采药人贻四药参（浸生道仙山开阙后山，自乾隆十九年，许民入山开垦，居民来种杂粮，伐木治画）。

老君殿：上山再宿，下山可不宿。行者每饭于此，山极陡峻，树多橡栗，道人赠余四叶参。

1747 回龙殿

荒源古殿锁寒烟，百万空劳九府钱。燕子不来春又去，仙人应笑住无缘。一轮斜日挂林疏，正是萧萧落木初。不忍回头向山别，笋舆时学倒骑驴（下山逢险峻处舆树倒抬）。

回龙殿：在老君殿下，云沐驸马以山势险峻，预建于此。成祖竭天下财赋，以建武当，终未尝一临幸焉。

1748 玉虚宫

蔓草掩荒圩，琳宫问玉虚。螭蠡埋碧瓦，狐兔穴丹除。烽火消沈浚，冰霜剥蚀余。双碑犹屹立，认是胜朝书。

玉虚宫：在山之东麓，宫殿巍峨，丰碑岿然，记胜朝开山功德，然亦荒落。

1749 自在庵

一 宿自在庵

雪在旁山月在宠，酒香茶味梦中酣。醒来一觉何清美，方信身眠自在庵。

二 赠郭道士

苍苍暮色入平芜，策马郧来独问途。岩观未逢张邈遢，草庵又见郭长须。七真以外传仙派，三昧之中味道腴。谈到平生得力处，八仙早学邀兵符（谓太子坡张道士。道士为明刘大隐嫡传，不在七真庵派内，属余再编行派二十八字，以永其传）。

自在庵：松竹潇森，门境幽绝。有郭道士淳章，豪侠好善。少年曾集众设寨，御教匪。人比之房长髯，呼为"郭胡子"。为余言，入山避寇，携四两盐胜携三斗米：凡草木叶着盐皆可煮琴食也。

1750　老营宫

碧藓埋残础，丹房冷劫灰。楼余钟鼓在，人傍水云来。古寨佑林麓，荒
畴开草莱。卖符真下术，莫被世间猜（时有骚道人卖符愚民，余为拽禁之）。

老营宫：殿为教匪所毁，仅存钟、鼓二楼。旁一小寨，道人居之，又一
寨在道旁。山顶若井栏然，望其宫名，土人称之以此。

1751　沧浪亭

均州城北十五里，渡江乃涉沧浪水。沧浪之水清且沘，沧浪之高在中沚。
嵌空老屋三两间，函箓寒花自清美。停桡欲作亭中游，亭中香火今何祀。但
云中有水仙王，模糊不辨真名氏。吁嗟乎！汉水东流东复东，古今清浊常不
在。濯缨濯足任人为，合祀高歌一孺子。

沧浪渡：在均州城北，凡北来者，必经此渡汉水。

1752　天柱峰顶

一　绝顶层谒真武像

玄帝威灵镇太和，高封元凰势巍峨。三楹铜殿光犹曜，七尺金身劫不磨。
宸翰高悬晖日月，众山环拜伏蛟鼍。合崇祀典同恒华，漫把名山说谢罗（康
熙乾隆间，皆御赐匾额。谢允为罗令，后隐此山，故武当一名谢罗山）。

二　古铜殿

（元时所铸）武帝父皇起北方，两朝崇祀典煌煌。只缘旧制规模小，移置
前峰岁月长。风劲定宜铜作瓦，山高东许石为梁。小莲华顶瞻枢极，合是真
人古道场。

天柱峰顶：围以紫金，城用石砌，殿用赤铜铸，恐为天风所吹也。前为
小莲花峰，元时铜殿移置其上。城东西北三门皆闭。惟南门可入，旁有灵官
殿，亦铜铸。

附：问灵官二首

道光三年（1823）九月朔，山中踬毙数人，遂有"灵官鞭能杀人"之谣。余至绝顶察其地，石磴陡峭而滑，雨雪尤易颠踬，因作《问灵官》诗，以醒愚俗。

耳目之官各有司，天君有主始灵奇。世间幻作灵官相，也合为人设教施。一鞭高举瞰红尘，赤发朱髯两目嗔。威福自由天作主，岂容无罪杀平民。

1753　游天柱峰后

既拜真人像，还游天柱峰。峰后得奇境，振衣吹天风。仰瞩开眼界，俯瞰拓心胸。分疆豫楚那复辨，青苍一气浮空蒙。黄河之水天上来，咫尺想与银潢通。更指泉流汇汉沔，奔赴曲屈如游龙。群山万壑聚远村，近郭迷云封□□。胜朝厄运际阳九，西马蹂躏井间空（流寇献忠犯豫楚，民闻昼夜惊，曰："西马来矣。"）。天家骨肉惨福德，何论甲士悲沙虫。枯骨已埋衰草白，战血几染斜阳红。我朝休养数百载，山川草木含葱茏。昨于峰腰见白雪，平畴麦脚占年丰。我今于得兼览志，作诗聊以记行踪。北条南纪眺河汉，舆图历历指掌中。放眼更思乃州外，苍花自苦目力穷。回头一笑问羽士，何年跨雀游伊嵩。

天柱峰后：殿背有一石，可登眺俯瞰豫楚，诸山如蚯蚓蜿蜒。虺蛇屈伸。黄河如带，汉水若线。惜不过三十里余，觉迷漫一片。

1754　落帽峰

羽衣空想乘黄雀，絮帽依然堆白云。笑我乌纱吹侧侧，临风惜少孟参军（欲挈王香雪，同行不兴）。

1755　宿天柱峰下夜半闻笛声

放头一觉天柱峰，夜半忽闻叫苍龙。笛声入耳高欲裂，梦鬼惊醒呼咄咄。得非仙人跨鹤采，邀我月下相徘徊。赤松在前黄石陪，麻姑晋酒钟离杯。

洪崖拍肩笑口开，示以长生不死之良药，令我千秋万岁离尘埃。鸾飙凤举，鹓行鹭序。还我少年，携我素女。任我所之，毋囿我心。我心不乐还自猜，生非仙骨不得久蓬莱。我闻上界神仙亦官府，小人有母未敢以身许。仙人不怿，笛亦将歇，悠然而止，其声清越。举头但见峰顶月，数星耿耿横斗阙，天风吹衣动毛发。

落帽峰：在天柱峰前，相传汉前将军戴甑生仙去，落帽于此。实则山形如帽耳，俗呼三山为香炉、蜡烛峰。

1756　磨针井望天柱峰

一峰高出众峰巅，七十二峰都插天。隐约遥知前夜雪，苍茫半没尔时烟。何人铸鲲黄金殿，此地磨余白水泉。我亦不负功力苦，定拼兰足扣元元。

磨针井：入山第一景也，适与天柱诸峰相对。日光照耀，望七峰宛如冰玉削成，土人曰："昨夜山中已飞雪矣。"

1757　太子坡

我思太子名，乃自春秋始。今登太子坡，太子知谁是。偶然询乡人，云似明成祖。借问所似在何许，伏犀日角状如虎。感之乃叹明高皇，独当北面知燕王。称其才智颇类朕，授以重兵防边疆。维时四海干戈戢，东门忽对群臣泣。懿文已薨秦晋殂，论长亦可燕王立。众口仁朋颂太孙，太孙首建削诸藩。智空晁错倾囊计，心苦高巍论事言。吁嗟乎！误国齐黄徒一死，李九江直纵绮耳。不容原庙进龙香，终见城门飞燕子。三百年来王气终，钟山昔日吊遗宫。偏颀月落悲疑墓，何处荒庵问白龙。坡前古庙同寥落，犹说燕王当日容。

太子坡：在卷旗峰下山中稍平坦处，庙范明成祖藩邸时像，故名。成祖未尝为太子，其说不经。入山再宿一宿也，自坡以上不堪舆骑，须弃小竹兜以行。有张道士，年八十余，与谈，似有元理。

1758　渡剑河作

剑河径行仄，上下十八盘。山势殊幽峭，山气尤清寒。万水流岩漏，浅雪栖林端。与挂一壶酒，冷酌亦自欢。

剑河：天柱峰之水一出郧阳，一出均州。河为山南之水所汇归处。沿溪行，上下十八盘，地极阴森。

1759　紫霄宫

紫霄宫殿自重重，刻有枯藤系古松。我欲腰缠一枝笛，月明如海访三丰。

紫霄宫：张三丰栖隐处，宫已荒落，有古松一株。凌霄花缠之，斑斓可爱，云是三丰手植。回视来径，已半没白云中矣。

1760　南岩宫

笋舆曲曲历万阶，暂停仙厨饭小歇。白屋三间金盖石，丹灶两字当摩崖。身从黑虎桥所至，蜕想黄龙洞里埋。得处再逢涉天地，洗心石好净于楷（中有石室）。

南岩宫：适当山之中。石多砢礴，殿宇宏丽，再宿处也。有舍身岩、洗心石、梳妆楼，明驸马沐昕丹书"南岩"二字勒石。是日，岩以南多晴，岩以北雨，故画中及之。

1761　金仙洞

峭壁矗天立，云下多厉阴。虚亭积寒聚，小坐源衣襟。玉茗空际来，修绠悬千寻。何必问药灵，药即去清我。签仙不可援，年听松风吟。

金仙洞：洞在山腰。峭壁千仞，上有楼观，悬长绳卖丹药。上下适转轮，过客至亭中，道士则烹茶及火具罗置筐箩中，坠以下。药名书小竹签，系青帙签上，即知所买药。辗而上，顷刻复下。濒行，置茶其筐箩中，能自取之。黄龙、五老、雷神诸洞皆然。

1762　黄龙洞

言访谢仙迹，足躐黄龙洞。径削壁若梯，洞深黝似瓮。时有清风来，幽篆作鸣凤。人生天地间，愦愦一大梦。欲谢不胜谕，百岁太偓偬。即君遗蜕存，亦复成灵哄。饶经八万劫，言诠总凿空。我欲叩黄龙，飞剑协难中。但问我师禽，洞门调清哗。

黄龙洞：谢天地遗蜕存焉。谢天地者，不知其姓氏，见人但说"谢天地"三字。

1763 头天门

悬崖撒手问谁能，引乐初枨到上京。山老青天寸尺五，云铺白祭已千层。眼中路有龙湫挂，足座浑忘雁路遥。七十二峰都在望，得来升境似吾曾。

头天门：有绰楔，题曰太和仙境，山脊望二天门，石级如悬崖瀑布自天直下三千尺。

1764 二天门

层峦岌闼排，飞梁百泉注。屴峛横怪峰，扡枒阻奇树。本至洗心榴，始见梯云路。仰观欲脱帽，乍登未窘木。石栏扶钱锁，钱聚六州铸。蓝舆渊明弃，蜡屐康乐怖。历级未及三，两足得沉痼。讵能逐猱升，遑敢追鸟度。幸许腰缠夸，聊当跨鹤去。前挽复后推，端赖群力护。上竿鱼此艰，旋磨蚁同附。手牵修绠牢，踵怕滑苔杆。少憩喘如寸，疾进趋前鹜。悯彼役克劳，心焉我仆顾。渐高境愈危，旁晚身恐仆。临崖叹路返，缩足势难住。且逐烟霞积，拼特性命付。弩刀向虽前，纵等壑烟赴。回视所束径，半后苍苍雾。涯去天柱峰，更东云封处。

二天门：过洗心桥，石磴如梯，两栏皆缠铁索，便人扳援。至此虽小竹兜，亦不能累矣，以布系腰，藉人牵挽而上。

1765 三天门

石砂纡回绕碧空，踏来云路已三重。千山日色途为鸟，万壑风声阁暮钟。近接楼台逢鹤侣，喜看斥堠静狼烽。今宵好向仙坛宿，全倚苍藤七尺筇。

三天门：坡陀盘纡，势极陡险。设有泛房道士连客于此。

1766 五老洞

峰峦簇簇欲摩天，半锁烟云半锁泉。我欲弹棋问五老，不知一着竟强先。

五老洞：五峰并峙或名焉，云见五老人围棋于此，道人附会之说耳。

1767 晓发襄阳

襄阳地势接南阳，小队兵从古寨扬（占寨城，战国时楚筑以备秦，在均州）。一路旌旗会载雪，三年鬓发又添霜。书声入耳期文化，山色迎眸说武当（今岁于郡属设义学七十余处，途中颇闻书声）。解道清时无伏莽，也须问俗遍穷乡。

1768 宿谷城石花街

寒日马前落荒街，宿石花路当三县（要路为保康、房县、均州交衢，城傍一溪。斜街有土城山，寺颓，金碧村）。民荐酒茶老松如，解语枝上噪归鸦（时与韩梦云谈诗）。

1769 韩梦云（学海）见和叠韵为赠

自是昌黎子（梦云为桐上大令第三子）。诗成舌粲花。剧怜才磊落，翻笑字横斜。远道风兼雪，清谈酒胜茶。来朝山径滑，晴旭盼金雅。

1770 均州道中口占二首

磴道纡危牵挽劳（土人例以长布挽官舆），划分均谷一山高。我来大界山头望，寸土何曾有不毛（绝顶穷崖尺寸之土，罔不开垦）。

小界山连大界山，山山垦剩石粗顽。偶然小憩偏成趣，修竹人家浅水湾。

1771 宿周府茶庵（明河南周藩建）

此庵不解属吾家，门牓何因又署茶。丹桂尚留前代树，（庵有丹桂四树，甚古），棚梅空忆上仙花（前州牧张闿楹贴："蚕乡方外留丛桂，何不山中种棚梅"）。当阶杉桧参天立，向晚钟鱼入耳哗。醉后题诗付老衲，使君有句莫笼纱。

1772　自大柏村度火龙观宿曹家店

主人旧相识，要我村中食（王处士明远，乡里称善人）。策骑复前征，聊息舆夫力。缘溪屈曲行，不离一水侧。渐入两山间，但觉四围塞。小桥庋木朽，巨石当路峙。从者各零散，取径愈逼仄。豁然开平圹，茅檐习耕织。喜闻长官来，道左望颜色。笑问火龙以，遥指村树北。呜咽寒流微，嵯峨瘦峰即。洞中石愈奇，不计千万亿。大者如屋高，立者如笔直。聚若群羊眠，崩若怒马勒。中有大方石，我心独记忆。思欲镌题名，仓猝殊未得。一山如蒜形，蓬然而尵屴。一石如帽形，昂然而岸帻。马瘏力不前，境险心孔恻。宛如磨蚁旋，又恐镜鸟臭。古观当山峡，停骑复休息。乃知势若龙，蜿蜒辨均淅（观当均淅交界处）。言寻下山路，投店已昏黑。

1773　自曹家店至四峰山之土地岭会巡

前队已遄发，叩户催夙兴。肩舆嫌未稳，骢马犹堪乘。水转西北流，境与日昨仍。山势益奇僻，妙画悉难征。瘦或如饿鸥，雄或如苍鹰。众穷蜂窠集，细裂榴房凝。一石碍帽檐，倒挂如枯藤。行者偶叫啸，空山作人应。岩阴垂水箸，白龙须棱中。

1774　有响水洞喷水，水势奔腾，旁有虾蟆，泉苔发披鬇鬤，沿流多瑶草，葱翠不畏冰。

自响水洞里许，水草常青。一转就捷径，鸟道如悬绳。怪石何粗劣，蹀躞艰攀登（其质类砖瓦之碎千层，居人以盖屋，可省茅索缒）。老树学人语，教作猿猱升。出险履平易，遥望丹水城。旌旄蔽山麓，县官已前迎（时南阳太守廖邵庵同年，因事转委淅川县。庆令代巡，不见同年）。

1775　过小茯苓村义塾为刘生（希稷克勤）赋

养蒙崇正学，家塾克先敦。屋有诗书气，庭无鸟雀喧。弟兄棠棣树，小大茯苓村。迂道来相访，殷勤细与论。

1776　重过习氏草堂赠习生（伦理）

习生能养性，氏族重襄阳。汉晋春秋在，羲黄岁月长。均东开别业，池北有祠堂（余小潏复习家，池畔有祠，习氏子孙重修未竟）。两载重相过，山茶品异香。

附：叶道人诗

小庵说建自宫家，懒道无能解煮茶。雨后荷锄寻药草，雪中邀客问梅花。青旗两度逢君过，丹桂千年绝世哗。莫笑吟成蔬笋气，瓣香早把墨笼纱。

1777　叶道人年近二十，问字于余。即拈诗中"问梅"二字字之，赠二十八字

雪中邀客问梅花，仙句如君亦足夸。摘取问梅为小字，好将诗学世其家。

1778　磨针井望天柱峰

一峰高出众峰巅，七十二峰都插天。隐约遥知前夜雪，苍茫半没午时烟。何人铸就黄金殿，此地磨余白水泉。我亦不负功力苦，定拼兰足扣元元。

1779　太子坡（坡在玉清岩）

展旗峰下有太子庙，居人称其像肖明成祖。成祖未尝为太子，亦未尝至武当，此说似不经。然读明史，成祖尝敕建武当紫霄、五龙、南岩、遇真诸宫，又敕嗣教真人张守清，建武当紫云亭、紫金城。成祖于此盖不啻三致意焉。王凤洲《武当歌》云："黑帝不卧元真宫，再佐真人燕蓟中。乾坤道尽出壬午，日月重朗开屯蒙。人间大小七十战，一胜业已归神功。"后人谓靖难兵起自壬午，凤洲此诗实指成祖而言，则庙貌所由来非尽无据也。登眺之余，爰赋长歌以慨之。

我思太子名，乃自春秋始。今登太子坡，太子知谁是。偶然询乡人，云似明成祖。借问所似在何许，伏犀日角状如虎。感之乃叹明高皇，独当北面知燕王。称其才智颇类朕，授以重兵防边疆。维时四海干戈戢，东门忽对群

臣泣。懿文已薨秦晋殂，论长亦可燕王立。众口仁明颂太孙，太孙首建削诸藩。智空晁错倾囊计，心苦高巍论事言。吁嗟乎！误国齐黄徒一死，李九江直纾绮耳。不容原庙进龙香，终见城门飞燕子。三百年来王气终，钟山昔日吊遗宫。偏颁月落悲疑墓，何处荒庵问白龙。坡前古庙同寥落，犹说燕王当日容。

1780　渡剑河

剑河径行仄，上下十八盘。山势殊幽峭，山气尤清寒。层冰滴岩漏，残雪栖林端（自剑河以上始有雪）。与挂一壶酒，冷酌亦自欢。

1781　紫霄宫

紫霄宫殿自重重，剩有枯藤系古松。我欲腰缠一枝笛，月明如海访三丰。

1782　南岩宫

笋舆曲曲历层阶，暂借仙宫饭小斋。白屋三间金盖石（中有石殿），丹书两字尚摩崖（南岩二字为明驸马沐昕书）。身从黑虎桥头过，蜕想黄龙洞里埋（谢天地埋蜕黄龙洞下）。何处再逢谢天地，试心石好净于揩（中有石室）。

1783　绝顶谒真武像

北帝威灵镇太和，高封元岳势巍峨。三楹铜殿光犹耀，七尺金身劫不磨。宸翰高悬辉日月（康熙乾隆间，皆御赐匾额），众山环拜伏蛟鼍。合崇祀典同恒华，漫把名山说谢罗（谢允为罗令，后隐此山，故武当一名谢罗山）。

1784　古铜殿

元时所铸。明成祖以规模未甚宏壮，迁于小莲峰上。

武帝文皇起北方，两朝崇祀典煌煌。只缘旧制规模小，移置前峰岁月长。风劲定宜铜作瓦，山高未许石为梁。小莲华顶瞻枢极，合是真人古道场。

1785　金仙、黄龙、雷神、五老诸洞皆悬长绳卖药，榜曰"天下驰名"，诗以嘲之

老屋数椽嵌石洞，悬崖百尺挂金绳。欲将丹龟烧残药，卖得名驰天下称。

1786　棚梅祠

祠前古树三株，一为杉二似松，而本似桧旁多蜡梅。

老梅何年依路栽，棚梅祠畔几徘徊。舆人偏解寻仙意，指蜡梅花当棚梅。

1787　我师禽

太和山地小乌，碧衣绀嘴，每暖辄呼"我师"不止。

山中有小乌，日日呼"我师"。师在此山中，问君师是谁？

1788　饭老君殿

我从天柱峰头下，足底曾飞五色云。谈道未逢关令尹，采芝谁遇戴将军（戴甗生为汉前将军，后隐武当得道）。青山一角留荒殿，丹龟千年祀老君。分得炉中一粒粟，饱看天地自氤氲。

1789　入山役民挽舆，余酬以钱，不受，感而赋此

峻岭巉巉远接天，邪呼牵挽始能前。樵夫恰有烟霞气，笑谢人间犒劳钱。

1790　玉虚宫

蔓草掩荒墟，琳宫问玉虚。螭蟆埋碧瓦，狐兔穴丹除。烽火销沈浚，冰霜剥蚀余。双碑犹屹立，认是胜朝书。

1791　自在庵赠道士郭焕章

苍苍暮色入平芜，策马归来欲问途。岩观才逢张邂逅（谓太子坡张道士），草庵又见郭长须（人呼为郭胡子、房长须）。七真以外传仙派（道士为明刘大隐嫡传，不在七真派内，嘱余续编行派二十字），三昧之中味道腴。谈到平生得力处，入山早学避兵符（曾筑堡御邪匪，屡遇贼，不为害）。

1792　宿自在庵

雪在遥山月在尨，酒香茶味梦中酣。醒来一觉何清美，方信身眠自在庵。

1793　谢赠四叶参

寻梅我见三株树，采药人贻四药参。共道仙山开辟后（山自乾隆十九年许民入山开垦，居民悉种杂粮，伐树木殆尽），青芝黄独不堪寻。

周　凯

1794　武当歌

武当峨峨柱插天，有真武神栖其巅。黄金为殿玉为宇，七十二峰相钩连。九泉灌注通沔汉，八宫来往皆神仙。冲风踏雪我曾到，未登绝顶心缺然。闻说春风三月三，紫山士女争喧阗。祈福获福寿益寿，求子生子钱得钱。羽流经声彻霄汉，□檀香气喷云烟。黄龙（洞名）卖药夸神效，乌鸦得食侈高骞。焚顶先拜老君庙，问心独怕灵官鞭。吁嗟乎！问心独怕灵官鞭？曷不归循尔分、耕尔田，酒食跪进父母前。

王柏心

1795　和子重雨坐武当宫竹间亭

空山君独往，意适欲忘言。杳与古初会，不闻风雨喧。时吹一铁笛，上激颓云翻。倪见浮邛鹤，翩跹入九阍。

王柏心（1799—1873），字子寿，号螺洲，监利（今湖北洪湖）人。道光二十四年（1844）进士，曾任刑部广西清吏司主事，主荆南书院。无心仕途，辞官还乡。著有《导江三议》《清画家诗史》。

佚　名

1796　北辰宫故典歌

关心跋涉路悠悠，三诣武当去告求。帝鉴真心随回殿，香烟缭绕邪踪休。

范明宗

1797　咏太和山

予半生官游楚中，每注想太和，以不获一登为恨。比年承乏襄城，瞻礼颇近，乃军供络绎、疲民煎熬之不暇，登临之兴旋消，怀恨更十倍于前。近者新志告成，览图漫赋，少抒高山流水之想，并为异日登太和之符券云。

其一

廿载驱驰楚地劳，洞庭遥封太和高。香炉篆接穿云路，丹灶铅飞点雪涛。思挟胜情勤仰止，怀深民病阻游邀。攀跻终拟凌天柱，手摘星辰一啸号。

其二

太和无朕象冲融，元气何年辟混蒙。一柱擘成苍玉亚，六鳌擎插绛霄空。高清俯受龙唇雨，直下平临鹤背风。争取从留天咫尺，飞仙欲语就帘栊。

其三

铁锁危攀竟沆寥，紫垣香气隐层霄。岷嶓坐镇还司北，翼轸当躔却应杓。五色云端蜺拥节，九重天畔风谐箫。自怜肠胃皆尘土，弱水微茫几见招。

其四

梯云蹙蹬敢辞艰，崱屴连峰几度峦。小九州中双岱岳，大千界内四神山。绣屏锦石何工画，曲涧幽花作意斑。多少朝宗邀福利，阿谁看到碧螺鬟。

范明宗（生卒年不详），曾任湖北襄阳府郡守。

贾品三

1798　正月望九日游沧浪分咏

危亭高耸乱云巅，孺子歌曾石上镌。绿水潆洄深浅涨，春风摇曳往来船。鱼游波面全如意，人坐镜中半若仙。千古沧浪留胜景，濯缨濯足乐陶然。

贾品三（生卒年不详），湖北均州（今丹江口）士人，曾任襄阳郡守。道光九年（1829）与王和斋、王丽川等结"兰心诗墅"。

1799　远山秋眺

四面山齐出，廖空入望晴。一天云影淡，匝地日华明。野岫岚浮润，秋郊露滴清。听猿啼不到，放鹤唳添声。霞落峰孤耸，烟销树遍横。参差如有约，万笏拱瑶京。

1800　元和观雷神洞咏桂

万籁清明彻碧空，留人半是桂花风。几分秋色丹丘外，一种天香古洞中。不问春秋枝叶翠，常看朔望蕊华红。应知此树非凡植，多在仙家捧玉宫。

沈吉庵

1801　净乐宫

均阳八景暨太和八景诗，前人之作备矣。而净乐宫亦胜概也，近之作者寥寥。余初通音韵，敢云媲美前徽，亦仅以志阙疑云尔。

壮哉麇子城，宫殿威且武。畴纪此庙名，净乐称自古。此宫创何年，大明重葺补。碧瓦覆丹楹，阁轩不可数。东耸紫云亭，更衣立西户。御书楼中藏，砌楞石如堵。曲径幽且深，步趋不着土。洞门豁三三，华表镂怪貐。松柏色苍苍，数围荫园圃。六龙飞屋角，中有神人处。蓬首厂圆光，跣足着袯襡。此神亦何名，说是真武祖。护法领群真，威灵谁敢侮。君不见，东建忠勇祠，祀典几与伍。又不见，年年来朝人如云，熙攘不记秦晋鲁。朝罢归来欢复欢，逢人道是神仙府。神仙之名不可名，伊谁适游伊谁睹。

沈吉庵（生卒年不详），均州（今湖北丹江口）士人。"兰心诗社"创办者之一。

1802 过元岳门

道仙乡南六十里，石门高耸周道砥。檐题四百透玲珑，治世元岳存其旨。斯门石质坚且佳，上镂云鹤窨无底。共道修来本神工，工工创建果何以。想为元武树尊严，睡此岩岩重瞻视。不然何以丽而华，百尺龙门足可拟。我今拾级频相过，足为盘桓心为喜。

1803 周府庵竹林野鹤

千竿绿竹接云山，野鹤无心意颇闲。举趾拟将鸿爪印，引吭欲白蔚兰攀。来从缑岭骖仙客，去住渭川露玉颜。甲乙庚辛相映处，半姿劲节自相关。

1804 上元

岁朝今过月中分，远近齐瞻火树云。宇宙人游不夜夜，楼台客醉半曛曛。星桥踏遍星光灿，宝马飞来宝炬芬。王母嵥嵘初咋枣，云鳌双凤佐鸿文。

1805 中元夜观河灯

中元月夜荡轻舟，万盏银灯逐浪流。断续影随萤焰远，抑扬波助水晶浮。花生火树星辰暗，坛步虚声鬼厉愁。蛱蝶灰飞来野祭，祥光无限烛冥幽。

1806 正月十九游沧浪亭

嶓冢流来东渡东，翼然亭峙汉江雄。波光逗绿山围带，竹坞留青谷啸风。春暖鱼游金镜里，昼长人醉小楼中。虚窗四壁开生面，盈耳歌声听始终。

张印槎

1807　雨中春树万人家

万家烟火雨蒙蒙，树外去连凤阙通。暗柳明花迷远近，望衡对宇觉朦胧。碧薆半露参差际，青闳周遭羃䍠中。一幅画图归墨染，天然直挞米南宫。

张印槎（生卒年不详），号宗源。清代武当山道士，"兰心诗社"创办者之一。

1808　步沈学师（铁庵）先生拟太和山元韵

绝顶登临天上行，山封太岳旧遗名。松杉亘古环苍岱，楼阁巍峨耸碧嵘。蜡炬光明朝日焰，香炉烟散暮云横。从今拟得丹丘信，底事人间说步瀛。

1809　雨中春树万人家

䍠历层阴一望赊，无端风雨遍天涯。轻烟横锁高低树，薄雾空蒙远近家。四壁青山翻米本，满江绿水泛桃花。参差柳色浓如许，漠漠千门护碧纱。

1810　正月十九日游沧浪亭

孤亭今古枕山隈，水秀岚青绝点埃。泛泛渔舟歌渚岸，层层松翳影楼台。春阴未觉莺声啭，柳媚还宜淑气催。萃我同人同览胜，珠玑咳唾愿成堆。

1811　兰心别墅偶成（十绝）

一

悟真庵后小亭幽，今为兰心别墅留。知是主人饶韵事，同声相应气相求。

二

三年曾此访待俦，满院香飘桂子秋。景物侬我成胜慨，亭中有句足风流。

三

吟坛分驻太和西，每到此间即咏题。合有仙人常捧烛，无烦太一夜燃藜。

四

洞门甫绕暮云青，户后山光列锦屏。密护玻璃窗六扇，留看夜日透疏棂。

五

殿阁巍巍倚碧空，通明座上瑞云红。珠帘卷处凭栏立，近水遥山入望中。

六

夕阳岭外唱樵歌，远浦渔人晒笠蓑。一幅画图谁写出，青山横锁白云多。

七

百尺飞泉隔岸嘲，游来世事觉全抛。月明松杪元关寂，鹤带山烟人旧巢。

八

石洞云深鹤梦闲，空林有鸟唤关关。从朝赌酒惟通夕，一醉何妨倒玉山。

九

风月襟怀迥异常，任凭诗酒乐相将。青山不解骚人趣，暗笑诗狂若酒狂。

十

会仙池馆集幽人，传道蓬壶有几春。一曲霓裳偕唱和，陶然忘此昔年身。

王家驹

1812　上元

岁岁金吾放夜来，赤城火树杂星开。谁家月逐鳌山过，何处仙迎凤辇回。荆楚俗中门插柳，上阳宫内曲传梅。明朝有约沧浪去，玉漏铜壶总不催。

王家驹，生平事迹不详。

徐辉山

1813　秋夜自在庵联句

露滴新秋下夕阳，轩临皓月漏初长。飞萤点点寅窗媚，野竹森森舞荫凉。才听蛩声喧北牖，忽惊松韵过东墙。沽来渑酒频君酌，筹献樽开夜未央。

徐辉山（生卒年不详），清代武当山道士，"兰心诗社"创办者之一。

1814　沧浪晚归

沧浪同览胜，四面敞轩窗。翠岫环千树，空亭枕一江。林归知候鸟，竹隐吠人庞。正拟描如画，归来月满艭。

1815　咏别墅

庵曰悟真古有名，锦屏山下洞云横。亭依桂苑招诗侣，墅结兰心远俗情。别致偏宜松鹤近，同人最爱竹梅清。分拟妙句抒怀愫，一字一珠定品评。

周莲斋

1816　雨后登锦屏山闲眺

雨洗西峰净，登临一望幽。白云飞古岫，红日照江流。树暗鸣禽得，山空韶客留。行行依古磴，曳杖听钩辀。

周莲斋（生卒年不详），清代武当山道士，"兰心诗社"创办者之一。

1817　北郊闲眺

舒吾泉石癖，曳杖北郊行。道远通秦境，江流远楚城。天空翔鸟翼，岭峻泪猿声。蹀过溪桥去，桑阴看耦耕。

1818　咏别墅

别墅空林外，骚人日起居。苍松眠鹤鹭，玉案列琴书。月白临窗静，风清入座徐。倚栏闲咏眺，翠竹接青虚。

又

锦屏山入画，山下道人家。客啸亭中月，禽栖树外花。几层青嶂合，一径白云遮。到此情偏畅，挥毫兴自赊。

1819　正月十九日游沧浪亭

春来邀客荡轻舟，共向沧浪览胜游。四百云山皆画本，一时唱和尽诗流。

亭中长啸风生谷，醉里高歌雪满楼。乘兴悠悠忘日暮，沿江渔火照汀洲。

单懋谦

1820　秋日登均阳沧浪亭有感

沧浪亭上倚危栏，**蠹蠹**孤城对面看。斜日远盘千嶂落，澄波深储一江寒。升平不敢论形胜，匡坐尤思策治安。闻道鲸鲵横夏口，东流谁与障狂澜。

单懋谦（1802—1879），字仲亨，号地山，湖北襄阳人。道光十二年（1832）进士，官至文渊阁大学士。赠太子太保，谥文恪。精诗词，工书法。著有《岘云山房遗稿》。

汪士铎

1821　寄计芾村光化

辩才未若公孙衍，剑术未讲鲁句践。旗亭酒熟结客尝，秃鬓敝衣双足茧。少年待诏金马门，不肯低头事恭显。马前长揖大将军，舌泻银河洗兵燹。徙戎有策适不用，徒涉荆扬豫徐兖。

汪士铎（1802—1889），字梅村，南直隶江宁（今南京市）人。出身破落之家，以经商、游幕、接徒为业。清末历史地理学家。著有《汪梅村先生集》《汪悔翁乙丙日记》。

1822　谒归荷筱武当山冢

毛锥师善卷书来，眷眷重守分似为。清时惜轩冕峰峦，无恙白云多舒卷（无心为君勉）。

王和斋

1823　拟游武当和沈铁庵先生

太岳之峰元武当，王遣巨灵故开张。昔闻有神未遗像，虚设坎位配中央。

兹山绵亘八百里，七十二峰天柱强。历朝崇祀莫纪极，惟见大明隆典章。成祖神威膺国祚，即以法相像严庄。辅翼诸臣灵官位，道家托言净乐王。平生未多踞险岭，两次游山道阻长。朝夕参麓面壁立，细摹诸峰如在望。放怀天地气磅礴，恨不兴兴诗俱将。山川秀发成今古，若有人兮挹其芳。蒙君珠玉生咳唾，捧读如登剧为旁。自顾秒形吟坛坫，敢言觅句任奚囊。

王和斋（生卒年不详），名家驹，字道千，派名京镳，号和斋、月心，湖北均州（今丹江口）人。拔贡生、襄阳府判。参与创建"兰心诗社"，为均州城诗人、书法家。著有《行述》。

1824 晓发元佑观（三首）

其一

肩舆叠磴下山腰，涧底泉鸣水几条。拱手长辞挥尘客，惟妨雨至趁晴朝。

其二

极目东云现日华，霎时烟雾互交加。前村渐走泥多泞，劈面飞来又雨花。

其三

闻说城垣堞未足，才过涧北即晴冈。抬头忽见封云起，准拟滂沱满廓凉。

1825 中元夜观河灯（二首）

其一

无边皓月正清华，秋思迢迢案酒家。醮设盂兰开水陆，山张宝盖错金花。浮江一叶波星照，蹴浪千灯黛岫遮。萧飒袭衣风乍爽，遥村渔火影横斜。

其二

集福中元共庆元，相传广设盂兰盆。星坛羽客纷迎醮，野祭村人欲断魂。赤壁轻舟会泛酒，江南水寺正朝尊。连宵灯火张京邑，秋兴直随月到门。

1826 大炮山阻雨宿李道士房

冒雨走山溪，油然四角齐。登时飞瀑起，顷刻暮烟低。北郭遥疑雾，东郊合见霓。言寻松舍憩，偶遇道房栖。款洽供茶酒，盘桓具黍鸡。跳珠盈径右，鸣涧过峰西。入耳钟声晚，当窗画影迷。年年游此地，并未岭头跻。

1827　上元

岁岁金吾放夜来，赤城火树杂星开。谁家月逐鳌山过，何处仙迎凤辇回。荆楚俗中门插柳，上阳宫内曲传梅。明朝有约沧浪去，玉漏铜壶总不催。

姚 燮

1828　赠无碍上人

搜烟直穷岩底树，千岁癯僧抱琴住。毗耶弟子三百人，一劫风轮了人趣。其住劫者不出山，习猿成性心黠顽。于中独有无碍子，气借云生骨木死。龙女善相供煮茶，枯藤□鼋开白花。珍珠撒手成碎沙，世间恩怨纠如麻。子忍低眉不相顾，鹦鹉娇啼狮子怒。无情风雨漂六天，谁抱元灯守灰炷。万千梦里孤钟鸣，担囊踏露人间行。峨嵋武当苦硗确，泰华中间地最平。奔云不搅黄河声，阅世归山上果成。不容饶舌参梵经，其息愈默机愈灵。指端一现莲华青，虚空妙乐移我情，我将师尔求无生。

姚燮（1805—1864），字梅伯，号复庄、大梅山民、复道人、野桥等，浙江宁波人。道光举人，以著作教授终身。文学家、画家，著有《今乐考证》。

贾洪诏

1829　郧县十景（节录）

武阳神洞

谁为开锡穴，神功记武阳。不劳疏凿力，竟普济时方。比呼占盈缶，丰年祝用康。生灵蒙泽久，福惠与天长。

贾洪诏（1806—1898），字金门，湖北均州（今丹江口）人。道光二十年（1840）进士，累官云南巡抚，晚年获赏加头品官衔，归里讲学于郧山学院。纂修同治《郧县志》、光绪《均州志》，著有《葆真斋集》。

1830 龙川八景（节录）

凤岭岩翠

凤岭苍苍近古麋，拂岩空翠净无尘。秋澄烟树诗情活，石染芳苔画意新。宿雨润含青秀耸，斜阳倒映碧嶙峋。峰峦不减岐山望，鸣盛端推掞藻人。

1831 太和山

天柱凌空峙，名山古号神。太和留胜迹，元岳集仙镇。磅礴群峰抱，蜿蟺一气伸。鸾笙横碧落，鹫岭绝红尘。福地祥烟护，灵台瑞霭新。日高吞泰华，云起接昆岷。蓬岛蟠青拱，蓉屏叠翠匀。会当凌紫极，万丈控嶙峋。

1832 九日登高

其一

秋色西来接武当，天开日朗见清光。登高畅叙生民乐，愿祝岁丰时雨旸。

其二

连句课成正徘徊，已到重阳菊未开。惟望满城风雨至，请樽期有可人来。

其三

培风翊运为科名，吉士思秋听鹿鸣。可许为霖孚众望，巍然天柱待谁擎。

其四

万景澄清际九秋，我今扶杖又登楼。开轩久待同心侣，摩汉临霄风力遒。

1833 丙戌元日立春口占兼抒老怀

其一

问余耄耋至何为，不负平生毋自欺。书读青年惭我少，心同白日只天知。检看省过忘群吠，扶正闲邪懔四维。义利关头领看破，能言千古奉吾师。

其二

星峤魁楼启大观，高瞻紫极五云蟠。龙山春色来天上，鳞角华文灿笔端。万里烟霞豁心目，层台花树压栏干。沧浪一水清如许，镜似江城画里看。

其三

吉光蔼蔼护山林，入座春风畅雅琴。高卧篷庐常抱膝，暖迎花树好披襟。图书静契羲农侣，松柏耐寒天地心。樽酒论文频剪烛，个中真乐杖藜寻。

张升鸿

1834　题《丰仙太和打睡图》

写出华胥调，神仙睡味浓。太和元气和，高卧白云峰。有伴皆眠鹤，无声即蛰龙。任人呼邈遏，积雪满寒松。

张升鸿（生卒年不详），字子远，号鹤庭，四川乐山人。

杨钟涛

1835　胡给事访张三丰

元鹤飘然下，乾坤间气钟。币书承帝命，云水访仙踪。踏破空明界，飞吟缥缈峰。一肩担日月，两眼认乔松。笠屐拼千里，烟霞历万重。观应金碧住，宫合玉清逢。十载风尘涉，三山石洞封。归来遗响在，派衍果犹龙。

杨钟涛（生卒年不详），字春平，号复停，四川乐山人，上舍生。

李朝华

1836　胡给事访张三丰

凤诏来丹陛，鸾车入紫烟。此行劳给事，何处访真仙。氏系推龙虎，光辉隐市廛。高踪如启敬，幻迹胜周颠。雨雪星轺冷，山河岁月迁。遍寻秦蜀路，踏破水云天。剑佩归三殿，风霜阅十年。建文同物色，鹤驾更飘然。

李朝华（生卒年不详），号秦宰，四川乐山人，外舍生。

李朝拔

1837　胡给事访张三丰

缥缈虚无际，行行访鹤踪。使臣拼千载，皇帝仰三丰。短褐长绦式，圆睛大耳容。烟霞高隐士，天地老仙宗。礼具书香币，言寻水石松。有人传跨虎，何处觅飞龙？踏破云千里，空经路万重。归朝谈幻迹，遗想入瑶峰。

李朝拔（生卒年不详），号萃岩，四川乐山人。

李岱霖

1838　元岳太和山九室岩三丰先生高隐处

元岳峰高卓万寻，至人曾卧白云深。千章古木峰丹嶂，一带寒烟护壁岑。洞口风清闲弄笛，松间月白照弹琴。只今三十六岩里，犹想先生金玉音。

李岱霖，约与李西月（李涵虚，1806—1856）同时代人，字云石，号桂圃、道霖，四川洪雅人，上舍生。与刘元焯等人为源出西蜀的大江西派、隐仙派重要人物。

刘元焯

1839　武当南岩三丰先生炼丹处集《云水诗》《玄要篇》句

流水行云不自收，一声长啸楚天秋。直寻世外千年药，忘却人间万斛愁。自是消空通沆瀣，常将冷眼看公侯。洞中藏得小天地，养就还丹跨鹤游。

又

面壁调神又九年，谁知幽客自陶然。黍珠一粒包天地，铁笛双吹破晓烟。节欲澄心澹神虑，埋名隐姓如疯颠。炼成大药超凡去，撒手逍遥物外仙。

刘元焯（生卒年不详），字叔纲，号灼庵、光烛、道愚、明阳，湖南衡阳人。

1840　咏史

明帝访三丰，十年不可得。闻在南山南，已往北山北。到处乐逍遥，奇名称邋遢。广莫即否乡，太和为我宅。是时方士流，自献何纷沓！先生愧励之，墨中独见白。天海落云声，风尘难物色。飞龙又潜龙，隐显谁能测？

唐训方

1841　平寇武当山后登金顶放歌

悬崖当空石壁立，高者如拱低如揖。中有斜径陡于梯，行云往来疏间密。咄嗟！南岳祝融高万丈，开云楼据五峰上。登临曾瞰众山低，兹山峻绝不容让。藐兹小丑狂悖逞，敢亵尊神据金顶。十室焚掠九室空，扶抱衣吁剧难忍。我提一旅荡阴霾，山神讶我天山来。抚掌大笑辄相约，五日扫净十日回。怪底神言果不谬，瓣香酬神神默佑。庐山许我真面窥，驱遣烟霞出群岫。吊钟台耸高楼东，天撑一柱摩苍穹。群鸦栖定众声寐，超然万象罗心胸。左为九成右燕子，双峰对峙如娣姊。牙纛高插曾几时，转眼清叙竟如此。檐钟忽响天凤鸣，乱拥奇峰云复行。蓝舆欲返兴未尽，倚崖长啸山魈惊。

唐训方（1809—1876），字义渠，常宁（今湖南衡阳）人。咸丰三年（1853）进士，累官湖北按察使、湖北布政使等。政治家、军事家、湘军名将。督修《常宁县志》，编辑《常宁诗文存》，著有《俚话征实》等。

龙启瑞

1842　咸丰乙卯孟秋，均阳旅寓（用陈简斋韵）

山城元气犹未凋，江汉下视星动摇。中原军士困采菽，夹岸人家多纬萧。身似犁牛畏鞭策，却恋云山久作客。此身何处不为家，犹为老农占月额。

龙启瑞（1814—1858），字辑五，号翰臣。临桂（今广西桂林）人。道光二十一年（1841）状元，官至湖北学政。音韵学家、文学家、目录学家，广西桐城派五大古文家之一。著有《经德堂集》。

吴仰贤

1843　金殿

言寻鹦鹉庵，乃在凤山侧。石磴引途长，筍舆穿箐密。初地峙山门，重关辟香域。佛亦专城居，崇垣势崱屴。眼明见花宫，照耀黄金色。谁凿铜山穴，来构梵王室。参差万瓦明，磨砻两楹植。藻井与疏寮，玲珑胜雕刻。中奉武当神，玉座颇莹拭。庭前五丈竿，大旗扬落日。居然范金为，非是通帛质。穹碑屹两旁，大书夸撰述。经始万历中，甲辰首载笔。伟哉陈中丞，持节抚南国。勇略伏猓猡，余威詟爨僰。三宣设八关，屯兵备缅贼。雄才足筹边，韦李乃其匹。惜哉侈心生，未免留口实。铜柱马援置，铜鼓武侯勒。克敌扬天威，岂恃象教力。况当神庙年，中外困掊克。殿工筹度支，矿使遍南北。滇中增贡金，数比旧额溢。辇石充山庄，购象备扈跸。要荒肆征求，帑缩糜千亿。以兹六诏民，愁叹废力穑。中丞亦慈祥，宝井役请息。乞哀一纸疏，读者尚心恻。奈何侈兴筑，物力不遑恤。竭此三品金，空为十地饰。即今厄红羊，战场浩荆棘。昆池灰再飞，阿房火未熄。兹殿类灵光，巍然可登陟。窗轩稍零落，父老为哽恶。酿金累锱铢，鸠工庀堂阈。毋使大厦倾，谓是明神式。我意独不然，狂论众所嫉。不见民苦饥，老稚葬沟洫。厂废鼓铸穷，那能振万镒。佛开甘露门，断臂且舍得。何惜方丈地，借为救荒术。巨炭炽红炉，新模就赤仄。弹指千万缗，散以助耕织。鸿嗷得栖迟，鹑衣救凛栗。徐议销兵气，农器铸亦亟。斯事实便民，余岂贪货殖。神鬼如有灵，罪谪誓不怵。

吴仰贤（1821—1887），字慕周、牧驺，号萃思、鲁儒，别署小匏庵，浙江嘉兴人。咸丰二年（1852）进士，历官云南迤东道等职，主讲武水鸳湖书院。诗人，主纂《嘉兴府志》，著有《小匏庵诗存》。

叶问梅

1844　上元（一）

玉龙御火出，铁锁映星开。万国笙歌奏，千声竹爆催。烛城天不夜，灯市地轰雷。尝胜添游兴，更阑带月回。

叶问梅（1821—?），武当山周府庵道士，善为诗。

1845　上元（二）

迎神白粥上元中，祈得蚕桑百倍丰。镇鼓喧阗春意满，楼台绮丽月华东。听歌胡女银花散，看要吴儿火树红。惟有藜光燃太一，终霄不废读书功。

1846　正月十九游沧浪亭

步出城东门，流观沧浪景。有亭俯汉江，苍翠来山岭。残雪崖际飞，绿竹蘸波影。长啸依古松，风归万壑静。同人竞留题，落笔妙思骋。

1847　绿树阴浓夏日长

一

林木森林霭画堂，阶前红日影初长。迎风绿树移清荫，隔叶黄莺嗓夕阳。欹枕琴书消白昼，畅怀诗酒瀹沧浪。晚来更有纤纤月，斜照光阴一味凉。

二

趺坐绿阴看鸟翔，薰风阵阵逗斜阳。山光指面晴岚润，天意困人夏日长。无数生机皆化育，有情佳景尽文章。兴来把酒敲新什，群只群些陋楚狂。

1848　谒客溪张少尉

夙佩西铭旨，存心抚宇勤。沧浪垂樾荫，桴鼓策功勋。惠化三春暖，仁风一郡闻。缣缃传世久，谲藻灿鸿文。

王采苹

1849　述哀

一恸对几筵，旧事感历历。吾舅官均州，十载多政绩。棠阴俨然在，樵牧勤护惜。斯时况多故，剽掠纷盗贼。孚信能足兵，清野在坚壁。捍御何辛劳，昕宵忘寝食。催科拙甘任，逋赋日已积。空余利济怀，宁免司牧责。改官赴信阳，捧檄嗟行役。能无折腰叹，感此暮景迫。引疾聊息肩，就养足怡悦。堂构喜克承，循良有贻则。武邑与蔡坡，弦诵同一辙。奈何爱日驰，五载去飘瞥。欢惊杳难追，兰寝断行迹。再歌《蓼莪》篇，呼吁亦何极。

王采苹（1826—1893），字涧香，南直隶太仓人，诗人张纨英长女，无锡举人程培元妻。书法风格近北魏，擅画翎毛花卉，李鸿章曾延为女教师。女诗人，著有《读选楼诗稿》。

蔡作梅

1850　忆沧浪

沧浪旧地今如何，绿水澄鲜漾碧波。自是欲归归未得，行云反觉赠愁多。

蔡作梅（生卒年不详），均州（今湖北丹江口）人，顺治年间贡生。

1851　方山晴雪

积雪初晴曙色寒，琼瑶深处见层峦，寻梅有兴登高径，纵目方知天地宽。

贾笃本

1852　咏武当物产四诗

楖梅

策杖陟南岩，古木翳幽壑。中有楖梅祠，门榜存约略。闻道真武初，与梅会订约。折枝插楜间，灵根于焉托。结实如可期，道成吾亦乐。天果鉴精诚，花实何灼烁。火枣与交梨，仙品宁兹若。昔明张司李，收采犹盈橐。持以赠商邱，笃廊供著作。我今访居人，此种已寥落。桃核杏实间，杳焉不可索。惆怅倚荒崖，斜阳下林薄。

灯心石

二仪何元妙，百产多菁英。植物以万计，奇异各殊名。巉嵲武当山，大德秉星精。物类适相感，寸草负坚茎。号以灯心石，苍然质晶莹。燃之不能尽，炮之还复明。实是九连炬，灯亦千年檠。比彼商邱木，荧荧火自生。取携用不竭，良足利编氓。愿言多采撷，勿以弱草轻。好共光明烛，遍照楚江城。

音乐鸟

巍巍天柱峰，超然绝尘表。林木既幽深，邱壑复窈窕。有客春山行，缓步乘清晚。忽闻仙乐鸣，仙音何缥缈。如抚锦瑟弦，尘壒为之埽。异哉空谷中，钧天奏琼岛。倾耳向丛薄，声乃出飞鸟。形与黄雀俱，呼群相环绕。省识半部乐，争栖在木杪。万籁岑寂时，啾唧殊了了。和以风泉声，清听真无恼。大可畅诗怀，良足涤尘抱。当年戴叔伦，颇谓听鹇好。倘使逻斯禽，心焉益倾倒。

灵寿杖

我读东阳歌，悠然忆灵木。仙岩早托根，蔓衍遍空谷。历岁一何深，经霜一何足。离奇挺虬枝，古雅真绝俗，良工甄厥材，聊作鸠杖祝。灵寿肇嘉名，名重武当麓。扶曳胜青藤，撑婆重绿玉。衰年得扶持，步履皆健速。香客四方来，珍购动成束。如采商山芝，如撷丽水菊。

贾笃本（太平天国前后生人），均州进士贾洪诏之子，均县城隍庙道士，纂修《均阳贾氏家乘》六卷。

1853　沧浪亭不戒于火，赋诗志感

隔岸俄惊劫火光，亭台瞬已付红羊。波腾烈焰鱼龙避，山触飞熛草木殃。一邑兴衰关气数，千秋名胜慨荒瀇。他时载酒重登眺，何处凭栏望水乡。

1854 登天柱峰顶敬谒真武二首

丹梯层累入天门，琳宇瑶宫兆帝尊。一柱高撑悬日表，万峰朝拱卫云根。范金殿古光常焕，抱玉岩幽迹尚存。夕霭朝晖神变化，名山终古镇乾坤。

晓登天柱喜新晴，放眼凌空万象清。偶倚危栏愁鸟堕，翻从下界听鸢鸣。俯看崖壑千重秀，遥指沧浪一带横。咫尺名山初陟览，兹游真不负平一。

1855 紫霄宫题壁二首

一带危峦列玉屏，琳宫近接佛头青。仙峰旗展天无际，圣水泉通地有灵。香火千秋传道远，梵钟五夜警人醒。好从老衲游方外，共订黄庭内景经。

曾闻胜地有丹邱，着屐重来正暮秋。四面烟岚神变幻，一天风雨劝勾留。金沙隐现灵泉活，石壁嶙峋古洞幽。何日尘嚣纷务了，养真得伴赤松游。

1856 谒真武顶宫

神贶亲恩感不禁，十年露祝击予心。琼林再宴熙朝瑞，绂冕重颁帝春深。聊语双楹悬碧落，瓣香五夜矢丹枕。真人似为鲰生语，展外风铃送好音。

抠衣重陟武当巅，玉殿金炉袅瑞香。澡雪一心神可格，跻云九顿礼维虔。徘徊天柱情怡甚，眷恋灵椿思黯然。底事尘缨仍缚我，不教栖隐奉金仙。

1857 浴佛前三日偕王润生登天柱峰敬谒真武

数百千年变局新，风翻六合莽烟尘。山城有幸依真武，匕鬯无惊佑下民。狼燧倘销荆楚界，鲸波永靖汉江滨。蜉蝣天地吾兹貌，也瓣心香谢福神。

1858 登卧龙台

独携谢屐叩仙关，到此徘徊怯险艰。拼力梯云多垒息，频挥汗雨湿衰颜。炉峰直附嵾山峻，石磴危于蜀道难。绝顶既临翻一笑，龙钟何事效猿攀。

1859 过太子坡

红墙屈曲绕岩阿，行路争传太子坡。殿宇已教归一炬，五云楼阁尚巍峨。

高阁处供斗姥灵，绕栏山色扑人青。异他老衲须眉古，解诵黄庭一卷经。

1860　乙未新正三日暮，紫云亭倏忽被灾，绣栭云楣瞬归一炬，山城名胜大有所关，地运之衰已可概见，赋此纪变

累木盘盘巧结亭，碧铜圆顶接天青。无端遽罹红羊火，从此山城失镇星。

五百余年缔造功，忍看一炬付东风。争传真武专司水，不忍神威制祝融。

曾传三月火咸阳，汉武惊心叹柏梁。兴废存亡都有定，难将消息叩苍苍。

汉亲唐玘废多，铜台金谷久消磨。亦知成毁关天数，其奈山成泄气何。

1861　重九前一日，邀视学吴信之诸友，登沧浪亭，归来既赋七律更唱迭和。次夜无寐，复成五律四首，以畅吟怀

清绝沧浪境，难忘旧日邀。云山千里敞，风雨满城收。乘兴先登览，高吟冀唱酬。凭栏一长啸，占尽楚江秋。

绿水怀清地，黄花傲节天。名亭今又到，风景宛如前。楸枰摹奇字，苔岑话夙缘。晚霞方散绮，诗思满崖巅。

缅昔依椿荫，年年逸兴豪。精神九旬健，笠屐五云高。埽径伸鸟哺，称觞奉醉螯。悠悠十三载，凄切咏莪蒿。

不尽登临感，江山历世多。壶觞容啸傲，岁月愧蹉跎。时局危如此，生民奈若何。荒陬幸秋稔，莫忆海扬波。

1862　重九日偕童新樵赴周府庵，道衲陈设香花供果

世局茫茫不尽忧，陆沉终古慨神州。山城且喜秋光好，聊作卢敖汗漫游。

闻道庵中夙有规，欣逢重九上供时。道流顶礼虔恭甚，应许香檀格祖师。

百盘花果一时呈，鹿鹤鱼龙结构精。自是传灯衣钵远，文章妙手悟天成。

儒道分途各有真，一心澡雪谢神明。撄情好爵非吾愿，猿鹤从兹漫笑人。

1863　重九日与童新樵同登周府庵玉星阁

年年重九事登临，今岁魁楼迹懒寻。恼煞鲸波遍寰海，聊从方外涤尘襟。

杰阁初跻眼界高，四围仙籁涌松涛。秋光如画天容净，佳节依然属我曹。

老树当阶叶蔽天，樨香闻处悟真禅。怪他根柢轮囷甚，知历秋风几百年。

1864　步方晓翁《九日登沧浪亭》韵

戎机付谈笑，雄眺俯山城。旧垒消无迹，新境振有声。河山容坐啸，江汉待澄清。虽为消兵气，光开日月明。无能暂烛武，多病慨休文。佳节酬尊酒，遥天莽阵云。贤侯何伉爽，举国尽沉曛。莫为军储虑，金银气正氲。

1865　兰秋中浣三日同刘立庵、苏光九、萧紫绨小憩沧浪亭

嵇阮相将赴约来，沧浪小集一尊开。逃禅意静人逾健，颂酒讹高世漫猜。颖士可能消俗障，阆仙敢诩负诗才。葭亲卢李知多少，难得同岑咏异苔。

1866　小春廿七日沧浪亭落成，偕诸姻好同往登临，赋句志略

霜晨冒冷出江干，瓦砾榛芜剧改观。丹刻翚飞今栋宇，翠烟螺髻旧林峦。濠梁结想惠庄乐，笠屐争游士女欢。腾迹重开心共契，一樽相对且盘桓。

1867　沧浪亭饯别季九

此去蓬莱振玉珂，一编经世要研摩。请思天变星飞雪，未必尘清海不波。筹笔会当作霖雨，洗后惟翼挽银河。君山忧国同怀抱，画日功成纪颂多。

1868　偶忆咸丰丙辰岁襄阳单文恪姻丈，避乱客均，曾登沧浪亭，题句爰步原韵

重跻高阁倚雕栏，旧碣新碑着意看。山径云开初展霁，霜天风劲不知寒。海鲸直撼垓埏震，幕燕聊怀旦夕安。几辈新亭增感慨，望洋无计奠横澜。

1869　和方晓众《沧浪亭题壁》韵，即以赠别

甘棠余荫偏山都，去去江城恋画图。大陆征尘吹觱篥，秋风故里忆莼菰。鸿归东国留歌咏，燕喜西京饯大夫。变古骇今天地改，云霓何处望来苏。

双旌一棹涉江沱，异政空传虎渡河。宦海惊心冰雪淡，沧浪回首梦魂多。栖枝未易偕巢燕，免世綦难问祝鲍。易作种树还将访橐驼。此去行人自安稳，惊涛骇浪已频过。

沈 冠

1870 山行望天柱峰

其一

峭壁倚巑岏，登临豁大观。马蹄行树杪，人影落云端。回折千峰合，冥蒙五月寒。巍然天一柱，还向碧霄看。

其二

山行良自惬，吟眺复谁同。秋色千峰雨，涛声万壑风。悬梯荒藓合，曲径暗泉通。策杖轻三陟，悠悠思不穷。

沈冠（生卒年不详），字汉威，浙江钱塘人。武进士，清代诗人，著有《旅游草十二卷》。

1871 五龙访羽人不遇

幽人何处闭仙关，钟磬无声鹤未还。谁遣藤萝迷曲径，独留烟霭锁深山。阶前洞水流逾静，洞口松风听自闲。何用相逢论出世，已疑身不在人间。

1872 题天柱峰

合沓千峰翠霭重，帝居雄踞碧芙蓉。西来紫气连华岳，东望高盘俯岱宗。风拥松涛摇涧壑，云翻石壁起虬龙。何人为奏相如草，更睹金泥玉检封。

1873 均州八景

天柱晓晴

早起看山色，烟光荡晓暾。霞明千嶂丽，天纵一峰尊。突兀黄金殿，峥嵘黑帝阍。列风如可御，何处是昆仑。

东楼望月

高楼登眺好，月出正东城。倚啸星河近，衔杯天地清。蟾光窥槛静，兔影耀波明。岂独西山爽，能深出世情。

槐阴古渡

葱郁千槐老，潺湲一水幽。绿荫分岸出，白练挂城流。似人山阴道，真游杜若洲。招招呼渡急，落日漾扁舟。

龙山烟雨

龙山奇绝处，风雨澹遥天。远树迷春嶂，层阴曳晓烟。芙蓉纷欲动，苍翠隐相连。自觉氤氲色，凄清落槛前。

莲池雁落

旅雁家何在，枯莲水一方。群栖如觅伴，乱下不成行。游泳欣朝日，翻飞怯晓霜。会心殊不远，幽兴溢芳塘。

沧浪绿水

清绝沧浪水，传名自禹经。澄潭浮鸭绿，映壁妒鸦青。云树萦高岸，蒹葭靡晚汀。濯缨千古事，渔唱若为听。

黄峰晚翠

最是留人住，寒峰挂夕曛。岚光飞不定，山翠郁难分。帆影横江渡，钟声隔岭闻。支颐聊极目，爽气正氤氲。

方山晴雪

积雪浮天半，群峰望里开。寒光凝睥睨，霁色动楼台。郢客歌堪和，梁园赋可裁。更宜明夕照，引满兴悠哉。

1874　秋日同友人游沧浪，登凭虚亭

骋望聊乘暇，凭虚漫倚亭。风归秋练薄。云去暮山青。酒兴浮酩碌，诗情挟杳冥。漱流还共返，不但独为醒。

1875　癸丑夏日，督部蔡公有事参岳，踊跃盛举，敬述二篇

其一

灵爽千秋赫帝居，况看名胜甲坤舆。谢公雅有登山屐，汉史曾收封神书。一柱遥悬天咫尺，五云常抱日扶疏。那知更届中丞节，春满文成五利庐。

其二

元臣谒帝五云开，小队从容览胜来。自是登高工作赋，宁须避暑借衔杯。

松杉影动旌旗出，崖壑风生节钺回。但□山灵能效力，何人不羡壮游哉。

1876　立春日同友人游沧浪山亭

结伴春游屐齿芳，高亭倚啸俯沧浪。千寻壁映青螺色，一带波摇白练光。
淑气似催诗酒兴，浮生弃老水云乡。冠缨欲濯情何限，坐听钟声下夕阳。

1877　偕钟幽华明经、张宿钦山人、仇维男文学棋酒小集，避暑东城大士庵，次钟韵

北窗高卧枕堪支，况事禅关事事宜。坐久机缘生解脱，到来身世见牟尼。
棋消永日闲应赌，酒寄雄心醉不辞。星聚定烦占太史，肯教河朔浪称奇。

1878　初夏同钟幽华雨中登太和绝顶，宿李道士楼

嶕峣危磴阻攀跻，千嶂氤氲极望迷。哀壑阴风号古木，悬崖飞瀑泻寒溪。
足暂济胜云中息，身若凌虚岛上栖。为语金庭三景客，君家紫气坐堪携。

1879　雨中自天柱峰下

攀林陡巚不知难，归路犹余兴未阑。杖笠全沾云气润，襟期遥逼雨声寒。
千峰桧柏含秋色，万顷玻璃纵大观。焉得虎头丘壑笔，持身画向此中安。

1880　秋日同姚文哲守戎、孟九畴少府、李仲飞山人、仇维男文学悟真庵观桂，夜从花下，围棋啜茗

居然降阙悟真庵，况复天香近可探。金粟自应归佛号，珠宫端合驻仙骖。
花前斗弈神逾王，月下烹茗兴亦酣。试问小山丛桂后，何人招隐更淮南。

1881　次日复于石坂滩藉草坐桂下，邵、毛二文学咸移酒以助游兴

花开岩桂动清秋，联骑遥寻曲径幽。地主高杯能载酒，骚人长啸胜登楼。
苍枝连卷纷相结，香气飞扬暗自投。何用更须双玉兔，只今已似月中游。

1882 九日诸君子以予题赋沧浪亭，因相与载酒登高，时有微雨，乃移席观音阁，鼓饮酣歌，颇称豪快，用成鄙句，聊志胜游

其一

犹是沧浪迥不同，行厨况足慰飘蓬。千秋赋壮衔杯兴，九日人高落帽风。雨色似来催羯鼓，云光忽断出花宫。何须更藉王江郡，傲煞篱边野菊丛。

其二

黄花满眼劝登高，阁倚丹梯酾浊醪。山水清音供法部，人天晏坐散离骚。羊求自合同三径，螺蠃真堪视二豪。击楫中流归棹晚，哂然长啸振林皋。

1883 登南城望太岳

峥嵘一柱倚秋空，绝顶高悬黑帝宫。日丽芙蓉千嶂晓，气蒸龙虎五龙笼。登封莫启金泥秘，陟降如临绛节雄。此日寒城徒极目，何当枕卧落霞红。

1884 和钟参华《秋前偕友过报恩寺》

禅居绝尘事，萧寂欲先秋。挟客投闲至，寻僧避暑留。松风清法界，图画动沧州。愧乏惊人句，难将郢调酬。

1885 太和山

二室峙中舆，三观表东甸。岂若憩兹山，探奇恣游衍。拔地秀奇峰，凌云森绝巘。磴道郁岿峣，林薄杳葱倩。翕烁瑶草华，栖霭烟岚变。冠山屹璃宫，栖霞罗绮殿。绝顶觐神君，仿佛精爽见。极睇出潇湘，振衣动云汉。逝若游帝乡，泠然御风善。唯见苍翠来，安知耳目倦。伊予谢尘氛，名山宿缱绻。览胜积幽惊，赏心寄遐眷。游有向长期，具挟许询便。婚嫁毕何时，结茅庶可践。

1886 题《太和山图》二十韵

天柱三千丈，移藏半亩宫。云阴生户牖，树影动帘栊。置壑绳床北，标峰竹几东。枕边看舞鹤，檐际驻飞鸿。磅礴轻硝外，纵横短幅中。谢公幽尝便，宗子卧游同。石削嶒峻起，泉清窈窕通。翠屏苍藓合，丹嶂碧霞笼。萝

黛疑悬雨，松簧若奏风。钟声听仿佛，日景辩瞳眬。岭雪长凝白，岩花不谢红。岩冬荣月桂，永夏得霜枫。气势飞扬甚，神情点缀工。丹青穷巧妙，金碧焕遥空。绝顶宸居壮，环山帝制宏。诸天撑泱漭，一气俯鸿蒙。恍惚临真宰，精灵赫寓公。游仙探阆苑，访道揖崆峒。邱壑心亡恙，烟霞兴不穷。何须图五岳，直此置微躬。

1887　城故有望月楼

层峦飞影挂城头，远眺聊当选胜游。纵使登山无胜具，何妨望岳有高楼。烟开远树参差见，霞散晴峰次第浮。最是此中饶羽客，不知谁个识青牛。

朱灼方

1888　游太和山二首

上山人心怯，下山人心喜。人心自无常，山势古如此。
太和千仞高，峭险不可逼。我欲削之平，一时求弗得。

朱灼方（1836 年前后生，道光年间人），号品逸，竟陵（湖北天门）人。

1889　咏周府庵古柏

老树参天峻，经冬复历春。绿荫长不减，留覆云来人。

1890　回龙观小憩

岷江东去浑如带，巫峡南来不断山。瞥见一峰天际立，游龙回首白云间。

1891　宿老君殿

层岩叠嶂接函关，紫气葱茏未易攀。有客夜深谈道德，一轮明月满空山。

1892　登南岩

乱峰围绕此幽居，福地洞天画不如。蝌蚪并无文字迹，神仙当日读何书。

1893　登天柱峰来字一联，系赵君松云续

山光云影共徘徊，金阙银屏迤逦开。风雪一天梅万岭，此身疑自大庚来。

杜大宾

1894　武当山道中

亿万金钱耗费时，人间构出洞天奇。而今半付颓垣草，空使苔荒永乐碑。

杜大宾（生卒年不详），字蒒溪，均州贡生。

1895　武当天门道中

古径郁奇秀，云梯手自扪。劈空山裂石，攫地树盘根。鸦集灵旗动，猿啼暮雨昏。一声钟磬度，引我叩元门。

1896　过城南道中李道士塔

仙人不好名，塔偏临官路。嚣尘车马声，隔断烟霞趣。想是建塔者，别有深情寓。留待往来人，迷津烦指顾。片碣老莓苔，上镌羽士墓。破衲炼雪寒，不受阴阳蠹。全真忘沐栉，抱一还太素。人已驾鹤游，徒存遗址故。我来偶憩斯，悠悠生远慕。下有清溪流，潺湲环古树。谁向风尘里，独觅桃源渡。

1897　秋日雨中登龙巢山

龙巢突兀起，放眼超尘域。长江接天来，飞帆绕脚出。我来发狂吟，四围烟雨密。茫茫万壑秋，幽抱从此逸。

1898　九日登龙巢山望沧浪

古阁高耸踞龙巢，吞尽长江千里涛。涛奔今古何曾息，令人俯仰溯禹迹。禹迹当年知几经，嶓冢导出沧浪脉。沧浪遥望影茫茫，孤鸿落去寒沙白。寒沙白，夕阳红，万里城郭碧烟中。黄酒醉罢情何限，振衣长啸秋山空。

1899　中秋偕友人沧浪泛月怀仲和

溪山缘未了，况逢渔樵伴。呼来八月槎，飞过沧浪岸。倾尽鹦鹉杯，醉倒沧浪畔。山空秋气深，波明余霞灿。全幅晚江图，空亭收一半。东山月忽出，清光迷浩翰。平沙净无尘，寒烟横如练。狂歌起秋涛，眼底云水幻。何必泛斗牛，身始在银汉。借此濯凡骨，岂但涤忧患。千里故人心，当复同清玩。

1900　秋日登沧浪绝顶

薜萝芦荻点沧湄，元览寻幽策杖随。无地横遮千古木，有天别构一亭危。云封怪石将军字，草冷空山名士碑。清浊而今谁辨取，闲鸥影外夕阳迟。

丁柔克

1901　治目疾方

治目疾，武当山祖师石刻方云：

时来风火逼林时，无方调理最心疑。服此神怡精气爽，神光如闪目如漆。武当石刻巍然在，祖师亲口泄天机。若是此方无灵验，永作人间万世驴。

胡麻、威灵仙、何首乌、苦参、甘草、石菖蒲各三钱为末，黄酒送下，每服三钱。

丁柔克（1840—？），号燮甫。南直隶泰州人。生于进士之家，科场失利，捐了候补道员。著有《柳弧》。

1902　龙山

武当之旁有龙山，小山也。出拐杖，槎枒劲直，高下宜人。其山头向东，不向武当。俗云："龙山不朝，岁岁拔毛。"

钟岳灵

1903　平顶山望天柱峰

嵾峰突起处，群峰失岩峣。青气接天垒，白云上海潮。十围松似草，一栈路通霄。安得端居此，门边望不遥。

钟岳灵（1845年前后生），字水涵、友石，号岱华，均州（今湖北丹江口）人。清代明经，弱冠能文。撰文《太和山记》《沧浪赋》等。

1904　春半见嵾峰雪

百里嵾峰雪，春中尚插天。光生晴处冷，白破晚来烟。郑谷松初茂，陶门柳正眠。邱陵夕照直，一旷眼眉边。

1905　雨后望嵾岳

南山雨后出，翠底遗流云。光向一窗静，霭从百里分。丘陵偏近客，霄汉远存君。细忆登临处，遥天助夕曛。

1906　看紫霄殿展旗峰

崔嵬宫殿起，山翠作云屏。崖溜穿台出，松门带雨扃。窗寒闻犬吠，磴耸见人影。入此见深窈，前途况未经。

1907　游东山观音阁（外一首）

佛阁台前筑，山僧高住云。水光摇殿影，磬响隔江闻。下界烟容合，西来爽气分。轻航时可渡，淡客始离群。

1908　秋尽日游观音阁

此日逢秋尽，过江当送秋。霜风如速客，晴渡有轻舟。人径白沙萦，山容紫树留。僧轩高洁处，为我豁吟眸。

1909　仲冬再游沧浪亭

又向东皋去，移舟过远汀。江痕霜敛绿，石气冷吹青。鸟寂山无籁，烟开树有形。兹番成磴道，更上一层亭。

1910　季夏过报恩寺

古寺临秋日，荒凉尚有台。闭门僧独老，空殿客初来。一二松枝在，数行萱草开。昙云消暑气，闲坐亦悠哉。

1911　同友人游西岗莲塘（塘故有一鉴亭）

昔游一鉴处，塘广似江湄。林密舟堪引，鱼多网易施。水光亭上动，荷气坐中吹。念此成前事，浮云满目推。

1912　登凭虚亭

其一

偶陟层台上，时当秋气深。远江天外白，侧嶂日中阴。亭敞云无碍，人闲鸟亦临。虽然凭旷瞩，别有出尘心。

其二

高处复登高，轩翔若羽毛。乾坤无四壁，霄汉有层皋。长发苏门啸，狂歌楚客骚。一朝风景别，清兴属谁曹。

1913　九日登东城独眺（节录）

意欲登高无共情，振衣独步上东城。俯看江水霜初湛，遥指舟帆风内行。夕日紫烟千嶂结，西岗红叶半林晴。古人何望白衣喜，抱得秋光待酒盟。

1914　题新成沧浪亭

其一

好景应须胜有形，游观原自藉平宁。清流但许分鸥席，峭壁惟知剩鹤汀。秋气高凝呈远郭，云光凉溯上孤亭。此间风景如相换，今古从人自醉醒。

其二

沧浪亭子复恢全，正值沉寥秋水天。新槛飞如楼十二，危崖绝似仞三千。不殊风景能无念，若异山河每见前。白露苍烟堪对酒，尘缨一脱醉如顺。

其三

沧浪之水沧浪洲，应有新亭继昔游。石壁嶙峋江嵌绿，嶝台曲折路通幽。远开山岳来西爽，凉逗风云送早秋。此会不须分老壮，但将清浊问鱼舟。

其四

逸兴翩然江上行，清清秋水溯舟平。危崖拔出山无地，层榭飞空天堕晴。树影若交凉后淡，城烟时过午来轻。狂歌一任惊林木，不碍渔舟鼓棹声。

其五

沧浪名胜昔尝游，景物新增值素秋。绝壁亭光依砌立，灌潭山影带舟流。伊人雅望空蕸渚，野客相倚有鹭鸥。俯槛一抒萧瑟意，莫将今古问闲愁。

其六

十月江涛势尚奢，僧舟渡客水东涯。危峰屹比凌空塔，飞阁悬如上汉槎。霜石青能生气肃，枫林红不老年华。狂歌亦自惊山鬼，遣问阿谁唱和家。

1915　辛亥四月九日雨中登参顶同沈汉威赋

年迈登高筋力难，况兼冒雨陟危栏。峰峦峙处千嶂落，云雾窟中四月寒。海岳同形随指点，地天混迹大游观。归来笠杖方寻得，勉策何尝不可安。

1916　雨中过南岩

山饮崒嵂过松衡，境界各成中有精。殿阁骑龙天上下，峰峦挂霓雨中横。郁葱紫盖笼云壑，缥缈黄金矗帝城。隐见聊从边际测，若将今昔易双睛。

1917　雨中立万虎涧旁看水下

来去看山景任逢，声光异处且停筇。日前鸟道空悬石，雨后龙湫飞过松。老洞出云拦客路，新林入夏改天容。平台伫立心神爽，未识银河落几重。

1918　花朝同友人饮沧浪亭

虚亭独出众山峦，一带春光次第看。江水虽添清未减，林章亦渐绿相安。

烟进城阙轻阴度，花泊渔舟幕雨阑。此日醉翁偏宜酒，不然何以对余寒。

1919　夏日泛舟登龙山

避暑迢迢先避尘，轻舟移客下江滨。高深山水居清地，疏凿精神见古人。
日气斜穿松影夕，凉阴微度酒光新。石亭虚爽能消醉，衫履一捐兴味真。

1920　游东山观音阁

东林县阁半山中，石岸新成补地空。远影江流天上落，虚撑岳柱日边雄。
烟浮崖畔松阴绿，灯映佛眉珠火红。洗钵翻经僧事简，登台今复见生公。

1921　九日同友人登东山

九日登高江始平，轻航载客向山行。岸沙虽未全消湿，林木犹能一换晴。
饮处独称杜老兴，坐中谁识孟嘉名。醉来欲脱今朝帽，分付西风莫恋情。

1922　四月八日登太和遇雨

登山遇雨路难跻，云里峰峦点不齐。石磴盘空多觊觎，崖流飞白下层溪。
单衣重着难支冷，危阁虚通且借栖。天上全无人世夏，肃清风气自相携。

1923　乱后同友人登东山

不到东山近四年，山光今日又予前。寒林九尽深流雪，春水微生但有烟。
梅竹已非野鸟在，亭台无异旧僧迁。地灵何日清戎马，好买兰舟时往还。

1924　题沧浪亭新成

好景入看胸次殊，沧浪名胜若新图。亭虚不让清风阁，天湛何夸绿水湖。康
乐善开游客径，智仙能创醉翁区。凭栏一旷江皋影，沥酒何妨尽百壶。

释敬安

1925　赠武当玄都观道士庹继修二首并序

道士姓庹，名继修。未出家时，曾截指和药疗父病。未几，母疾，笃或

言食子肝可活。继修哭祷神前，手利刃剜腹出肝，割一片，长三寸许，煎汤食母，复纳余肝于腹，以发缝创口。母既生，继修亦无恙。设使割肝时稍知有身，则不能无我，又何能无痛也？后母死，遵遗命，与弟继成于武当玄都观为道士，不火食，恒生啖瓜菜、芋蒘以自饱，逢父母忌日，七日不饮水而精神不稍衰，日行百里无倦容。武当天柱峰，距均州百二十里。继修望州城，历历可数其雉堞，近城行人可辨男女，其目力过人如此。初，督学使奏其事，未报及。继修游京师，和硕肃亲王见之，以状上闻，蒙赐"纯孝真人"。呜呼！如庹道士者，亦真可谓真人，真可谓真孝子矣。因为五言二首赞之：

武当庹道士，苦行事多奇。截指父疴起，剜肝母病医。孝思通帝座，天诏下瑶墀。纵得沾恩渥，□身亦可悲。

岂独黄冠者，清修世有无。忍饥恒绝粒，炼药始开炉。放鹤三山近，冲云一笠孤。丹成或相访，飞剑莫惊吾（飞剑乃吕仙，参黄龙禅师，故事见指月录）。

释敬安（1851—1912），俗名黄读山，字福馀，法名敬安，字寄禅，自号八指头陀。湖南湘潭人。任浙江天童寺方丈。辛亥革命后，为中华佛教总会会长。近代爱国诗僧。后人刊刻《八指头陀诗文集》。

谢炳朴

1926 甲寅仲春余卸均邑篆务，偕幕中赵君松雪、朱君品逸、程君眉山游太和山，各得诗若干首

抽得闲身合纵游，看山况喜得同俦。明朝着屐应无碍，徙依终宵明月楼。出城刚逐晓风轻，夹道山光拂面迎。最是可怜春雨少，新苗隔陇绿初成。

谢炳朴（？—1913），字虎文，湖北潜江人。以秀才留学日本，后任延吉地方检察厅厅长。

1927 过闽兵营

名笔高镌第一山，剜苔剔藓足跻攀。怪他过客多于蚁，石壁清风镇日闲。

1928　过浩瀚波，小憩回龙观

无数奇峰落眼前，涛声遥远万松巅。形神到此皆清绝，何用蓬壶更问仙。

1929　过太子坡

太子名坡纪孝思，神仙富贵漫相疑。帝王事业今安在？云白山青无尽时。

1930　老君堂凭眺

峰峰回抱势雄蟠，树树盘纡秀可餐。应是天公夸气力，撒开五岳幻奇观。

1931　磨针井对过有"竹月梅风"四字，何蓑翁笔也。井亭东殿祀有吕纯阳

湛然古井号磨针，静对移时清我心。竹月梅风巧相应，隔帘仙鹤正眠琴。

1932　走剑河桥

怪峰如削插云中，帝座想应呼吸通。我立剑河最低处，情思万缕看苍穹。

1933　剑河遇雪，飞字一联，系赵君松云所续

云生足底雪沾衣，顷刻梨花偏翠微。群嶂争翻银浪立，老松欲化玉龙飞。

1934　望紫霄宫

路转峰回紫气浮，清冷钟磬漾旗游。琳官此夕真堪憩，已是云霄最上头。

1935　紫霄寒夜

喔喔天鸡夜气清，木鱼时听步虚声。清修苦志人何处，惟见长空孤月明。

1936　掠南岩而下，望五老诸峰

晓趁雪风度紫霄，南岩回望曙光摇。锤幽疑到神仙窟，更有奇峰天外招。

1937　上山处有一天门、二天门，乌鸦岭在南岩、紫霄之间

不忧冰冻到天关，不忧乌鸦变白鸡。但为村氓虔祷祝，愿分瑞雪到人寰。

1938　过黄龙洞

古木参天号七星，树旁清磬彻青冥。漫邀五老谈玄妙，恐有黄龙出洞听。

1939　过朝天宫走转涧

攀云转涧说朝天，几度盘空身似悬。偶寄游观犹冒险，况期垂业动千年。

1940　登天柱峰绝顶

天柱峰头欲问天，当峰日月总依然。桑田沧海筹频换，已是人间第几年。

1941　天乙楼晚眺

佳茗一瓯香一瓣，神仙清福静中消。推窗更有观云兴，逡日衔山极目遥。

1942　重登天柱峰望初日

罡风吹得混茫开，绝顶重临亦壮哉。此日观山似观海，洪涛万顷拍空来。

1943　昔人游仙诗有"手版横腰道寡人"之句指淮南王安言

公卿辅弼指山青（环天柱者，有三公九卿、左辅右弼诸峰），堪笑命名太不经。莫道刘安夸富贵，腰横手版驾云轺。

1944　明代专使致祭，碑迹最多

黄金为屋玉为栏，太息当年民力殚。古佛名山自千古，登封遗碣忍终看。

1945　返游南岩宫

南岩古殿半邱墟，流水斜阳慨有余。古字斑斓书满壁，那禁一读一长吁。

1946　殿后有观音阁与龙头香相距不远

殿阁南横得景多，峰岚涧壑尽森罗。我来凭栏看晴雪，忘却棋终烂斧柯。
龙头焚香岩舍身，穿唇插舌示情真。一般等是无知识，难煞慈悲救苦人。

1947　有真武一剑插岩

梳妆台傍舍身岩，即色即空取义严。莫讶风鬟萦几席，拔空一剑断尘丸。

1948　归途过紫霄宫，回望展旗诸峰，青苍明秀，几欲随人归来

翠屏高展送归途，千丈明霞映作图。欲下紫霄还踯躅，人间天上两虚无。

1949　过遇真宫

古柏苍苍盘地起，真仙遇此话前因。玉桥金剑依然在，流水桃花何处津。

1950　道经谢公桥，过石板滩。王君作章，以诗见惠，匆促作言

乌衣盛世记当年，巷口斜阳指暮烟。今日谢桥重把酒，兰亭高咏太缠绵。

1951　归城日适为阴历元宵

月色溶溶夜气澄，银花万树试春灯。游朋莫漫夸归兴，梦绕仙峰度几层。

丘逢甲

1952　迭韵再题《心太平草庐图》并答温丹铭

己酉稿，清宣统元年作

洪水已注沧溟东，洼者为泽高者峰。茫茫大陆号中国，战争几辈夸英雄。成为帝王败寇盗，佐帝王者臣称忠。有史以来数千载，几朝战血山河红。天地杀机不一发，草泽各幸蛇成龙。一龙升天众蛇伏，龙居云气偏葱茏。是时天下号一统，兵戈四海初交通。青青战地见禾黍，遗民垦土锄蒿蓬。威加海内猛士尽，贯日无气成长虹。噢咻屡下宽大诏，与民休息民咸从。词臣例上太平颂，举朝将相争言功。迂儒掉头不肯信，手抚古瑟调商宫。独居深念此何世，此仍据乱非大同。亢然远慕太平世，高歌金石深山中。山中古瀑飞潺溪，白云满径无人踪。冥心自铸太平象，人间半夜闻清钟。儒书自昔用者寡，况今闭塞方严冬。匹夫慷慨念天下，我正坐有迂儒风。捷然与世无一可，太

平梦想能躬逢。已不作太华陈希夷，又不作武当张三丰。胡为独诵黄庭内景语，谡谡山阁风生松。有山可隐尚不隐，秋南春北为宾鸿。自名曰士亦求食，其术更绌农桑工。不知挟持果何具，谓欲与世除昏雾。太平有待吾且老，岂有丹鼎能还童？眼中鸡鹜各争长，卧看一鹤苍霄冲。庙堂纷纷有人在，山林养志犹吾容。卧龙一出太多事，惜不终老从庞公。吾庐山村曰澹定，聊付图画旌吾衷。文昌题句叹奇绝，已若丹篆吞吾胸。穷郊忽出八叉手，一收寒态生春融。云龙上下吾党事，岂诧衣钵传机锋。九原若起柳州柳，定许古调歌黄农。春山花落桐君桐，春雨夜长枫人枫。手披旧史发浩叹，无数神圣纷追崇。乾坤一儒腐可笑，差喜吾党诗相宗。画中吾庐在何许？罗浮东望烟云重。四百三十二峰正初日，海天朵朵金芙蓉。

丘逢甲（1864—1912），字仙根、吉甫，号蛰庵、仲阏、华严子，辛亥革命后以仓海为名。别号南武山（山东嘉祥）人，生于台湾苗栗。光绪十五年（1889）进士，授任工部主事。赴台湾任台中衡文书院主讲。中华民国时期任广东省代表参加孙中山临时政府。晚清爱国诗人、教育家、抗日保台志士，台湾建逢甲大学以示纪念。

程颂万

1953　送杜元穆权镇郧阳二首（节录）

画阁烘梅滟酒卮，江帆晴雪拥流澌。川长楚北堤封尽，春到巢南晼晚知。将略武当雄起障，秀才文正早忧时。天麟赤手公能搏，莫道冥鸿海岳姿。

程颂万（1865—1932），字子大、鹿川，号十发居士，湖南宁乡人。科举屡试不第。为张之洞所倚重，充湖广抚署文案。创办私立湖北中西通艺学堂，致力于教育和实业，发明宽窄两用铁木织布机。

杨　圻

1954　无题

自均州以西，滩岭丛杂一千九百余里，每夜泊舟听雨闻猿，盖经两月日行万壑间也。

荆门西去皆秦岭，万壑猿声夜雨愁。几片江云如惜别，晚来相送过均州。千峰绣作碧莲华，身在花房太上家。明月一规天似水，玉盘清露泛流霞。

杨圻（1875—1941），初名朝庆，更名鉴莹，又名圻，字云史，号野王。江苏常熟人。光绪二十八年（1902）举人，任邮传部郎中、驻英属新加坡总领事、民国时任吴佩孚秘书长。

李 炳

1955 天柱峰

高峻开千古，惟武可以当。上天尊北极，绝顶映东阳。五岳群为吏，一峰独自王。帝真应做此，我亦到青苍。

李炳（生卒年不详），烛崐，嘉善（今浙江嘉兴）人。曾任均州（今湖北丹江口）知州。

王德愔

1956 北村溪边纳凉

小憩薰风里，深林绿荫浮。云晴溪北口，日下汉南楼。太岳参天霁，沧浪达海流。渔家烟柳外，事事静中求。

王德愔（生卒年不详），字丽川，派名京鍪，号琴仙，湖北均州（今丹江口）人。王和斋弟，均州画家、诗人。著有《沧浪石室》《乐府手稿》。

1957 北村道中

雨霁云收柳外过，南阡北陌任蹉跎。才惭班马千篇锦，笔效蛟龙一目罗。稻坂人经蛙击水，江舟客渡月澄波。蒲牢乍吼随风听，知是星坛诵晚科。

1958　诞辰自适

岁门往来一瞬过，时当少壮肯蹉跎。曾从畎亩怀廊庙，且自烟霞着笠蓑。天柱青松千尺秀，沧浪绿水万层波。谂闻耄耋期颐语，种得心田福寿多。

1959　北村六咏

早起
东方既白月垂西，正听趣耘夏扈啼。窗外诸峰森列处，晓烟横锁户堂低。

有感
迢迢汉水片帆飞，羁旅往来陟翠微。无那利名蜗角小，痴人底事不相违。

瞻雨
蒙瀎细雨洒峰峦，林密当风古道寒。仿佛山遮楼阁景，谁将米氏画图看。

晚晴
虹霓倒挂住雷霆，洗涤山川草木青。返照流霞江上见，渔歌唤起一天星。

暮眺
净乐无尘映太和，绿杨村外暮云多。一泓澄碧沧浪水，月下渔人起棹歌。

晚归
挹取沧浪水独清，振衣千仞当无生。晚来送我惟明月，自度轻航过碧泓。

1960　北村晚归

绿渍沧浪水，轻舟荡漾迟。雨余驱犊径，风掷钓鱼丝。鸥鹭盟汀岸，烟霞媚晚曦。江城携杖人，回首月明时。

1961　中元夜观河灯

泛波莲炬似流星，孤月空明照远汀。不夜夜中开水陆，步虚声拟诵黄庭。

1962　春日隐居（三绝）

其一
小住山堂傍翠微，花香鸟语逗春晖。随时性定心常泰，抱瓮丈人浑化机。

其二

春花春鸟闹春天，家住沧浪古渡船。汉水渔翁知姓字，山栖谷隐可长年。

其三

素位无关世外心，超然城市亦山林。春风惠我来天地，迟日芳菲一径深。

1963　登沧浪亭

磊砢穷愁酒不除，登临刚趁菊花初。江山有客挥尘尘（凤洲先生曾结沧浪精舍），楸枰何年篆古书（石刻有□□先生古书）。净乐树撑斜日冷，濮王钟打晚风疏。凭栏更羡历阳谢，万叠峰峦一草庐。

刘　珏

1964　天柱峰

日射黄金绕殿光，凭高放眼倍神王。岚开楚蜀千山小，雨过岷嶓二水长。但见衣冠同拜舞，不知岁月几沧桑。棚梅历历传消息，莫谓仙家隔渺茫。

刘珏（生卒年不详），湖北汉阳人，曾任宜城县教谕。

赵司至

1965　下乌鸦岭，望南岩

山限读罢记功碑（前清咸丰时，州牧吴嗣仲平匪纪事铭刻岩石上），岭下飞鸟前致辞。似说南岩风物迥，请君此去写新诗。

赵司至（约道光年间在世），字松云，号开明山人，均州官员。

1966　南岩小憩

琼楼玉宇仙人府，深树闲云处士家。撑起小窗纳万岭，此间方可读南华。

1967 赠天乙楼郭道士虚炼

林间扫石安棋局，松下看云读道经（天乙楼中对联）。风定天高新雨后，等闲消受万峰青。

1968 雪霁登天柱峰

一路看群山，群山对我走。有时崎岖行，山在我之后。前峰树枝摇，迎我招以手。一时万峰活，纷纷齐抖擞。五老名峰须眉白，伛偻烟波叟。玉女名峰鬓发霜，皤然若王母。翩翩云之君，个个佩瑷玖。鸟衣化白鹇（花狮天柱峰旁有），狮子山变苍狗。松眠瑶台鹤，石立悬瓮鹇（《山海经》：悬瓮之山，其鸟多白鹇）。花开岭上梅，絮飞风中柳。冰崖春雪融，玉壶泻新酒。玲珑水晶宫，明月满窗牖。磴道玉为阶，金阙天柱首。俯首览众山，众山齐献寿（各峰皆向天柱，惟一峰不向，名"外朝山"，在其西北）。银海波浪阔，云梦吞八九。须叟目光眩，满天下星斗。两腋忽生风，仙乎是邪否？宫殿与楼台，胡为遍山薮。回忆前代事，唏嘘凭栏久。万仞建金屋（屋像皆铜，沃以金），玉符龟蛇纽（顶宫有"都天大法主宝"六字，玉符一方，上刻龟蛇各一）。太和七二峰，宫阙处处有。用尽万人力，当时知财阜。虽云壮奇观，于道殊为愧。玄武何时人，不识其卯酉。神仙果有灵，明社应能守。以兹树人材，岂不称明后？愚人适自愚，君臣咸有咎。惟此金石匠，奇工应不朽（谓刻画精巧，确宜保存）。道士更清绝，长与烟霞友。有诗吟不得，白云入我口。

1969 过老君堂望隔涧群山

群山奔走涌潮来，况复松声万壑雷。一片纵横雄厚气，岩居应有折冲才。

1970 太和途中遇雪

云生足底雪沾衣，顷刻梨花遍翠微。群嶂争翻银立浪，老松欲化玉龙飞。

程化乐

1971　磨针井鼎修纯阳宫

明光默渡过玄关，养就纯阳体自坚。夜半秋空鹤唳碧，万里西风一剑寒。贞元会合大道同，人纯乾大定天半。

程化乐，生平事迹不详。

程仁寿

1972　雪后登天柱峰

一柱高擎不计年，几番沧海变桑田。我来参透神仙诀，飞洒梅花变大千。

程仁寿（生卒年不详），字白洑，四川眉山人。

1973　宿天乙楼

霜风雪夜满窗前，天乙楼头警客眠。不畏夜深衣被冷，白云拥絮已添棉。

1974　南岩小憩

峭壁玲珑古洞天，翠微环绕锦屏连。能空诸相立成佛，莫为飞升始学仙。

葛如竹

1975　过天柱峰喜晴（四首）

一

山独能冲汉，牵伸过九重。频瞻云放阙，远听壑流钟。

二

鸟语增春咏，花香出晓松。群峦一望削，水瀑下飞龙。

三

绝顶平天际，岚光四面开。松涛杂醮鼓，涧响陟云阶。

四

鸟告喧金凤，花香洒御台。衔杯值旧侣，亲若异乡来。

1976 党公祖祷雨有应

洁祷十天几费心，已知城必鉴桑林。焦中果得翻江沛，应并棠阴送古今。

1977 均州八景

天柱晓晴

孤峰卓尔出苍茫，绝顶平天宛太行。曙色初开千里照，晓风犹带五更寒。
群峦砢磊儿孙集，一磐高寒草水香。紫雾晴凝仙气蔼，崕无人许共幽藏。

龙山烟雨

铁云忽振满山移，便识神龙欲雨时。不惜风雷声并迅，无烦呼吁沛非迟。
老农仰止频浮翠，野鸟知几每美词。天地有情留此境，故教仙郡万年滋。

莲池落雁

荷花开罢已池空，幸有余波注晚溆。露冷苔痕枫引醉，秋高萍色雁知丛。
溪边着迹图堪写，客路题诗兴亦翀。正好豪吟消呖唳，免教菊后怨霜风。

东楼望月

为望月明登此台，月池影向九重回。水天上下千秋在，物我乾坤一镜开。
白鹭横江色未辨，苍松入夜气相陪。银围玉帐如新洗，好把清辉次第裁。

黄峰晚翠

暮天斗出暮山云，五彩描来太古文。北极祥烟开半壁，东皋紫气入平分。
龙飞夜色连星动，凤抱宸章待月焚。莫谓此中多怪异，好将村酒对斜曛。

沧浪绿水

石峡由来注碧波，松阴竹映几年多。严陵虽未从中钓，孺子曾为就里歌。
鸥鹭知机恒涤荡，渔樵识路惯婆娑。此间欲问赤城景，绿水湖边骑白骡。

槐关古渡

沉沉碧水漾轻舠，沙白山明自学操。两岸烟光连峭壁，百年石阵护飞涛。好风静处江心稳，野鸟鸣时棹声高。大雨滂沱秋水溢，不知破浪属谁曹。

方山晴雪

霏霏屑积已云深，谁识山空晓色侵。红日幸能开白眼，高天何惮放孤岑。鹤来影动铰霜酒，冰破声回碧玉琴。正好寻梅登峻岭，香风满袖发长吟。

1978　登天柱峰

气接昆仑顶接天，到来身已觉登仙。仰瞻日月光辉近，俯视峦峰仆御前。恋世肺肠忽澹漠，出尘鸾鹤自蹁跹。松杉况引千秋韵，销尽人间风雨牵。

葛如竹，生平事迹不详。

岳弘誉

1979　登沧浪亭

清浊凭谁取，沧浪一问津。德瞻神禹异，迹话谢罗陈。渍薄连江海，苍茫界楚秦。缨尘方万斛，临濯转逡巡。

岳弘誉，生平事迹不详。

胡其著

1980　武当山

鸟衢梯空入翠微，晴岚朝拂冷侵衣。石崖欹路危将压，峰秀凌霄峻欲飞。墅邃无机因雪见，云开有洞自天窥。三官阁上闲回首，坐待黄冠采药归。

胡其著（生卒年不详），字景倩，号雪舫。

佚　名

1981　祈愿诗

武当仙境，久进心香。一次祈葆，平安迎祥。皇图巩固，圣寿无疆。风调雨顺，百姓咸康。

佚名（生卒年不详），朝武当山香客。

中华民国时期

聂 琦

1982 和太史潘书源先生《武当歌》（王凤洲原韵）

君不见甘泉建章秦汉宫，徐市楽大往海中。贪取蓬莱长生药，特假鼋鼍乱鸿蒙。封禅柴望辇玉帛，赭山伐树竟何功。文皇倾听僧道衍，武当侈祀专壬公。太岳元岳崇尊号，山灵仿佛效呼嵩。内使中丞摄郧襄，穷役极巧日月忙。礤石深镌荒唐语，苔锁尘封护天章。瑶台时见白云在，辟谷有无汉子房。馥馥奇葩来洞壑，掀髯临风一笑当。但从此意探山室，松肪石芝满道旁。呜呼！丹炼寅申果有术，戊癸相将讵可忽。读尽黄庭内外经，谁识轩辕气冲发。涧水潺湲猿鸟过，行人撰杖趋太和。铁杵依然磨针涧，棚梅花发待若何。

聂琦（生卒年不详），江西新淦人，诗人。1926 年 10 月南京中央军校第六期毕业，后任国民革命军江阴要塞司令部参谋长。

万剑民

1983 读梁主任寿笙将军《游武当诗集》有感奉和一律呈政

谢屐登临景物妍，闲来啸傲武当巅。晴峦俯瞰群峰小，金阙腾辉霄汉连。气壮山河钦伟略，诗成珠玉倍新鲜。同游我愧牛车后，一读高吟一憬然。

万剑民（生卒年不详），曾任国民党第五战区干部训练团中校秘书长。

1984 陆军一级上将第五战区司令长官李公宗仁纪念碑

慨自倭奴入寇，蹄交中土，东北奥壤圮裂维沦。李公将军德邻，默察祸机，经营粤西，部勒教训，用备御侮，已非一日。迨廿六年秋七月，卢沟桥变□□，中央决定抗战大计，命将出师，□征周旋。爰命李公，奖率精锐，北向专征，陈兵徐、鲁、台儿庄、临沂□□□，□转镇荆襄，大捷随枣。劲□□风，中外□□□苏□□□省，凡话□□□□，悉资保郭。□南等代表□□□，举至鄙劳军。趋谒行辕，献旗致敬，因思□□□□□□□雄□鄂北，李上将军驻节其间，力图完成抗战大业，功绩行与是山比隆媲美，□□□□□其盛，开祭词以诵也。颂曰：

　　巍峨武当，锡名大岳；雄踞荆襄，日星磅礴。多难登临，试时卫霍；旷代人豪，盛运斯作。桓桓将军，资禀神智；挺生桂林，实为国瑞。始经粤西，恢宏郅治；纬武经文，长才小试。时遭阳九，倭寇逞兵；毒被八表，窥我神京。爰整精锐，请命北征；誓逐倭虏，尽复名城。师次徐州，镇守冲要；敌集大军，分路围绕。公运画筹，侧击敌寇；奏捷鲁南，勋高廊庙。继征襄樊，会战随枣；叠破凶顽，风驰电扫。抚我皖民，功同再造；望展维扬，踏平三岛。为国复仇，聿伸天讨；饮马扶桑，金汤永保。岩峣天柱，武当之柄；高插云霄，万流仰镜。颂我山河，预祝功成！

　　安徽省各界慰劳出征将士代表团团长陈献南、副团长万石钧，团员李雪坦、李光煦、张亚领、方应潮、胡权、蔡文馨、关镜清、陈允可、张敬重、徐宝榕敬立。中华民国三十一年（1942）孟夏月上瀚。第五战区兵站总监部秘书江右丰城万剑民拜书。

云冰道人

1985　人生七十古来稀

人生七十古来稀，不夜功成赋式微。便欲休宫岩泉志，还令仗节舆心远。行藏未云阴阳□，夙夜难变化机异。□□桂冠须及早，莫教枝下有人□。

云冰道人，生平事迹不详。

徐本善

1986　太极拳歌

太极真传出武当，功夫全在辨柔刚。倘若悟得真妙诀，强国强民亦自强。

徐本善（1860—1932），号伟樵，河南杞县人。入武当山紫霄宫出家，曾任武当山道总，革命烈士。

武当紫阳观道士

1987　无题

武当仙境似瀛洲，三世为人始得游。今世福因前世积，来生功过此身修。
富无仁义风中烛，贵不公廉水上沤。殷勤寄语来山者，踢破尘关速转头。

武当紫阳观道士，生平事迹不详。

佚　名

1988　武当香客唱修道歌（五首）

一

修道人，心要空，劳劳碌碌苦无穷；成聚坏，万象空，世态无常若梦中。
利薮名场埋俊杰，爱河苦海丧英雄。

二

修道人，心要强，逃出牢笼躲无常。开利锁，脱名缰，舍身拼死上慈航。

三

三月里，是花朝，名利二字是徒劳。西方境，本非遥，须将凡情一齐抛。
一切幻景无心看，六根清静出尘嚣。出尘嚣，真逍遥，凡情圣解一时消。

四

广发宏誓大愿心，度尽阎浮世上人。有缘千里来相会，无缘对面不相亲。

五

毋以妄心害真心，勿以习气伤元气。愤怒时要耐得过，嗜欲生要忍得过。

佚名（生卒年不详），朝武当香客。采录者高鹤年（1872—1962），名恒
松，字野人，号隐士，别号终南侍者、云山道人、云溪道人。祖籍安徽贵池，
后迁居南直隶兴化。旅行家，著有《名山游访记》。

傅剑秋

1989　七绝四首赠徐道总

一

稳步玄门笑颜开，黄金为殿玉为台。凡人末忘仙木引，自架云梯许上来。

二

七十二峰任往来，结庵为道道为先。道袍自古尊八卦，宦途如芥又如烟。

三

秦鄂往来如逝波，身背琴剑唱道歌。太极阴阳易甲子，九宫八卦传汉河。

四

参上秦川过往还，光阴荏苒几变迁。归隐岩上修道业，太阳阴阳奥无边。

傅剑秋（1880—1956），原名长荣，天津宁河人。自幼习武，初随尚会川学少林拳术，后从形意拳师申万林习内家拳，又拜李存义为师，融形意、八卦、太极等武功于一身。1929 年游武当山紫霄宫，拜在徐本善门下，受道名傅台山，为第十六代传人，在武当山传授形意拳，得徐道总传授武当拳，终成武当太极拳。

方振武

1990　游天柱峰

万丈雄山势欲奔，峰高五岳接天门。秦皇汉武封禅日，不受虚荣亦自尊。

方振武（1885—1941），安徽寿县人。任国民军第四军军长、国民军援陕副总指挥，1928 年任安徽省政府主席。1933 年与冯玉祥、吉鸿昌组织察绥民众抗日同盟军，任前敌总司令。

贾士毅

1991　武当山之游诗

因志此并吟诗，以留鸿爪。

其一

昔观大岳图，心中有所疑。画师聊戏耳，故眩丹青姿。今日到均阳，神为造物移。乃悉画固妙，未尽武当奇。

其二

晚宿紫霄宫，晨过南岳溪。悬瀑在空霄，隐闻声似雷。午登天柱顶，金殿环以台。倚栏举目望，万象入我怀。

其三

七十有二峰，峰峰尽险巇。高者如翔鸾，低者如伏狮。或踞云际立，或挟尘埃驰。飞崖凛欲坠，削壁势将欹。倏忽千万态，画工貌难追。归途寻旧辙，云深已不知。

其四

忆昔明建文，骨肉相差池。敝屣万乘尊，寻访羽衣师。封岳兴土木，经营靡已时。一旦时势易，宫阙成茅茨。我今来凭吊，笑他徒愚痴。试问修炼者，几人过安期？

贾士毅（1887—1965），字果伯，号荆斋，南直隶宜兴人。教授、会计学家、财政学家、国民政府财政部常务次长、南直隶省国民政府代理主席。

李品仙

1992　游武当山

其一（七绝）

为寻胜境武当游，迈步崎岖兴不休；四面烟峦归眼底，疏疏林峦万山秋。

其二（七律）

崔巍玉柱接苍穹，万笏来朝七二崇；老道古松争岁月，铜宫石殿阆玲珑；

云开脚底千峰翠，身立天边一目空；瑞草琼枝香满袖，胜游蜡屐兴无穷。

李品仙（1890—1987），字鹤龄，广西苍梧人。保定军校毕业，国民革命军陆军二级上将，抗战时期出任11集团军司令、第十战区司令、安徽省政府主席等职。

王理学

1993 《武当风景记》五十咏

太和山

太和独立几千秋，山自高分水自流。一柱擎天终不坠，全球勉□□人□。

天柱峰

天柱居尊瑞炁飘，众星拱月自来朝。真形现到钟灵处，七十九峰尽可描。

云雾岩

仙人足力绝尘寰，一脚能支半壁山。悬石无言今作证，半岩云雾满天关。

皇后岩

世间最大母恩深，踏遍名山到处寻。想子未逢空吊泪，岩通天性亦伤心。

九渡涧

天津桥下水声声，九渡曾难净乐兵。地是人非流水在，波涛不洗古今情。

朝阳洞

万山围绕一山尊，鬼斧神工洞府存。碧水清溪都不管，数株老树守仙门。

五龙天池

杀劫曷分人与仙，声驰阆苑起烽烟。群姬鏖战多激烈，翻倒瑶池泻下天。

月池

旧案重翻治穷丹，逃人带哭下广寒。满池碧水团团转，恐是姮娥泪一盘。

滴泪池

昔时人去水犹寒，寻子情殷一面难。眼为心酸哭作雨，池因泪血滴成丹。

禹迹池

导定山川感禹恩，功高万古震乾坤。休云福地王难到，迹遗池中尚有痕。

磨针石

胜迹从来作胜游，山云涧水两悠悠。而今欲询磨针事，可惜无方问石头。

龙首石

玉龙非佛亦非仙，头炷香炉万古悬。最是令人惊心处，摇摇欲上九重天。

灵官石

宝石生光个个圆，固成八阵列仙巅。分明碧落团圆月，护定灵官下了天。

飞升台

万丈悬岩势欲飞，瑶台花木翠微微。升天帝子今何在，故石犹存总不归。

更衣台

果满功圆道法开，丹书下诏出琼台。而今享有仙家乐，无复更衣坐此来。

紫云亭

江城磐石镇长沙，久得日精共月华。真命已飞金阙去，紫云无复到王家。

天柱峰北三河

山称金顶大名新，汉水不亲强认亲。漕浪金沙非附势，源流有本洗红尘。

南岩宫白玉龟台

白玉龟台境最幽，欲观胜景此中游。风光入晓真堪赏，云海当头天际流。

黄精

地静孤莺啼杏园，山深数犬吠桃源。万松密锁云中殿，无路寻仙叩洞门。

朝天宫

仙宫无夏亦无变，瑶草琪花景致幽。红日不常来法界，一天云露锁丹邱。

悟真观

阆苑蓬壶何处寻，悟真观外柏森森。青山在望欢人意，绿水迎门浴道心。

复真观

化城四壁尽红墙，海市蜃楼殊可当。羽士宵深音乐起，洞箫吹动咏霓裳。

龙泉观

寻芳何必上沧洲，此地清凉象外幽。四壁烟峦关不住，一谷碧水向东流。

月井

古井源深注玉泉，低头喜见月娟娟。可怜天上娑罗树，倒入水中鬼尚眠。

古武当县

楚中古县小瀛洲，万叠山环碧水秋。人世几更新岁月，汉江犹傍武当流。

双冢

墓史源流不可穷，满天云雾总朦胧。惜无起死回生术，判决无名案一宗。

打儿窝

金窝深处掷琼瑶，贪客迷心总未销。熊梦未知能入否，上天无路问三霄。

金花树

老松无贵亦无荣，一插金花便有名。植物休云无灵性，受恩深处亦长生。

水涌钟

神钟曾自显神通，来历至今不可穷。破浪能安江汉水，乘风直到玉虚宫。

铁杵

由来铁杵能降魔，信是韦驮法力多。降罢妖魔无用处，元君拾得当针磨。

磨针井

井号磨针要认真，洗心涤虑却红尘。而今座上庄严母，犹像当年持杵人。

德公亭

从来时势造英雄，百战功高羡德公。人拟岘山羊叔子，碑同坠泪寿无穷。

水帘洞

洞中流水本无涯，思驾春风泛小槎。蛟窟龙潭游不得，门前一树碧桃花。

太子洞

洞中无主亦无仙，太子丹成入九天。烟石不能谈往事，茅庐草舍半岩悬。

南岩石殿

紫霄岩下炼还丹，石殿灶烟尚未寒。四十二年功行满，飞升金阙出仙坛。

龙床

高悬锦帐放霞光，一朵红云拥玉床。嘱咐金龙身莫动，怕惊太子梦黄粱。

金剑

真物归天去不还，谁将赝物镇灵山。金光射透天空碧，万丈岩头一剑寒。

七星树

长生古柏不知年，负有奇名震大千。疑是月中丹桂树，七星带下九重天。

小武当（无量寿佛石庙）

七星树下小山孤，玉殿玲珑入画图。万壑烟云朝祖国，一山雪凭护玄都。

古铜钟

紫金城外有金钟，久下瑶台作散翁。今欲送他还故国，西风不到清微宫。

凤凰池

玉液琼浆那个尝，众仙欲罢咏霓裳。醴泉不竭磨今古，池上何年落凤凰。

乌鸦台

栏杆十二护平台，为看乌鸦倚此来。助得名山添妙趣，战空擒食有天才。

八仙灯

宝灯焕彩耀乾坤，驾有八仙礼至尊。最是神光极显处，金炉香烬月黄昏。

照妖镜

宝器灵光总不销，千秋金鉴认明朝。美人莫当菱花镜，怕对菱花照了妖。

暗桥

太和真境有琼瑶，栈道明修路一条。暗踏星辰皆不晓，人人偷过古天桥。

金旗杆

摘星桥上古旗杆，常放金光万丈寒。独立高山何所事，辅他天柱镇狂澜。

转身殿

金殿埋头豪气收，小莲峰上度春秋。困龙幸有转身力，借得名扬贯九州。

紫金城

天城不坠拥天宫，系在蓬莱第一峰。紫府瑶京真个到，黄金阙内礼金容。

九转梯

转得丹梯入帝乡，九弯曲似九回肠。人人争过连环路，难脱连环路里狂。

真武殿

奇殿超群灵凭深，宝光万道射天心。中华怪底美铜少，尽教明朝化作金。

王理学（1893—?），河南人。幼读儒书，好老庄，精通医理，擅周易，官至国民党军团长。后无意仕途，弃武离家，学道于武当山朝阳洞、紫霄宫等宫观，为武当山全真龙门派道士，是中国道教协会发起人之一。著有《十省山水游记》和《武当风景记》三卷。

张任民

1994　雨后登武当

雨后青峰天际间，武当峻秀绝尘寰。遥思帝子铭功绩，剩有仙人独往还。五百年来留胜迹，数千里外想名山。休云五岳归来晚，仰止心仪愧未闲。

张任民（1898—1985），马平（今广西柳州）人。1911 年参加武昌起义。1916 年任护国军军务院参谋处参谋。抗日战争爆发后任第五战区军法执行监，兼任第五战区青年军团副团长、干训团教育长。

关亨九

1995　三丰祖师修道真言三则

一

说我颠来我就颠，颠颠倒倒有根源。一三三一颠倒颠，三三重叠上九天。九天之上有九真，九真返还化一元。阴阳气数乃造化，顺则生凡逆成仙。

二

天上玄壶生青酒，地下玉池长红花。青酒红花千年药，饮酒观花不老仙。

三

天上玄女酒，地下王母桃。饮酒吃仙桃，三餐吃个宝。

关亨九（1900—1994），满族正红旗人，瓜尔佳氏，祖籍长白县，明崇祯十七年祖先随清军进住北京西直门。将"武当太乙神剑门"献给国家，光大武当传承。

1996　练武二则

一·朝山拜祖

心存武当山，三峰在眼前。不入玄岳门，难学武当拳。

二·认门

太乙神剑门，玄妙在字中。写字即成拳，行笔是练功。悟道自然得，无须求套路。

杨廷宝

1997　颂武当

登遍五岳孰为先，清奇首推武当山。大唐初供五龙宫，元帝试制小金龛。成祖发工三十万，十里一宫五里庵。金顶稳坐玄武尊，民族雄姿传人间。

杨廷宝（1901—1982），字仁辉，河南南阳人。中国科学院院士，历任国立中央大学建筑系教授、南京工学院建筑研究所所长、中国建筑学会第五届理事长等职。

李达可

1998　外朝峰观日

举头红日近，回首白云低。只有天在上，更无山与齐。

李达可（1902—1980），又名李善，湖北安陆人。曾任汉口《晨报》《民国日报》记者、编辑。1950 年，任农业部行政处副处长。

1999　题词（三十二年秋）

岩岩岳崅万山王，民族精神见武当。势合嵩衡成砥柱，气涵江汉曝秋阳。扶桑东指观鱼沼，灌堰西屏启谷仓。瞻对喜多天下士，竟开宝藏射光芒！

张廷枢

2000　参山行

吁嗟！岌岌乎终南嵩少西北峙，太和之高安可拟。上有七十二峰之岩峣，纵横罗列五千里。中有玄都紫绛阙丹楼，爵律窈窕连云起。石势并峻嶒，奔流纷澎湃。遐迹籍仙灵，殊物储珍怪。我来夏日杖策跻，雨洗山径石无泥。郊原绮错迤逦接，岚翠参差雾霭迷。出城渐远路渐欹，修林隐岫转蔽虚。乔杉翳日连山碧，古柏凌云夹道垂。仰瞩高峰蒙琼弁，俯临幽壑铺江练。洞古时有鸾鹤游，潭深隐隐蛟龙见。雨久新凉夏气捐，振风响叶乱鸣蝉。雏乌自哺千年树，麋鹿长嗥日暮天。暮登陇坂行山半，葱葱渐见复真观。远看玉虚爵嵯峨，预想紫霄逼天汉。玉虚紫霄前代迹，疏泉凿石穷力役。龙楼凤阁拟昭回，汾祠泰畤安足惜。伊余信宿叩玄关，磴道千转屐齿艰。摄孤岭前石巉巖，棚梅祠畔流潺湲。潺湲下溜掠岩云，岩穴人语半空闻。栖真羡门茅为屋，采药葛洪薜作裙。昨讶探奇碍遥睇，忽见天门散朝霁。石栏铁锁万仞垂，伛偻攀缘入天际。天门上视更千盘，峭壁崇埔着巍冠。芒鞋蹋破岳云□，回首杳冥未能看。倚槛少憩凌绝顶，纵目乃觉天地迥。汉水遥分一线流，诸峰尽与邱垤等。少焉山腰云如织，元气出没荡胸臆。黄精石髓向来闻，瑶草琼葩那可识。晚楼仙观月华侵，中有黄冠抱膝吟。叩以金丹笑不答，援琴示我高山音。

张廷枢（1903—1949），原名柏庭，字蔚久，辽宁义县人。1912 年入东北讲武学堂学习，与张学良同学，任上校团长。日本千叶县步兵专门学校毕业后晋升少将旅长、陆军中将师长、预备军军长。1928 年任改编十二旅旅长、辽宁省第三区剿匪司令，率部在长城要塞古北口抗战。1937 年投奔晋东南八路军总部，被任命为八路军第一游击纵队司令员。爱国将领。

2001　雨中登望岳台

台在均州东北二十里。游客至此，登台望岳遥拜，故又名。台傍有米襄阳"第一山"石刻。

其一

登临骋望说斯台，万壑群山入槛来。天柱峰高霄汉上，紫云缭绕似蓬莱。

其二

未向紫霄瞻紫极，遥依玄岳礼玄关。新亭翠色排千树，古碣高标第一山。

其三

高台独步觅高峰，烟雨蒙蒙宿雾重。道是神仙未可接，青山常有碧云封。

2002　朝阳洞

洞口苍松不计年，洞中流水日潺湲。踌躇未便探幽窟，徙倚岩扉望紫烟。

2003　金花树

翠柏千株映日斜，冲虚仙观锁烟霞。游人笑指青林里，此树当年数放花。

2004　复真观

峰烟已没回龙观，林雨仍沾太子坡。闾阖氤氲排积翠，楼台窈窕枕山阿。

2005　九渡涧

幽谷千寻石径回，川流曾是五丁开。天津桥畔山木合，日落修林猿啸哀。

2006　紫霄宫

紫霄宫阙向蓬莱，槛外晴岚锦作堆。双沼自留日月影，宁知莫厌柏梁灾（宫有日月二池，以厌火灾，而殿廷已付灰烬）。

2007　摄孤岭

断续青山路欲穷，横空仙峤落长虹。而边山水临幽壑，杖屦飘飘若御风。

2008　七星树

半岭七杉列翠屏，千霄翳日象天星。游人缓步青阴里，指点云山片刻停。

2009　天柱峰

瑶台跨石随天转，金殿凌空近日攀。万壑千岩良在目，四瀛八宇更无山（会公曰：蓥山诸什，绝无蹊径、烟火之可寻）。

2010　沧浪亭

沧浪亭子汉江头，石势参差水而俘。估客擢声寻胜住，幽人屐齿爱山闲。
鼋鼍下隐千年窟，松柏高依百尺楼。日暮中流凭眺望，恍于海上见蓬邱。

2011　太和绝顶次石壁韵

万转丹梯万转山，层山历尽更跻攀。诸峰罗立青霄上，一柱高标碧落间。
金殿焜煌连帝座，玉阶缥缈俯尘寰。登临何幸逢朝霁，倚杖凭栏一解颜。

2012　游南岩望太和次石壁韵

朝辞天柱步晴霞，路人南岩景倍嘉。危槛纡回青嶂侧，阴崖掩映赤松家。
棋亭仙去常留局，棚树香飘故有花。回望太和元气合，高峰一半着铅华。

2013　舟过龙山嘴

轻舟已过龙山嘴，宿雨仍留乱石滩。夹岸峰峦排翠色，中流砥柱激清澜。
槎浮汉面同萍梗，山逐江帆似羽翰。回首均城何处是，太和风隔碧云端。

沙国政

2014　历经沧桑七十年

历经沧桑七十年，日夜梦想武当山。道路崎岖今实现，终生不忘党赐缘。

沙国政（1904—1993），名书谟，山东荣成人。武术家、高级武术教练、
骨伤科专家。

臧克家

2015　均县，你这水光里的山城（节录）

均县，你这水光里的山城，
"武当"卧在你的胸中。

汉水引领群山东去，

像是你的一条曲肱。

纵横的房舍，

要把城垣挤倒，

用四周的青峦，

做护身的围屏。

1939 年 1 月 28 日作于樊城

臧克家（1905—2004），曾用名臧瑗望，笔名少全、何嘉。山东潍坊诸城人。现代诗人，中国民主同盟盟员，曾任中国诗歌学会会长等职。

爱新觉罗·溥偁（金子弢）

2016　重登玄岳紫霄宫

重登玄岳紫霄宫，回忆往事如朦胧。五十二年沧桑泪，今日喜见画图宏。太乙五行归贡献，后承有人继于宗。振兴武术健身术，胜似黄山不老松。

金子弢（1906—1985），原名爱新觉罗·溥偁，末代皇帝溥仪同父异母弟。曾入武当山为道，是武当太乙五行拳传人。

梁寿笙

2017　桂省中渡梁寿笙题书

民国廿八年，予役武当，秋日游山，得近古体长短诗四千字，同诸先行，遂刻石武当，以留纪念。因香未及画刻，只书登绝顶之缘，以志鸿爪云。桂省中渡梁寿笙题书。

五岳嵯峨孰并妍，振衣直上太和巅。岚关蜀楚荆吴壮，云罩岷嶓汉沔连。拂面夕阳偏闪耀，修眉皓月总新鲜。霓裳欲按难为谱，未扫欃枪亦黯然。

梁寿笙（1907—1945），名春华。广西南宁鹿寨县人。国民党中将。著有

《咏史诗集》《南归吟》。

佚 名

2018 践约同登武当山

践约同登武当山，峰趣景物洞中伫。群龙起伏亲多变，一柱擎天不计年。

2019 何仙姑仙方诗

男科第一方

勿药有喜，福寿绵远。戒杀放生，自然安乐。

男科第四方

闲日不焚香，急时问老仙。回当自修省，病患免缠绵。

男科第五方

多年广陈皮，秤准足三星。糯米加生肉，痰气自然平。

男科第六方

终日谋为不足，时时心血多虚。劝君安份暂守，气血渐渐徐徐。

男科第八方

孝悌忠诚格老仙，灵丹一颗降坛前。虚心静养患无碍，服药求方念要坚。

男科第十七方

大肠热困畜，火麻仁作粥。服食三两次，清神日渐足。

男科第二十方

风湿闭中焦，流行胃未消。灵丹一到腹，血脉自然调。

男科第二十四方

事到无何问老仙，君心疑信未能坚。灵丹救善伏良设，中正修持尽革偏。

男科第三十六方

暑湿夏天来，今藏两肾间。疏通兼利水，全瘥本不难。

男科第三十七方

筋骨关气血，营卫两不调。急先当养静，久患自能消。

男科第五十八方

雪坞苍□□碧空，日遍天涯西复东。路上牧童归报晚，叩扉唤醒主人翁。

男科第六十方

丹皮泽泻及防风，酒芍天麻与木通。各用二钱水煎服，调和中道有奇功。

男科第六十四方

自熬党参胶，加些北鹿胶。两味三钱服，利阳病略瘳。

男科第七十三方

风寒未表清，柴胡用两星。苏叶和北杏，照法服之灵。

男科第八十一方

大肠有热未能通，肝木参差内有风。小小灵丹瘳痼疾，一朝服下有神功。

男科第八十二方

去年五月艾，醋制用三钱。钱半当归尾，照服可回天。

男科第八十六方

中焦有湿上焦痰，口腹肥甘慎勿贪。切忌当风忘久坐，五七服后遇三三。

男科第八十八方

平日大亏心血，今朝又复忧惊。须当抛去烦恼，方保气壮神清。

妇科第一方

坤厚载物，阴极配乾。幽闲贞静，福寿绵绵。

妇科第二方

堪笑夫人心太痴，劳伤心血欲求医。老仙赐用金丹服，抛忧息恼见生机。

妇科第五方

石莲花粉与柴胡，白芍元参及首乌。各用二钱秤准煎，脑中余热立时无。

妇科第六方

肝病兼肺病，扶金养木宜。和阴先降火，妙方少人知。

妇科第十七方

笑语频频戏语喧，来求妙药欲回春。至诚未见炉前跪，善恶当知有是门。

妇科第二十一方

劳伤成肺病，妙药本难医。念在诚求切，妙药一服施。

妇科第二十二方

恶曲困心胸，奇方向里攻。通行和血脉，气体自然通。

妇科第八十九方

事到无何叩老仙，和平全在立心田。欲求妙药多行善，一念精诚可格天。

妇科第九十一方

远年旧柚皮，存性秤一星。阴阳水同煎，痛患暂能清。

妇科第九十三方

麻王川朴及青皮，泽泻元胡与桂皮。各用二钱煎好服，胸中寒湿立时离。

幼科第十七方

神砂三分足，纹银来煎汤。祛邪兼退热，立下服之良。

幼科第二十方

夏日伏暑气，秋冬渐发之。幸在皮肤表，服药见生机。

幼科第五十七方

若要儿痊愈，当先洗自心。是非莫争辩，妙药不须寻。

幼科第五十九方

枝子天麻配地黄，元胡白芍走膀胱。活血草稍兼木贼，一钱煎好服之良。

幼科第六十一方

今日养子难，前日作子是。为子如为亲，其中原有意。

幼科第六十二方

此子根印薄，全凭阴骘扶。回天在人事，奇患立时无。

幼科第九方

此病由惊吓，先宜祷社王。再来求妙药，回春别有方。

幼科第十五方

风热两相攻，三焦丙未通。神方三两服，自可见奇功。

中华人民共和国时期

王 震

2020 洗尘台

俗缘磨未尽，空山傍妆台。溪云惹粉黛，岩花实魇开。

王震，生平事迹不详，1949 年后居台湾。

巴南冈

2021 无题

一九八二年七月，访武当胜境，由后山攀登金顶，得小诗一首，以记游。今又七年矣，重游武当，旧貌已改新颜，晨抄旧句以奉。一九八九年五月小满，时年七十有七。

古道绝人踪，云梯万千重。蛇行复猿攀，踞虎驭虬龙。力蹑三天门，曲攀九连蹬。林密情逾密，云深谊载浓。多病何足畏，古稀多余勇。汗雨洗尘爽，喷雾舒气平。山高人更高，苦多乐尤浓。金顶映晚霞，天柱傲群峰。

巴南冈（1913—1998），原名巴本楠，山东烟台人。任武汉书画院院长，曾捐赠武汉图书馆家藏书籍 1800 册。

李尔重

2022 赠武当山管理局

群拥金顶七二峰，绿野深岩话仙踪。大帝玄天称独慧，众生创世胜万神。

李尔重（1913—2009），号育三，河北丰润人。历任中共武汉市委第二书记，河北省委书记、省长等职。

朱家溍

2023 秋日登武当

道院清秋暮，推窗望碧空。长松迎落照，桂露染琳宫。大岳当无愧，幽奇自不同。年年霜降后，楝叶满山红。

朱家溍（1914—2003），字季黄，笔名贞吉，浙江萧山人。宋代理学家朱熹第二十五代世孙。文物专家、清史专家、中国戏曲研究家。任故宫博物院研究员、国家文物鉴定委员会委员、中央文史馆馆员、九三学社文教委员会委员等。著有《故宫画集》《故宫所藏善本书目》《明清帝后宝玺》《故宫退食录》等。

严　辰

2024 武当行

风波拍舷月窥窗，小楼浮沉云海凉。思绪万端眠不得，踏破夜色迎朝阳。

严辰（1914—2003），原名严汉民，笔名厂民，南直隶武进人。中国作家协会专业作家，曾任《人民文学》副主编、《新观察》主编、黑龙江省文联副主席等。

黎遇航

2025 诗赠武当山道协会成立

金顶天然万丈高，遥观圣地入云霄。群山起伏风光美，朗诵黄庭情六朝。初到太和宿紫霄，餐霞饮露亦逍遥。群峰耸入云端里，胜地风光难画描。

黎遇航（1916—2002）。南直隶金坛人。1923 年，学道南直隶省句容县茅山元符宫西斋道院，升为主持。1980 年，任中国道教协会会长。1987 年，创办《中国道教》杂志。1990 年，创办中国道教学院，任院长。

胡 绳

2026 游武当而未上金顶（1996 年 5 月 7 日作于紫霄宫）

南岩胜景屡回眸，万壑千峰尽举头。试遣灵鸦报真武，长留金顶供神游。

胡绳（1918——2000），原名项志逖，笔名蒲韧、卜人、李念青、沈友谷等，南直隶苏州人。1982 年，任中共中央党史研究室主任，负责研究中国共产党党史。1985—1998 年，任中国社会科学院院长。1988 年，任全国政协副主席。中国哲学家、近代史专家。著有《帝国主义与中国政治》《中国共产党的七十年》《胡绳文集》《胡绳全书》等书。

沈因洛

2027 登武当有感

武当享盛名，迎来八方人。谈笑论古今，信步登金顶。

沈因洛（1920—2016），吴县（今南直隶苏州吴中区）人，曾任湖北省政协主席。

黄正夏

2028 武当颂

炎帝播种留霄汉，真武练功逾千年。诸葛山人高卧处，两江恋恋出秦川。玄岳儿女意志坚，沧桑遍历只等闲。革命勋业慰英烈，故州风雷壮尧天。

黄正夏（1921—2009），湖北襄阳人。历任均县中心县委干部，任第二汽车制造厂厂长、二汽集团董事长、湖北省人大常委会副主任等，被誉为"东风教父"。

张之航

2029　登武当山

山雄宫胜武当奇，一柱擎天树帅旗。石级凌霄寒客胆，三门陡险挂云梯。祖师金顶闻环宇，万寿南岩问百疑。世路崎岖难举步，虔心致志晤玄机。

张之航（1921—　），湖北黄梅人。诗词研究家，著有《诗词联格律新探》。

张良皋

2030　为弘扬武当的世界历史地位呐喊（甲子仲秋）

文艺复兴标志，位居华夏何方？比肩佛罗伦萨，太岳冠武之当。

张良皋（1923—2015），湖北汉阳（今武汉）人。华中科技大学建筑与规划学院教授，中国建筑学家、建筑教育家、巴楚建筑文化缔造者、红学家、诗人。著有《匠学七说》《中国民族建筑——湖北卷》《巴史别观》等。

2031　题武当六言

攒簇青峦紫嶂，掩映碧瓦丹墙。昔闻九霄广宇，今见大岳阿房。玄天显灵恍惚，帝孙遁迹渺茫。谁解英雄御世，彤云长翳武当。

余良瑛

2032　武当山天柱峰远眺

云海苍茫天柱峰，夕阳金殿映彤彤。低头远眺丹江口，碧镜华灯水底宫。

余良瑛（1923—　），湖北黄梅人。医务工作者，中华诗词学会、中国楹联学会会员。

2033　陪兄嫂（自台湾来）上武当

武当玄岳景朦胧，举伞游人兴更浓。一柱擎天登绝顶，青山环绕拱腰从。

谷有荃

2034　重游武当山即兴一首

重游胜境武当山，蹋破天门叠叠关。昔日豪情今尚在，摩天金顶也敢攀。

谷有荃（1927—2010），字安徽，湖南耒阳人。书法家，创办中国第一张书法专业报纸《书法报》。

李　峻

2035　静乐钟声

静乐湖上静乐宫，武当首阙出兰空。道家庙宇百神现，映入游人幻梦中。赑屃驮起古圣旨，道法自然玄妙空。节日一声洪钟响，游人如织神道中。祈求千般好为一，频应客观福寿通。

李峻（1932—　），本名李俊。广东兴宁人。湖北丹江口市博物馆文博研究员。中央电视台第一部武当纪录片片头画作者，撰《汉江流域近百年考古新探》《从考古发掘看丹江口市变迁史》等。

2036　紫霄宫

琼楼玉宇出晴空，金碧辉煌紫金宫。松柏森森如画卷，故宫似在楚山中。

2037　龙山塔影

龙山塔影几春秋，烟雨朦胧锁故州。百里橘林萦两岸，白帆片片载仙游。

台湾人士（一）

2038　大道之行

武当山上庆中华，大道封神德不夸。真理宣扬缺咫尺，德盈相会愿精华。主旨通心诚意愿，命规愿力照萌芽。通时合力腾真慧，天照玄门好善夸。

降命恩威盟武当，中华无极好心灯。秋金稻熟欣来旺，节会丹心日月长。神道汉江思不尽，人仙陆海好心肠。齐心拱手情谊得，心愿腾虹善德同。

台湾人士（一），生平事迹不详。

台湾人士（二）

2039　朝龙头香

兴来更上南岩宫，我拜蓬莱思玄天。愿献龙头香万炷，冰心默祷国运隆。

台湾人士（二），生平事迹不详。

台湾人士（三）

2040　无题

武当玄武耀辉煌，台湾弟子齐共襄。灵恩显圣佑中华，两岸和平天下安。

台湾人士（三），生平事迹不详。

流汇洋

2041　杂咏

岁月苍桑非无情，万物阳春争葱茏。绽蕾桃李放玉香，吐絮杨柳开美景。武当道鼓醒恶梦，经堂玄乐点大乘。自古因果生向死，无欲身家死向生。

流汇洋（笔名，生卒年不详），武当山道士。

佚 名

2042　律吕歌诀

黄钟子月律初分，大吕年终太簇生。二月夹钟三姑洗，四当仲吕五蕤宾。自从六月林钟节，夷则还归七月陈。南昌居八无射九，应钟十月注分明。

佚名，武当山道士。

2043　武当山踏罡步斗歌诀

举步先走四七宫，三十六天在其中。箕起履行东斗宿，南北二斗两交冲。转身六步三台位，回度五常却从东。九灵还从坎宫起，往前三步度罡风。

佚名，武当山道士。

三品道人

2044　武当山修真有感五首

一

凭栏远眺万重山，晨曦四射霞光满。重叠山岭白云帐，巍峨峰峦碧水涧。山人常行大岳路，道侣时见巨石眠。运转乾坤揉清气，抽坎填离结圣丹。

二

武当仙人名久远，大明皇朝建圣殿，十万工匠山间布，千百良才绘仙山。非凡建就紫霄宫，威颜真武笑容欢。四海游客朝圣帝，香火明烛耀九天。

三

读《道德经》悟

宇宙宝典道德经，洋洋洒洒五千文。丰富哲理经中宝，玄妙圣谕修上乘。精论善德参大道，人生奋进指路灯。思想灵魂受陶冶，无为高德心底明。

四
题《太上感应篇》

太上圣谕感应篇，从古迄今数千年。万万善信遵圣教，千千高人居品莲。今日立志苦修道，明天功满至上仙。脱俗了凡一刀断，归家认祖谒圣颜。

五
四时道情

春风和暖，百花争艳。求道士人志气坚，闲来探妙，忙时参玄，扭转坤乾。夏日炎炎，绿柳红莲。午卯酉炼金丹，早晚皆来静坐经忏，了凡登仙。秋气爽天，菊桂香远。红枣山果似珠丸，采吞种播我丹田，婴儿坐莲。冬天雪寒，红梅吐艳。雪压大地兆丰年，俺闲执笔绘江山，雪里神仙。

三品道人：武当山道士，道教书法家。

方城香会

2045　《发马经》并祝词（节录）

大哉真武，武当仙灵……今年朝鼎，汽轮一乘。信士弟子，五十余名。老爷佑护，张爷送程。王爷开路，武当迎神。山神土地，洞府仙灵。沿途送贺，马快身轻。早见金面，酬愿宿诚。一顺百顺，求祝神圣。

方城香会：相关情况不详。

郑文炳

2046　沧浪绿水

汉江千里古今流，碧水扬波绕大州。孺子清歌渔子唱，亭台花树旧迹留。

郑文炳（1941—　），号南山，湖北丹江口人。湖北省特级教师，国家一级美术师。湖北省丹江口市老年大学副校长，丹江口市美术家协会副主席。

2047　紫霄宫

蜡烛香炉峰接峰，展旗号召万军从。凌云伴月金钟响，父母殿中拜九重。

张家玉

2048　登武当

琼阁闪闪彩云间，松柏茫茫绿浪翻。七十二峰朝大顶，二十四洞演奇观。文人题字留真纪，雅士吟诗壮圣山。最是登高看远处，脱凡悟道自成仙。

张家玉（1942—　），湖北丹江口人。原均县公安局干部，中国对联文化研究院研究员，丹江口市老年诗书画研究会常务副秘书长。著有《岁月之歌》《家玉书画集》。

段茂堂

2049　武当仙山五咏

一　紫霄深宫

玉宇映晴空，琼楼云彩中。庄严如画卷，肃穆似神工。松柏千年秀，清泉百代隆。祖师兴福地，灵气贯长虹。

二　飞身岩

千仞一金蟾，峰回别有天。雾开尊貌露，如虎跃深渊。

三　今又三月三

真武诞辰均水畔，八方信士拜仙山。南腔北调歌盈地，紫气祥云鼓震天。岚罩雾腾蔚圣境，祈神拜祖兆丰年。春风浴沐仙源处，月月登高岁岁安。

四　玄岳门

巍巍屹立气势宏，挺挺高耸云霞中。神功妙手施技艺，顽石锦磬隐蛰龙。经风雨露传万载，灵光含韵到千松。仙山治世无须问，六百年来气正雄。

五　黄龙洞

行行曲径迷，叠叠洞幽奇。炎夏似秋月，洞台妙手滋。

段茂堂（1945—　），湖北丹江口人。丹江口市发展改革委员会干部，丹江口市老年诗书画研究会副会长兼秘书长。著有《平凡记忆》《岁月清吟》。

锷 风

2050　武当山访道

云路扶摇谒祖庭，琪花载道雨痕青。松间鹤绕紫霄殿，洞外龙听道德经。鼎立群峰横剑气，霞蒸重阁幻鸾形。天阗夜静好留客，倚枕拈香梦亦馨。

锷风（1950—　），本名朱自欣，湖北丹江口人。任地方党报社长、总编辑，为丹江口市诗词楹联学会会长。主编《太和清韵（诗词楹联大赛作品选）》。

2051　静乐宫

拔地丹墀傲九重，棂星门矗紫云浓。古麋久叹废绳墨，灵址新辉铸鼎钟。檐外折流滋广陌，阶前堆霭漫遥峰。游人莫濯沧浪水，或恐波澜惊蛰龙。

王学范

2052　武当歌——为武当大兴六百年而作

混沌初开有此山，距今亿万九千年。山势逶迤八百里，七十二峰呈奇观。显定峰翠瑞气聚，巉岩嵯峨入云端。万丈峰高一万丈，截断流云笼雾烟。狮子峰踞天门上，威风凛凛护仙寰。皇崖叠巘出云表，飞鸟难至猿难攀，中笏峰持象牙版，鞠躬朝顶列玉班。大莲小莲芙蓉绽，众仙心仪争相看。大小笔峰毛锥树，挥毫书就惊世篇。天柱居中冲霄汉，下视群峰如泥丸。七十二峰俱叩首，文臣武将躬身前。君不见，峰峰岭岭木蔽日，阴阳昏晓辨尽失。涧壑溪流争喧豗，千丈飞瀑挂绝壁。猿鸣虎啸震山川，龙吟骊潜藏宫室。鹤栖凤翔百鸟唱，犹闻天宫鼓琴瑟。噫吁嚱！更惊造化情独钟，神龟形付天柱峰。上应三天司治界，可成千秋万代功。静乐王子心向往，辞父别母居山中。风霜雨雪四十载，衣萝餐果傍岩松。功成飞升天柱顶，名称玄武镇苍穹。降魔斩妖捉鬼怪，消灾赐福万民崇。善男信女摩肩踵，朝朝暮暮香火浓。嗟呼哉！从此武当威名震，普天真人来滚滚。西周尹喜辞函关，三天门下石壁隐。汉武将军名戴孟，高官不作武当遁。马明生栖五龙宫，神丹炼就仙自认。阴长生，新野人，服丹升天仙阶晋。谢道通，别庙堂，身归武当听真训。扶摇子，居石岩，一睡百年身无损。张三丰，明皇崇，仙人杳去无音信。嗟呼哉！星移斗转几度春，频改朝代归朱门。允炆削藩固皇基，燕王靖难大兵陈。巧借神明造声势，龟蛇旌旃舞晨昏。宰牲祭拜叩玄武，披发杖剑言闹闹。神助北军如破竹，钟山风雨摧建文。成祖端坐金銮殿，君临天下驭万民。嗟呼哉！君权神授维纲常，紫禁城中运筹忙。举国纷建真武庙，大江南北焚高香。词曲乐章纷纷奏，玄天上帝名号彰。工部侍郎驸马尉，钦点重臣督荆襄。苏州泉石益州木，普天无不奉武当。卅万工匠十载役，黄金白银掷岭冈。九宫八观巧镶嵌，星罗棋布世无双。静乐均州半壁市，玉虚仿佛汉未央。紫霄势压甘泉小，南岩堪比秦阿房。圣殿高居天柱杪，铜铸金銮壁辉煌。更有岩庙三十六，玉缀珠穿峰壑旁。道士五千田万亩，册命提点设署堂。三日一斋五日醮，祈保皇统万年长。嗟呼哉！皇家道场臻极盛，势压五岳独脱颖。皇封大岳太和山，天下名山谁比并。玺书皇榜屡屡颁，洒扫护卫保久永。均州卫所两千兵，日夜勤守心耿耿。明皇亲躬崇玄真，文武百官膜拜敬。水旱两路万里来，轩车翠盖仪肃整。后卫尚在襄阳州，前锋已上天柱顶。鼓乐喧阗香烟飘，三拜九叩礼施定。上行下效百姓趋，千里来朝千里骋。熙熙攘攘万头攒，拥馆塞路蔽峰岭。噫吁嚱！六百年前事已休，明皇清庭付水流。九宫八观半凋敝，傍峰依岩证春秋。改革开放东风劲，武当灵山展鸿猷。重整重修巧规划，青春焕发古韵留。君不见，玉虚新构仙宫现，静乐重光夙愿酬。索道凌空飞大顶，公路盘山连峰丘。丹江大坝锁涛浪，太极碧波荡轻舟。仙山秀水相辉映，湖光山色望眼收。博物馆，文物展，抚今追古探端由。演艺场，节目献，仙子曼舞展歌喉。武术厅，比武艺，神拳龙剑鬼见愁。故事村，说今古，万人静听石点头。金街银街商万户，洋场十里世无俦。汉江楼船通四海，武当机场连五洲。天南海北客纷至，七十二峰任悠游。嗟呼哉！六百年后武当复兴正当时，灵山重铸辉煌壮神州。

王学范（1953— ），号静远斋主、汉江渔翁，湖北十堰人。曾任十堰市教育局副局长、十堰市教育学院党委书记。十堰市诗联学会会长。著有《静远斋诗钞》，主编《王世贞抚郧诗文集》《十堰古代诗歌集》等。

2053　天柱峰

天柱峰高半入穹，群山俯首尽朝躬。绿林掀起冲天浪，青霭幻成连涧虹。路绕岭峦绢带舞，水盈盆谷雨烟笼。风光更有绝佳处，金殿辉煌映日红。

2054　南岩宫

南岩胜景峻奇称，万丈悬崖神鬼惊。道观巧镶仙帝造，龙香妙设上天成。峰台展翅雄姿见，石栈盘肠险象生。欲觅青羊无去路，但闻碧涧水声声。

2055　紫霄宫

峰展红旗舞碧空，山衔道观紫霄宫。碑亭屹立守门将，松柏高扬持斧僮。画栋雕梁惊圣手，飞禽走兽夺天工。人称真武多灵验，我赞先民才智雄。

2056　踏雪访武当五律三首

一

武当情独钟，最爱雪飞空。银塑乌鸦岭，玉雕天柱峰。琼花千树绽，丽日一轮红。健步登金顶，举杯邀谢公。

二

才离太子坡，又向剑流河。听雪松依岸，弄溪桥卧波。秀湖镶玉镜，灵树执银戈。天柱权为笔，欣书赏景歌。

三

时届年关近，武当吾自游。有心赏白雪，无意问青牛。万壑银包裹，千宫玉凿修。晶莹清净界，一睹更何求？

2057　秋游五龙宫

崟岭沐秋风，群山抱五龙。残碑书殿古，断壁记名隆。树碧灵鸦噪，池幽野草蒙。荒台偎老道，展卷读三丰。

张明昭

2058 观武当道士演太极

缓缓抽丝起，仙姿混沌中。羽衣凌缥缈，微步转虚空。时立金鸡足，频分野马鬃。蛇形腾左右，鹤影忽西东。环绕行如水，回旋动似风。翩翩烟锁月，飒飒势吞虹。手将球尤抱，神凝意未穷。奇招无定式，妙谛见圆通。四两千钧拨，三元百络融。周天真气贯，安静到鸿蒙。

张明昭（1955— ），福建仙游人。教师。该诗获庆祝"武当大兴六百年"暨第二届"静乐杯"海内外诗词楹联大赛诗类一等奖。

2059 五排·观武当道士演太极

缓缓抽丝起，仙姿混沌中。羽衣凌缥缈，微步转虚空。时立金鸡足，频分野马鬃。蛇形腾左右，鹤影忽西东。环绕行如水，回旋动似风。翩翩初锁月，飒飒欲吞虹。手将球犹抱，神凝意未穷。奇招无定式，玄谛见圆通。好取抟扶势，徐收囊钥功。骨清身曼妙，兴逸舞朦胧。四两千斤拨，三元百络融。周天真气贯，安静到鸿蒙。

罗耀松

2060 武当西

尘埃已没
叹尘埃又起
荒芜野草石道
隐约前世今生的聚散

风声如诉
道因因缘缘
抚面无踪

纵有一番豪情觅归

苍蔼难断
似心随峰回
涯天有知
撷取一眸相顾

即红墙千堵
碧瓦万张无数
青壑掩隐
终已坍塌紫陌

蓬絮落涧
鱼情有致
绝壁南岩
道垣肩摩踵接人语

　　罗耀松（1961—　），湖南邵阳人。湖北十堰汉江师范学院教授，汉水文化研究基地武当文化研究中心主任。

严永金

2061　夜宿紫霄宫

　　湍阶山月明，襟袖晚凉生。盈榻银钉照，半窗疏影横。思人徒故意，伴夜只黄庭。漏尽更阑处，听残钟磬声。

　　严永金（1962—　），湖北钟祥人。十堰广播电视大学（十堰教育学院）党委书记。湖北省诗词学会常务理事，十堰市诗词学会副会长、十堰市教育学会副会长、十堰市社科联副主席。著有《大岳诗纂》。

2062　武当览胜

五岳游踪过，太和奇境多。峰峰朝大顶，树树立崇阿。宫观倚危壁，松杉佩女萝。江山饶胜迹，骚客费吟哦。

2063　武当山索道即景

羽化登仙去，乘鸾御太清。风从域外来，云自颊边生。上出重霄远，下临无地平。千岩竞秀处，万壑争流声。

2064　题武当山飞升岩

庆羡仙家眷此山，潜踪灭迹白云间。修成妙道飞升后，紫气苍烟任往还。

2065　南神道望金顶

南神道上步仙踪，丹阙凌霄一望中。别径凭虚朝大顶，鹤声云影满霜空。

2066　携志辉兄游武当有赠

太和莽莽出云天，冠冕神州五岳山。天柱为君椽笔立，展旗峰作顺风帆。

2067　武当山南神道即事

山自崇隆水自高，深深引路上重霄。原来秘境南神道，堪作人间乌鹊桥。

唐华明

2068　均州八景图诗

沧浪绿水

孺子歌处水依然，屈子忧国自沉渊。今有熟美承前志，沧浪亭台伴风烟。

黄峰晚翠

犬吠惊起归林乌，雾霭半显炊烟绕。独钓渔父深水处，金峰辉映勿须早。

东楼望月

浊酒一壶东楼上，月明映杯词赋畅。恍若仙台天庭里，江舟渔歌相对唱。

雁落莲池

雁来复往曾几何，花香四溢无奈客。莲花自在池中立，愿拥雁声一片荷。

龙山烟雨

永固均州畅汉水，烟云朦胧导航归。大禹至此留印迹，不负先贤万古垂。

方山晴雪

玉砌银峰立天半，耀目争光日惨淡。古寨残垣迹犹在，百年风雨似澹澹。

槐荫古渡

千年古渡万年河，牧童浣女舞纱歌。浩渺烟波江之舟，过客佚事何其多。

天柱晓晴

太和一柱峰，万山皆朝宗。霞光神灵在，普照万年松。

二〇一七年冬至作

唐华明（1962—　），湖北武当山人。画家何加林入室弟子，中国道教协会会长李光富道长徒弟，武当山美术家协会主席，武当山特区地质博物馆、展览馆艺术指导，武当道教山水画传承人。

高　飞

2069　武当山　　让我们俯下身去倾听（组诗四首）

一

历尽沧桑的武当山

像一位年迈而慈祥的老人

静静地坐在那里

让岁月拂去岁月的尘埃

等待着你的到来

倾听

沉默已久的心声

在武当山

任何一座神殿

甚至一级被岁月磨光的台阶

一处神龛或者一截

被青苔锈蚀的残碑

都是古老而鲜活的音符

或者一句隐秘的谶语

或者布满珠网的玄谜

或者一只期待已久的眼睛

在苍茫天地间静静地

凝视

等待又一场风雨的来临

一颗灵魂的复苏

那是一个神圣的时刻

那是一个石破天惊的时刻

一个黄昏之后

让我们这些后来者

俯下身去倾听

一场穿越时空的对话

二

玄岳门 沉默或者沉思

玄岳门

实际上不是一道门

在一百四十华里长的武当山

古神道上

是一个地理性

标志

门外七十里

是进山的路

门内七十里

是拜神的路

更贴切或者更准确

是一座山的进出口

几根精雕细刻的高大石柱

静静地　　以沉默的方式

站在那里　　古神道的中途

让每一个过往的人

仰望

跨越

或者

沉思

然后

走过

如一缕山野间吹过的清风

或者若有若无的浮云

或者掠过暮色的归鸟

或者花丛翩跹的蝴蝶

或者出或者进

与这座门无关

完全是行路者自己的

选择

几多脚步来去匆匆

几多背影来去无踪

玄岳门依旧在岁月的天空下

或者时光里

静静地

伫立

守望

或者

沉默

三

武当山天柱峰

用一种山的高度

丈量每一个朝圣者的信仰

——题记

把希望铸成一座山峰

独立云表

让所有的风吹来

让所有的云涌来

让所有的人走来

伟岸的身躯

不再是一道风景

不再是岩石

不再是山

而是

一道让人攀缘的天梯

为了一条路

你承受着刀凿斧劈的痛疼

你承载着攀登者的希冀

甚至让沉重的砖石 庙宇 神像

都扛在肩上

高高擎起

你擎起的是一个圣地

把七十二峰擎成一片人间的仙境

你擎起的是一尊神明

让千百代朝圣者顶礼膜拜

你擎起的是一轮红日

让这里成为遥望光明的极顶

你擎起的是一面绿色的旗帜

让每一个攀登者听到深切的召唤

因为你

这片土地多了一行又一行脚印

因为你

这个世界上多了一个又一个话题

因为你

山的高度不再是尺子所能丈量

天柱峰

用一种高度

展示山的雄奇

四

武当山金顶

你把一种崇高

用险峻表达

于是

你以一座灵山的神奇

让虔诚

在这里

接受检验

你把一种爱
化作九曲回环的天梯
于是
每一步台阶
因你
攀登成为一种
荡气回肠的
向往

你把一种信仰
凝聚成金碧辉煌的殿宇
于是
每一次朝拜
因为你
闪着耀眼的光辉

天柱峰
不朽的金殿
天地间
光耀千古的
神祇

2004 年 9 月 27 日

高飞（1963—　），河南淅川人。湖北省丹江口市作家协会主席、《沧浪诗刊》等杂志主编，世界汉诗学会理事。

宋 晶

2070　烟笼观雀

玄山一脉起云宫，错落参差静乐东。竦身山雀鸥吻上，香雾人立道院中。

宋晶（1964—　　），内蒙古自治区呼伦贝尔人。汉江师范学院教授。

2071　圣诞朝贺

裙围贴双囍，花衣插四旗。熏香答恩季，神惠助蕃釐。

2072　为五龙宫文所思

惓望五炁夙夜召，独携鹤仙步虚遥。专勤酬答慕道语，守默恭恪拜神朝。

2073　赠武当山香会——大同心社张刚会长

平鲁叶方世称奇，圣驾巡境巧布机。正道康庄健步稳，心宽地阔与天齐。

钟云龙

2074　武当山组诗

一

世途多艰难，苦寒日继还。常存凌云志，却是缘迟来。回首自然处，万物同参玄。桃李初春绽，夏日几株莲。仲秋丹桂异，隆冬梅艳天。四时荣枯理，各得其所然。投身红尘内，三十渡清闲。唯愿辞旧岁，龙马跃深渊。

二

游子何惧山水重，风回路转意从容。谩道人生失意处，挥笔亦然气如虹。祸福自古相依寄，得失眼前莫言穷。男儿有志虽当远，北溟昭昭化鲲鹏。

三

唯愿冰清玉洁，任凭世俗波颠。手握阴阳虚度，怀抱乾坤八极。塑造无为形象，抒写自然诗篇。琼楼名列有我，逍遥自在神仙。

四

西天有竺国，东土亦蓬莱。三界真善美，十方同参玄。清虚呈妙象，无为种福田。文佛阐因果，道德法自然。

五

夫物芸芸可归根，归根复命事已荣。已荣华堂致虚极，虚极静笃得常生。

常生寡欲出圣智，圣智恍惚一昭然。昭然若还归真土，真土必能养长春。

六

乾坤造化工，天地人如同。三生万物有，返璞归苍穹。

七

闯东西，意迷离，观茫茫人海，感世态凄凄！幕幕云烟眼前过，青春路不回。一腔热血东逝水，几番心情自然归。常与鹿鹤伴，更有日月陪。欲问玄机何处找，却只清静无为。

八

道由心学几惚然，幽关玄牝亦周天。荷福存心缘由起，名无能民筑根基。阴阳始判谁人解，法理融通一株莲。灵光常归清静处，闲云野鹤不老仙。

九

临危君能常伏难，功成谦让莫为荣。独登一览群山小，德被九州可寄生。大志深藏无名意，鲲鹏拂起万里云。存心祸福知多少，名无能民有乾坤。

十

浪乘风威势最高，子志逢时呈英豪。凌空万里逍遥客，云行雨施更风流。拜遍灵山鹿鹤去，访及白云枉徒劳。道之东西缘何在，有也南北添人愁。

十一

天涯路上多逍遥，莫为悲欢离合愁。命中来时终须有，待得无处莫强求。世事烟云眼前过，悠幽岁月独自留。倘若一朝黄粱醒，别有乾坤袖里头。

十二

依山明月共，流水花与同。青春几多有，再度夕阳红。窗外寒风起，漫天雪如鸿。世事难遂意，独我傲苍穹。

十三

辞故土，历千山，两袖乾坤志常怀。功德十年将成果，孤影青灯一夜还。行孝道，染尘埃，漫天风雪涌兰关。世间多有不如意，单装素裹返南山。

十四

今觉黄粱梦，不再染尘埃。拂手长此去，迈步入南山。七情我独守，六欲自然安。勤修真常道，无为列仙班。

十五

少时出家老来还，满腔热血换容颜。三十人生沧桑过，不惑之年尤等闲。但见天命成硕果，却愿云山渡慈航。色即是空空色象，道本无为法自然。

十六

昨夜一梦似黄粱，觉悟人生不久长。虽当及早南山去，免往丰都见阎王。安生立命无为事，怀抱八极握阴阳。但得清虚成妙相，道法自然渡慈航。

十七

人生天数定，全凭因果缘。出自书香第，幼少习练拳。精研文武道，未遂保家园。早存鸿鹄志，却是入空玄。志心皈命礼，无为种福田。金鼎黄芽起，感悟法自然。

十八

早觉黄粱梦，再度染尘埃。人生难自主，七六两相沾。二九登太和，修行武当山。练就玄门剑，当断世俗缘。安身无为事，立命法自然。唯愿成功果，南宫列仙班。

十九

踏入大千界，涉世举步艰。胸虽存妙法，难释其中玄。常思未曾解，回首一忽然。云芸各有道，吾志在南天。

二十

勤培中宫土，又见上谷泉。常饮长生酒，黄芽出丹田。河车搬运去，轮回一周天。阴阳成六合，恍惚入杳冥。三花聚大顶，五气朝上元。神气来沐浴，祖窍藏机玄。满月高空照，光耀大罗仙。清虚妙象起，道德法自然。

二十一

斗指西南秋气爽，日照乾坤万象新。盛世黎民开泰运，福蕴山水会武林。刀光剑影逍遥客，南拳北腿大道行。举手投足真豪迈，文韬武略冠古今。唯愿联盟成壮举，遂我中华儿女情。

钟云龙（1964—　），俗名钟道烛，道名清微，号云龙。湖北阳新人。武当山道士，武当山三丰派第十四代大弟子、武当武术嫡系传人。曾任武当山道教协会对外接待办公室主任、武当山紫霄宫执客、武当山紫霄宫管理委员会主任等职。创办武当道教武馆、三丰会馆，任总教练。著有《武当太极拳》。

李玄辛

2075　武当·道（1990年3月15日）

身居深山春常在，脚踏天柱可擎天。开门观日万里画，闭眼坎离永世秋。但将赤诚化宏愿，男儿有志访雅川。

李玄辛（1966—　　），湖北天门人。出家修道于武当山，武当玄武派第十四代弟子。1990年，中国道教学院首届"道教知识进修班"毕业。现任湖北省道教协会副会长、武当山道教协会办公室主任、武当山道教学院教师、《武当道教》杂志编辑等。

2076　太和梦（1990年3月26日）

瑶池琼阁常梦游，仙山福地几度秋。晨观红日出沧海，暮看玉兔起蓬莱。神到清微天外天，梦御飞龙山中山。归真读破经万卷，玄妙窥透度永年。

2077　蝶恋花（1992年6月4日）

谪仙都居太和巅。燕雀罕至，夏寒着青袍。放眼千岭困白云，举笔朱颜绘琼宇。翠瓦云端响清铃，清铃清韵，随风深谷行。孤独不辞万千苦，种得鸾花世间无。

景元华

2078　甲午正月游武当山有感四首

久有朝山志，未值好机缘，而于甲午正月岁首开笔之日，始遂武当之行。一路轻车，至于丹江口，而未料因大雪冰路武当封山，徘徊数日不得入门也，于是决定徒步登山。行走岩谷，满目雪野寂寂，松竹苍翠，峰岭雾凇垂垂，云气氤氲……行四十里，谒真武真容，触景生情，如梦如幻，心有所动，因暮宿五龙宫。次日，仰望金顶，云封雾锁，而登山道路冰雪积冻尤甚，几不可登，乃悟真武因缘如此，遥拜辞归。流连忘返之间，得诗数首，并录于此：

其一

宇宙微茫信难求，沧海横流觅仙舟。人间忽传有福地，碧山金顶丹水流。左有一十二青龙，右有二十四白虎，前有三十六朱雀，后有七十二玄武。云蒸霞蔚生瑞霭，万壑千岩竞森秀。中有洞天真武境，老子曾经走青牛。岩谷云深洞府幽，隐士栖迟羽客游。鹿鹤同春龙虎顺，瑶草琪花万古秋。因访宿客乘风入，松径竹烟袭兰袖。触景生情隔世缘，默然无语人依旧。披发跣足雪满头，仰望星空孤立久。烂柯不解思故乡，书剑传心折梅手。折梅寄棚证道心，歧路徘徊苦沉吟。来时欢喜去时悲，故山一派雪纷纷。

其二

过尹仙岩感尹喜先生当年入蜀寻师路阻之苦。

大地茫茫白雪飞，深山虎啸谷风催。烟云迷径寒林暗，渺渺一身何处归？为寻师踪入绝境，岩栖又逢白骨堆。蓦地一缕梅香沁，天心道德在隐微。

其三

怀乡思父母，依依不忍去。脱胎换骨心，尘世多忧惧。风雪兼程路，书剑开篇处。幻化在人间，神迹棚梅树。

其四

十里松风送，送我孤影暮。回首故山青，临歧长踟蹰。

景元华（1971—　），山东济南章丘人。作家、编剧、藏书家，为佛学、易学、老子文化研究学者，地方史志研究专家。著有《章丘道教发展史》《老子春秋》《真武王》《寻找宇宙之心》等。

2079　丁酉仲春廿后日再动《真武王》有感

九州春动振风雷，激声更兼鼓角催。书生马上投龙简，山河故人起深悲。五百年隔三生愿，万古劫休一念灰。大圣归来传真武，玄天有信因偶回。

附录 武当山诗歌检索表

作者	序号	篇目	出处
周代			
佚名 （生卒年不详）	1	孺子歌	（战国）孟子著《孟子·离娄》；武当山碑刻，题作"沧浪歌"； （战国）屈原著《楚辞·渔父》篇； （北魏）郦道元著《水经注》卷二十八沔水，题作"渔父歌"
三国时期			
阮籍 （210—263）	2	无题	摘自民国年间武当山道士化缘时使用的《湖北武当山风景全图》，或为托名之作，存疑
嵇康 （223—263）	3	幽愤诗	戴明扬校注《嵇康集校注》第一卷
	4	答二郭诗三首 （节录）	
南北朝时期			
庾信 （513—581）	5	仙山二首	（南北朝）庾信撰，（清）吴兆宜笺注《庾开府集笺注》卷五
隋代			
太真夫人 （生卒年不详）	6	赠马明生 诗二首	（宋）张君房编《云笈七签》卷九十八赞颂部·诗赞辞
唐代			
骆宾王 （638—684）	7	夏日游目聊作	（唐）骆宾王撰（清）陈熙晋笺注《骆临海集笺注》卷二
宋之问 （656—712）	8	游陆浑南山（自歇马岭到枫香林），以诗代书答李舍人适	（清）曹寅、彭定求等编纂《全唐诗》卷51；（清）王尧衢注《唐诗合解笺注》

续　表

作者	序号	篇目	出处
唐代			
李白 (701—762)	9	金陵望汉江	(唐)李白撰《李太白集》卷十九
	10	桂殿秋	(清)王琦撰《李太白诗集注》卷三十、(南宋)吴曾撰《能改斋漫録》卷十六乐府上,题作"汉殿夜凉吹玉笙",属名李白,疑伪托之作,"桂殿秋"词调或为李德裕的步虚词(迎神),附诗见《襄阳金石略》卷二十六 (清)舒梦兰撰《白香词谱》卷七、(明)陈耀文编《花草粹编》卷十四,均署名"李卫公"; (南宋)胡仔编《苕溪渔隐丛话前后集》卷十二,题作"桂花曲"
岑参 (715—770)	11	渔父	(清)鲁之裕编纂《下荆南道志》
皇甫冉 (717—770)	12	渡汝水向太和山	(明)刘润之辑《二皇甫集》卷六
戴叔伦 (732—789)	13	建中癸亥岁奉天除夜宿武当山北茅平村	(唐)戴叔伦著,蒋寅校注《戴叔伦诗集校注》; (宋)蒲积中编《岁时杂咏》卷四十一
	14	题武当逸禅师兰若	(宋)洪迈编《万首唐人绝句诗》卷第八;(唐)戴书伦著,蒋寅校注《戴叔伦诗集校注》; (清)陈诗著《湖北旧闻录》
韦应物 (737—792)	15	龙潭	(明)胡震亨编著《唐音统签》第216卷
权德舆 (759—818)	16	和职方殷郎中留滞江汉初至南宫,呈诸公并见寄	(唐)权德舆撰,郭广伟校点《权德舆诗文集》; 《国学原典》集部,扬州诗局本《全唐诗》(中)卷321

作者	序号	篇目	出处
		唐代	
刘禹锡 （772—842）	17	顺阳歌	（清）曹寅、彭定求编纂《全唐诗》第354卷第3首； 西晋太康十年（289）改南乡郡为顺阳郡，郡治南乡县（今河南淅川），统领丹水、武当等八县
吕纯阳 （798—?）	18	题太和山	武当山南岩宫两仪殿外碑刻； （元）张守清等编撰《玄天上帝启圣录》卷一第七条"紫霄圆道" （明）任自垣纂修《大岳太和山志》金薤编第十一篇卷之第十四； 《陕西省图书馆稀见方志丛刊·重刊襄阳郡志》题为"纯阳真人赞"
	19	赠陈抟	（元）苗善时著《纯阳帝君神化妙通纪》
	20	内经图诗	武当山民国年间木雕印刷板《内经图》存诗；参阅李峻、张昌来撰《解读武当国宝木刻文物（下）》
吕岩 （798—?）	21	游白云岩	湖北竹溪摩崖石刻，疑吕洞宾之作，有明存"竹溪八景"之一"云岩剑迹"； （清）同治版《竹溪县志》艺文志
	22	七言（节录）	（清）彭定求等编纂《全唐诗》卷856_4
顾非熊 （836年前后）	23	酬均州郑使君见送归茅山	《国学原典》集部，扬州诗局本《全唐诗》卷509
秦韬玉 （生卒年不详）	24	仙掌	（清）康熙皇帝《御定全唐诗》卷668

作者	序号	篇目	出处
		唐代	
梁洽 （生卒年不详）	25	观汉水	（清）彭定求等编纂《全唐诗》卷203
		宋代	
陈抟 （871—989）	26	题画	（清）光绪年间宗能征编纂《亳州志》艺文志
	27	归隐	（宋）魏庆之撰《诗人玉屑》卷二十，题为编者加
	28	题落帽峰	（民国）熊宾督修，赵夔总纂《续修大岳太和山志》卷七； 武当山碑刻诗； 附诗见（南宋）王象之编纂《舆地纪胜》卷八十五
	29	隐武当山诗	（宋）祝穆撰《方舆胜览》
			（元）刘道明著《武当福地总真集》卷下，题作"题武当俞公岩"； （清）王士慎《五代诗话》，题为"武当山诗"；（南宋）王象之编纂《舆地纪胜》卷八五《京西南路·均州》，题为"俞公岩"； 武当山碑刻有"南岳"句
	30	赠金励（二首）	（元）胡助著《纯白斋类稿》； （宋）刘斧著《青琐高议》前集卷八《赠金励睡诗》有"炉里近为乐"句； 修功军编著《陈抟老祖》录自《诗林广记》；（宋）蔡正孙《诗林广记》后集卷九，题作"睡答金励"
	31	蛰龙法诀	（清）刘体恕辑《吕祖全书》；（明）周履靖《赤凤髓》
	32	《指玄篇》诗（节录）	（明）佚名《性命圭旨》四十六之《陈图南口诀》

作者	序号	篇目	出处
			宋代
陈抟 (871—989)	33	还虚境界	(元)张辂编撰《太华希夷志》
	34	对御歌并序 (节录)	(宋)刘斧著《青琐高议》前集卷四七引《谈薮》"陈抟隐武当山,后居华山云台观";(宋)蔡正孙撰《诗林广记》; 附诗录自《太华希夷志》卷上"睡歌",(宋)蔡正孙撰《诗林广记》后集卷九,清文渊阁四库全书本
	35	喜睡歌	(清)厉鹗编辑《宋诗纪事》; 《宋史艺文志》列出书目陈抟《九室指玄篇》一卷第一百五十八艺文四
	36	睡功图	(明)高濂著《遵生八笺》;修功军编著《陈抟老祖》录自《太华希夷志》
	37	答人问姓	修功军编著《陈抟老祖》录自《张三丰全集》
	38	题石水涧	修功军编著《陈抟老祖》录自《宋艺图集》
	39	修心	修功军编著《陈抟老祖》录自《玉诠》
	40	药方歌一首	修功军编著《陈抟老祖》录自《老学庵笔记》
	41	无题	《正统道藏》洞真部记传类卷二《太华希夷志》卷上
	42	采药	
	43	无题	

作者	序号	篇目	出处
宋代			
赵光义 （939—997）	44	赐陈抟	（宋）阮阅撰《隐逸门》（《诗话总龟》后集卷十九）； （清）厉鹗编辑《宋诗纪事》卷一
	45	复诏陈抟	修功军编著《陈抟老祖》，录自《太华希夷志》
王禹偁 （954—1001）	46	携稚子东园刈菜因书触目兼寄均州宋四阁长	（清）厉鹗编辑《王禹偁诗集》卷六
	47	五老峰	
张士逊 （964—1049）	48	隐武当山	（宋）邵伯温《邵氏闻见前录》卷七
	49	均中道中	
高本宗 （生卒年不详）	50	天柱峰歌	武当山碑刻诗； （清）王概等纂修《大岳太和山纪略》卷七
宇昭 （生卒年不详）	51	寄题武当郡守吏隐亭	（宋）陈起辑《宋高僧诗选》补卷中； （民国）李之鼎辑《宋人集》"希昼十八首"；北京大学古文献研究所编纂《全宋诗》，署名"释希昼"； （明）曹学佺编《石仓历代诗选》卷230，题作释怀古诗； 《积书岩宋诗删》卷一五署名"释宇昭"；（明）李袞编《宋艺圃集》卷二十二，作者为"僧希昼"
范仲淹 （989—1052）	52	和太傅邓公归游武当见寄	（宋）范仲淹《范文正集》卷第四； 武当山碑刻诗
	53	渔父	（宋）范仲淹《范文正集》卷第三； 武当山碑刻诗

作者	序号	篇目	出处
		宋代	
佚名 （生卒年不详）	54	《太上说玄天大圣真武本传神咒妙经》启请赞诗并神咒一首（节录）	张继禹主编《中华道藏》第30册，《太上说玄天大圣真武本传神咒妙经》载"入武当山修道。四十二年，功成果满"，题为编者加
佚名 （生卒年不详）	55	武当韵·众念八神咒	光绪二十四年戊戌岁重镌《祖师经忏》； 王光德、王忠人、刘红等著《武当韵——中国武当山道教科仪音乐》，1994年采录此系列武当韵，为武当道教科仪传承，相对归并
	56	武当韵·其他咒语诗	
宋庠 （996—1066）	57	谷城主簿王崇者，少得养生禅寂之道，中年弃官，入汉阴武当之间，邈与世绝。又有吴人山者，自远携母与王同隐。时余方贫病，慨然慕之。因为诗代书，以寄二子，且托王寻耕钓之地，相与迩者并以叙怀云	（宋）宋庠撰《元宪集》卷二
	58	过曹氏坟庵（在瀼皖间，蜀僧修静自天柱退居于此）	

作者	序号	篇目	出处
宋代			
宋祁 （998—1061）	59	次韵宫师相公南游还旧山及阙下二首	北京大学古文献研究所编纂《全宋诗》卷328；（宋）宋祁撰《景文集》卷二十三
梅尧臣 （1002—1060）	60	送季康伯赴武当都监	（宋）梅尧臣撰《宛陵集》卷七
赵祯 （1010—1063）	61	赞真武	武当山碑刻诗，张继禹主编《中华道藏》第30册《玄天上帝百字圣号》"仁宗皇帝御赞"条
韩维 （1017—1098）	62	谢到水仙二本	（宋）韩维撰《南阳集》卷十一
司马光 （1019—1086）	63	渔父	武当山碑刻诗，张华鹏编《武当山金石略》
徐积 （1028—1103）	64	希夷仙	（宋）徐积撰《节孝集》卷二十二
苏轼 （1037—1101）	65	观思在于夺，不敢不借，以此诗先之	（宋）苏轼撰《施注苏诗》卷三十三
	66	武当赋	民国时期武当山化缘道士使用的《湖北武当山风景全图》，图载文字解读部分，附为武当山博物馆展示版句读
彭汝砺 （1042—1095）	67	六月自西城归（节录）	（宋）彭汝砺撰《鄱阳集》卷二
黄庭坚 （1045—1105）	68	因六祖举太和山语而成颂，贵此话大行	（宋）黄庭坚撰《山谷别集》卷二；（宋）黄庭坚著《豫章黄先生文集》"题壁二首"（节录）

作者	序号	篇目	出处
			宋代
邹浩 （1060—1111）	69	将到均州	武当山有此诗碑刻； （宋）邹浩撰《道乡集》卷七
	70	椹涧马铺壁间有黄元明，诗因次其韵	（宋）邹浩撰《道乡集》卷一； （清）陈诗著《湖北旧闻录》
	71	早行	
葛胜仲 （1072—1144）	72	张周韩侍御迁居北市示诗次韵	（宋）葛胜仲撰《丹阳集》卷十六
周紫芝 （1082—1155）	73	送冯均州二首	（宋）周紫芝撰《太仓稊米集》卷三十
陈与义 （1090—1138）	74	欲离均阳而雨不止，书八句寄何子应	（清）吴之振、吕留良、吴自牧编选《宋诗钞》卷四十三； （清）马应龙、汤炳堃主修、贾洪诏总纂《续辑均州志》卷十五，题作"离均阳而雨不止"
	75	均阳舟中夜赋	
晁谦之 （1090—1154）	76	南岩	《邵氏诗词库》卷六十八
张嵲 （1096—1148）	77	崇山图七贤诗（一）	（宋）张嵲撰《张嵲诗集》
	78	崇山图七贤诗（二）	
贾得升 （生卒年不详）	79	张三丰承留	杨澄甫《太极拳使用法》（1930年版）公开的《杨氏老谱》所载内容，疑为贾得升之作
喻良能 （1120—1205）	80	紫霄宫	胡宗楙辑《续金华丛书·香山集》卷一

续　表

作者	序号	篇目	出处
			宋代
杨万里 （1127—1206）	81	跋韩魏与尹师鲁帖	（宋）杨万里撰《诚斋集·诗集》卷一
陈造 （1133—1203）	82	再次韵	（宋）陈造撰《江湖长翁集》卷八
	83	赠安道士	
	84	寄程安抚	
	85	均州赠应守沈倅	（宋）陈造撰《江湖长翁集》卷十一
	86	次韵张司户（节录）	（宋）陈造撰《江湖长翁集》卷十五
楼钥 （1137—1213）	87	赠凌一源道人	北京大学古文献研究所编纂《全宋诗》卷 207；武英殿聚珍版书五百二十二《攻愧集》卷十一
赵蕃 （1143—1229）	88	寄刘叔骥兼索远斋、伯端仲文、叔鱼、叔骥和叔太和送行诗	（宋）赵蕃撰《淳熙稿》卷五
	89	送赵一叔江西漕赴召，代成父作二首	
	90	曾耆英自太和携所录谢民师观妙诗文，副以长句见惠，次韵酬答	（宋）赵蕃撰《淳熙稿》卷十二
	91	寄太和旧迁	（宋）赵蕃撰《淳熙稿》卷十三
	92	次韵杨廷秀太和万安道中所寄七首（节录）	（宋）赵蕃撰《淳熙稿》卷二十

续　表

作者	序号	篇目	出处
宋代			
曹彦约 (1157—1228)	93	送萧季然倅均州	(宋)曹彦约撰《昌谷集》卷二
释居简 (1164—1246)	94	送襄州何道士	(宋)释居简撰《北磵诗集》卷五
陈宓 (1171—1226)	95	寿崇清陈侍郎	(宋)陈宓撰《陈宓诗集》卷一
刘克庄 (1187—1269)	96	神君歌十首 (节录)	(宋)刘克庄撰《后村集》卷二十三
杨宏道 (1189—1272)	97	武当山张真人	(元)杨宏道撰《小亨集》卷三; (明)任自垣纂修《大岳太和山志》金薤编第十一篇卷之第十四,两诗合并题作"寄武当山张真人(两首)",作者"杨载"; (元)杨载撰《杨仲弘集》翰林杨仲弘诗卷六,存疑
	98	寄武当山人张真人	(元)杨宏道撰《小亨集》卷三; (元)杨载撰《杨仲弘集》翰林杨仲弘诗卷七,存疑
白玉蟾 (1194—?)	99	赠玉隆王直岁游武当山	(宋)白玉蟾著,盖建民辑校《白玉蟾诗集新编》
	100	赠张知堂	(宋)白玉蟾撰《武夷集》卷七
佚名 (生卒年不详)	101	武当真武"降笔"(节录)	《文献》1992年第1期,刘浦江《〈湖海新闻夷坚续志〉作者为吴元复》; (元)刘一清《钱塘遗事》卷二,诗作于1217年

作者	序号	篇目	出处
		宋代	
刘辰翁 （1231—1294）	102	铜像铭	（元）刘将孙编《须溪先生全集》
许览 （生卒年不详）	103	舜子井	武当山碑刻诗,明万历年间武当山下均县浪河尧祖铺有舜庙、舜井; 张华鹏等编《武当山金石录》第一册
俞德邻 （1232—1293）	104	赠雷岩赵相士	（宋）俞德邻撰《佩韦斋集》卷一
	105	赠武当山孙道士二首	（宋）俞德邻撰《佩韦斋集》卷七
胡叔阳子 （生卒年不详）	106	夜题诗于壁	《重刊湖海新闻夷坚续志》"假道取财"九十一
佚名 （生卒年不详）	107	沧浪	（清）党居易编纂《均州志》卷四
		元代	
郝经 （1223—1275）	108	武当道士歌	（元）郝经著《陵川集》卷十
宋衜 （？—1286）	109	己巳春往均州	（元）苏天爵编《元文类》卷八
王恽 （1227—1304）	110	大元故怀远大将军万户唐公死事碑铭（节录）	（元）王恽撰《秋涧集》卷第五十五
刘因 （1249—1293）	111	武当野老歌	（元）苏天爵编《元文类》国朝文类卷四

续　表

作者	序号	篇目	出处
程鉅夫 （1249—1318）	112	均州武当山万寿宫碑（节录）	碑存武当山南岩宫； （元）程文海撰《雪楼集》卷五
	113	送武当张真人赴召祈雨南归	（元）程文海撰《雪楼集》卷二十九； （清）顾嗣立编《元诗选》初集卷十七
吴澄 （1249—1333）	114	延祐三年丙辰十有一月甲子,诗赠武当山月梅道士二首	（元）吴澄撰《吴文正集》卷九十二
	115	戏笔依韵奉答武当皮道士	
佚名 （生卒年不详）	116	均州·玄天上帝圣垂训	张继禹主编《中华道藏》第三十册； （元）张守清（1254—?）等编刊的道书《玄天上帝启圣录》卷之一
佚名 （生卒年不详）	117	赞飞升台	（明）任自垣等编纂《敕建大岳太和山志》括神区"大岳"
彭殿辉 （生卒年不详）	118	武当山玄天上帝垂训文	彭殿辉撰《玄天上帝金科玉律》,文中有"大德五年（1301）十二月二十四日武当山灵应观庭化笔"
佚名 （生卒年不详）	119	武当降笔辛天君	（元）彭致中编《鸣鹤余音》卷三"十三武当降笔辛天君"条,为白玉蟾"满庭芳修炼"第十三首

作者	序号	篇目	出处
元代			
佚名 （生卒年不详）	120	山肴野簌	（元）刘道明《武当福地总真集》卷中
蒲道源 （1260—1336）	121	蔡相士过武当山	（元）蒲道源撰《闲居丛稿》卷八
赵世延 （1260—1336）	122	赠张洞困祈雨	（明）任自垣纂修《大岳太和山志》金薤编第十一篇之第十四； （清）王概等纂修《大岳太和山纪略》卷七，题为"赠张洞困祈雨歌"，存疑
刘清真 （生卒年不详）	123	均州福地武当修真观颂（节录）	（明）任自垣纂修《大岳太和山志》金薤编第十篇卷之第十二
王士熙 （1265—1343）	124	送唐宗师祀武昌	（明）任自垣纂修《大岳太和山志》金薤编第十一篇之第十四，揭傒斯亦有同名诗，部分字句略有变化，存疑； （明）孙原理辑《元音》卷六
袁桷 （1266—1327）	125	武当张道士京师祷雨回山中	（元）袁桷撰《清容居士集》卷五
	126	送祝丹阳使武当山	
	127	送汤道士降香武当山	（元）袁桷撰《清容居士集》卷七
	128	送李希白降香武当山	（元）袁桷撰《清容居士集》卷九
	129	送华道士降香武当山	（元）袁桷撰《清容居士集》卷十
	130	白云闲斋	（元）袁桷撰《清容居士集》卷十五

作者	序号	篇目	出处
		元代	
柳贯 （1270—1342）	131	送道士祝丹阳祠武当山	（元）柳贯撰《待制集》卷五
	132	送唐可升法师奉香祠武当山	
范德机 （1272—1330）	133	送张炼师归武当山	（元）范梈《范德机诗集》卷一； （明）偶桓编《乾坤清气集》卷一，题作"送张炼师归武当"，作者"范梈德机"； （明）王佐修、慎旦等纂《大岳太和山志》卷之十七艺文（二），题作"送张炼师归武当歌"
虞集 （1272—1348）	134	玄帝画像赞	（元）虞集撰《道园学古录》卷三十； （明）任自垣纂修《大岳太和山志》金蕆编第十一篇之第十四，题为"真武像赞"
朱思本 （1273—？）	135	武当之歌（节录）	（元）朱思本撰《贞一稿》卷一齐文《武当山赋》（节录）
揭傒斯 （1274—1344）	136	大元敕赐武当山大五龙灵应万寿宫碑（节录）	延祐元年（1314）立碑于武当山五龙宫大殿南侧
	137	五龙宫灵应万寿宫瑞应碑（节录）	武当山存碑刻； 谢林、徐大平、杨居让主编《陕西省图书馆藏稀见方志丛刊·天顺〈重刊襄阳郡志四卷〉》
	138	送唐尊师祀武当	（元）揭傒斯著，李梦生标校《揭傒斯全集》卷五； （明）宋绪编《元诗体要》卷十一，"合琼箫""吾王祝"有变
	139	送华尊师以天寿节奉诏祀武当	（元）揭傒斯著，李梦生标校《揭傒斯全集》卷四； （元）揭傒斯著《文安集》卷之二

续　表

作者	序号	篇目	出处
			元代
揭傒斯 (1274—1344)	140	题太子岩	武当山碑刻诗; (明)任自垣纂修《大岳太和山志》金薤编第十一篇之第十四
	141	十一月七日吴特进初度	(元)揭傒斯著,李梦生标校《揭傒斯全集》卷五
	142	赠许道士	(元)揭傒斯著,李梦生标校《揭傒斯全集》卷八; (元)揭傒斯著《文安集》卷之五
武当道士 (生卒年不详)	143	武当山"真武降笔"	(元)陶宗仪著《南村辍耕录》卷二六,作于1276年,题为编者加;附1录自王见川、宋军、范纯武编《中国预言救劫书汇编》第一册,台北新文丰出版公司2010年版,抄本《推背图》(6)页481,附2录自明成化间姚瑛的《七修类稿》卷二十七,第287页,上海书店出版社2001年版; (元)刘一清编《钱塘遗事》卷一、卷二
张守清 (1254—1346)	144	元代武当山新武当派字辈宗谱	武当山道教道派字辈宗谱相对集中于此,分列; 北京白云观《诸真宗派总簿》第三七"天师张真人正一派"系谱,与第七十"萨真君西河派"系谱相同
	145	元代武当清微派字辈宗谱	现存北京白云观《诸真宗派总簿》;题为编者加
张洪任 (?—1660)	146	三山滴血法派字辈宗谱	第五十三代天师张洪任于清顺治十五年所作《天坛玉格》
武当道人 (生卒年不详)	147	武当山全真龙门派字辈宗谱	现存北京白云观《诸真宗派总簿》,题为编者加
武当道人 (生卒年不详)	148	武当正一派字辈宗谱	武当山志编纂委员会《武当山志》; 现存北京白云观

作者	序号	篇目	出处
		元代	
武当道人 （生卒年不详）	149	明代初期张三丰创宗派八支字辈宗谱	现存北京白云观《诸真宗派总簿》；题为编者加
	150	榔梅派字辈宗谱	
	151	郝祖岔派字辈宗谱	
	152	老华山派字辈宗谱	
	153	武当派字辈宗谱	
	154	武当混元派字辈宗谱	
武当山道教协会	155	武当玄武派字辈宗谱	1989 年,由武当山道教协会确定
杜本 （1276—1350）	156	武当山张真人奉诏祷雨有应	哈佛燕京图书馆（秀野草堂）《元诗选清江碧嶂集一》二十七； （清）顾嗣立编《元诗选》初集卷四十七,诗文略有改动,因袭明代任自垣纂修《大岳太和山志》金薤编第十一篇之第十四诗作,题作"赠张洞困祈雨",作者赵世延
胡助 （1278—1355）	157	送徐中孚祠武当归桃源	（元）胡助撰《纯白齐类稿》卷八
	158	送祝丹阳炼师祠武当山三首	（元）胡助撰《纯白齐类稿》卷十七
	159	送李景福游武当	

续 表

作者	序号	篇目	出处
元代			
马祖常 （1279—1338）	160	祝丹阳祠武当	（元）马祖常撰《石田文集》卷二
	161	张元杰祠龙虎武当	
	162	送可升法师祠武当山	（明）刘昌编《中州名贤文表》卷十五
	163	武当山道士赠行	
李明良 （1286—？）	164	浩然子自赞画像诗	武当五龙宫华阳崖存碑，书"本宫王明高刊"； （明）任自垣纂修《大岳太和山志》金薤编第十一篇之第十四，"隐者"作； （民国）熊宾督修，赵夔总纂《续修大岳太和山志》卷八，署名"孟浩然"，误
许有壬 （1286—1364）	165	武当宫	（元）许有壬撰《至正集》卷十五
	166	雪后登南楼	
	167	沙武口望武昌	
	168	送张困亮炼师并序	（元）许有壬撰《圭塘小稿》别集卷上
张翥 （1287—1368）	169	梅雪斋为紫霄宫杨逢宾题	武当山碑刻诗； 《永乐大典残卷》卷二千五百三十八； （元）张翥撰《蜕庵集》卷三； （明）任自垣纂修《大岳太和山志》金薤编第十一篇之第十四，题为虞集的"题紫霄宫杨外吏梅雪斋"，误

作者	序号	篇目	出处
		元代	
陈旅 (1288—1343)	170	送张真人代祠武当龙虎两山	(明)孙原理辑《元音》卷八； (清)顾嗣立编《元诗选》初集卷三十七,题作"送张真人代祠武当龙虎两山追赋"
宋褧 (1294—1346)	171	复回下外朝山,行白浪道中二首	(元)宋褧撰《燕石集》卷五
	172	过马嘶山留题寺中	(元)宋褧撰《燕石集》卷七
	173	山中漫赋题□平官舍	
	174	均州顺流之光化县舟中作	(元)宋褧撰《燕石集》卷九
	175	山中逢武当冯尹景仲入京,以诗送之	
	176	自谷城将往山中	
	177	山行值雨	
	178	过均州界山宿道院	
朱德润 (1294—1365)	179	和虞先生题武当山张真人别业	(元)朱德润撰《存复斋文集》卷九； (明)曹学佺编《石仓历代诗选》卷二百五十六诗二十六； (清)陈焯编《宋元诗会》卷八十二

续　表

作者	序号	篇目	出处
		元代	
杨维桢 （1296—1370）	180	送祝丹阳赴武当	（明）宋绪编《元诗体要》卷三； （元）蒋易辑《皇元风雅》卷三十，题作"送祝丹阳祠武当"，作者"陈茂卿"
	181	新省呈右相及藩参诸公	（清）钱谦益编选《列朝诗集》甲集前编第七之上
杜清碧 （生卒年不详）	182	祝丹阳祠武当	（元）蒋易辑《皇元风雅》卷之二十一
傅若金 （1303—1342）	183	玉溪真人题折梅寄棚	（明）刘恒编纂《襄阳郡志》卷四； 谢林、徐大平、杨居让主编《陕西省图书馆藏稀见方志丛刊·天顺重刊襄阳郡志四卷》，作者或为玉溪真人，存疑
	184	汉江衔山图	（元）傅若金撰《傅与砺诗集》卷之六； 谢林、徐大平、杨居让主编《陕西省图书馆藏稀见方志丛刊·天顺重刊襄阳郡志四卷》
	185	登岳（节录）	（元）傅若金撰《傅与砺诗集》卷之五
郭翼 （1305—1364）	186	送道士游武当	武当山存此诗碑刻； （元）郭翼撰《林外野言》卷下； （明）任自垣纂修《大岳太和山志》金薤编第十一篇之第十四、（元）赖良编《大雅集》卷七，题"送人游武当"，作者均为郭翼；（元）吕诚撰《来鹤亭诗》卷二，题作"送钱道士游武当"，作者吕诚，存疑
穤贤 （1309—1368）	187	南城咏古十六首（节录）	（清）陈衍编《元诗纪事》卷十八
	188	赠空谷山人徐君归武当	（元）纳新撰《金台集》卷二； （清）胡文学编《甬上耆旧诗》卷三，作者为"马易之"； （元）乃贤撰《乃前冈诗集》三卷，缺第三句

作者	序号	篇目	出处
		元代	
邵亨贞 (1309—1401)	189	题徐中孚高士代祀武当桃源中朝诸公诗卷	(元)邵亨贞撰《蚁术诗选》卷一
刘三吾 (1313—1400)	190	云谷诗有序	(明)任自垣纂修《大岳太和山志》金薤编第十一篇卷之第十五
王沂 (1317—1383)	191	送道士徐中孚之武当	(元)王沂著《伊滨集》卷九
王逢 (1319—1388)	192	送吴伯颙游武当山得试心石命题	(元)王逢撰《梧溪集》卷第二
钱惟善 (？—1369)	193	八月十五夜风雨后见月有怀	(元)钱惟善撰《江月松风集》卷一
	194	十月朔旦,钱良贵来访。已而,袁鹏举亦至,遂同登三茅观,过清远堂,然后归	(元)钱惟善撰《江月松风集》卷十一
危伯明 (生卒年不详)	195	过紫霄宫怀王尊师	(明)任自垣纂修《大岳太和山志》金薤编第十一篇卷之第十四
王明常 (生卒年不详)	196	《九渡涧天津桥记碑》诗	武当山九渡崖碑刻,题为"太和宫天津桥记碑";(明)任自垣纂修《大岳太和山志》录金石第十篇卷之第十二;谢林、徐大平、杨居让主编《陕西省图书馆藏稀见方志丛刊·天顺重刊襄阳郡志》四卷,题为"天津桥记"
陶宗仪 (1335—1424)	197	送道士叶道心游武当	(元末明初)陶宗仪撰、元倪瓒撰《南村诗集》卷三,或为《南村诗集》

续　表

作者	序号	篇目	出处
			元代
丁鹤年 （1335—1424）	198	复渊	（元）丁鹤年撰《鹤年诗集》卷三
	199	假馆武当宫承舒庵赠诗次韵奉谢二首	（元）丁鹤年撰《鹤年先生诗集》鹤年续集卷第四
胡布 （生卒年不详）	200	武当练山人谓余隐居有仙气,征诗因感四首	（元）胡布等编辑《元音遗响》卷五
黄潜 （生卒年不详）	201	送王尊师祀武当	（明）任自垣纂修《大岳太和山志》金薤编第十一篇之第十四,作者"黄晋卿"; 《续金华丛书·金华黄先生文集》卷六续稿三,题作"送王法师祠武当山"
	202	送祝炼师祠武当山	（明）任自垣纂修《大岳太和山志》金薤编第十一篇之第十四,作者"黄晋卿"; 《续金华丛书·金华黄先生文集》卷五续稿二
张仲深 （生卒年不详）	203	游武当别峰次姜可玉韵	（元）张仲深撰《子渊诗集》卷一
邓青阳 （生卒年不详）	204	述怀	（明）任自垣纂修《大岳太和山志》金薤编第十一篇卷之第十四; （明）龚黄撰《六岳登临志》卷六; （明）曹学佺编《石仓历代诗选》卷三百六十五,明诗初集八十五,题作"写怀"
	205	畅情	（明）任自垣纂修《大岳太和山志》金薤编第十一篇卷之第十四; （明）曹学佺编《石仓历代诗选》卷三百六十五,明诗初集八十五,"畅情"题作"绝句"
	206	随所寓	

续 表

作者	序号	篇目	出处
元代			
张道贵 （生卒年不详）	207	观物吟	（明）任自垣纂修《大岳太和山志》集仙记第五篇卷之第六，题亦为“警世文”，与邓青阳“畅情”一诗部分相同，待考
黄玠 （生卒年不详）	208	送钱若虚游武当	（元）黄玠撰《弁山小隐吟录》卷一
	209	送黄少监晋卿还金华	
李子翚 （生卒年不详）	210	寄寿张炼师	（明）任自垣纂修《大岳太和山志》金薤编第十一篇之第十四
江胡瑞 （生卒年不详）	211	《玉虚岩功缘记》（节录）	武当山碑刻，张华鹏《武当山金石录》第一册
隐者 （生卒年不详）	212	宝珠峰	（明）任自垣纂修《大岳太和山志》金薤编第十一篇之第十五
隐者 （生卒年不详）	213	玉虚岩题壁	（明）任自垣纂《大岳太和山志》金薤编第十一篇之第十四
佚名 （生卒年不详）	214	濯足图为吴良材作	（明）佚名辑《元音遗响》卷五
	215	野老	
罗霆震 （生卒年不详）	216	樵歌首章	《正统道藏·洞神部·记传类》，（元）龙兴路云麓樵翁罗霆震撰《武当纪胜集》，共计209首；武当山存《天下武当》《元和迁校府》《望仙亭》《天宫》四首碑刻诗；月庵即东楼
	217	次章	
	218	界山	
	219	浪河	

作者	序号	篇目	出处
		元代	
罗霆震 （生卒年不详）	220	梅溪	《正统道藏·洞神部·记传类》,（元）龙兴路云麓樵翁罗霆震撰《武当纪胜集》,共计209首;武当山存《天下武当》《元和迁校府》《望仙亭》《天宫》四首碑刻诗;月庵即东楼
	221	观庄	
	222	城子里	
	223	蒿口	
	224	天下武当	
	225	接待庵	
	226	茅坡土地	
	227	山神堂	
	228	外朝峰	
	229	黑虎祠	
	230	浩劫之家	
	231	瘗剑堠	
	232	磨针涧	
	233	羊河江	
	234	磨剑涧	
	235	隐仙岩	
	236	山门	

作者	序号	篇目	出处
			元代
	237	朝帝峰	
	238	诵经台	
	239	望仙亭	
	240	会仙坡	
	241	会仙桥	
	242	日月池	
	243	五龙宫	
	244	聚仙岩	
罗霆震 （生卒年不详）	245	圣诞朝贺	
	246	天宫	
	247	上升朝贺	
	248	三清殿	
	249	玉皇殿	
	250	玄帝正殿	
	251	明真殿	
	252	蓬真殿	
	253	七皇阁	

作者	序号	篇目	出处
		元代	
罗霆震 （生卒年不详）	254	桂籍殿	
	255	元皇殿	
	256	三茅真君殿	
	257	五龙阁	
	258	雷堂	
	259	雷司赵帅堂	
	260	雷司孟帅堂	
	261	五龙井	
	262	五百灵官祠	
	263	钟楼	
	264	步云楼	
	265	功德司	
	266	海山堂	
	267	提举知宫位	
	268	知副宫位	
	269	真官堂	
	270	斋堂	

续 表

作者	序号	篇目	出处
		元代	
罗霆震 （生卒年不详）	271	紫云道域	
	272	祖堂	
	273	宣慰祠堂	
	274	尊宿堂	
	275	官厅	
	276	清心堂	
	277	尘劳道侣	
	278	真常遗烈	
	279	承应仙游	
	280	冲虚庵	
	281	月庵	
	282	白雪庵	
	283	云山书院	
	284	讲师函丈	
	285	五龙顶	
	286	天池	
	287	上龙池	

作者	序号	篇目	出处
			元代
罗霆震 （生卒年不详）	288	黑龙潭	
	289	炼丹池	
	290	金鼎峰	
	291	金锁峰	
	292	龙庙	
	293	六甲峰	
	294	六丁峰	
	295	叠字峰	
	296	三公岩	
	297	九卿岩	
	298	中笏峰	
	299	大笔峰	
	300	中笔峰	
	301	读书岩	
	302	千丈峰	
	303	五总山	
	304	小笔峰	

续 表

作者	序号	篇目	出处
		元代	
罗霆震 （生卒年不详）	305	狮子峰	
	306	中鼻峰	
	307	香炉峰	
	308	竹筱峰	
	309	桃溪道域	
	310	桃源洞	
	311	紫盖峰	
	312	大莲峰	
	313	小莲峰	
	314	奈子坡	
	315	落帽峰	
	316	紫芥云峰	
	317	三斗岩	
	318	藏云岩	
	319	大明山	
	320	槎牙峰	
	321	聚云峰	

作者	序号	篇目	出处
		元代	
罗霆震 （生卒年不详）	322	朱砂岩	
	323	眉棱峰	
	324	伏魔峰	
	325	俞公岩	
	326	鸡鸣峰	
	327	常春岩	
	328	独阳岩	
	329	灶门山	
	330	手爬山	
	331	尹喜岩	
	332	健人峰	
	333	卧云岩	
	334	云雾岩	
	335	滴水岩	
	336	大青羊涧	
	337	小青羊涧	
	338	歇仙岩	

作者	序号	篇目	出处
		元代	
罗霆震 （生卒年不详）	339	皂纛峰	
	340	希夷岩	
	341	乱石峰	
	342	仙侣岩	
	343	玉仙岩	
	344	伏魔峰	
	345	阳和峰	
	346	云霞观	
	347	龙池	
	348	雷洞	
	349	南岩改天乙真庆万寿宫	
	350	洞渊丈室	
	351	甘露泉	
	352	天桥	
	353	南岩三殿	
	354	南岩真官祠	
	355	又前真官祠	

作者	序号	篇目	出处
		元代	
罗霆震 （生卒年不详）	356	南岩海汇	
	357	住持仙隐	
	358	试心石	
	359	飞升台	
	360	谢天地岩	
	361	万户谷	
	362	牛漕涧	
	363	青羊涧	
	364	皇崖峰	
	365	显定峰	
	366	下天门峰	
	367	天门峰	
	368	中天门峰	
	369	钻天五里	
	370	飞升台	
	371	上天门	
	372	大顶	

作者	序号	篇目	出处
		元代	
	373	大顶圣坛	
	374	王母宫	
	375	系马峰	
	376	望州峰	
	377	紫霄峰	
	378	紫霄岩	
	379	太清岩	
	380	紫霄仁圣宫	
罗霆震	381	风雷秘府	
（生卒年不详）	382	灵虚岩	
	383	紫虚宫	
	384	紫虚岩	
	385	太和岩	
	386	太子岩	
	387	望云峰	
	388	翠云岩	
	389	延长宫	

作者	序号	篇目	出处
			元代
罗霆震 （生卒年不详）	390	望顶峰	
	391	复朝峰	
	392	太常府	
	393	佑圣府	
	394	元和迁校府	
	395	天乙真庆宫	
	396	威烈王庙	
	397	云窟庵	
	398	紫霄灵泉	
	399	九渡涧	
	400	九渡雾	
	401	展旗峰	
	402	千年艾	
	403	万年松	
	404	金星石	
	405	银星石	
	406	松萝	

作者	序号	篇目	出处
			元代
罗霆震 （生卒年不详）	407	不空禽	
	408	乌鸦	
	409	半部乐	
	410	我师禽	
	411	白雉鸡	
	412	灵寿杖	
	413	骞林树	
	414	定心松	
	415	云竹杖	
	416	天灯	
	417	石灯心	
	418	黄精	
	419	苍术煎	
	420	黑虎丹	
	421	川芎饼	
	422	艾煎元	
	423	甜茶	

作者	序号	篇目	出处
元代			
罗霆震 （生卒年不详）	424	武当图本（外二首）	此诗含"外二首"指《月庵》《白雪庵》,已单列
明代			
张三丰 （1247—?）	425	蛰龙吟	（清）李西月重编,郭旭阳校订《张三丰全集合校》
	426	打坐歌	
	427	金丹诗三十六首（节录）	
	428	金丹诗二十四首	
	429	太和山道成口占二绝	
	430	题武当山	
	431	赠完璞子见访武当	
	432	大丹诗八首书武当道室示诸弟子	
	433	回文诗	
	434	七绝	
	435	西江月	
	436	自题无根树词二首	
	437	无根树道情二十四首（节录）	

作者	序号	篇目	出处
			明代
张三丰 (1248—?)	438	答永乐皇帝 (一)	
	439	叹出家道情 七首	
	440	却聘吟	
	441	天门引二首	
	442	陈希夷抟	
	443	隐居吟武当 南岩中作	武当南岩石壁刻诗,疑张三丰所作
	444	答永乐皇帝 (二)	(清)李西月重编,郭旭阳校订《张三丰全集合校》 卷五云水前集;方春阳点校《张三丰全集》题为 "答永乐皇帝并书"
史谨(1367 年 前后在世)	445	武当八景	(明)史谨著《独醉亭集》卷下
	446	赠渊静施提点	(明)任自垣纂修《大岳太和山志》金薤编第十一 篇卷之第十五
袁华(1316—?)	447	送季景福炼 师游武当	(明)袁华撰《耕学斋诗集》卷十
张来仪 (1333—1385)	448	丘太卿画像赞	(明)任自垣纂修《大岳太和山志》金薤编第十一 篇卷之第十五; (明)王佐《大岳太和山志》题作"山水图歌"
	449	丘太卿天柱 峰图	(明)张羽撰《张羽诗选集》; (明)任自垣纂修《大岳太和山志》金薤编第十一 篇卷之第十五,题为"山水图为丘上卿赋",作者张 来仪; 龚黄撰《六岳登临志》卷六,题作"赋丘大卿山水 图",作者无名氏

作者	序号	篇目	出处
		明代	
高得旸 （生卒年不详）	450	武当山道士进榴梅，恭缉贺语六十韵	（明）高得旸撰《节庵集》卷四
管时敏 （1337—1416）	451	石镜亭	（明）管时敏撰《蚓窍集》卷二
朱朴 （1339—1381）	452	谢王雨舟灵寿杖	（明）朱朴撰《西村诗集》补遗
平显（1367 年年后在世）	453	呈谢驸马大人	（明）平显撰《松雨轩诗集》卷五，沐昂（1379—1445），字景高。安徽定远人。黔宁王沐王第三子。明代将领。封定边伯，谥武襄。著有《沧海遗珠》。 （清）钱谦益编选《列朝诗集》乙集卷八，题作"谢寄符"，作者"平藤县显"； （明）曹学佺编《石仓历代诗选》卷三百三十明诗初集五十，题作"谢寄符"，作者平显； （明）沐昂《沧海遗珠》卷二有"谢寄符"诗与平显同，存疑
	454	五月三日奉驸马大人	（明）平显撰《松雨轩诗集》卷五
	455	寄呈驸马大人时董工武当山	
	456	寄题武当八景	
	457	奉谢驸马大人松雨二字	（明）平显撰《松雨轩诗集》卷八
	458	次韵答朱学录	
	459	寄袜朱雪舟	

续　表

作者	序号	篇目	出处
		明代	
王佐理 （生卒年不详）	460	题《云谷图》并序	
曹希鸣 （？—1397）	461	云谷诗	（明）任自垣纂修《大岳太和山志》金薤编第十一篇卷之第十五
艾晖 （生卒年不详）	462	游武当	（明）任自垣纂修《大岳太和山志》金薤编第十一篇卷之第十五； （清）王概等纂修《大岳太和山纪略》卷七，题"武当歌"
佚名 （生卒年不详）	463	云谷诗	（明）方升编纂《大岳志略》卷之四艺文略
杨琇 （生卒年不详）	464	游太和	（明）王佐修、慎旦等纂《大岳太和山志》卷之十七艺文（二）
何适 （生卒年不详）	465	题《山水图》为玄清作	（明）任自垣纂修《大岳太和山志》金薤编第十一篇卷之第十五
任自垣 （1350—1431）	466	赵提点月夜见访	（明）任自垣纂修《大岳太和山志》金薤编第十一篇卷之第十五，署名"句曲蟾宇"
	467	过李幽岩尊师墓	
瞿度 （生卒年不详）	468	云谷诗	（明）任自垣纂修《大岳太和山志》金薤编第十一篇卷之第十五
	469	赠卢秋云	（明）龚黄撰《六岳登临志》卷六，作者"无名氏"

· 586 ·

作者	序号	篇目	出处
		明代	
邓雅 （生卒年不详）	470	题罗宗瑞法师《祷雨感应卷》	（明）邓雅撰《玉笥集》卷二
张宇初 （1359—1410）	471	题武当太和	（明）任自垣纂修《大岳太和山志》金薤编第十一篇卷之第十五，署名"嗣天师无为"； 张继禹主编《中华道藏》第 26 册，（明）张宇初撰《岘泉集》卷十一，题为"题太和山"
	472	宿武当别峰	张继禹主编《中华道藏》第 26 册，（明）张宇初撰《岘泉集》卷十一； （明）任自垣纂修《大岳太和山志》金薤编第十一篇卷之第十五，署名"嗣天师无为"，题为"宿武当别馆"
	473	云谷诗赠丘太卿	（明）任自垣纂修《大岳太和山志》金薤编第十一篇卷之第十五
	474	碧云像赞	
	475	希夷真人像赞	张继禹主编《中华道藏》第 26 册，《岘泉集》卷五
李仲训 （生卒年不详）	476	游武当	（明）龚黄撰《六岳登临志》卷六玄岳武当山
	477	武当歌送廖氏兄弟	（明）王佐修、慎旦等纂《大岳太和山志》卷之十七艺文（二）
廖时升 （生卒年不详）	478	寄太和山人	（明）任自垣纂修《大岳太和山志》金薤编第十一篇卷之第十四
金实 （生卒年不详）	479	留宿武当别峰	（明）金实撰《觉非斋文集》卷二
朱棣 （1360—1424）	480	诗赐虚玄子孙碧云	（明）任自垣纂修《大岳太和山志》诰副墨第一篇卷之第二，作于永乐十年（1412）三月初六日；《华州志》

作者	序号	篇目	出处
		明代	
朱棣 （1360—1424）	481	《御制真武庙碑》诗	张继禹编《中华道藏》第30册《御制真武庙碑》，永乐十三年（1415）八月十三日作
余士吉 （生卒年不详）	482	寄玉虚方丈	（明）任志垣纂修《大岳太和山志》金薤编第十一篇卷之第十五； （明）龚黄撰《六岳登临志》卷六，"武当宫中太乙卿"不同
	483	汉江鸭绿	（明）吴道迩纂修《襄阳府志》卷四十六
佚名 （生卒年不详）	484	武当四十九灵签（节录第十五签）	张继禹编《中华道藏》第30册《玄天上帝百字圣号》"玄天上帝感应灵签"节录，题为编者加
佚名 （生卒年不详）	485	武当山朝天观签（节录）	武当山私人收藏签板，存刻朝天观签诗五十七则，缺第34阡、第58阡，本书仅部分节录，"阡"即签，1935年前后所制，题为编者加
佚名 （生卒年不详）	486	分武当签	武当山私人收藏签板，存刻分武当签诗二则，时间不详，照录；题为编者加
胡渊 （生卒年不详）	487	赠武当提点	
王价 （生卒年不详）	488	寄赠太和羽人	（明）任自垣纂修《敕建大岳太和山志》金薤编第十一篇卷之第十四
胡俨 （1361—1443）	489	蟾宇歌有序	（明）任自垣纂修《敕建大岳太和山志》金薤编第十一篇卷之第十五； （明）王佐修、慎旦等纂《大岳太和山志》卷之十七艺文（二），题作"蟾宇歌"

作者	序号	篇目	出处
		明代	
王绂 （1362—1416）	490	寄赠任给事中	（明）王绂撰《王舍人诗集》卷一； （明）王绂撰《王舍人诗集》卷四
	491	赠孙碧云还武当	
	492	逢武当道士李幽岩（用王修撰韵）	
赵㧑 （1364—1450）	493	《武当嘉庆图》赞八首并序	1432 年重刊的《武当嘉庆图》，取自元代武当山大天一真庆宫提点张守清及弟子唐中一、刘中和所编的《玄天上帝启圣录》，题为编者加
杨士奇 （1366—1444）	494	送陈景祺之襄阳	（明）吴道迩纂修《襄阳府志》
朱彤 （生卒年不详）	495	赠渊静施提点	（明）任自垣纂修《大岳太和山志》金薤编第十一篇卷之第十五
黄圭中 （生卒年不详）	496	赠勾曲隐者入武当	
粹一庵 （生卒年不详）	497	寄东吴杨道冲上武当	
廖珪 （生卒年不详）	498	寄东吴杨道冲上武当	
	499	太和送别为王思信赋	
金渊 （生卒年不详）	500	步虚词	
沈道本 （生卒年不详）	501	赠范东阳施东震登天柱峰	

作者	序号	篇目	出处
			明代
胡广 （1370—1418）	502	七月四日赐棚梅	（明）胡广撰《胡文穆公文集》卷八
李孟昭 （生卒年不详）	503	步虚词（五首）	（明）任志垣纂修《大岳太和山志》金薤编第十一篇卷之第十五； （明）方升编纂《大岳志略》卷之四艺文略，题作"步虚词五首赠赵提点"
朱柏 （1371—1399）	504	赐五龙李孤云	（明）任志垣纂修《大岳太和山志》诰副墨第一编卷之第二
	505	太和山寻张三丰故居	
	506	赞张真仙诗	
	507	赞玄坛赵元帅	
	508	赞朗灵关元帅	
	509	赞玄天上帝	
	510	赐洞观微妙上照炼师王休休游武当	（明）任志垣纂修《大岳太和山志》诰副墨第一编卷之第二；附诗见北京图书馆藏明版卢重华编《大岳太和山志》卷九
	511	赠李德渊	（明）任志垣纂修《大岳太和山志》诰副墨第一编卷之第二；《宣德山志》卷七
朱椿 （1371—1423）	512	赠张三丰先生	（清）李西月重编，郭旭阳校订《张三丰全集合校》卷八古今题赠
	513	送张三丰遨游	

续　表

作者	序号	篇目	出处
		明代	
张宇清 （？—1427）	514	蟾宇诗	（明）任志垣纂修《大岳太和山志》金薤编第十一篇卷之第十五
	515	送吴继祖五龙宫提点	
	516	晓起乘风登大岳	
	517	寄金胡二卿相并怀郭少宰	
	518	中秋偶兴奉寄任邵二公次日别还	
	519	墨竹写环翠楼中	
李德渊 （生卒年不详）	520	颂	（明）任志垣纂修《大岳太和山志》采真编第六篇卷之第七
胡濙 （1375—1463）	521	宝珠岩	（明）任志垣纂修《大岳太和山志》金薤编第十一篇卷之第十五，署名"昆陵胡源洁"； （明）曹学佺编《石仓历代诗选》卷三百六十五； （清）李西月重编，郭旭阳校订《张三丰全集合校》卷八古今题赠
	522	太子岩	
	523	圆光洞	
	524	次韵并引	
	525	次蟾宇圈中一十六首	
	526	祥符寺访张三丰先生不遇	

作者	序号	篇目	出处
		明代	
朱楗 (1376—1420)	527	赐任蟾宇海岳幽寻诗并引	(明)任志垣纂修《大岳太和山志》诰副墨第一篇卷之第二； (明)吴道迩纂修《襄阳府志》
	528	赐虚玄子像赞	
王英 (1376—1449)	529	逢武当道士李幽岩	(明)王英撰《王文安公诗文集》诗集卷四
谢晋 (生卒年不详)	530	送施炼师阔静佐武当五龙宫	(明)谢晋撰《兰庭集》卷下
朱高炽 (1378—1425)	531	御制蟾宇歌	(明)任志垣纂修《大岳太和山志》诰副墨第一篇卷之第二大明诏诰
朱权 (1378—1448)	532	太和隐士歌怀丰仙	(清)李西月重编,郭旭阳校订《张三丰全集合校》
王洪 (1380—1420)	533	题沧浪晚趣图	(明)王洪撰《毅斋集》卷三
	534	舟中杂咏(节录)	
	535	武当山瑞应祥光	(明)王洪撰《毅斋集》卷四
	536	御赐武当山棚梅	
朱楹 (1383—1417)	537	赐任蟾宇诗	(明)任志垣纂修《大岳太和山志》诰副墨第一篇卷之第二
王汝玉 (生卒年不详)	538	送唐太守	(明)王燧撰《青城山人集》卷五

明代

作者	序号	篇目	出处
任守礼 （生卒年不详）	539	元日太和山中	（明）任志垣纂修《大岳太和山志》金薤编第十一篇卷之第十五
	540	谢羽人送菜	
曹义 （1385—1461）	541	寄武当邵郎中书来欲寄物难将故戏之	（明）曹义著《默庵诗集》卷之五
沐昕 （1386—1453）	542	大岳太和山八景	（明）任志垣纂修《大岳太和山志》金薤编第十一篇卷之第十五
林复真 （生卒年不详）	543	赠良常倪性霁登太和山	
唐玙 （生卒年不详）	544	武当五龙宫	（清）沈季友撰《檇李诗系》卷八
高谷 （1391—1460）	545	沧浪亭	（明）吴道迩纂修《襄阳府志》卷四十六
黄仲芳 （1415 年进士）	546	游南岩	（明）凌云翼修、卢重华纂《大岳太和山志》卷之七艺文三
沈庆 （生卒年不详）	547	游武当山	谢林、徐大平、杨居让主编《陕西省图书馆藏稀见方志丛刊》天顺《重刊襄阳郡志四卷》
袁正安 （生卒年不详）	548	律诗一首寄同寅	（明）任志垣纂修《大岳太和山志》金薤编第十一篇卷之第十五
于谦 （1398—1457）	549	送黄郎中顺升湖广参议提点太和宫	（明）于谦撰《于忠肃集》卷十一

作者	序号	篇目	出处
明代			
王汝霖 （1404 年进士）	550	彰德城北遇先朝杨内监	（清）王藻编《崇川列朝诗选汇存》卷首二山楼诗钞
徐有贞 （1407—1472）	551	送张逸人还武当山	（明）徐有贞著《武功集》卷一蒙学稿
吴节 （？ —1481）	552	原公政绩	（明）徐学谟、周绍稷纂修《郧阳府志》
张用瀚 （1433 年进士）	553	《张三丰遗迹记》诗	明天顺六年（1462）立碑，现存陕西宝鸡金台观三清殿前； 参考北京吴式太极拳研究会张耀忠《张三丰遗迹记碑文》一文；题为编者加
朱友垓 （1420—1463）	554	题玄天观忆丰仙	（清）李西月重编，郭旭阳校订《张三丰全集合校》卷八古今题赠； 清光绪版《铜梁县志》，题作"过玄天观"
蒋主忠 （生卒年不详）	555	送徐侍讲元玉代祀武当	（明）蒋主忠撰《慎斋集》卷四
戴天锡 （生卒年不详）	556	天马岩高	（明）薛纲纂修、吴廷举续修《湖广郧阳府志》通志卷之九
	557	仙客遗像	
刘溥 （生卒年不详）	558	送吴文刚之武当山	（明）刘溥撰《草窗集》卷下
	559	送施道常道士住持武当山五龙宫	
周清 （1448 年进士）	560	白云岩和洞宾韵	湖北十堰竹溪摩崖石刻； （清）同治版《竹溪县志》艺文志

续 表

作者	序号	篇目	出处
			明代
张锦 （1448 年进士）	561	抚治刘公十月祝圣寿于太和宫随侍早朝二首	（明）王佐修、慎旦等纂《大岳太和山志》卷之十七艺文（二）
赵辅 （？—1476）	562	次吕纯阳韵	（明）方升编纂《大岳志略》卷之四艺文略
刘珝 （1426—1490）	563	赠梅亚参自武当致辞仕归	（明）吴道迩纂修《襄阳府志》卷四十六
徐溥 （1428—1499）	564	送尹正言父还太和	（明）徐溥著《谦斋文录》卷一
沈钟 （1436—1518）	565	舍身崖	（明）方升编纂《大岳志略》卷之四艺文略
	566	登大顶	
	567	初入武当诗	
	568	过仙关	
	569	遇真宫	
戴珊 （1437—1505）	570	谒太和山诗二首	（明）凌云翼修、卢重华纂《大岳太和山志》卷之七艺文三； （明）王佐修、慎旦等纂《大岳太和山志》卷之十七艺文（二），题作"无题"
	571	闻内召	

续　表

作者	序号	篇目	出处
			明代
沈晖 （1439—1518）	572	谢玉虚宫	（明）方升编纂《大岳志略》卷之四艺文略；（清）党居易编纂《均州志》卷四，题"太和山"，作者杨晖，误
	573	遇真宫	
	574	天马岩（外一首）	
韩文 （1441—1526）	575	玉虚宫	
洪钟 （1443—1523）	576	南岩宫	
朱诚澜 （1445—1507）	577	赐任蟾宇诗	（明）任志垣纂修《大岳太和山志》诰副墨第一篇卷之第二； （明）方升编纂《大岳志略》卷之四艺文略，题作"赐蟾宇诗"
高潥亭 （生卒年不详）	578	游太和山过界山道中感述四首	（明）方升编纂《大岳志略》卷之四艺文略；"棚"应为"杖"
	579	道中望太和山	
	580	入山漫兴诗三首	
	581	龙头杖	
	582	万年松	
	583	九仙子	
	584	棚梅	
	585	红豆	

作者	序号	篇目	出处
			明代
程敏政 （1446—1499）	586	送元真观徐本道士游武当	（明）程敏政撰《篁墩文集》卷七十四
	587	送范武选太和出知滨州	（明）程敏政撰《篁墩文集》卷七十六
	588	与宣溪联句别振之	（明）程敏政撰《篁墩文集》卷八十三
	589	次佩之汝彝登齐云岩联句诗韵	（明）程敏政撰《篁墩文集》卷八十七
李东阳 （1447—1516）	590	送韩贯道湖广参议提督武当宫观	（明）李东阳撰《怀麓堂集》卷十三诗稿十三；（明）方升编纂《大岳志略》卷之四艺文略,题作"送韩贯道提督武当宫观诗"
	591	与王世赏重游朝天宫,是日病卧待诸公不至	（清）马应龙、汤炳堃主修、贾洪诏总纂《续辑均州志》卷十五,题作"赠少参韩贯道之任均州"
	592	灵寿杖歌	（明）李东阳《怀麓堂集》卷五十一； （清）朱彝尊编《明诗综》卷二十六； （清）邓显鹤辑《沅湘耆旧集》四卷第九； （清）马应龙、汤炳堃主修、贾洪诏总纂《续辑均州志》卷十五
邓庠 （1447—1524）	593	谒太和山奉和戴司寇诗三首	（明）方升编纂《大岳志略》卷之四艺文略
陈喜 （生卒年不详）	594	武当神光	（明）方升编纂《大岳志略》卷之四艺文略,黄宗明《寄题太和山兼赠王生颙入楚歌》有引
戴义 （生卒年不详）	595	无题	（明）王佐修、慎旦等纂《大岳太和山志》卷之十七艺文（二）

作者	序号	篇目	出处
		明代	
林瓀 （1472 年进士）	596	登泰岳太和山	（明）曹学佺编《石仓历代诗选》卷四百三十九,明诗次集七十三
汪舜民 （1478 年进士）	597	抚治郧阳还京游大岳太和山有作	（明）汪舜民撰《静轩先生文集》卷三
	598	又登天柱峰顶谒金殿有作	
杨一清 （1454—1530）	599	送淮安杨太守归均州	（明）吴道迩纂修《襄阳府志》卷四十六
朱申鉴 （1459—1493）	600	题三丰仙像赞	（明）凌云翼修、卢重华纂《大岳太和山志》卷之七艺文三
刘炳 （？—1518）	601	登大顶	（明）方升编纂《大岳志略》卷之四艺文略;（清）蒋廷锡主编《武当山部汇考》题《登太和山》,作者刘丙
徐威 （生卒年不详）	602	舟次均州	（明）曹学佺编《石仓历代诗选》卷四百八十六
邵宝 （1460—1527）	603	赠赵羽人	（明）邵宝撰《容春堂集》续集卷四
王缜 （1462—1523）	604	观沧浪亭在均州北五里许	（明）王缜撰《梧真集》
吴廷举 （1462—1527）	605		

续　表

作者	序号	篇目	出处
			明代
贾咏 （1464—1547）	606	游净乐宫	（明）方升编纂《大岳志略》卷之四艺文略；（清）蒋廷锡主编《武当山部汇考》贾咏诗题作"净乐宫"；
余祐 （1465—1528）	607	玉虚宫	
扶安 （生卒年不详）	608	登太和山	
范应祥 （生卒年不详）	609	无题	（明）王佐修、慎旦等纂《大岳太和山志》卷之十七艺文（二）； （明）凌云翼修、卢重华纂《大岳太和山志》卷之七艺文三,题作"次潘都宪登南岩"
应钦 （生卒年不详）	610	和张侍御	（明）方升编纂《大岳志略》卷之四艺文略
王时中 （1490 年进士)）	611	汉水澄清	（明）吴道迩纂修《襄阳府志》卷四十六；
恽巍 （1473—1528）	612	停骖亭乐泉轩	
黄衷 （1474—1553）	613	《金箓大醮碑》诗（节录）	（明）方升编纂《大岳志略》卷之四艺文略；
	614	龙头竹杖歌	（明）黄衷撰《矩洲集》
	615	灵寿杖	
	616	草店	
	617	太和山	
喻茂坚 （1474—1566）	618	无题	（明）王佐修、慎旦等纂《大岳太和山志》卷之十七艺文二

作者	序号	篇目	出处
			明代
朱节 （1475—1523）	619	至岩居轩	（明）吴道迩编纂《襄阳府志》卷四十五
	620	又至南岩西轩	
康海 （1475—1540）	621	送虞北山伯俊公甫二首（节录）	（明）康海撰《对山集》卷十八
陈洪谟 （1476—1555）	622	和陆金宪举之《春日武当宫》	（明）曹学佺编《石仓历代诗选》卷四百七十五，明诗次集一百九，同书卷四百七十九，明诗次集一百一十三中，作者为张邦奇，误
顾璘 （1476—1545）	623	界山	（明）顾璘《顾璘诗文全集》凭几集续编卷一
	624	十一月二日自襄阳赴谷城将游太岳	（明）顾璘撰《顾华玉集》卷一
	625	登天柱峰次路北村院长旧韵	
	626	入山	
	627	山行绝句十三首	
	628	遇真宫	
	629	南岩雷神洞	
	630	紫霄太子岩	
	631	玉虚岩	
	632	题玉虚岩四句	
	633	五龙宫	

作者	序号	篇目	出处
		明代	
顾璘 (1476—1545)	634	进士蒋君养孚会余天柱峰下授宗伯公移	（明）顾璘撰《顾华玉集》卷一
	635	五龙隐仙岩	
	636	郧洲晓发时已膺司寇之命二首	
	637	郧江张帆	
	638	上下诸峰间作（六首）	
潘旦 (1476—1549)	639	游武当两首	（明）方升编纂《大岳志略》卷之四艺文略
	640	遇雨用汪东峰游白岳韵	
王尚纲 (1478—1531)	641	答龙湫使者	（明）王尚纲撰《苍谷全集》卷三
	642	太和山和吕纯阳韵	（明）王尚纲撰《苍谷全集》卷五
徐桢卿 (1479—1511)	643	楚中春思	（清）朱彝尊辑录《明诗综》卷三十六
章拯 (1479—1548)	644	再登大岳以诗纪异	（明）方升编纂《大岳志略》卷之四艺文略
	645	无题	

作者	序号	篇目	出处
			明代
崔桐 (1479—?)	646	同章朴庵司空登太和山大顶观云生	(明)王佐修、慎旦等纂《大岳太和山志》卷之十七艺文二
	647	游太和山归均州公寓有感	
	648	游太和晚至玉虚宫,恨短律不能尽述,复赋此以统发其趣	
	649	入仙关至紫霄宫二首	
	650	紫霄宫道中	
	651	雨宿朝天宫山房	(明)维扬崔桐撰《崔东洲集》卷之四,总题作"同章朴庵司空游武当山十五首",分列; (明)方升《大岳志略》卷之四艺文略,存二首
	652	雨后夜坐南岩山台	
	653	五龙宫道中	
	654	登五龙山	
	655	诵经台山房	
	656	赠朴庵尚书	
	657	赴玉虚山行	
	658	至玉虚宫	
	659	张仙留衣亭	
	660	再至玉虚访朴庵同登会仙楼	

续　表

作者	序号	篇目	出处
			明代
崔桐 (1479—?)	661	闻清微宫之胜道侧不能至	(明)维扬崔桐撰《崔东洲集》卷之四,总题作"同章朴庵司空游武当山十五首",分列; (明)方升《大岳志略》卷之四艺文略,存二首
	662	闻玉虚岩之胜道僻不暇至	
	663	郧阳道中	
	664	初至太和山麓,羽士导登三天门,飘然有仙举之意	(明)维扬崔桐撰《崔东洲集》卷之五
	665	登太和绝顶谒金殿	
	666	太和五龙宫	
	667	再登均州沧浪亭	
	668	郧阳晓发回均州喜雨霁	
	669	晚登朝天宫东麓亭	(明)维扬崔桐撰《崔东洲集》卷之七
	670	再登朝天宫东楼	
	671	游武当四首	(明)维扬崔桐撰《崔东洲集》卷之九
	672	太和山万松亭	
	673	郧山晚行赋所见	
	674	均州晓行	
	675	南岩亭小坐	
	676	游南岩	(明)方升编纂《大岳志略》卷之四艺文略

作者	序号	篇目	出处
			明代
胡缵宗 (1480—1560)	677	赠陆少参之湖广偶成	(明)胡缵宗撰《鸟鼠山人小集》小集卷七
严嵩 (1480—1567)	678	赐骞林茶、黄精、笋尖,皆武当山中所产(节录)	(明)严嵩撰《钤山堂集》卷第十六"恭纪恩赐诗其二十五"节录
	679	赐笋尖	(明)严嵩撰《钤山堂集》卷十三
曹大显 (生卒年不详)	680	无题	(明)方升编纂《大岳志略》卷之四艺文略
丁致祥 (1508年进士)	681	太和山诗三首	(明)方升编纂《大岳志略》卷之四艺文略
杨本仁 (1481—?)	682	阳在太和山不与	(明)杨本仁撰《少室山人集》卷十四
方豪 (1482—1530)	683	游飞升台	(明)方升编纂《大岳志略》卷之四艺文略,总题为"游飞升台(二十二首)",分列
	684	仙侣岩	
	685	滴水岩	
	686	五龙宫	
	687	玉像殿	
	688	青羊涧	
	689	隐仙岩	
	690	老姥祠	

作者	序号	篇目	出处
明代			
方豪 （1482—1530）	691	元和观	（明）方升编纂《大岳志略》卷之四艺文略,总题为"游飞升台（二十二首）",分列； （明）方豪撰《棠陵文集》卷七
	692	回龙观	
	693	关王庙	
	694	老君殿	
	695	复真观	
	696	龙泉观	
	697	黑虎庙	
	698	威烈观	
	699	紫霄宫	
	700	五老峰	
	701	龙头杖	
	702	松萝衣	
	703	望新提督陆元望	
	704	忆旧提督林德绪	
	705	楚游歌赠刘侍御时秀（节录）	
黄宗明 （？—1536）	706	题太和山兼赠王生颙入楚歌（节录）	（明）方升编纂《大岳志略》卷之四艺文略

作者	序号	篇目	出处
			明代
毛伯温 （1482—1545）	707	无题	（明）凌云翼修、卢重华纂《大岳太和山志》卷之七艺文三
	708	停骖亭·乐泉轩	（明）徐学谟修、周绍稷纂《襄阳府志》
夏言 （1482—1548）	709	送邝子元少参提督太岳太和宫	（明）夏言撰《桂洲诗集》卷十七
路迎 （1483—1562）	710	无题	（明）王佐修、慎旦等纂《大岳太和山志》卷之十七艺文（二）； （明）凌云翼修、卢重华纂《大岳太和山志》卷之八艺文四，题作"重过南岩宫用韵"
张邦奇 （1484—1544）	711	咏怀	（明）曹学佺编《石仓历代诗选》卷四百七十九，明诗次集一百一十三
	712	停骖亭·乐泉轩	（明）徐学谟修、周绍稷纂《襄阳府志》
	713	己卯夏四月，与同寅恽功甫、汪荣之二宪副，黄文之少参同至襄阳，予先发约，竣事还	（明）张邦奇撰《张邦奇集》四友亭集卷十四
	714	宿玉真宫遇雨次日早晴登武当二首	（明）张邦奇撰《张邦奇集》四友亭集卷十七；"玉真宫"应为"遇真宫"，有误
	715	玉虚宫	
	716	又次守岩韵二首	

作者	序号	篇目	出处
明代			
张邦奇 (1484—1544)	717	雨后发舟郧溪将登武当	(明)张邦奇撰《张邦奇集》四友亭集卷十九
	718	游武当山	
郑善夫 (1485—1523)	719	天宁寺送林德绪赴武当	(明)郑善夫撰《郑少谷先生全集》卷三;(明)郑善夫撰《少谷集》卷七
徐咸 (1511年进士)	720	嘉竣甲申午日偕江将军勋登沧浪亭观龙舟	(清)马应龙、汤炳堃主修,贾洪诏总纂《续辑均州志》卷十五
杨守礼 (?—1555)	721	山行寄兴诗二首	(明)方升编纂《大岳志略》卷之四艺文略
杨慎 (1488—1559)	722	送道士何端阳往武当	(明)杨慎撰《升庵集》卷二十八
薛蕙 (1489—1539)	723	太岳诗三章赠陆元望少参之武当	(明)薛蕙撰《考功集》卷三
魏良辅 (1489—1566)	724	无题	(明)王佐修、慎旦等纂《大岳太和山志》卷之十七艺文(二); 蔡守湘等主编《历代山水名胜诗选》,录本诗第四首,题"题武当"
龚辇 (生卒年不详)	725	无题	(明)王佐修、慎旦等纂《大岳太和山志》卷之十七艺文(二)
吕宪 (1513年进士)	726	无题	
刘勋 (1514年进士)	727	游武当诗二首	
任维贤 (1514年进士)	728	无题	

作者	序号	篇目	出处
			明代
林豫 （1514年进士）	729	游武当	（明）方升编纂《大岳志略》卷之四艺文略
	730	天柱峰	
黄省曾 （1490—1540）	731	送惠生之太和一首	（明）黄省曾撰《五岳山人集》卷第十三
王镕 （？—1556）	732	仙关	（明）方升编纂《大岳志略》卷之四艺文略；（清）王概等编纂《大岳太和山纪略》卷之八中，均为崔桐所作，误
	733	紫霄道院	
	734	天柱峰	
	735	南岩	
	736	玉虚宫	
	737	五龙宫	
许宗鲁 （1490—1559）	738	步虚词二首	（明）方升编纂《大岳志略》卷之四艺文略；（清）王概等纂修《大岳太和山纪略》卷七，题作"紫霄仙洞歌"，误
	739	南岩亭子绝句（二首）	
	740	紫霄仙兴歌	
	741	遇真宫	
	742	憩遇真道院	
	743	仙关	
	744	野酌	

续　表

作者	序号	篇目	出处
明代			
许宗鲁 (1490—1559)	745	山中得庐青崖书寄答诗	(明)方升编纂《大岳志略》卷之四艺文略;(清)王概等纂修《大岳太和山纪略》卷七,题作"紫霄仙洞歌",误
	746	太子坡	
	747	投宿紫霄宫途中作	
	748	宿紫霄道院	
	749	月夜同李道士登福地听童子吹箫	
	750	山中晓起	
	751	赠朱道士	
	752	月夜过朱炼师道院	
	753	过南岩宫	
	754	南岩	
	755	题郭道士空翠居	
	756	宿南岩道院	
	757	月下听童子吹笙	
邹守益 (1491—1562)	758	太和山	
欧阳必进 (1491—1567)	759	无题	(明)凌云翼修、卢重华纂《大岳太和山志》卷之七艺文三
左泾 (生卒年不详)	760	大岳山韵	武当山明代碑刻诗

作者	序号	篇目	出处
明代			
萧一中 （1517 年进士）	761	无题	（明）王佐修、慎旦等纂《大岳太和山志》卷之十七 艺文（二）
中谷 （生卒年不详）	762	无题	
旸溥 （生卒年不详）	763	无题	
朱篪 （1493—1546）	764	无题	
李默 （1494—1556）	765	惠岩顾公奉使太和山展祀便道还吴赠别	（明）李默撰《群玉楼稿》卷六
戴时宗 （1494—1558）	766	无题	（明）王佐修、慎旦等纂《大岳太和山志》卷之十七 艺文（二）； （清）王民皞纂辑《大岳太和山志》卷之二十； （清）王概等纂修《大岳太和山纪略》卷八，题“南岩宫”
佚名 （生卒年不详）	767	玉虚岩题壁诗	玉虚岩左上壁墨书，曾首注“正德十四年”，后变尾注“同治九年小□月中浣避难于此”“□□诚偶题”，存疑，题为编者加； 民国白衣道人王理学记“近代人往避兵火”
陆钺 （1495—1534）	768	武当宫	（清）陈田编著《明诗纪事》二十九，贵阳陈田辑陆钺撰《戊籤卷十四》
吴子孝 （1495—1563）	769	登太和山	（明）凌云翼修、卢重华纂《大岳太和山志》卷之八 艺文四

续　表

作者	序号	篇目	出处
明代			
谢榛 （1495—1575）	770	寄武当山张隐君二首	（明）谢榛撰《四溟集》卷之十七；（明）赵彦复编著《梁园风雅》卷二十六
	771	送武稚川使太和山	（明）赵彦复编著《梁园风雅》卷十五
	772	送别杨中贵使武当	（明）谢榛撰《四溟集》卷之三
	773	寄太和君何隐君二首	（明）谢榛撰《四溟山人全集》卷四
张周田 （生卒年不详）	774	登太和（二首）	（明）赵彦复编著《梁园风雅》卷二十
冯岳 （1495—1581）	775	无题	（明）王佐修、慎旦等纂《大岳太和山志》卷之十七艺文（二）；
廖道南 （？—1547）	776	无题	（明）凌云翼修、卢重华纂《大岳太和山志》卷之八艺文四
	777	遇真之歌	（明）廖道南编撰《楚纪》卷五十六穆风外纪后篇
	778	紫霄之歌	
	779	太和之歌	
	780	南岩之歌	
	781	五龙之歌	
	782	玉虚之歌	
徐庆 （生卒年不详）	783	赠潘判院感神现光	（明）凌云翼修、卢重华纂《大岳太和山志》卷之八艺文四
敖英 （1520 年进士）	784	太岳游记	《邵氏诗词库》卷五

作者	序号	篇目	出处
			明代
童承叙 （1520 年进士）	785	太岳游览十首	（明）童承叙撰《内方先生集》卷一； （明）吴道迩纂修《襄阳府志》,题作"游太岳十首"
杨言 （1521 年进士）	786	游太和	（明）方升编纂《大岳志略》卷之四艺文略
叶杲 （生卒年不详）	787	迎恩宫	
	788	复真观	
	789	风月双清亭	
皇甫涘 （1497—1546）	790	送吴子新游武当山	（明）皇甫涘撰《皇甫少玄集》外集卷八
程文德 （1497—1559）	791	喜重会师观令母八旬因以为寿	（明）程文德撰《程文恭公遗稿》卷二十五
王问 （1497—1576）	792	杨山人寻仙歌	（明）王问著《仲山诗选》
李元阳 （1497—1580）	793	游仙	（明）李元阳著《李元阳集·诗歌卷》
	794	太岳绝顶口号	
	795	玄真香火会同高太仆李侍御、苏内史登山	
	796	仙山圣泉	
	797	登大岳南岩	武当山五龙宫长生岩对面岩阿碑刻诗,疑原存紫霄宫后山庵庙； 附施立卓总编校、（明）李元阳著《李元阳集》（诗歌卷）"登太岳",诗序略有调整

作者	序号	篇目	出处
明代			
李元阳 （1497—1580）	798	紫霄遇曹炼师	碑存武当山五龙宫长生岩对面岩阿，疑原存紫霄宫后山庵庙
	799	扪月庵记	
皇甫汸 （1497—1582）	800	次韵送张允清游武当二首	（明）皇甫汸撰《皇甫司勋集》卷三十三
	801	寄赠吴纯叔藩使督祀太和	（明）皇甫汸撰《皇甫司勋集》卷八
王渐逵 （1498—1559）	802	送王一山还湖湘五首（节录）	天骄诗词网——古诗词大全
王从善 （1523 年进士）	803	宿迎恩宫	（明）吴道迩纂修《襄阳府志》卷四十五
杨铨 （1523 年进士）	804	夜泊均阳	
方升 （1523 年进士）	805	无题	（明）王佐修、慎旦等纂《大岳太和山志》卷之十七艺文（二）
陆铨 （1523 年进士）	806	游武当诗二首	（明）方升编纂《大岳志略》卷之四艺文略
吴允禄 （1523 年进士）	807	晓发谷城道中望武当诗二首	
	808	游武当诗二首	
黄廷用 （1499—1556）	809	登武当	（明）黄廷用著《少村漫稿》卷上，附诘："登武当"，为武当山碑文
	810	登武当	

续 表

作者	序号	篇目	出处
明代			
马一龙 （1499—1571）	811	天柱峰留赠雷信庵侍御	武当山明代碑刻； （明）凌云翼修、卢重华纂《大岳太和山志》卷之八艺文四
王佩 （生卒年不详）	812	次朴庵韵	（明）方升编纂《大岳志略》卷之四艺文略
屠大山 （1500—1579）	813	奉命勘修诸宫寄语四首	现存武当山南岩八卦亭后，为汉白玉碑刻诗
	814	无题	（明）凌云翼修、卢重华纂《大岳太和山志》卷之七艺文三，屠大山两首合为"无题"，略有增删
张文明 （生卒年不详）	815	登太和山中遇刘见湖少参	（明）吴道迩编纂《襄阳府志》郑四十六；诗作者为明代内阁首辅、改革家张居正父，存疑
	816	望太岳阻雨宿朝天宫周炼师山房	
畲世亨 （生卒年不详）	817	夜宿紫霄宫	（清）温汝能撰《粤东诗海》卷三二，"棚"作"玉"
李洛 （生卒年不详）	818	无题	（明）凌云翼修、卢重华纂《大岳太和山志》卷之八艺文四
高叔嗣 （1501—1537）	819	送张子鱼太岳参议	（明）吴道迩编纂《襄阳府志》郑四十五
何迁 （1501—1574）	820	晓望诗二首	（明）方升编纂《大岳志略》卷之四艺文略
	821	三天门	
	822	朝圣门	
	823	南岩石室	
	824	紫霄道院	

作者	序号	篇目	出处
			明代
何迁 （1501—1574）	825	无题	（明）凌云翼修、卢重华纂《大岳太和山志》卷之八 艺文四； （清）《湖广下荆南道志》卷之二十三,题作"冬日 登太和山天柱峰"
	826	游太和六首	（明）吴道迩纂修《襄阳府志》卷四十五
桂荣 （生卒年不详）	827	无题	（明）凌云翼修、卢重华纂《大岳太和山志》卷之八 艺文四
倪组 （1526 年进士）	828	游太和诗二首	
张臬 （1526 年进士）	829	登望仙台	
	830	宿紫霄宫	
	831	登太和山	
刘日乾 （1526 年进士）	831	无题	
王格 （1526 年进士）	833	谒太和初发郢中	（明）王佐修、慎旦等纂《大岳太和山志》卷之十七 艺文（二）
	834	过清微望太和	
	835	宿紫霄宫二首	
	836	经自然庵	
	837	憩玉虚宫	
	838	过遇真宫	
	839	过净乐宫	
	840	登大岳顶二首	

作者	序号	篇目	出处
		明代	
王格 （1526 年进士）	841	宿南岩宫	（明）王佐修、慎旦等纂《大岳太和山志》卷之十七艺文（二）
	842	宿五龙宫	
江汇 （1526 年进士）	843	上太和山寻欧阳公乾德绩，即光化	（清）王民皞纂辑《大岳太和山志》卷二十
	844	无题	
施昱 （1526 年进士）	845	无题	（明）王佐修、慎旦等纂《大岳太和山志》卷之十七艺文（二）
罗洪先 （1504—1564）	846	题陈抟睡图	（明）罗洪先撰《念庵文集》卷二十
朱隆喜 （1529 年进士）	847	游武当山诗三首	（明）方升编纂《大岳志略》卷之四艺文略；武当山南岩石殿山墙石刻其二
汪大受 （1529 年进士）	848	无题	
李汝楫 （1529 年进士）	849	无题	
曹忭 （1529 年进士）	850	无题	（明）王佐修、慎旦等纂《大岳太和山志》卷之十七艺文（二）
	851	登天柱峰还至南岩宫歌	
	852	晓发南岩穿青羊过五龙宫歌	
吕颙 （约 1506—1577）	853	无题	（明）凌云翼修、卢重华纂《大岳太和山志》卷之八艺文四

作者	序号	篇目	出处
			明代
陈绍儒 (1506—1581)	854	无题七首	(明)王佐修、慎旦等纂《大岳太和山志》卷之十七艺文(二); (明)凌云翼修、卢重华纂《大岳太和山志》卷之七,题作"登太和山"
范钦 (1506—1585)	855	竹墟挽词八首(节录)	(明)范钦撰《天一阁集》卷九
许谷 (1506—?)	856	送人游武当山	(明)许谷撰《省中稿》卷三
王维桢 (1507—1556)	857	赠吴纯叔分司太和山二首次韵	(明)王维桢撰《槐野先生存笥稿》卷三十四
王忬 (1507—1560)	858	登太和山四首	(明)王世懋撰《王奉常集》卷十诗部; (明)凌云翼、卢重华等编纂《大岳太和山志》卷之八艺文四
曹亨 (1507—1588)	859	无题(二首)	(明)王佐修、慎旦等纂《大岳太和山志》卷之十七艺文(二)
佚名 (生卒年不详)	860	无题	嘉靖二十五年(1546)作,刻于武当山道教像器铭文
白悦 (1532年进士)	861	题太和山	(明)方升编纂《大岳志略》卷之四艺文略
	862	五龙宫	
	863	太和宫	(明)白悦撰《白洛原遗稿》卷五
李延康 (1532年进士)	864	无题(二首)	(明)凌云翼修、卢重华纂《大岳太和山志》卷之八艺文四

作者	序号	篇目	出处
		明代	
雷贺 （1508—1562）	865	早谒太和	（明）王佐修、慎旦等纂《大岳太和山志》卷之十七艺文（二）
	866	薄暮太和	
	867	午过南岩	
	868	中秋五龙	
	869	紫霄漫兴	
	870	夜宿玉虚	（明）凌云翼修、卢重华纂《大岳太和山志》卷之八艺文四
	871	九日太和	
	872	雪夜玉虚	
	873	登太和和韵	
俞宪 （1508—?）	874	宿玉虚方丈	
	875	雪夜登太和宫	
郭希颜 （1509—1560）	876	无题	
	877	蜡烛峰	（清）王民皞纂辑《大岳太和山志》卷二十
李学 （生卒年不详）	878	咏武当	（明）王佐修、慎旦等纂《大岳太和山志》卷之十七艺文（二）
王栋 （1509—1581）	879	登天柱峰	（明）方升编纂《大岳志略》卷之四艺文略

明代

作者	序号	篇目	出处
张舜臣 (1535 年进士)	880	游武当书太和山壁	
	881	太和山中诗十二首	
	882	玉虚牡丹	
沈良才 (1535 年进士)	883	登太和绝顶	武当山明代碑刻,两诗同碑; (民国)熊宾督修,赵夔总纂《续修大岳太和山志》卷八,第二首题作"南岩"
	884	晚游南岩	
靳学颜 (1535 年进士)	885	舟中望武当山	(明)靳学颜撰《靳两城先生集》卷七
胡汝霖 (1535 年进士)	886	游武当	
	887	宿南岩宫题壁	
沈应龙 (1535 年进士)	888	无题	(明)王佐修、慎旦等纂《大岳太和山志》卷之十七艺文(二); 沈应龙的"无题"见(清)王概等纂修《大岳太和山纪略》卷八,题作"南岩宫",作者廖道南,误
李元 (生卒年不详)	889	太和宫建醮祝圣寿	
	890	玉虚岩	
	891	登太和途中即景	
郑如阜 (生卒年不详)	892	再游武当歌	
李迁 (1511—1582)	893	无题	(明)凌云翼修、卢重华纂《大岳太和山志》卷之八艺文四
胡宗宪 (1512—1565)	894	无题	(明)王佐修、慎旦等纂《大岳太和山志》卷之十七艺文(二)

续　表

作者	序号	篇目	出处
俞允文 (1512—1579)	895	送纳言张公游武当山	(明)俞允文撰《仲蔚集》卷四
	896	酬王中丞元美兼要写登武当之作	(明)俞允文撰《仲蔚集》卷六
张天复 (1513—1573)	897	《拟泰岳庙碑》(节录)	(明)张天复撰《鸣玉堂稿》卷四
	898	玉虚岩纪事	
	899	九日登太和宫	(明)张天复撰《鸣玉堂稿》卷十二
陈松 (1513—?)	900	无题	(明)王佐修、慎旦等纂《大岳太和山志》卷之十七艺文(二)
施尧臣 (1514—1606)	901	登太岳和张笔翁韵	(明)凌云翼修、卢重华纂《大岳太和山志》卷之八艺文四； (清)王民皞、卢维兹《大岳太和山志》,题作"登太岳和张笔翁韵"
潘钺 (1538年进士)	902	无题	(明)王佐修、慎旦等纂《大岳太和山志》卷之十七艺文(二)
贾大亨 (1538年进士)	903	题太和山	故宫珍本丛刊第261册史部地理类山水,故宫博物院编《鼓山志大岳太和山纪略》； (明)王佐修、慎旦等纂《大岳太和山志》卷之十七艺文(二),题作"无题"
李凌云 (1538年进士)	904	无题	(明)凌云翼修、卢重华纂《大岳太和山志》卷之八艺文四

作者	序号	篇目	出处
		明代	
章焕 （1538年进士）	905	太岳	(明)王佐修、慎旦等纂《大岳太和山志》卷之十七艺文（二）； (明)凌云翼修、卢重华纂《大岳太和山志》卷之八艺文四,题作"大岳"
	906	大岳绝顶观日出	
	907	天柱峰	
	908	天柱峰看月	
	909	天柱峰二首	
	910	入天门谒太和宫	
	911	太和斋宫作	
	912	南岩宫	
	913	入南岩岩下	
	914	南岩下茅庵逢二叟兀坐鼓琴赋此	
	915	五龙宫	
	916	五龙宫看月	
	917	自然庵谒希夷像示诸生	
	918	南岩下待月示诸生	
	919	滴水岩示诸生	
	920	紫霄宫	
	921	紫霄宫待月	

作者	序号	篇目	出处
		明代	
章焕 (1538 年进士)	922	经仙桃观过玉虚	（明）王佐修、慎旦等纂《大岳太和山志》卷之十七艺文（二）； （明）凌云翼修、卢重华纂《大岳太和山志》卷之八艺文四，题作"大岳"； "坐玉虚岩下示诸生"与贾大亨"题太和山"诗有部分雷同，存疑
	923	玉虚宫	
	924	玉虚桥上步月	
	925	玉虚岩	
	926	凌虚岩对桃花洞	
	927	坐玉虚岩下示诸生	
黎民表 (1515—1581)	928	寓朝天宫道士馆作	（明）黎民表撰《瑶石山人稿》卷九
	929	太岳仙宫七咏	（明）黎民表撰《瑶石山人稿》卷十
	930	朝天宫追和乔太宰诸名贤韵	
	931	同陈公载吴而待重游朝天宫	（明）黎民表撰《瑶石山人稿》卷十一
李遂 (1515—1585)	932	回龙道中	（明）王佐修、慎旦等纂《大岳太和山志》卷之十七艺文（二）
	933	过紫霄宫	
	934	南岩道院	
	935	万丈峰	
	936	度三天门	
	937	望天柱峰	

作者	序号	篇目	出处
明代			
李遂 (1515—1585)	938	登天柱峰	(明)王佐修、慎旦等纂《大岳太和山志》卷之十七艺文(二)
	939	飞升台	
	940	望五龙宫	
	941	太和道中	
	942	南岩宫	
宋登春 (约1515—1586)	943	初入山(宿乌鸦庙道士斋居)	(明)龚黄撰《六岳登临志》卷六;《初入山》《下山》合而为《游太岳山》,此分列
	944	下山	
	945	宿紫霄宫询蜡烛涧道者	
	946	宿紫霄宫月下(望蜡烛诸涧)	
	947	书南岩宫后岩	(明)宋登春撰《宋布衣诗集》卷之二
	948	寻玉虚宫周炼师	
	949	登太和山天柱峰	
颜鲸 (1515—1589)	950	登太和遇雨	(明)凌云翼修、卢重华纂《大岳太和山志》卷之八艺文四
陈孟章 (1540年进士)	951	登太和山漫兴八首	
李宗木 (1540年举人)	952	登太和山次韵	(明)王佐修、慎旦等纂《大岳太和山志》卷之十七艺文(二)
	953	入仙关	(清)王概等纂修《大岳太和山纪略》卷八
	954	武当道人咏四首	

续 表

作者	序号	篇目	出处
何仲徽 （生卒年不详）	955	题桃花洞	武当山五龙宫桃源洞碑刻,四诗同碑,明嘉靖八年（1529）孟春,由碧霄道人李芳（1565 年进士）书,何仲徽、皮守禄同立
	956	题诵经台诗	
	957	题自然庵诗	
	958	题五龙宫诗	
欧大任 （1516—1596）	959	送吴虎臣游太岳二首	（明）欧大任撰《欧虞部集十五种》游梁集卷五
	960	葛阳舟中逢梁仲登,闻已擢守均州,喜而有赠	（明）欧大任撰《欧虞部集十五种》诏归集卷一
	961	郭次甫往游玄岳过金陵见寄用韵遥答	（明）欧大任撰《欧虞部集十五种》秣陵集卷六
朱瑞登 （1541 年进士）	962	无题	（明）凌云翼修、卢重华纂《大岳太和山志》卷之八艺文四
龚秉德 （1541 年进士）	963	晓发遇真宫（由九渡涧历玉虚岩作）	
	964	再登玄岳一首	
	965	宿南岩宫,次章邓山韵	
	966	飞升台下访刘道人不遇,因题其壁	
	967	过五龙宫	
	968	赠自然庵道士	

明代

续 表

作者	序号	篇目	出处
		明代	
龚秉德 （1541 年进士）	969	游太和山次雷少郭韵二首（嘉靖岁在丙辰三月□日）	武当山明代碑刻诗，四诗同立一碑； （明）王佐修、慎旦等纂《大岳太和山志》卷之十七艺文（二）
	970	登天柱峰绝顶谒玄帝祠二首（嘉靖岁在丙辰三月□日）	
	971	宿紫霄宫躬阅醮事漫成八韵（嘉靖岁在丙辰三月□日）	
	972	山游杂咏六首（嘉靖岁在丙辰三月□日）	
鄢懋卿 （1541 年进士）	973	《苍龙岭雷坛神像记》诗	嘉靖三十九年（1560）立于武当山太和宫铜碑
徐中行 （1517—1578）	974	晓登玄岳天柱峰	（清）王民皡纂辑《大岳太和山志》卷二十，节录其一、其二； （清）陆心源辑《潜园总集》第 111，节录其二、其四
胡直 （1517—1585）	975	京口逢继甫出示登太岳诗奉和一首	（明）胡直撰《衡庐精舍藏稿》卷六
张守直 （1543 年进士）	976	登太岳三首，时奉命督修	（明）王佐修、慎旦等纂《大岳太和山志》卷之十七艺文（二）
杨朋石 （生卒年不详）	977	太和即事	
吴百朋 （1519—1578）	978	无题	
	979	登太和山口占一绝句	

作者	序号	篇目	出处
明代			

作者	序号	篇目	出处
成子学 （1544 年进士）	980	游太和山四首	（明）凌云翼修、卢重华纂《大岳太和山志》卷之八 艺文四
章士元 （1544 年进士）	981	玄岳道中二首（嘉靖戊午春）	武当山碑刻诗，三首诗同碑刻写； （明）王佐修、慎旦等纂《大岳太和山志》卷之十七 艺文（二），第一首诗尾句为"好将凡格悟真机"
	982	宿南岩宫	
	983	天柱峰绝顶（嘉靖戊午春）	
李万实 （1544 年进士）	984	襄阳歌十首 赠雷少郭给 舍擢参湖藩	（明）李万实撰《崇质堂集》卷二
朱曰藩 （1544 年进士）	985	送人游太和山	（明）朱曰藩撰《山带阁集》卷二十
徐学谟 （1521—1593）	986	过钧州作	（明）徐学谟撰《徐氏海隅集》第二卷，"钧"应为 "均"
	987	自草店入岳，暂憩遇真宫感旧作	（明）徐学谟撰《徐氏海隅集》第三卷
	988	度仙关西下玉虚宫瞻礼恭述	
	989	茅阜道中有述，晚登五龙宫，止宿方丈	
	990	青羊桥燕坐观泉	

作者	序号	篇目	出处
		明代	
徐学谟 (1521—1593)	991	方憩南岩,飒然雨至,比霁出宫,遂历大顶	(明)徐学谟撰《徐氏海隅集》第三卷
	992	天柱峰观日出作	
	993	下紫霄峰,邂逅箬冠道人,延至复真观叙旧,赠言	
	994	出山,柳常侍邀余赴沐浴堂开斋,余遂止宿焉,是夜醉中作	(清)党居易编纂《均州志》卷四、(清)马应龙、汤炳堃主修、贾洪诏总纂《续辑均州志》卷十五,均录此诗,题作"登沧浪亭"
	995	登沧浪亭作(亭在均江北岸)	
	996	天柱峰观月出歌	
	997	飞升岩下访琴阳道人作	(明)徐学谟撰《徐氏海隅集》第五卷,"钧"应为"均"
	998	钧州月夜偶逢司理牛君,因约游玄岳赋此	
	999	均州馆夜(一)	(明)徐学谟撰《徐氏海隅集》第七卷
	1000	雨宿清微馆作	(明)徐学谟撰《徐氏海隅集》第九卷
	1001	均州馆夜(二)	

作者	序号	篇目	出处
		明代	
徐学谟 (1521—1593)	1002	郧阳生日	（明）徐学谟撰《徐氏海隅集》第十一卷
	1003	游大岳诗十首并序	（明）徐学谟撰《徐氏海隅集》第十三卷；附诗见（清）马应龙、汤炳塈主修、贾洪诏总纂《续辑均州志》卷十五、（民国）熊宾督修,赵夔总纂《续修大岳太和山志》卷八
	1004	游南岩宫听滇道人鼓琴	
	1005	宿玉虚宫	
	1006	夜泛小舠自郧江达均州	（明）徐学谟撰《徐氏海隅集》第十五卷
	1007	均州净乐宫恭贺长至书感	
	1008	大岳游还姚南阳适致天池新茶东谢	
	1009	王少参招饮均州南城楼	
	1010	送白光禄游武当归昆陵	（明）徐学谟撰《徐氏海隅集》第十六卷
	1011	孟冬日郧城阅视,遂登春雪楼,为前开府王公所题,并傍诗二律,借为嗣响,因致景忆之私（节录）	（明）徐学谟撰《徐氏海隅集》第十七卷

作者	序号	篇目	出处
			明代
徐学谟 (1521—1593)	1012	清微馆旧榻听泉赋六韵	(明)徐学谟撰《徐氏海隅集》第十八卷
	1013	九月晦日太和道中咏枫树十三韵	
	1014	孟冬朔日均阳阻雪,酌王少参公署,咏赋十二韵	
	1015	秋夜宿清微馆,追忆嘉靖庚申与汪襄阳夜话于此,感赋二绝句	(明)徐学谟撰《徐氏海隅集》第二十卷
	1016	界山喜霁戏题一绝(要王少参同游太岳)	(明)徐学谟撰《徐氏海隅集》第二十二卷
	1017	得王少参书志喜	
	1018	三月雪稍霁,行九里山绝顶,惵焉几堕,题十三韵	(清)赵兆麟纂修顺治《襄阳府志》
	1019	王长卿文学访余郧台感赠十九韵	(明)徐学谟修、周绍稷纂《郧阳府志》卷之三十一艺文
	1020	郧志成,赠别周小史还襄藩,赋十八韵	
	1021	重阳后一日拟游玄岳,雨阻不果行,解嘲一首	

作者	序号	篇目	出处
		明代	
卢仲佃 (1521—1587)	1022	登太和绝顶	(清)王民皞纂辑编纂《大岳太和山志》卷二十； (清)王概等纂修《大岳太和山纪略》卷八，"山小"作"山松"
郭谏臣 (1524—1580)	1023	十四夜太和舟中玩月	(明)郭谏臣著《鲲溟先生诗集》卷三
	1024	太和舟中晚眺	
黄克晦 (1524—1590)	1025	梦游武当山怀郧阳江使君	(明)朱彝尊辑录《明诗综》卷六十八； (清)张豫章编《四朝诗》明诗卷三十三
吴国伦 (1524—1593)	1026	闻人谈养生漫成八首	(明)吴国伦《甔甀洞稿》卷三
	1027	朝元诗四章赠仁甫	
	1028	谒文昌祠（祠在武当山二门内）	
	1029	妙化岩二首	(明)吴国伦《甔甀洞稿》卷七
	1030	玉虚宫六首	
	1031	遇真宫即事	
	1032	谒太和宫	(明)吴国伦《甔甀洞稿》卷九
	1033	谒五龙宫	
	1034	登天柱峰歌	

续　表

作者	序号	篇目	出处
		明代	
吴国伦 （1524—1593）	1035	南岩宫四首	（明）吴国伦《甔甀洞稿》卷十七
	1036	紫霄宫二首	
	1037	遇真宫逢张子荩太史（子荩,予故人也,张提学复亨子也）	（明）吴国伦《甔甀洞稿》卷二十八
	1038	净乐宫作	
	1039	上下武当道中咏所见五异五异(一首)	
	1040	右老树	
	1041	右怪石	
	1042	右瀑泉	
	1043	右悬楼	
	1044	风岩	（明）吴国伦《甔甀洞稿》卷三十
	1045	尹喜岩	
	1046	卧龙岩	
	1047	黑虎岩	
	1048	白龙岩	
	1049	凌虚岩	
	1050	妙华岩	

作者	序号	篇目	出处
			明代
吴国伦 （1524—1593）	1051	滴水岩	（明）吴国伦《甔甀洞稿》甔甀洞稿卷三十；
	1052	磨针涧	
	1053	鬼谷涧	
	1054	五老峰	
	1055	青羊涧	
	1056	金鸡涧	
	1057	过虎耳岩访不二和尚语次四首	
	1058	双笔峰	（明）吴国伦《甔甀洞稿》卷三十三
	1059	二莲峰	
	1060	七星峰	
	1061	中笏峰	
	1062	三公峰	
	1063	香炉峰	
	1064	玉笋峰	
	1065	天马峰	
	1066	展旗峰	
	1067	丹灶峰	
	1068	紫盖峰	

作者	序号	篇目	出处
		明代	
吴国伦 （1524—1593）	1069	舟发均阳江上即事二首	
	1070	自然庵	
	1071	重登太和绝顶	（明）吴国伦《甔甀洞稿》续稿诗部卷一
	1072	太和峰示儿无伤	
	1073	南康五里桥即事兼简田使君	（明）吴国伦《甔甀洞稿》续稿诗部卷三
	1074	太和道中杂咏八首	
	1075	访不二和尚	（明）吴国伦《甔甀洞稿》续稿诗部卷四
	1076	还自太和答郑汝志见怀	
	1077	梁仲登使君招饮均州南城楼漫赋	
	1078	太和山下遇费国聘给事有感作	
	1079	将至太和，李孟诚中丞自郧镇两遣使来相招，赋此辞谢	（明）吴国伦《甔甀洞稿》续稿诗部卷八
	1080	宿太和宫弄得李中丞见招书郄寄	
	1081	登均州沧浪亭二首	（明）吴国伦《甔甀洞稿》续稿诗部卷十二

作者	序号	篇目	出处
			明代
汪道昆 （1525—1593）	1082	神楚歌	（明）汪道昆《太函集》卷六十八，引自《大岳文昌祠碑记》
	1083	太和山铭	（明）汪道昆《太函集》卷七十八
	1084	岳顶	（明）汪道昆《太函集》卷一百七
	1085	城西望岳喜晴	
	1086	香炉峰对酌	
	1087	五老峰头闻乐	（明）汪道昆《太函集》卷一百十一
	1088	天门	
	1089	仙源泛觞	
陈文烛 （1525—1594）	1090	将游太岳书怀二首	
	1091	天柱峰	
	1092	虎耳岩	（明）陈文烛撰《二酉园诗集》卷二
	1093	飞升岩	
	1094	自然庵	
	1095	宿太岳绝顶梦中成长短句	（明）陈文烛撰《二酉园诗集》卷三
	1096	太和宫	（明）陈文烛撰《二酉园诗集》卷六
	1097	紫霄宫	

作者	序号	篇目	出处
		明代	
陈文烛 （1525—1594）	1098	玉虚宫	（明）陈文烛撰《二西园诗集》卷六
	1099	迎恩宫	
	1100	净乐宫	
	1101	南岩宫	
	1102	五龙宫	
	1103	遇真宫	
	1104	夜宿望岳忆陈仁甫、沈子静、翰林王敬美、杨宪功、仪部李惟寅、勋卫康裕卿、洪周山人	（明）陈文烛撰《二西园诗集》卷九
	1105	宿太岳绝顶二首	（清）王民皡纂辑编纂《大岳太和山志》卷二十
释雪江 （1525—1606）	1106	方棠陵托胡黄门惠寄龙竹杖	（明）曹学佺编《石仓历代诗选》卷五百六明诗次集一百四十
于业 （1547 年进士）	1107	太和宫	（清）王民皡纂辑编纂《大岳太和山志》卷二十
	1108	太和山道房晴眺	

作者	序号	篇目	出处
		明代	
陈柏 （1550 年进士）	1109	送程孟孺游太岳兼谒王元美中丞	（明）陈柏撰《苏山选集》卷三
	1110	示堪孙游太岳	（明）陈柏撰《苏山选集》卷五
王彩 （生卒年不详）	1111	游沧浪	（明）吴道迩编纂《襄阳府志》卷四十五
	1112	舟中有感	
王世贞 （1526—1590）	1113	送周子礼太岳玄帝宫	（明）王世贞撰《弇州山人四部续稿》卷六诗部
	1114	闫希言先生道成而游戏人间，任真自适，闻之久矣。今年来访弇园，谈笑无间，忽语余欲返武当故馆一叩元帝。先生有故人不二头陀范丫髻，亦余旧识也，因歌以赠先生并寄声焉	（明）王世贞撰《弇州山人四部续稿》卷十诗部
	1115	今岁忽已知命，仲冬五日为悬弧之旦，不胜感怆，聊叙今昔，得六百字	

作者	序号	篇目	出处
		明代	
王世贞 (1526—1590)	1116	由云峰取道锦涧历险至绝顶	（明）王世贞撰《弇州四部稿》卷十二；（清）贾洪诏纂修《续辑均州志》卷十五
	1117	由武当之紫霄，历青羊桥，憩五龙，出仁威观有述	
	1118	由南岩寻北岩谒不二和尚	
	1119	朱象玄太史册封楚藩，云将取道南游太岳，诗以送之	（明）王世贞撰《弇州四部稿》卷十四
	1120	赠不二和尚	（明）王世贞撰《弇州四部稿》卷十五
	1121	赠范丫髻	
	1122	癸酉冬，余迁岭右，阻大风江上，武陵梦玄子于信夫轻舟过访，剧谈三宿而别。甲戌冬，余领襄汉节，甫之镇而信夫书至矣。余且将有太和之登，信夫能修江上故事，蹑屩从我乎？歌以招之，且纪旧事	（明）王世贞撰《弇州四部稿》卷二十二；（清）王概等纂修《大岳太和山纪略》卷七，题作"五龙歌"；（清）马应龙、汤炳堃主修、贾洪诏总纂《续辑均州志》卷十五

作者	序号	篇目	出处
			明代
	1123	武当五龙歌	（明）王世贞撰《弇州四部稿》卷二十二；（清）王概等纂修《大岳太和山纪略》卷七，题作"五龙歌"；（清）马应龙、汤炳堃主修、贾洪诏总纂《续辑均州志》卷十五
	1124	武当道上所见戏成短歌	
	1125	武当歌	
	1126	偶成	（明）王世贞撰《弇州四部稿》卷三十
	1127	太和即事四首	
	1128	助甫约登太岳，候之不至	
	1129	回龙观	（明）王世贞撰《弇州四部稿》卷三十一
王世贞（1526—1590）	1130	郧阳道中	（明）王世贞撰《弇州四部稿》卷三十二
	1131	净乐宫（在均州，所谓净乐国也）	
	1132	玉虚宫（即真武所拜玉虚师相名也）	
	1133	遇雨投紫霄宫宿	
	1134	谒太和宫	
	1135	游武当山五龙宫	
	1136	雪后朝天宫习仪	（明）王世贞撰《弇州四部稿》卷三十三
	1137	回龙观	
	1138	过龙泉观冒雨行即景	（明）王世贞撰《弇州四部稿》卷四十三

作者	序号	篇目	出处
		明代	
王世贞 （1526—1590）	1139	由太和登绝顶二首	（明）王世贞撰《弇州四部稿》卷四十三
	1140	宿南岩宫	
	1141	邀助甫迎恩宫作	
	1142	见甫与余交久矣，忽以书币及诗来贽，请执门人礼，以此辞谢	
	1143	叔宝约游武当不至，欲按余诗作图，聊而次答且寓嘲	
	1144	再用玉叔韵奉答	
	1145	移舟饯助甫分得牛字	
	1146	宗良王孙旧示严氏毁先公三密启，今复远辱新诗一章见贻，感而报谢	
	1147	敬美尚宝使秦，有江藩之擢，取道郧阳，言别，聊而有赠	

作者	序号	篇目	出处
		明代	
王世贞 （1526—1590）	1148	与敬美少参登太和绝顶二首	（明）王世贞撰《弇州四部稿》卷四十三
	1149	舍弟自均州城楼别后，道寄二诗，有感辄和	
	1150	谷日登郧城东北门楼时，四山雪霁，因题曰"春雪楼"，而系以二律用示郡僚	
	1151	助甫携见甫过郧镇留饮喜赠	（明）王世贞撰《弇州四部稿》卷四十四
	1152	茅阜峰	（明）王世贞撰《弇州四部稿》卷四十六
	1153	健人峰	
	1154	系马峰	
	1155	滴水岩	
	1156	隐仙岩	
	1157	凤岩	
	1158	独阳岩	
	1159	凌虚岩（希夷诵经所）	
	1160	棚梅岭	

作者	序号	篇目	出处
			明代
王世贞 （1526—1590）	1161	青崖	（明）王世贞撰《弇州四部稿》卷四十六
	1162	琼台	
	1163	渊默亭	
	1164	试心石	
	1165	试剑石	
	1166	磨针涧	
	1167	蒿谷涧	
	1168	金鸡涧	
	1169	摘星桥（即会仙桥）	
	1170	叠字峰	
	1171	金鼎峰	
	1172	云母岩	
	1173	黑虎岩	
	1174	白龙岩	
	1175	朱砂岩	
	1176	欻火岩	
	1177	皇后岩、太子岩	

续　表

作者	序号	篇目	出处
明代			
王世贞 （1526—1590）	1178	妙花岩	（明）王世贞撰《弇州四部稿》卷四十六
	1179	万松亭	
	1180	龙泉观	
	1181	乌鸦庙	
	1182	仙棋石	
	1183	双溪涧	
	1184	飞云涧、瀑布涧	
	1185	天池	
	1186	江畔濯缨亭赠柳常侍	（明）王世贞撰《弇州四部稿》卷五十二
	1187	闻敬美使秦中要取道太和一晤	
	1188	太和绝顶赠敬美少参弟、时游自太华，新领部南康，为匡庐主人	
	1189	天柱峰	（明）王世贞撰《弇州四部稿》卷五十三
	1190	显定峰	
	1191	皇崖峰	
	1192	大小笔峰	

作者	序号	篇目	出处
			明代
王世贞 （1526—1590）	1193	七星峰	（明）王世贞撰《弇州四部稿》卷五十三
	1194	中笏峰	
	1195	千丈万丈二峰	
	1196	大小莲花峰	
	1197	落帽峰	
	1198	白云峰	
	1199	大明峰	
	1200	五老峰	
	1201	三公峰	
	1202	九卿峰	
	1203	仙人峰	
	1204	狮子峰	
	1205	紫霄峰	
	1206	香炉峰	
	1207	展旗峰	
	1208	玉笋峰	
	1209	丹灶峰	

作者	序号	篇目	出处
		明代	
王世贞 (1526—1590)	1210	天马峰	
	1211	鸡鸣峰	
	1212	九渡峰	
	1213	伏魔峰	
	1214	松萝峰	
	1215	会仙峰	
	1216	眉棱峰	
	1217	金锁峰	
	1218	阳鹤峰	（明）王世贞撰《弇州四部稿》卷五十三
	1219	紫盖峰	
	1220	大夷峰	
	1221	玉虚岩	
	1222	常春岩	
	1223	崇福岩	
	1224	尹喜岩	
	1225	飞升台	
	1226	望仙台	

作者	序号	篇目	出处
明代			
王世贞 （1526—1590）	1227	礼斗台	（明）王世贞撰《弇州四部稿》卷五十三
	1228	紫云亭	
	1229	自然庵	
	1230	青羊涧	
	1231	鬼谷涧	
	1232	百花泉	
	1233	甘泉	
	1234	太乙池	
	1235	向侍御宗洛登玄岳奉赠得二绝句	
	1236	赠别梁舍人鈹	
	1237	由郧江抵均州即事	
皮成 （生卒年不详）	1238	无题	（明）王佐修、慎旦等纂《大岳太和山志》卷之十七艺文（二）
佚名 （生卒年不详）	1239	铁杵歌	
刘幅 （生卒年不详）	1240	无题	

作者	序号	篇目	出处
			明代
李孚佑 （生卒年不详）	1241	无题	
丘道充 （生卒年不详）	1242	登太和山	
李循道 （生卒年不详）	1243	无题	
钱一溥 （生卒年不详）	1244	无题	（明）王佐修、慎旦等纂《大岳太和山志》卷之十七艺文（二）
杜海亨 （生卒年不详）	1245	无题	
	1246	望仙楼	
高迁 （生卒年不详）	1247	登太和山	
卢大雅 （生卒年不详）	1248	太和山歌	（明）方升编纂《大岳志略》卷之四艺文略；（清）王概等纂修《大岳太和山纪略》卷七，题作"太和歌"，作者"虞大雅"，误
孙应鳌 （1527—1586）	1249	太和杂咏	（明）吴道迩编纂《襄阳府志》卷四十六； （明）凌云翼修、卢重华纂《大岳太和山志》卷之八艺文四
	1250	天柱峰	
	1251	太和宫	
	1252	南岩	
	1253	紫霄岩	
	1254	武当涧	

作者	序号	篇目	出处
			明代
孙应鳌 （1527—1586）	1255	五龙峰	（明）吴道迩编纂《襄阳府志》卷四十六； （明）凌云翼修、卢重华纂《大岳太和山志》卷之八艺文四
	1256	玉虚岩	
	1257	紫云亭	
	1258	尹喜岩	（清）王民皞纂辑编纂《大岳太和山志》卷二十
	1259	系马峰	
	1260	灵虚宫	
	1261	卧龙岩	
	1262	沈仙岩	
	1263	朱砂岩	
	1264	杨仙岩	
	1265	云母岩	（民国）熊宾督修，赵夔总纂《续修大岳太和山志》卷七
	1266	松萝峰	
	1267	茅阜峰	
	1268	七星峰	
张凤翼 （1527—1613）	1269	送沈道章礼太和山	（明）张凤翼撰《处实堂集》卷三
	1270	送张纳言允清游太和山	
	1271	送徐子本礼太和山	

作者	序号	篇目	出处
		明代	
陈省 （1529—1612）	1272	玉虚宫次中丞杨朋石韵	（明）凌云翼修、卢重华纂《大岳太和山志》卷之八艺文四
施笃臣 （1530—1574）	1273	登太岳和少司空张笔翁韵	
王圻 （1530—1615）	1274	登太和山行	（清）王概等纂修《大岳太和山纪略》卷七
屈大升 （1630—1696）	1275	同陈郡伯、何郡丞登天柱有作	（明）凌云翼修、卢重华纂《大岳太和山志》补遗卷
王祖嫡 （1531—1592）	1276	仙关	（明）王祖嫡撰《师竹堂集》卷二
	1277	遇真宫（张三丰旧隐处也）	
	1278	太和绝顶	（明）王祖嫡撰《师竹堂集》卷五
	1279	宿紫霄宫	（明）王祖嫡撰《师竹堂集》卷六
陈汲 （1556 年进士）	1280	《敕建金箓大醮瑞应记》诗颂	张华鹏编《武当山金石录》第一册
	1281	沧浪亭	（明）吴道迩纂修《襄阳府志》
叶春及 （1532—1595）	1282	均州公署独酌	（明）叶及春撰《石洞集》卷十七
	1283	登太和山南岩，雾雨连日，披而出游，赋十四韵	

作者	序号	篇目	出处
		明代	
叶春及 （1532—1595）	1284	雾雨至太和宫，俯视一气，咫尺不辨	（明）叶及春撰《石洞集》卷十七
	1285	质明谒帝，期雨亦往，忽然晴朗，遂得遍游	
	1286	太和道士王思明从登紫霄峰，问其泉，对曰："上善，即老子若水者也。"字之"子静"，号以若水，丐诗，赠之	
	1287	登太和山二首	
	1288	过虎岩访不二上人	
	1289	太和道士李理雄，余字之"守雌"。丐诗，赠以绝句	
	1290	林均州招饮沧浪亭，席上口占同席王杨两孝廉，余门人东官黄于广	

作者	序号	篇目	出处
			明代
何士林 （1559 年进士）	1291	太和遇雪	（清）王民皞纂辑编纂《大岳太和山志》卷二十
熊养中 （1535—?）	1292	登天柱，游南岩、五龙诸宫，时万历乙卯仲春也	
王稚登 （1535—1612）	1293	《虎丘山一丘和尚建造玄武殿疏》偈	（明）王稚登撰《王百榖集十九种》法因集卷一
王世懋 （1536—1588）	1294	下太和入舟与家兄别	（明）王世懋撰《王奉常集》卷十诗部；
	1295	道友周君师，敬精进士也，有子童真，禅悟一门好道，有庞居士之风兹为其乃考。偿愿躬诣太和山、礼谒真武过余言别。为赋绝句三章送之	（明）王世懋撰《王奉常集》卷十五诗部
裴应章 （1536—1609）	1296	宿五龙宫	武当山五龙宫碑刻
	1297	由南岩过五龙宫	
	1298	太和宫四首（只录三首）	（清）王民皞纂辑编纂《大岳太和山志》卷二十；"太和宫四首"实为三首
	1299	古铜殿望月	
	1300	玉虚宫	
梁梦雷 （1561 年举人）	1301	登太和绝顶	（清）梁善长撰《广东诗粹》卷五
方九功 （1537—1589）	1302	次尧山吴公韵	（清）王民皞纂辑编纂《大岳太和山志》卷二十
	1303	谒玄帝回过南岩宫	
	1304	宿五龙宫	

作者	序号	篇目	出处
			明代
方九功 （1537—1589）	1305	登天柱峰	（清）王民皞纂辑编纂《大岳太和山志》卷二十
	1306	谒玄帝三首	（清）王概等纂修《大岳太和山纪略》卷八
	1307	玄岳道中	
	1308	出南岩望五龙宫	（明）吴道迩纂《襄阳府志》卷四十六； （清）王民皞纂辑编纂《大岳太和山志》卷二十，"光明"作"分明"
董裕 （1537—1606）	1309	登岳道中	（明）董裕撰《董司寇文集》卷十六
	1310	舟行达均阳将谒太和	
	1311	肩与入紫霄	
	1312	虎耳访不二上人	（明）董裕撰《董司寇文集》卷十八
	1313	念卖药者住悬崖一小龛中,赠五龙吴道士	
	1314	郧江登舟将谒太和宫	
	1315	宿紫霄宫	
	1316	三天门	
	1317	登太和绝顶三首	
	1318	南岩	

作者	序号	篇目	出处
			明代
董裕 (1537—1606)	1319	饮望仙楼	（明）董裕撰《董司寇文集》卷十八
	1320	巡历南阳回至均州，袁少参邀饮沧浪亭	
	1321	太和十五绝	（明）董裕撰《董司寇文集》卷二十
	1322	登岳遇雨，次日晴，回均州大雨，时久旱志喜	（清）王民皞纂辑编纂《大岳太和山志》卷二十，仅录二首："万丈峰"第三句改为"若乘鹏背抟羊角"，"八仙洞"第三句改为"萝薜四垂井灶冷"； （明）董裕撰《董司寇文集》卷二十，与该书卷十八诗《扳岳沾微润》，内容重复
	1323	登太和绝顶	（清）王民皞纂辑编纂《大岳太和山志》卷二十
莫止 (生卒年不详)	1324	送人游武当	（明）曹学佺编《石仓历代诗选》卷五百二十，明诗次集一百三十六
曹子登 (1562 年进士)	1325	送宋金斋使君再补郧阳	（明）徐学谟修、周绍稷纂《郧阳府志》卷之三十一艺文
艾杞 (1562 年进士)	1326	登太岳奉和少司空张笔翁韵	（明）凌云翼修、卢重华纂《大岳太和山志》卷之八艺文四
温纯 (1539—1607)	1327	浮光八咏戈山（节录）	
	1328	游太和宫	
	1329	同陈郡伯、何郡丞望太和山	（明）温纯撰《温恭毅集》卷二十三；该卷诗《同李杜二使君望太和山》与《同陈郡伯何郡丞望太和山》同；
	1330	登太岳	

续　表

作者	序号	篇目	出处
明代			
周绍稷 （生卒年不详）	1331	南岩宫	（清）王民皞纂辑编纂《大岳太和山志》卷二十
胡尚礼 （生卒年不详）	1332	万历八年冬十月受命知均州事,登谒玄帝,作此以识胜概云	（清）王民皞纂辑编纂《大岳太和山志》卷二十
李荫 （1564 年举人）	1333	裴公镇郧歌十首（节录）	（明）裴应章修、彭道古纂《郧台志》卷之十著述;立石二公祠
	1334	玉虚宫访周小颠	（民国）熊宾督修,赵夔总纂《续修大岳太和山志》卷七
	1335	送法光游武当	
	1336	送吴海蓑归武当	（清）王民皞纂辑编纂《大岳太和山志》卷二十
	1337	回龙观至玉虚宫	
	1338	从颜老师登武当绝顶	
樊学曾 （生卒年不详）	1339	登太和山	（明）樊学曾撰《菉竹轩草》卷下
	1340	宿紫霄宫李羽士楼	
王仲□ （生卒年不详）	1341	太和山心歌	武当山嘉靖己亥(1539)岁立碑刻诗

作者	序号	篇目	出处
明代			
李日强 (1565年进士)	1342	太和宫	(明)凌云翼修、卢重华纂《大岳太和山志》补遗卷
李德阳 (1565年进士)	1343	太和山	武当山明代碑刻,现存金仙洞
邓希稷 (1565年进士)	1344	出参	(清)党居易编纂《均州志》卷四
陈思育 (1565年进士)	1345	春日登太和山二首	(明)吴道迩纂修《襄阳府志》卷四十六
李言恭 (1541—1599)	1346	送盛泰甫游太岳	(明)李言恭撰《青莲阁集》卷八
陈第 (1541—1617)	1347	四忆诗四首(节录)	(清)钱谦益编《列朝诗集》丁集第十一;(清)金云铭《陈第年谱》,下同
	1348	襄阳舟子行	(明)王士性《五岳游草》卷二
	1349	汉江阻雪	(明)王士性《五岳游草》卷四
	1350	登太和山绝顶	(明)王士性《五岳游草》卷五
	1351	咏武当龙竹杖	(明)王士性《五岳游草》卷七
钱岱 (1541—1622)	1352	自天柱下游南岩	(清)马应龙、汤炳堃主修、贾洪诏总纂《续辑均州志》卷十五
	1353	登天柱峰	

作者	序号	篇目	出处
			明代
苏浚 （1542—1599）	1354	紫霄宫	（民国）熊宾督修,赵夔总纂《续修大岳太和山志》卷七
	1355	南岩宫	
	1356	五龙宫	
	1357	宿太和绝顶	（清）王民皞纂辑《大岳太和山志》卷二十
叶九金 （1568 年进士）	1358	雪天同林君梅窗登太和	（明）凌云翼修、卢重华纂《大岳太和山志》卷八
蔡文范 （1568 年进士）	1359	太和宫	（清）陈诗著《湖北旧闻录》
李长春 （1568 年进士）	1360	登太和宫	（明）凌云翼修、卢重华纂《大岳太和山志》补遗卷
	1361	宿紫霄宫	
	1362	□岩□还承陈寅斋大参,召饮沧浪亭	
	1363	送陈寅斋分守太岳二首	（清）王民皞纂辑《大岳太和山志》卷二十； （清）王概等纂修《大岳太和山纪略》卷之八
屠隆 （1544—1605）	1364	登白岳八首,呈丁元父使君、汪伯玉司马（节录）	（明）屠隆撰《栖真馆集》卷七
	1365	恭送昙阳大师十九首（节录）	（明）屠隆撰《白榆集》诗集卷八

作者	序号	篇目	出处
		明代	
梁岳 (1570 年举人)	1366	同吴明卿登望仙楼	（民国）熊宾督修，赵夔总纂《续修大岳太和山志》卷七
	1367	夜宿玉虚方丈	
郑汝璧 (1546—1607)	1368	送葛道人游太岳	（明）郑汝璧撰《由庚堂集》卷九
朱安㳦 (生卒年不详)	1369	游太和山道经南阳谒武侯祠	张方怡著《山河记忆》；万历元年（1573）春三月作，石刻碑文尚存南阳武侯祠
朱器封 (生卒年不详)	1370	均州乐二首	（清）钱谦益编选《列朝诗集》闰集第五
	1371	游崟山二首	
	1372	鬼谷	（清）王民皡纂辑编《大岳太和山志》卷二十
	1373	暮抵玉虚宫	
李维桢 (1547—1626)	1374	太和杂题	（清）钱谦益编选《列朝诗集》丁集卷六； （清）丁宿章编著《湖北诗征传略》卷二十六
区大相 (1549—1616)	1375	太和山铭并序	（明）区大相撰《区太史诗集》卷之一
	1376	汉江舟中待胡襟寰中丞不至寄怀	
	1377	游玉虚宫	
	1378	至五龙宫	（明）区大相撰《区太史诗集》卷之一十四
	1379	宿南岩	
	1380	上南岩与杨宪长相遇	

作者	序号	篇目	出处
			明代
区大相 （1549—1616）	1381	雨中经仙女祠	（明）区大相撰《区太史诗集》卷之一十六
	1382	冒雨趋紫霄宫	
	1383	再至遇真宫	
	1384	入太和山游道院作（五首）	
	1385	共题李仲贞隐居	
	1386	晚投遇真宫，行二十里松柏林下	
	1387	均州王守招游沧浪亭	
	1388	出均州赴太和行驰道上	（明）区大相撰《区太史诗集》卷之二十四
	1389	登太和顶谒玄帝宫	
	1390	月下泛沧浪江	（明）区大相撰《区太史诗集》卷之二十七
	1391	太和宫杂曲	
	1392	望七星岩	
	1393	游七星岩	
	1394	入净乐宫	

作者	序号	篇目	出处
		明代	
孙健 （1574 年进士）	1395	登太和宫	（民国）熊宾督修，赵夔总纂《续修大岳太和山志》卷七
杏山 （生卒年不详）	1396	登望仙楼	（明）方升编纂《大岳志略》卷之四艺文略
孙继皋 （1550—1610）	1397	同沈明府、顾文学、冯茂才诸君泛莲蓉湖，看香船灯时与锡山塔灯相望，因赋	（明）孙继皋著《宗伯集》卷十
	1398	天柱峰谒玄帝	
	1399	宿太和宫	
	1400	下太和	
胡应麟 （1551—1602）	1401	题管建初山人《游玄岳卷》	（明）胡应麟撰《少室山房集》卷四十九
方应选 （1551—1604）	1402	望滴水岩，雨阻不得一登，漫赋四绝	（明）方应选撰《方众甫集》卷四
费尚伊 （1577 年进士）	1403	登天柱峰（一）	（清）马应龙、汤炳堃主修、贾洪诏总纂《续辑均州志》卷十五
	1404	登天柱峰（二）	
郭正域 （1554—1612）	1405	张三丰真人像	（明）郭正域撰《合并黄离草》卷十二，"玉真宫"应为"遇真宫"； 武当山曾有真人诰轴，绘张三丰像
	1406	登天柱峰（二首）	
	1407	雨宿玉真宫祷晴	

作者	序号	篇目	出处
		明代	
邓原岳 （1555—1604）	1408	登太和绝顶四首	（明）邓原岳撰《西楼全集》卷七
	1409	均阳署中寿朱水部	（明）邓原岳撰《西楼全集》卷十一
	1410	三月晦日襄阳道中	
	1411	遇真宫	
	1412	槲梅祠	
黄辉 （1555—1612）	1413	滴水岩	（清）钱谦益编选《列朝诗集》丁集卷十五
	1414	酌岩泉	
邓启愚 （1580 年进士）	1415	登天柱峰	（清）王民皞纂辑《大岳太和山志》卷二十
王嗣美 （1580 年进士）	1416	紫霄宫	
范复庵 （生卒年不详）	1417	一柱峰忆高潩亭	（明）方升编纂《大岳志略》卷之四艺文略
	1418	宿天柱峰诗	
和溪 （生卒年不详）	1419	游南岩宫	
梅国楼 （1583 年进士）	1420	游太和	（清）马应龙、汤炳堃主修，贾洪诏总纂《续辑均州志》卷十五
俞士章 （1583 年进士）	1421	游玉虚岩	（民国）熊宾督修，赵夔总纂《续修大岳太和山志》卷八
	1422	仙关道中	

作者	序号	篇目	出处
			明代
周复元 （生卒年不详）	1423	漫兴	（明）周复元撰《栾城稿》卷二
公鼐 （1558—1626）	1424	均州渡汉津	（明）公鼐著,赵广升点校《问次斋稿》卷之六
	1425	均州观竞渡歌	（明）公鼐著,赵广升点校《问次斋稿》卷之九
	1426	长至朝天宫习仪	（明）公鼐著,赵广升点校《问次斋稿》卷之二十
	1427	顺阳岭遥望太和	
	1428	至净乐宫	
	1429	紫霄宫高阁	
	1430	登太和绝顶	
	1431	四月十日次泰山趾谒岳祠,五月朔登太和,遂入楚境	
	1432	登庐山宿上方寺（节录）	
	1433	太和山	（明）公鼐著,赵广升点校《问次斋稿》卷之二十四
	1434	汉上沧浪亭	（明）公鼐著,赵广升点校《问次斋稿》卷之三十一
	1435	均州静乐宫紫云亭	
	1436	遇真宫观张三丰遗像	
	1437	宿太子坡遇雨	

作者	序号	篇目	出处
明代			
阎继迪 （？—1637）	1438	仙关	（民国）熊宾督修,赵夔总纂《续修大岳太和山志》卷八
	1439	天柱峰绝顶	
	1440	遇真宫逢崔登吾宪使	
	1441	紫霄宫阻雪	
	1442	禹迹池	（清）王民皡纂辑《大岳太和山志》卷二十
	1443	楜梅	
彭凌霄 （1560—1628）	1444	宿太和宫道房即事	
	1445	登天柱峰	
吴楷 （1586 年进士）	1446	望紫霄宫	武当山明代碑刻诗,两首诗同碑
	1447	望太和宫	
陈鸣华 （1586 年进士）	1448	宿遇真宫	（清）王民皡纂辑《大岳太和山志》卷二十
袁应文 （生卒年不详）	1449	登太和宫	
郑学醇 （生卒年不详）	1450	题张仙像	（清）陈诗著《湖北旧闻录》
吴正志 （1589 年进士）	1451	送王我虚道人还武当	（清）张豫章等编纂《四朝诗》明诗卷四十七
王在晋 （？—1643）	1452	五龙宫	（清）王民皡纂辑《大岳太和山志》卷二十

作者	序号	篇目	出处
明代			
鲍应鳌 (1595 年进士)	1453	送洪水部游太和山	(明)鲍应鳌撰《瑞芝山房集》卷十三
汤宾尹 (1595 年进士)	1454	陈志玄游武当	(明)汤宾尹撰《睡庵稿》诗集卷三
何宇度 (生卒年不详)	1455	太和山	(清)王民皞纂辑《大岳太和山志》卷二十,沐浴堂位于武当山草店马公桥头
	1456	沐浴堂	
	1457	遇真宫观张三丰所遗杖笠	
	1458	憩太玄观二首	
	1459	遇真宫	(明)凌云翼修、卢重华纂《大岳太和山志》补遗卷
	1460	登天柱峰绝顶	
	1461	甫登南崖,均阳邹使君壶榼继之,遂觞于云雾崖下	
	1462	望楼	
何白 (1562—1642)	1463	麇城道中作。时客冯元成大参郧阳署中,出游武当山	(明)何白撰《汲古堂集》卷四
	1464	玉虚岩	

作者	序号	篇目	出处
		明代	
何白 （1562—1642）	1465	苦热,诗呈不二老禅	（明)何白撰《汲古堂集》卷四
	1466	题五龙涧葛道人青雪楼	（明)何白撰《汲古堂集》卷八
	1467	同郑昆岩中丞憩灵岩寺,周览平霞、展旗、天柱、玉女、双鸾、蟾蜍、龙鼻、天窗、石屏、小龙湫诸胜。中丞约予筑室上方,醉后放歌	
	1468	郧中晓行,马上思家	
	1469	龙泉观·天津桥	
	1470	见道傍醮碑偶作	（明)何白撰《汲古堂集》卷九,见《温州文献丛书》; 《四库禁毁书丛刊》集部第 177 册
	1471	冯元成大参分守瓯栝志喜,时余宿大参郧襄署中	
	1472	舍身台（台在玉虚岩）	
	1473	清微邮舍	（明)何白撰《汲古堂集》卷十三
	1474	望仙楼	

作者	序号	篇目	出处
		明代	
何白 （1562—1642）	1475	遇仙宫谒张三丰像	（明）何白撰《汲古堂集》卷十三
	1476	早发紫霄	
	1477	青羊涧	
	1478	万丈峰	
	1479	口占赠憨道人	
	1480	寄武当憨憨道者	（明）何白撰《汲古堂集》卷十五
	1481	望仙台望太和绝顶	
	1482	饮李炼师丹室戏赠	
	1483	晓发十八盘望玉虚宫	
	1484	紫霄宫	
	1485	太和宫	
	1486	太和山天柱峰谒帝五首	
	1487	五龙宫坐月	
	1488	寄太和隐者	（明）何白撰《汲古堂集》卷十七
	1489	净乐宫	（明）何白撰《汲古堂集》卷十九
	1490	玉虚宫	

作者	序号	篇目	出处
		明代	
何白 （1562—1642）	1491	赠李本宁太史一百韵（时予入楚访太史于郢上，将有武当之游，并及之）	（明）何白撰《汲古堂集》卷二十
	1492	蜡烛峰戏赠范丫髻	（明）何白撰《汲古堂集》卷二十二
	1493	夜宿天柱峰，坐月山下，是夕大风雨	
	1494	饮紫霄宫郭炼师蜜酒作	
	1495	天津桥坐月	
	1496	沧浪之歌	（明）何白撰《汲古堂集》卷二十四《游沧浪亭记》节录
	1497	徐复初翁礼武当归，过访山中有赠二首	（明）何白撰《汲古堂续集》卷一
雷思霈 （1565—1611）	1498	太和绝顶	（明）龚黄撰《六岳登临志》卷六玄岳武当山
	1499	七十二峰图	
阙名 （生卒年不详）	1500	万历庚寅仲秋，同□大□参□都阃燕集沧浪亭	（清）马应龙、汤炳塈主修，贾洪诏总纂《续辑均州志》卷十五，作于1590年
葛一龙 （1567—1640）	1501	送张伯子游武当山	（明）葛一龙撰《葛震甫诗集》修竹编

作者	序号	篇目	出处
袁宏道 （1568—1610）	1502	南岩望绝顶及五龙诸宫有述	
	1503	游玉虚岩	（明）袁宏道撰《袁中郎全集》卷二十八； （明）龚黄撰《六岳登临志》卷六
	1504	天柱峰谒帝	
	1505	虎耳岩逢不二和尚	（明）袁宏道撰《袁中郎全集》卷二十九;（明）龚黄撰《六岳登临志》卷六
	1506	侍家大人游太和，发郡城,偕游者僧宝方、冷云、尹生也	（明）袁宏道撰《袁中郎全集》卷三十二； 袁宏道著、钱伯城笺校《袁宏道集笺校》（上）
	1507	七星岩	
	1508	题紫霄太子岩	
	1509	送寒灰入参上兼访陈遇卿（节录）	（明）袁宏道撰《袁中郎全集》卷三十三
	1510	入琼台观	（明）袁宏道撰《袁中郎全集》卷三十五
	1511	七真洞赠道者	（明）袁宏道撰《袁中郎全集》卷三十八
	1512	长生岩逢休粮道者	

明代

作者	序号	篇目	出处
			明代
余纫兰 （1568—?）	1513	李天放玄师自武当来授予秘密酬赠	（明）余纫兰撰《燕林藏稿》卷一
袁中道 （1570—1626）	1514	山中晓行	（明）袁中道撰《珂雪斋近集》卷二
	1515	将往太和由草市发舟	
	1516	武当	
	1517	太和山中杂咏	
	1518	送须日华游岑山	
徐㷸 （1570—1642）	1519	武当山孔道人见访兼贻丹药喜赠	（明）徐㷸撰《鳌峰集》卷十五
	1520	渡沧浪水	（明）徐㷸撰《鳌峰集》卷二十七
冯舜臣 （生卒年不详）	1521	天柱峰	（清）党居易编纂《续辑均州志》卷四
	1522	晚至玉虚宫	
洪翼圣 （1598 年进士）	1523	武当山道中杂咏	（清）王民皥纂辑《大岳太和山志》卷二十
胡维翰 （生卒年不详）	1524	太和山	
龙起潜 （生卒年不详）	1525	金花树	
曹学佺 （1574—1646）	1526	遇叶循南欲游武当，挽其东下	（明）曹学佺撰《石仓诗稿》卷二十《蜀草》
	1527	小武当山再送叶相公	（明）曹学佺撰《石仓诗稿》卷二十七《森轩诗稿》

作者	序号	篇目	出处
		明代	
贡修龄 （1574—1641）	1528	戏题张三丰立像	（明）贡修龄撰《斗酒堂集》卷二诗
费元禄 （1575—1640）	1529	武当山	（明）费元禄撰《甲秀园集》卷十二诗部
	1530	送周使君谒武当	（明）费元禄撰《甲秀园集》卷十四诗部
蔡复一 （1577—1625）	1531	谒参岳七章	（清）马应龙、汤炳堃主修、贾洪诏总纂《续辑均州志》卷十五； （清）王概等纂修《大岳太和山纪略》卷七，题作"谒参岳"
马人龙 （1604 年进士）	1532	登天柱峰十首	（明）龚黄撰《六岳登临志》卷六玄岳武当山
朱之臣 （1604 年进士）	1533	自南天门转南岩宫，入岩看元武诸迹	（清）王概等纂修《大岳太和山纪略》卷七
张维 （1581—1630）	1534	由太和入南岩	（清）朱彝尊辑录《明诗综》卷八十六
	1535	老姥祠	
	1536	瑶台霁望	
谢士章 （1581—1637）	1537	登武当谒玄帝	（明）谢士章撰《谢石渠先生诗集·郢中集》

作者	序号	篇目	出处
明代			
龚之伊 （1610 年进士）	1538	郊行望岳	（明）龚黄撰《六岳登临志》卷六
	1539	过仙关	
	1540	过九渡涧	
	1541	过南岩西岭	
	1542	南岩	
	1543	半部乐	
赐衲 （生卒年不详）	1544	自然庵与弟恭甫着希素仙人	
	1545	天柱峰四眺	
谭元春 （1586—1637）	1546	恭谒七章（礼玄岳也）	（明）谭元春撰《谭友夏合集》卷十五； （明）谭元春撰、陈杏珍标校《谭元春集》，题作"恭谒大岳"
	1547	观南岩一带奇岩歌	（明）谭元春撰《谭友夏合集》卷十八
	1548	从涧上玉虚岩作	（明）谭元春撰《谭友夏合集》卷十九 （明）谭元春撰《岳归堂合集》卷五
	1549	上参顶	（明）谭元春撰《谭友夏合集》卷二十一
	1550	从顶下涧作	
	1551	登太子岩晴望	（明）谭元春撰《谭友夏合集》卷二十二
	1552	行参中绝句	（明）谭元春撰《岳归堂合集》卷三
	1553	将至仁威观复过观十余里作	

作者	序号	篇目	出处
明代			
谭元春 (1586—1637)	1554	衡岿同异寄报蔡敬夫、朱无易二公	(明)谭元春撰《岳归堂合集》卷三
	1555	赴岿示王明甫	
	1556	出岿示王明甫	
	1557	桥上听青羊涧	(明)谭元春撰《岳归堂合集》卷五
	1558	中琼台夕思	
	1559	与舍弟谈山中事	
	1560	自蜡烛以下诸涧趋九渡涧八韵	(明)谭元春撰《岳归堂合集》卷六
	1561	至辰州呈蔡敬夫使君	(明)谭元春撰《岳归堂合集》卷七
	1562	岳路	
石文器 (1613 年进士)	1563	送傅吉甫往武当山求嗣	(明)石文器撰《翠筠亭集》卷五
李云鸿 (1631 年进士)	1564	咏跏趺石	(清)马应龙、汤炳塈主修、贾洪诏总纂《续辑均州志》卷十五
	1565	咏黑甜石	
	1566	咏垂缙石	
	1567	咏泊棹石	

作者	序号	篇目	出处
明代			
冒起宗 （1590—1650）	1568	自崟还襄署	（清）赵兆麟纂修顺治《襄阳府志》
唐显悦 （1593—?）	1569	崟上山	
郑鄤 （1594—1639）	1570	病怀四首	（明）郑鄤撰《峚阳草堂诗文集》诗集卷十五；
	1571	病思二首	
王微 （1600—1647）	1572	天柱峰	（清）钱谦益编选《列朝诗集》闰集卷四
	1573	仙家竹枝词二首（同李夫人登武当山作）	
陆石溪 （生卒年不详）	1574	武当山	（清）胡文学编《甬上耆旧诗》卷九
佚名 （生卒年不详）	1575	玄元一气	（民国）熊宾督修，赵夔总纂《续修大岳太和山志》卷七，作于明代万历年间
李云龙 （生卒年不详）	1576	玉虚宫	诗词网
阎尔梅 （1603—1662）	1577	题太和天柱峰	（清）阎尔梅撰《白耷山人诗文集·诗集》卷六下
	1578	从紫霄入蜡烛涧上琼台	
彭而述 （1605—1665）	1579	自襄阳开舟泹水大涨	（清）彭而述撰《读史亭诗文集·诗集》卷十二

作者	序号	篇目	出处
		明代	
陈子升 （1614—1692）	1580	弹琴箕山秋月歌	许海帆撰《中洲琴艺之探寻》转引
彭孙贻 （1615—1673）	1581	南岩宫	（明）彭孙贻撰《明诗钞》明诗五言律
聂玠 （1643年进士）	1582	登望仙楼	（清）党居易编纂《均州志》卷四
高任重 （生卒年不详）	1583	玉虚宫	
杨正芳 （生卒年不详）	1584	表仙室不以谢罗得名	（清）王民皞纂辑《大岳太和山志》卷二十
黄仁荣 （生卒年不详）	1585	太和山	
东渠居士 （生卒年不详）	1586	沧浪亭	（清）党居易编纂《均州志》卷四；（清）赵兆麟纂修顺治《襄阳府志》
佚名 （生卒年不详）	1587	紫霄宫	陈洁、程明安、郝文华主编《武当山诗歌全集》
缺名 （生卒年不详）	1588	泊沧浪	（清）康熙十二年,党居易编纂《均州志》卷四

作者	序号	篇目	出处
明代			
佚名 （生卒年不详）	1589	登天柱峰	武当山明代碑刻诗；张华鹏编《武当山金石录》 （第一册）
佚名 （生卒年不详）	1590	宿紫霄宫深院	
佚名 （生卒年不详）	1591	汉水澄清	（明）吴道迩纂修《襄阳府志》卷四十五
清代			
张廷弼 （生卒年不详）	1592	题《凭虚沧浪图》	（民国）熊宾督修，赵夔总纂《续修大岳太和山志》 卷七
张濩 （生卒年不详）	1593	斋宿均阳	（清）党居易编纂《均州志》卷四
魏裔介 （1616—1686）	1594	仆人王栋壬子春南游武当山	（清）魏裔介撰《兼济堂文集》卷二十
秦维正 （1646 年进士）	1595	天柱峰醉吟	（清）党居易编纂《均州志》卷四；（清）马应龙、汤炳垄主修、贾洪诏总纂《续辑均州志》卷十五，题作"楚灵均天柱峰醉吟"
	1596	过香疏馆赠罗君实	（清）丁宿章辑《湖北诗征传略》卷三十五
蒋永修 （1647 年进士）	1597	沧浪亭广《孺子歌》	（清）陈诗纂修《湖北旧闻录》
张盖 （1619—1659）	1598	与冀公冶约游太和山	（清）张盖著《柿叶庵诗选》七言律，第48页
陈年谷 （1625—1690）	1599	沧浪	童德伦《陈年谷秘史》
童国珍 （生卒年不详）	1600	沧浪	

作者	序号	篇目	出处
		清代	
卢维兹 （生卒年不详）	1601	仙人峰	（清）王民皞纂辑《大岳太和山志》卷二十
	1602	大小笔峰	
	1603	周府庵	
	1604	天柱峰积雪	
郭嘉屏 （生卒年不详）	1605	和张郡伯春登太岳山	（清）丁宿章编著《湖北诗征传略》卷三十七
	1606	秋夜浪河舟中	
	1607	夜度老营庄	
	1608	元旦朝阳洞黔史	
	1609	紫霄宫	
	1610	太和宫	
	1611	同友人天柱峰俯雪	
张维霖 （1654 年举人）	1612	遇真宫	（清）王民皞纂辑《大岳太和山志》卷二十
	1613	太和宫	
杨素蕴 （1630—1689）	1614	三丰衲	（民国）熊宾督修,赵夔总纂《续修大岳太和山志》卷七
	1615	七星树	
	1616	雷神洞	
	1617	太子泉	
	1618	宿周府庵	（清）王概等纂修《大岳太和山纪略》卷七

作者	序号	篇目	出处
清代			
蒋一桂 （1830—1903）	1619	登南城望岳	（民国）熊宾督修、赵夔总纂《续修大岳太和山志》卷八
	1620	题诵诗台	王一军选注《武当山古代诗歌选注》
王重彦 （生卒年不详）	1621	天柱峰看云	（清）丁宿章辑《湖北诗征传略》卷三十七
毛师柱 （生卒年不详）	1622	均州旅泊	（清）毛师柱撰《端峰诗选》
党居易 （1635—1705）	1623	中秋诣玉虚宫行十祭礼	（清）马应龙、汤炳堃主修，贾洪诏总纂《续辑均州志》卷十五
	1624	清微宫有引	（清）党居易编纂《均州志》卷四
	1625	壬子中秋登太和山	（清）王民皥纂辑《大岳太和山志》卷二十
	1626	九日游沧浪亭	陈洁、程明安、郝文华主编《武当山诗歌全集》
	1627	此日郊游为候勤	
	1628	罗公岩吟（有引）	（清）马应龙、汤炳堃主修，贾洪诏总纂《续辑均州志》卷十五
张大纯 （1637—1702）	1629	过真武殿叹香火之盛感赋	（清）徐崧、张大纯纂辑《百城烟水》卷四
江闿 （1663 年举人）	1630	登武当山	（清）马应龙、汤炳堃主修，贾洪诏总纂《续辑均州志》卷十五
骆士愤 （生卒年不详）	1631	麦饭疏羹（节录）	（清）刘作霖纂修《郧阳府志》卷三十三
贾待聘 （1664 年进士）	1632	题太和山	（民国）熊宾督修，赵夔总纂《续修大岳太和山志》卷七
胡思樊 （1666 年解元）	1633	喜江夫子拜书亭落成	（清）党居易编纂《均州志》卷十五艺文
洪昇 （1645—1704）	1634	无题	（清）阮元编纂《两浙輶轩録》卷一

作者	序号	篇目	出处
		清代	
侯世忠 （生卒年不详）	1635	太和山	
沈志礼 （生卒年不详）	1636	题《太和山图》	
唐士祯 （生卒年不详）	1637	紫霄峰	
	1638	三公峰	
沈士京 （生卒年不详）	1639	自天津桥至琼台观岩侧小憩	
卢晨 （生卒年不详）	1640	紫霄夜宿	
崔瑶 （生卒年不详）	1641	咏《太和山图》	（清）王民皞纂辑《大岳太和山志》卷二十
韩宗愈 （生卒年不详）	1642	题《太和山图》	
孟洪范 （生卒年不详）	1643	雨中登太和绝顶	
唐棣 （生卒年不详）	1644	香炉峰	
唐榛 （生卒年不详）	1645	大笔峰	
仇得祥 （生卒年不详）	1646	礼太和	

作者	序号	篇目	出处
清代			
杨元豹 （生卒年不详）	1647	题天马峰	（清）王民皞纂辑《大岳太和山志》卷二十
郭弘绪 （生卒年不详）	1648	登天柱峰绝顶	
乐醒 （生卒年不详）	1649	登太和山	（清）王民皞纂辑《大岳太和山志》卷二十； 高鹤年著《名山游访记·由陕西至武当游记略记》中《元君殿》含该诗
	1650	酬墨隐李仲飞以太和图见赠	
朱琪 （约1753）	1651	登太和绝顶	（清）丁宿章辑《湖北诗征传略》卷三十七
	1652	雨宿太子坡	（清）党居易编纂《均州志》卷四
	1653	天柱晓晴	
	1654	步太和即事韵	
	1655	秋日游沧浪	
查慎行 （1650—1727）	1656	与朱悔人京口一别十二年矣，今春相见京师，读其《游匡庐》《武当》两集，喜而有作	（清）查慎行撰《敬业堂诗集》卷二十七
朱日浚 （生卒年不详）	1657	清江曲有序	（清）马应龙、汤炳堃主修，贾洪诏总纂《续辑均州志》卷十五
文锦绣 （生卒年不详）	1658	上都伯党仍姜	

续　表

作者	序号	篇目	出处
		清代	
潘宗洛 （1657—1717）	1659	武当歌（用王凤洲先生韵）	（清）马应龙、汤炳堃主修，贾洪诏总纂《续辑均州志》卷十五
龚克庸 （约1686）	1660	上下十八盘	
鲁之裕 （1665—1746）	1661	武当篇	（民国）徐世昌撰《晚晴簃诗汇》卷六十
	1662	过均州	（清）鲁之裕纂修《下荆南道志》卷二十三《诗》
	1663	反棹沧浪即事三首	（民国）徐世昌辑《晚晴簃诗汇》卷六十
	1664	过襄府庵	（清）鲁之裕撰《式馨堂诗文集·诗集·后集》卷五
	1665	舟泊鄾城阻雨	
	1666	磨针井	
徐京陞 （生卒年不详）	1667	天柱晓晴	（民国）熊宾督修，赵夔总纂《续修大岳太和山志》卷七
朱锦幖 （生卒年不详）	1668	蜡烛峰	（清）党居易编纂《均州志》卷四
	1669	香炉峰	
	1670	均州八景咏	
	1671	游沧浪	
	1672	峰山晓晴	
沈联镳 （生卒年不详）	1673	峰山	（清）王民皞纂辑《大岳太和山志》卷二十
顾文炜 （生卒年不详）	1674	武当山	

作者	序号	篇目	出处
		清代	
王钦命 （生卒年不详）	1675	崟山九宫咏	（清）党居易编纂《均州志》卷四
	1676	初过沧浪亭	
	1677	己酉再过沧浪亭，已岿然复新，喜赋，用前韵	
	1678	登观音阁	
罗天尺 （1686—?）	1679	春日集语山堂论诗赠梁采山	（清）罗天尺撰《瘿晕山房诗删》卷四七
陈浩 （1695—1772）	1680	过均州	（清）马应龙、汤炳堃主修，贾洪诏总纂《续辑均州志》卷十五
	1681	滩行杂咏	
	1682	望武当山	
	1683	沧浪亭	
刘大櫆 （1698—1780）	1684	均州道中	（清）刘大櫆著、吴孟复标点《刘大櫆集》卷十六
	1685	初见武当山	
	1686	望武当次韵	
	1687	均州晚泊	
	1688	过远河滩次徐我非韵	
	1689	清明日龙滩阻雨次徐我非韵	

作者	序号	篇目	出处
		清代	
刘大櫆 （1698—1780）	1690	晚入郧阳界	（清）刘大櫆著、吴孟复标点《刘大櫆集》卷十六
	1691	郧阳道中	
	1692	兰花次韵	
	1693	郧阳寄鲍步江用前韵	
	1694	郧阳眺望	
	1695	次均州	
张开东 （1702—1781）	1696	典衣作武当之游	（清）张开东撰《白莼诗集》卷七
	1697	滞雨	
	1698	雨中游净乐宫	
	1699	雨宿迎恩宫	
	1700	过遇真宫	
	1701	草店道中	
	1702	早起览玉虚诸殿亭有感	
	1703	冒雨宿紫霄宫	
	1704	朝雨观南岩宫	
	1705	过黄龙洞一带又雨	
	1706	早行太和道中	

作者	序号	篇目	出处
清代			
张开东 （1702—1781）	1707	太和宫	（清）张开东撰《白莼诗集》卷七
	1708	新楼	
	1709	新楼夜景	
	1710	过三滴水岩	
	1711	四月初一日五龙宫牡丹盛放	
	1712	将游武当为观察张公觅椒圣治留掌教鹿门	（清）张开东撰《白莼诗集》卷六
曾劭 （1729 年举人）	1713	登天柱峰绝顶	（民国）徐世昌等编辑《晚晴簃诗汇》卷六十七
查礼 （1716—1783）	1714	宿蒲圻龙门书院，赠武当山杨致虚道士	（清）查礼撰《铜鼓书堂遗稿》卷十二
赵文明 （生卒年不详）	1715	□□仲春小日携子埙登太岳有感	（明）凌云翼修、卢重华纂《大岳太和山志》补遗卷
吴省钦 （1729—1830）	1716	天马岩渡汉抵郧阳，读行署明人碑示诸子	（清）吴省钦撰《白华前稿》卷五十八
	1717	均州望武当山	

作者	序号	篇目	出处
		清代	
安依仁	1718	仲秋登太和山	（清）马应龙、汤炳堃主修、贾洪诏总纂《续（1736年进士）辑均州志》卷十五
佚名（生卒年不详）	1719	塔铭诗	诗刻于塔，作于1739年（乾隆四年），塔存武当山南岩龙虎殿左朱真人墓右侧
邓颛伯（1743—1805）	1720	武当山	《中国道教》2017年第1期
	1721	武当仙气	
汪志伊（1743—1818）	1722	登武当天柱峰谒真武之神有序	（清）汪志伊撰《稼门诗文钞·诗钞》卷八
周锡溥（1745—1804）	1723	望紫霄峰作	（民国）徐世昌等编辑《晚晴簃诗汇》卷九十六
洪亮吉（1746—1809）	1724	武当山久憩	（清）洪亮吉撰《卷施阁集》诗卷十三《黔中持节集》
赵怀玉（1747—1823）	1725	法源寺分咏二首（节录）	（清）赵怀玉撰《亦有生斋集·诗》卷十五
法式善（1752—1813）	1726	吴信辰听琴句"秋风何处落明月"，忽然生马雪峤詹事极之，称余爱其《武当山》一首	（清）法式善撰《梧门诗话》卷四

作者	序号	篇目	出处
清代			
爱新觉罗·永瑆 （1752—1823）	1727	秋咏	（清）永瑆撰《诒晋斋集·后集》
焦和生 （1756—1819）	1728	由均州游武当山即目	（清）焦和生撰《连云书屋存稿》卷五
	1729	武当山云海歌	
	1730	宿玉虚宫和王荔园同年壁上韵	
	1731	均州行（为捐赈绅士作）	
	1732	舟中即事	
	1733	周达夫邀游张公祠、习家池，晚登九宫山醉后歌	（清）焦和生撰《连云书屋存稿》卷六
姚文田 （1758—1827）	1734	恭和御制上元灯词元韵	（清）姚文田撰《邃雅堂集》卷六
罗思举 （1764—1840）	1735	题吊钟台古钟	郧阳地区行署外事办公室、郧阳日报社选编《武当题咏选》
阮元 （1764—1849）	1736	武当宫观	（清）阮元撰《挈经室集》四集诗卷十
郭遵琏 （1772—1827）	1737	自赞	诗存武当山自在庵碑碣，为自赞诗；（民国）熊宾督修、赵夔总纂《续修大岳太和山志》卷七
邓显鹤 （1777—1851）	1738	武当山过周府报国庵	（清）邓显鹤撰《沅湘耆旧集》卷二十八

作者	序号	篇目	出处
			清代
周凯 (1779—1837)	1739	初过周府茶庵	浙江省富阳市政协文史委编《周凯及其〈武当纪游二十四图〉》之《武当纪游二十四图》； 原为配图诗，分录，其《自在庵》含《宿自在庵作》《赠郭道士》二首，《天柱峰顶》含《绝顶层谒真武像》《古铜殿》二首；
	1740	得至周府庵，叶道人问梅以诗见和，叠韵答之	
	1741	三过周府茶庵，问梅复以诗见游，索观《游山》诸作，因书八大横幅以贻之，再累前韵为别	
	1742	饭鸦台	
	1743	糊梅祠	
	1744	雷神洞	
	1745	老君殿	
	1746	谢赠四药参	
	1747	回龙殿	
	1748	玉虚宫	
	1749	自在庵	
	1750	老营宫	
	1751	沧浪亭	
	1752	天柱峰顶	

作者	序号	篇目	出处
			清代
周凯 (1779—1837)	1753	游天柱峰后	浙江省富阳市政协文史委编《周凯及其〈武当纪游二十四图〉》之《武当纪游二十四图》; 原为配图诗,分录,其《自在庵》含《宿自在庵作》《赠郭道士》二首,《天柱峰顶》含《绝顶层谒真武像》《古铜殿》二首
	1754	落帽峰	
	1755	宿天柱峰下夜半闻笛声	
	1756	磨针井望天柱峰	
	1757	太子坡	
	1758	渡剑河作	
	1759	紫霄宫	
	1760	南岩宫	
	1761	金仙洞	
	1762	黄龙洞	
	1763	头天门	
	1764	二天门	
	1765	三天门	
	1766	五老洞	
	1767	晓发襄阳	道光庚子秋八月爱吾庐刻本,周凯撰《内自讼斋文集》之《内自讼斋诗钞》卷五之《均阳纪游诗》,分列;与《武当纪游二十四图》配图诗同列,以示差异
	1768	宿谷城石花街	

作者	序号	篇目	出处
		清代	
	1769	韩梦云（学海）见和叠韵为赠	
	1770	均州道中口占二首	
	1771	宿周府茶庵（明河南周藩建）	
	1772	自大柏村度火龙观宿曹家店	
周凯（1779—1837）	1773	自曹家店至四峰山之土地岭会巡	道光庚子秋八月爱吾庐刻本，周凯撰《内自讼斋文集》之《内自讼斋诗钞》卷五之《均阳纪游诗》，分列；与《武当纪游二十四图》配图诗同列，以示差异
	1774	有响水洞喷水，势奔腾，旁有虾蟆，泉苔发披鬁鬒沿流多瑶草，葱翠不畏冰	
	1775	过小茯苓村义塾为刘生（希稷克勤）赋	
	1776	重过习氏草堂赠习生（伦理）	

作者	序号	篇目	出处
		清代	
周凯 （1779—1837）	1777	叶道人年近二十，问字于余。即拈诗中"问梅"二字字之，赠二十八字	道光庚子秋八月爱吾庐刻本，周凯撰《内自讼斋文集》之《内自讼斋诗钞》卷五之《均阳纪游诗》，分列，与《武当纪游二十四图》配图诗同列，以示差异
	1778	磨针井望天柱峰	
	1779	太子坡（坡在玉清岩）	
	1780	渡剑河	
	1781	紫霄宫	
	1782	南岩宫	
	1783	绝顶谒真武像	
	1784	古铜殿	
	1785	金仙、黄龙、雷神、五老诸洞皆悬长绳卖药，榜曰"天下驰名"，诗以嘲之	

作者	序号	篇目	出处
清代			
周凯 （1779—1837）	1786	榔梅祠	（民国）熊宾督修，赵夔总纂《续修大岳太和山志》卷八补篇，题作"赠自在庵郭胡子"，最后一句为"少年早解避兵符"； 道光庚子秋八月爱吾庐刻本，周凯撰《内自讼斋文集》之《内自讼斋诗钞》卷五之《均阳纪游诗》，分列
	1787	我师禽	
	1788	饭老君殿	
	1789	入山役民挽舆，余酬以钱，不受，感而赋此	
	1790	玉虚宫	
	1791	自在庵赠道士郭焕章	
	1792	宿自在庵	
	1793	谢赠四叶参	
佚名 （生卒年不详）	1794	武当歌	（清）张应昌《诗铎》卷二十四
王柏心 （1799—1873）	1795	和子重雨坐武当宫竹间亭	（清）王柏心撰《百柱堂全集》卷三
佚名 （生卒年不详）	1796	北辰宫故典歌	道光年间（1821—1850），武当山香客中流传

续　表

作者	序号	篇目	出处
清代			
范明宗（生卒年不详）	1797	咏太和山	（清）王民皡纂辑《大岳太和山志》卷二十
贾品三（生卒年不详）	1798	正月望九日游沧浪分咏	（清）道光九年（1829）含茹斋藏版《兰心诗抄》
	1799	远山秋眺	
	1800	元和观雷神洞咏桂	
沈吉庵（生卒年不详）	1801	净乐宫	《武当》1991 年第 6 期
	1802	过元岳门	
	1803	周府庵竹林野鹤	
	1804	上元	
	1805	中元夜观河灯	
	1806	正月十九游沧浪亭	
张印槎（生卒年不详）	1807	雨中春树万人家	
	1808	步沈学师（铁庵）先生拟太和山元韵	
	1809	雨中春树万人家	
	1810	正月十九日游沧浪亭	
	1811	兰心别墅偶成（十绝）	
王家驹（生卒年不详）	1812	上元	

作者	序号	篇目	出处
		清代	
徐辉山 （生卒年不详）	1813	秋夜自在庵联句	（民国）熊宾督修，赵夔总纂《续修大岳太和山志》卷七
	1814	沧浪晚归	
	1815	咏别墅	
周莲斋 （生卒年不详）	1816	雨后登锦屏山闲眺	（清）道光九年（1829）含茹斋藏版《兰心诗抄》
	1817	北郊闲眺	
	1818	咏别墅	
	1819	正月十九日游沧浪亭	
单懋谦 （1802—1879）	1820	秋日登均阳沧浪亭有感	（清）马应龙、汤炳塈主修，贾洪诏总纂《续辑均州志》卷十五
汪士铎 （1802—1889）	1821	寄计莆村光化	（清）汪士铎撰《悔翁诗钞》卷七
	1822	谒归荷筱武当山冢	
王和斋	1823	拟游武当和沈铁庵先生	（清）道光九年（1829）含茹斋藏版《兰心诗抄》
	1824	晓发元佑观（三首）	
	1825	中元夜观河灯（二首）	
	1826	大炮山阻雨宿李道士房	
	1827	上元	

作者	序号	篇目	出处
		清代	
姚燮 （1805—1864）	1828	赠无碍上人	（清）姚燮撰《复庄诗问》卷二十五
贾洪诏 （1806—1898）	1829	郧县十景（节录）	（清）定熙纂修《郧县志》
	1830	龙川八景（节录）	
	1831	太和山	
	1832	九日登高	
	1833	丙戌元日立春口占兼抒老怀	（清）贾洪诏撰《葆真斋集》卷六
张升鸿 （生卒年不详）	1834	题《三丰太和打睡图》	（清）李西月重编，郭旭阳校订《张三丰全集合校》第八卷《古今题赠》
杨钟涛 （生卒年不详）	1835	胡给事访张三丰	
李朝华 （生卒年不详）	1836	胡给事访张三丰	
李朝拔 （生卒年不详）	1837	胡给事访张三丰	
李岱霖 （生卒年不详）	1838	元岳太和山九室岩三丰先生高隐处	
刘元焯 （生卒年不详）	1839	武当南岩三丰先生炼丹处集《云水诗》《玄要篇》句	
	1840	咏史	

作者	序号	篇目	出处
		清代	
唐训方 (1809—1876)	1841	平寇武当山后登金顶放歌	(清)马应龙、汤炳堃主修,贾洪诏总纂《续辑均州志》卷十五
龙启瑞 (1814—1858)	1842	咸丰乙卯孟秋,均阳旅寓用陈简斋韵	
吴仰贤 (1821—1887)	1843	金殿	(民国)徐世昌等编辑《晚晴簃诗汇》卷一百五十三
叶问梅 (1821—?)	1844	上元(一)	(清)道光九年(1829)含茹斋藏版《兰心诗抄》;周凯《武当纪游二十图》,题"附叶道长问梅作"
	1845	上元(二)	
	1846	正月十九游沧浪亭	
	1847	绿树阴浓夏日长	
	1848	谒客溪张少尉	
王采苹 (1826—1893)	1849	述哀	(民国)徐世昌等编辑《晚晴簃诗汇》卷一百九十
蔡作梅 (生卒年不详)	1850	忆沧浪	(清)党居易编纂《均州志》卷四
	1851	方山晴雪	
贾笃本 (生卒年不详)	1852	咏武当物产四诗	(民国)熊宾督修、赵夔总纂《续修大岳太和山志》卷七
	1853	沧浪亭不戒于火,赋诗志感	(民国)熊宾督修、赵夔总纂《续修大岳太和山志》卷八
	1854	登天柱峰顶敬谒真武二首	

作者	序号	篇目	出处
		清代	
贾笃本 （生卒年不详）	1855	紫霄宫题壁二首	
	1856	谒真武顶宫	
	1857	浴佛前三日偕王润生登天柱峰敬谒真武	
	1858	登卧龙台	
	1859	过太子坡	
	1860	乙未新正三日暮，紫云亭俟忽被灾，绣栭云楣瞬归一炬，山城名胜大有所关，地运之衰已可概见，赋此纪变	（民国）熊宾督修、赵夔总纂《续修大岳太和山志》卷八
	1861	重九前一日，邀视学吴信之诸友，登沧浪亭，归来既赋七律，更唱迭和。次夜无寐，复成五律四首，以畅吟怀	
	1862	重九日偕童新樵赴周府庵，道衲陈设香花供果	

作者	序号	篇目	出处
			清代
贾笃本 （生卒年不详）	1863	重九日与童新樵同登周府庵玉星阁	（民国）熊宾督修、赵夔总纂《续修大岳太和山志》卷八
	1864	步方晓翁《九日登沧浪亭》韵	
	1865	兰秋中浣三日同刘立庵、苏光九、萧紫绥小憩沧浪亭	
	1866	小春廿七日沧浪亭落成，偕诸姻好同往登临，赋句志略	
	1867	沧浪亭饯别季九	
	1868	偶忆咸丰丙辰岁襄阳单文恪姻丈，避乱客均，曾登沧浪亭题句，爰步原韵	
	1869	和方晓众《沧浪亭题壁》韵，即以赠别	

续　表

作者	序号	篇目	出处
			清代
沈冠 （生卒年不详）	1870	山行望天柱峰	（清）马应龙、汤炳堃主修，贾洪诏总纂《续辑均州志》卷十五； （民国）熊宾督修、赵夔总纂《续修大岳太和山志》卷八，补录"其二"
	1871	五龙访羽人不遇	（民国）熊宾督修、赵夔总纂《续修大岳太和山志》卷八
	1872	题天柱峰	
	1873	均州八景	（清）党居易编纂《均州志》卷四； 第一首"天柱晓晴"与（民国）熊宾督修、赵夔总纂《续修大岳太和山志》卷八的徐京陛的"天柱晓晴"诗文相同，存疑
	1874	秋日同友人游沧浪，登凭虚亭	
	1885	癸丑夏日，督部蔡公有事参岳，踊跃盛举，敬述二篇	
	1876	立春日同友人游沧浪山亭	（清）党居易编纂《均州志》卷四；
	1877	偕钟崟华明经、张宿钦山人、仇维男文学棋酒小集，避暑东城大士庵，次钟韵	
	1878	初夏同钟崟华雨中登太和绝顶，宿李道士楼	（清）党居易编纂《均州志》卷四，与孟洪范的《雨中登太和绝顶》诗相同，略有改动，存疑

作者	序号	篇目	出处
		清代	
沈冠 （生卒年不详）	1879	雨中自天柱峰下	
	1880	秋日同姚文哲守戎、孟九畴少府、李仲飞山人、仇维男文学悟真庵观桂，夜从花下，围棋啜茗	
	1881	次日复于石坂滩藉草坐桂下，邵、毛二文学咸移酒，以助游兴	（清）党居易编纂《均州志》卷四，与孟洪范的《雨中登太和绝顶》诗相同，略有改动，存疑
	1882	九日诸君子以予题赋沧浪亭，因相与载酒登高，时有微雨，乃移席观音阁，鼓饮酺歌，颇称豪快，用成鄙句，聊志胜游	
	1883	登南城望大岳	
	1884	和钟崟华《秋前偕友过报恩寺》	

作者	序号	篇目	出处
		清代	
沈冠 （生卒年不详）	1885	太和山	（清）马应龙、汤炳垫主修,贾洪诏总纂《续辑均州志》卷十五;
	1886	题《太和山图》二十韵	（民国）熊宾督修、赵夔总纂《续修大岳太和山志》卷八,补录"其二"
	1887	城故有望月楼	（民国）熊宾督修、赵夔总纂《续修大岳太和山志》卷八
朱灼方 （生卒年不详）	1888	游太和山二首	（民国）熊宾督修、赵夔总纂《续修大岳太和山志》卷八
	1889	咏周府庵古柏	
	1890	回龙观小憩	
	1891	宿老君殿	
	1892	登南岩	
	1893	登天柱峰来字一联,系赵君松云续	
杜大宾 （生卒年不详）	1894	武当山道中	（清）马应龙、汤炳垫主修,贾洪诏总纂《续辑均州志》卷十五
	1895	武当天门道中	
	1896	过城南道中李道士塔	
	1897	秋日雨中登龙巢山	
	1898	九日登龙巢山望沧浪	
	1899	中秋偕友人沧浪泛月怀仲和	
	1900	秋日登沧浪绝顶	

作者	序号	篇目	出处
		清代	
丁柔克 （1840—？）	1901	治目疾方	《柳弧》子部，杂家类，卷四
	1902	龙山	《柳弧》子部，杂家类，卷六
钟岳灵 （生卒年不详）	1903	平顶山望天柱峰	（民国）熊宾督修、赵夔总纂《续修大岳太和山志》卷八；
	1904	春半见参峰雪	
	1905	雨后望参岳	
	1906	看紫霄殿展旗峰	
	1907	游东山观音阁（外一首）	
	1908	秋尽日游观音阁	
	1909	仲冬再游沧浪亭	（清）党居易编纂《均州志》卷四； （清）丁宿章辑《湖北诗征传略》卷三十七，记载作者为明代万历贡生，误，留存画作记为清代湖北均州人
	1910	季夏过报恩寺	
	1911	同友人游西岗莲塘（塘故有一鉴亭）	
	1912	登凭虚亭	
	1913	九日登东城独眺（节录）	
	1914	题新成沧浪亭	

作者	序号	篇目	出处
清代			
钟岳灵 （生卒年不详）	1915	辛亥四月九日雨中登崟顶同沈汉威赋	（清）党居易编纂《均州志》卷四； （清）丁宿章辑《湖北诗征传略》卷三十七,记载作者为明代万历贡生,误,留存画作记为清代湖北均州人
	1916	雨中过南岩	
	1917	雨中立万虎涧旁看水下	
	1918	花朝同友人饮沧浪亭	
	1919	夏日泛舟登龙山	
	1920	游东山观音阁	
	1921	九日同友人登东山	
	1922	四月八日登太和遇雨	
	1923	乱后同友人登东山	
	1924	题沧浪亭新成	
释敬安 （1851—1912）	1925	赠武当玄都观道士庹继修二首并序	（民国）释敬安撰《八指头陀诗续集》卷七

作者	序号	篇目	出处
			清代
谢炳朴 （？—1913）	1926	甲寅仲春余卸均邑篆务，偕幕中赵君松雪、朱君品逸、程君眉山游太和山，各得诗若干首	
	1927	过闽兵苕	
	1928	过浩瀚波，小憩回龙观	
	1929	过太子坡	
	1930	老君堂凭眺	（民国）熊宾督修、赵夔总纂《续修大岳太和山志》卷八，每首诗分列
	1931	磨针井对过有"竹月梅风"四字，何蓑翁笔也。井亭东殿祀有吕纯阳	
	1932	走剑河桥	
	1933	剑河遇雪，飞字一联，系赵君松云所续	
	1934	望紫霄宫	
	1935	紫霄寒夜	

作者	序号	篇目	出处
		清代	
	1936	掠南岩而下，望五老诸峰	
	1937	上山处有一天门、二天门，乌鸦岭在南岩、紫霄之间	
	1938	过黄龙洞	
	1939	过朝天宫走转洞	
	1940	登天柱峰绝顶	
谢炳朴（？—1913）	1941	天乙楼晚眺	（民国）熊宾督修、赵夔总纂《续修大岳太和山志》卷八，每首诗分列
	1942	重登天柱峰望初日	
	1943	昔人游仙诗有"手版横腰道寡人"之句指淮南王安言	
	1944	明代专使致祭，碑迹最多	
	1945	返游南岩宫	

作者	序号	篇目	出处
		清代	
谢炳朴 （？—1913）	1946	殿后有观音阁与龙头香相距不远	（民国）熊宾督修、赵夔总纂《续修大岳太和山志》卷八，每首诗分列
	1947	有真武一剑插岩	
	1948	归途过紫霄宫，回望展旗诸峰，青苍明秀，几欲随人归来	
	1949	过遇真宫	
	1950	道经谢公桥，过石板滩。王君作章，以诗见惠，匆促作言	
	1951	归城日适为阴历元宵	
丘逢甲 （1864—1912）	1952	迭韵再题《心太平草庐图》并答温丹铭	（清）丘逢甲撰《岭云海日楼诗钞》卷十二
程颂万 （1865—1932）	1953	送杜元穆权镇郧阳二首（节录）	（清）程颂万撰《石巢诗集》卷五

作者	序号	篇目	出处
		清代	
杨圻 （1875—1941）	1954	无题	摘自手抄本,部分引用何白的《天津桥作月》
李炳 （生卒年不详）	1955	天柱峰	（民国）熊宾督修,赵夔总纂《续修大岳太和山志》卷七
王德愔 （生卒年不详）	1956	北村溪边纳凉	（清）道光九年（1829）含茹斋藏版《兰心诗抄》
	1957	北村道中	
	1958	诞辰自适	
	1959	北村六咏	
	1960	北村晚归	
	1961	中元夜观河灯	
	1962	春日隐居（三绝）	（清）马应龙、汤炳堃主修,贾洪诏总纂《续辑均州志》卷十五
	1963	登沧浪亭	
刘珏 （生卒年不详）	1964	天柱峰	（民国）熊宾督修、赵夔总纂《续修大岳太和山志》卷八
赵司至 （生卒年不详）	1965	下乌鸦岭,望南岩	（民国）熊宾督修、赵夔总纂《续修大岳太和山志》卷七; （清）马应龙、汤炳堃主修,贾洪诏总纂《续辑均州志》卷十五
	1966	南岩小憩	
	1967	赠天乙楼郭道士虚炼	
	1968	雪霁登天柱峰	
	1969	过老君堂望隔涧群山	
	1970	太和途中遇雪	

作者	序号	篇目	出处
		清代	
程化乐 （生卒年不详）	1971	磨针井鼎修纯阳宫	陈洁、程明安、郝文华主编《武当山诗歌全集》，"太和途中遇雪"另题作"剑河遇雪"
程仁寿 （生卒年不详）	1972	雪后登天柱峰	（民国）熊宾督修、赵夔总纂《续修大岳太和山志》卷八
	1973	宿天乙楼	
	1974	南岩小憩	
葛如竹 （生卒年不详）	1975	过天柱峰喜晴（四首）	（清）党居易编纂《均州志》卷四
	1976	党公祖祷雨有应	
	1977	均州八景	（清）马应龙、汤炳塈主修，贾洪诏总纂《续辑均州志》卷十五
	1978	登天柱峰	（清）王民皥纂辑《大岳太和山志》卷二十
岳弘誉 （生卒年不详）	1979	登沧浪亭	（清）鲁之裕纂修《下荆南道志》
胡其著 （生卒年不详）	1980	武当山	（清）丁宿章辑《湖北诗征传略》卷二十五
佚名 （生卒年不详）	1981	祈愿诗	武当山田野调查
		中华民国时期	
聂琦 （生卒年不详）	1982	和太史潘书源先生《武当歌》（王凤洲原韵）	（清）马应龙、汤炳塈主修，贾洪诏总纂《续辑均州志》卷十五
万剑民 （生卒年不详）	1983	读梁主任寿笙将军《游武当诗集》有感奉和一律呈政	武当山南岩宫侧崇福岩峭壁碑刻
	1984	陆军一级上将第五战区司令长官李公宗仁纪念碑	碑存武当山老君堂德公亭，后移至太子坡大殿崇台前左侧（通高196厘米，宽82.5厘米，厚12.5厘米），为安徽省各界赴鄂慰劳出征将士时撰立

作者	序号	篇目	出处
中华民国时期			
云冰道人 （生卒年不详）	1985	人生七十古来稀	此诗作于民国二十九年（1940），摘自手抄本
徐本善 （1860—1932）	1986	太极拳歌	欧阳学忠撰《太极拳的源与流》
武当紫阳观道士 （生卒年不详）	1987	无题	（民国）高鹤年采录，见《名山游访记》中《紫柏山往崆峒经兰州过汉中朝武当嵩山》一文，含《朝山香客唱修道歌》五首，题为编者所加
佚名 （生卒年不详）	1988	武当香客唱修道歌（五首）	
傅剑秋 （1880—1956）	1989	七绝四首赠徐道总	河南新乡形意太极八卦官方《武术大师傅剑秋》，该诗与附诗为作者与徐本善临别互赠诗
方振武 （1885—1941）	1990	游天柱峰	武当山天柱峰摩崖石刻；《武当山志》第369页
贾士毅 （1887—1965）	1991	武当山之游诗	《旅行杂志》第十卷第一号《武当山之游》
李品仙 （1890—1987）	1992	游武当山	武当山金顶石刻其部分；（民国）李品仙撰《游武当山》
王理学 （1893—？）	1993	《武当风景记》五十咏	民国三十六年（1947）白衣道人王理学编纂《武当风景记》影印本，共三卷，现存一卷，题为编者所加
张任民 （1898—1985）	1994	雨后登武当	1939年立武当山天柱峰，摩崖石刻；（民国）王理学编纂《武当风景记》影印本题为"胜有仙人独往还"

作者	序号	篇目	出处
		中华民国时期	
关亨九 (1900—1994)	1995	三丰祖师修道真言三则	《武当修真密笈》(节录)
	1996	练武二则	
杨廷宝 (1901—1982)	1997	颂武当	《武当山志》卷九艺文资料
李达可 (1902—1980)	1998	外朝峰观日	(民国)陈光甫创办《旅行杂志》第十卷第十号
	1999	题词(三十二年秋)	李达可撰《武当山游记》书册扉页
张廷枢 (1903—1949)	2000	参山行	(清)张廷枢撰《崇素堂诗稿》卷一《参游集》
	2001	雨中登望岳台	
	2002	朝阳洞	
	2003	金花树	
	2004	复真观	
	2005	九渡涧	
	2006	紫霄宫	
	2007	摄孤岭	
	2008	七星树	
	2009	天柱峰	

作者	序号	篇目	出处
中华民国时期			
张廷枢 （1903—1949）	2010	沧浪亭	（清）张廷枢撰《崇素堂诗稿》卷三
	2011	太和绝顶次石壁韵	
	2012	游南岩望太和次石壁韵	
	2013	舟过龙山嘴	
沙国政 （1904—1993）	2014	历经沧桑七十年	杨群力撰《我和金子弢先生在一起的日子》
臧克家 （1905—2004）	2015	均县，你这水光中的山城（节录）	臧克家著《泥淖集》1939 年出版
金子弢 爱新觉罗·溥儇 （1906—1985）	2016	重登玄岳紫霄宫	源自作者书法作品；杨群力撰《我和金子弢先生在一起的日子》
梁寿笙 （1907—1945）	2017	桂省中渡梁寿笙题书	武当山金顶石碑刻；民国三十六年（1947）白衣道人王理学编纂《武当风景记》影印本题为"拂面夕阳多闪烁"
佚名 （生卒年不详）	2018	践约同登武当山	武当山碑刻

续　表

作者	序号	篇目	出处
中华民国时期			
佚名 （生卒年不详）	2019	何仙姑仙方诗	武当山私人木雕版收藏,共 36 首
中华人民共和国时期			
王震 （生卒年不详）	2020	洗尘台	1967 年《湖北文献》三期,梁明学撰《武当琐谈》
巴南冈 （1913—1998）	2021	无题	源自作者 1989 年书法作品
李尔重 （1913—2009）	2022	赠武当山管理局	《武当山志》卷九《艺文资料》
朱家溍 （1914—2003）	2023	秋日登武当	
严辰 （1914—2003）	2024	武当行	
黎遇航 （1916—2002）	2025	诗赠武当山道协会成立	
胡绳 （1918—2000）	2026	游武当而未上金顶(1996 年 5 月 7 日作于紫霄宫)	源自作者 1996 年书法作品
沈因洛 （1920—2016）	2027	登武当有感	《武当山志》卷九《艺文资料》
黄正夏 （1921—2009）	2028	武当颂	
张之航 （1921—　　）	2029	登武当山	作者提供

作者	序号	篇目	出处
中华人民共和国			
张良皋 （1923—2015）	2030	为弘扬武当的世界历史地位呐喊（甲子仲秋）	源自作者 2015 年书法作品
	2031	题武当六言	
余良瑛 （1923—　）	2032	武当山天柱峰远眺	作者提供
	2033	陪兄嫂（自台湾来）上武当山	
谷有荃 （1927—2010）	2034	重游武当山即兴一首	源自作者书法作品
李峻 （1932—　）	2035	静乐钟声	选自李峻美术作品《水都丹江口八景之静乐钟声》
	2036	紫霄宫	郭旭阳主编《太和清韵——庆祝"武当大兴六百年"暨第二届"静乐杯"海内外诗词楹联大赛作品选·优秀奖》
	2037	龙山塔影	朱自欣主编《太和清韵——武当山静乐宫复建十周年暨第三届"静乐杯"海内外诗词楹联大赛作品选》
台湾人士（一） （生卒年不详）	2038	大道之行	台湾《道教月刊》
台湾人士（二） （生卒年不详）	2039	朝龙头香	摘自孝感谊乐大酒店《旅游指南黑板报》
台湾人士（三） （生卒年不详）	2040	无题	

作者	序号	篇目	出处
		中华人民共和国时期	
流汇洋 （生卒年不详）	2041	杂咏	《武当》1990 年第 6 期
佚名 （生卒年不详）	2042	律吕歌诀	安化文社印《圣教教育文稿》卷三
佚名 （生卒年不详）	2043	武当山踏罡 步斗歌诀	
三品道人 （生卒年不详）	2044	武当山修真 有感（五首）	《武当道教》第二卷
方城香会 （生卒年不详）	2045	《发马经》并 祝词（节录）	河南省方城县香会 1991 年自创
郑文炳 （1941—　）	2046	沧浪绿水	作者提供
	2047	紫霄宫	
张家玉 （1942—　）	2048	登武当	郭旭阳主编《太和清韵——庆祝"武当大兴六百年"暨第二届"静乐杯"海内外诗词楹联大赛作品选》
段茂堂 （1945—　）	2049	武当仙山五咏	段茂堂著《岁月清吟》
锷风 （1950—　）	2050	武当山访道	朱自欣主编《太和清韵——武当山静乐宫复建十周年暨第三届"静乐杯"海内外诗词楹联大赛作品选》,《武当山访道》获诗词类优秀奖
	2051	静乐宫	

续　表

作者	序号	篇目	出处
王学范 (1953—)	2052	武当歌——为武当大兴六百年而作	作者提供
	2053	天柱峰	
	2054	南岩宫	
	2055	紫霄宫	
	2056	踏雪访武当五律三首	
	2057	秋游五龙宫	
张明昭 (1955—)	2058	观武当道士演太极	郭旭阳主编《太和清韵——庆祝"武当大兴六百年"暨第二届"静乐杯"海内外诗词楹联大赛作品选·一等奖》；
	2059	五排·观武当道士演太极	作者提供
罗耀松 (1961—)	2060	武当西	作者提供
严永金 (1962—)	2061	夜宿紫霄宫	2012 年"武当大兴六百年"暨第二届"静乐杯"海内外诗词楹联大赛作品
	2062	武当览胜	
	2063	武当山索道即景	
	2064	题武当山飞升岩	作者提供
	2065	南神道望金顶	
	2066	携志辉兄游武当有赠	
	2067	武当山南神道即事	

作者	序号	篇目	出处
		中华人民共和国时期	
唐华明 （1962— ）	2068	均州八景图诗	作者提供
高飞 （1963— ）	2069	武当山，让我们俯下身去倾听（组诗四首）	《沧浪》2015 年第三期
宋晶 （1964— ）	2070	烟笼观雀	作者提供
	2071	圣诞朝贺	
	2072	为五龙宫文所思	
	2073	赠武当山香会——大同心社张刚会长	
钟云龙 （1964— ）	2074	武当山组诗	共计 21 首，作者提供
李玄辛 （1966— ）	2075	武当·道	作者提供
	2076	太和梦	
	2077	蝶恋花	
景元华 （1971— ）	2078	甲午正月游武当山有感四首	作者提供
	2079	丁酉仲春廿后日再动《真武王》有感	

后 记

　　有感于武当山诗歌文学创作的繁荣与武当山诗歌文学学术研究匮乏的反差，本人很早就有编写一部会通古今、达地知根的武当山诗歌辑录的意向，由于种种原因而未能成行。直至 2017 年才大致准备就绪，至 2018 年《大岳流韵——武当山诗歌辑录》编就付梓，终于为武当山道教奉献出我的一瓣心香。

　　从所收录诗歌的体例上看，主要是近体格律诗，少部分为古体诗和现当代新体诗。本书收录标准遵循"古代诗歌尽可能完全收录，现当代诗歌精挑细选，反映武当山全貌"的基本原则。以简体字为主，个别字句采用古籍原文而述，考察群书而得，不做臆度妄言。诗歌排序按照朝代先后，再依据作者年龄依次排序。对于生卒年不详的作者，则将作品创作时间及出处综合推测，相对归并。诗后附有诗人生平小传。作者不可考者，酌情署以"阙名"或"佚名"。已知作者姓名但无法得知其生平信息者，一概从略。清代周凯诗作收录其两种版本，以示差异。每首诗歌的编码与书后附录的《武当山诗歌检索表》对应，详明出处，以便读者查阅。

　　虽然我竭尽所能寻找搜集，但单凭一己之力实难顺利完成浩繁的辑录工作。在本书历经数年的编撰过程中，我得到了中国道教协会会长、武当山道教协会李光富会长、武当山道教协会杨国英副会长、湖北道教协会李玄辛副会长、湖北省社会科学院丹江口经济社会发展研究所、丹江口市沧浪文化研究会王永国老师、王永成高级工程师，武汉大学杨铭硕博士，武当山特区热爱收藏的民间人士郑光春同志、潘如红同志、十堰市博物馆刘志军同志、《十堰晚报》记者朱江同志、武当徒步探寻群主"游尘"资汝松同志、湖北工业职业技术学院田运科老师、湖北丹江口市张三丰研究学者郭旭阳老师、丹江口市作家协会主席高飞同志、丹江口市诗词楹联学会朱自欣会长、汉江师范学院历史文化与旅游学院部分同学和所有提供诗歌大作的当代作者的热心支持和无私帮助，在此我要向以上良师益友表示衷心谢意！

伴随这部诗歌辑录，我对武当山的内涵、命名及诗歌类型进行了思考和探究，这既是辑录的前提和基础，也是平日教学和科研萦绕已久的疑问。我希望读者通过我对武当山涵盖绵延八百里秦巴山系余脉又囊括汉水、沧浪、均州城范围的剖析，理解"大武当"这一广义概念；通过我对武当山命名的考察，体会中国传统文化和道教哲学思想对武当山产生的深刻影响。本书引导那些真正热爱武当山水，又具有深厚道教修养，对天地人通达者，欣赏武当山诗歌展现的山明水秀，千秋道韵，让武当山水文学精粹成为其心灵深处永远的自豪。

宋　晶

2018 年春节谨撰